Julia Alvarez
Die Zeit der Schmetterlinge

Julia Alvarez

DIE ZEIT DER SCHMETTERLINGE

Roman

Aus dem Amerikanischen
von Carina von Enzenberg
und Hartmut Zahn

Mehr über unsere Autoren und Bücher:
www.piper.de

ISBN 978-3-492-50088-3
Juni 2017
© Piper Verlag GmbH, München 2017
© Julia Alvarez 1994
Die Originalausgabe erschien 1994 unter dem Titel »In the Time of the Butterflies« bei Algonquin Books of Chapel Hill, New York
© der deutschsprachigen Ausgabe:
Piper Verlag GmbH, München 1996
Covergestaltung: zero-media.net, München
Covermotiv: FinePic®, München
Printed in Germany

Für Dedé

*Dieser Roman beruht auf geschichtlichen Tatsachen,
die im Nachtrag der Autorin auf den Seiten 424 bis 426
näher erläutert werden.*

In Memoriam

Patria Mercedes Mirabal
27. Februar 1924–25. November 1960

Minerva Mirabal
12. März 1926–25. November 1960

María Teresa Mirabal
15. Oktober 1935–25. November 1960

Rufino de la Cruz
10. November 1923–25. November 1960

I
1938 bis 1946

Dedé
1994 und etwa 1943

Sie rupft die abgestorbenen Zweige von ihrem Paradiesvogelstrauch und späht jedesmal, wenn sie ein Auto hört, hinter dem Gewächs hervor. Die Frau wird das alte Haus hinter der turmhohen Hibiskushecke in der Biegung der ungepflasterten Straße nie finden. Doch nicht eine *gringa dominicana* in einem Leihwagen, die eine Autokarte braucht und nach den Straßennamen fragen muß! Dedé hatte ihren Anruf an diesem Morgen drüben im kleinen Museum erhalten.

Ob die Frau Dedé einen Besuch abstatten und sich mit ihr über die Mirabal-Schwestern unterhalten dürfe? Eigentlich stamme sie ja von hier, aber sie habe lange in den Staaten gelebt und bedaure dies, weil ihr Spanisch darunter gelitten habe. Von den Mirabal-Schwestern habe man dort oben noch nie gehört, und auch das bedaure sie, denn es sei ein großes Unrecht, daß sie allmählich in Vergessenheit gerieten, diese unbesungenen Heldinnen des Untergrunds. Und so weiter, und so fort…

Du liebe Güte, schon wieder eine! Und das jetzt, wo es nach vierunddreißig Jahren mit den Gedenkfeiern, Interviews und posthumen Ehrungen endlich so gut wie vorbei ist und Dedé wie früher manchmal mehrere Monate hintereinander ihr eigenes Leben führen kann. Den November allerdings hat sie sich schon vor langem abgeschminkt: Jahr für Jahr, wenn der fünfundzwanzigste vor der Tür steht, kommen die Fernsehteams angefahren. Dann gibt's das unvermeidliche Interview, anschließend die große Jahresfeier drüben im Museum, an der Abordnungen aus so fernen Ländern wie Peru und Paraguay teilnehmen, die reinste Plage, wirklich, schon allein weil sie für all die Leute Partyhäppchen schmieren muß und ihre Neffen und Nichten nicht immer rechtzeitig auftauchen, um ihr zu helfen. Aber jetzt ist März. *¡María Santísima!* Hat sie nicht Anspruch auf weitere sieben Monate Anonymität? »Wie wär's heute nachmittag? Später habe ich allerdings noch einen Termin«, schwindelt Dedé die Stimme an. Ihr bleibt nichts anderes übrig, sonst sind die Leute nicht mehr abzuwimmeln, werden übermütig und fragen ihr Löcher in den Bauch.

Ein wahrer Schwall von Dankbarkeitsbeteuerungen ergießt sich durch die Leitung; Dedé muß über das von ausländischem Kauderwelsch durchsetzte Spanisch der Frau grinsen. »Ich bin so kompromittiert von Ihrer Offenheit und Warmherzigkeit«, sagt die Frau und erkundigt sich: »Wenn ich von Santiago komme, fahre ich also an Salcedo vorbei?«

»*Exactamente*. Und sobald Sie einen riesengroßen Anacahuita-Baum sehen, biegen Sie links ab.«

»Am ... riesen ... großen ... Baum ...«, wiederholt die Frau. Sie schreibt alles auf! » ...links abbiegen. Wie heißt die Straße?«

»Es ist ein Feldweg, gleich hinter dem Anacahuita-Baum. Bei uns haben die Straßen keine Namen«, sagt Dedé, die angefangen hat, auf einem Stück Papier herumzukritzeln, um ihre Ungeduld zu bezähmen. Auf die Rückseite eines Briefumschlags, der im Museum neben dem Telefonapparat lag, hat sie einen riesigen, mit Blüten überladenen Baum gemalt, dessen Geäst sich bis über die Lasche hinaus verzweigt. »Wissen Sie, die meisten *campesinos* hier in der Gegend können nicht lesen, deshalb würde es uns nicht viel weiterbringen, den Straßen Namen zu geben.«

Die Stimme lacht verlegen. »Natürlich. Sie müssen ja denken, daß ich ganz raus bin aus diesen Dingen.« *Tan afuera de la cosa.*

Dedé beißt sich auf die Lippen. »Keineswegs«, heuchelt sie. »Dann bis heute nachmittag.«

»Um wieviel Uhr?«

Ach ja, Gringos brauchen eine Uhrzeit. Aber den besten Zeitpunkt kann man nun mal nicht mit der Uhr bestimmen. »Irgendwann nach drei oder halb vier, so gegen vier.«

»Dominikanische Zeit, was?« Die Stimme lacht. »¡Exactamente!« Allmählich kapiert die Frau, wie die Dinge hier laufen.

Nachdem Dedé den Hörer auf die Gabel gelegt hat, feilt sie noch eine Weile am ausgetüftelten Wurzelsystem ihres Anacahuita-Baums herum und schraffiert die Äste. Zum Schluß klappt sie die Lasche des Umschlags zum Spaß ein paarmal auf und zu, so daß der Baum mittendurch getrennt und wieder zusammengefügt wird.

Während Dedé im Garten arbeitet, hört sie zu ihrem Erstaunen aus dem Radio in der Küche, die sich im Freien befindet, daß es erst drei Uhr ist. Um die Wartezeit zu verkürzen, hat sie sich gleich nach dem Mittagessen daran gemacht, das Stück Garten in Ordnung zu bringen, das diese Amerikanerin von der *galería* aus sehen wird. Das ist sicher einer der Gründe, warum Dedé vor solchen Interviews zurückschreckt: Ehe sie sich versieht, ist sie selbst zu einem Ausstellungsstück geworden, dem man das für jedermann gut lesbare Schild aufgeklebt hat: DIE SCHWESTER, DIE ÜBERLEBT HAT.

Normalerweise, wenn alles nach Plan läuft – eine Limonade aus Zitronen von dem Baum, den Patria gepflanzt hat, ein kurzer Rundgang durch das Haus, in dem die Mädchen aufgewachsen sind –, normalerweise ziehen die Leute zufrieden wieder ab, ohne die verfänglichen Fragen zu stellen, die früher einmal bewirkt haben, daß Dedé wochenlang in ihren Erinnerungen gekramt und versucht hat, eine Antwort auf alles zu finden. Warum, fragen sie früher oder später auf die eine oder andere Art, warum haben ausgerechnet Sie überlebt?

Sie beugt sich zu ihrem Prunkstück hinab, der Schmetterlingsorchidee, die sie vor zwei Jahren aus Hawaii eingeschmuggelt hat. Drei Jahre hintereinander hat Dedé eine Reise als Prämie gewonnen, weil sie die meisten Vertragsabschlüsse in der Firma vorweisen konnte. Mehr als einmal hat ihre Nichte Minou eine ironische Bemerkung über Dedés »neuen« Beruf fallenlassen, obwohl sie ihm schon seit einem Jahrzehnt, seit ihrer Scheidung, nachgeht. Sie ist in der Firma mit Abstand die erfolgreichste Verkäuferin von Lebensversicherungen. Jeder will seine Police bei der Frau abschließen, die um ein Haar zusammen mit ihren drei Schwestern umgebracht worden wäre. Kann sie etwas dafür?

Eine Wagentür wird zugeknallt und läßt Dedé auffahren. Als sie sich von dem Schreck erholt hat, stellt sie fest, daß sie die kostbare Schmetterlingsorchidee abgeschnitten hat. Sie hebt die Blüte vom Boden auf und putzt betrübt den Stengel. Vielleicht ist dies der einzige Weg, großen Dingen nachzutrauern – in Raten, Portionen, kleinen Schüben von Melancholie.

Diese Person sollte ihre Autotür ein bißchen weniger heftig zuknallen. Schont die Nerven einer alternden Frau! Und ich bin nicht die einzige, sagt sich Dedé. Jede dominikanische Frau in einem gewissen Alter wäre bei diesem Knall, so laut wie ein Gewehrschuß, zusammengefahren.

Rasch führt sie die Frau durchs Haus: *Mamás Schlafzimmer, meines und Patrias, aber hauptsächlich meines, weil Patria so früh geheiratet hat, Minervas und María Teresas.* Daß das letzte Schlafzimmer das ihres Vaters war, seit er und Mamá aufgehört hatten, zusammen zu schlafen, sagt sie nicht. Weiter geht es, zu den drei Fotos von den Mädchen, alte Lieblingsbilder, die nun jeden November auf Plakaten prangen; mittlerweile sind diese einst privaten Schnappschüsse so berühmt, daß Dedé schon kaum mehr glauben kann, daß die Mädchen darauf ihre Schwestern sind, wie sie sie einst gekannt hat. Auf das Tischchen unter den Fotos hat Dedé eine Vase mit einer Orchidee aus Seide gestellt. Sie hat ein schlechtes Gewissen, weil sie Mamás Brauch nicht fortführt und den Mädchen jeden Tag eine frische Blume darbringt. Aber ehrlich gesagt bleibt ihr neben ihrem Job, dem Museum und dem Haushalt nicht die Zeit dazu. Man kann eben keine moderne Frau sein und gleichzeitig an alten Sentimentalitäten festhalten. Und für wen sollte die frische Orchidee eigentlich sein? Als Dedé zu den jungen Gesichtern aufblickt, wird ihr klar, daß es sie selbst in jenem Alter ist, der sie am meisten nachtrauert.

Die Fragenstellerin bleibt vor den Porträts stehen, und Dedé wartet nur darauf, daß sie sich erkundigt, wer von den dreien wer ist oder wie alt die Mädchen waren, als die Aufnahmen gemacht wurden – Fragen, Dinge, auf die Dedé Antworten parat hat, weil sie diese Auskünfte schon so oft geben mußte. Statt dessen jedoch fragt das magere, heimatlose Geschöpf: »Und wo sind Sie?«
Dedé lacht befangen. Als hätte die Frau ihre Gedanken erraten! »Die Eingangshalle ist ganz meinen Schwestern gewidmet«, sagt sie. Über die Schulter der Frau sieht sie, daß die Tür zu ihrem Schlafzimmer einen Spalt offensteht: Das Nachthemd hat sie nachlässig aufs Bett geworfen. Sie wünschte, sie wäre vorher durchs Haus gegangen und hätte die Schlafzimmertüren geschlossen.
»Ich meine, welches von den drei Mädchen sind Sie? Die Jüngste? Die Älteste?«
Die Frau hat also keinen der vielen Artikel und keine Biographie gelesen. Dedé ist erleichtert. Das bedeutet, daß sie einfach ein Weilchen gemütlich miteinander plaudern können und Dedé sich im Glauben wiegen darf, daß ihre Familie gewesen ist wie jede andere auch – mit Geburtstagen, Hochzeiten und Geburten als Höhepunkten im Rahmen der Normalität.
Dedé schreitet die Bilder ab.
»So nah im Alter«, bemerkt die Frau auf ihre unbeholfene Weise.
Dedé nickt. »Ja, die ersten drei von uns sind kurz hintereinander auf die Welt gekommen, aber trotzdem sind wir sehr unterschiedlich ausgefallen.«
»Ach ja?«
»Ja, grundverschieden. Minerva dachte immer nur in Begriffen wie richtig und falsch.« Dedé fällt auf, daß sie von Minervas Bild spricht, als wollte sie ihrer Schwester eine Rolle zuteilen, sie mit ein paar Adjektiven abstempeln – als die schöne, intelligente Minerva mit ihrer hohen Gesinnung. »Und María Teresa, *ay Dios*«, seufzt Dedé, und gegen ihren Willen schwingt Ergriffenheit in ihrer Stimme mit. »Sie war noch ein Mädchen, als sie starb, *pobrecita*, gerade fünfundzwanzig geworden war sie.« Dedé geht weiter zum letzten Bild und stellt sich rechts neben den Rah-

men. »Die süße Patria, für sie war die Religion immer das Wichtigste.«

»Immer?« hakt die Frau mit leiser Herausforderung nach.

»Immer«, antwortet Dedé. Sie ist an die formelhaften, einsilbigen Fragen der Leute gewöhnt, die sie interviewen und ihre Schwestern verklären. »Na ja, fast immer.«

Sie führt die Frau aus dem Haus und hinüber zu der *galería*, wo die Schaukelstühle auf sie warten. Ein Kätzchen liegt arglos unter einer der Kufen; sie scheucht es weg. »Was wollen Sie wissen?« fragt Dedé ohne Umschweife. Als sie merkt, daß die Frau auf die schroffe Frage nicht gefaßt war und wie vor den Kopf gestoßen ist, fügt sie hinzu: »Es gibt so viel zu erzählen.«

Da fordert die Frau sie lachend auf: »Erzählen Sie mir alles.«

Dedé wirft einen Blick auf die Uhr, um die Frau höflich daran zu erinnern, daß die Besuchszeit begrenzt ist. »Es gibt jede Menge Bücher und Artikel, und ich könnte Tono bitten, Ihnen die Briefe und Tagebücher im Museum zu zeigen.«

»Das wäre großartig«, sagt die Frau und starrt die Orchidee an, die Dedé noch immer in der Hand hält. Offensichtlich will sie mehr hören. Mit scheuem Augenaufschlag sagt sie: »Man kommt mit Ihnen so leicht ins Gespräch, das muß ich Ihnen einfach sagen. Ich meine, Sie haben so eine offene, herzliche Art. Wie schaffen Sie es, sich von dieser Tragödie nicht unterkriegen zu lassen? Ich weiß nicht, ob ich mich verständlich ausgedrückt habe ...«

Dedé seufzt. O doch, die Frau gibt ihr klar genug zu verstehen, was sie will. Dedé muß an einen Artikel denken, den sie im Schönheitssalon gelesen hat: Er handelte von einer Jüdin, die das Konzentrationslager überlebt hatte. »Ich habe viele, viele glückliche Jahre erlebt, und an die versuche ich mich zu erinnern, so gut es eben geht. Konzentriere dich auf das Positive in deinem Leben, Dedé, sage ich mir immer wieder. Meine Nichte Minou sagt, das, was ich mache, heißt transzendente Meditation oder so ähnlich. Sie hat in der Hauptstadt einen Kurs mitgemacht. Ich sage zu mir, Dedé, denk jetzt ganz fest an diesen oder jenen Tag, dann spule ich zurück

und laß mir die glücklichen Momente durch den Kopf gehen. Das ist für mich wie Kino. Einen Fernseher habe ich hier nicht.«
»Und das funktioniert?«
»Natürlich«, antwortet Dedé gereizt. Und wenn es mal nicht funktioniert, denkt sie, dann bleibe ich eben an einer schlechten Erinnerung hängen und schlimme Bilder tauchen auf, immer dieselben. Aber warum darüber reden?
»Erzählen Sie mir von einem dieser glücklichen Augenblicke«, fordert die Frau sie auf. Die pure Neugier steht ihr ins Gesicht geschrieben. Rasch senkt sie den Kopf, damit man es nicht sieht.

Dedé zögert, doch im Geiste spult sie bereits in Windeseile Jahr um Jahr zurück, bis zu dem Zeitpunkt, den sie in ihrem Gedächtnis als die Stunde Null festgeschrieben hat.

Sie erinnert sich an eine klare, mondhelle Nacht, an die Nacht, bevor die Zukunft begann. Sie sitzen in Schaukelstühlen in der kühlen Abendluft unter dem Anacahuita-Baum im Vorhof, erzählen sich Geschichten und trinken Guanábanasaft. Nervennahrung, wie Mamá immer sagt.
Alle sind sie da, Mamá, Papá, Patria-Minerva-Dedé. Peng! Peng! macht ihr Vater und zielt scherzhaft mit einem Finger wie mit einer Pistole auf sie, als wollte er sie erschießen. Er platzt nicht gerade vor Stolz, weil er sie gezeugt hat: drei Mädchen, im Abstand von je einem Jahr zur Welt gekommen! Und dann neun Jahre später María Teresa, sein letzter verzweifelter Versuch, einen Sohn zu zeugen, doch der Schuß ging auch daneben.
Ihr Vater hat seine Slipper an und einen Fuß hinter den anderen gehakt. Dedé hört, wie die Rumflasche in kurzen Abständen mit einem Klirren gegen den Rand seines Glases schlägt.
An manchen Abenden – und dieser Abend macht keine Ausnahme – läßt sich aus dem Dunkel eine zaghafte Stimme vernehmen, die sie um Erbarmen anfleht: Ob sie für ein krankes Kind ein *calmante* aus ihrem Vorrat für wohltätige Zwecke erübrigen könnten? Ob sie etwas Tabak für einen müden alten Mann hätten, der den ganzen Tag lang Palmlilien zermalmt hat?

Ihr Vater steht auf und schließt, vom Alkohol und vor Müdigkeit leicht wankend, den Laden auf. Kurz darauf zieht der *campesino* mit der Medizin, ein paar Zigarren und einer Handvoll Pfefferminzbonbons für die Patenkinder seines Weges. Dedé sagt zu ihrem Vater, sie könne nicht verstehen, warum es ihnen nach wie vor so gutgehe, wo er doch alles mit offenen Händen verschenke, doch da legt er den Arm um sie und sagt:» *Ay,* Dedé, darum habe ich ja dich. Ein weicher Fuß braucht einen festen Schuh.« Lachend fügt er hinzu:»Sie wird uns alle in Samt und Seide begraben.« Wieder hört Dedé das Klirren der Rumflasche.»O ja, Dedé wird bestimmt der einzige Millionär in unserer Familie werden.«

»Und ich, Papá, und ich?« piepst María Teresa, die bei der Zukunftsplanung nicht übergangen werden will, mit ihrer Kleinmädchenstimme.

»Du, *mi ñapita,* wirst unsere kleine Kokette. Du wirst dafür sorgen, daß die Männer alle einen –«

Ihre Mutter hüstelt ihr Benimm-dich-gefälligst-Hüsteln.

»– alle einen wäßrigen Mund kriegen«, schließt ihr Vater. María Teresa stöhnt. Wenn es um die Zukunft geht, denkt die Achtjährige in der karierten Bluse mit den langen geflochtenen Zöpfen am liebsten nur an Dinge, die ihren *eigenen* Mund wäßrig machen: Leckereien und Geschenke in großen Schachteln, in denen irgend etwas Lustiges klappert, wenn man sie schüttelt.

»Und was wird aus mir, Papá?« fragt Patria ruhig. Es fällt Dedé auch jetzt noch schwer, sich Patria unverheiratet und ohne Baby auf dem Schoß vorzustellen. In Gedanken kehrt sie immer wieder in die Kinderstube ihrer Vergangenheit zurück. Sie hat sie alle vor Augen in der klaren, kühlen Nacht, bevor die Zukunft begann, Mamá, Papá und ihre vier hübschen Töchter, ohne Ausnahme. Papá baut bei seinen Prophezeiungen auf Mamá, auch wenn sie, was er stillschweigend übergeht, seine von mehreren Gläsern Rum geschärfte Hellsichtigkeit der Zensur unterwirft:»Was meint denn Mamá, was aus unserer Patria wird?«

»Du weißt, Enrique, daß ich von Wahrsagerei nichts halte«, antwortet Mamá ungerührt.»Pater Ignacio sagt, Wahrsagerei sei etwas für Ungläubige.« Aus dem Tonfall ihrer Mutter hört Dedé bereits die innere Distanz heraus, die sich zwischen ihren Eltern einstellen wird. Im Rückblick denkt sie, *Ay, Mamá,* nimm es mit den Zehn Geboten nicht so genau. Halte dich lieber an die christliche Faustregel: Gibst du etwas, und sei es noch so wenig, erhältst du es hundertfach zurück. Wenn Dedé allerdings an ihre eigene Scheidung denkt, muß sie zugeben, daß die Rechnung nicht immer aufgeht. Multipliziert man mit Null, kommt immer Null heraus – und jede Menge Herzeleid dazu.

»Ich glaube auch nicht an Wahrsagerei«, beeilt sich Patria zu sagen. Sie ist genauso strenggläubig wie Mamá, die Gute. »Aber Papá betreibt ja auch keine richtige Wahrsagerei.«

»Stimmt«, pflichtet Minerva ihr bei. »Papá *bekennt* lediglich, was er für unsere Stärken hält.« Auf das Wort *bekennt* legt sie besonderen Nachdruck, als sei es tatsächlich reine Frömmigkeit, die ihren Vater zu Weissagungen über seine Töchter bewegt hat. »Ist es nicht so, Papá?«

»*Sí, señorita*«, nuschelt er und rülpst. Es ist höchste Zeit, ins Haus zu gehen.

»Übrigens verurteilt Pater Ignacio die Wahrsagerei nur dann, wenn sich ein menschliches Wesen anmaßt, etwas zu wissen, was allein Gott weiß«, fügt Minerva hinzu, die zu allem ihren Senf geben muß.

»Ein paar Neunmalkluge gibt es immer«, versetzt Mamá spitz.

María Teresa, die ihre ältere Schwester anhimmelt, nimmt Minerva in Schutz. »Es ist aber keine Sünde, Mamá, wirklich nicht. Berto und Raúl haben ein Spiel aus New York, und Pater Ignacio hat es auch schon mit uns gespielt. Es ist eine Tafel, auf der man ein kleines Glas hin- und herschiebt, und dann sagt es einem die Zukunft!« Alle lachen, sogar die Mutter, weil sich die Stimme der leichtgläubigen María Teresa vor Aufregung fast überschlägt. Schlagartig verstummt die Kleine und macht einen Schmollmund. Immer ist sie gleich eingeschnappt. Auf Minervas Drängen fährt sie kleinlaut fort: »Ich habe die sprechende Tafel gefragt, was ich mal werde, wenn ich groß bin, und sie hat geantwortet: Anwältin.«

Diesmal verkneifen sich alle das Lachen. Ganz klar, María Teresa plappert nur nach, was ihre große Schwester sagt: Seit Jahren schon spielt Minerva mit dem Gedanken, Jura zu studieren.

»*Ay, Dios mío,* verschone mich damit«, seufzt Mamá, aber ihre Stimme hat ihre Leichtigkeit zurückgewonnen. »Das hat uns gerade noch gefehlt! Weiberröcke in der Justiz!«

»Genau das *braucht* unser Land.« Wie immer, wenn sie über Politik spricht, hat Minervas Stimme einen stählernen, selbstsicheren Klang. Seit kurzem redet sie jede Menge über Politik. Mamá findet, daß sie sich zuviel mit der Tochter der Perozos abgibt. »Höchste Zeit, daß wir Frauen in diesem Land ein Mitspracherecht bekommen.«

»Du und Trujillo«, sagt Papá ein bißchen zu laut in die klare, friedliche Nacht hinein, und alles verstummt. Plötzlich füllt sich die Dunkelheit mit Spitzeln, die dafür bezahlt werden, die Ohren aufzusperren und sie bei der Geheimpolizei anzuschwärzen: *Don Enrique behauptet, Trujillo braucht Hilfe, damit er das Land regieren kann. Don Enriques Tochter sagt, es ist höchste Zeit, daß die Frauen die Regierung übernehmen.* Einzelne Worte werden aufgeschnappt, verdreht und neue hinzugedichtet von Leuten, die ihnen übelwollen; so näht man Wort an Wort, bis das Leichentuch fertig ist, mit dem man die Familie zudeckt, nachdem man ihre Leichen in eine Grube geworfen und ihnen zur Strafe für ihre Geschwätzigkeit die Zunge abgeschnitten hat.

Als hätte es plötzlich zu regnen angefangen – dabei ist die Nacht so klar wie der Klang einer Glocke –, raffen alle wie auf Kommando Tücher und Gläser zusammen, stürmen ins Haus und lassen die Schaukelstühle draußen. Der Stallbursche wird sie schon hineintragen. Als María Teresa auf einen kleinen Stein tritt, stößt sie einen spitzen Schrei aus. »Ich habe gedacht, das wäre *el cuco*«, stöhnt sie.

Dedé hilft ihrem Vater, sicher die Treppe zur *galeria* hinaufzugehen, und dabei kommt ihr in den Sinn, daß er allein ihr tatsächlich die Zukunft vorausgesagt hat. Mit María Teresa hat er sich nur einen Scherz erlaubt, und Minerva und Patria sind wegen Mamás

Zurechtweisung erst gar nicht an die Reihe gekommen. Ein Frösteln durchläuft Dedé, denn sie fühlt in den Knochen, daß jetzt die Zukunft beginnt. Wenn sie vorbei ist, wird alles der Vergangenheit angehören. Dedé will nicht als einzige übrigbleiben, um ihre Geschichte zu erzählen.

Minerva
1938, 1941, 1944

Beschwerden
1938

Ich weiß nicht, wer Papá dazu überredet hat, uns aufs Internat zu schicken. Sieht ganz so aus, als wäre es derselbe Engel gewesen, der María verkündet hat, sie sei mit Gottes Sohn schwanger und solle sich gefälligst darüber freuen.

Wir vier mußten wegen jeder Kleinigkeit um Erlaubnis bitten: um auf die Felder zu gehen und zu sehen, wie der Tabak stand; um an einem heißen Tag die Füße ins kühle Wasser der Lagune zu tauchen; um vor dem Laden die Pferde zu tätscheln, während die Männer ihre Wagen mit Proviant beluden.

Wenn ich mir die Kaninchen in ihren Ställen ansah, sagte ich mir nicht selten: Ich bin wie ihr, ihr armen Dinger. Einmal öffnete ich einen Käfig, um einem halbwüchsigen Weibchen die Freiheit zu schenken. Ich gab dem Tier sogar einen Klaps, damit es loshoppelte. Aber es rührte sich nicht vom Fleck! Es war an seinen kleinen Stall gewöhnt. Ich gab ihm noch einen Klaps und noch einen, immer fester, bis es wie ein verängstigtes Kind zu wimmern anfing. Ich war es, die ihm Leid zufügte, weil ich mir einbildete, es müsse frei sein.

Dummes Karnickel! sagte ich mir. Du bist kein bißchen wie ich.

Alles fing damit an, daß Patria ins Kloster gehen wollte. Mamá war hellauf begeistert von der Vorstellung, eine Nonne in der Familie zu haben, aber Papá stellte sich quer. Immer wieder schnaubte er, es wäre die reinste Vergeudung, wenn so ein hübsches Mädchen wie Patria Nonne werde. In Mamás Gegenwart sagte er das zwar nur einmal, aber mir lag er damit ständig in den Ohren. Schließlich beugte sich Papá Mamás Wunsch. Er meinte, Patria solle ruhig auf eine Klosterschule gehen, sofern sie dort noch etwas anderes lerne, als nur Nonne zu sein. Mamá war einverstanden.

Als der Tag näherrückte, an dem Patria auf die Schule Inmaculada Concepción geschickt werden sollte, fragte ich Papá, ob ich mit ihr gehen könne, sozusagen als Anstandsdame für meine ältere Schwester, die doch nun eine ausgewachsene Señorita sei. (Sie hatte mir alles darüber erzählt, wie man vom Mädchen zur Señorita wird.)

Papá lachte, und seine Augen blitzten vor Stolz, als er mich ansah. Die anderen behaupteten, ich sei sein Liebling. Warum, weiß ich nicht, schließlich war ich die einzige, die sich von ihm nichts sagen ließ. Er zog mich auf den Schoß und sagte: »Und wer spielt für *dich* die Anstandsdame?«

»Dedé«, sagte ich, damit wir alle drei zusammen gehen durften. Er machte ein langes Gesicht. »Wenn mich meine Küken alle auf einmal im Stich lassen, was wird dann aus mir?«

Erst dachte ich, er mache einen Scherz, doch sein Blick war ernst. »Aber Papá«, belehrte ich ihn, »du wirst dich schon damit abfinden. In ein paar Jahren heiraten wir sowieso und gehen aus dem Haus.«

Noch Tage danach zitierte er mich mit traurigem Kopfschütteln und fügte hinzu: »Eine Tochter ist wie ein Dorn im Herzen.«

Mamá mochte es nicht, wenn er so daherredete. Sie glaubte, daß er sich alles nur deshalb so zu Herzen nahm, weil ihr einziger Sohn eine Woche nach der Geburt gestorben war. Und dann war vor drei Jahren María Teresa, also wiederum ein Mädchen statt einem Jungen, zur Welt gekommen. Wie dem auch sei, Mamá hielt es nicht für das Schlechteste, uns alle drei auf die Schule zu schicken. »Enrique, die Mädchen brauchen eine gute Schulbildung. Sieh uns an!« Mamá hatte es zwar nie zugegeben, aber ich hatte sie im Verdacht, daß sie nicht lesen und schreiben konnte.

»Stimmt mit uns etwas nicht?« entgegnete Papá und wies mit

schwungvoller Geste zum Fenster, vor dem draußen die Wagen Schlange standen und auf Ware aus seinen Lagerhäusern warteten. In den letzten Jahren hatte Papá mit seinem *rancho* eine Menge Geld verdient. Seit kurzem bekamen wir sogar Unterricht. Mamá war nämlich der Ansicht, die Schulbildung müsse mit dem Wohlstand Schritt halten.

Wieder gab Papá klein bei, aber er meinte, eine von uns müsse hierbleiben, um ihm im Laden zu helfen. Egal, was Mamá vorschlug – immer hatte er etwas daran auszusetzen. Mamá meinte, er müsse zu allem seinen Senf geben, damit niemand behaupten könne, Enrique Mirabal habe zu Hause nicht die Hosen an.

Ich wußte genau, was in seinem Hinterstübchen vorging, als er uns nun fragte, wer von uns bleiben würde, um ihm ein bißchen zur Hand zu gehen, und da heftete er seinen Blick auch schon auf mich.

Ich sagte kein Wort, sondern blickte starr zu Boden, als hätte jemand die Lektion der nächsten Unterrichtsstunde mit Kreide auf die Dielen geschrieben. Ich brauchte mir keine Sorgen zu machen, denn auf die unverdrossene Dedé war Verlaß: »Ich bleibe hier und helfe dir, Papá.«

Überrascht sah Papá sie an. Immerhin war Dedé ein Jahr älter als ich. Wenn, dann hätten sie und Patria als erste aus dem Haus gehen müssen. Also ließ sich Papá die Angelegenheit noch mal durch den Kopf gehen und befand schließlich, daß Dedé mit uns gehen solle. Die Entscheidung war gefallen: Wir würden alle drei auf die Schule Inmaculada Concepción gehen, Patria und ich bereits im Herbst, Dedé erst im Januar, weil Papá darauf bestand, daß sie, das Mathegenie, ihm während der hektischen Erntezeit mit der Buchhaltung half.

So also erlangte ich die Freiheit. Damit meine ich nicht nur die Tatsache, daß ich im Zug mit einem Koffer voll neuer Sachen dem Internat entgegenfuhr, sondern auch das, was in meinem Kopf vorging, nachdem ich in Inmaculada angekommen war, Sinita kennengelernt und erlebt hatte, was mit Lina passierte, und als ich begriff, daß ich meinen kleinen Käfig nur gegen einen größeren eingetauscht hatte, so groß wie unser ganzes Land.

Zum ersten Mal sah ich Sinita im Empfangszimmer, in dem Sor Asunción die neuen Schülerinnen und ihre Mütter begrüßte. Sinita war allein, ein spindeldürres Mädchen mit knochigen Ellbogen und sauertöpfischer Miene. Sie war ganz in Schwarz gekleidet, was ich seltsam fand, weil man die meisten Kinder erst ab fünfzehn aufwärts in Trauerkleider steckte. Dabei sah sie kein bißchen älter aus als ich, und ich war gerade erst zwölf. Trotzdem hätte ich mich mit jedem in die Wolle gekriegt, der behauptet hätte, ich sei noch ein Kind!

Ich beobachtete sie. Das höfliche Geschwätz im Empfangszimmer langweilte sie offenbar genauso wie mich. Es war, als würde einem das Hirn von einer Wolke aus Talkumpuder vernebelt, wenn man sich anhörte, wie die Mütter sich gegenseitig mit Komplimenten über ihre Töchter eindeckten und sich mit den Schwestern der Barmherzigen Mutter lispelnd in bestem Kastilisch unterhielten. Wo war die Mutter von diesem Mädchen? fragte ich mich. Sinita saß ganz allein da und sah alle so giftig an, als wollte sie jedem an die Gurgel springen, der es wagte, sie nach ihrer Mutter zu fragen. Mir fiel auf, daß sie sich auf die Hände gesetzt hatte und auf der Unterlippe herumbiß, um nicht in Tränen auszubrechen. Die Schnürsenkel an ihren Schuhen waren abgeschnitten, damit sie wie Slipper aussahen, aber sie sahen einfach nur wie ausgelatschte Schlappen aus.

Ich stand auf und tat so, als betrachtete ich die Gemälde an den Wänden wie jemand, der religiöse Kunst mag. Als ich zu dem Bildnis der Barmherzigen Mutter genau über Sinitas Kopf gelangte, schob ich die Hand in die Tasche und kramte den Knopf hervor, den ich im Zug gefunden hatte. Er funkelte wie ein Diamant und hatte auf der Rückseite ein Loch, so daß man eine Schnur hindurchziehen und ihn als romantisches Schmuckstück wie ein enganliegendes Halsband tragen konnte. Ich selbst hätte so etwas nie getragen, fand aber, daß der Knopf jemandem, der Gefallen an solchen Dingen fand, gut stehen würde.

Ich hielt ihn ihr hin. Mir fiel nichts Passendes ein, was ich hätte sagen können, aber es hätte wohl sowieso nicht viel genützt. Sie nahm den Knopf, beäugte ihn von allen Seiten und legte ihn wieder auf meinen Handteller. »Ich brauche keine milden Gaben.«

Ich spürte, wie sich mir vor Ärger die Brust zusammenzog. »Es ist ein Freundschaftsknopf, nichts weiter.«

Argwöhnisch musterte sie mich, als würde sie keinem trauen. »Warum hast du das nicht gleich gesagt?« sagte sie schließlich und grinste wie eine alte Freundin, die sich eine kleine Frotzelei erlauben durfte.

»Habe ich doch«, sagte ich, öffnete meine Faust und bot ihr den Knopf erneut an. Diesmal nahm sie ihn.

Nachdem unsere Mütter gegangen waren, mußten wir eine Schlange bilden und den Inhalt unseres Gepäcks in eine Liste eintragen lassen. Dabei fiel mir auf, daß Sinita nicht nur nicht von ihrer Mutter begleitet worden war, sondern daß sie kaum etwas mitgebracht hatte. Ihre gesamte Habe war zu einem Bündel geschnürt, und als Sor Milagros alles aufschrieb, kam sie mit zwei Zeilen aus: 3× *Unterwäsche zum Wechseln, 4 Paar Socken, Kamm und Bürste, Handtuch und Nachthemd.* Als Sinita der Schwester den funkelnden Knopf hinhielt, meinte diese, es sei nicht nötig, ihn aufzuschreiben.

»Armenkind«, tuschelten sich die anderen zu. »Na und?« ließ ich ein kicherndes Mädchen mit Korkenzieherlocken abblitzen, das mir die Neuigkeit zuraunte. Augenblicklich hielt es die Klappe. Jetzt war ich erst recht froh darüber, daß ich Sinita den Knopf geschenkt hatte.

Anschließend wurden wir in eine Art Aula geführt und mußten uns jede Menge Begrüßungsansprachen anhören. Danach brachte Sor Milagros, die für die Zehn- bis Zwölfjährigen zuständig war, eine kleine Gruppe von uns nach oben in den Schlafsaal, den wir miteinander teilen sollten. Man hatte die Seite an Seite stehenden Betten bereits für die Nacht mit Moskitonetzen versehen, die wie lauter kleine Brautschleier aussahen.

Sor Milagros verkündete, sie werde uns nun in alphabetischer Reihenfolge unserer Familiennamen die Betten zuteilen, Da hob Sinita die Hand und fragte, ob sie das Bett neben meinem bekommen könnte. Sor Milagros überlegte kurz, und ein gerührter Ausdruck machte sich auf ihrem Gesicht breit. Natürlich, meinte sie, doch als noch ein paar andere Mädchen denselben Wunsch äußerten, lehnte sie ab. Ich meldete mich unaufgefordert zu Wort und sagte: »Ich finde, daß es nicht gerecht ist, wenn Sie nur für uns eine Ausnahme machen.«

Sor Milagros schien wie vom Donner gerührt. Ich glaube, in ihrem Nonnenleben war es ihr noch nicht oft untergekommen, daß sie sich von jemandem sagen lassen mußte, was richtig und was falsch war. Schlagartig wurde mir klar, daß diese kleine, rundliche Nonne mit dem grauen Haar, das unter der Haube hervorschaute, nicht Mamá oder Papá war und ich ihr also nicht ohne weiteres widersprechen konnte. Schon setzte ich zu einer Entschuldigung an, als Sor Milagros mit ihrem Zahnlückenlächeln sagte: »Einverstanden, ihr dürft euch selbst die Betten aussuchen. Aber wehe, ich höre auch nur ein böses Wort –« Ein paar Mädchen hatten sich bereits auf die besten Betten am Fenster gestürzt und zu streiten angefangen, wer zuerst dagewesen sei – »dann halten wir uns doch ans Alphabet. Ist das klar?«

»Ja, Sor Milagros«, riefen wir im Chor.

Sie trat auf mich zu und umschloß mit den Händen mein Gesicht. »Wie heißt du?« fragte sie.

Ich nannte ihr meinen Namen, und sie wiederholte ihn mehrmals, als wollte sie kosten, wie er ihr schmeckte. Plötzlich lächelte sie, als gefiele ihr der Geschmack, Dann warf sie einen Blick auf Sinita, der hier offenbar alle besonders wohlgesonnen waren, und sagte: »Kümmere dich um unsere liebe Sinita.«

»Das werde ich tun«, antwortete ich und nahm Haltung an wie jemand, den man mit einer Mission betraut hat, und als genau das sollte es sich später entpuppen.

Ein paar Tage später rief Sor Milagros uns alle zu sich, um mit uns ein wenig über »Körperpflege« zu plaudern, wie sie es nannte. Ich wußte sofort, daß dies nichts anderes bedeutete, als daß sie interessante Dinge auf die uninteressanteste Art und Weise abhandeln würde.

Zuerst einmal, begann sie, habe es das eine oder andere Mißgeschick gegeben. Wer einen Matratzenschoner brauche, solle sich an sie wenden. Die beste Möglichkeit, solch ein Unglück zu verhindern, sei natürlich, daß wir uns versicherten, ob wir vor dem Zubettgehen auch tatsächlich Gebrauch von unserem Nachttopf gemacht hätten. Irgendwelche Fragen?
Keine einzige.
Als sie weitersprach, nahm ihr Gesicht einen zurückhaltenden, verschämten Ausdruck an. Sie meinte, es könne durchaus geschehen, daß wir im Laufe dieses Schuljahrs zu jungen Damen würden. Sie verstrickte sich in einer äußerst wirren Erläuterung des Wie und Warum und schloß mit den Worten, sobald bei uns »Beschwerden« einsetzten, sollten wir uns an sie wenden. Diesmal fragte sie nicht, ob es Fragen gebe.

Ich verspürte Lust, die Dinge beim Namen zu nennen und sie genauso unverblümt zu erklären, wie Patria sie mir auseinandergesetzt hatte, aber dann sagte ich mir, daß es vielleicht keine so gute Idee wäre, in der ersten Woche gleich zweimal vorlaut zu sein.

Kaum war Sor Milagros gegangen, fragte mich Sinita, ob ich verstanden habe, worüber um alles in der Welt die Nonne sich da ausgelassen hatte. Verblüfft sah ich sie an. Da lief sie wie eine richtige junge Dame ganz in Schwarz herum und hatte von Tuten und Blasen keine Ahnung! Ohne ein Blatt vor den Mund zu nehmen, erzählte ich Sinita alles, was ich über Blutungen und die Babys wußte, die eines Tages zwischen unseren Beinen herauskommen würden. Sie war ganz schön entsetzt, aber auch dankbar. Im Gegenzug bot sie an, mir Trujillos Geheimnis zu verraten.

»Was für ein Geheimnis?« fragte ich. Ich dachte, Patria hätte mir alle Geheimnisse erzählt.

»Später«, sagte Sinita und warf einen Blick über die Schulter.

Es vergingen ein paar Wochen, bis Sinita wieder von »ihrem« Geheimnis anfing. Ich dachte schon längst nicht mehr daran, oder vielleicht hatte ich die Sache auch aus meinem Gedächtnis verdrängt aus Angst vor dem, was ich da erfahren könnte. Außerdem waren wir voll und ganz mit dem Unterricht und dem Knüpfen neuer Freundschaften beschäftigt. Fast jede Nacht besuchte uns das eine oder andere Mädchen unter unseren Moskitonetzen oder statteten wir selber anderen Besuche ab. Wir hatten zwei »Stammgäste«, Lourdes und Elsa, und schon bald waren wir vier unzertrennlich. Bis auf ein paar kleine Unterschiede waren wir uns sehr ähnlich – Sinita war arm, und das sah man ihr an; Lourdes war dick, obwohl wir als ihre Freundinnen sie als »ein klein bißchen pummelig« bezeichneten, wenn sie uns nach unserer Meinung fragte, was sie ständig tat; Elsa war ein hübsches Mädchen vom »Habe-ich-es-euch-nicht-gesagt-Typ«, als hätte sie nicht damit gerechnet, daß sie eines Tages hübsch werden könnte, und müßte es sich nun beweisen; und ich, ich konnte den Mund nicht halten, wenn ich glaubte, etwas sagen zu müssen.

In der Nacht, in der mir Sinita Trujillos Geheimnis verriet, konnte ich nicht schlafen. Ich hatte mich den ganzen Tag schon nicht wohl gefühlt, Sor Milagros aber nichts davon gesagt, weil ich Angst hatte, sie könnte mich ins Krankenzimmer stecken, wo ich das Bett hüten und Sor Consuelo hätte zuhören müssen, wie sie den Kranken und Sterbenden die Novene vorlas. Und wenn Papá davon erfahren hätte, hätte er womöglich seine Meinung geändert und mich nach Hause geholt, und dann wäre es für mich mit den Abenteuern vorbei gewesen.

Ich lag auf dem Rücken, und während ich die Spitze des weißen, zeltförmigen Moskitonetzes anstarrte, fragte ich mich, wer wohl außer mir noch wach war. Plötzlich fing Sinita im Bett neben mir leise an zu weinen, als wollte sie vermeiden, daß jemand sie hörte. Ich wartete ab, aber sie hörte nicht auf. Nach einer Weile ging ich zu ihr, hob das Netz an und flüsterte: »Was ist los?«

Sie brauchte ein bißchen, bis sie sich soweit beruhigt hatte, daß sie mir antworten konnte. »Es ist wegen José Luis.«

»Dein Bruder?« Wir wußten alle, daß er im vergangenen Sommer gestorben war. Deshalb hatte Sinita am Tag der Ankunft Trauerkleidung getragen.

Sie fing an zu schluchzen und zitterte am ganzen Leib. Da kroch ich unter ihre Decke und streichelte ihr Haar, wie Mamá es jedesmal mit mir getan hatte, wenn ich Fieber gehabt hatte. »Erzähl mir alles, Sinita, vielleicht geht es dir dann besser.«

»Ich kann nicht«, flüsterte sie. »Man wird uns alle töten. Es ist Trujillos Geheimnis.«

Das hätte sie nicht zu mir sagen sollen, nämlich daß ich etwas nicht wissen durfte, was ich unbedingt wissen *mußte*. Ich erinnerte sie an unsere Abmachung. »Komm schon, Sinita. Ich habe dir auch von den Babys erzählt.«

Ich mußte ihr noch eine ganze Weile zureden, bis sie endlich mit der Sprache herausrückte.

Sie erzählte mir unglaubliche Dinge, die ich von ihr nie vermutet hätte. Ich hatte gedacht, sie wäre schon immer arm gewesen, doch nun stellte sich heraus, daß ihre Familie früher einmal reich und bedeutend gewesen war. Drei ihrer Onkel waren sogar mit Trujillo befreundet gewesen, aber sie hatten sich von ihm abgewendet, als sie dahinterkamen, daß er schlimme Sachen machte.

»Schlimme Sachen?« unterbrach ich sie. »Trujillo macht schlimme Sachen?« Es war, als hätte man mir eröffnet, Jesus habe ein Baby geohrfeigt oder mit der Unbefleckten Empfängnis unserer Gesegneten Muttergottes sei es nicht weit her. »Das kann nicht sein!« protestierte ich, doch in meinem Herzen explodierten Zweifel wie Knallfrösche.

»Warte«, flüsterte Sinita, und ihre dünnen Finger tasteten im Dunkeln nach meinem Mund. »Laß mich fertig erzählen... Meine Onkel hatten sich einen Plan ausgedacht, wie sie Trujillo etwas antun könnten, aber irgend jemand hat sie verraten, und da hat man sie alle drei auf der Stelle erschossen.« Sinita holte tief Luft, als wollte sie sämtliche Geburtstagskerzen ihrer Großmutter auf einmal ausblasen.

»Aber was für schlimme Sachen hat Trujillo gemacht, daß sie ihn umbringen wollten?« hakte ich nach. Ich konnte das nicht einfach so hinnehmen. Bei uns zu Hause hing Trujillo an der Wand, gleich neben dem Bildnis unseres Herrn Jesus Christus mit einer ganzen Herde allerniedlichster Schäfchen.

Sinita erzählte mir alles, was sie wußte. Als sie schließlich verstummte, zitterte auch ich.

Laut Sinita hatte Trujillo es auf hinterhältigste Weise zum Präsidenten gebracht. Als er selbst noch in der Armee war, waren seine Vorgesetzten einer nach dem anderen spurlos verschwunden, bis er nur noch dem Befehlshaber der gesamten Streitkräfte unterstand.

Dieser Mann, der ranghöchste General der Armee, hatte sich in eine verheiratete Frau verliebt. Trujillo war sein Freund, und deshalb wußte er von dem Geheimnis. Der Ehemann der Frau war ein sehr eifersüchtiger Mann, und auch mit ihm freundete sich Trujillo an.

Eines Tages vertraute der General Trujillo an, er habe mit dieser Frau abends eine Verabredung unter einer Brücke in Santiago, wo sich gewisse Leute trafen, um allerlei schlimme Dinge zu tun. Trujillo ging zum Ehemann und erzählte ihm alles, worauf dieser seiner Frau und dem General unter der Brücke auflauerte und beide erschoß. Kurze Zeit später wurde Trujillo zum Befehlshaber der Streitkräfte ernannt.

»Vielleicht fand Trujillo, daß der General etwas Böses tat, weil er sich mit der Frau von einem anderen Mann herumtrieb«, nahm ich ihn in Schutz.

Ich hörte Sinita seufzen. »Warte erst mal ab«, sagte sie, »bevor du dir deine Meinung bildest.«

Nachdem Trujillo Befehlshaber der Streitkräfte geworden war, wandte er sich an ein paar Leute, die den alten Präsidenten nicht mochten. Eines Abends umstellten diese Leute den Palast und sagten zum alten Präsidenten, er solle verschwinden. Der alte Präsident lachte nur darüber und ließ nach seinem guten Freund, dem Befehlshaber der Streitkräfte, schicken, aber General Trujillo kam und kam nicht. Wenig später saß der alte Präsident als Ex-Präsident an Bord eines Flugzeugs nach Puerto Rico, und Trujillo verkündete zum Erstaunen der Leute, die den Palast umstellt hatten, er sei nun der Präsident.

»Hat ihm denn niemand gesagt, daß er das nicht einfach machen kann?« fragte ich, denn *ich* hätte es bestimmt getan.

»Wer den Mund zu weit aufriß, lebte nicht lange«, sagte Sinita. »Wie meine Onkel, von denen ich dir erzählt habe. Später mußten noch zwei Onkel und schließlich auch mein Vater dran glauben.« Wieder fing sie an zu weinen. »Und in diesem Sommer haben sie meinen Bruder umgebracht.«

Mein Magengrummeln hatte wieder angefangen, oder vielleicht hatte es auch gar nicht aufgehört, sondern ich hatte es nur vergessen, während ich versuchte, Sinita zu trösten. »Hör auf, bitte«, beschwor ich sie. »Ich glaube, ich muß mich übergeben.«

»Ich kann nicht«, sagte sie.

Die Geschichte sprudelte aus Sinita heraus wie Blut aus einer Schnittwunde.

An einem Sonntag im vergangenen Sommer befand sich Sinitas Familie gerade auf dem Heimweg von der Kirche. Ihre Familie – das waren verwitwete Tanten, die Mutter und jede Menge Cousinen. Ihr Bruder José Luis war der einzige noch lebende Junge in der gesamten Verwandtschaft. Wohin sie auch gingen, bildeten die Mädchen eine Art Schutzschirm um ihn, denn José Luis hatte geschworen, seinen Vater und seine Onkel zu rächen, und in der Stadt machte das Gerücht die Runde, Trujillo habe es auch auf ihn abgesehen.

Als sie den Platz überquerten, trat ein Straßenhändler auf sie zu, um ihnen ein Lotterielos zu verkaufen. Da es sich um den Zwerg handelte, dem sie schon des öfteren etwas abgekauft hatten, trauten sie ihm.

»Oh, den kenne ich!« sagte ich. Wenn wir mit dem Pferdewagen nach San Francisco fuhren, stand er manchmal dort auf dem Platz, ein erwachsener Mann, der trotzdem nicht größer war als ich mit meinen zwölf Jahren. Mamá kaufte ihm nie etwas ab. Sie behauptete, Christus hätte uns Glücksspiele verboten, und Lotto sei ein Glücksspiel. Wenn ich allerdings mit Papá allein unterwegs war, kaufte er jedesmal ein ganzes Bündel Lose und nannte es eine gute Investition.

José Luis bat um ein Los mit seiner Glückszahl. Als der Zwerg es ihm reichte, blitzte plötzlich etwas Silbernes in seiner Hand auf. Das war alles, was Sinita sah. José Luis stieß einen entsetzlichen Schrei aus, und seine Mutter und die Tanten riefen nach einem Arzt. Als Sinita sich über ihren Bruder beugte, sah sie, daß sich sein weißes Hemd an der Brust blutrot gefärbt hatte.

Jetzt fing auch ich an zu heulen, aber ich zwickte mir in den Arm, denn ich mußte tapfer sein, allein schon wegen Sinita.

»Wir haben ihn neben meinem Vater begraben. Meine Mutter ist seitdem nicht mehr dieselbe. Sor Asunción, die meine Familie kennt, hat mir angeboten, das *colegio* umsonst zu besuchen.«

Meine Magenkrämpfe waren so ähnlich, als würde ein Stück Stoff nach dem Waschen so fest ausgewrungen, bis kein Tropfen mehr drin ist. »Ich werde für deinen Bruder beten«, versprach ich. »Aber eins mußt du mir noch sagen, Sinita: Was ist denn nun Trujillos Geheimnis?«

»Hast du es noch nicht kapiert? Verstehst du denn nicht, Minerva? Trujillo läßt einen nach dem anderen umbringen!«

Fast die ganze Nacht lag ich wach und dachte über Sinitas Vater, Bruder, Onkel und Trujillos Geheimnis nach, das offenbar niemand außer Sinita kannte. Ich hörte, wie die Uhr unten im Empfangsraum zu jeder vollen Stunde schlug. Als ich endlich einschlief, wurde es im Schlafsaal schon langsam hell.

Morgens wurde ich von Sinita wachgerüttelt. »Schnell!« sagte sie. »Du kommst zu spät zur Morgenandacht.« Schläfrig schlurften die anderen Mädchen in ihren Pantoffeln aus dem Schlafsaal zu den Becken im überfüllten Waschraum. Sinita schnappte sich Handtuch und Seifenschachtel vom Nachttisch und schloß sich der Prozession an.

Erst als ich richtig wach war, merkte ich, daß das Laken unter mir feucht war. O nein, dachte ich, ich habe ins Bett gemacht! Und dabei habe ich Sor Milagros gesagt, daß ich keinen Matratzenschoner brauche.

Ich hob die Decke hoch, und im ersten Moment konnte ich mir die dunklen Flecken auf dem Laken nicht erklären, doch dann befühlte ich mich und hob die Hand vor die Augen: Kein Zweifel, meine »Beschwerden« hatten eingesetzt.

¡Pobrecita!
1941

Bei uns zu Hause auf dem Land heißt es, solange der Nagel nicht getroffen ist, glaubt er nicht an den Hammer. Alles, was Sinita mir erzählt hatte, tat ich als schreckliche Entgleisung ab, die sich nicht wiederholen würde. Doch dann ging der Hammer mit voller Wucht mitten auf unsere Schule nieder, genau auf Lina Lovatóns Kopf. Sie allerdings nannte es Liebe und zog glücklich davon wie eine frischvermählte junge Frau.

Lina war ein paar Jahre älter als Elsa, Lourdes, Sinita und ich; aber in ihrem letzten Jahr im Internat Inmaculada Concepción teilten wir denselben Schlafsaal für die Fünfzehn bis Siebzehnjährigen. Wir lernten Lina Lovatón kennen und lieben, was bei ihr untrennbar miteinander verbunden war.

Wir blickten zu ihr auf, als wäre sie viel älter als die anderen Siebzehnjährigen. Groß, wie sie war, wirkte sie für ihr Alter sehr erwachsen, hatte rotgoldenes Haar und eine Haut mit einem warmen, goldenen Glanz, als käme sie gerade aus dem Backofen. Als Elsa sie einmal im Waschraum mit neugierigen Fragen bedrängte, während Sor Socorro sich gerade drüben im Kloster befand, schlüpfte Lina kurzerhand aus ihrem Nachthemd und führte uns vor, wie wir in ein paar Jahren aussehen würden.

Sie sang im Chor und hatte eine schöne, klare, engelsgleiche Stimme. Ihre Handschrift war so verschnörkelt wie in den alten Gebetbüchern mit den silbernen Schließen, die Sor Asunción aus Spanien mitgebracht hatte. Lina brachte uns bei, wie man sich das Haar auf Wickler drehte und wie man einen Knicks machte, falls wir jemals einem König begegnen sollten. Wir sahen ihr staunend zu und waren alle in unsere schöne Lina verliebt.

Auch die Nonnen liebten sie und erkoren immer Lina dazu aus, beim Abendessen, bei dem wir schweigen mußten, aus dem Evangelium vorzulesen oder bei den Marienprozessionen die kleine Madonnenfigur des Ordens zu tragen. Lina wurde genauso oft wie meine Schwester Patria mit dem allwöchentlich verliehenen »Band für gutes Betragen« ausgezeichnet, das sie wie eine Schärpe stolz auf der Uniform aus blauer Serge trug.

Ich erinnere mich noch an den Nachmittag, an dem alles begann. Wir spielten draußen Volleyball, und Lina, unser Mannschaftskapitän, führte uns zum Sieg. Während sie mal hierhin, mal dorthin hechtete, um den Ball zu erwischen, löste sich ihr dickes, geflochtenes Haar, und ihre Wangen röteten sich.

Da eilte Sor Socorro auf sie zu. Lina Lovatón solle sofort mit ihr kommen. Ein wichtiger Besucher wolle sie sehen. Das war sehr ungewöhnlich, weil unter der Woche kein Besuch erlaubt war und die Schwestern sich gewöhnlich peinlich genau an die Regeln hielten.

Lina machte sich also auf den Weg, und Sor Socorro zupfte ihr im Gehen die Bänder im Haar zurecht und strich ihr die Uniformbluse und den Faltenrock glatt. Wir nahmen das Spiel wieder auf, aber ohne unseren geliebten Mannschaftskapitän machte es uns nicht mehr so richtig Spaß.

Als Lina zurückkam, steckte gleich über ihrer linken Brust eine glänzende Medaille an der Uniform. Wir umringten sie und wollten von ihr alles über den wichtigen Besucher wissen. »Trujillo?« riefen wir ungläubig. »*Trujillo* war hier und hat dich besucht?« Da kam Sor Socorro zum zweiten Mal an diesem Tag herausgestürzt und rief uns zur Ordnung. Wir mußten warten, bis abends die Lichter gelöscht wurden, um Linas Geschichte zu hören.

Es stellte sich heraus, daß Trujillo einem Regierungsbeamten in der Nachbarschaft einen Besuch abgestattet hatte und, von unserem Geschrei während des Volleyballspiels angelockt, auf den Balkon getreten war. Als sein Blick auf unsere schöne Lina fiel, begab er sich, von seinen überraschten Adjutanten gefolgt, geradewegs in die Schule und bestand darauf, daß man ihm das Mädchen vorführte. Ein Nein hätte er nicht gelten lassen. Schließlich fügte sich Sor Asunción seinem Willen und schickte nach Lina Lovatón. Eine ganze Schar von Soldaten habe um sie herumgestanden, sagte Lina, und dann habe Trujillo eine Medaille von seiner Uniform entfernt und sie ihr angesteckt!

»Und was hast du gemacht?« wollten wir wissen. Im Mondschein, der durch die offenen Fensterläden hereinflutete, zeigte Lina Lovatón es uns: Sie hob das Moskitonetz an, stellte sich vor uns hin und machte einen tiefen Knicks.

Von da an kam Trujillo jedesmal, wenn er in der Stadt war – und er war öfter in La Vega als je zuvor –, bei uns vorbei und besuchte Lina Lovatón. Geschenke wurden in die Schule geschickt: eine Ballerina aus Porzellan, Parfumfläschchen, die wie Schmuckstücke aussahen und so rochen, wie sich ein Rosengarten zu riechen nur wünschen konnte, eine Satinschachtel mit einem goldenen, herzförmigen Amulett für ein Armband, das Trujillo ihr bereits zusammen mit einem Anhänger in Form eines großen L geschenkt hatte.

Anfangs waren die Nonnen in heller Sorge, doch schon bald erhielten auch sie Geschenke: ballenweise Musselin für neue Laken und Frottee für Handtücher sowie eine Spende von tausend Pesos für eine neue Statue der Gnadenreichen Muttergottes, die ein in der Hauptstadt lebender spanischer Künstler anfertigen sollte.

Lina hielt uns über Trujillos Besuche auf dem laufenden. Es war aufregend für uns alle, wenn er kam. Zuerst wurde der Unterricht aufgehoben, und in der ganzen Schule wimmelte es von seinen Beschützern, die in unseren Schlafsälen herumschnüffelten. Sobald sie damit fertig waren, stellten sie sich stramm in einer Linie auf, und wir versuchten, ihren Habacht-Gesichtern ein Lächeln zu entlocken. Unterdessen verschwand Lina in dem Empfangszimmer, in dem uns unsere Mütter am ersten Tag abgeliefert hatten. Wie Lina uns später berichtete, begann der Besuch gewöhnlich damit, daß Trujillo für sie ein Gedicht zitierte und anschließend verkündete, er trage eine Überraschung bei sich, die sie selbst suchen müsse. Manchmal forderte er sie auf, ihm etwas vorzusingen oder zu -tanzen. Am liebsten mochte er, wenn sie mit den Medaillen an seiner Brust spielte, indem sie sie abnahm und wieder ansteckte.

»Liebst du ihn denn?« wollte Sinita einmal von Lina wissen, und dabei klang Sinitas Stimme so angewidert, als hätte sie Lina gefragt, ob sie sich in eine Tarantel verliebt hätte.

»Von ganzem Herzen«, seufzte Lina. »Mehr als mein Leben.«

Trujillo besuchte Lina weiterhin, schickte ihr Geschenke und Liebesbriefe, die sie uns vorlas. Ich glaube, außer Sinita verliebten wir uns eine nach der anderen in das Phantom, das Linas sanftes, schlichtes Gemüt wie ein Held erobert hatte. Aus dem hintersten Winkel meiner Schublade, wo ich es Sinita zuliebe verstaut hatte, kramte ich das kleine Bildnis von Trujillo wieder hervor, von dem jede von uns im Unterricht für Staatsbürgerkunde eines erhalten hatte. Nachts schob ich es unters Kopfkissen, um mich gegen Alpträume zu schützen.

Zu Linas siebzehntem Geburtstag veranstaltete Trujillo ein großes Fest in einem neuen Haus, das er sich erst kürzlich außerhalb von Santiago hatte bauen lassen. Lina fuhr für eine ganze Woche fort. Am Geburtstag selbst erschien in der Zeitung ein ganzseitiges Photo von Lina, und darunter ein von Trujillo eigenhändig geschriebenes Gedicht:

Als Königin kam sie zur Welt, doch nicht edle Herkunft verlieh ihr diesen Rang, sondern eine Schönheit, wie der Himmel sie der Erde nur selten schenkt.

Sinita behauptete, ein anderer hätte es für ihn geschrieben, weil Trujillo angeblich kaum seinen eigenen Namen kritzeln konnte. »Wenn ich Lina wäre –« sagte sie und streckte die rechte Hand aus, als würde sie nach einer Weintraube greifen und den Saft aus ihr herauspressen.

Wochen vergingen, aber Lina kam nicht zurück. Schließlich gaben die Nonnen bekannt, daß Lina Lovatón ihr Abschlußzeugnis aufgrund einer Regierungsverordnung *in absentia* verliehen werde. »Warum kommt sie nicht zu uns zurück?« fragten wir Sor

Milagros, die uns von allen die Liebste war. Sor Milagros schüttelte nur stumm den Kopf und wandte das Gesicht ab, doch ich hatte Tränen in ihren Augen gesehen.

Im Sommer fand ich heraus, warum sie geweint hatte. Papá und ich waren mit dem Pferdewagen nach Santiago unterwegs, um eine Ladung Tabak abzuliefern, als er plötzlich auf ein hohes Eisengitter zeigte, hinter dem sich ein großes Herrenhaus mit vielen Blumen und Hecken befand, die alle in Form von Tieren zurechtgestutzt waren. »Schau, Minerva, hier wohnt eine von Trujillos Freundinnen, deine ehemalige Schulfreundin Lina Lovatón.«

»Lina!?« Der Atem stockte mir, und mir war, als würde ich ersticken. »Aber Trujillo ist doch verheiratet!« rief ich. »Wie kann Lina dann seine Freundin sein?«

Papá sah mich lange an, dann sagte er: »Er hat jede Menge Freundinnen, und sie wohnen über die ganze Insel verstreut in großen, prachtvollen Häusern. Mit Lina Lovatón ist es ein Trauerspiel, weil sie ihn aufrichtig liebt. ¡*Pobrecita*!« Er ergriff die Gelegenheit beim Schopf, um mich darüber zu belehren, warum Hühner sich nicht aus dem sicheren Scheunenhof hinauswagen sollten.

Im Herbst kam bei einer unserer nächtlichen »Sitzungen« im Internat der Rest der Geschichte heraus: Lina Lovatón war in dem großen Haus schwanger geworden, und als Trujillos Frau, Doña María, davon erfahren hatte, war sie mit dem Messer auf sie losgegangen. Also hatte Trujillo Lina nach Miami abgeschoben, wo er für sie ein Haus gekauft hatte, weil sie dort in Sicherheit war. Dort lebte sie nun allein vor sich hin und wartete darauf, daß er sie anrief. Ich vermute, daß er sich längst in ein anderes hübsches Mädchen verguckt hatte.

»*Pobrecita*«, sagten wir im Chor, und es klang wie ein Amen.

Still dachten wir über das traurige Ende nach, das es mit unserer schönen Lina genommen hatte. Wieder spürte ich, daß ich nur flach atmen konnte. Anfangs hatte ich gedacht, das käme von den Baumwollbandagen, die ich seit einer Weile fest um meine Brust wickelte, damit mir kein Busen wuchs. Ich wollte sichergehen, daß mir nie dasselbe wie Lina Lovatón passierte. Doch jedesmal, wenn mir ein neues Geheimnis über Trujillo zu Ohren kam, spürte ich, wie sich etwas in meiner Brust verkrampfte, auch, wenn ich gerade einmal keine Bandagen trug.

»Trujillo ist ein Teufel«, raunte Sinita, als wir auf Zehenspitzen zurück zu unseren Betten tappten. Auch in diesem Jahr hatten wir durchsetzen können, daß sie nebeneinander standen.

Insgeheim aber dachte ich: Nein, er ist ein Mann. Trotz allem, was ich über ihn gehört hatte, tat er mir leid. *¡Pobrecito!* Nachts hatte er wahrscheinlich einen Alptraum nach dem anderen, genau wie ich, und grübelte die ganze Zeit darüber nach, was er angerichtet hatte.

Unten, im dunklen Empfangsraum, dröhnte zu jeder Stunde die Uhr, und es klang wie Hammerschläge.

Die Aufführung
1944

Unser Land feierte sein hundertjähriges Bestehen. Seit dem Unabhängigkeitstag am 27. Februar hatten Feiern und Aufführungen einander abgelöst. Patria war am selben Tag zwanzig Jahre alt geworden, und wir hatten an ihrem Geburtstag eine große Party in Ojo de Agua veranstaltet. Auf diese Weise konnte meine Familie zwei Fliegen mit einer Klappe schlagen und ihren Patriotismus sowie ihre Loyalität gegenüber Trujillo unter Beweis stellen. Wir behaupteten einfach, die Party fände ihm zu Ehren statt; Patria zog sich weiß, ihr kleiner Sohn Nelson rot und Pedrito, ihr Mann, blau an. Wie man sieht, hatte sie sich die Idee, Nonne zu werden, längst aus dem Kopf geschlagen.

Nicht nur meine Familie zog eine große Loyalitätsveranstaltung auf, sondern das ganze Land. Bei Schulbeginn im Herbst wurden neue Geschichtsbücher an uns verteilt, in deren Einband das Bildnis von Ihr-wißt-schon-wem geprägt war, so daß selbst ein Blinder kapieren mußte, um wen sich all die Lügengeschichten rankten.

Die Geschichte unseres Landes las sich nun wie ein Abklatsch der Bibel: Jahrhundertelang hätten wir Bürger der Dominikanischen Republik nur darauf gewartet, daß unser Herr und Gebieter Trujillo auf der Bildfläche erschiene. Es war reichlich abgeschmackt.

Allenthalben in der Natur herrscht ein Gefühl der Verzückung. Ein seltsames, überirdisches Licht durchflutet das Haus, das Fleiß und Frömmigkeit atmet. Man schreibt den 24. Oktober des Jahres 1891. Gottes Glorie wird durch ein Wunder zu Fleisch: Rafael Leonidas Trujillo ist uns geboren!

Bei unserer ersten Zusammenkunft verkündeten die Nonnen, daß dank einer großzügigen Spende von El Jefe ein neuer Trakt zum Zweck der Leibesertüchtigung angebaut werden könne. Man werde ihn »Lina-Lovatón-Turnhalle« nennen, und in ein paar Wochen solle dort ein Rezitationswettbewerb unter Beteiligung aller Schüler stattfinden. Thema sei unsere Hundertjahrfeier und die Großzügigkeit unseres gütigen Wohltäters.

Als wir das hörten, sahen Sinita, Elsa, Lourdes und ich uns an und verständigten uns darauf, daß wir einen gemeinsamen Beitrag bringen würden. Wir hatten alle zusammen vor sechs Jahren in der Schule Inmaculada Concepción angefangen und hießen bei den anderen seit langem nur noch das »Quartett«. Sor Asunción sagte immer wieder im Scherz, nach der Abschlußprüfung in ein paar Jahren müsse sie uns bestimmt mit dem Messer auseinanderschneiden.

Wir arbeiteten hart an unserer Darbietung und übten jede Nacht, nachdem die Lichter gelöscht wurden. Den Text hatten wir gemeinsam geschrieben, weil wir nicht einfach aus einem Buch ablesen wollten. So konnten wir vortragen, was wir wollten, und mußten uns nicht an das halten, was uns die Zensur vorschrieb.

Nicht, daß wir so dumm gewesen wären, uns abfällig über die Regierung zu äußern! Nein, unsere Satire spielte in ferner Vergangenheit. Ich sollte das versklavte Mutterland darstellen und während der gesamten Aufführung in Fesseln am Boden liegen, bis mich am Ende Libertas, Gloria und der Chronist befreiten. Auf diese Weise wollten wir das Publikum an die Erlangung der Unabhängigkeit vor hundert Jahren erinnern. Anschließend würden wir gemeinsam die Nationalhymne singen und einen Knicks machen, wie Lina Lovatón es uns gezeigt hatte. Daran konnte doch niemand Anstoß nehmen!

Am Tag des Wettbewerbs brachten wir vor Aufregung kaum unser Abendessen herunter. Wir zogen uns in einem der Klassenzimmer um und halfen uns gegenseitig beim Anziehen der Kostüme und beim Schminken, was uns die Schwestern beim Theaterspielen ausnahmsweise gestatteten. Natürlich wuschen wir die Schminke hinterher nie gründlich ab, so daß wir am nächsten Tag mit verführerischen Augen, rosa Lippen und aufgemalten Schönheitsflekken herumliefen, als wären wir keine Klosterschülerinnen, sondern Mädchen aus einem Ihr-wißt-schon-was-für-ein-Etablissement.

Das Quartett schlug die anderen haushoch! Wir bekamen so viele Vorhänge, daß wir noch auf der Bühne standen, als Sor Asunción kam, um die Gewinner zu verkünden. Gerade wollten wir unseren Abgang machen, doch sie rief uns mit einem Wink zurück. Das Publikum fing wie wild an zu klatschen, mit den Füßen zu stampfen und zu pfeifen, was alles als »nicht damenhaftes Verhalten« verpönt war. Aber selbst Sor Asunción schien alle Regeln vergessen zu haben. Da sie gegen den Lärm nicht ankam, hielt sie einfach das blaue Band in die Höhe zum Zeichen, daß wir den Wettbewerb gewonnen hatten.

Als sich die Zuschauer endlich beruhigten, hörten wir Sor Asunción sagen, daß wir zusammen mit einer Abordnung aus La Vega in die Hauptstadt geschickt werden sollten, um unser preisgekröntes Stück bei Trujillos Geburtstag aufzuführen. Entsetzt sahen wir uns an. Diese zusätzliche Aufführung hatten die Nonnen bislang mit keinem Wort erwähnt! Als wir uns später im Klassenzimmer die Kostüme auszogen, besprachen wir, ob wir die Auszeichnung ablehnen sollten.

»Ich fahre nicht mit«, verkündete ich und wusch mir die

Schmiere vom Gesicht. Ich wollte in irgendeiner Form protestieren, wußte aber nicht recht, wie.

»Laß uns mitmachen, bitte«, bettelte Sinita. Auf ihrem Gesicht lag ein so verzweifelter Ausdruck, daß Elsa und Lourdes bereitwillig zustimmten: »Also gut.«

»Aber man hat uns überrumpelt«, gab ich zu bedenken.

»Bitte, Minerva, bitte!« beschwor Sinita mich. Sie legte mir den Arm um die Schultern, und als ich mich ihr entziehen wollte, gab sie mir einen Schmatz auf die Backe.

Ich konnte einfach nicht glauben, daß Sinita sich das wirklich antun wollte, wenn man bedachte, wie ihre Familie zu Trujillo stand. »Aber Sinita, warum willst ausgerechnet *du* ihm unser Stück vorspielen?«

Stolz richtete sich Sinita auf, so daß sie aussah wie Libertas höchstpersönlich. »Ich tue es ja nicht für ihn. Unser Stück spielt in einer Zeit, in der wir frei waren. Es ist also eine versteckte Kritik.«

Das gab den Ausschlag. Ich stimmte allerdings nur unter der Bedingung zu, daß wir unsere Satire als Jungen verkleidet aufführten. Anfangs murrten meine Freundinnen, weil wir deshalb an vielen Stellen die weiblichen Wortendungen ändern mußten, was uns sämtliche Reime verpatzte. Doch je näher der fragliche Tag rückte, desto mehr spornte uns Linas Geist an, wenn wir in der Lina-Lovatón-Turnhalle Bockspringen übten. Ihr schönes Bildnis schien quer durch den Raum das Porträt von El Jefe an der gegenüberliegenden Wand anzustarren.

In einem großen Wagen, den uns die Dominikanische Partei in La Vega zur Verfügung stellte, fuhren wir nach Süden zur Hauptstadt. Unterwegs las uns Sor Asunción das Brevier vor, wie sie die Regeln nannte, an die wir uns zu halten hatten. Von den Mädchenschulen sollten wir mit unserer Darbietung als dritte an die Reihe kommen. Die Veranstaltung sollte um fünf Uhr beginnen, und wir würden bis zum Ende der Aufführungen bleiben, jedoch rechtzeitig zum üblichen Glas Fruchtsaft vor dem Schlafengehen wieder im *colegio* sein. »Ihr müßt den Leuten zeigen, daß ihr die Perlen der

Nation seid, die Mädchen von Inmaculada Concepción. Habe ich mich klar genug ausgedrückt?«

»Ja, Sor Asunción«, antworteten wir geistesabwesend wie aus einem Mund. Allein bei dem Gedanken an unser ruhmreiches Abenteuer wurden wir so aufgeregt, daß sie uns mit ihren Regeln gestohlen bleiben konnte. Jedesmal, wenn uns ein paar gutaussehende Burschen in schicken, rasanten Autos überholten, winkten wir und machten einen Kußmund. Einmal fuhr ein Wagen sogar langsam neben uns her, und die jungen Männer darin riefen uns Komplimente zu. Die Nonne bedachte sie mit einem grimmigen Blick und drehte sich um, um nachzusehen, was wir hinten auf dem Rücksitz trieben, aber wir schauten scheinheilig nach vorn auf die Straße – das Engelsquartett. Wir mußten nicht erst auf der Bühne stehen, um eine gute Schau abzuziehen!

Doch als wir uns dann der Hauptstadt näherten, wurde Sinita immer stiller. Ein trauriger, wehmütiger Ausdruck lag auf ihrem Gesicht, und ich wußte, wen sie in diesem Augenblick vermißte.

Schon kurze Zeit später saßen wir zusammen mit anderen Mädchen aus mehreren, über das Land verstreuten Schulen in einem Wartezimmer des Palastes. Nach einer Weile kam Sor Asunción in ihrem Ordenskleid hereingerauscht und winkte uns zu sich. Wir wurden in einen riesigen Saal geführt, der größer war als alle, die ich bisher gesehen hatte. Durch eine Lücke zwischen den Stuhlreihen gelangten wir in die Mitte des Raums, wo wir uns orientierungslos im Kreis drehten, bis ich unter einem aus dominikanischen Flaggen gebildeten Baldachin *ihn* erblickte – den Wohltäter, von dem ich mein Leben lang nur gehört hatte.

In dem großen goldenen Sessel sah er viel kleiner aus, als ich ihn mir vorgestellt hatte, denn ich kannte ihn nur von den Bildern, die einem auf Schritt und Tritt von allen Wänden entgegenprangten. Er trug eine prachtvolle weiße Uniform mit goldenen, fransenbesetzten Epauletten, und seine Brust war mit Medaillen gepflastert wie die eines Schauspielers in einer entsprechenden Rolle.

Wir setzten uns auf unsere Plätze. Er schien uns nicht einmal zu bemerken, denn er hatte sich einem jungen Mann zugewandt, der neben ihm saß und ebenfalls eine Uniform trug. Es handelte sich um seinen hübschen Sohn Ramfis, der seit seinem vierten Lebensjahr in der Armee den Rang eines Obersten innehatte. Ich kannte ihn vom Sehen, weil sein Foto ständig in der Zeitung war.

Ramfis sah zu uns herüber und flüsterte seinem Vater etwas zu, worauf dieser laut lachte. So eine Frechheit! dachte ich. Schließlich waren wir hier, um ihnen eine Freude zu machen! Sie konnten doch immerhin so tun, als würden wir nicht wie die Idioten aussehen in unseren bauschigen Togen, mit Bärten, Pfeil und Bogen!

Mit einem Nicken forderte Trujillo uns auf zu beginnen. Wir standen wie erstarrt da und glotzten, bis Sinita mit gutem Beispiel voranging und ihren Platz einnahm. War ich froh, daß ich mich auf den Boden legen mußte! Meine Knie schlotterten so sehr, daß ich fürchtete, ich, das Vaterland, könnte an Ort und Stelle in Ohnmacht fallen.

Wie durch ein Wunder erinnerte sich jede von uns an ihren Text, und während wir ihn laut vortrugen, gewannen unsere Stimmen ihre Festigkeit und Ausdruckskraft zurück. Aus den Augenwinkeln beobachtete ich, daß der hübsche Ramfis und auch El Jefe höchstselbst gebannt unserer Darbietung folgten.

Alles lief bestens, bis wir zu der Szene gelangten, in der Sinita vor mich, das gefesselte Vaterland, hintreten sollte. Nachdem ich die Worte

Mehr als hundert Jahr' darb ich schon in Ketten dahin.
Darf nun endlich ich auf Erlösung hoffen von der Pein?
Oh, Libertas, so spann denn deinen prächtigen Bogen!

gesprochen hätte, sollte Sinita einen Schritt nach vorn machen und ihren prächtigen Bogen schwenken und, nachdem sie imaginäre Pfeile auf imaginäre Feinde abgeschossen hätte, meine Fesseln lösen, um mir die Freiheit zu schenken.

Zwar ging Sinita an dieser Stelle des Stücks nach vorn, doch marschierte sie so lange unbeirrt weiter, bis sie direkt vor Trujillos

Sessel stand. Langsam hob sie den Bogen und zielte. Verblüfftes Schweigen machte sich im Saal breit.

Wie der Blitz sprang Ramfis auf, ging zwischen seinem Vater und unserem erstarrten Tableau in die Hocke, riß Sinita den Bogen aus der Hand und zerbrach ihn über dem Knie. Das Knacken des splitternden Holzes löste allgemeines Raunen und Flüstern aus. Ramfis sah Sinita durchdringend an, doch sie hielt seinem Blick trotzig stand. »Treib das Spiel nicht zu weit«, sagte er.

»Es gehört zum Stück«, log ich. Ich lag noch immer gefesselt auf dem Boden. »Sie hatte nichts Böses vor.«

Ramfis sah erst mich und dann Sinita an. »Wie heißt du?«

»Libertas«, antwortete Sinita.

»Ich meine deinen richtigen Namen, Libertas!« schnauzte er sie an, als wäre sie Soldat in seiner Armee.

»Perozo«, sagte sie voller Stolz.

Erstaunt zog er eine Augenbraue hoch. Dann half er mir wie ein Held in einem Märchen auf die Beine. »Binde sie los, Perozo«, befahl er Sinita, doch als sie die Hände ausstreckte, um die Knoten zu lösen, packte er ihre Arme und drehte sie ihr auf den Rücken. »Mit den Zähnen wie ein Hund, du Miststück!« Er spuckte ihr die Worte geradezu ins Gesicht.

Sein Mund verzerrte sich zu einem fiesen Grinsen, als Sinita sich bückte und mich mit dem Mund losband.

Kaum hatte ich die Hände frei, tat ich etwas, womit ich, wie Sinita sich später ausdrückte, den Tag rettete: Ich warf meinen Umhang fort und entblößte meine blassen Arme und den Nacken. Mit bebender Stimme rief ich ¡*Viva Trujillo! ¡Viva Trujillo! ¡Viva Trujillo!*, und alles fiel lauthals ein.

Auf dem Heimweg hielt uns Sor Asunción eine Standpauke. »Ihr seid alles andere als die Zierde der Nation. Ihr habt das Brevier nicht befolgt.« Es dunkelte, und im Scheinwerferlicht schwirrten Hunderte von geblendeten Nachtfaltern. Wenn einer auf die Windschutzscheibe klatschte, hinterließ er einen schmierigen Fleck, und bald sah es so aus, als betrachtete ich die Welt durch einen Vorhang aus Tränen.

Dieses kleine Buch gehört
María Teresa
1945 bis 1946

Namenstag des Schutzpatrons unserer
Schule Inmaculada Concepción

Liebes kleines Buch!
Minerva hat Dich mir heute zur Erstkommunion geschenkt. Du siehst so hübsch aus mit Deinem Perlmuttdeckel und der kleinen Schließe, wie ein Gebetbuch. Es wird mir großen Spaß machen, auf Deinem hauchdünnen Papier zu schreiben.
Minerva sagt, Tagebuch führen hilft beim Nachdenken, und Nachdenken gibt der Seele mehr Tiefe. Das klingt so ernst. Ich glaube, jetzt, wo ich selber eins führe, muß ich mich auf ein paar Veränderungen gefaßt machen.

Sonntag, 9. Dezember

Liebes kleines Buch!
Ich habe versucht nachzudenken, aber mir fällt nichts Gescheites ein.
Ich mag die neuen Schuhe, die ich zur Erstkommunion bekommen habe. Sie sind aus weißem Leder und haben richtige kleine Absätze wie die von einer erwachsenen jungen Dame. Ich habe kräftig geübt, und auf dem Weg zum Altar bin ich kein einziges Mal umgeknickt, ehrlich. Ich war so stolz auf mich!
Mamá und Dedé und Patria und mein kleiner Neffe Nelson und meine kleine Nichte Noris sind den ganzen weiten Weg von Ojo de Agua hierhergefahren, um bei meiner Kommunion

dabeizusein. Papá konnte nicht kommen. Er hat bei der Kakaoernte alle Hände voll zu tun.

                                            Mittwoch, 12. Dezember

Liebes kleines Buch!
Hier in der Schule komme ich fast nicht dazu, etwas in Dich hineinzuschreiben. Erstens habe ich außer während des Gebets kaum eine freie Minute übrig, und wenn ich mir dann doch mal einen Augenblick Zeit nehme, kommen Daysi und Lidia angeschlichen und schnappen Dich mir weg. Sie werfen Dich hin und her, und ich renne Dir nach, um Dich zu fangen. Nach einer Weile geben sie Dich mir dann zurück, aber dabei kichern sie die ganze Zeit, als fänden sie es albern von mir, daß ich Tagebuch führe.

Du weißt es vielleicht noch nicht, kleines Buch, aber jedesmal wenn man mich auslacht, fange ich an zu weinen.

                                        Namenstag der Heiligen Lucía

Liebes kleines Buch!
Heute abend werden wir überall Kerzen anzünden, und dann wird die Heilige Lucía unsere Augen segnen. Weißt Du was? Die Nonnen haben mich einstimmig gewählt, damit ich die Heilige Lucía spiele! Ich muß das Kleid von der Erstkommunion und die weißen Schuhe anziehen und die ganze Schule vom dunklen Schulhof in die erleuchtete Kirche führen. Ich habe die ganze Zeit meine Rolle geübt, indem ich mit einem seligen Gesichtsausdruck die Stationen des Kreuzwegs abgelaufen bin, und das ist alles andere als einfach, wenn man wie ich dabei aufpassen muß, daß man nicht das Gleichgewicht verliert. Ich glaube, die Heiligen haben alle gelebt, bevor man hochhackige Schuhe erfunden hat.

Samstag, 15. Dezember

Liebes kleines Buch!
Was bedeutet es, daß ich jetzt eine *richtige* Seele habe?
Alles, was mir dazu einfällt, ist in unserem Katechismus das Bild von dem sündigen Herzen mit schwarzen Flecken, wie ein Valentinsherz mit Masern. So sieht die Seele aus, wenn man Todsünden begeht. Läßliche Sünden sind weniger schlimm, so wie ein Hautausschlag nicht so schlimm ist wie Masern, weil er sogar ohne Beichte wieder verschwindet, wenn man in sich geht und ein Reuebekenntnis ablegt.
Ich habe Minerva gefragt, was es für sie bedeutet, eine Seele zu haben. Wir hatten gerade über Daysi und Lidia gesprochen und darüber, wie es mit mir weitergehen soll.
Minerva sagt, eine Seele ist wie eine tiefe Sehnsucht, die man nie ganz befriedigen kann, auch wenn man es noch so sehr versucht. Deshalb lassen sich die Menschen Gedichte und tapfere Helden einfallen, die für eine gerechte Sache sterben.
Ich glaube, ich habe so eine Sehnsucht in mir. Manchmal, vor den Ferien oder vor einer Geburtstagsparty, fühle ich mich, als müßte ich platzen. Aber Minerva sagt, das ist nicht genau das, was sie meint.

Sonntag, 16. Dezember

Liebes kleines Buch!
Ich weiß nicht, ob Du schon gemerkt hast, wie weit ich für mein Alter bin.
Ich glaube, es liegt daran, daß ich drei ältere Schwestern habe. Deshalb bin ich so schnell erwachsen geworden. Ich konnte schon lesen, bevor ich auf die Schule gekommen bin! Darum hat mich Sor Asunción auch in die vierte Klasse gesteckt, obwohl ich eigentlich in die dritte zu den anderen Zehnjährigen gehört hätte. Außerdem habe ich eine sehr schöne Schrift, wie Du bestimmt bemerkt hast. Ich habe zweimal den Preis im Schönschreiben gewonnen, und diese Woche hätte ich ihn bestimmt auch

bekommen, aber ich habe beschlossen, ein paar i-Tüpfelchen wegzulassen. Man macht sich bei den anderen Mädchen nicht gerade beliebt, wenn man immer die Beste ist.
Zuerst wollte mich Mamá überhaupt nicht von zu Hause weglassen, aber dann hat sie doch eingesehen, daß es gut ist, wenn ich gehe, weil es Minervas letztes Jahr in Inmaculada Concepción ist und ich dadurch jemanden von der Familie hier habe, der sich in meinem ersten Jahr um mich kümmert.
Sag es niemandem weiter: Mir gefällt es hier nicht besonders. Aber nachdem wir Mamá überredet haben, daß sie mich ins Internat schickt, darf ich mir nichts anmerken lassen. Immerhin ist ja Minerva hier, auch wenn sie in einem anderen Schlafsaal schläft.
Und Du bist auch hier, mein liebes kleines Buch.

Donnerstag, 20. Dezember

Mein liebes kleines Buch!
Morgen fahren Minerva und ich mit dem Zug nach Hause in die Ferien. Ich kann es kaum erwarten! Meine Seele ist voller Sehnsucht.
Ich sehne mich nach Papá, den ich ganze drei Monate lang nicht gesehen habe!
Und nach meinen Kaninchen, Nieve und Coco. Wie viele Junge sie wohl bekommen haben?
Und nach Tono und Fela (sie arbeiten für uns), die wegen mir immer wer weiß was für einen Wirbel machen.
Und nach meinem Zimmer (ich teile es mit Minerva) mit den Fenstern, die sich zum Garten hin öffnen und von denen aus man den mit der Bougainvillea bewachsenen Torbogen sehen kann, der mir wie die Pforte zu einem verzauberten Königreich aus dem Märchenbuch vorkommt.
Und ich sehne mich danach, Mate genannt zu werden. (Spitznamen sind hier verboten. Sogar Dedé spricht man mit Bélgica an, was vorher noch nie jemand getan hat).

Ich glaube, ein paar Dinge werde ich vermissen.
Zum Beispiel die liebe Sor Milagros, die mir immer dabei hilft, Bänder in mein Haar zu flechten. Und Daysi und Lidia, die in letzter Zeit so nett zu mir gewesen sind. Ich glaube, es hat was genützt, daß Minerva ihnen mal anständig Bescheid gesagt hat.
Aber ich werde bestimmt *nicht* vermissen, um sechs Uhr aufzustehen, in aller Frühe zur Morgenandacht zu gehen, in einem großen Schlafsaal zusammen mit lauter rücksichtslosen Schnarchern zu schlafen, jeden Tag die Mittagsruhe einzuhalten und eine Uniform aus marineblauer Serge tragen zu müssen, wo es auf der Welt doch so viel schönere Farben und Stoffe gibt!
Und auch nicht den Kakao, der nicht mit genug Kakao gemacht wird.

Sonntag, 23. Dezember
Daheim!

Mein liebes Buch!
Auf der Heimreise hat Minerva mir alles haargenau erklärt und Zeichnungen dazu gemalt. Ich war kein bißchen überrascht. Erstens hat sie mir schon mal was über Zyklen erzählt, und zweitens leben wir auf einem Bauernhof, und die Bullen halten es nicht so streng mit ihrem Privatleben. Aber so richtig will mir die Sache immer noch nicht gefallen. Ich hoffe, daß man eine andere Möglichkeit gefunden hat, bis ich groß genug bin, um zu heiraten.
O je, die anderen rufen mich, damit ich mir das Schwein anschaue, das Tío Pepe uns fürs morgige Weihnachtsfest gebracht hat.
Fortsetzung folgt, kleines Buch.
Eine Weile später Noch mal zurück zur Zugfahrt: Ein junger Mann ist uns nachgelaufen und hat gesagt, Minerva sei die schönste Frau, die er je gesehen hat. (Sie kriegt immer Komplimente, wenn wir auf der Straße Spazierengehen.)

Als Minerva und ich uns hinsetzen wollten, hat der junge Mann einen Satz gemacht und unseren Sitzplatz mit seinem Taschentuch abgewischt. Minerva hat sich zwar bei ihm bedankt, aber vor Dankbarkeit überschlagen hat sie sich nicht gerade und ihm erst recht nicht den Wunsch erfüllt, sich zu uns setzen zu dürfen.
Wir dachten, wir wären ihn los. Wir haben die ganze Zugfahrt allein verbracht, und Minerva hat mir eine Nachhilfestunde über dieses *Ding* gegeben, aber da ist er plötzlich wieder aufgetaucht, mit einer Papiertüte voll Cashewnüsse, die er beim letzten Halt für uns gekauft hat. Er hat sie mir angeboten, und dabei hat man mir doch beigebracht, von fremden Männern keine Geschenke anzunehmen.
Aber die Nüsse haben so lecker gerochen, und mein Magen hat so geknurrt. Ich habe Minerva mit einem traurigen Hundeblick angeschaut, und sie hat mir zugenickt. »Vielen Dank«, habe ich gesagt und die Tüte genommen, und mit einem Schwups hat sich der junge Mann links neben mich gesetzt und die Zeichnung auf meinem Schoß angestarrt.
»Was für eine hübsche Zeichnung«, hat er gesagt. Ich wäre am liebsten gestorben! Da war es, das *Ding*, zusammen mit seinen zwei Bällchen. Minerva und ich haben einen so schlimmen Kicheranfall gekriegt, daß ich fast an einer Cashewnuß erstickt wäre, und der junge Mann hat vor sich hin gegrinst, als hätte er was besonders Witziges gesagt!

Heiligabend

Mein heißgeliebtes, süßes kleines Buch!
Ich bin ja so aufgeregt! Erst Weihnachten und dann Neujahr und Heiligdreikönig – so viele Feiertage auf einmal! Es fällt mir so schwer, mich hinzusetzen und nachzudenken! Alles, was meine Seele will, ist Spaß haben!
Meine kleine Nichte und mein Neffe bleiben noch bis Heiligdreikönig. O ja, ich bin erst zehn, aber bereits zweifache Tante.

Meine Schwester Patria hat schon zwei Kinder und erwartet jetzt das dritte. Noris ist ein Jahr alt und so niedlich wie ein Püppchen. Nelson ist drei, und sein Ding ist das erste, das ich bei einem Jungen aus der Nähe gesehen habe (Tiere nicht mitgezählt).

Neujahrstag 1946

Kleines Buch!
Als Prophezeiung für das Neue Jahr habe ich einen Zettel mit dem Wort »normal« unter dem Kopfkissen hervorgezogen. Mamá hat die Stirn gerunzelt und gesagt, der Papst erlaubt so was nicht, aber mir kommt es so vor, als wäre an der Wahrsagerei wirklich was dran. Mein erster Tag im Neuen Jahr war nämlich wirklich weder gut noch schlecht, sondern einfach nur normal.

Es hat damit angefangen, daß Patria mich ausgeschimpft hat, weil ich Nelson Gespenstergeschichten erzählt habe. Gut, Patria ist schwanger und fühlt sich nicht wohl, aber weiß sie denn nicht mehr, daß sie mit mir Wer-hat-Angst-vor-dem-Schwarzen-Mann gespielt hat, als ich erst vier war?

Außerdem stammt die Geschichte mit den Zombies von Fela. Ich habe sie bloß nacherzählt.

Spaß hat es mir zwar nicht gerade gemacht, meine Vorsätze aufzuschreiben, aber hier sind sie:

María Teresa Mirabals Vorsätze für das Jahr 1946:
Ich nehme mir vor, Nelson nicht mehr mit Schauermärchen zu erschrecken.

Ich nehme mir vor, fleißig zu sein und beim Beten nicht einzuschlafen.

Ich nehme mir vor, in der Kirche nicht an schöne Kleider zu denken.

Ich nehme mir vor, keusch zu sein, weil das eine ehrenwerte Sache ist. (Sor Asunción hat gesagt, alle jungen Damen in der heiligen Katholischen und Apostolischen Kirche sollen sich das vornehmen.)

Ich nehme mir vor, nicht mehr so rührselig zu sein, weil sogar Minerva gesagt hat, daß man vom Heulen frühzeitig Falten kriegt.
Ich glaube, das sind genug Vorsätze für ein *normales* Jahr.

Freitag, 4. Januar

Liebstes kleines Buch!
Wir sind zu Fuß nach Santiago gegangen. Die Geschäfte waren überfüllt. Alle wollten vor Heiligdreikönig noch etwas einkaufen. Wir hatten eine Liste mit den Dingen geschrieben, die wir brauchen. Papá hat mir ein bißchen Taschengeld gegeben, weil ich ihm im Laden geholfen habe. Er nennt mich seine kleine Sekretärin.
Ich habe Mamá überredet, mir noch ein Paar Schuhe zu kaufen. Erst hat sie nicht einsehen wollen, warum ich ein zweites Paar brauche, wo sie mir doch gerade welche zur Erstkommunion gekauft hat. Die neuen sind aus *Lackleder,* und ich habe mir schon immer Lackschuhe gewünscht. Ich muß zugeben, daß mir Minerva ganz schön dabei geholfen hat, Mamá weichzukriegen.
Minerva ist so clever. Sie weiß, wie man Mamá rumkriegen kann. Heute zum Beispiel hat Minerva einen niedlichen, rotweißkarierten Badeanzug mit Röckchen entdeckt. Als sie ihn kaufen wollte, hat Mamá sie an ihre *promesa* erinnert. Gestern abend hat Minerva nämlich noch verkündet, daß sie dieses Jahr darauf verzichten will, in der Lagune zu baden, wenn ihr der liebe Gott hilft, Anwältin zu werden. Minerva winkt immer mit dem Zaunpfahl, sagt Papá.
»Ich habe ja gar nicht vor, ihn anzuziehen«, hat sie Mamá erklärt. »Aber was hat meine *promesa* schon für einen Reiz, wenn ich nicht einmal einen hübschen Badeanzug besitze, der mich in Versuchung führt?«
»Du wirst auch noch mit dem Heiligen Petrus am Himmelstor feilschen«, hat Mamá kopfschüttelnd gesagt.

Meine neuen Schuhe

Minervas neuer Badeanzug

(Die Handtasche gehört nicht dazu)

Samstag, 5. Januar

Liebes kleines Buch!
Mein Cousin Berto ist ja so lieb. Sein älterer Bruder Raúl zwar auch, aber Berto hat einen besonderen Sinn fürs Besondere, wenn man das so sagen kann.
Als Tía Flor gestern mit den Jungs bei uns war, hat Mamá gejammert, daß ihre Rosenstöcke so kümmerlich sind und sie dieses Jahr wohl nicht viel von ihren Lieblingsblumen zu sehen kriegen wird. Heute morgen ist Berto mit einem großen Korb voll wunderschöner Rosen aufgetaucht, die er für sie gepflückt hat. In Tía Flors Garten blühen sie in allen Farben und Formen. Berto hat sie im Korb auf ganz besondere Art angeordnet. Und die Stengel hat er beim Pflücken ganz lang gelassen. Ist das für einen Jungen nicht ungewöhnlich?
Seit heute morgen duftet das ganze Haus wie ein Parfumladen.

Heiligdreikönigstag

Liebes kleines Buch!
Ich habe mich heute ewig nicht entscheiden können, ob ich für die Kirche die Schuhe aus Lackleder oder die aus weißem Leder

anziehen soll. Am Ende habe ich mich für die weißen entschieden, weil Mamá sie mir extra zur Erstkommunion gekauft hat und ich ihr zeigen will, daß sie mir immer noch die liebsten sind.

Danach, beim Heiligdreikönigsessen mit allen Onkeln und den niedlichen Cousins, ist etwas Witziges passiert: Als Tío Pepe uns daran erinnert hat, daß nächsten Sonntag, dem Tag des Wohltäters, die große Parade stattfindet, hat Minerva so etwas Ähnliches gesagt wie: »Dann können wir ja gleich auf dem Friedhof feiern«. Da hat im Raum schlagartig Grabesstille geherrscht.

Ich glaube, jetzt habe ich doch etwas zum Nachdenken gefunden. Warum sollten wir den Tag des Wohltäters auf dem Friedhof feiern? habe ich Minerva gefragt, und sie hat geantwortet, daß das nur ein schlechter Witz gewesen ist und ich vergessen soll, was sie gesagt hat.

Tag des Wohltäters

Mein liebes kleines Buch!
Wir warten auf Tío Pepe. Er muß jeden Moment hier sein. Er kommt mit seiner alten Kutsche, um mit uns zu den Feierlichkeiten in Salcedo zu fahren. Nach der Parade gibt es im Rathaus allerlei Ansprachen und ein großes Fest. Papá wird für Trujillos Ackerbauern eine Rede halten!

Heute weihe ich die Lackschuhe und ein babyblaues Popelinkleid mit einer dazu passenden kleinen Jacke ein. Patria hat sie für mich genäht, aber den Stoff habe ich selber ausgesucht.

Während wir warten, nütze ich die paar Minuten, um El Jefe von ganzem Herzen alles Gute zum Tag des Wohltäters zu wünschen. Ich bin so glücklich darüber, daß er unser Präsident ist. Ich bin sogar im selben Monat (Oktober) geboren wie er, und unser Geburtstag liegt nur neun Tage (aber vierunddreißig Jahre!) auseinander. Ich glaube nach wie vor, daß das mein Wesen auf besondere Weise geprägt hat.

Montag, 14. Januar

Liebes kleines Buch, mein bester Freund!
Die Ferien sind vorbei, ich bin wieder in der Schule und habe schreckliches Heimweh. Ja, wirklich, ich schreibe nur, damit ich nicht losheule.
Daysi ist jetzt Ritas beste Freundin. Sie wohnen beide in Puerto Plata und haben sich in den Ferien dick angefreundet. Vielleicht wird Lidia jetzt meine beste Freundin. Sie kommt erst nach dem Feiertag der Virgencita am 21. wieder, weil sie mit der ganzen Familie nach Higüey pilgert.
Bevor die Lichter gelöscht werden, halten wir Andacht.
Wir dürfen uns gegenseitig nicht besuchen, müssen ganz still sein und sollen an nichts anderes denken als an die Unsterblichkeit unserer Seele.
Ich habe meine so satt.

Montag, 18. Februar

Liebes kleines Buch!
Heute morgen bin ich ohne Vorwarnung ins Büro der Schulleiterin gerufen worden, und mir ist das Herz in die Hose gerutscht, als ich gesehen habe, daß Minerva auch da war. Erst habe ich gedacht, bei uns zu Hause ist jemand gestorben, bis ich gemerkt habe, daß Minerva mich anstarrte und mit den Augen rollte, als wollte sie sagen: Paß auf, was du sagst, Kleine! Da ist Sor Asunción auch schon mit der Sprache rausgerückt und hat gesagt, meine ältere Schwester sei beim Schwänzen erwischt worden. Noch bevor ich die Nachricht verdaut habe, fragt sie mich, ob unser Tío Mon, der in La Vega wohnt, tatsächlich krank ist. Nach einem raschen Blick auf Minerva, die eine leidende Miene aufsetzt, nicke ich, sage ja, unser Tío Mon ist krank, und behaupte, er hätte *sarampión*, das hätte ich erst kürzlich gehört.
Minervas Gesicht entspannt sich. Sie blitzt die Schulleiterin an, was soviel heißen soll wie: Das habe ich Ihnen doch gesagt!

Ich glaube, ich habe Minervas Lüge noch eins draufgesetzt.
Jetzt kann sie ihre Schwänzerei sogar rechtfertigen: *Sarampión*
ist nämlich so ansteckend, daß die Schwestern, wenn sie um
Erlaubnis gebeten hätte, ihr bestimmt nicht gestattet hätten,
unseren Onkel zu besuchen.

Donnerstag, 21. Februar

Liebes kleines Buch!
Es läßt mir keine Ruhe, daß Minerva die Schule schwänzt und
irgendwelche Geschichten über Tío Mon erfindet. Nachdem
wir heute auf dem Schulhof den Rosenkranz gebetet hatten,
habe ich sie hinter der Statue der Gnadenreichen Muttergottes
abgefangen. Was ist los? habe ich sie gefragt, aber sie hat versucht, mich mit einem Scherz abzuspeisen. »Na, Schwesterchen,
du willst doch mit mir nicht hinter dem Rücken der Virgencita
reden, oder?«
Doch, das will ich, habe ich geantwortet, aber Minerva hat nur
gesagt, daß ich für manche Dinge noch zu klein bin. Da bin
ich sauer geworden. Ich habe zu ihr gesagt, wenn ich für sie
schon eine Todsünde begehe – eine Nonne anzulügen sei doch
bestimmt keine läßliche Sünde –, könnte sie, Minerva, mir doch
zumindest sagen, wofür ich mein Seelenheil aufs Spiel setze.
Sie ist ganz schön überrascht gewesen, daß ich ihr so heftig
widersprochen habe. Minerva sagt zwar immer, ich soll mir von
niemandem etwas gefallen lassen, aber ich glaube, sie hat nicht
damit gerechnet, daß ich mir auch von ihr nichts gefallen lasse.
Sie hat mir versprochen, mir später unter vier Augen alles zu
erzählen.

Sonntag, 24. Februar

Kleines Buch!
Heute hat die ganze Schule einen Ausflug zum »Kleinen Park
der Toten« gemacht. Minerva und ich haben uns endlich aus-

gesprochen, und sie hat mir alles erzählt. Jetzt komme ich vor Sorge wieder fast um. Ehrlich, meine ältere Schwester bringt mich noch mal um!

Immerhin weiß ich jetzt, daß sie, Elsa, Lourdes und Sinita schon mehrmals zu Geheimversammlungen bei Don Horacio gegangen sind! Don Horacio ist Elsas Großvater und hat Ärger mit der Polizei, weil er sich weigert, manche Dinge zu tun, die man von ihm erwartet, zum Beispiel in seinem Haus ein Bild von unserem Präsidenten aufzuhängen. Minerva sagt, die Polizei bringt ihn nur deshalb nicht um, weil er schon so alt ist und bald von allein sterben wird, ohne daß sie sich die Hände schmutzig machen müssen.

Als ich Minerva gefragt habe, warum sie sich auf so eine gefährliche Sache einläßt, hat sie eine ganz seltsame Antwort gegeben: Sie hat gesagt, sie will, daß ich in einem freien Land aufwachse. »Ist es denn nicht jetzt schon frei?« habe ich gefragt, und dabei hat sich etwas in meiner Brust verkrampft und ich habe gespürt, daß ich gleich einen von meinen Asthmaanfällen kriegen würde. Minerva hat mir nicht geantwortet. Wahrscheinlich hatte sie gemerkt, daß mich das alles schon genug aufregte. Sie hat mich an den Händen gefaßt, wie sie es immer tut, wenn wir zusammen an einer tiefen Stelle in die Lagune bei Ojo de Agua springen. »Atme ganz langsam und tief«, hat sie mir zugeredet. »Langsam und tief.«

Ich habe mir vorgestellt, wie ich an einem heißen Tag ins kalte Wasser falle, langsam, tief. Ich habe die Hände meiner Schwester ganz fest gehalten und vor nichts mehr Angst gehabt, nur davor, daß sie mich loslassen könnte.

Montag, 25. Februar

Liebstes kleines Buch!
Es ist ein komisches Gefühl, etwas zu wissen, was ich eigentlich nicht wissen darf. Alles sieht gleich ganz anders aus.
Ich sehe einen *guardia* und frage mich: Wen hast du wohl

umgebracht? Ich höre eine Polizeisirene und frage mich: Wen bringen sie jetzt wohl um? Verstehst du, was ich meine? Ich sehe das Bild von unserem Präsidenten, seine Augen verfolgen mich im ganzen Raum, und mir kommt es so vor, als würde er nur darauf warten, mich bei einem Vergehen zu ertappen. Früher habe ich immer geglaubt, unser Präsident sei wie der Liebe Gott, der über alles wacht, was ich tue. Ich will damit aber nicht sagen, daß ich unseren Präsidenten nicht liebe, das tue ich sehr wohl. Es ist nur so, als hätte ich Papá bei etwas Schlimmem ertappt, aber liebhaben würde ich ihn trotzdem noch, oder etwa nicht?

Sonntag, 3. März
O Schreck! Kleines Buch!
Heute ist Tío Mon mit ein paar Briefen und einem Päckchen für uns während der Besuchszeit vorbeigekommen, und einer der ersten Sätze aus Sor Asuncións Mund ist gewesen: »Na, geht es Ihnen besser, Don Ramón?« Ich bin fast gestorben vor Verdatterung, falls es so ein Wort überhaupt gibt. Minerva, die viel schneller auf den Beinen ist als ich, hat sich ganz einfach bei ihm untergehakt und ihn mit den Worten weggelockt: »Komm, Tío Mon, ein kleiner Spaziergang wird dir guttun.« Tío Mon hat zwar ziemlich verdutzt dreingeschaut, aber Minerva hat ihn nicht nur in den Fängen gehabt, sondern ihn auch um den kleinen Finger gewickelt, und deshalb ist er mitgegangen.
Jetzt zu den Briefen, die er mir mitgebracht hat. Liebes kleines Buch, ich bin gerade mal zehn Jahre alt und habe schon einen Verehrer. Berto hat mir schon wieder geschrieben. Ich habe Minerva alle seine Briefe gezeigt, aber sie hat nur gegrinst und gesagt, das sind »nette Briefe von einem kleinen Jungen«.
Seinen letzten Brief habe ich ihr allerdings nicht gezeigt. Nicht, weil er so schmalzig gewesen ist, sondern weil ich mich nicht getraut habe. Berto hat so verständnisvoll auf mein Heim-

weh reagiert und mit den Worten »Dein starker Beschützer«
unterschrieben.
Wie schön das klingt!

Dienstag, 30. April

Liebstes kleines Buch!
Hilda, die neue Freundin von Minerva, ist wirklich ein dreistes
Ding. Sie trägt Hosen und eine Baskenmütze, die sie sich so
schräg auf den Kopf setzt, als wäre sie Michelangelo. Minerva
hat sie bei einer von diesen Geheimversammlungen in Don
Horacios Haus kennengelernt. Seitdem kreuzt diese Hilda
ständig hier in Inmaculada auf. Ich glaube, die Nonnen haben
Mitleid mit ihr, weil sie so etwas Ähnliches wie eine Waise ist.
Dabei bin ich überzeugt, daß sie sich selbst zur Waise gemacht
hat. Bestimmt sind ihre Eltern vor Schreck tot umgefallen, als
sie zum ersten Mal den Mund aufgemacht hat!
Sie sagt die schrecklichsten Dinge, als würde sie nicht daran
glauben, daß es Gott wirklich gibt. Arme Sor Asunción! Immer
wieder gibt sie Hilda kleine Bücher zu lesen, in denen alles
erklärt ist, aber ich habe gesehen, was mit den Büchlein passiert,
kaum daß die Schulleiterin ihr den Rücken zukehrt.
Die Nonnen haben Hilda ihr freches Mundwerk eine Weile
durchgehen lassen, aber heute ist ihnen endlich der Gedulds-
faden gerissen.
Sor Asunción hat Hilda gefragt, ob sie mit uns zusammen
die Heilige Kommunion empfangen möchte, aber Hilda hat
geantwortet, eine herzhaftere Mahlzeit wäre ihr lieber!
Daraufhin hat man sie fortgeschickt und ihr gesagt, sie soll
sich in der Schule nicht mehr blicken lassen. »Sie hat eine sehr
unerfreuliche Veranlagung«, hat Sor Asunción später erklärt,
»und deine Schwester und ihre Freundinnen lassen sich davon
anstecken.« Obwohl ich es hasse, wenn jemand an Minerva
herummeckert, muß ich ihr recht geben, was Hilda angeht.

Freitag, 27. Juni

Mein liebes, geheimes kleines Buch!
Eine Woche lang sind immer wieder Polizisten gekommen und haben nach Hilda gesucht.
Minerva hat mir die ganze Geschichte erzählt.
Hilda ist vor ein paar Tagen nachts in Inmaculada aufgekreuzt und hat sich hier verstecken wollen! Im Kofferraum eines geliehenen Autos hatte sie geheime Dokumente versteckt, und mitten auf der Autobahn ist ihr das Benzin ausgegangen. Also hat ein Freund sie abgeholt, und sie haben mit einem Kanister an einer Tankstelle ein paar Liter Benzin besorgt, aber auf dem Rückweg haben sie festgestellt, daß es rund um das Auto von Polizisten nur so wimmelte. Sie hatten den Kofferraum aufgebrochen! Da hat Hilda ihren Freund gebeten, sie an unserer Schule abzusetzen, und sie hat Minerva und ihre Freundinnen geweckt. Gemeinsam haben sie überlegt, wie es weitergehen soll. Schließlich haben sie beschlossen, die Nonnen um Hilfe zu bitten.
Also haben sie spät nachts an die Klostertür geklopft. Sor Asunción hat ihnen im Nachthemd und mit Schlafhaube geöffnet, und Minerva hat ihr das Problem geschildert.
Minerva sagt, sie weiß bis heute nicht, ob Sor Asunción sich aus reiner Gutherzigkeit bereiterklärt hat, Hilda zu helfen, oder weil es eine ideale Gelegenheit gewesen ist, der frechen Göre eine Lektion zu erteilen. Stell Dir vor! Ausgerechnet Hilda, die nicht einmal an Gott glaubt!
Heute ist die Polizei wieder hier gewesen. Sie sind direkt an »Sor Hilda« vorbeigegangen, die die Hände in die Ärmel geschoben und mit gesenktem Kopf vor der Statue der Gnadenreichen Muttergottes gestanden hat. Wenn ich nicht solche Angst gehabt hätte, hätte ich laut gelacht.

Donnerstag, 4. Juli
Endlich daheim!
Liebes kleines Buch!
Minerva hat letzten Sonntag ihre Abschlußprüfung gemacht. Wir sind alle nach La Vega gefahren, um zuzuschauen, wie sie ihr Diplom empfängt ... Sogar Patria mit ihrem Bauch, der so groß ist wie ein Haus, war da. Ihr Kind muß jeden Tag kommen.
Wir verbringen die Sommerferien zu Hause. Ich kann es kaum erwarten, schwimmen zu gehen. Minerva sagt, sie fährt mit mir hinaus zur Lagune und springt mit ihrem »verführerischen« Badeanzug gleich mitten hinein ins Wasser. Sie sagt, warum soll sie ihre *promesa* einhalten, wenn Papá und Mamá ihr immer noch nicht erlaubt haben, in der Hauptstadt Jura zu studieren? Ich habe mir vorgenommen, in diesem Sommer ein paar Dinge zu lernen, die ich *wirklich* lernen will! Zum Beispiel:
1. Sticken von Patria, 2. Buchführung von Dedé, 3. Kuchenbacken von Tía Flor (dann werde ich meinen süßen Cousin Berto und auch Raúl öfter sehen können!!!), 4. Zaubern von Fela (Mamá erzähle ich besser nichts davon), 5. wie ich argumentieren muß, damit ich recht bekomme. Und alles andere, was Minerva mir beibringen will.

Sonntag, 20. Juli
O kleines Buch!
Wir kommen gerade vom Friedhof zurück, wo wir Patrias kleinen Sohn begraben haben, der gestern tot zur Welt gekommen ist.
Patria ist sehr traurig und weint die ganze Zeit. Mamá sagt dauernd, der Herr weiß, was Er tut, aber Patria nickt nur stumm, als würde sie nicht so recht daran glauben. Pedrito läßt die Knöchel knacken und versucht sie damit zu trösten, daß sie ja schon bald wieder ein Baby haben können. Wie kann man jemandem, dem es so schlecht geht, nur so einen gemeinen Vorschlag machen?

Sie wollen so lange bei uns bleiben, bis es Patria bessergeht. Ich versuche tapfer zu sein, aber jedesmal wenn ich an das hübsche Baby denke, das tot in der Kiste liegt, als hätte es überhaupt keine Seele, muß ich heulen.
Ich höre besser auf und warte, bis ich meine Gefühle wieder im Griff habe.

Mittwoch, in Eile

Mein liebstes, oh, mein allerliebstes kleines Buch!
Minerva hat mich gefragt, ob ich bereit bin, Dich herzugeben. Ich habe zu ihr gesagt, sie soll mir eine Minute Zeit lassen, damit ich Dir alles erklären und mich von Dir verabschieden kann.
Sie haben Hilda geschnappt! Die Polizei hat sie erwischt, als sie das Kloster verlassen wollte. Jetzt muß jeder, der an Don Horacios Versammlungen teilgenommen hat, alles vernichten, was ihn belasten könnte.
Minerva vergräbt ihre Gedichte, Papiere und Briefe. Sie sagt, sie habe nicht vorgehabt, mein Tagebuch zu lesen, aber es habe offen herumgelegen, und ihr Blick sei auf Hildas Namen gefallen. Sie sagt, es sei nicht ganz richtig gewesen, darin zu lesen, aber manchmal müsse man eben für einen höheren Zweck etwas Falsches tun. (Wieder dieses Anwaltsgeschwätz, das sie so toll findet!) Wir müßten Dich auch vergraben, meint sie.
Es ist ja nicht für immer, mein liebes kleines Buch, das verspreche ich. Sobald sich die Lage bessert, sagt Minerva, können wir unsere Schatztruhe wieder ausgraben. Sie hat Pedrito von unserem Plan erzählt, und er hat zwischen seinen Kakaobäumen schon eine Stelle ausgesucht, wo er ein Loch für unsere Truhe graben will.
So, mein liebstes, süßes kleines Buch, jetzt weißt Du Bescheid. Minerva hat recht gehabt, meine Seele hat mehr Tiefe bekommen, seit ich in Dich hineinschreibe. Aber jetzt möchte ich gern

etwas wissen, was nicht einmal Minerva weiß: Was soll ich tun, um das Loch auszufüllen?
Hier endet mein kleines Buch

*Lebewohl,
aber nicht für immer
(hoffe ich)*

— 4 —

Patria
1946

Von Anfang an habe ich es gefühlt, es lag in meinem Herzen verborgen wie eine kostbare Perle. Mir mußte niemand sagen, daß ich an Gott glauben oder alles Lebendige lieben soll. Ich tat es ohne nachzudenken, wie ein Schößling, der langsam dem Licht entgegenwächst.

Bei der Geburt kam ich mit den Händen zuerst heraus, als wollte ich nach etwas greifen. Gott sei Dank hatte die Hebamme meine Mamá eine Minute vorher untersucht und konnte meine Arme zurückschieben, so wie man die Flügel eines gefangenen Vogels zusammenfaltet, damit er sich bei seinen Fluchtversuchen nicht verletzt.

So also kam ich auf die Welt, aber wirklich da war ich nicht. Ich war eines von diesen Geisterbabys, ein *alelá*, wie die Leute bei uns auf dem Land dazu sagen. Geist, Herz, Seele – alles in den Wolken.

Es war alles andere als einfach, mich auf die Erde herunterzuholen.

Von Anfang an war ich ein so liebes Kind, daß Mamá meinte, manchmal habe sie vergessen, daß es mich überhaupt gab. Ich schlief die ganze Nacht durch, und wenn ich aufwachte und niemand bei mir war, unterhielt ich mich eben selbst. Noch vor Jahresende wurde Dedé geboren, und ein Jahr später kam Minerva dazu – drei Babys in Windeln! In unserem kleinen Haus war alles so dicht gepackt wie in einer Schachtel mit zerbrechlichem Inhalt. Da Papá das neue Schlafzimmer noch nicht fertig hatte, stellte Mamá Dedé und mich mit unserem Kinderbettchen in die Diele. Als sie eines

Morgens zu uns kam, war ich gerade dabei, Dedés nasse Windel zu wechseln, aber das Witzige daran war, daß ich Mamá nicht wegen einer trockenen Windel hatte wecken wollen und deshalb meine eigene ausgezogen hatte, um sie meiner kleinen Schwester zu geben.

»Du hast alles hergeschenkt, deine Kleidung, dein Essen, deine Spielsachen. Das hat sich herumgesprochen, und wenn ich nicht zu Hause war, haben die Leute ihre Kinder rüberge-schickt, damit sie dich um eine Tasse Reis oder eine Kanne Speiseöl anbetteln. Besitz hat dir noch nie etwas bedeutet. Ich hatte Angst«, gestand sie, »daß du nicht lange leben würdest und schon so warst, wie wir mit der Zeit werden sollten.«

Padre Ignacio konnte ihr solche Ängste schließlich ausreden. Er meinte, ich sei vielleicht zu einem Leben im Zeichen des Glaubens geboren und meine Berufung zeige sich schon sehr frühzeitig. Er war ein Mann mit Grips und Humor und riet ihr: »Lassen Sie ihr Zeit, Doña Chea, lassen Sie ihr Zeit! Ich habe schon so manches Mal miterlebt, daß sich ein kleiner Engel zu einem gefallenen gemausert hat.«

Sein Rat brachte den Stein ins Rollen. Ich fühlte mich berufen, jedenfalls redete ich mir das ein. Wenn wir Beruferaten spielten, legte ich mir ein Laken über die Schultern und tat so, als würde ich in einer gestärkten Ordenstracht einen langen Gang entlanggehen und den Rosenkranz beten.

Ich probierte meinen Ordensnamen in allen nur erdenklichen Schriften aus – *Sor Mercedes* –, so wie andere Mädchen ausprobieren, wie sich ihr Vorname zusammen mit dem Familiennamen des Jungen macht, in den sie gerade verknallt sind. Wenn ich mir diese Jungen ansah, dachte ich nur: Oh, ja, wenn sie Kummer haben, werden sie Sor Mercedes aufsuchen und ihre Lockenköpfe in meinen Schoß legen, damit ich ihnen Trost spende. Meine unsterbliche Seele wollte die ganze verflixte Welt in sich aufnehmen! Aber wie nicht anders zu erwarten, fieberte mein Körper einem günstigen Augenblick entgegen, um sich gegen die Tyrannei meines Geistes zu erheben.

Als ich mit vierzehn aufs Internat Inmaculada Concepción kam, glaubten die Leute hier bei uns auf dem Land, ich ginge ins Kloster. »Wie schade!« meinten sie. »Sie ist so ein hübsches Ding!« Damals fing ich an, mich im Spiegel zu betrachten. Zu meinem Erstaunen erblickte ich nicht etwa das Kind, das ich eben noch gewesen war, sondern eine junge Dame mit hohen, festen Brüsten und einem lieblichen ovalen Gesicht. Wenn sie lächelte, bildeten sich auf ihren Wangen hübsche Grübchen, aber ihre dunklen, feuchtglänzenden Augen waren voller Verlangen. Ich streckte die Hände aus, um sie, die junge Frau im Spiegel, daran zu erinnern, daß sie auch nach Dingen streben sollte, die sie nicht verstand.

Den Nonnen in der Schule entging nicht, was für Qualen ich litt, wenn ich bei der Frühmesse mit durchgedrücktem Kreuz dasaß und die gefalteten Hände aus freiem Entschluß hochhielt, statt sie auf die Rückenlehne der Vorderbank zu legen. Die Morgenandacht war für mich kein Plauderstündchen. In der Fastenzeit erlebten sie, daß ich kein Stück Fleisch zu mir nahm, ja nicht einmal eine dampfende Kraftbrühe, als mich eine böse Erkältung in der Krankenstation ans Bett fesselte.

Ich war noch nicht sechzehn, als mich Sor Asunción eines Tages im Februar in ihr Arbeitszimmer rufen ließ. Ich erinnere mich, daß die Flamboyants in voller Blüte standen. Als ich den düsteren Raum betrat, sah ich draußen vor dem Fenster die leuchtendroten Flammen auf den Zweigen der Bäume und ein Stück dahinter bedrohliche Gewitterwolken.

»Patria Mercedes«, sagte Sor Asunción, erhob sich und ging um den Schreibtisch herum. Ich kniete nieder, um ihren Segen zu empfangen und das Kruzifix zu küssen, das sie mir an die Lippen hielt. Ich war zutiefst bewegt und spürte, wie aus meinem Herzen Tränen aufstiegen und meine Augen füllten. Die Fastenzeit hatte soeben begonnen, und in den vierzig Tagen der Passion Christi war ich immer ganz weggetreten.

»Komm, komm.« Sie half mir auf. »Wir haben viel zu bereden.« Sie führte mich nicht etwa zu dem unbequemen Stuhl, der wie zum

Verhör vor dem Schreibtisch stand, sondern zu dem karmesinroten Plüschkissen auf ihrer Fensterbank.

Sie nahm an einem Ende, ich am anderen Platz. Selbst im allmählich schwächer werdenden Licht konnte ich den klugen Ausdruck in ihren blaßgrauen Augen erkennen. Sie roch nach Hostien, und etwas Heiliges ging von ihr aus. Vor Angst und Aufregung schlug mein Herz schneller.

»Patria Mercedes, hast du schon mal über deine Zukunft nachgedacht?« fragte sie mich flüsternd.

Natürlich wäre es, jung, wie ich war, vermessen gewesen zu behaupten, ich hätte den Ruf vernommen! Also schüttelte ich errötend den Kopf und blickte auf meine Handflächen hinab, wo sich, wie man auf dem Land sagt, die Karte der Zukunft abzeichnet.

»Du mußt zur Virgencita beten, damit sie dir ein Zeichen gibt«, sagte sie.

Als ich ihren liebevollen Blick auf mir spürte, sah ich auf. Hinter ihr zuckte der erste Blitz, und in der Ferne hörte ich den Donner grollen. »Das tue ich doch, Schwester, ich bete immerfort zu ihr, um herauszufinden, was Gott will, damit Sein Wille geschehen kann.«

Sie nickte. »Uns ist vom ersten Tag an aufgefallen, wie ernst du es mit deinen religiösen Pflichten nimmst. Von nun an mußt du tief in dich hineinhorchen für den Fall, daß Er dich ruft. Wir würden dich gerne als eine von uns begrüßen, wenn dies Sein Wille ist.«

Ich ließ meinen Tränen freien Lauf, und sie brachten mir süße Erleichterung. Bald war mein Gesicht ganz naß. »Na, na«, sagte sie und tätschelte mein Knie. »Nicht traurig sein.«

»Ich bin nicht traurig, Schwester«, antwortete ich, als ich die Fassung einigermaßen wiedererlangt hatte. »Es sind Tränen der Freude und der Hoffnung, daß Er mir Seinen Willen kundtun wird.«

»Das wird er«, versicherte sie. »Horche nur immerzu in dich hinein: beim Wachen und im Schlaf, bei der Arbeit und beim Spiel.«

Als ich nickte, fügte sie hinzu: »Nun laß uns gemeinsam beten, auf daß du schon bald Gewißheit erhältst.« Also betete ich mit ihr ein Ave María und ein Vaterunser, und obwohl ich dagegen ankämpfte, konnte ich nicht verhindern, daß meine Augen immer wieder zu den flammenden Bäumen schweiften, deren Blüten im Wind des aufkommenden Sturms herabtaumelten.

In mir tobte ein Kampf, von dem niemand etwas ahnte. Er begann in dunkler Nacht, in den bösen Stunden, in denen die Hände zu eigenem Leben erwachen. Tastend wanderten sie über meinen erblühenden Körper, meine knospenden Brüste, die Rundung meines Bauchs und weiter hinab. Ich versuchte sie zu zügeln, aber sie rissen sich los, Nacht für Nacht.

Zu Heiligdreikönig bat ich um ein Kruzifix, das ich übers Bett hängte. Nachts legte ich es neben mich, damit meine Hände, sobald sie erwachten, Seinen geschundenen Körper statt meinen berührten und sich die schändlichen Eskapaden verkniffen. Der Trick klappte, die Hände schliefen wieder ein, aber dafür erwachten nun andere Teile meines Körpers.

Mein Mund zum Beispiel gierte nach Leckereien wie Feigen in dickem Sirup, Kokoskeksen oder weichen, goldenen Obsttorten. Wenn einer der jungen Männer, mit deren Nachnamen sich meine Freundinnen aus Verliebtheit über Jahre in Gedanken geschmückt hatten, das Geschäft betrat und mit seinen großen Händen auf den Ladentisch trommelte, verspürte ich Lust, jeden einzelnen seiner Finger in den Mund zu nehmen und mit der Zunge seine Schwielen zu betasten.

Meine Schultern, meine Ellbogen, meine Knie sehnten sich danach, berührt zu werden, von Rücken und Kopf ganz zu schweigen. »Hier hast du eine Peseta«, sagte ich manchmal zu Minerva. »Spiel mit meinem Haar.« Dann lachte sie, und während sie mit den Fingern durch mein Haar fuhr, fragte sie: »Glaubst du, es stimmt wirklich, was im Evangelium steht, nämlich daß Er sogar weiß, wie viele Haare du auf dem Kopf hast?«

»Na, na, Schwesterlein«, ermahnte ich sie. »Mit dem Wort Gottes spielt man nicht.«

»Ich werde sie zählen«, sagte sie. »Ich will wissen, wie schwierig Seine Arbeit ist.«

Und schon legte sie los, als wäre es nicht die unmöglichste Sache der Welt: »*Uno, dos, tres...*« Ihr Geträller und die wohltuende Berührung ihrer Finger lullten mich ein, und schon wenig später war ich eingeschlafen.

Einige Zeit nach der Unterredung mit Sor Asunción und nachdem ich angefangen hatte, darum zu beten, daß mir meine Berufung kundgetan werde, blieben meine Sehnsüchte so schlagartig aus, wie sich mitten im Sturm eine Flaute einstellt. In mir herrschte Ruhe. Ich schlief brav die ganze Nacht durch. Der Kampf war vorbei, nur wußte ich nicht, wer ihn gewonnen hatte.

Für mich stand fest: das war das Zeichen. Sor Asunción hatte gesagt, daß einen der Ruf auf allerlei Wegen ereilen kann, in einem Traum, einer Erscheinung, einer Krise. Kurz nach unserem Gespräch begannen die Osterferien. Die Nonnen schlossen sich im Kloster ein, um sich der alljährlichen Kasteiung im Gedenken an die Kreuzigung ihres Bräutigams und Herrn Jesus Christus zu unterziehen.

Ich fuhr nach Hause mit dem festen Vorsatz, es ihnen gleichzutun, denn ich spürte in den Knochen, daß ich schon bald Seinen Ruf vernehmen würde. Ich nahm an Padre Ignacios Aktivitäten während der Karwoche teil und besuchte die abendlichen Novenen sowie die tägliche Messe. Am Gründonnerstag nahm ich von zu Hause eine Waschschüssel und Handtücher mit, um wie die anderen Büßer am Eingang der Kirche den Gemeindemitgliedern die Füße zu waschen.

An jenem Abend bildeten sich lange Schlangen. Ich wusch ein Füßepaar nach dem anderen und blickte nicht einmal auf, so verzückt und andächtig horchte ich in mich hinein. Da erblickte ich in meiner mit frischem Wasser gefüllten Schüssel plötzlich einen jungen Fuß, blaß und dicht mit dunklem Haar bewachsen, und bekam weiche Knie.

Ich wusch den Fuß gründlich und hob ihn am Knöchel an, um

auch die Unterseite einzuseifen, wie man es bei kleinen Kindern macht. Dann nahm ich mir den anderen vor. Gewissenhaft ging ich meiner Arbeit nach und vergaß darüber die lange Menschenschlange, die sich im Dunkel verlor. Als ich fertig war, konnte ich mir einen Blick nach oben nicht verkneifen.

Ein junger Mann blickte unverwandt auf mich hinab, und sein Gesicht übte auf mich dieselbe animalische Anziehungskraft wie seine Füße aus. Auf seinen Wangen lag ein dunkler Schatten, die dichten Brauen berührten sich zwischen den Augen. Als er sich zu mir hinunterbückte und mir ein Bündel Geldscheine als Spende für die Armenbüchse reichte, sah ich, wie unter der dünnen *guayabera* die Muskeln seiner breiten Schultern spielten.

Später behauptete er, ich hätte ihn beglückt angelächelt. Warum auch nicht? Schließlich hatte ich das Beste erblickt, was es neben Jesus gab: meinen weltlichen Bräutigam. Der Kampf war vorbei, und ich hatte eine Antwort bekommen, auch wenn sie ganz anders ausgefallen war als erwartet. Zur Ostermesse zog ich mir ein leuchtendgelbes Kleid an und steckte mir eine Flamboyantblüte ins Haar. Ich ging schon etwas früher zur Kirche, um mit den anderen Mädchen das Halleluja einzuüben, und da stand er an den Stufen zum Chor und wartete auf mich.

Sechzehn war ich, und die Sache war klar, obwohl wir nicht ein Wort miteinander gesprochen hatten. Als ich zu Schulbeginn ins Internat zurückkehrte, empfing mich Sor Asunción am Tor. Ihre Augen suchten mein Gesicht nach einer Antwort ab, aber ich ließ mir nichts anmerken. »Hast du den Ruf vernommen?« fragte sie und nahm meine Hände in ihre.

»Nein, Schwester, ich habe ihn nicht vernommen«, log ich.

Der April ging vorbei, und der Mai kam, der Monat der Virgencita. Mitte Mai traf ein Brief für mich ein. Auf dem Umschlag standen in einer derben Handschrift nichts weiter als mein Name und die Worte Inmaculada Concepción. Sor Asunción bestellte mich in ihr Arbeitszimmer, um ihn mir auszuhändigen, eine ungewöhnliche Maßnahme, da sich die Klosterschwestern ansonsten damit begnügten, unsere Post zu überwachen, indem sie uns fragten, was für Nachrichten wir von zu Hause bekommen hätten. Sie musterte mich, als ich den Umschlag entgegennahm. Ich glaubte den Fuß des jungen Mannes zu spüren, der schwer in meiner Hand wog. Ich roch den Schweiß, die Erde und die Seife auf der zarten Haut. Ich wurde knallrot.

»Nun?« erkundigte sich Sor Asunción, als hätte sie mich etwas gefragt und wartete noch immer auf meine Antwort.

»Hast du den Ruf vernommen, Patria Mercedes?« Ihre Stimme hatte einen gestrengen Klang angenommen.

Ich räusperte mich, brachte aber kein Wort heraus. Es tat mir so leid, sie zu enttäuschen, doch andererseits sah ich keinen Grund, mich bei ihr zu entschuldigen. Endlich war der Geist in meinen Körper hinabgefahren, von nun an konnte mehr, nicht weniger von mir Gott preisen. Es rief ein Kribbeln in meinen Füßen hervor, wärmte mir Arme und Beine und entfachte in meinem Innern ein loderndes Feuer. »Ja«, gestand ich schließlich, »ich habe den Ruf vernommen.«

Im Herbst kehrte ich nicht mit Dedé und Minerva nach Inmaculada zurück. Ich blieb zu Hause, half Papá im Laden, nähte Kleidchen für María Teresa und wartete darauf, daß er vorbeikam.

Er hieß Pedrito González und war der Sohn einer alteingesessenen Bauernfamilie aus der Nachbarstadt. Von klein auf hatte er auf den Feldern seines Vaters gearbeitet, und deshalb war es mit seiner Schulbildung nicht weit her. Immerhin kam er beim Zählen bis zu den ganz großen Zahlen, wobei er anfangs mit den zehn Fingern nachhalf. Beim Lesen formte er langsam Wort für Wort mit den Lippen und hielt das Buch so andächtig in Händen wie ein Meßdiener das Gebetbuch für den Pfarrer während des Gottesdienstes. Er war ein Bursche vom Land, und sein kräftiger Körperbau, seine dicken Hände und sein wohlgeformter Mund paßten zu den rundlichen Hügeln und dem reichen, welligen Tal von El Cibao.

Warum, mögt ihr euch fragen, fühlte sich die tiefgläubige, der Welt entrückte Patria zu diesem Menschen hingezogen? Ich werde es euch sagen. Ich fühlte dieselbe Erregung, wie wenn ich einen wilden Vogel oder eine streunende Katze dazu brachte, mir aus der Hand zu fressen.

Unsere Verlobungszeit verlief sittsam, nicht wie bei Dedé und Jaimito, die wie zwei junge Hunde waren, die man nicht aus den Augen lassen durfte, damit sie nicht irgendeinen Unfug anstellten – Mamá hat mir allerlei Geschichten erzählt. Nachdem Pedrito den ganzen Tag auf den Feldern gearbeitet hatte, kam er zu uns herüber: Er hatte sich von Kopf bis Fuß gewaschen, die Kammspuren waren im nassen Haar noch deutlich zu sehen, und er fühlte sich in seiner guten *guayabera* sichtlich unwohl. Ist Mitleid unvermeidlich ein Bestandteil der Liebe? Mir jedenfalls half es, dem Wunsch zu widerstehen, ihn zu berühren.

Nur einmal ließ ich mich fast gehen, und das war an Weihnachten. Die Hochzeit war für den 24. Februar angesetzt, also drei Tage vor meinem siebzehnten Geburtstag. Papá hatte gesagt, wir müßten warten, bis ich siebzehn wäre, aber die drei Tage hatte er mir dann nach einigem Hin und Her geschenkt. Danach begann nämlich die Fastenzeit, und das war wirklich nicht die richtige Zeit zum Heiraten.

Wir waren unterwegs zur *misa del gallo*, der Weihnachtsmette, in unserer Pfarrkirche, Mamá, Papá, meine Schwestern, Pedrito und ich. Wir blieben ein wenig hinter den anderen zurück und plauderten leise miteinander. Er erklärte sich mir auf seine einfältige Weise, und ich neckte ihn, damit er seine Beteuerungen immer aufs neue wiederholte. Er könne mich gar nicht besonders lieben, behauptete ich, weil er nichts anderes sage, als daß er mich liebe. Laut Minerva trugen Männer, die wirklich verliebt waren, ihrer Angebeteten nämlich Gedichte vor.

Plötzlich blieb er stehen und packte imich an den Schultern. In der mondlosen Nacht konnte ich sein Gesicht kaum erkennen. »Mit Pedrito González heiratest du keinen Lackaffen, der ständig Süßholz raspelt«, sagte er, und er war ziemlich wütend, »sondern du heiratest einen Mann, der dich genauso verehrt wie den fruchtbaren Boden, auf dem wir stehen.«

Er bückte sich, hob eine Handvoll Erde auf und schüttete sie in meine Hand. Dann fing er an, mich zu küssen – mein Gesicht, meinen Hals, meine Brüste. Ich mußte ihn bremsen, ich mußte! Es hätte sich nicht geziemt an diesem Abend, an dem das Wort soeben Fleisch geworden war und Padre Ignacio – während wir den Weg hinunterrannten – das Jesuskind aus Porzellan in Seine Krippe legte.

Man könnte meinen, mich hätte nichts anderes als der heimliche Kampf zwischen Fleisch und Geist beschäftigt und ich hätte das restliche Leben vernachlässigt. Glaubt das ja nicht! Ihr könnt jeden hier in der Gegend fragen, wer die umgänglichste, freundlichste und einfachste der Mirabal-Töchter war, und alle werden sagen: Patria Mercedes. Am Tag meiner Hochzeit kamen alle Einwohner von Ojo de Agua aus ihren Häusern, um mir Lebewohl zu wünschen. Ich fing an zu weinen, weil ich schon jetzt Heimweh nach meinem Dorf hatte, dabei zog ich doch nur fünfzehn Minuten weiter weg.

Die erste Zeit war schwer für mich in San José de Conuco, weil mir meine Familie fehlte, aber schon bald lebte ich mich ein. Pedrito kam mittags hungrig zum Essen von den Feldern heim. Danach machten wir eine Siesta, und sein anderer Hunger wollte gestillt werden. Die Tage füllten sich allmählich, Nelson kam zur Welt, und zwei Jahre später Noris, und schon bald darauf hatte ich zum drittenmal einen Bauch, der von Tag zu Tag dicker wurde. Hier in der Gegend heißt es, daß man mit einem dicken Bauch gewisse Gelüste, aber auch Abneigungen entwickelt. Nun, die ersten beiden Male lief alles prima, und alles, wonach es mich gelüstete, waren bestimmte Nahrungsmittel, aber jetzt, beim drittenmal, lebte ich in ständiger Sorge um meine Schwester Minerva.

Es war gefährlich, wie sie über unsere Regierung herzog.

Sogar in der Öffentlichkeit ließ sie kein gutes Haar an unserem Präsidenten und der Kirche, weil diese ihn unterstützte. Einmal kam ein Händler, der Papá ein Auto verkaufen wollte, mit einem teuren Buick zu uns. Als er die zahlreichen Vorzüge des Wagens pries, erwähnte der Händler unter anderem, daß es sich um das Lieblingsauto von El Jefe handelte, worauf Minerva unumwunden zu Papá sagte: »Ein Grund mehr, es nicht zu kaufen.« Nach diesem Ausspruch saß unserer Familie eine Zeitlang die Angst im Genick. Ich konnte nicht verstehen, warum Minerva sich so aufregte. Gut, El Jefe war kein Heiliger, das wußte jeder, aber von all den *bandidos*, die vor ihm im Nationalpalast gesessen hatten, war er der einzige, der immerhin Kirchen und Schulen baute und unsere Schulden abzahlte. Jede Woche war er zusammen mit Monsignore Pittini in der Zeitung abgebildet, weil er mal wieder die Schirmherrschaft für ein gutes Werk übernommen hatte.

Aber ich konnte der Vernunft in Person nicht mit vernünftigen Argumenten kommen. Also versuchte ich es auf eine andere Tour. »Politik ist ein schmutziges Geschäft, da hast du ganz recht. Deshalb sollten wir Frauen die Finger davon lassen.«

Minerva hörte mir zu, doch ich sah ihr an, daß sie nur darauf wartete, bis ich fertig war. »Ich sehe das anders als du, Patria«, sagte sie, und dann setzte sie mir mit der für sie typischen Gründlichkeit auseinander, daß es für uns Frauen an der Zeit war, das finstere Zeitalter hinter uns zu lassen.

Sie steigerte sich so sehr in die Sache hinein, daß sie sich sogar weigerte, in die Kirche zu gehen und Mamá ihr deswegen eine Szene machte. Minerva behauptete, sie sei Gott näher, wenn sie in ihrem Rousseau las, als wenn sie sich anhörte, wie Padre Ignacio im Gottesdienst das Glaubensbekenntnis von Nizäa intonierte. »Es klingt, als würde er mit Worten gurgeln«, spottete sie.

»Ich mache mir Sorgen, daß du allmählich deinen Glauben verlierst«, sagte ich zu ihr. »Es ist der kostbarste Schatz, den wir haben. Ohne ihn sind wir nichts, das weißt du.«

»Du solltest dir lieber Sorgen um *deine* geliebte Kirche machen! Sogar Padre Ignacio gibt zu, daß manche Pfarrer in doppeltem Sold stehen.«

»*Ay*, Minerva«, war alles, was mir darauf einfiel. Ich streichelte meinen schmerzenden Bauch. Seit Tagen spürte ich nun schon etwas Schweres darin. Ich muß zugeben, daß Minervas Worte bei mir etwas ins Rollen gebracht hatten. Von dem Tag an fiel auch mir auf, wie abgestorben Padre Ignacios Stimme klang, welche Langeweile sich zwischen der Lesung aus dem Evangelium und der Kommunion breitmachte und wie trocken, ja papieren sich die Hostie in meinem Mund anfühlte. Mein Glaube geriet ins Wanken, und das machte mir angst.

»Lehn dich zurück«, sagte Minerva, die die Falten der Müdigkeit auf meinem Gesicht sah, sanft. »Und laß mich deine Haare zu Ende zählen.«

Plötzlich lag ich weinend in ihren Armen, weil ich spürte, wie mein Fruchtwasser abging und der kostbarste Schatz hinausglitt, und da wurde mir klar, daß ich etwas Totes zur Welt brachte, das ich die ganze Zeit in mir getragen hatte.

Nachdem ich das Kind verloren hatte, spürte ich eine seltsame Leere. Ich war ein leerstehendes Haus, an dem vorne ein Schild hing: *Se vende* – Zu verkaufen. Jede launenhafte Anwandlung konnte mich umwerfen.

Mitten in der Nacht wachte ich mit panischer Angst auf, weil ich mir einbildete, daß ein *brujo* mich mit einem bösen Zauber belegt hatte und daß dieser am Tod meines Kindes schuld war. Ausgerechnet ich, Patria Mercedes, die von so niedrigen Dingen wie Aberglauben nie etwas hatte wissen wollen.

Ich schlief wieder ein und träumte, daß die *yanquis* zurückkämen, aber sie brannten nicht etwa Großmutters Haus nieder, sondern Pedritos und meins. Meine Kinder brannten lichterloh, alle drei. Ich sprang aus dem Bett und rief: »Feuer! Feuer!«

Ich überlegte, ob das totgeborene Kind nicht vielleicht die Strafe dafür war, daß ich meiner Berufung zu einem klösterlichen Leben den Rücken gekehrt hatte. Immer wieder ging ich mein Leben bis zu diesem Punkt durch, und dabei verknäulten sich die einzelnen Stränge immer mehr, bis nur noch ein großer Knoten übrigblieb.

Wir zogen zu Mamá, bis ich wieder zu Kräften gelangt war. Ständig versuchte sie mich zu trösten: »Wer weiß, was dem armen Kind erspart geblieben ist!«

»Es war Gottes Wille«, pflichtete ich ihr bei, aber die Worte klangen hohl in meinen Ohren.

Minerva bekam alles mit. Eines Tages lagen wir nebeneinander in der Hängematte, die in der *galería* aufgespannt war. Minerva mußte mich dabei ertappt haben, wie ich das Bild des Guten Hirten anstarrte, der zu seinen Lämmchen spricht. Neben ihm hing das obligatorische Porträt von El Jefe, das man retuschiert hatte, damit er besser aussah als in Wirklichkeit. »Ein schönes Paar, findest du nicht?« bemerkte sie.

In diesem Augenblick begriff ich ihren Haß. Meiner Familie hatte Trujillo zwar noch kein Leid angetan, so wie auch Jesus mir, bevor ich mein Kind verlor, nichts genommen hatte. Aber andere Menschen hatten schreckliche Verluste erlitten. Da waren zum Beispiel die Perozos, in deren Familie es keinen einzigen Mann mehr gab. Oder Martínez Reyna und seine Frau, die man in ihrem Bett ermordet hatte, oder Tausende von Haitianern, die man an der Grenze niedergemetzelt hatte, weshalb der Fluß angeblich noch heute rot war.

¡Ay, Dios santo!

Von alldem hatte ich gehört, es jedoch nicht geglaubt. Ich hatte mich in mich selbst verkrochen, die Perle in meinem Herzen gestreichelt und mich gegen das Wehklagen der anderen taubgestellt. Wie konnte unser liebender, allmächtiger Vater zulassen, daß wir so sehr litten? Trotzig blickte ich zu Ihm auf – und die beiden Gesichter verschmolzen zu einem!

Anfang August kehrte ich mit den Kindern nach Hause zurück, ging wieder meinen täglichen Pflichten nach und machte gute Miene zum bösen Spiel: Ich verdeckte die Sonne mit einem Finger, wie die Leute hier sagen. Langsam kehrte ich von den Toten zurück. Was mich zurückbrachte? Gott jedenfalls nicht, *no señor*. Es war Pedrito, der so still trauerte wie ein Tier. Also stellte ich meinen eigenen Kummer hintan, um ihn von seinem zu erlösen.

Nacht für Nacht gab ich ihm meine Milch, als wäre er mein verlorenes Kind, und danach ließ ich ihn Dinge mit mir tun, die ich früher nie zugelassen hätte. »Komm zu mir, *mi amor*«, flüsterte ich ihm zu, damit er sich im dunklen Schlafzimmer zurechtfand, wenn er erst spät von den Feldern zurückkehrte. Dann schwang ich mich in den Sattel und ritt ihn hart und schnell, bis ich weit weg von meinem schmerzenden Herzen war.

Doch der Kummer nagte weiter an ihm. Er sprach zwar nie darüber, aber ich wußte es auch so. Mehrere Wochen, nachdem wir das Kind beerdigt hatten, spürte ich eines Nachts, wie er klammheimlich das Bett verließ. Das versetzte meinem Herzen einen Stich. Er suchte Trost in einer der strohgedeckten Hütten in der Nähe unseres *rancho*. Ich wollte das ganze Ausmaß meines Verlustes erfahren, deshalb sagte ich nichts und folgte ihm nach draußen.

Es war eine jener prachtvollen, hellen Augustnächte, in denen der leuchtende Mond wie eine Frucht aussieht, die reif für die Ernte ist. Mit einem Spaten und einer kleinen Schachtel trat Pedrito aus dem Schuppen. Beim Gehen blickte er immer wieder vorsichtig über die Schulter. Schließlich blieb er in einem verborgenen Winkel stehen und machte sich daran, ein kleines Grab auszuheben.

Da erkannte ich, daß sein Kummer etwas Finstres, Befremdliches hatte. Ich würde besonders zärtlich zu ihm sein müssen, um ihn davon zu befreien. Die Faust im Mund, ging ich hinter einem großen Kapokbaum in die Hocke und hörte zu, wie Erde auf die Kiste klatschte.

Nachdem Pedrito am nächsten Tag zu den Palmlilienfeldern aufgebrochen war, suchte und suchte ich, aber ich fand die Stelle nicht wieder. *Ay Dios,* meine größte Sorge war, er könnte unser Kind aus der gesegneten Erde geholt haben. Das arme, unschuldige Ding würde dann in alle Ewigkeit im Fegefeuer schmoren müssen! Ich beschloß, mich erst zu vergewissern, bevor ich von Pedrito verlangte, unseren Sohn wieder auszugraben.

Also heuerte ich ein paar *campesinos* an und ging mit ihnen auf den Friedhof, unter dem Vorwand, ich hätte vergessen, dem Kind ein Medaillon der Virgencita mit ins Grab zu legen. Als die Männer gut einen Meter tief gegraben hatten, stießen ihre Schaufeln auf den kleinen Sarg.

»Öffnet ihn«, sagte ich.
»Lassen Sie lieber uns das Medaillon reinlegen, Doña Patria«, schlugen sie vor. Sie konnten sich nicht recht überwinden, den Deckel aufzubrechen, »Sie sollten sich das nicht anschauen.«
»Ich will es aber sehen«, beharrte ich.

Ich hätte es mir besser anders überlegen und mir den Anblick ersparen sollen. Mein Kind war nur noch ein Haufen wimmelnder Ameisen! Mein Kind verweste wie ein Tier! Vom entsetzlichen Gestank überwältigt, ließ ich mich auf die Knie fallen.
»Macht ihn wieder zu«, sagte ich. Ich hatte genug gesehen.
»Was ist mit dem Medaillon, Doña Patria?« erinnerten sie mich.

Das bringt ihm zwar auch nichts mehr, dachte ich, aber ich legte es trotzdem hinein. Dann senkte ich den Kopf, und wenn ich jemals wirklich gebetet habe, dann in diesem Augenblick. Ich sprach die Namen meiner Schwestern, meiner Kinder, meines Mannes, die von Mamá und Papá und beschloß, meinen Lieben keinen Kummer zu bereiten.

So kam es, daß Patria Mercedes Mirabal de González in ganz San José de Conuco und auch in Ojo de Agua bald als vorbildliche katholische Ehefrau und Mutter galt. Ich führte sie alle an der Nase herum! Ja, als ich längst den Glauben verloren hatte, spielte ich ihnen weiterhin etwas vor.

Es war nicht meine Idee, die Pilgerreise nach Higüey anzutreten, nein, es war Mamás Schnapsidee. Dort hatte es Marienerscheinungen gegeben. Eines frühen Morgens war die Virgencita einem alten *campesino* erschienen, als er mit seinem schwer mit Knoblauch beladenen Esel unterwegs zur Stadt war. Und auch ein kleines Mädchen wollte sie gesehen haben, wie sie auf dem Eimer schaukelte, der zur Zierde über dem seit langem ausgetrockneten Brunnen hing, wo sie jemandem bereits um das Jahr 1600 erschienen war. Jene Erscheinung war allzu wunderlich gewesen, als daß der Erzbischof ihre Echtheit hätte anerkennen können, aber immerhin. Sogar El Jefe hatte es unserer Schutzheiligen zugeschrieben, daß die Invasion von Cayo Confites fehlgeschlagen war.

»Wenn sie ihm hilft, dann –« setzte Minerva an, aber Mamá brachte sie mit jenem Blick zum Schweigen, der, seit wir erwachsen waren, gewissermaßen den alten Pantoffel auf unserem Kinderpo abgelöst hatte.

»Wir Frauen brauchen für unsere Familie den Beistand der Virgencita«, erinnerte Mamá sie.

Damit hatte sie allerdings recht. Alle wußten von meinem unverhohlenen Kummer wegen des verlorenen Kindes, aber niemand von meinem heimlichen Verlust, dem Verlust meines Glaubens. Und dann war da noch Minerva mit ihrer rastlosen Aufmüpfigkeit. Lieber Gott, bring sie zur Vernunft, betete Mamá. Mates Asthma war so schlimm wie nie, und deshalb hatte Mamá sie auf eine nähergelegene Schule in San Francisco geschickt. Nur bei Dedé lief alles gut, allerdings standen bei ihr ein paar wichtige Entscheidungen an, und sie brauchte dabei die Hilfe der Virgencita.

So schmiedeten wir fünf also Pläne. Ich beschloß, die Kinder daheim zu lassen, um mich ganz meiner Pilgerreise widmen zu können. »Seid ihr sicher, daß ihr Frauen allein auf Pilgerfahrt gehen wollt?« zog Pedrito uns auf. Er war wieder glücklich, seine Hände wanderten frech über meinen Körper, und sein Gesicht wirkte übermütig. »Fünf gutaussehende Frauen statten der Virgencita einen Besuch ab. Kaum zu glauben!«

Meine Schwestern sahen mich an. Sie waren darauf gefaßt, daß ich meinen Mann ausschalt, weil er alles, was mit Religion zu tun hatte, allzusehr auf die leichte Schulter nahm, aber ich hatte meine alte Strenge in Glaubensangelegenheiten abgelegt. Gott, der uns den schlimmsten aller Streiche gespielt hatte, konnte eine kleine Neckerei bestimmt vertragen.

Ich rollte kokett mit den Augen. »*Ay, sí, los gallos*«, sagte ich. »Die Gockel von Higüey!«

Eine Wolke zog über Pedritos Gesicht. Er war kein eifersüchtiger Mann, und ehrlich gesagt war er auch kein phantasievoller Mensch und daher von allen Befürchtungen und Verdächtigungen unbeleckt. Sah oder hörte er aber etwas, das ihm nicht gefiel, selbst wenn er es selber gesagt hatte, stieg ihm das Blut ins

Gesicht, und seine Nasenlöcher blähten sich wie die eines feurigen Hengstes.

»Sollen sie doch krähen, soviel sie wollen«, fügte ich hinzu. »Ich habe schon einen hübschen Hahn in San José de Conuco, und zwei kleine Küken obendrein.« Nelson und Noris blickten beunruhigt auf, als sie den scherzhaften Unterton in meiner Stimme hörten.

Wir brachen in unserem neuen Wagen auf, einem gebrauchten Ford, den Papá fürs Geschäft gekauft hatte, wie er sagte. Aber wir alle wußten, für wen er wirklich gedacht war – für das einzige Familienmitglied, das außer Papá Auto fahren konnte. Er hatte gehofft, dieses Trostpflaster würde Minerva dabei helfen, in Ojo de Agua ein glückliches, ruhiges Leben zu führen, aber sie war jeden Tag unterwegs und fuhr nach Santiago, San Francisco, Moca – geschäftlich, wie sie behauptete. Dedé, die den Laden deshalb allein führen mußte, klagte, daß mehr ausgeliefert als verkauft werde.

María Teresa hatte ein verlängertes Wochenende frei, weil die Schulen zu Ehren von El Jefes Geburtstag geschlossen blieben, und deshalb fuhr sie mit uns. Wir machten Witze über all die Gedenkmärsche und langweiligen Ansprachen, die wir uns erspart hatten, indem wir ausgerechnet an diesem Wochenende aufbrachen. Im Auto konnten wir uns ungezwungen miteinander unterhalten, weil uns niemand bespitzeln konnte.

»Armer Papá«, sagte María Teresa. »Jetzt muß er ganz allein hingehen.«

»Papá kann bestens auf sich selbst aufpassen, davon bin ich überzeugt«, versetzte Mamá spitz. Verwundert sahen wir sie an. Ich fing an, mir Gedanken darüber zu machen, warum Mamá diese Pilgerfahrt angeregt hatte. Ausgerechnet Mamá, die sogar Tagesausflüge haßte. Etwas mußte ihr schwer zu schaffen machen, daß sie sich so weit von zu Hause wegbewegte.

Wir brauchten eine Weile nach Higüey, weil wir erst in eine Autoschlange gerieten, die sich zu den Feierlichkeiten in die Stadt wälzte, und anschließend auf schlechten Straßen quer durch eine trockene Ebene Richtung Osten fahren mußten. Ich konnte mich nicht mehr daran erinnern, wann ich in den letzten Jahren fünf Stunden am Stück gesessen hatte. Trotzdem verging die Zeit wie im Flug. Wir sangen, erzählten uns Geschichten, schwelgten mal in dieser, mal in jener Erinnerung.

An einer bestimmten Stelle machte Minerva den Vorschlag, wir sollten uns doch einfach in die Berge schlagen, wie die *gavilleros* es getan hatten. Wir kannten die Geschichten von den *campesinos*, die sich zu Banden zusammengeschlossen und in die Hügel abgesetzt hatten, um gegen die einfallenden *yanquis* zu kämpfen. Mamá war eine junge Frau von achtzehn Jahren gewesen, als die *yanquis* kamen.

»Hast du mit den *gavilleros* sympathisiert, Mamá?« wollte Minerva wissen und blickte in den Rückspiegel. Um ein Haar hätte sie einen Mann auf einem Ochsenkarren gerammt, der nur langsam vom Fleck kam. Wir schrien laut auf. »Er war mindestens noch einen Kilometer weg«, verteidigte sich Minerva.

»Seit wann sind fünf Meter ein Kilometer?« fuhr Dedé sie an. Mit Zahlen konnte sie umgehen, sogar in kritischen Situationen.

Bevor die beiden sich wieder einmal in die Haare kriegen konnten, schritt Mamá ein: »Natürlich stand ich auf der Seite unserer Patrioten. Aber was konnten wir gegen die *yanquis* schon ausrichten? Sie brachten jeden um, der sich ihnen in den Weg stellte. Sie brannten unser Haus ab und behaupteten, es sei ein Versehen gewesen. Sie waren nicht in ihrem eigenen Land, und deshalb mußten sie sich vor niemandem rechtfertigen.«

»Genau wie wir Dominikaner, was?« sagte Minerva, und in ihrer Stimme schwang Sarkasmus mit.

Mamá schwieg eine Weile, aber wir spürten, daß sie noch etwas zu sagen hatte. Schließlich fuhr sie fort: »Du hast recht, sie sind alle Schurken – Dominikaner, *yanquis*, jeder einzelne Mensch.«

»Nicht jeder«, widersprach ich. Schließlich mußte ich doch meinen eigenen Mann verteidigen.

Und María Teresa pflichtete mir bei. »Nicht Papá.«

Um Fassung ringend, schaute Mamá einen Moment aus dem Fenster. Dann sagte sie ruhig: »Doch, auch euer Vater.«

Wir protestierten, aber Mamá ließ nicht mit sich reden: Sie nahm weder zurück, was sie gesagt hatte, noch rückte sie mit mehr heraus. Jetzt wußte ich, warum sie hatte auf Pilgerfahrt gehen wollen.

Die Stadt war überfüllt mit geschäftigen Pilgern, und obwohl wir in allen besseren Pensionen unser Glück versuchten, fanden wir kein Zimmer. Schließlich riefen wir ein paar entfernte Verwandte an, die uns mit Vorwürfen überschütteten, weil wir nicht sofort zu ihnen gekommen waren. Mittlerweile war es dunkel geworden, aber von den Fenstern aus, an denen wir saßen und das späte Abendbrot aßen, das unsere Verwandten aufgetragen hatten, konnten wir die Lichter der Kapelle sehen, in der die Pilger die Vigilien hielten. Ich bebte innerlich vor Erregung, als sollte ich bald einem Freund begegnen, dem ich mich entfremdet hatte und mit dem ich mich von Herzen wieder versöhnen wollte.

Als ich später in dem Bett lag, das ich mit Mamá teilte, betete ich vor dem Einschlafen gemeinsam mit ihr den Rosenkranz zu Ehren der Virgencita. Im Dunkeln hörte ich den Kummer in ihrer Stimme. Beim ersten Schmerzensreichen Rosenkranz sprach sie Papás vollständigen Namen aus, als würde sie nicht für ihn beten, sondern ihn zur Rechenschaft ziehen.

»Stimmt etwas nicht, Mamá?« flüsterte ich ihr zu, als wir geendet hatten.

Darauf sagte sie nichts, aber als ich aufs Geratewohl fragte: »Eine andere Frau?«, seufzte sie und sagte nach kurzem Zögern: »*Ay*, Heilige Jungfrau, warum hast du mich verlassen?«

Ich schloß die Augen und spürte, wie ihre Frage und meine miteinander verschmolzen. Ja, warum? dachte ich. Laut sagte ich: »Ich bin doch hier, Mamá.« Mehr fiel mir zu ihrem Trost nicht ein.

Am nächsten Tag standen wir in aller Frühe auf und machten uns auf den Weg zur Kapelle. Unseren Gastgebern sagten wir, wir würden fasten, damit wir ihnen keine weiteren Umstände bereiteten. »Wir fangen unsere Pilgerreise mit Lügen an«, stellte Minerva lachend fest. Zum Frühstück aßen wir Weißbrot und einen der berühmten kleinen Käse aus Higüey und beobachteten die anderen Pilger durch die Tür der Cafeteria. Sogar um diese frühe Stunde wimmelte es in den Straßen von ihnen.

Auch auf dem Vorplatz der kleinen Kapelle herrschte dichtes Gedränge. Wir schlossen uns der Menschenschlange an und marschierten im Gänsemarsch an Bettlern vorbei, die Blechtassen schwenkten oder uns mit ihren selbstgebastelten Krücken oder Stöcken zuwinkten. Im Innern wurde die kleine stickige Kapelle von Hunderten Votivkerzen erhellt. Ich fühlte mich duselig, wie ich es aus meiner Mädchenzeit kannte. Mit dem Saum meiner Mantilla wischte ich mir den Schweiß aus dem Gesicht, während ich María Teresa und Minerva folgte. Mamá und Dedé hielten sich dicht hinter mir.

Langsam bewegte sich die Schlange durch den Mittelgang auf den Altar zu und anschließend ein paar Stufen hinauf zu einem Absatz vor dem Bildnis der Virgencita. María Teresa, Minerva und ich schafften es, uns auf dem Absatz nebeneinander zu drängen. Ich starrte in den verschlossenen Kasten, dessen Glasscheibe von den Fingerabdrücken der Pilger verschmiert war.

Auf den ersten Blick sah ich nichts weiter als einen mit Smaragden, Achaten und Perlen besetzten Silberrahmen. Das Ding sah einfach kitschig und verlogen aus. Dann erkannte ich eine blasse junge Frau, die sich anmutig über einen Trog beugte, in dem, auf Stroh gebettet, ein winziges Kind lag. Hinter ihr stand, die Hände aufs Herz gelegt, ein Mann in rotem Gewand. Hätten die beiden keinen Heiligenschein gehabt, hätten sie genausogut ein junges Paar aus der Gegend von Constanza sein können, wo die *campesinos* für ihre helle Hautfarbe bekannt waren.

»Heilige Maria«, begann María Teresa, »du Gnadenreiche ...«

Als ich mich umdrehte und die überfüllten Bankreihen mit Hunderten müder, aufwärts blickender Gesichter sah, war mir, als hätte ich mein Leben lang in die falsche Richtung geblickt. Der Glaube regte sich in mir, erwachte zu neuem Leben, zuckte und rumorte in meinem Bauch. Ich drehte mich wieder um und berührte mit der Hand die schmutzige Glasscheibe.

»Heilige Maria, Muttergottes«, fiel ich ein.
Herausfordernd blickte ich in ihr hübsches, blasses Gesicht.
Hier bin ich, Virgencita. Und wo bist du?
Da hörte ich inmitten der hüstelnden, rufenden, tuschelnden Menge ihre Antwort: *Hier, Patria Mercedes, hier bin ich, rund um dich herum. Ich bin längst mehr als eine Erscheinung.*

II
1948 bis 1959

– 5 –

Dedé
1994 und 1948

Über den Kopf ihrer Befragerin hinweg sieht Dedé, wie das neue Hausmädchen Pisangschalen aus der Küche in den Garten wirft. Dabei hatte Dedé gebeten, dies nicht zu tun. »Dafür gibt es Abfalleimer«, hatte sie erklärt. Aber jedesmal, wenn Dedé auf die Mülltonne zeigt, starrt das junge Hausmädchen die Tonne an wie ein obskures Objekt, aus dem sie nicht recht schlau wird.
»Hast du verstanden?« fragt Dedé.
»*Sí, Señora.*« Die Kleine grinst breit, als hätte sie etwas richtig gemacht. Wenn man so alt ist wie Dedé, fällt es einem schwer, sich an neues Personal zu gewöhnen. Aber Tono wird drüben im Museum gebraucht, sie muß ganze Busladungen durchs Haus führen und auch Telefondienst machen. Tono ist schon so lange im Haus, wie Dedé denken kann. Und Fela natürlich auch, nur ist Fela seit dem Tod der Mädchen nicht mehr ganz richtig im Kopf.
Von den Geistern der Mädchen besessen war sie, man stelle sich vor! Die Leute kamen von so fernen Orten wie Barahona angereist, um »durch« sie, die ebenholzschwarze Sibylle, mit den Mirabal-Schwestern zu sprechen. Patria sagte man heilende Kräfte nach; María Teresa war die Richtige bei Liebeskummer; und Minerva, nun, Minerva machte der Virgencita als Schutzheilige für aussichtslose Fälle Konkurrenz. Und das in ihrem, Dedés, Hinterhof! Wie peinlich! Als hätte sie so etwas jemals gutgeheißen! Sie ahnte von nichts. Erst als der Bischof sie schließlich besuchte, erfuhr sie alles.
Es war ein Freitag, Felas freier Tag. Kaum war der Bischof fort, ging Dedé in den Schuppen hinter dem Haus. Sie brauchte nur ein wenig an der Tür zu rütteln, schon ging sie auf – ein kleiner

Trick, den nur sie kaiinte –, aber ¡Dios mío!, der Anblick, der sie drinnen erwartete, verschlug ihr den Atem. Fela hatte einen Altar errichtet und mit Bildern von den Mädchen geschmückt, die sie aus den berühmten, alljährlich im November gedruckten Plakaten ausgeschnitten hatte. Davor stand ein gedeckter Tisch mit Kerzen sowie der obligatorischen Zigarre und Rumflasche darauf. Am beunruhigendsten aber war das Bild von Trujillo, das früher einmal bei Dedé und Jaimito an der Wand gehangen hatte. Dedé hätte schwören können, daß sie es in den Müll geworfen hatte. Was zum Teufel hatte *er* hier verloren, wo doch Fela, wie sie später beteuerte, sich nur mit guten Geistern abgab?

Dedé zog die Tür hinter sich zu, bis das alte Schloß wieder einrastete. In ihrem Kopf drehte sich alles. Als Fela heimkam, stellte Dedé sie vor die Wahl: Entweder hörte sie mit diesem Unfug auf und schaffte das Zeug aus dem Schuppen, oder … Dedé brachte es nicht über sich, der gebeugten, weißhaarigen Frau, die mit ihrer Familie so vieles durchgestanden hatte, die Alternative geradeheraus ins Gesicht zu sagen. Es war auch nicht nötig. Am nächsten Morgen war der Schuppen leer. Fela hatte ihre Aktivitäten die Straße ein Stück weiter hinunter verlegt, an einen Ort, der sich wahrscheinlich besser eignete: in einen aufgelassenen Laden an der Busstrecke nach Salcedo.

Minou wird wütend, als sie hört, was Dedé Fela angetan hat. Ja, genau so hat sie sich ausgedrückt: »Was hast du ihr *angetan*, Mamá Dedé?«

»Fela hat das Andenken deiner Mutter beschmutzt. Sie war eine Katholikin, Minou, eine Katholikin!«

Das beeindruckt Minou nicht im geringsten. Dedé hat ihr schon zu oft erzählt, wie ihre Mutter der Kirche untreu geworden war. Manchmal fragt sich Dedé besorgt, ob sie den Kindern nicht viel mehr hätte vorenthalten sollen. Andererseits liegt ihr daran, daß sie ihre Mütter als das sehen, was sie waren: Wesen aus Fleisch und Blut. Daß sie auch Heldinnen waren, erfahren sie sowieso von den anderen.

Seither schaut Minou immer bei Fela vorbei, wenn sie ihre

Tante besuchen kommt. Dedé kriegt jedesmal Gänsehaut, wenn Minou sagt: »Ich habe heute bei Fela mit Mamá gesprochen, und sie hat gesagt ...«

Dedé schüttelt zwar den Kopf über die alte Frau, aber sie hört sich immer an, was die Alte zu sagen hat.

Am seltsamsten war es, als Minou einmal von Fela kam und nach Virgilio Morales fragte: »Mamá sagt, er lebt noch. Weißt du, wo er ist, Mamá Dedé?«

»Hat dir das deine Mutter nicht verraten?« fragte Dedé bissig zurück. »Wissen die Geister etwa nicht, wo wir alle wohnen?«

»Du klingst verärgert, Mamá Dedé«, bemerkte Minou.

»Du weißt, daß ich von diesem Hokuspokus nichts halte. Außerdem finde ich es eine Schande, daß du, die Tochter von –«

Minous Augen blitzten vor Wut, und es war, als würde nicht sie, sondern Minerva vor Dedé stehen. »Ich bin ich, und ich habe es satt, die Tochter einer Legende zu sein.«

Rasch wie Wasser von einem schrägen Dach glitt das Gesicht ihrer Schwester von Minou ab. Dedé streckte die Arme nach ihrer geliebten Nichte und Pflegetochter aus. Dunkle Tuschetränen rannen über Minous Wangen. Als ob sie, Dedé, nicht verstehen könnte, was für ein Gefühl es war, im Käfig eines Vermächtnisses eingesperrt zu sein! »Verzeih mir«, flüsterte sie. »Natürlich hast du ein Recht darauf, du selbst zu sein.« Danach gestand sie, daß sie nicht wußte, wo Lío Morales jetzt wohnte. Bei ihrem letzten Besuch in der Hauptstadt hatte ihr jemand sein Haus gezeigt. Der komfortable Bungalow lag nur ein paar Häuserblocks vom einstigen riesigen Zuckerbäckerpalast des Diktators entfernt, den der Mob vor langer Zeit niedergebrannt hatte.

»Wie lautet denn die Botschaft, die du ihm überbringen sollst?« erkundigte sich Dedé so beiläufig wie möglich.

»Botschaft?« Minou blickte überrascht auf. »Ich soll ihm nur sagen, daß Mamá ihn grüßen läßt und viel an ihn denkt.«

»Ich auch«, sagte Dedé und stellte gleich darauf klar: »Sag ihm, ich lasse ihn auch grüßen.«

»Wann haben die Probleme denn angefangen?« Die Stimme der Befragerin holt Dedé in die Gegenwart zurück. Wieder kommt es Dedé so vor, als hätte die Frau die unheimliche Gabe, ihre Gedanken zu lesen.

»Was für Probleme?« fragt sie spitz. Aus den Gefühlen, die sie früher einmal für Lío gehegt hat, sind nie Probleme erwachsen, für andere nicht und auch nicht für sie selbst. Darauf hatte sie geachtet.

»Ich meine die Probleme mit dem Regime. Wann haben die angefangen?« fragt die Frau mit sanfter Stimme, als ahnte sie, daß sie einen empfindlichen Nerv getroffen hat.

Dedé entschuldigt sich. »Ich war in Gedanken woanders.« Sie hat immer ein schlechtes Gewissen, weil sie ihrer vermeintlichen Pflicht nicht gerecht wird, nämlich sich als Grande Dame einer schönen, aber schrecklichen Vergangenheit zu geben. Das ist eine unmögliche Aufgabe, wirklich unmöglich! Schließlich ist sie die einzige, die übriggeblieben ist, um die schreckliche, aber schöne Gegenwart zu meistern.

»Wenn es Ihnen zuviel wird, kann ich aufhören«, bietet die Frau an.

Dedé schlägt das Angebot aus. »Ich habe nur gerade an damals gedacht. Wissen Sie, alle behaupten, die Probleme hätten für uns angefangen, nachdem Minerva auf dem Ball am Tag der Entdeckung Amerikas mit Trujillo aneinandergeraten war. In Wirklichkeit hatte Minerva schon zwei, drei Jahre zuvor mit dem Feuer gespielt. Außerdem hatten wir einen Freund, einen ziemlich radikal eingestellten jungen Mann. Vielleicht haben Sie schon mal von Virgilio Morales gehört?«

Die Frau kneift die Augen zusammen, als bemühte sie sich, eine Gestalt in der Ferne zu erkennen.» Nein, ich glaube, über ihn habe ich noch nichts gelesen.«

»Er wurde so oft aus dem Land gejagt, daß die Chronisten nicht mehr hinterher kamen. '47 kehrte er für ein paar Jahre aus dem Exil zurück. Trujillo hatte verkündet, unser Land würde bald frei sein – er versuchte genau wie die *yanquis*, uns Honig um den Bart zu schmieren. Wir wußten alle, daß es nur leeres Gerede war, aber

Lío – so nannten wir Virgilio – hat sich an der Vorstellung offenbar eine Zeitlang berauscht. Egal. Er hatte hier in der Gegend Verwandte, und deshalb sahen wir ihn oft, bevor er das Land zwei Jahre später wieder verlassen mußte.«
»Er war wohl eng mit Minerva befreundet?«
Dedé spürt, wie ihr Herz schneller klopft. »Er war genauso eng mit mir und den anderen Schwestern befreundet!« So, nun ist es heraus, aber warum fühlt sie sich jetzt nicht besser? Großer Gott, wie kann man sich mit seiner toten Schwester um einen Verehrer streiten?
»Warum war diese Freundschaft der Anfang aller Probleme?« Neugierig neigt die Frau den Kopf zur Seite.
»Weil Lío uns einen sehr realen Anlaß bot, das Regime zu bekämpfen. Ich glaube, nachdem Minerva ihn kennengelernt hatte, war sie nicht mehr dieselbe.« Und ich auch nicht, fügt sie insgeheim hinzu: Ja, noch Jahre nachdem sie Lío zum letzten Mal gesehen hatte, war er in ihrem Herzen und ihrem Geist gegenwärtig gewesen. Jedesmal, wenn sie sich einer unsinnigen Bestimmung des Regimes fügte, spürte sie vorwurfsvoll seinen traurigen, nüchternen Blick auf sich, weil sie wieder einmal klein beigegeben hatte.

»Wie schreibt man seinen Namen?« Die Frau hat einen kleinen Notizblock herausgezogen und malt unsichtbare Kreise darauf, um den störrischen Füller zum Schreiben zu bringen. »Ich will versuchen, ihn zu finden.«

»Ich erzähle Ihnen alles, was ich über ihn weiß«, erklärt Dedé und streicht mit den Händen versonnen über den Rock. Sie holt tief Atem, wie es Fela laut Minou jedesmal tut, kurz bevor die Schwestern ihr in den Leib fahren und sich ihre Stimme zu eigen machen, um ihre Botschaften zu übermitteln.

Sie erinnert sich an einen heißen, schwülen Nachmittag zu Beginn des Jahres, in dem sie heiratete. Sie und Minerva sind im Laden und pflügen sich durch die Inventarliste. Minerva steht auf einem Stuhl und zählt die Dosen, wobei sie sich immer wieder korrigiert und schließlich »mehr oder weniger« sagt, wenn Dedé die Zahl vor dem Niederschreiben laut wiederholt. Normalerweise kann Dedé Schluderei nicht ausstehen. Aber heute kann sie es kaum erwarten, daß sie mit der Arbeit fertig sind, damit sie endlich den Laden dichtmachen und zu Tío Pepe hinüberfahren können, wo sich die jungen Leute abends zum Volleyballspielen treffen.

Ihr Cousin Jaimito wird auch da sein. Sie kennen sich von Kindesbeinen an, weil man sie schon als Babys bei Familienzusammenkünften zusammen in den Laufstall gesetzt hat. Ihre Mütter ziehen sie manchmal damit auf, daß sie ständig zusammenstecken. Aber in den letzten Wochen hat sich etwas geändert. Alles, was Dedé früher an ihrem verzogenen, großspurigen Cousin gestört hat, läßt ihr Herz seit neuestem höher schlagen. Empfand sie die versteckten Anspielungen von ihrer und Jaimitos Mutter früher als Einmischung in eine Sache, die sie nichts anging, kommt es ihr jetzt so vor, als hätten die Erwachsenen lediglich das Schicksal vorausgeahnt. Wenn sie Jaimito heiratet, wird sie das Leben weiterführen, mit dem sie bisher sehr glücklich und zufrieden gewesen ist.

Minerva hat es aufgegeben, ihr von oben Zahlen zuzurufen, ohne eine Antwort zu bekommen. Sie baut sich vor Dedé auf und fuchtelt mit den Armen. »Hallo! Hallo!«

Dedé muß darüber lachen, daß man sie am hellichten Tag beim Träumen ertappt hat. Das ist sonst nicht ihre Art. Normalerweise ist es Minerva, die ihre Gedanken woanders hat. »Ich habe gerade darüber nachgedacht...« Dedé ringt um eine Erklärung, aber das Erfinden von Ausreden ist noch nie ihre Stärke gewesen. Minerva dagegen hat ständig irgendwelche Geschichten auf Lager.

»Ich weiß, ich weiß«, sagt Minerva. »Du hast gerade über Einsteins Relativitätstheorie nachgedacht.« Manchmal ist sie wirklich witzig. »Willst du für heute lieber Schluß machen?« Der hoffnungsvolle Ausdruck auf ihrem Gesicht verrät, daß dies auch ihr eigener Wunsch ist.

»Wir hätten schon letzte Woche damit fertig sein sollen!« erinnert sie Dedé.

»Es ist so stumpfsinnig.« Minerva äfft die Abzählerei nach. »Vier Krümel *leche dulce*, eine, zwei, nein, sieben Ameisen, die darauf zukrabbeln –«Plötzlich ändert sich der Klang ihrer Stimme. »Zwei Besucher!« Sie stehen in der Tür: Mario, einer ihrer Händler, und hinter ihm ein hochgewachsener, blasser Mann mit dicken Brillengläsern in einem Drahtgestell. Wahrscheinlich ein Arzt, aber auf jeden Fall ein Studierter.

»Wir haben geschlossen«, verkündet Dedé für den Fall, daß Mario geschäftlich hier sein sollte. »Papá ist drüben im Haus.« Aber Minerva bittet die beiden herein.

»Bitte kommen Sie und retten Sie uns!«

»Was ist denn los?« fragt Mario lachend und betritt den Laden. »Zuviel Arbeit?«

»Ja, nur leider nicht gerade von der erbaulichen Sorte«, kokettiert Minerva.

»Trotzdem muß sie getan werden. Wir haben die Inventur von Ende letzten Jahres ins neue Jahr verschleppt«, erklärt Dedé und ärgert sich über sich selbst, daß sie die Sache nicht längst erledigt hat.

»Vielleicht können wir helfen.« Der junge Gelehrte stellt sich vor den Ladentisch und läßt den Blick über die Regale hinter Dedé wandern.

»Das ist mein Cousin«, erklärt Mario. »Er ist eigens aus der Hauptstadt angereist, um junge Damen aus ihrer Not zu retten.«

»Arbeiten Sie an der Universität?« platzt Minerva heraus. Der junge Mann nickt, und jetzt rührt Mario für ihn erst so richtig die Werbetrommel. Virgilio Morales sei vor kurzem aus Venezuela zurückgekehrt, wo er seinen Doktor gemacht habe. Jetzt unterrichte er an der medizinischen Fakultät. An den Wochenenden besuche er seine Familie in Licey.

»Virgilio – was für ein ernster Name!« sagt Dedé und wird rot. Sonst wagt sie sich nicht so weit vor.

Da verschwindet der ernste Ausdruck vom Gesicht des jungen Mannes. »Deshalb nennen mich alle Lío.«

»Sie nennen dich Lío, weil du ständig Ärger am Hals hast«, erinnert Mario seinen Cousin. Virgilio lacht gutgelaunt.

»Virgilio Morales...«, wiederholt Minerva nachdenklich. »Ihr

Name kommt mir bekannt vor. Kennen Sie Elsa Sánchez und Sinita Perozo? Sie sind auch an der Universität.«

»Natürlich!« Er lächelt jetzt und mustert Minerva interessiert. Gleich darauf sind beide tief in ein Gespräch versunken. Wie ist das möglich? fragt sich Dedé. Schließlich hat sich der junge Mann zuerst an sie gewandt und ihr seine Hilfe angeboten.

»Wie geht's, Dedé?« Mario lehnt sich vertraulich an den Ladentisch. Vor ein paar Monaten hat er Anstalten unternommen, Dedé den Hof zu machen, bis sie ihm den Kopf zurechtgerückt hat. Mario ist nun mal nicht ... nun, er ist eben nicht Jaimito. Der junge Arzt allerdings auch nicht.

»Ich wünschte, wir hätten das endlich hinter uns.« Dedé seufzt, steckt die Kappe auf den Füller und klappt das Buch zu. Mario entschuldigt sich, daß sie die Mädchen bei der Arbeit gestört haben, aber Dedé versichert ihm, daß sie schon vor der Ankunft der beiden jungen Männer nur schleppend vorangekommen sind. »Vielleicht liegt es an der Hitze«, meint Mario und fächelt sich mit seinem Panamahut Luft zu.

»Was haltet ihr davon, wenn wir zusammen in der Lagune schwimmen gehen?« schlägt Minerva vor. Die beiden Männer sehen aus, als wären sie zu allen Schandtaten bereit, aber da erinnert Dedé Minerva: »Und was ist mit dem Volleyballspiel?« Jaimito würde sie bestimmt vermissen. Und bevor sie an Mario hängenbleibt, worauf es zweifellos hinauslaufen würde, will sie sich lieber an den Mann halten, den sie zu heiraten beabsichtigt. So einfach ist das.

»Volleyball? Hat jemand Volleyball gesagt?« fragt der junge Gelehrte. Es ist schön, sein blasses, ernstes Gesicht lächeln zu sehen. Wie sich herausstellt, hat er an mehreren Universitäten in der Mannschaft gespielt.

Minerva hat eine noch bessere Idee: Warum spielen sie nicht zuerst Volleyball und springen dann, wenn sie heiß und verschwitzt sind, in die Lagune?

Dedé kann nur darüber staunen, wie spielerisch Minerva über das Leben anderer Menschen bestimmt und wie fest sie davon überzeugt ist, daß sie von Papá die Erlaubnis kriegen. Schon das Volleyballspielen wird allmählich zum Problem. Papá ist nämlich der Meinung, daß zwei Schwestern nicht eben die besten Anstandsdamen füreinander sind, noch dazu, wenn sie beide unbedingt an denselben Ort wollen.

Während die beiden jungen Männer Mamá auf der *galería* ihre Aufwartung machen, versucht Minerva, ihren Vater zu erweichen. »Aber Papá, mit Mario machst du doch Geschäfte. Du kannst ihm vertrauen. Wir fahren nur zu unserem Onkel Tío Pepe und spielen mit unseren Cousins Volleyball. Besser können wir überhaupt nicht aufgehoben sein!«

Papá kleidet sich gerade vor dem Spiegel an. Er sieht in letzter Zeit jünger aus, irgendwie besser. Er reckt den Hals und blickt Minerva über die Schulter hinweg an. »Wer ist der junge Mann, den Mario mitgebracht hat?«

»Ein Cousin von ihm, der übers Wochenende hier ist«, sagt Minerva so beiläufig wie möglich. Dedé fällt auf, wie ihre Schwester um jeden Preis vermeidet, Líos Tätigkeit an der Universität zu erwähnen.

Scheinheilig setzt sie noch eins oben drauf: »Warum kommst du nicht mit, Papá?«

Selbstverständlich wird Papá nicht mitkommen. Er macht jeden Abend die Runde auf seinen Ländereien und läßt sich von den *campesinos* berichten, was sie tagsüber geschafft haben. Seine Töchter nimmt er nie mit. »Das ist Männersache«, pflegt er zu sagen. Und genau dafür macht er sich gerade fertig.

»Vor Einbruch der Dunkelheit seid ihr zurück«, sagt er mit finsterer Miene. Dedé kennt das schon: Wenn er ihnen erst vorschreibt, wann sie wieder zu Hause sein sollen, haben sie seine Erlaubnis in der Tasche.

Schnell zieht sich Dedé um, allerdings nicht schnell genug für Minerva. »Mach schon«, treibt sie Dedé an, »bevor Papá es sich anders überlegt!« Dedé ist sich nicht sicher, ob sie alle Knöpfe zugemacht hat, doch da laufen sie schon die Auffahrt hinunter zu den jungen Männern, die neben ihrem Wagen auf sie warten.

Dedé spürt den Blick des Fremdlings auf sich. Sie weiß, daß sie mit der geblümten Hemdbluse und den hochhackigen weißen Sandalen besonders gut aussieht.

»In der Aufmachung wollen Sie Volleyball spielen?« Lío grinst belustigt. Mit einem Mal kommt sich Dedé albern vor; sie fühlt sich in ihrer Eitelkeit gefangen wie ein Kätzchen, das sich in einem Wollknäuel verheddert hat. Natürlich spielt sie *nie* mit. Abgesehen von Minerva in ihren Hosen und Tennisschuhen sitzen die Mädchen alle auf der *galería* und feuern die Jungs an.

»Ich spiele nicht mit«, rutscht es ihr etwas kleinlauter als beabsichtigt heraus. »Ich schaue nur zu.«

Wie treffend die Worte waren, geht Dedé erst jetzt auf, als sie sich daran erinnert, daß sie einen Schritt zurücktrat, während der junge Mann die hintere Wagentür öffnete und abwartete, wer von beiden neben ihm sitzen wollte. Und – schwupps – saß Minerva auf dem Rücksitz!

Sie erinnert sich an einen Samstagabend, ein paar Wochen später.

Jaimito und seine »Tiger« aus San Francisco liefern sich ein erbärmliches Match mit den »Wölfen« aus Ojo de Agua. In einer Spielpause kommt Jaimito auf die *galería*, um sich ein Bier zu holen. »*Hola, prima*«, sagt er zu Dedé, als wären sie *nur* Vetter und Cousine. Sie behandelt ihn noch immer so, als wäre er für sie Luft; doch gleichzeitig mustert sie sich kritisch in jeder spiegelnden Oberfläche. Angespannt ballt sie die Hände in den Taschen ihres neuen Kleides zu Fäusten.

»Komm, spiel mit, Cousine.« Er zieht sanft an ihrem Arm. Schließlich rackert sich Minerva schon eine ganze Weile für die gegnerische Mannschaft ab. »Unsere Mannschaft kann ein bißchen Verstärkung gebrauchen.«

»Ich wäre euch keine große Hilfe«, entschuldigt sich Dedé kichernd. Genaugenommen hat sie Sport – ebenso wie Politik – immer als Männersache betrachtet. Sie hat nur eine einzige Schwäche, und das ist ihr Pferd Brío, denn Reiten liebt sie über alles. Minerva zieht sie immer wieder mit diesem österreichischen

Psychiater auf, der bewiesen haben will, daß Mädchen, die gerne reiten, auch Spaß am Sex haben. »Beim Volleyballspielen kriege ich immer Puddingfinger.«

»Du mußt ja nicht mitspielen«, sagt er schmeichlerisch. »Es reicht, wenn du dich auf unsere Seite stellst und die Wölfe mit deinem hübschen Gesicht ablenkst.«

Dedé schenkt ihm ihr sonniges Lächeln, für das sie berühmt ist.

»Sei nett zu den Tigern, Dedé. Schließlich haben wir für eure Wölfe auch eine Ausnahme gemacht.« Er zeigt über die Schulter, und Dedé sieht Minerva und Lío, die, in ein intensives Gespräch verstrickt, in einer Ecke der *galería* stehen.

Stimmt, obwohl Lío nicht aus Ojo de Agua stammt, haben die Tiger sich damit einverstanden erklärt, daß er in der schwächeren Mannschaft mitspielt. Bestimmt haben die Tiger mit einem raschen Blick auf den blassen Brillenträger beschlossen, daß er für sie keine große Gefahr sein kann, sagt sich Dedé. Aber Lío Morales hat sich als erstaunlich flinker Spieler entpuppt. Die Wölfe aus Ojo de Agua sind drauf und dran, gegen die Tiger aus San Francisco zu gewinnen.

»Flink mußte er schon immer sein«, hat Jaimito gewitzelt, »sonst hätte ihn längst die Polizei geschnappt.« Jaimito und seine Kameraden wußten bereits über Virgilio Morales Bescheid, als er eines Abends zum ersten Mal zum Volleyballspielen mitkam. Sie schwankten zwischen Bewunderung und Argwohn; schließlich war seine Anwesenheit für sie nicht ungefährlich.

Jaimito versucht es auf eine andere Tour, Dedé zum Mitspielen zu bewegen. »Mädchen gegen Jungs – was haltet ihr davon?« ruft er und schnappt sich noch eine Flasche Bier. Durch die Mitarbeit im elterlichen Laden ist Dedé in Buchhaltung geübt, und sie hat registriert, daß es schon Jaimitos dritte große Flasche ist.

Die anderen Mädchen kichern; die Vorstellung reizt sie. Aber was, wenn sie ihre Kleider ramponieren oder sich in ihren hochhackigen Schuhen den Knöchel verstauchen?

»Zieht die Schuhe doch einfach aus«, schlägt Jaimito mit einem verstohlenen Blick auf Dedés wohlgeformte Beine vor.

»Und auch alles andere, was euch im Weg umgeht!«

»Du bist mir einer!« sagt Dedé, und ihr Gesicht glüht vor Wonne. Sie muß sich eingestehen, daß sie stolz auf ihre schönen Beine ist.

Schon im nächsten Augenblick fallen Seidentücher auf Stühle, und ein halbes Dutzend hochhackiger Schuhe werden am Fuß der Treppe abgestreift und auf einen Haufen geworfen. Kleiderärmel werden hochgekrempelt, Pferdeschwänze festgezogen, und unter spitzen Freudenschreien betreten die »Amazonen«, wie sie sich selbst kurzerhand getauft haben, das von der Abendfeuchtigkeit rutschige Gras. Die jungen Männer pfeifen und johlen beim Anblick der übermütigen jungen Damen, die sich, zum Kampf gerüstet, auf dem Spielfeld verteilen. Die Zikaden zirpen, und Fledermäuse flattern über ihren Köpfen auf und ab, als wollten sie ein Diagramm der knisternden Atmosphäre zeichnen. Bald schon wird es zu dunkel sein, um den Ball klar zu erkennen.

Als die einzelnen Positionen zugeteilt werden, fällt Dedé auf, daß ihre Schwester Minerva fehlt. Gerade jetzt, wo sie ihre Unterstützung brauchen, läßt sie die Pionierin unter den weiblichen Spielern im Stich! Dedé blickt hinauf zur *galería*, doch dort erinnern nur zwei leere, einander gegenüberstehende Stühle an die verschwundenen Gesprächspartner. Während sie noch überlegt, ob sie nach Minerva suchen soll, merkt sie, daß Jaimito angestrengt in ihre Richtung blickt. Er steht weit hinten, fast schon im Dunkeln, und wartet darauf, die Angabe zu machen. Sie hört einen kräftigen Schlag, und von den Schreien ihrer Freundinnen aufgeschreckt, reißt sie die Arme in die Höhe, blickt zum Himmel auf und sieht, wie der leuchtende Mond in ihre Hände fällt.

War es womöglich doch kein Zufall? überlegt Dedé und spult zurück bis zu dem Augenblick, in dem sie den Ball pritschte. In hohem Bogen flog er über die Köpfe der anderen Spieler und landete in der dunklen Hecke. Die Zweige knackten laut, und gleich darauf war der erschrockene Aufschrei des überraschten Paares zu hören.

Hatte sie etwa geahnt, daß Minerva und Lío sich in der Hecke verkrochen hatten, und hatte sie die beiden mit ihrem Schlag nur aufscheuchen wollen? Aber warum, fragt sie sich, warum sollte es ihr Wunsch gewesen sein, sie zu stören? Während sie ihren Gedanken nachhängt, spürt sie, wie ihr Herz schneller schlägt.

Unfug, das Gedächtnis tischt einem nur Unfug auf, mischt Tatsachen durcheinander, streut ein bißchen hiervon, ein bißchen davon ein. Sie könnte genauso wie Fela ein Schild vor die Tür hängen und behaupten, sie sei von den Mädchen besessen. Lieber von ihnen als von itjrem eigenen Geist, der Geschichten über die Vergangenheit erfindet!

Es kam zu einem Streit, daran erinnert sie sich noch. Lío trat mit dem Ball in der Hand aus der Hecke. Unter dem Einfluß von drei oder mehr Flaschen Bier und seinem wachsenden Unbehagen über Líos Anwesenheit, ließ Jaimito eine grobe Bemerkung fallen. Dann verschwimmt das Bild, und sie sieht nur noch unscharf vor sich, wie Lío Jaimito den Ball mit solcher Wucht an die Brust wirft, daß Jaimito nach Luft schnappt. Sie sieht, wie Jaimito von seinen Kameraden gestützt wird. Wie die Mädchen zu ihren hochhackigen Schuhen zurückeilen. Wie Tío Pepe die Treppe herunterkommt und ruft: »Schluß mit dem Volleyball!«

Doch bevor man die beiden jungen Männer auseinanderbringen konnte, hatte sich die Lage bereits zugespitzt. Jaimito nannte Lío einen Unruhestifter und warf ihm vor, Verschwörungen anzuzetteln, um dann selbst Zuflucht in einer Botschaft zu suchen und Asyl zu beantragen, während seine Kameraden im Gefängnis vor die Hunde gingen. »Du bringst uns alle in Gefahr«, hielt Jaimito ihm vor.

»Ich verlasse unser Land nur, um den Kampf woanders fortzuführen. Wir dürfen nicht zulassen, daß Chapita uns *alle* umbringt.«

An dieser Stelle machte sich Schweigen breit wie jedesmal, wenn sich jemand in der Öffentlichkeit abfällig über das Regime äußerte. Man konnte nie wissen, wer aus der Gruppe was der Polizei berichtete. In jedem größeren Haushalt, so hieß es, gab es einen Bediensteten, der in doppeltem Sold stand.

»Ich sagte, Schluß mit dem Volleyball für heute abend.« Tío Pepe sah die Spieler einen nach dem anderen an. »Und ihr beide schüttelt euch die Hände wie zwei Ehrenmänner. Na los«, ermunterte er sie. Jaimito streckte die Hand aus.

Seltsamerweise war es Lío, dieser friedliebende Mensch, der anfangs nicht einschlagen wollte. Dedé hat noch immer vor Augen, wie der hochgewachsene schlaksige junge Mann mit angespannten Muskeln dastand und kein Wort sagte. Schließlich gab er sich einen Ruck, hielt Jaimito ebenfalls die Hand hin und sagte: »Männer wie dich könnten wir brauchen, Jaimito.« Dieses Kompliment besiegelte die Versöhnung zwischen ihnen und bewirkte, daß sie in den kommenden Monaten in Liebesdingen die Köpfe zusammensteckten.

Im Grunde genommen ein harmloser Vorfall. Was für ein alberner Krach wegen eines ungeschickt geworfenen Volleyballs! Aber etwas führt Dedés Gedanken immer wieder zu dem Abend zurück, an dem der Streit stattgefunden hat, und auch zu den darauffolgenden Tagen und Abenden. Etwas will, daß sie diese Augenblicke in ihrem Kopf eines ums andere Mal durchgeht, irgend etwas, aber sie ist sich nicht sicher, ob sie herausfinden will, was es ist.

Ganz gleich, was Mamá später behauptete – anfangs war sie sehr von Virgilio Morales eingenommen. Sie saß auf der *galería* und plauderte mit dem jungen Arzt über den Besuch Trygve Lies von den Vereinten Nationen, über die Demonstrationen in der Hauptstadt, darüber, ob es im Paradies eine Regierung gäbe oder nicht und falls ja, wie diese aussehen möchte. Gebannt hörte Mamá ihm zu und äußerte dann und wann ihre eigenen Ansichten, ausgerechnet Mamá, die immer behauptet hatte, Minervas kluges Geschwätz sei ungesund. Nachdem Lío gegangen war, schwärmte Mamá: »Was für ein feiner junger Mann!«

Manchmal schmollte Dedé deshalb ein bißchen. Schließlich war ihr Verehrer auch dabei, aber über den feinen jungen Mann Jaimito fiel kein Wort. Auch nicht darüber, wie fesch er in seiner mexikanischen *guayabera* aussah. Oder darüber, was für einen lustigen

Witz er über die Kokosnuß und den Betrunkenen erzählt hatte. Mamá hätte Jaimito schon gekannt, als ihre Cousine ersten Grades ihn noch im Bauch getragen hatte. Was sollte sie über ihn anderes sagen als: »Dieser Jaimito!«

Unbemerkt schlichen Dedé und Jaimito davon und tauschten im Garten verstohlen ein paar Küsse. Sie spielten »Wieviel Fleisch soll's denn sein, Herr Metzger?«, und Jaimito tat so, als würde er Dedés Schulter abschneiden, was ihm nur als Vorwand diente, um ihren zarten Nacken und ihre nackten Arme zu berühren. Schon bald hörten sie Mamá mit vorwurfsvoller Stimme von der *galería* nach ihnen rufen. Als sie einmal nicht sofort erschienen (der Metzger hatte das ganze Tier haben wollen), bestimmte Mamá, daß Jaimito künftig nur noch mittwochs, samstags und sonntags zu Besuch kommen dürfe.

Aber wer konnte Jaimito schon etwas vorschreiben, ihm, dem einzigen Sohn seiner ihn abgöttisch liebenden Mutter und unangefochtenen Boss seiner fünf Schwestern? Er kam montags, um Don Enrique zu besuchen, dienstags und donnerstags, um beim Aus- oder Beladen des Lieferwagens vor dem Geschäft zu helfen, und freitags, um ein paar Sachen vorbeizubringen, die seine Mutter uns schickte. Mit einem Seufzer nahm Mamá den Kokosnußpudding oder die Tasche voll Kirschen aus dem Garten ihrer Cousine entgegen. »Dieser Jaimito!«

An einem Sonntag nachmittag las Mate Mamá aus der Zeitung vor. Für Dedé stand es längst fest, daß Mamá nicht lesen konnte, obwohl sie hartnäckig ihre schlechten Augen vorschützte. Las Dedé Mamá die neuesten Meldungen vor, ließ sie wohlweislich alles weg, was Mamá beunruhigen könnte. Aber an diesem Tag las Mate unbekümmert vor, daß es an der Universität eine Demonstration gegeben habe, angeführt von einer Handvoll junger Dozenten, die allesamt Mitglieder der Kommunistischen Partei seien. Unter den aufgelisteten Namen stand auch der von Virgilio Morales! Mamá wurde leichenblaß. »Lies das noch mal, aber langsam«, befahl sie.

Erst als Mate sich den Absatz noch einmal vornahm, ging ihr auf, *was* sie da las. »Das ist doch nicht unser Lío, oder?«

»Minerva!« rief Mamá. Das Buch, in dem sie gerade las, in der Hand, tauchte die Tochter aus ihrem Zimmer auf, die sie noch alle ins Grab bringen sollte. »Setzen Sie sich, junge Dame. Sie sind mir eine Erklärung schuldig.«

Wortgewandt rief Minerva Mamá in Erinnerung, daß sie Líos Ansichten selbst gehört und ihnen sogar zugestimmt hatte.

»Aber ich wußte doch nicht, daß es kommunistische Ideen sind!« verwahrte sich Mamá.

Als Papá an diesem Abend von seiner »Männerarbeit« auf den Ländereien heimkehrte, zog Mamá ihn hinter sich her in ihr Zimmer und schloß die Tür. Von der *galería* aus, wo sie sich mit Jaimito traf, konnte Dedé Mamás aufgebrachtes Gezeter hören. Allerdings verstand sie nur Fetzen von dem, was sie sagte: »... zu beschäftigt damit, ... nachzujagen, um dich ... Tochter zu kümmern.« Fragend sah Dedé Jaimito an, aber er wich ihrem Blick aus. »Deine Mutter sollte deinem Vater keine Vorwürfe machen. Genausogut könnte sie mir welche machen, weil ich nichts gesagt habe.«

»Du hast davon gewußt?« fragte Dedé.

»Wie meinst du das, Dedé?« Ihre Unschuldsmiene schien ihn zu überraschen. »Du hast es doch auch gewußt, oder nicht?«

Dedé schüttelte den Kopf. Sie konnte einfach nicht glauben, daß Lío ein Kommunist war, ein subversives Element, und all die anderen fürchterlichen Dinge, die im Leitartikel über ihn gestanden hatten. Sie hatte noch nie einen Staatsfeind kennengelernt. Sie hatte immer gedacht, solche Leute wären eigennützige, niederträchtige Menschen, Kriminelle der übelsten Sorte. Lío aber war ein feiner junger Mann mit hehren Idealen und einem mitfühlenden Herzen. Staatsfeind? Wenn, war Minerva ein Staatsfeind. Und wenn sie, Dedé, erst einmal lang und breit darüber nachdachte, was richtig und was falsch war, würde sie bestimmt auch zum Staatsfeind werden.

»Ich wußte es nicht«, sagte sie. Damit meinte sie, daß sie bis zu diesem Augenblick nicht begriffen hatte, daß sie tatsächlich – wie Minerva es so gern nannte – in einem Polizeistaat lebten.

Eine neue Herausforderung trat in Dedés Leben. Sie fing an, mit verstärktem Interesse Zeitung zu lesen. Sie achtete auf die Namen von Schlüsselfiguren, die Lío genannt hatte. Sie überdachte und ordnete ein, was sie gelesen hatte. Wieso war ihr früher so vieles entgangen? fragte sie sich. Doch gleich darauf stieg eine noch dringlichere Frage in ihr auf: Was sollte sie tun, jetzt, wo sie Bescheid wußte?

Kleine Taten, beschloß sie. Im Augenblick, zum Beispiel, verschaffte sie Minerva ein Alibi. Nachdem Mamá nämlich herausgefunden hatte, wer Lío wirklich war, hatte sie Minerva den Umgang mit ihm verboten. Also setzten die beiden ihren Flirt oder ihre Freundschaft oder was auch immer es war heimlich fort. Jedesmal wenn Jaimito mit Dedé einen Ausflug machte, kam Minerva mit, als Anstandsdame natürlich, und unterwegs holten sie Lío ab.

Abends, nach der Rückkehr, schlüpfte Dedé in das Zimmer, das Minerva mit Mate teilte, wenn ihre kleine Schwester Schulferien hatte. Sie legte sich auf Mates Bett und schwatzte und schwatzte, um sich die Aufregungen des zurückliegenden Tages von der Seele zu reden. »Hast du einen Papagei verschluckt?« fragte Minerva schläfrig aus ihrem Bett. Die hatte wirklich Nerven wie Drahtseile! Dedé erzählte ihr zum x-ten Mal von ihren Zukunftsplänen – daß sie Jaimito heiraten würde; wie ihre Hochzeit aussehen sollte; was für ein Haus sie kaufen würden; wie viele Kinder sie haben wollten bis Minerva in Gelächter ausbrach. »Du tust so, als würdest du die Regale im Laden auffüllen. Plan doch nicht alles im voraus. Laß dich vom Leben ein bißchen überraschen.«

»Dann erzähl mir von dir und Lío.«

»*Ay*, Dedé, ich bin so müde. Außerdem gibt's da nichts zu erzählen.«

Dedé war sprachlos. Minerva bestritt, daß sie in Lío verliebt war. Kampfgenossen wollten die beiden sein, eine neue Art des Zusammenseins von Mann und Frau, ohne daß deshalb gleich Liebe im Spiel sein mußte. Hmm. Dedé schüttelte den Kopf. So aufgeschlossen sie auch sein mochte, für sie waren ein Mann immer noch ein Mann und eine Frau eine Frau, und zwischen ihnen gab es eine besondere Verpflichtung, die man nicht als Revolution bezeichnen konnte. Sie schrieb die Zurückhaltung ihrer Schwester ihrem freiheitsliebenden Wesen zu.

Dadurch, daß Lío und Minerva immer dabei waren, bekam Dedés eigenes Techtelmechtel mit Jaimito einen reizvollen, aufregenden Beigeschmack. Wenn ihnen abends kein »sicherer« Ort einfiel – Dedés Redeweise war seit neuestem mit spannenden, gefahrvollen Ausdrücken gespickt –, gondelten sie meist im Chevy von Jaimitos Vater oder in Papás Ford durch die Gegend, Jaimito, Dedé und Minerva für alle sichtbar und Lío im Fonds des Wagens versteckt. Manchmal fuhren sie auch zur Lagune, und unterwegs kamen sie an einem Militärposten vorbei. Dann schlug Dedés Herz jedesmal schneller. An der Lagune angekommen, plauderten sie ein Weilchen, bis Minerva und Lío ganz still wurden, und schon bald waren vom Vordersitz die gleichen Geräusche wie vom Rücksitz zu hören: heftiges Getuschel und leises Kichern.

Vielleicht war dies der Grund, warum Jaimito die gefährlichen Eskapaden überhaupt mitmachte. Wie die meisten Menschen ging er Scherereien aus dem Weg. Aber er hatte offenbar bemerkt, daß in Dedé, hatte sie sich erst einmal auf etwas Verbotenes eingelassen, noch weitere Dämme brachen. Líos Anwesenheit ermutigte sie, mit Jaimito weiter zu gehen als je zuvor.

Ohne einen festen Plan löste sich Dedés Mut jedoch ganz langsam auf wie eine Naht, die man nicht mit einem soliden Knoten versehen hat. Sie ertrug es nicht, in den Zeitungen darüber zu lesen, wie die Polizei die Leute allenorts zusammentrieb. Sie ertrug hochtrabendes Geschwätz nicht, das sie nicht verstand. Am wenigsten allerdings ertrug sie es, daß sie den Kopf so voll, mit den Händen aber nichts Nützliches zu tun hatte.

Eines Abends fragte sie Lío geradeheraus: »Was meinst du eigentlich mit ›unsere Ziele verfolgen‹?«

Im Rückblick erinnert sich Dedé an eine langatmige Belehrung über die Rechte der *campesinos*, die Verstaatlichung der Zuckerindustrie und die Vertreibung der imperialistischen *yanquis*. Sie hatte eine praktische Antwort hören wollen, etwas, mit dem sie ihre wachsenden Ängste besänftigen konnte. *Erstens beabsichtigen wir, den Diktator auf diese oder jene Weise zu entmachten. Zweitens haben wir eine provisorische Regierung vorgesehen. Drittens beabsichtigen wir, aus Privatleuten ein Komitee zur Überwachung der freien Wahlen zu bilden.* Solche Worte hätte sie verstanden.

»Ay, Lío«, sagte sie schließlich, müde vom vielen Hoffen und der mangelnden Planung. »Woher nimmst du nur deinen Mut?«

»Das ist kein Mut, Dedé«, antwortete er, »das ist gesunder Menschenverstand.«

Gesunder Menschenverstand? Herumzusitzen und vor sich hin zu träumen, während die Geheimpolizei ihm auf den Fersen war! Statt ihm Vorwürfe zu machen, sagte Dedé lieber, daß ihr sein Hemd gefiel. Er strich mit der Hand darüber, den Blick in die Ferne gerichtet. »Es hat Freddy gehört«, sagte er mit belegter Stimme. Freddy, seinen Weggefährten, hatte man erst kürzlich erhängt in seiner Gefängniszelle aufgefunden – angeblich war es Selbstmord. Dedé fand es merkwürdig, daß Lío das Hemd eines Toten trug, und noch merkwürdiger fand sie, daß er es ihr erzählte. Er war ihr in so vielen Dingen unbegreiflich.

Líos Name stand nun regelmäßig in der Zeitung. Die Oppositionspartei, der er angehörte, war verboten worden und wurde in der Presse als »Partei für Homosexuelle und Verbrecher« abgestempelt. Eines Nachmittags tauchte die Polizei bei den Mirabals auf und fragte nach Virgilio Morales. »Wir haben mit ihm eine Kleinigkeit zu regeln«, erklärte der Beamte. Mamá beteuerte natürlich, sie habe Virgilio Morales seit Monaten nicht gesehen, und außerdem habe er bei ihnen Besuchsverbot.

Dedé hatte Angst, und sie ärgerte sich darüber. Ihre Verstörung wuchs immer mehr, bis sie gar nicht mehr wußte, was sie wollte, und Ungewißheit war etwas, womit Dedé überhaupt nicht klarkam. Sie fing an, alles in Frage zu stellen – ob sie Jaimito heiraten und mit ihm in Ojo de Agua leben, ob sie den Scheitel links tragen und ob sie heute wie jeden Tag Weißbrot und Schokolade frühstücken sollte.

»Hast du etwa deine Tage, *m'ija*?« erkundigte sich Mamá jedesmal, wenn Dedé mal wieder an etwas herummeckerte.

»Nein, natürlich nicht, Mamá«, gab Dedé gereizt zur Antwort. Dedé beschloß, keine Zeitung mehr zu lesen. Das wühlte sie sowieso nur auf. Die Regierung spielte nun völlig verrückt und erließ die abstrusesten Vorschriften. Seit neuestem wurde jeder, der khakifarbene Hosen und Hemden trug, mit einer happigen Geldstrafe belegt, und es verstieß gegen das Gesetz, das Jackett über dem Arm zu tragen. Lío hatte recht: Es war ein absurdes, aberwitziges Regime, und es mußte gestürzt werden.

Als sie Jaimito die Liste mit den neuen Bestimmungen vorlas, erntete sie nicht die Reaktion, die sie erwartet hatte. »Na und?« sagte er, als sie fertiggelesen hatte und zu ihm aufblickte.

»Ist das nicht lächerlich? Ich meine das ist doch Schwachsinn, lächerlicher Schwachsinn!« Rhetorik war im Gegensatz zu ihrer Schwester, die eine goldene Zunge hatte, nicht eben Dedés Stärke. Außerdem: Warum sollte sie nach Gründen suchen? Man sah doch auch so, was für ein ausgemachter Schwachsinn das war!

»Was regst du dich so auf, meine Liebe?«

Dedé brach in Tränen aus. »Kapierst du denn nicht?«

Er nahm sie in die Arme und erklärte ihr alles auf seine rechthaberische und zugleich tröstliche Weise. Khakifarbene Hosen und Hemden trage nur das Militär, und deshalb müsse man bei der Kleiderordnung auf einen Unterschied achten. Unter einem über dem Arm getragenen Jackett könne man eine Schußwaffe verstecken, und in letzter Zeit habe es jede Menge Gerüchte über Verschwörungen gegen El Jefe gegeben. »Alles klar, mein Liebling?«

Nichts war Dedé klar. Sie schloß fest die Augen und wünschte sich, daß alles in Ordnung wäre, wenn sie sie wieder öffnete.

Eines Abends, nicht allzu lange nach ihrem Gespräch mit Jaimito, verkündete ihnen Lío, sobald seine Kontaktperson in der Hauptstadt den Weg geebnet habe, würden er und noch ein paar andere ins Exil gehen und Asyl beantragen. Minerva war totenstill. Sogar Jaimito, der mit gefährlichen politischen Aktionen nichts am Hut hatte, konnte Lío seinen Kummer nachfühlen. »Wenn er das Ganze ein bißchen gelassener angehen und nicht immer den Aufwiegler spielen würde«, sagte Jaimito später zu Dedé, »könnte er hierbleiben und auf einen langsamen Wandel des Landes hinwirken. Aber so ... Was nützt er uns im Ausland?«

»Er hält nichts von Kompromissen«, nahm Dedé Lío in Schutz und wunderte sich selbst über den ärgerlichen Unterton in ihrer Stimme. Neben Líos Selbstlosigkeit kam sie sich klein vor. *Ay,* wie sie sich wünschte, so tapfer und großmütig wie er zu sein! Aber das war ihr versagt. Sie war schon immer eine Erbsenzählerin gewesen, nur daß sie die Sterne zählte.

Jaimito versuchte, Dedé für seine Sicht der Dinge zu gewinnen. »Hast du noch nicht bemerkt, mein Herz, daß das ganze Leben ein Kompromiß ist? Du mußt dich mit deiner Schwester arrangieren, deine Mutter mit deinem Vater, das Meer muß sich mit dem Land arrangieren und auf eine Uferlinie einigen, und die fällt mal so, mal so aus. Siehst du das denn nicht ein, meine Liebste?«

»Doch«, sagte Dedé nach einer Weile und fing schon einmal damit an, sich mit dem Mann zu arrangieren, den sie heiraten sollte.

Sie erinnert sich noch an den Abend, an dem Lío untertauchte.

Es war der Abend, an dem sie Jaimito offiziell ihr Jawort gab.

Sie waren zu einer Versammlung der »Dominikanischen Partei« in San Francisco gefahren – Jaimitos Einfall. *Der* Partei anzugehören war ein Muß, wenn man nicht wie Lío Scherereien für sich selbst und die eigene Familie in Kauf nehmen wollte. Daß Lío nicht mitgekommen war, muß wohl nicht eigens erwähnt werden. Minerva begleitete Dedé und Jaimito nur widerwillig als Anstandsdame und nahm ihre *cédula* zum Abstempeln mit.

Der Abend war todlangweilig. Mehrere Frauen, die in der Partei wichtige Ämter bekleideten, lasen aus *Moralische Betrachtungen* vor, einem schrecklichen Buch, das Doña María soeben herausgegeben hatte. Alle Welt wußte, daß die Gattin des Diktators nicht ein Wort davon selbst geschrieben hatte, und dennoch klatschte das Publikum höflich. Außer Minerva. Dedé stieß sie mit dem Ellbogen an und raunte ihr zu: »Tu einfach so, als wäre es eine Lebensversicherung.« Ironie des Schicksals – als hätte sie sich auf ihren späteren Beruf eingestimmt!

Ernüchtert von der Farce, der sie beigewohnt hatten, fuhren sie im Anschluß sofort nach Hause. Sie setzten sich zu dritt auf die *galería*, zündeten aber die Gaslampe nicht an, um keine Käfer anzulocken. Da begann Jaimito mit seinem »Verhör«, wie Minerva es nannte.

»Hat dich dein Freund aufgefordert, mit ihm zu gehen?«

Immerhin besaß Jaimito genügend Feingefühl, Líos Namen im Haus der Mirabals nicht auszusprechen.

Es verging eine Weile, bis Minerva antwortete. »Lío« – sie sagte den Namen klar und deutlich und ohne ängstlich die Stimme zu senken – »ist ein Freund, nichts weiter. Nein, er hat mich nicht gebeten, mit ihm zu gehen, und selbst wenn, würde ich es nicht tun.«

Wieder wunderte sich Dedé darüber, daß ihre Schwester sich nicht zu Lío bekannte. Warum gab Minerva, die für diesen jungen Mann ihr Leben aufs Spiel setzte, nicht einfach zu, daß sie in ihn verliebt war?

»Sie waren heute bei mir zu Hause und haben nach ihm gesucht«, flüsterte Jaimito. Dedé spürte, wie sich ihre Schultern verkrampften. »Ich wollte dich nicht beunruhigen, aber sie haben mich mit auf die Wache genommen und mir eine Menge Fragen gestellt. Deshalb wollte ich, daß wir heute abend alle dort hingehen. Wir müssen uns ab jetzt gut benehmen.«

»Was wollten sie von ihm?« Diesmal senkt auch Minerva die Stimme.

»Das haben sie nicht gesagt. Von mir wollten sie wissen, ob er mir jemals verbotenes Material angeboten hat. So haben sie es genannt.«

Jaimito ließ eine Weile verstreichen, bis die beiden jungen Frauen außer sich waren. »Und was hast du darauf geantwortet?« flüsterte Dedé, und die Stimme versagte ihr fast.

»Ich habe ja gesagt.«

»Du hast *was*?« rief Minerva.

»Ich gestehe«, sagte Jaimito verschmitzt. »Ich habe ihnen gesagt, daß er mir ein paar Zeitschriften mit Abbildungen von nackten Mädchen gegeben hat. Ihr wißt ja, wie Polizisten sind. Nach allem, was in der Zeitung gestanden hat, halten sie ihn nämlich für schwul. Heute ist er in ihrem Ansehen immerhin ein bißchen gestiegen.«

»Du bist mir vielleicht einer!« sagte Minerva seufzend und stand auf. Ihre Stimme klang müde, aber auch dankbar. Schließlich hatte Jaimito seinen Kopf für einen Mann hingehalten, dessen politische Einstellung er abenteuerlich fand. »Wahrscheinlich steht morgen in der Zeitung, daß Virgilio Morales sexbesessen ist.«

Dedé weiß noch, daß plötzliche Stille einkehrte, nachdem Minerva gegangen war, aber die Stille war anders als sonst. Nach einer Weile kam Jaimito erneut auf Minerva und Lío zu sprechen. Ihr schien es, als wären die beiden auch für Jaimito zu einer Art Schattenpaar geworden, das ihm dazu diente, über seine eigenen innigsten und geheimsten Wünsche zu sprechen.

»Glaubst du, sie verschweigt uns etwas?« fragte er Dedé. »Glaubst du, sie haben schon den Río Yaque überquert, wie es so schön heißt?«

»*Ay,* Jaimito!« schalt Dedé ihn aus, weil er es wagte, ihrer Schwester etwas Derartiges zu unterstellen.

»Sie haben auf dem Rücksitz wohl kaum über Napoleons weißen Hengst diskutiert!« Jaimito hob ihr Haar an und legte den blassen, verborgenen Teil ihres Nackens frei.

»Auch wir haben auf dem Vordersitz nicht über Napoleons weißen Hengst diskutiert«, erinnerte ihn Dedé und schob ihn sanft von sich. Seine Küsse lösten lustvolle Wellen in ihr aus, und sie fürchtete, sie könnten ihre Selbstbeherrschung ins Wanken bringen. »Trotzdem haben wir den Río Yaque nicht überquert und werden ihn auch nicht überqueren!«

»Nie, mein Engel, wirklich nie?« fragte er und spielte den Beleidigten. Er klopfte seine Taschen ab, als suche er etwas. Dedé wartete; sie ahnte, was jetzt kam. »Ich kann im Dunkeln nichts sehen«, klagte er. »Zünde die Lampe an, ja, mein Schatz?«

»Damit alle aufwachen? Kommt nicht in Frage!« Dedé spürte, wie ihr Herz flatterte. Sie wollte ihn vertrösten. Sie mußte nachdenken. Sie mußte sich vergewissern, ob sie sich richtig entschieden hatte.

»Aber ich will dir doch etwas zeigen, meine Liebste.« Jaimitos Stimme klang erregt.

»Laß uns zu Papás Auto gehen. Wir können uns reinsetzen und das Lämpchen anmachen.« Dedé hätte es nie über sich gebracht, ihn zu enttäuschen.

Stolpernd gingen sie im Dunkeln über die Auffahrt zum Ford, der sich als massiger, schwarzer Schatten abzeichnete. Hier konnte Mamá sie von ihrem Schlafzimmerfenster, das nach vorne hinausging, nicht sehen. Dedé öffnete die Beifahrertür und schaltete das Deckenlämpchen an. Gegenüber ließ sich Jaimito grinsend auf den Fahrersitz gleiten. Sein Grinsen rief in Dedé die Erinnerung an den Tag wach, an dem ihr frecher Cousin ihr eine Eidechse in die Bluse gesteckt hatte. Als er damals, die Hände hinter dem Rücken, auf sie zugegangen war, hatte er genauso gegrinst wie jetzt.

»Mein Lämmchen«, sagte er und griff nach ihrer Hand.

Ihr Herz klopfte laut. Was für ein durchtriebener, drolliger Kerl er doch war! Oh, wenn sie nicht aufpaßte, konnte sie eine Menge Ärger kriegen. »Was ist das, Jaimito Fernández?« fragte sie, als er ihr den Ring über den Finger schob. Es war der Verlobungsring seiner Mutter, den er Dedé schon bei vielen seiner Besuche gezeigt hatte: ein kleiner Diamant, umschlossen von einer filigranen goldenen Blume. »*Ay*, Jaimito«, sagte sie und drehte den Ring, so daß das Licht darauf fiel. »Er ist wunderschön.«

»Mein Herz«, sagte er, »ich weiß, daß ich bei deinem Vater um deine Hand anhalten muß, aber egal, was Minerva sagt: Ich bin ein moderner Mensch. Ich bin der Meinung, daß die Frau als erste gefragt werden soll.«

In diesem Augenblick vernahmen sie vom Rücksitz des Wagens ein verräterisches Hüsteln. Entsetzt sahen Dedé und Jaimito sich an. »Wer ist da?« rief Jaimito. Er drehte sich um und kniete sich auf den Fahrersitz.

»Keine Panik, ich bin's nur«, flüsterte Lío von hinten. »Mach bloß das Licht aus.«

»Du lieber Himmel!« rief Jaimito wütend, aber das Licht machte er nicht aus. Statt dessen setzte er sich wieder hin und starrte geradeaus, als wäre er mit seinem Mädchen allein und würde Vertraulichkeiten mit ihr austauschen.

»Hört mal, es tut mir wirklich leid«, sagte Lío, »aber die Lage ist brenzlig. Marios Haus ist umstellt. Im Morgengrauen werde ich am Anacahuita-Baum abgeholt und in die Hauptstadt mitgenommen. Bis dahin muß ich mich verstekken.«

»Und da tauchst du einfach hier auf und bringst die ganze Familie in Gefahr!« Jaimito fuhr auf seinem Sitz herum, als wollte er Lío wegen seiner Rücksichtslosigkeit an die Kehle springen.

»Ich wollte Minerva das hier geben.«

Er hielt einen Umschlag zwischen Jaimito und Dedé. Bevor Jaimito danach greifen konnte, hatte Dedé ihn sich geschnappt und in die Tasche geschoben. »Ich kümmere mich darum«, versprach sie.

»Das wäre also erledigt. Du kannst nicht länger hierbleiben, verdammt noch mal. Ich fahre dich in die Stadt.« Der Chevy von Jaimitos Vater parkte vorne am Tor.

»Jetzt sei mal vernünftig, Jaimito, und hör mir zu.« Líos Flüstern hörte sich unheimlich an, eine körperlose Stimme aus dem dunklen Fonds des Wagens. »Wenn du mitten in der Nacht durch die Gegend fährst, halten sie dich garantiert an und durchsuchen das Auto.«

Dedé pflichtete ihm bei. Schließlich ließ sich auch Jaimito überzeugen. Als sie ihn später zu seinem Auto begleitete und er sie zum Abschied küßte, fragte er sie: »Wie denkst du darüber, meine Liebe?«

»Ich finde, du solltest jetzt heimfahren, und er soll sich wie geplant von den anderen in die Stadt bringen lassen.«

»Ich rede von meinem Heiratsantrag, Dedé.« Jaimitos Stimme klang wie die eines beleidigten kleinen Jungen.

Sie hatte seinen Antrag nicht etwa vergessen, aber seine Unvermeidbarkeit gab ihr zu denken. Sie hatten auf diesen Augenblick zugesteuert, seit sie als kleine Kinder zusammen im Garten hinter dem Haus Schlammkugeln geformt hatten. Das hatten alle gesagt. Es gab keinen Zweifel – oder doch? –, daß sie den Rest ihres Lebens miteinander verbringen würden.

Er küßte sie heftig, wollte ihren Körper mit seinem zu einer Antwort drängen, aber Dedés Gedanken kreisten um ganz andere Dinge. »Ja, mein Liebster, natürlich, aber jetzt mußt du fahren. Ich möchte nicht, daß du auf der Straße angehalten wirst.«

»Mach dir um mich keine Sorgen, mein Liebling«, antwortete Jaimito unerschrocken. Ihre Fürsorge machte ihn übermütig. Nach einem letzten ausgiebigen Kuß ging er.

Dedé atmete die kühle Luft und blickte zu den Sternen auf. Heute abend wollte sie sie nicht zählen. Statt dessen drehte sie immer wieder den Ring an ihrem Finger und sah zu dem Wagen am Ende der Auffahrt hinüber. Dort war Lío in Sicherheit, und nur sie wußte davon, nur sie, Dedé. Nein, sie würde Minerva nichts davon erzählen. Sie wollte das Geheimnis für sich behalten, nur diese eine Nacht.

Die Lampe in dem Zimmer, das sie früher mit Patria geteilt hatte, verbreitete nur mattes Licht. Dedé holte den Brief aus der Tasche und starrte den nur notdürftig verschlossenen Umschlag an. Sie zupfte ein wenig an der Lasche, und schon ging sie auf. Also zog sie den Brief heraus und begann zögernd zu lesen, wobei sie sich nach jedem Absatz vornahm aufzuhören.

In dem Brief forderte Lío Minerva auf, mit ihm ins Exil zu gehen. Sie sollte unter dem Vorwand in die Stadt fahren, daß sie sich die Ausstellung in der kolumbianischen Botschaft ansehen wolle, und sich dann weigern, die Botschaft wieder zu verlassen. Was verlangte er da von ihrer Schwester! Die Botschaften waren seit kurzem umstellt, und man hatte in letzter Zeit alle Flüchtlinge abgefangen und ins Gefängnis gesteckt, wo viele von ihnen für immer verschwunden waren. Dieser Gefahr konnte Dedé ihre Schwester nicht aussetzen, noch dazu wo Minerva, wie sie sagte, diesen Mann nicht einmal liebte.

Dedé nahm den Glaszylinder von der Lampe und hielt den Brief mit zitternder Hand in die Flamme. Das Papier fing Feuer. Wie Motten schwebte die Asche durch die Luft, und Dedé zertrat sie auf dem Boden zu Staub. Sie hatte sich der Sache angenommen, und damit war sie erledigt. Als sie in den Spiegel blickte, war sie verblüfft über den wilden Ausdruck in ihrem Gesicht. Da blitzte der Ring auf. Siedendheiß fiel ihr ein, was es mit ihm auf sich hatte. Sie bürstete sich das Haar, faßte es zu einem straffen Pferdeschwanz zusammen und zog sich das Nachthemd an. Schon bald, nachdem sie das Licht ausgeblasen hatte, fiel sie, das Kissen wie einen Mann umarmend, in unruhigen Schlaf.

Minerva
1949

Was willst du, Minerva Mirabal?
Sommer

Ich weiß, welches Gerücht die Runde machte, als ich ein paar Jahre zu Hause wohnte: daß ich keine Männer mochte. Gut, es stimmt, daß mich die Männer hier aus der Gegend nie sonderlich interessiert haben, aber das lag nicht daran, daß ich Männer nicht mochte. Mir war nur nicht klar, daß ich das Ziel meiner Wünsche bereits vor Augen hatte.

Das kam zum einen daher, daß ich die Nase ständig in Bücher steckte. Ich hatte gelesen, daß sich die Liebe irgendwann von allein einstellen würde. Der Mann, den ich einmal lieben würde, würde wie der Dichter auf einem Buchdeckel aussehen, blaß und traurig und mit einem Füller in der Hand.

Zum anderen lag es daran, daß Papá jeden möglichen Kandidaten in die Flucht schlug. Ich war *sein* Schatz, wie er immer sagte, und dabei klopfte er sich auf die Schenkel, damit ich mich auf seinen Schoß setzte, als wäre ich ein kleines Mädchen mit Strickjacke und keine dreiundzwanzigjährige Frau in langen, weiten Hosen, die ich sehr zu seinem Leidwesen auch in der Öffentlichkeit trug.

»Papá«, sagte ich dann, »dafür bin ich zu alt.«

Einmal versprach er mir, ich dürfe mir etwas wünschen, wenn ich mich auf seinen Schoß setzte. »Komm nur und flüstere es mir ins Ohr.« Seine Stimme war ein bißchen heiser, weil er getrunken hatte. Schwupps saß ich auf seinem Schoß und forderte meine Belohnung: »Ich möchte auf die Universität gehen, Papá, bitte.«

»Na, na«, beschwichtigte er mich, als hätte ich mich furchtbar über etwas aufgeregt. »Du wirst deinen alten Papá doch nicht allein lassen wollen, oder?«

»Aber Papá, du hast doch Mamá«, protestierte ich.

Verblüfft sah er mich an. Eine Weile lauschten wir Mamá, die sich ganz in unserer Nähe vor dem Haus zu schaffen machte. María Teresa war in der Schule, Dedé frischverheiratet und Patria bereits Mutter von zwei Kindern. Und ich, eine erwachsene Frau, saß bei meinem Vater auf dem Schoß. »Deine Mutter und ich ...« setzte et an, überlegte es sich jedoch anders. Gleich darauf fügte er hinzu: »Wir brauchen dich hier.«

Drei Jahre war ich nun schon zu Hause eingesperrt, seit ich in Inmaculada meinen Abschluß gemacht hatte, und ich hätte vor Langeweile laut schreien können. Am schlimmsten war es, wenn ich von Elsa und Sinita Briefe mit den neuesten Neuigkeiten aus der Hauptstadt bekam. Sie studierten gerade ein Fach namens Fehlertheorie, und wenn Sor Asunción das wüßte, würden ihr die Haare zu Berge stehen, sogar unter ihrem Nonnenschleier. Sie hatten Tin-Tan in *Tender Little Pumpkins* gesehen und im Country Club Alberti und seine Band gehört. Außerdem gab es in der Hauptstadt so viele nett aussehende Männer!

Ich wurde jedesmal ganz zappelig vor Neid, wenn Papá ihre Briefe vom Postamt in Salcedo mit nach Hause brachte. Dann sprang ich in den Jeep und raste davon, und mein Fuß drückte so fest aufs Gaspedal, als könnte mich allein schon die Geschwindigkeit befreien. Es trieb mich immer weiter und weiter, und ich redete mir ein, ich würde von zu Hause abhauen und in die Hauptstadt fahren. Aber etwas ließ mich jedesmal umkehren, etwas, das ich aus den Augenwinkeln heraus gesehen hatte.

Eines Nachmittags, als ich wieder einen Rappel bekam und über die schmalen Nebenstrecken raste, die unseren Besitz wie ein Spinnennetz überziehen, sah ich in der Nähe der Kakaopflanzungen im Nordosten den Ford, der vor einem kleinen gelben Haus geparkt war. Angestrengt überlegte ich, welcher *campesino* hier mit seiner Familie lebte, aber ich war ihm wohl noch nie begegnet.

Von da an fuhr ich immer häufiger die abgelegene Straße entlang und hielt die Augen offen. War ich selbst mit dem Ford unterwegs, liefen mir zerlumpte kleine Mädchen nach, streckten die Hände aus und bettelten um Pfefferminzbonbons.

Ich sah sie mir etwas genauer an. Drei von ihnen kamen jedesmal auf die Straße gerannt, wenn sie ein Auto hörten, und manchmal trug das älteste ein viertes Mädchen im Arm. Vier Mädchen, stellte ich fest, drei in Höschen, das Baby nackt. Einmal hielt ich am Straßenrand an, blickte in ihre Mirabal-Augen und fragte unvermittelt: »Wer ist euer Vater?«

Eben noch waren sie freche, lärmende Gören gewesen, aber jetzt, nachdem eine junge Dame in einem Auto sie angesprochen hatte, ließen sie die Köpfe hängen und musterten mich verstohlen.

»Habt ihr einen Bruder?« fragte ich etwas freundlicher.

Es war wie eine köstliche Genugtuung, als ich sie murmeln hörte: »*No, señora.*« Papá hatte also trotz allem nicht den Sohn bekommen, den er sich wünschte!

Kurz darauf kam die Frau aus dem Haus geschlendert: Sie hatte sich gerade die Lockenwickler aus dem Haar genommen und es ausgekämmt, und ihr Gesicht wirkte überschminkt. Als sie mich sah, klappte ihre Kinnlade herunter.

Sie schimpfte die Kinder aus, als wäre sie nur aus diesem Grund gekommen. »Ich habe euch doch verboten, Autofahrer zu belästigen!«

»Sie haben mich nicht belästigt«, nahm ich die Kinder in Schutz und streichelte die Wange des Babys.

Die Frau musterte mich von oben bis unten. Ich glaube, sie machte eine Art Inventur – Was hat sie, was ich nicht habe? – und überschlug im Kopf ein paar Dinge, um an Papá in ein paar Tagen vielleicht neue Forderungen zu stellen.

Wohin ich auch schaute – überall sah ich die vier zerlumpten Mädchen, die mich aus Papás und meinen eigenen tiefsitzenden Augen anstarrten. »Bitte, bitte!« riefen sie. Aber als ich sie fragte,

»Was wollt ihr denn?«, standen sie mit offenen Mündern stumm da und wußten nicht, was sie sagen sollten.

Hätten sie mich dasselbe gefragt, hätte auch ich sie nur stumm angestarrt. Was ich wollte? Ich wußte es nicht mehr. Nachdem ich seit drei Jahren hier in Ojo de Agua festsaß, fühlte ich mich wie Dornröschen, das in einen langen Schlaf verfallen ist. Ich las viel, nörgelte herum und legte mich mit Dedé an, und die ganze Zeit schlummerte ich vor mich hin.

Als ich Lío kennenlernte, war mir, als würde ich erwachen. Alles Angelernte, alles, was man mir beigebracht hatte, fiel von mir ab wie Decken, Wenn man sich im Bett aufsetzt. Als ich mich jetzt fragte, *Was willst du, Minerva Mirabal?* stellte ich entsetzt fest, daß ich keine Antwort darauf wußte.

Alles, was ich wußte, war, daß ich mich nicht verlieben würde, selbst wenn Lío in meinen Augen der Richtige dafür gewesen wäre. Na und? sagte ich zu mir selbst. Was ist wichtiger – ein Techtelmechtel oder die Revolution? Aber eine Stimme in meinem Inneren sagte immer wieder leise, *Beides, beides, ich will beides.* In meinem Kopf ging es drunter und drüber, nachts verwoben sich die Gedanken zu einem Ja, um sich tagsüber wieder zu entflechten, bis ein Nein übrigblieb.

Wie immer nimmt einem das Leben die Entscheidung ab. Eines Tages verkündete Lío, er wolle das Land verlassen und Asyl beantragen. Ich war erleichtert, daß die äußeren Umstände die Dinge zwischen uns klärten.

Als er dann aber abreiste, war ich verletzt, weil er sich nicht einmal von mir verabschiedet hatte. Nach einer Weile aber fing ich an, mir Sorgen zu machen, und deutete sein Schweigen als Zeichen dafür, daß man ihn gefaßt hatte. Im Geiste sah ich Lío vor mir. Er bot keinen schönen Anblick: Sein Körper war mit blauen Flecken überzogen, und seine Knochen waren gebrochen, als hätte er sämtliche Folterqualen in La Fortaleza durchstehen müssen, von denen er mir je erzählt hatte. Ich hatte das sichere Gefühl, daß Lío die Flucht nicht gelungen war.

Mamá entging meine innere Anspannung natürlich nicht. Meine schlimmen Kopfschmerzen und Asthmaanfälle machten ihr Kummer. »Du brauchst Ruhe«, beschloß sie eines Nachmittags und schickte mich in Papás Schlafzimmer, weil es das kühlste im Haus war. Er war mit dem Ford unterwegs, um wie jeden Nachmittag seine Runde auf seinen Ländereien zu drehen.

Ich konnte nicht schlafen und warf mich in seinem Mahagonibett von einer Seite auf die andere. Plötzlich tat ich etwas völlig Ungeplantes: Ich stand auf und versuchte die Schranktür zu öffnen, aber sie ging nicht auf, was mich nicht weiter wunderte, weil bei uns alle Schlösser klemmten. Mit einer Haarnadel schob ich die Feder im Schloß zurück, und die Tür sprang auf.

Papás Kleider, die ich mit der Hand betastete, verströmten seinen Geruch im Raum. Da fiel mir seine schicke neue *guayabera* ins Auge, und ich fing an, die Taschen zu durchsuchen. In der Innentasche seines Jacketts stieß ich auf einen Stapel Papiere und zog ihn heraus.

Rezepte für Medikamente, die Rechnung für einen Panamahut, den er seit neuestem trug und der ihn wichtig erscheinen ließ. Eine Rechnung von El Gallo über sieben Meter Gingan – Stoff für Mädchenkleider. Eine Einladung des Nationalpalastes zu einem Fest. Und an mich adressierte Briefe von Lío!

Gierig las ich sie. Er habe nach seinem Vorschlag, mit ihm zusammen das Land zu verlassen, nichts mehr von mir gehört (Was für ein Vorschlag?). Er habe alles vorbereitet, damit ich mich in die kolumbianische Botschaft flüchten könne. Ich solle ihn über seinen Cousin Mario auf dem laufenden halten. Er warte auf meine Antwort. Dann noch ein Brief. Noch immer keine Antwort, klagte er im dritten Brief. In seinem letzten Brief schrieb er, er verlasse das Land noch am selben Nachmittag in einem Flugzeug, das Diplomatenpost befördere. Er könne verstehen, daß der Schritt für mich im Augenblick zu groß sei. Vielleicht irgendwann in der Zukunft, er könne nur hoffen.

Plötzlich kam es mir so vor, als hätte ich meine große Chance verpaßt. Ich hätte ein nobleres Leben geführt, wenn ich mit Lío gegangen wäre. Aber wie hätte ich mich entscheiden sollen, wo ich von nichts eine Ahnung hatte? Ich überwand meine innere Zerrissenheit und warf Papá von nun an alles vor: daß er eine junge Geliebte hatte, daß er Mamá verletzt hatte und daß er mich hier einsperrte, während er irgendwo herumscharwenzelte.

Meine Hände zitterten so sehr, daß ich Mühe hatte, die Briefe zusammenzufalten und wieder in die Kuverts zu stekken. Ich schob sie in meine Tasche; nur die Rechnungen und seine eigene Post legte ich zurück. Die Schranktüren ließ ich sperrangelweit offen: Er sollte ruhig wissen, daß man ihm auf die Schliche gekommen war.

Minuten später ließ ich den Jeep aufheulen und raste davon, ohne Mamá ein Wort zu sagen. Was hätte ich ihr schon erzählen sollen? Daß ich meinen nichtsnutzigen Vater suchen und ihn zurück nach Hause bringen wollte?

Ich wußte genau, wo ich nach ihm suchen mußte. Seit es mit den Geschäften so gut lief, hatte Papá sich einen zweiten Wagen zugelegt: den Jeep. War er mit dem Ford und nicht mit dem Jeep unterwegs, wußte ich haargenau, daß er nicht die Felder begutachtete. Ich fuhr geradewegs zu dem gelben Haus.

Als ich dort ankam, blickten die vier Mädchen verdutzt auf. Schließlich war der Mann, auf den sie immer warteten, schon da, und sein Auto war hinter dem Haus geparkt, damit man es von der Straße aus nicht sah. Ich bog in den Feldweg ein und fuhr mit solcher Wucht in den Ford, daß sich die Stoßstange aufrollte und das Heckfenster durchbrach. Dann drückte ich so lange auf die verdammte Hupe, bis Papá wütend und mit nacktem Oberkörper im Türrahmen erschien.

Als er mich sah, wurde er so bleich, wie es ein Mensch mit olivfarbener Haut nur werden kann. Nach langem Schweigen fragte er: »Was willst du hier?«

Ich hörte die kleinen Mädchen weinen, und erst da bemerkte ich, daß auch mein Gesicht tränenüberströmt war. Als er einen Schritt auf mich zu machte, hupte ich zur Warnung und fuhr im Karacho rückwärts den Feldweg entlang bis zur Straße. Ein Lieferwagen, der gerade um die Kurve bog, kam ins Schleudern und fuhr in den Graben – Pisangs, Orangen, Mangos, Palmlilien landeten auf der Straße. Aber auch das konnte mich nicht aufhalten, o nein! Ich trat aufs Gaspedal. Aus den Augenwinkeln sah ich ihn, eine Gestalt, die kleiner und kleiner wurde, bis sie nicht mehr zu sehen war.

Bei meiner Rückkehr erwartete mich Mamá an der Tür. Prüfend sah sie mich an, und bestimmt wußte sie Bescheid. »Das nächste Mal verläßt du dieses Haus nicht, ohne mir zu sagen, wohin du fährst.« Wir wußten, beide, daß sie das nur so dahingesagt hatte. Sie hatte mich ja nicht einmal gefragt, wo ich gewesen war.

An diesem Abend kam Papá mit wutverzerrtem Gesicht nach Hause. Beim Essen sagte er kein Wort, als wäre er mit seiner Kontrollfahrt über die Ländereien nicht zufrieden. Sobald wie möglich und ohne daß Mamá noch mehr Verdacht schöpfte, zog ich mich unter dem Vorwand, ich hätte dröhnende Kopfschmerzen, in mein Zimmer zurück.

Es dauerte nicht lange, da hörte ich sein Klopfen. »Ich möchte draußen mit dir reden«, sagte er hinter der geschlossenen Tür, und es klang wie ein Befehl. Ich klatschte mir kaltes Wasser ins Gesicht, fuhr mit den Fingern durchs Haar und ging hinaus zu Papá.

Er führte mich die Auffahrt hinunter, am verbeulten Ford vorbei und in den dunklen Garten, Der Mond war eine schmale, leuchtende Machete, die sich ihren Weg durch die Wolken schnitt. In seinem hellen Licht sah ich, wie mein Vater stehenblieb und sich zu mir umdrehte. Da er mit den Jahren geschrumpft und ich ziemlich groß geworden war, befanden sich unsere Augen auf einer Höhe.

Ohne Vorwarnung schlug er mir so fest ins Gesicht, wie er mich noch nie zuvor geschlagen hatte. Benommen taumelte ich rückwärts, und das lag eher an der Verblüffung darüber, daß er mich geschlagen hatte, als an dem Schmerz, der in meinem Kopf explodierte.

»Um dich daran zu erinnern, daß du deinem Vater Respekt schuldest!«

»Ich schulde dir überhaupt nichts«, sagte ich. Meine Stimme klang genauso fest und unerbittlich wie seine. »Den Respekt vor dir habe ich verloren.«

Ich sah, wie er die Schultern hängenließ, und hörte ihn schluchzen, und da begriff ich etwas, was mich härter traf als seine Ohrfeige: Ich war viel stärker als Papá, und auch Mamá war viel stärker als er. Er war der schwächste von allen. Schließlich hatte er selbst am meisten unter der schäbigen Entscheidung zu leiden, die er getroffen hatte. Er brauchte unsere Liebe.

»Ich habe sie versteckt, um dich zu schützen«, sagte er. Zuerst wußte ich nicht, wovon er redete, aber dann kapierte ich: Bestimmt hatte er schon bemerkt, daß die Briefe aus seiner Jackentasche fehlten.

»Ich habe von mindestens drei Freunden von Virgilio gehört, die verschwunden sind.«

Aha, er wollte es also so hinstellen, als wären die versteckten Briefe an meinem Wutausbruch schuld gewesen. Ich begriff, wenn ich mit ihm weiterhin unter einem Dach leben wollte, mußte auch ich so tun, als wäre dies der Grund für unseren Krach gewesen.

Auch die protzige Einladung, die ich in Papás Tasche gefunden hatte, löste einen Aufstand aus – diesmal bei Mamá. Es war eine Einladung zu einem privaten Fest, das Trujillo höchstpersönlich auf einem seiner entlegenen Anwesen drei Autostunden von hier entfernt gab. Per Hand hatte man an den unteren Rand geschrieben, die Anwesenheit von Señorita Minerva Mirabal sei dringlichst erwünscht.

Jetzt, wo Papá reich war, wurde er zu einer Menge offizieller Feiern und Veranstaltungen eingeladen. Immer mußte ich ihn begleiten, weil Mamá sich sträubte. »Wer will schon eine alte Frau sehen?« zierte sie sich.

»Komm schon, Mamá«, ermunterte ich sie. »Du bist in deinen besten Jahren. Eine *mujerona* von einundfünfzig.« Zur Bekräftigung meiner Worte schnalzte ich mit den Fingern. Dabei sah Mamá wirklich alt aus, sogar älter als Papá mit dem flotten neuen Hut, den leinenen *guayaberas*, den hochschaftigen schwarzen Stiefeln und dem schicken Spazierstock, der wohl mehr der Aufwertung seines Selbstwertgefühls denn als Gehhilfe diente. Mamás

Haar war stahlgrau geworden, und sie faßte es auf dem Hinterkopf zu einem strengen Dutt zusammen, der den leidgeprüften Ausdruck auf ihrem Gesicht noch stärker hervortreten ließ.

Diesmal wollte Mamá auch mich nicht gehen lassen. Die handschriftliche Notiz auf der Einladung war ihr nicht geheuer, weil sie keinen offiziellen, sondern *persönlichen* Charakter hatte. Tatsächlich hatte nach dem letzten großen Fest ein mit Trujillo befreundeter Oberst Jaimitos Familie aufgesucht und sich nach der hochgewachsenen, attraktiven jungen Frau erkundigt, die Don Enrique Mirabal begleitet hatte. El Jefe hatte nämlich ein Auge auf sie geworfen.

Mamá wollte mir ein Attest von Doktor Lavandier besorgen. Schließlich verstießen Migräne und Asthmaanfälle nicht gegen das Gesetz, oder?

»Trujillo *ist* das Gesetz«, flüsterte Papá, wie wir es seit kurzem alle taten, wenn wir den gefürchteten Namen in den Mund nahmen.

Schließlich ließ sich Mamá erweichen, bestand allerdings darauf, daß Pedrito und Patria mitkamen, um auf mich aufzupassen, und daß Jaimito und Dedé darauf achteten, ob Patria und Pedrito ihre Sache gut machten. María Teresa bettelte, ebenfalls mitgehen zu dürfen, aber Mamá wollte nichts davon wissen, noch eine junge, unverheiratete Frau in die Höhle des Löwen zu schicken. *¡No, señorita!* Außerdem durfte María Teresa erst nach ihrer *quinceañera* im nächsten Jahr auf Partys gehen.

Die arme Mate weinte und weinte. Zum Trost versprach ich ihr, wieder ein Souvenir mitzubringen. Letztesmal, bei dem Fest im Hotel Montaña, hatten alle Damen einen Papierfächer mit der Virgencita auf der einen Seite und El Jefe auf der anderen geschenkt bekommen. Wenn María Teresa mit dem Fächer vor mir saß und sich damit Luft zufächelte, bat ich sie jedesmal, ihn umzudrehen. Mal war es El Jefes bohrender Blick, den ich nicht ertragen konnte, mal das hübsche Gesicht der Heiligen Jungfrau.

Bis zu dem Fest, das in einer Woche stattfinden sollte, mußte Papá den Ford reparieren lassen. Der Vorsitzende des Ortsverbandes von Trujillos Ackerbauern konnte schlecht in einem Jeep vor

El Jefes Haus vorfahren. Mir hätte die Vorstellung zwar gefallen, aber nachdem ich Papás schönes Auto zusammengefahren hatte, widersprach ich lieber nicht.

Während der Ford in der Werkstatt war, fuhr ich Papá zu seinen Arztterminen nach San Francisco. Es war traurig, aber je reicher er wurde, desto mehr verschlechterte sich seine Gesundheit. Er trank zuviel, sogar ich merkte es. Er hatte ein schwaches Herz, und die Gicht machte ihm bisweilen jede Bewegung zur Qual. Doktor Lavandier behandelte ihn zweimal die Woche. Ich setzte Papá bei ihm ab und besuchte Dedé und Jaimito in ihrer neuen Eisdiele, bis es Zeit war, ihn wieder abzuholen.

Eines Morgens schickte Papá mich wieder nach Hause. Er habe nach seinem Arzttermin noch ein paar Besorgungen zu erledigen. Jaimito würde ihn später heimfahren.

»Ich kann dich begleiten«, schlug ich vor. Als er den Blick abwandte, wußte ich, was er vorhatte. Vor ein paar Tagen war ich zu dem gelben Haus gefahren und hatte festgestellt, daß es von oben bis unten zugenagelt war. Natürlich! Papá hatte sich von dieser Frau nicht etwa getrennt, sondern sie lediglich von unserem Grund und Boden fortgeschafft und in der Stadt untergebracht.

Wortlos starrte ich vor mich hin.

Schließlich legte er die Karten auf den Tisch. »Du mußt mir glauben. Ich besuche nur meine Kinder. Zwischen ihrer Mutter und mir ist es aus.«

Ich wartete, bis sich in mir alles ein wenig gesetzt hatte, dann sagte ich: »Ich möchte sie auch sehen. Es sind schließlich meine Schwestern.«

Er war sichtlich gerührt, daß ich sie anerkannte, und streckte die Hand nach mir aus, aber ich war noch nicht bereit für seine Umarmung. »Ich hole dich später ab.«

Wir fuhren durch schmale Straßen und an mehreren Reihen kleiner, aber schmucker Häuser vorbei. Schließlich hielten wir vor einem hübschen türkisfarbenen Haus mit weißgestrichener Veranda und Verkleidung. Da standen sie und warteten auf Papá: vier kleine Mädchen, alle in Kleidchen aus zartgelbem Gingan.

Die beiden älteren von ihnen hatten mich offenbar wiedererkannt, denn als ich ausstieg, wurden ihre Gesichter ernst.

Kaum hatte Papá den Gehsteig betreten, sausten sie zu ihm und kramten in seinen Taschen nach Pfefferminzbonbons. Es versetzte mir einen Stich, daß sie mit Papá genauso umgingen, wie meine Schwestern und ich es als Kinder getan hatten.

»Das ist meine große Tochter Minerva«, stellte er mich vor. Dann legte er nacheinander jedem der Mädchen die Hand auf den Kopf und nannte mir ihre Namen. Das älteste namens Margarita war ungefähr zehn, dann folgten in einem Abstand von etwa je drei Jahren die drei anderen, bis zum Baby, um dessen Hals an einem schmutzigen Band ein Schnuller hing. Während Papá ins Haus ging, um ein Kuvert abzugeben, blieb ich draußen auf der Veranda stehen und stellte ihnen ein paar Fragen, aber sie waren zu schüchtern, um darauf zu antworten.

Wir wollten gerade gehen, da sah ich, daß ihre Mutter hinter der Tür stand und mich beäugte. Ich versuchte sie aus dem Haus zu locken, indem ich ihr die Hand hinstreckte und sagte: »Minerva Mirabal.«

Die Frau senkte den Kopf und murmelte ihren Namen: Carmen soundso. Mir fiel auf, daß sie einen billigen Ring trug, einen von diesen größenverstellbaren Dingern, wie Kinder sie an jeder Straßenecke bei den Süßwarenhändlern kaufen konnten. Ich fragte mich, ob sie dadurch versuchte, sich den Anschein einer ehrbaren verheirateten Frau zu geben, die in einem der besseren Viertel von San Francisco wohnte.

Auf der Heimfahrt grübelte ich darüber nach, was es wohl war, das Papá vor zehn Jahren einer anderen Frau in die Arme getrieben hatte. Patria, Dedé und ich waren gerade nach Inmaculada Concepción gegangen, und María Teresa war damals erst vier Jahre alt gewesen. Vielleicht, sagte ich mir, hatte Papá uns so vermißt, daß er sich ein junges Mädchen suchte, die uns ersetzte. Ich sah zu ihm hinüber, und genau in diesem Augenblick sah auch er mich an.

»Das war sehr anständig von dir«, sagte er und lächelte verhalten.

»Ich weiß, das schlimmste Unwetter hat sich verzogen«, sagte ich, »aber warum hast du das getan, Papá?«

Seine Hände umklammerten den Spazierstock so fest, daß die Knöchel weiß wurden. »*Cosas de los hombres*«, antwortete er. Das sei Männersache. Damit also wollte er sich herausreden, der Macho!

Bevor ich ihm noch mehr Fragen stellte, kam Papá mir zuvor. »Warum hast du das vorhin getan?«

Obwohl ich für meine Schlagfertigkeit berühmt war, fiel mir keine Antwort ein – bis ich mich an seine eigenen Worte erinnerte. »Das ist Frauensache.«

Und als ich diese Worte aussprach, gingen mir meine Augen als Frau auf.

Während der ganzen Heimfahrt sah ich sie aus den Augenwinkeln: Männer, die gebeugt auf den Feldern arbeiteten, Männer zu Pferde, Männer, die auf einem nach hinten gekippten Stuhl am Straßenrand saßen und auf einem Grashalm kauten, und endlich wußte ich, was ich wollte.

Der Tanz am »Tag der Entdeckung«
12. Oktober

Wir kommen eine Stunde zu spät auf das Fest, weil wir uns verfahren haben. Unterwegs haben sich Papá, Pedrito und Jaimito schon einmal eine Entschuldigung zurechtgelegt. »Du sagst also, daß wir schon ganz früh morgens losgefahren sind, damit wir genügend Zeit haben, und dann sagst du, daß wir den Weg nicht kannten«, unterweist Papá seine Schwiegersöhne.

»Und du« – er dreht sich zu mir um, weil ich hinten sitze – »du hältst den Mund.«

»Was macht ihr euch so viele Gedanken? Sagt doch einfach die Wahrheit«, schlage ich vor, aber sie hören nicht auf mich. Warum sollten sie auch? Sie denken wahrscheinlich, daß ich an allem schuld bin.

Die Wahrheit sieht folgendermaßen aus: Wir trafen am Spätnachmittag in San Cristóbal ein, nahmen uns im einzigen Hotel am Ort ein Zimmer und zogen uns um. Unsere Kleider waren völlig zerknittert, weil wir sie den ganzen Tag auf dem Schoß gehabt hatten. »Je schlimmer du aussiehst, desto besser für dich«, meinte Patria, als ich jammerte, ich sähe aus, als wäre ich auf einem Esel hergeritten.

Dann stiegen wir wieder in den Wagen und fuhren eine Ewigkeit durch die Gegend. Als Mann, der *immer* weiß, wo er ist, konnte Jaimito schlecht anhalten und nach dem Weg fragen. Schon bald hatten wir uns auf Nebenstrecken in der Nähe von Baní restlos verfahren. Bei einer Straßenkontrolle gelang es einem *guardia* schließlich, Jaimito davon zu überzeugen, daß wir auf dem Holzweg waren. Wir hatten inzwischen eine Stunde Verspätung. Also machten wir kehrt und fuhren zurück.

Jaimito parkt den Ford am Ende der langen Auffahrt mit der Frontseite zur Straße. »Für den Fall, daß wir schnell abhauen müssen«, sagt er leise. Er ist seit unserer Abfahrt von zu Hause das reinste Nervenbündel, wie wir alle, glaube ich.

Bis zum Haus ist es noch ein hübscher Fußmarsch. Alle naslang müssen wir an einer Kontrollstation haltmachen und unsere Einladung vorzeigen. Immerhin ist die Auffahrt gut ausgeleuchtet, so daß wir die Pfützen sehen können, bevor wir hineintreten. Es hat den ganzen Tag geregnet – das typische Oktoberwetter mit Wirbelstürmen. Dieses Jahr scheint es mit dem Regen aber schlimmer zu sein als je zuvor, jedenfalls sagen das alle. Meine Theorie ist, daß Huracán, der Gott des Donners, immer rund um den Ehrentag des Conquistadors in Aktion tritt, weil dieser die Taino, die Huracán huldigten, bis auf den letzten Mann ausgerottet hat. Als ich das Patria erzähle, während wir die Auffahrt entlanggehen, schaut sie mich mit leidvoller Madonnenmiene an. »*Ay, Minerva, por Dios,* halte heute abend bloß deine Zunge im Zaum!«

Vor dem Eingang geht Manuel de Moya auf und ab. Ich kenne ihn vom letzten Fest; außerdem ist sein Foto ständig in der Zeitung. »Minister« nennt man ihn mit einem Augenzwinkern. Jeder weiß, daß sein Job in Wirklichkeit darin besteht, hübsche Mädchen auszugucken, mit denen El Jefe sich vergnügen kann. Wie er sie herumkriegt, weiß ich auch nicht, aber angeblich redet Manuel de Moya mit Engelszungen auf die Frauen ein, bis sie wahrscheinlich glauben, dem Beispiel der Virgencita zu folgen, wenn sie mit dem Wohltäter des Vaterlandes ins Bett gehen.

Gerade will Papá seine zurechtgelegte Entschuldigung vorbringen, da schneidet ihm Don Manuel das Wort ab. »Das ist sonst nicht seine Art. Der spanische Botschafter erwartet ihn bereits.« Er wirft einen Blick auf seine Uhr und hält sie ans Ohr, als könnte sie ihm zuflüstern, wo El Jefe steckt. »Sie haben unterwegs nicht zufällig eine Wagenkolonne gesehen?« Papá schüttelt den Kopf und setzt eine übertrieben besorgte Miene auf.

Auf ein Fingerschnippen von Don Manuel treten mehrere Wachmänner eilfertig vor, um Instruktionen entgegenzunehmen. Sie sollen die Augen offenhalten, während er die Mirabals zu Tisch führt. Wir wundern uns über die besondere Aufmerksamkeit, die er uns entgegenbringt, und Papá bittet Don Manuel, sich nicht zu viele Umstände zu machen. »Dies«, sagt Don Manuel und bietet mir seinen Arm an, »ist mir ein aufrichtiges Vergnügen.«

Wir gehen einen langen Flur entlang und betreten gleich darauf einen mit Laternen ausgeschmückten Innenhof. Bei unserem Erscheinen verstummen die anderen Gäste. Der Orchesterleiter springt auf, setzt sich aber wieder hin, als er sieht, daß es nicht El Jefe ist. Luis Alberti ist mit dem gesamten Orchester aus der Hauptstadt angereist, um in der Casa de Caoba aufzuspielen. Angeblich gibt El Jefe am liebsten Feste in diesem Haus, in dem er sich seine jeweilige Lieblingskonkubine hält. Dem Klatsch zufolge, den man sich bei den letzten Partys auf der Toilette aufgelegt weitererzählt hat, steht das Haus zur Zeit leer.

Nur ein Tisch vor dem Podest ist noch frei. Don Manuel zieht für jeden den Stuhl hervor, doch als ich mich neben Patria setzen will, sagt er: »O nein, El Jefe möchte Sie an seinen Tisch einladen.« Er zeigt auf das Podest, wo am mittleren Tisch ein paar Würdenträger mit ihren Gattinnen sitzen und mir zunicken. Patria und Dedé wechseln entsetzt einen Blick.

»Das ist eine große Ehre«, fügt er hinzu, als er mein Zögern bemerkt. Da sagt Papá, der noch immer auf der anderen Seite des Tisches steht: »Nun geh schon, Tochter, und laß Don Manuel nicht warten.«

Ich werfe Papá einen wütenden Blick zu. Hat er denn *alle* Prinzipien über Bord geworfen?

Von meinem erhöhten Platz auf dem Podest blicke ich mich um. Zum »Tag der Entdeckung« hat man den gesamten Innenhof wie eines von Kolumbus' Schiffen dekorieren lassen. In der Mitte jedes Tisches steht ein origineller Tafelaufsatz – eine kleine Karavelle mit Stoffsegeln und brennenden Kerzen als Masten, das ideale Souvenir für Mate. Ich nehme mit den Augen Maß und komme zu dem Schluß, daß es nicht in meine Tasche passen wird.

Mein Blick kreuzt sich mit Dedés, doch erst nach kurzer Verzögerung setzt sie ein Lächeln auf – schließlich müssen wir einen zufriedenen Eindruck machen. Sie tippt an ihr Glas und nickt kaum merklich. *Trinke nichts, was man dir anbietet* soll diese Geste bedeuten. Wir haben allerlei Geschichten über Frauen gehört, die man unter Drogen gesetzt hat und die anschließend von El Jefe vergewaltigt wurden. Aber was glaubt Dedé eigentlich? Daß Trujillo mir hier vor allen Leuten Drogen verabreicht? Und daß mich Manuel de Moya dann zu einem draußen wartenden schwarzen Cadillac schleppt? Oder stehen etwa zwei schwarze Cadillacs bereit und sitzt in einem davon ein hämisch grinsender Doppelgänger? Das ist auch eine von diesen Geschichten: Angeblich hat die Geheimpolizei als Schutzmaßnahme einen Doppelgänger eingestellt, um eventuelle Attentäter auszutricksen. Ich sehe Dedé an und rolle mit den Augen, und als sie mich fragend anstarrt, hebe ich das Glas und proste ihr unbekümmert zu.

Wie auf Kommando springen alle Gäste auf und heben ihrerseits das Glas. Am Eingang tut sich etwas: Reporter wieseln herum, Blitzlichter flammen mit einem dumpfen Plopp auf. Da er von einer Menschentraube umringt ist, sehe ich ihn erst, als er unseren Tisch fast erreicht hat. Er sieht jünger aus, als ich ihn von unserer Aufführung vor fünf Jahren in Erinnerung habe: sein Haar ist dunkler, und er wirkt schnittiger. Das muß an diesem *pega-palo*-Zeug liegen, das er angeblich trinkt, ein von seinem *brujo* eigens zusammengemixtes Gebräu zur Erhaltung seiner Potenz.

Nachdem ein Toast auf ihn ausgesprochen wurde, verleiht der spanische Botschafter dem illustren Nachfolger des großen Conquistadors noch eine Medaille. Stellt sich nur die Frage, wohin damit, denn die schräg über seine Brust verlaufende Schärpe ist mit Orden regelrecht zugepflastert. Chapita, nennt man ihn im Untergrund. Lío hat mir erzählt, daß der Spitzname aus El Jefes Kindheit stammt, weil er die Angewohnheit hatte, sich Flaschendeckel wie Orden an die Brust zu stecken.

Endlich setzen wir uns vor unsere Teller mit kaltem *sancocho*. Zu meiner Überraschung sitzt El Jefe nicht neben mir. Mir wird immer rätselhafter, welche Rolle mir am heutigen Abend an diesem Tisch zukommt. Zu meiner Linken ergeht sich Manuel de Moya in Erinneruligen an seine Zeit als Modell in New York. Trujillo ist ihm nämlich auf einer seiner Einkaufsreisen begegnet, die er regelmäßig in die Staaten unternimmt, um sich mit Plateauschuhen, Bleichmitteln und -cremes für die Haut, Satinschärpen und seltenen Vogelfedern für seine napoleonisch anmutenden Zweispitzhüte einzudecken. Er hat den Dressman vom Fleck weg engagiert. Ein hochgewachsener, geschniegelter, englischsprachiger, hellhäutiger Dominikaner als Paradestück für seine Gefolgschaft.

Mein Tischpartner zur Rechten, ein betagter Senator aus San Cristóbal, äußert sich anerkennend über den Eintopf und zeigt auf eine attraktive Blondine zu Trujillos Linken. »Meine Frau«, brüstet er sich. »Sie ist zur Hälfte Kubanerin.«

Da ich nicht weiß, was ich darauf sagen soll, nicke ich nur und beuge mich zur Seite, um meine Serviette aufzuheben, die heruntergefallen ist, als ich bei El Jefes Eintreffen aufgestanden bin. Bei der Gelegenheit sehe ich, wie unter dem Tisch eine Hand die Innenseite eines Frauenschenkels erforscht. Bei schärferem Nachdenken komme ich darauf, daß es Trujillo sein muß, der die Senatorsgattin begrapscht.

Nach dem Essen werden die Tische beiseitegeschoben, und die

Musik beginnt. Ich frage mich, warum man die Tanzerei nicht einfach nach innen verlegt. Es geht ein kräftiger Wind, und das verheißt Regen. Alle Augenblicke lang ist ein lautes Krachen zu hören, weil eine Bö ein Glas oder eine Karavelle heruntergefegt hat, und dann greifen die Soldaten, die am Rand des Geschehens patrouillieren, jedesmal zu den Waffen.

Die Tanzfläche bleibt selbstverständlich so lange leer, bis El Jefe den ersten Tanz absolviert hat.

Da erhebt er sich, und ich bin mir so sicher, daß er mich um diesen Tanz bittet, daß es mir vor Enttäuschung einen kleinen Stich versetzt, als er die Frau des spanischen Botschafters auffordert. Líos warnende Worte schießen mir durch den Kopf: Das Regime hat etwas Verführerisches. Wie sonst ist es zu erklären, daß eine ganze Nation diesem kleinwüchsigen Mann auf den Leim geht?

Gott möge Lío beistehen! Wo er wohl steckt? Ob ihm die Botschaft Asyl gewährt hat, oder hat man ihn geschnappt und in La Fortaleza eingesperrt, wie es mir eine böse Vorahnung immer wieder weismachen will? Mein Kopf fängt an zu dröhnen, während ich in meinem Gedächtnis fieberhaft nach einem sicheren Ort suche, an dem er sich befinden könnte.

»Gestatten Sie mir die Ehre?« Manuel de Moya steht neben mir. Ich schüttele den Kopf. »Ay, Don Manuel, ich habe solche Kopfschmerzen.« Ich verspüre einen Anflug von Schadenfreude, daß ich als Frau das Recht habe, ihm einen Korb zu geben.

Ein ärgerlicher Ausdruck umwölkt für einen Augenblick sein Gesicht, aber schon im nächsten ist er wieder die Wohlerzogenheit in Person. »Dann müssen wir Ihnen ein *calmante* besorgen.«

»Nein, nein«, wiegele ich ab. »Wenn ich ruhig hier sitzenbleibe, geht es bestimmt vorbei.« Das Wort *ruhig* betone ich besonders. Ich habe keine Lust, mit Don Manuel Konversation zu machen und mich mit ihm über meine Kopfschmerzen zu unterhalten.

Als er sich entfernt, schaue ich zum Tisch meiner Familie hinüber. Patria zieht die Brauen hoch, als wollte sie fragen: »Na, wie schlägst du dich durch?« Da tippe ich mir auf die Stirn und schließe für einen Moment die Augen. Dedé weiß, daß ich seit ein paar Tagen unter Kopfschmerzen leide. »Die innere Anspannung«, meint Mamá und schickt mich immer wieder aus dem Laden, damit ich ein Nickerchen mache.

Patria kommt mit einem ganzen Päckchen *calmantes* zu mir auf das Podest. Wie eine Mutter, die Gute. In ihrer Handtasche hat sie stets ein Taschentuch, falls sich jemand schneuzen muß, ein Pfefferminzbonbon, um ein kleines Kind bei Laune zu halten, und einen Rosenkranz für den Fall, daß jemand beten will.

Ich will ihr gerade von dem Hokuspokus erzählen, den ich unter dem Tisch beobachtet habe, aber da steht er schon wieder neben uns, der allgegenwärtige Manuel de Moya, im Schlepptau einen Kellner mit einem Glas Wasser und zwei Aspirin auf einem kleinen Silbertablett. Als ich die Faust öffne und den Blick auf meine eigenen Pillen freigebe, macht Don Manuel ein langes Gesicht.

»Aber das Wasser kann ich gebrauchen«, sage ich, um mich wenigstens ein bißchen erkenntlich zu zeigen. Er überreicht mir das Glas mit so viel Getue, daß sich meine Dankbarkeit auflöst wie gleich darauf die Pillen in meinem Magen.

Später höre ich, wie er sich bei Tisch mit dem alten Senator artig über allerlei Gebrechen unterhält, an denen sie beide gelitten haben wollen. Alle Augenblicke lang erkundigt er sich bei mir, ob sich mein Kopfschmerz gebessert hat. Beim drittenmal gebe ich ihm schließlich die Antwort, auf die er gewartet hat: »Probieren wir es mit einer Roßkur«, schlage ich vor, und an seiner Antwort erkenne ich, daß man ihm nicht trauen kann. »Was für eine Kur soll das sein?« fragt er.

Wir tanzen mehrere Runden, und es passiert genau das, was die *campesinos* mit den Worten *Un clavo saca otro clavo*: Der Appetit kommt beim Essen – ausdrücken. Der mitreißende Rhythmus von Albertis »Fiesta« überdeckt den pochenden Schmerz in meinem Kopf, und egal, was man über Manuel de Moya denkt – er ist ein toller Tänzer. Immer wieder werfe ich lachend den Kopf in den Nacken. Als ich zu unserem Tisch herüberschaue, merke ich, daß Patria mich nicht aus den Augen läßt. Wahrscheinlich kann sie sich auf meine gute Laune keinen Reim machen.

Dann geht auf einmal alles sehr schnell. Ein langsamer Bolero wird gespielt, und Don Manuel führt mich zu der Stelle, an der Trujillo mit der attraktiven blonden Frau des alten Senators tanzt. Erst als wir genau vor ihnen stehen, läßt Manuel de Moya meine Hand los und gibt mich frei. »Ein kleiner Besuch gefällig?« fragt er mich, aber es ist El Jefe, der ihm mit einem Nicken antwortet. Die Blondine macht einen Schmollmund, als er sie mit einem Wink entläßt. »Ein Besuch dauert ja nicht ewig«, beschwört sie El Jefe und sieht ihn über Manuel de Moyas Schultern hinweg mit blitzenden Augen an.

Ich stehe mit hängenden Armen da, und dasselbe Lampenfieber wie vor fünf Jahren beschleicht mich. Da ergreift El Jefe meine Hand. »Darf ich um das Vergnügen bitten?« Er wartet die Antwort gar nicht erst ab, sondern zieht mich an sich. Der Duft seines Rasierwassers ist umwerfend.

Sein Griff ist besitzergreifend und männlich, aber er selbst ist kein guter Tänzer. Er hält sich steif wie ein Stock und macht zu viele Schnörkel. Ein paarmal tritt er mir auf die Füße, entschuldigt sich aber nicht. »Sie tanzen sehr gut«, sagt er galant. »Die Frauen aus El Cibao sind die besten Tänzerinnen und die besten Liebhaberinnen«, raunt er mir zu und drückt mich noch fester an sich. Ich spüre seinen feuchten Atem an meinem Ohr.

»Und Ihre letzte Freundin – war sie auch aus El Cibao?« frage ich, um das Gespräch voranzutreiben und ihn zu zwingen, sich ein wenig zurückzunehmen. Es liegt mir auf der Zunge zu sagen, ein Besuch dauert ja nicht ewig, aber ich verkneife es mir lieber.

Er hält mich mit ausgestreckten Armen von sich und begutachtet meinen Körper mit unverfrorenen Blicken. »Ich spreche von dem Staatsschatz, den ich in Armen halte«, sagt er lächelnd.

Ich lache laut. Meine Angst hat sich verflüchtigt, und ich werde mir auf gefährliche Weise meiner eigenen Macht bewußt. »Ich fühle mich aber nicht wie ein Staatsschatz.«

»Ein Juwel wie Sie? Und warum nicht?« Seine Augen blitzen neugierig.

»Ich habe eher das Gefühl, daß ich mein Leben in Ojo de Agua vergeude.«

»Vielleicht könnten wir Sie in den Süden, in die Hauptstadt, locken?« fragt er listig.

»Genau dazu will ich Papá überreden. Ich möchte auf die Universität gehen«, gestehe ich ihm und spiele ihn damit gegen meinen Vater aus. Wenn El Jefe sagt, er will, daß ich studiere, muß Papá es mir erlauben. »Ich wollte schon immer Jura studieren.«

Er lächelt milde, wie Erwachsene es tun, wenn Kinder einen ungehörigen Wunsch äußern. »Eine Frau wie Sie will Rechtsanwältin werden?«

Ich versuche ihn bei seiner Eitelkeit zu packen, selbst auf die Gefahr hin, mich ihm auszuliefern wie all die anderen auch. »Sie haben den Frauen '42 das Wahlrecht gegeben. Sie haben die Gründung einer Fraktion für Frauen innerhalb der Dominikanischen Partei unterstützt. Sie waren schon immer ein Befürworter der Frauen.«

»Das war ich in der Tat.« Er grinst anzüglich. »Eine Frau, die ihren eigenen Kopf hat ... Sie wollen also in der Hauptstadt studieren, was?«

Ich nicke entschlossen, schwäche die heftige Geste jedoch in letzter Sekunde ab, indem ich den Kopf ein wenig zur Seite neige.

»Dann könnte ich unseren Staatsschatz regelmäßig sehen. Vielleicht könnte ich das Juwel sogar erobern, wie El Conquistador unsere Insel erobert hat.«

Jetzt hat er das Spiel zu weit getrieben. »Ich fürchte, ich bin nicht zu erobern.«

»Haben Sie etwa schon einen *novio*?« Das ist die einzige Erklärung, die er gelten läßt. Aber Verlobung hin, Ehe her – so etwas macht eine Eroberung nur noch interessanter. »Eine Frau wie Sie sollte viele Verehrer haben.«

»Ich bin an Verehrern nicht interessiert, bis ich mein Juraexamen habe.«

Ein ungehaltener Ausdruck huscht über sein Gesicht. Unser Tête-à-tête verläuft nicht nach dem gewohnten Muster. »Die Universität ist für eine Frau heutzutage nicht der richtige Ort.«

»Warum nicht, Jefe?«

Es scheint ihm zu schmeicheln, daß ich ihn mit »Chef«, seinem Lieblingstitel, anspreche. Wir haben uns mittlerweile so tief in unser Gespräch verstrickt, daß wir kaum noch tanzen. Ich spüre die Blicke der Menge auf uns.

»Dort wimmelt es von Kommunisten und Volksverhetzern, die die Regierung stürzen wollen. Das Schlamassel von Luperón geht auf ihr Konto.« Grimmig blickt er vor sich hin, als wären seine Feinde allein durch die Erwähnung vor seinen Augen lebendig geworden. »Aber wir haben den Lehrern eine Lektion erteilt!«

Sie haben ihn geschnappt! »Virgilio Morales auch?« platzt es aus mir heraus. Ich traue meinen Ohren nicht.

Seine Züge verhärten sich, und Argwohn verfinstert seinen Blick. »Sie kennen Virgilio Morales?«

Was bin ich für ein Volltrottel! Wie kann ich ihn und mich selbst jetzt noch retten? »Seine Familie stammt auch aus El Cibao«, sage ich und überlege mir jedes meiner Worte genau. »Ich weiß, daß ihr Sohn an der Universität unterrichtet.«

El Jefes Blick zieht sich in ein Hinterstübchen seines Gehirns zurück, wo er aus meinen Worten mit aller Macht einen Sinn herauszupressen versucht. Er ahnt, daß ich Ausflüchte gebrauche. »So, Sie kennen ihn also?«

»Nein, nicht persönlich«, sage ich kleinlaut und schäme mich über mich selbst. Ich habe begriffen, wie schnell es gehen kann. Man gibt eine Kleinigkeit von sich preis, und schon ist man eine Sklavin seiner Regierung, marschiert in seinen Paraden, schläft in seinem Bett.

El Jefes Züge entspannen sich. »Er wäre kein guter Umgang für Sie. Er und seine Komplizen haben die Universität in einen Propaganda-Apparat verwandelt. Ehrlich gesagt trage ich mich mit dem Gedanken, die Universität zu schließen.«

»*Ay*, Jefe, bitte nicht«, flehe ich ihn an. »Es ist die erste Universität in der Neuen Welt. Das wäre ein großer Schlag für unser Land!«

Die Heftigkeit meiner Worte scheint ihn zu verblüffen. Er mustert mich eingehend und lächelt. »Vielleicht lasse ich sie offen, wenn ich Sie dadurch auf unsere Seite ziehen kann.« Und dann

zieht er mich buchstäblich an sich, so dicht, daß ich an seinen Lenden etwas Hartes spüre, das sich gegen mein Kleid preßt.
Ich stemme mich ein wenig gegen ihn, damit er den Griff lockert, aber er zieht mich nur noch fester an sich. Ich spüre, wie mein Blut kocht und Wut in mir aufsteigt. Ich stoße ihn von mir, diesmal ein bißchen resoluter, aber wieder reißt er mich an sich. Da versetze ich ihm einen so kräftigen Stoß, daß er mich loslassen muß.
»Was ist?« Seine Stimme klingt verärgert.
»Ihre Orden«, beschwere ich mich und zeige auf die Schärpe an seiner Brust. »Sie tun mir weh.« Zu spät fällt mir seine Schwäche für die *chapitas* ein.
Nach einem raschen Blick auf mich streift er die Schärpe über den Kopf und hält sie mit ausgestrecktem Arm von sich. Ein Diener kommt angelaufen und nimmt sie ihm eilfertig ab. Mit zynischem Grinsen fragt mich El Jefe: »Stört Sie an meiner Kleidung noch etwas, was ich ausziehen soll?« Er packt mich am Handgelenk und drückt seinen Unterleib auf vulgäre Art gegen mich. Da beobachte ich, wie sich meine Hand selbständig macht, sich unendlich langsam hebt und mit Schwung auf sein verdutztes, geschminktes Gesicht niederfährt.

Im nächsten Augenblick geht ein heftiger Regenguß nieder, daß es nur so prasselt. Die Decken werden von den Tischen geweht, und ihre Last landet mit lautem Getöse auf dem Boden. Die Kerzen gehen aus. Die Frauen kreischen vor Überraschung und halten ihre perlenbesetzten Abendtäschchen über den Kopf, damit ihre Frisuren nicht in sich zusammenfallen.
In Sekundenschnelle ist Manuel de Moya bei uns und kommandiert ein paar Wachen ab, El Jefe nach innen zu eskortieren. Eine Persenning wird über unseren Köpfen aufgespannt. »*Qué cosa, Jefe*«, sagt Don Manuel kläglich, als wäre er an dieser Laune der Natur schuld.
Während die Diener sein triefnasses Pfannkuchengesicht abtupfen, mustert mich El Jefe. Plötzlich schiebt er ihre Hände unwirsch weg. Ich schlinge die Arme um meine Schultern und

mache mich darauf gefaßt, daß er den Befehl erteilt: *Bringt sie nach La Fortaleza.* In meine Angst mischt sich zu meinem Erstaunen freudige Erregung, als ich daran denke, daß ich dann Lío wiedersehen werde, vorausgesetzt, man hat ihn tatsächlich geschnappt.

Aber El Jefe hat andere Pläne mit mir. »Ein ganz schöner Dickkopf, die kleine *cibaeña*!« Genüßlich reibt er sich die Wange und dreht sich zu Don Manuel um. »Ja, wir verlegen das Fest nach innen. Machen Sie eine Ankündigung.« Als sich seine Leibwache um ihn schart, verdrücke ich mich und kämpfe mich durch das Meer von Gästen, die auf der Flucht vor dem Regen nach innen strömen. Ein Stück weiter vorn stehen Dedé und Patria und drehen sich im Kreis wie der Ausguck im Mastkorb eines Schiffes.

»Wir gehen«, erklärt Patria und faßt mich am Arm. »Jaimito holt das Auto.«

»Mir gefällt das gar nicht«, sagt Papá kopfschüttelnd. »Ohne die Erlaubnis von El Jefe sollten wir nicht gehen.«

»Seine Absichten sind so durchschaubar, Papá.« Patria ist die älteste, und daher haben ihre Worte in Mamás Abwesenheit Gewicht. »Wenn wir noch länger bleiben, liefern wir Minerva ihm aus.« Mit einem Blick auf die flackernden Laternen sagt Pedrito: »Das Fest löst sich sowieso auf, Don Enrique. Der Regen ist eine ideale Entschuldigung.«

Papá zuckt mit den Achseln. »Ihr jungen Leute wißt, was ihr tut.«

Auf dem Weg zum überdachten Eingang kommen wir an einem Tisch vorbei, auf dem noch eine Karavelle steht. Die wird niemand vermissen, sage ich mir, und verstecke das kleine Schiff in den Falten meines Rocks. Plötzlich fällt es mir ein: »*Ay*, Patria, meine Handtasche! Ich habe sie am Tisch vergessen.«

Also laufen wir zurück, aber wir können sie nirgends entdecken. »Wahrscheinlich hat sie jemand an sich genommen und ins Trockene gebracht. Man schickt sie dir bestimmt. Im Haus von El Jefe wird nicht gestohlen«, beruhigt mich Patria. Die Karavelle wiegt schwer in meiner Hand.

Als wir zum Eingang zurückeilen, wartet der Ford bereits mit laufendem Motor auf uns, und die anderen sitzen schon darin. Erst auf der Autobahn denke ich mit wachsender Angst an die Ohrfeige zurück. Keiner von ihnen hat sie mit einem Wort erwähnt, und deshalb bin ich mir sicher, daß sie sie nicht gesehen haben. Da ihre Nerven ohnehin schon angespannt sind, beschließe ich, ihnen nichts davon zu erzählen, um sie nicht noch mehr zu beunruhigen. Zur Ablenkung gehe ich statt dessen den Inhalt meiner Handtasche durch und überlege, was ich alles verloren habe: meinen alten Geldbeutel mit ein paar Pesos; meine *cédula*, deren Verlust ich melden muß; einen hellroten Lippenstift von Revlon, den ich in El Gallo gekauft habe; eine kleine Cremedose, die Lío mir geschenkt hat und die mit Asche der Märtyrer von Luperón gefüllt ist, die nicht auf See getötet worden waren.

Und dann fällt mir ein, was sich in der Innentasche befindet: Líos Briefe!

Während der Heimfahrt gehe ich sie in Gedanken immer wieder durch, als wäre ich ein Mitarbeiter des Geheimdienstes, der sämtlichen belastenden Stellen markiert. Links und rechts von mir sitzen meine Schwestern und schlummern vor sich hin. Als ich mich in der Hoffnung, daß auch mich der erlösende Schlaf übermannt, an Patria lehne, spüre ich etwas Hartes an meinem Bein. Ein Hoffnungsschimmer blitzt in mir auf: Vielleicht habe ich die Handtasche ja doch nicht vergessen! Als ich nach unten greife, stelle ich jedoch fest, daß es die kleine Karavelle ist, die in den Falten meines nassen Kleides untergegangen ist.

Regenzeit

Der Regen hält den ganzen Vormittag an, prasselt gegen die Fensterläden und läßt die Geräusche im Haus verschwimmen. Ich bleibe im Bett liegen, weil ich keine Lust habe, bei dem scheußlichen Wetter aufzustehen.

Ein Auto kommt im Regen zischend die Auffahrt heraufgefahren. Aus dem Besuchszimmer dringen ärgerliche Stimmen an mein Ohr. Gouverneur de la Maza ist geradewegs von dem Fest zu uns gekommen. Unsere Abwesenheit ist bemerkt worden, und es verstößt natürlich gegen das Gesetz, eine Veranstaltung vor Trujillo zu verlassen. El Jefe war wütend und hat seine Gäste bis in den Morgen bei sich festgehalten – vielleicht, um unsere verfrühte Abfahrt noch krasser hervorzuheben.

Was tun? höre ich die besorgten Stimmen fragen. Papá fährt mit dem Gouverneur los, um sich bei El Jefe mit einem Telegramm zu entschuldigen. Unterdessen ruft Jaimitos Vater einen befreundeten Oberst an, um sich zu erkundigen, wie man die Wogen wieder glätten könnte. Pedrito besucht ein paar angeheiratete Verwandte von Don Petán, einem von Trujillos Brüdern, mit denen die Familie befreundet ist. An sämtlichen Fäden, die sich bieten, wird gezogen, um nicht zu sagen gerissen.

Uns bleibt nichts zu tun, als zu warten und dem Prasseln des Regens auf dem Hausdach zu lauschen.

Bei seiner Rückkehr sieht Papá um zehn Jahre gealtert aus. Wir können ihn nicht dazu überreden, sich hinzusetzen und uns zu erzählen, was genau passiert ist. Den ganzen Tag geht er im Haus auf und ab und zerbricht sich den Kopf darüber, was wir tun sollen, für den Fall, daß man ihn abholt. Als die Stunden verstreichen und keine *guardias* an der Haustür erscheinen, beruhigt er sich ein wenig, ißt ein paar seiner geliebten Schweinswürstchen, trinkt mehr, als er sollte, und geht in der Abenddämmerung erschöpft zu Bett. Mamá und ich bleiben auf. Bei jedem Donnerschlag fahren wir zusammen, als hätte die Polizei das Feuer auf unser Haus eröffnet.

Tags darauf, während Papá unterwegs ist, um nachzusehen, welchen Schaden das Unwetter bei den Kakaobäumen angerichtet hat, fahren in aller Frühe zwei *guardias* im Jeep vor. Gouverneur de la Maza wünsche Papá und mich auf der Stelle zu sehen.

»Warum sie?« fragt Mamá und zeigt auf mich.

Der Beamte zuckt mit den Achseln.

»Wenn sie geht, gehe ich mit«, bestimmt Mamá, aber der Mann hat ihr bereits den Rücken zugekehrt.

Im Gouverneurspalast werden wir unverzüglich von Don Antonio de la Maza empfangen, einem hochgewachsenen, gutaussehenden Mann mit besorgtem Gesichtsausdruck. Er hat Anweisung erhalten, Papá zum Verhör in die Hauptstadt zu schicken.

»Ich habe versucht, die Angelegenheit von hier aus zu regeln –« Er kehrt die Handflächen nach oben, »– aber der Befehl kommt von höchster Stelle.«

Papá nickt geistesabwesend. Ich habe ihn noch nie so verängstigt gesehen. »Wir ... wir haben doch ein Telegramm geschickt.«

»Wenn er geht, gehe ich mit.« Mamá richtet sich zu voller Größe auf. Den *guardias* ist am Morgen nichts anderes übriggeblieben, als sie mitzunehmen. Sie hat sich nämlich in die Auffahrt gestellt und geweigert, den Weg frei zu machen.

Don Antonio faßt Mamá am Arm. »Es ist wohl für alle Beteiligten das Beste, wenn wir den Befehl befolgen, meinen Sie nicht auch, Don Enrique?«

Papá sieht aus, als würde er zu allem ja sagen. »Ja, ja, natürlich. Du bleibst hier und kümmerst dich um alles.« Als er Mamá umarmt, bricht sie in seinen Armen schluchzend zusammen. Es ist, als würde sie nach all den Jahren der Zurückhaltung ihren Gefühlen endlich freien Lauf lassen.

Als ich an der Reihe bin, gebe ich Papá zum Abschied einen Kuß, weil wir seit unserer Entfremdung unsere alte Gewohnheit, uns gegenseitig in den Arm zu nehmen, aufgegeben haben. »Paß auf deine Mutter auf, hörst du?« flüstert er mir zu und fügt im selben Atemzug hinzu: »Du mußt für mich etwas Geld bei einem Kunden in San Francisco abgeben.« Er sieht mich bedeutungsvoll an. »Fünfzig Pesos jeweils zur Mitte und am Ende des Monats – bis ich zurück bin.«

»Sie werden viel früher zurück sein, als Sie denken, Don Enrique«, beruhigt ihn der Gouverneur.

Ich werfe einen Blick auf Mamá, um mich zu vergewissern, ob

sie Verdacht geschöpft hat, aber sie ist viel zu verstört, um sich um Papás Geschäfte zu kümmern.

»Noch eine letzte Frage«, wendet sich Papá an den Gouverneur. »Warum haben Sie meine Tochter herbestellt?«

»Keine Sorge, Don Enrique. Ich möchte mich nur kurz mit ihr unterhalten.«

»Dann kann ich sie Ihnen also getrost anvertrauen?« fragt Papá und blickt dem Gouverneur geradewegs in die Augen. Ein Mann, ein Wort.

»Selbstverständlich. Ich übernehme persönlich die Verantwortung.« Don Antonio nickt den *guardias* zu. Die Audienz ist zu Ende. Papá wird abgeführt. Wir lauschen den Schritten im Gang, bis sie im Rauschen des unerbittlichen Regens untergehen.

Mamá mustert Don Antonio wie ein Tier, das bereit ist, jederzeit anzugreifen, falls seinem Jungen Gefahr droht. Der Gouverneur lehnt sich an die Schreibtischkante und lächelt mir freundlich zu. Wir sind uns bereits bei mehreren offiziellen Anlässen begegnet, unter anderem natürlich auf den letzten Festen. »Señorita Minerva«, beginnt er und fordert Mamá und mich mit einem Wink auf, uns auf die beiden Stühle zu setzen, die ein Beamter vor ihm hingestellt hat, »ich glaube, es gibt da eine Möglichkeit, wie Sie Ihrerti Vater helfen können.«

»*¡Desgraciado!*« schimpft Mamá immer wieder. Ich habe dieses Wort noch nie aus ihrem Mund gehört. »Und so etwas nennt sich Ehrenmann!«

Ich versuche sie zu beruhigen, aber ehrlich gesagt mag ich es, wenn Mamá so richtig in Harnisch gerät.

Wir fahren im Regen durch San Francisco und erledigen in letzter Minute ein paar Besorgungen, bevor wir uns noch am selben Nachmittag auf den Weg in die Hauptstadt machen, wo wir um Papás Freilassung ersuchen wollen. Ich setze Mamá an der *clínica* ab, weil sie um eine Extradosis von Papás Medikament bitten möchte, und fahre weiter ins *barrio*.

Aber das türkisfarbene Haus mit der weißen Verkleidung steht nicht mehr dort, wo es einmal gestanden hat. Ich biege mal links, mal rechts ab und bin schon ganz verzweifelt, als ich plötzlich das älteste der Mädchen erblicke, das sich ein Stück Palmrinde über den Kopf hält und durch die Pfützen auf der Straße stapft. Der Anblick ihres nassen, zerlumpten Kleides reißt mir das Herz in Fetzen. Offenbar geht die Kleine einkaufen, denn sie hält ein zugeknotetes Stück Stoff in der freien Hand – der Geldbeutel eines armen Kindes. Als ich hupe, bleibt sie erschrocken stehen. Wahrscheinlich steckt ihr noch die Erinnerung an den Tag in den Knochen, als ich unter lautem Gehupe das Auto unseres Vaters gerammt habe.

Ich winke sie herbei. »Ich suche deine Mutter«, sage ich und fordere sie auf einzusteigen. Sie sieht mich aus denselben furchtsamen Augen an wie Papá noch wenige Stunden zuvor.

»Wohin?« frage ich und fahre auf die Straße zurück.

»Dahin.« Sie macht eine Handbewegung.

»Rechts?«

Verständnislos sieht sie mich an. Aha, sie kennt keine Richtungen. Ob sie lesen kann, frage ich mich? »Wie schreibt man deinen Namen, Margarita?« frage ich sie zur Probe.

Sie zuckt mit den Schultern. Ich nehme mir vor, mich bei meiner Rückkehr darum zu kümmern, daß die Mädchen zur Schule geschickt werden.

Nachdem wir ein paarmal abgebogen sind, stehen wir plötzlich vor dem kleinen türkisfarbenen Haus. Die Mutter kommt auf die Veranda gelaufen und preßt den Kragen ihres Kleides gegen den Hals, damit es nicht hineinregnet. »Ist mit Don Enrique alles in Ordnung?« Mich befallen Zweifel, ob Papás Beteuerung wahr ist, daß zwischen ihm und dieser Frau alles vorbei sei. Der besorgte Ausdruck in ihren Augen ist nicht bloße Erinnerung.

»Er mußte dringend geschäftlich verreisen«, sage ich, und meine Stimme klingt schroffer, als mir lieb ist. Etwas milder gestimmt, reiche ich ihr den Umschlag. »Ich habe Ihnen Geld für einen ganzen Monat mitgebracht.«

»Es ist sehr freundlich von Ihnen, an uns zu denken.«

»Ich möchte Sie um einen Gefallen bitten«, sage ich, obwohl ich mir die Sache eigentlich für später habe aufheben wollen.

Sie beißt sich auf die Lippen, als ahnte sie, worum ich sie bitten will. »Carmen María, zu Ihren Diensten«, sagt sie kleinlaut. Ihre Tochter sieht sie neugierig an. Wahrscheinlich ist sie von ihrer Mutter einen energischeren Ton gewohnt.

»Die Mädchen gehen nicht zur Schule, nicht wahr?« Kopfschütteln. »Darf ich sie einschreiben, sobald ich zurück bin?«

Erleichterung zeichnet sich auf ihrem Gesicht ab. »Das überlasse ich Ihnen«, antwortet sie.

»Sie wissen genausogut wie ich, daß wir Frauen ohne Schulbildung noch weniger Chancen haben.« Ich muß an meine eigenen vereitelten Pläne denken. Elsa und Sinita dagegen, die gerade ihr drittes Studienjahr an der Universität begonnen haben, erhalten bereits Angebote von den besten Firmen.

»Sie haben recht, Señorita. Sehen Sie mich an. Ich hatte nie eine Chance.« Sie streckt mir ihre leeren Hände entgegen. Mit einem Blick auf ihre Älteste fügt sie hinzu: »Meine Mädchen sollen es einmal besser haben.«

Als ich ihr die Hand reiche, erscheint es mir nur natürlich, die Geste weiterzuführen, und so bekommt sie von mir die Umarmung, die ich Papá seit einem Monat vorenthalten habe.

Zum Glück läßt der Regen auf unserer Fahrt in die Hauptstadt nach. Dort angekommen, klappern wir die drei Hotels ab, die Don Antonio de la Maza uns aufgeschrieben hat. Solange keine offizielle Anzeige erstattet worden ist, wird Papá nicht ins Gefängnis gesteckt, sondern in einem dieser drei Hotels unter Arrest gestellt. Als man uns jedoch auch im dritten und zugleich letzten, dem Hotel Presidente, mitteilt, es sei kein Enrique Mirabal eingetragen, sieht Mamá aus, als würde sie gleich in Tränen ausbrechen. Es ist schon spät, die Büros im Palast sind bestimmt längst geschlossen, und deshalb halten wir es für das beste, uns ein Zimmer für eine Nacht zu nehmen.

»Wir bieten eine günstige Wochenpauschale«, schlägt uns der

Mann an der Rezeption vor. Er ist dünn und hat ein schmales, trauriges Gesicht.

Ich werfe Mamá einen Blick zu, um zu sehen, wie sie darüber denkt, aber wie üblich sagt sie in der Öffentlichkeit kein Wort. An diesem Nachmittag habe ich zum erstenmal erlebt, daß Mamá für sich selbst oder, besser gesagt, für mich und Papá eingestanden hat. »Wir wissen nicht, ob wir das Zimmer für eine ganze Woche brauchen«, sage ich zu dem Mann. »Es ist noch nicht raus, ob gegen meinen Vater eine Anzeige vorliegt oder nicht.«

Er sieht erst mich, dann meine Mutter und wieder mich an. »Nehmen Sie den Wochenpreis«, empfiehlt er mit ruhiger Stimme. »Wenn Sie vorher abreisen, zahle ich Ihnen den Rest zurück.«

Der junge Mann hat offenbar die Erfahrung gemacht, daß solche Angelegenheiten nie auf die schnelle gelöst werden. Ich fülle das Anmeldeformular aus und drücke dabei auf seinen ausdrücklichen Wunsch fest auf. Die Schrift muß auf allen vier Durchschlägen leserlich sein, erklärt er.

Einer für die Polizei, der zweite für die Staatssicherheit, der dritte für den Militärischen Geheimdienst, SIM genannt, und den vierten schickt der junge Mann wer weiß wohin.

Ein Tag wie in der Hölle: Wir sitzen mal in dem einen, mal in dem anderen Büro des Polizeihauptquartiers herum. Allein das stetige Prasseln des Regens auf dem Dach hat etwas Tröstliches, denn es klingt, als würde der alte Huracán auf das Gebäude eindreschen aus Zorn über all die Verbrechen, die darin ausgeheckt worden sind.

Zu guter Letzt landen wir im Büro für Vermißte Personen, um das – wie es mittlerweile genannt wird – spurlose Verschwinden Enrique Mirabals zu melden. Der Raum ist gerammelt voll. Die meisten sind schon Stunden vor Öffnung des Büros hiergewesen, um sich einen guten Platz in der Schlange zu sichern. Während der Tag sich langsam dem Ende zuneigt, fange ich von jedem einzelnen Fall, der am Meldeschalter vorgetragen wird, ein paar Bruchstücke auf, und das reicht schon, damit mir schlecht wird. Immer wieder gehe ich ans Fenster, um Luft zu schnappen und mein Gesicht mit

Regenwasser zu befeuchten, aber mein Kopfschmerz ist hartnäckig, er geht nicht so einfach weg.

Kurz vor Büroschluß schließlich steht in der Reihe nur noch einer vor uns: ein älterer Mann, der einen seiner dreizehn Söhne als vermißt meldet. Ich helfe ihm beim Ausfüllen des Formulars, weil er sich mit dem Schreiben schwertut, wie er mir erklärt.

»Sie haben dreizehn Söhne?« frage ich ungläubig.

»*Sí, Señora.*« Der Alte nickt stolz. Mir liegt auf der Zunge zu fragen, »Von wie vielen Müttern?«, aber seine bekümmerte Miene hält mich davon ab. Wir kommen an die Stelle, an der er die Namen all seiner Kinder eintragen muß.

»Wie heißt Ihr ältester Sohn?« fragte ich, den Stift schreibbereit in der Hand.

»Pablo Antonio Almonte.«

Ich schreibe den Namen voll aus, doch plötzlich stutze ich. »Heißt so nicht der Sohn, den Sie vermissen? Und haben Sie nicht gesagt, er wäre der Drittälteste?«

Im Vertrauen gesteht mir der alte Mann, daß er allen dreizehn Söhnen denselben Namen gegeben hat, um dem Regime ein Schnippchen zu schlagen. Sollte einer seiner Söhne mal geschnappt werden, kann er behaupten, er sei nicht der, den sie suchten!

Ich muß über die Gewitztheit meines armen, ertappten Landsmanns lachen. Also strenge ich meinen Grips an und krame aus dem Gedächtnis ein Dutzend Namen hervor, die ich irgendwo gelesen habe, weil ich seinen Söhnen natürlich keinen richtigen dominikanischen Namen geben und jemand anderem dadurch Probleme bereiten will. Der Beamte braucht eine Weile, bis er sie gelesen hat. »Faust? Dimitri? Pushkin ? Was sind denn das für Namen ? « Ich muß dem alten Mann zu Hilfe kommen, denn er kann nicht lesen, was ich geschrieben habe. Argwöhnisch zeigt der Beamte auf den Alten, der bei jedem Namen, den ich vorgelesen habe, genickt hat. »Und jetzt sagen Sie sie noch einmal.«

»Ach, mein Gedächtnis«, klagt der alte Mann. »Es sind zu viele.«

Der Beamte sieht ihn mit zusammengekniffenen Augen an. »Wie rufen Sie Ihre Söhne denn dann ?«

»*Bueno, oficial*«, sagt der gewiefte Alte und dreht seinen Sombrero in den Händen, »ich nenne sie alle *m'ijo*.« *Mein Sohn*, nennt er sie ganz einfach.

Ich lächle den Beamten lieb an, und da drückt er die mit Orden behängte Brust heraus. Es ist ihm anzumerken, daß er sich lieber mit jungem Gemüse abgibt. »Wir tun, was wir können, *compay*«, verspricht er, stempelt das Formular ab und nimmt bereitwillig die in ein Stück Papier eingerollten Pesos als »Gebühr« entgegen.

Jetzt sind wir an der Reihe, aber da verkündet der Beamte dummerweise, das Büro schließe in fünf Minuten. »Wir haben so lange gewartet«, flehe ich ihn an.

»Ich auch, Señorita, mein Leben lang habe ich auf Sie gewartet. Also brechen Sie mir nicht das Herz und kommen Sie morgen wieder«, witzelt er und mustert mich von oben bis unten. Diesmal lächle ich nicht zurück.

Mir selbst ins Bein geschossen, jawohl, das habe ich, indem ich dem betagten Don Juan geholfen habe. Durch mein Eingreifen hat sich seine Angelegenheit in die Länge gezogen, und ich habe uns alles vermasselt.

Als ich Mamá sage, daß wir morgen wiederkommen müssen, seufzt sie: »*Ay, m'ijita*, du kämpfst in jedem Kampf mit, stimmt's?«
»Es ist alles derselbe Kampf, Mamá.«

Am nächsten Morgen werden wir von einem lauten Donnern an unserer Zimmertür geweckt. Vier schwerbewaffnete Polizisten teilen mir mit, sie hätten Auftrag, mich zum Verhör ins Hauptquartier zu bringen. Ich versuche Mamá zu beruhigen, aber meine Hände zittern so sehr, daß ich kaum mein Kleid zuknöpfen kann.

Als wir schon an der Tür sind, eröffnet Mamá den Polizisten, daß sie mitgeht, wenn ich gehen muß. Aber die Kerle hier sind etwas härter gesotten als oben bei uns im Norden. Mamá will mir folgen, doch da reißt einer der Wachmänner das Bajonett hoch und versperrt ihr den Weg.

»Nicht nötig«, sage ich und schiebe das Bajonett beiseite. Ich nehme die Hand meiner Mutter und küsse sie. Dann sage ich:

»*Mamá, la bendición*«, wie ich es als Kind jedesmal getan habe, bevor ich zur Schule gegangen bin.
»*Dios te bendiga*«, sagt Mamá schluchzend und beschwört mich: »Paß auf dein Du-weißt-schon-was auf!« Mir ist klar, daß es längst nicht mehr nur mein Mund ist, den sie damit meint.

Ich bin wieder im Hauptquartier der Nationalen Polizei, dem wir bei unserem gestrigen Behördengang allerdings keinen Besuch abgestattet haben. Ein zugiger, heller Raum im Obergeschoß. Ein diensthabender Beamter.

Ein gepflegter, weißhaariger Mann kommt hinter seinem Schreibtisch hervor. »Willkommen«, begrüßt er mich, als handele es sich um einen Höflichkeitsbesuch.

Nachdem er sich selbst als General Federico Fiallo vorgestellt hat, zeigt er auf jemanden in meinem Rücken, den ich beim Hineingehen nicht bemerkt habe. Ich weiß nicht, wie ich ihn übersehen konnte. Er sieht einer Kröte so ähnlich, wie ein Mensch ihr überhaupt ähnlich sehen kann: ein untersetzter Mulatte mit dunkler Spiegelglasbrille, die meinen verängstigten Gesichtsausdruck zurückwirft.

»Don Anselmo Paulino«, stellt ihn der General vor. Jedermann kennt das »Magische Auge«. Der Mann hat bei einer Messerstecherei ein Auge verloren, aber sein gesundes Auge sieht auf geradezu magische Weise, was anderen verborgen bleibt. In den letzten Jahren hat er sich zu Trujillos »rechter Hand« hochgearbeitet, weil er bereit ist, im Sicherheitsdienst die Dreckarbeit zu übernehmen.

Mein leerer Magen brodelt vor Angst. Um mich abzuhärten, vergegenwärtige ich mir die gramerfüllten Mienen der Menschen, die ich gestern ein Stockwerk tiefer gesehen habe. »Was wollen Sie von mir?«

Der General lächelt mir freundlich zu. »Oh, Sie stehen ja noch, Señorita«, entschuldigt er sich und übergeht meine Frage. Der freundliche Ausdruck verschwindet allerdings für einen Augenblick von seinem Gesicht, als er mit den Fingern schnalzt und die *guardias* scharf zurechtweist, weil sie für seine Gäste keine Stühle bereitgestellt haben. Sobald die Kröte und ich uns gesetzt haben, kehrt der General an seinen Schreibtisch zurück. »Sie müssen mich als Ihren Beschützer betrachten. Junge Damen sind die Zierde unserer Nation.«

Er schlägt die Akte auf, die vor ihm auf dem Tisch liegt. Von meinem Platz aus kann ich das rosafarbene Anmeldeformular aus dem Hotel erkennen. Und ich sehe eine Anzahl von Papieren: Es sind Líos Briefe aus meiner Handtasche.

»Ich möchte Ihnen ein paar Fragen über einen jungen Mann stellen, mit dem Sie meines Wissens bekannt sind.« Er blickt mir geradewegs in die Augen. »Virgilio Morales.«

Diesmal bin ich bereit, mich zur Wahrheit zu bekennen. »Ja, ich kenne Virgilio Morales.«

Das Magische Auge rutscht auf die Stuhlkante, und seine Halsschlagader schwillt an. »Dann haben Sie El Jefe angelogen. Sie haben behauptet, ihn nicht zu kennen, stimmt's?«

»Na, na, Don Anselmo«, beschwichtigt ihn der betagte General. »Wir wollen der jungen Dame doch keine Angst einjagen, oder?«

Aber das Magische Auge nimmt den mahnenden Unterton nicht wahr. »Antworten Sie mir«, befiehlt er. Er hat sich eine Zigarre angezündet, und der Rauch quillt wie dunkles Blut aus seinen Nasenlöchern.

»Ja, ich habe geleugnet, ihn zu kennen. Ich hatte Angst« – wieder wähle ich meine Worte mit Bedacht – »El Jefe zu mißfallen.« Das muß als Entschuldigung reichen. Mehr kriegen sie von mir nicht zu hören.

General Fiallo und Paulino wechseln einen bedeutungsvollen Blick. Ich frage mich, wie zwischen den alten milchigen Augen und der Spiegelglasbrille überhaupt eine Verständigung möglich ist.

Der General nimmt eine Seite aus dem Ordner und überfliegt sie. »Welcher Natur ist Ihre Beziehung zu Virgilio Morales, Señorita Minerva?«

»Wir waren befreundet.«

»Na, na«, redet er mir zu, als wäre ich ein trotziges Kind. »Das hier sind Liebesbriefe.« Er hält einen Bogen Papier hoch. *Dios mío*, hat in diesem Land jeder außer mir meine Post gelesen?

»Wir waren Freunde, nichts weiter. Sie müssen mir einfach glauben. Wenn ich ihn geliebt hätte, hätte ich auf seinen Wunsch mit ihm das Land verlassen.«

»Stimmt«, räumt der General ein. Er wirft einen Blick auf das Magische Auge, aber Paulino drückt gerade die Zigarre an der Sohle seines Stiefels aus.

»War Ihnen nicht bewußt, Señorita Minerva, daß Virgilio Morales ein Staatsfeind ist?« schaltet sich das Magische Auge ein. Die ausgedrückte Zigarre steckt wieder zwischen seinen Zähnen.

»Ich war in keine verräterischen Aktivitäten verwickelt, falls Sie das meinen. Er war nur ein Freund, wie schon gesagt.«

»Und Sie haben jetzt keinen Kontakt mehr zu ihm?« führt das Magische Auge das Verhör weiter. Ungehalten zieht der General eine Braue in die Höhe. Schließlich ist das hier sein luftiges Büro im obersten Stock und seine hübsche Gefangene.

Um die Wahrheit zu sagen, habe ich Lío geschrieben, nachdem ich seine Briefe gefunden hatte, aber Mario konnte meinen Brief nicht weiterleiten, weil bis zum heutigen Tag niemand mit Gewißheit weiß, wo Lío steckt. »Nein, ich habe keinen Kontakt zu Virgilio Morales«, antworte ich und sehe dabei den General an, obwohl mir das Magische Auge die Frage gestellt hat.

»Das freut mich zu hören.« Der General wendet sich an das Magische Auge. »Wir haben noch eine andere Kleinigkeit zu bereden, Don Anselmo, aber die hat nichts mit der Staatssicherheit zu tun.« Mit einem höflichen Lächeln entläßt er ihn. Sekundenlang richtet das Magische Auge seine dunklen, blitzenden Brillengläser auf den General, doch dann steht der Mann auf und schiebt sich seitlich zur Tür hinaus. Mir fällt auf, daß er uns kein einziges Mal den Rücken zugedreht hat.

Kaum ist er fort, fängt General Fiallo an, von der Zeit zu schwärmen, als er in El Cibao stationiert war, von der Schönheit der Umgebung und der wundervollen Kathedrale auf dem Platz. Ich frage mich, worauf er hinauswill, als sich auf der gegenüberliegenden Seite des Raums plötzlich eine Tür öffnet. Manuel de Moya, groß und adrett, tritt ein, um den Hals ein Tuch à la Prince of Wales.

»Guten Morgen, guten Morgen«, grüßt er fröhlich, als würden wir gleich alle zusammen auf eine Safari gehen. »Wie steht's?« Er reibt sich die Hände. »Don Federico, wie geht es Ihnen?« Sie tauschen ein paar Gefälligkeiten aus, und dann sieht mich Don Manuel wohlwollend an. »Ich habe mich in der Eingangshalle kurz mit Paulino unterhalten, bevor er gegangen ist. Es hat sich so angehört, als hätte sich Señorita Minerva weitgehend kooperativ gezeigt. Da bin ich aber froh. Ich ertrage es nämlich nicht, Damen in Bedrängnis zu sehen«, vertraut er mir an.

»Das geht Ihnen bestimmt sehr nahe«, versetze ich, aber er bemerkt den sarkastischen Unterton in meiner Stimme nicht.

»Sie dachten also, Sie könnten El Jefe mißfallen, wenn Sie Ihre Freundschaft mit Virgilio Morales eingestehen?« Ich nicke. »Ich bin sicher, unser Wohltäter wäre sehr geschmeichelt, wenn er wüßte, wieviel Ihnen an seinem Wohlgefallen liegt.«

Ich warte ab. Allein aus der Tatsache, daß die beiden Kerle noch immer hier herumhängen, schließe ich, daß noch etwas hinterherkommt.

»Ich nehme an, Don Antonio hat bereits mit Ihnen gesprochen?«

»Ja«, sage ich, »das hat er.«

»Ich hoffe, Sie überdenken sein Angebot noch einmal. Ich bin sicher, General Fiallo wird mir zustimmen« – General Fiallo nickt, noch bevor er weiß, wovon überhaupt die Rede ist – »daß eine private Zusammenkunft mit El Jefe der schnellste und wirksamste Weg ist, diese dumme Angelegenheit zu bereinigen.«

»*Sí, sí, sí*«, pflichtet General Fiallo ihm bei.

»Ich würde Sie heute abend gern persönlich zu seiner Suite im El Jaragua bringen«, fährt Don Manuel fort. »Sparen wir uns den Papierkrieg«, sagt er mit einer Geste in Richtung des Generals, der nur einfältig lächelt, als er derart übergangen wird.

Ich starre Manuel de Moya an, als wollte ich ihn mit meinem Blick an die Wand nageln. »Eher würde ich aus dem Fenster springen, als mich dazu zwingen zu lassen, etwas gegen meine Ehre zu tun.«

Manuel de Moya versenkt die Hände tief in den Taschen und schreitet im Raum auf und ab. »Ich habe mein möglichstes getan, Señorita, aber ein klein bißchen müssen Sie uns schon entgegenkommen. Sie können nicht immer Ihren Kopf durchsetzen.«

»Für das, was ich falsch gemacht habe, bin ich bereit, mich persönlich vor El Jefe zu verantworten.« Ich nicke dem überraschten Sekretär zu. »Aber mein Vater und meine Mutter können doch sicherlich mitkommen. Schließlich haben sie auch unter meinem Fehlverhalten zu leiden.«

Manuel de Moya schüttelt den Kopf. »Minerva Mirabal, Sie sind als Frau so kompliziert wie ... wie ...« Ratlos hebt er die Hände, weil er nicht weiß, wie er den Vergleich zu Ende bringen soll.

Der General hilft ihm auf die Sprünge: »... wie El Jefe als Mann.«

Die beiden sehen sich an, und in ihren Köpfen wälzen sie gewichtige Gedanken.

Da ich mit ihm nicht ins Bett gehe, dauert es noch drei Wochen, bis El Jefe Zeit für uns hat. Wie es aussieht, stehen Mamá und ich unter Arrest, weil wir in der Zwischenzeit im Hotel bleiben müssen und nicht heimfahren dürfen. Pedrito und Jaimito sind schon ein dutzendmal gekommen, um hier eine Bittschrift einzureichen und dort einen Freund mit Beziehungen zu besuchen. Dedé und Patria wohnen abwechselnd bei uns und kümmern sich um unsere Verpflegung.

Endlich ist es soweit. Am fraglichen Tag sind wir früher als nötig am Palast, weil wir es kaum erwarten können, Papá wiederzusehen, den man soeben freigelassen hat. Was für einen jämmerlichen Anblick er bietet! Das Gesicht ist eingefallen, die Stimme zittrig; die einst so fesche *guayabera* hängt lose und schmutzig an ihm herab und ist mehrere Nummern zu groß. Als er, Mamá und ich uns in die Arme schließen, fühle ich seine knochigen Schultern.

»Wie hat man dich behandelt?« wollen wir wissen.

In seinen Augen liegt ein seltsam abwesender Ausdruck. »Den

Umständen entsprechend«, sagt er. Mir fällt auf, daß er uns dabei nicht ansieht.

Von Dedé und Patria, die Erkundigungen eingezogen haben, wissen wir bereits, daß Papá eine Weile im Gefängniskrankenhaus zugebracht hat. Die Diagnose lautet zwar »zuversichtlich«, aber wir sind davon ausgegangen, daß sich sein Magengeschwür wieder gemeldet hat. Nun erfahren wir jedoch, daß Papá an dem Mittwoch nach seiner Verhaftung in der Zelle einen Herzanfall erlitten hat, aber erst am darauffolgenden Montag einen Arzt aufsuchen durfte. »Mir geht es schon viel besser.« Er streicht mit seinen dünnen Händen die Hosen glatt. »Viel, viel besser. Ich hoffe nur, die Musik hat mir in meiner Abwesenheit nicht die Palmlilien verdorben.«

Mamá und ich sehen erst uns und dann Papá an. »Wie das, Enrique?« fragt Mamá behutsam.

»Jedesmal, wenn irgendwo gefeiert wird, geht die Hälfte von allem, was in der Erde wächst, kaputt. Wir müssen aufhören, die Schweine zu füttern. Überall nur Menschenzähne.«

Ich tue so, als würden Papás Worte einen Sinn ergeben. Mamá umfängt ihn mit ihrer Sanftmut und holt ihn in die Wirklichkeit zurück. »Den Schweinen bekommen die Palmfrüchte sehr gut, und Palmlilien haben wir keine mehr angepflanzt, seit diese junge Dame hier ein kleines Mädchen gewesen ist. Weißt du denn nicht mehr, Enrique, wie wir an den Erntetagen bis spät in die Nacht auf den Beinen waren?«

Papás Augen leuchten auf; er erinnert sich. »Im ersten Jahr wolltest du für mich hübsch aussehen, und deshalb hattest du sogar bei der Feldarbeit ein nettes Kleid an. Als wir dann fertig waren, sah es aus wie einer von den Säcken, in denen die Palmlilien steckten.« Jetzt sieht er ihr in die Augen und lächelt.

Auch sie lächelt ihn an, und in ihren Augen glitzern Tränen. Ihre Finger suchen seine Hand und halten sie fest, als wollte sie ihn aus einem Abgrund herausziehen, der ihn ihr vor Jahren entrissen hatte.

El Jefe blickt nicht einmal auf, als wir eintreten. Zusammen mit mehreren nervösen Gehilfen geht er einen Stapel Papiere durch, und seine manikürten Finger folgen Wort für Wort den Zeilen, die man ihm vorliest. Er hat erst spät lesen gelernt, erzählt man sich, und weigert sich, etwas anzusehen, was länger als eine Seite ist. In den Büros ringsum sitzen Beamte, die sich für ihn durch umfangreiche Berichte pflügen und die wichtigsten Informationen in einem Absatz zusammenfassen.

Hinter ihm an der Wand hängt das berühmte Motto: MEINE BESTEN FREUNDE SIND MÄNNER, DIE ARBEITEN. Und was ist mit den Frauen, die mit dir schlafen? frage ich mich.

Manuel de Moya weist uns unsere Stühle vor dem großen Mahagonischreibtisch zu. Es ist der Schreibtisch eines diszipliniertern Mannes: Alles liegt in ordentlichen Häufchen nebeneinander, und auf einer Seite stehen neben einer Leiste mit beschrifteten Klingeln mehrere Telefonapparate in Reih und Glied. Eine Anzahl von Uhren ticken. Offenbar hält er mit der Zeit in mehreren Ländern Schritt. Vor mir steht eine Waage, wie Justizia eine in der Hand hält, und auf jeder der kleinen Schalen liegt ein Satz Würfel.

Nachdem Trujillo eine letzte Unterschrift gekritzelt und seine Gehilfen mit einem Wink entlassen hat, wendet er sich seinem Staatsminister zu. Don Manuel klappt eine Ledermappe auf und liest El Jefe ein von der gesamten Familie Mirabal unterzeichnetes Entschuldigungsschreiben vor.

»Wie ich sehe, hat auch Señorita Minerva unterschrieben«, sagt er, als wäre ich nicht anwesend. Als er Mamás vollständigen Namen liest, fragt er sie, ob sie mit Chiche Reyes verwandt ist.

»Aber ja, Chiche ist mein Onkel!« ruft Mamá aus. Tío Chiche hat sich immer damit gebrüstet, daß er Trujillo in seiner Anfangszeit beim Militär kennengelernt hat. »Chiche verehrt Sie, Jefe. Er sagt immer, schon damals hätte er gemerkt, daß Sie der geborene Führer sind.«

»Ich bin Don Chiche sehr zugetan«, sagt Trujillo, der diese Huldigung sichtlich genießt. Er nimmt einen Satz Würfel aus einer der Waagschalen und bringt dadurch das Gleichgewicht durcheinander. »Ich nehme an, er hat Ihnen nie die Geschichte dieser Würfel erzählt?«

Mamá lächelt milde. Sie hat die Spielleidenschaft ihres Onkels nie gebilligt. »Chiche spielt für sein Leben gern.«

»Aber er mogelt zu oft«, platzt Papá heraus. »Mit ihm spiele ich nicht mehr.«

Mamá durchbohrt Papá mit Blicken. Für uns gibt es nur eine einzige Rettung in dieser stürmischen See, und Papá durchtrennt doch glatt das Tau, das Mamá ausgeworfen hat.

»Demnach spielen auch Sie gerne, Don Enrique?« wendet sich Trujillo kühl an Papá.

Papá wirft Mamá einen raschen Blick zu, denn er hat Angst, es in ihrer Gegenwart zuzugeben. »Ich weiß, daß du spielst«, keift Mamá und lenkt vom eigentlichen Thema ab, indem sie so tut, als wäre ihr unartiger Ehemann ihr eigentliches Sorgenkind.

Trujillo wendet sich wieder den Würfeln in seiner Hand zu. »Dieser Chiche! Er hat aus Kolumbus' Krypta ein Knochenstück gestohlen und mir bei meiner Ernennung zum Oberhaupt der Streitkräfte diese Würfel daraus machen lassen.«

Mamá versucht ein beeindrucktes Gesicht aufzusetzen, dabei hat sie für ihren Onkel, diesen Unruhestifter, in Wirklichkeit nie sonderlich viel übrig gehabt. Jeden Monat ist irgend etwas: eine Messerstecherei, Geldsorgen, Ärger mit der Frau, der Geliebten oder sonstige Scherereien.

Trujillo legt die Würfel zurück auf die leere Schale. Dabei fällt mir auf, daß sich das Gleichgewicht nicht mehr einstellt. Mein nichtsnutziger Onkel hat seinem Kumpan natürlich präparierte Würfel geschenkt.

»Menschenzähne, wohin man sieht«, murmelt Papá und starrt die kleinen Knochenwürfel entsetzt an.

Mit einem Kopfnicken in Papás Richtung meint Mamá: »Sie müssen ihn entschuldigen, Jefe. Er fühlt sich nicht wohl.« Ihre Augen füllen sich mit Tränen, und sie tupft sie mit einem Taschentuch ab, das sie in der Hand zusammengeknäuelt hat.

»Wenn Don Enrique erst wieder zu Hause ist, wird es ihm gleich besser gehen. Aber lassen Sie sich das eine Lehre sein.« Bei diesen Worten sieht El Jefe mich an, und das schmeichlerische Lächeln vom Tanzabend ist aus seinem Gesicht verschwunden. »Vor allem Sie, Señorita. Sie werden sich ab sofort jede Woche bei Gouverneur de la Maza in San Francisco melden.«

Bevor ich etwas sagen kann, schaltet Mamá sich ein. »Alles, was meine Tochter will, ist, eine gute, treuergebene Bürgerin dieses Regimes zu sein.«

El Jefe sieht mich an und wartet auf meine Beteuerung.

Ich aber bin fest entschlossen, für das einzutreten, was ich *wirklich* will. »Jefe, ich weiß nicht, ob Sie sich noch erinnern, worüber wir beim Tanzen gesprochen haben?« Ich spüre Mamás Augen auf mir.

Aber El Jefes Interesse ist geweckt. »Wir haben über so manches gesprochen.«

»Ich meine meinen Traum, Jura zu studieren.«

Nachdenklich streichelt er seinen kurzen Schnauzbart. Da fällt sein Blick auf die Würfel, und seine Lippen verziehen sich zu einem listigen Grinsen. »Ich sage Ihnen was: Ich lasse Sie um dieses Privileg würfeln. Gewinnen Sie, bekommen Sie Ihren Willen. Gewinne ich, bekomme ich meinen.«

Ich kann mir denken, was er will, aber jetzt, wo ich sein Geheimnis kenne, bin ich mir sicher, daß ich ihn schlagen kann. Mit bebender Stimme sage ich: »Einverstanden. Würfeln wir.«

Lachend wendet er sich an Mamá. »Sieht so aus, als hätten Sie noch einen Chiche in der Familie!«

Rasch schnappe ich mir den schwereren Satz Würfel und schüttele sie in der Faust. Trujillo betrachtet die schwankenden Waagschalen, aber ohne meinen Satz Würfel kann er nicht erkennen, welches das präparierte Paar ist. »Nur zu«, sagt er und sieht mich eindringlich an. »Die höchste Zahl gewinnt.«

Ich schüttele die Würfel in meiner Hand, als ginge es um Leben und Tod.

Dann werfe ich – ein Pasch. Ich blicke zu Trujillo auf und kann mir nur mit Mühe ein hämisches Grinsen verkneifen.

Er fixiert mich mit seinen kalten, harten Augen. »Daß Sie ein kräftiges Händchen haben, weiß ich.« Er reibt sich die Wange, auf die ich ihn geschlagen habe, und schenkt mir ein rasiermesserscharfes Lächeln, als wollte er mir die Flügel stutzen. Statt jedoch die Würfel von der Waage zu nehmen, streckt er die Hand nach denen meines Onkels aus, schüttelt sie und wirft sie geübt auf die Tischplatte – ebenfalls ein Pasch. »Entweder wir bekommen beide unseren Willen, oder wir einigen uns darauf, daß wir quitt sind – fürs erste «, fügt er hinzu.

»Quitt«, sage ich und sehe ihm in die Augen. »Fürs erste.«

»Unterschreiben Sie ihre Entlassung«, weist er Don Manuel an und sagt, zu Mamá gewandt: »Meine Empfehlung an Don Chiche.« Dann scheucht er uns mit einem Wink aus dem Zimmer.

Ich sehe noch, wie sich die Waagschale auf der einen Seite herabsenkt, auf die er die Würfel legt, und einen Augenblick lang stelle ich mir vor, daß die Schalen ausbalanciert sind – sein Wille auf einer Seite, meiner auf der anderen.

Es regnet, als wir die Hauptstadt verlassen, ein leichter Sprühregen, der sich allerdings zu einem wahren Wolkenbruch auswächst, bis wir Villa Altagracia erreichen. Wir kurbeln die Fenster hoch, aber schon bald ist es im Auto so feucht und stickig, daß wir kaum noch hinausschauen können und sie wieder einen Spalt öffnen müssen.

Dedé und Jaimito sind in der Hauptstadt geblieben, um für das neue Restaurant einzukaufen, das sie demnächst eröffnen wollen. Die Eisdiele hat sich als Flop erwiesen, was mir Dedé schon vor längerem unter vier Augen prophezeit hat. Pedrito mußte gestern schon zurück, um auf den überfluteten Feldern nach verunglücktem Vieh Ausschau zu halten. Er kümmert sich in letzter Zeit nicht nur um seinen eigenen, sondern auch um unseren Hof. Deshalb sitzen nur Mamá, Patria und ich im Auto, und natürlich Papá, der auf dem Rücksitz etwas vor sich hin murmelt.

Bei Pino Herrado prasselt der Regen so heftig herab, daß wir an einer kleinen *cantina* haltmachen, bis er nachläßt. Mamá zuckt nicht einmal mit der Wimper, als Papá sich ein Gläschen Rum bestellt. Unsere Audienz bei El Jefe steckt ihr noch viel zu sehr in den Knochen, um sich über so etwas aufzuregen. »Du hast das Schicksal herausgefordert, *m'ija*«, hat sie unterwegs zu mir gesagt. Schweigend sitzen wir da, lauschen den Regentropfen auf dem Strohdach, und ein dumpfes, banges, unheilvolles Gefühl macht sich unter uns breit. Etwas ist in Bewegung geraten, was keiner von uns aufhalten kann.

Es nieselt nur noch, als wir Piedra Blanca erreichen. Ein Stück vor uns reparieren Männer eine überflutete Brücke. Wir halten an und kurbeln die Fenster herunter, um ihnen zuzusehen. Ein paar *marchantas* kommen auf uns zu und bieten uns ihre Ware an. Nachdem sie uns eine kleine, süße Orange zum Kosten gegeben haben, kaufen wir ihnen einen ganzen Sack voll bereits geschälter und halbierter Früchte ab. Später müssen wir wieder anhalten, diesmal, um unsere klebrigen Hände in den Pfützen am Straßenrand zu waschen.

Bei Bonao setzt der sintflutartige Regen wieder ein, und die Scheibenwischer kommen gegen die Fluten, die uns überspülen, nicht mehr an. Ich überlege, wo wir die Nacht verbringen können, falls der Regen nach Einbruch der Dunkelheit immer noch so schlimm sein sollte.

Wir fahren durch La Vega. Der Regen läßt etwas nach, aber es sieht nicht so aus, als würde er aufhören. Der ganze Gebirgszug, der sich wie eine Wirbelsäule durchs Land zieht, ist naß. Im Westen verhängen dunkle Wolken die Berge bis nach Constanza und darüber hinaus bis zu den fernen Vorgebirgen Haitis.

Es regnet und regnet, und als wir durch Moca fahren, bricht die Nacht über uns herein. Die Palmdächer hängen durch, Pflanzensamen bedecken den durchtränkten Boden, die cremefarbenen Blüten fallen von den klatschnassen Jakarandabäumen. Ein paar Meilen hinter Salcedo spüren unsere Scheinwerfer den alten Anacahuita-Baum auf, von dem das Wasser nur so heruntertropft und der fast alle Schoten verloren hat. Ich biege in die ungepflasterte Straße ein und bete, daß wir nicht im Schlamm steckenbleiben, den ich gegen die Unterseite des Wagens klatschen höre.

Auch hier, in Ojo de Agua, regnet es. Auge aus Wasser! Wie ironisch der Name bei diesem Wetter klingt! Bis Tamboril im Norden und über der Gebirgsstraße nach Puerto Plata zieht sich der Regen hin, geht über jedem *bohío* und kleinen *conuco* nieder, pflanzt sich fort bis zum Atlantik und verliert sich dort in den Wellen, die die Gebeine der in tiefen Schlaf versunkenen Märtyrer wiegen. Wir haben die Insel fast einmal der Länge nach abgefahren und können bezeugen, daß auch das letzte Fleckchen Erde naß, jeder Fluß über die Ufer getreten, jede Regentonne bis zum Rand gefüllt und jede Wand von den Aufschriften saubergewaschen ist, die ohnehin keiner lesen kann.

María Teresa
1953 bis 1958

1953

> Dienstag morgen, 15. Dezember
> Fela sagt Regen voraus

Ich fühle mich, als würde ich selber sterben!
Ich kann es immer noch nicht fassen, daß *sie* mit ihren Töchtern zur Totenmesse gekommen ist – als wäre der große Knall, für den sie gesorgt hat, noch nicht genug gewesen und als wollte sie uns noch vier weitere Schläge versetzen. Eins von den Mädchen sah aus, als wäre es nur ein paar Jahre jünger als ich, und deshalb kann man wirklich nicht sagen, *Ay*, armer Papá, er hat am Ende seine Selbstachtung verloren und sich hinter den Palmen verlustiert. Nein, er hat schon Kokosnüsse geerntet, als er noch gesund und rüstig war und wußte, was er tat.
Ich habe Minerva gefragt, wer sie wohl eingeladen hat.
Alles, was sie darauf gesagt hat, war, daß sie genauso wie wir Papás Töchter sind.
Ich kann nicht aufhören zu weinen! Gleich kommen meine süßen Cousins Raúl und Berto zu uns, und ich sehe wer weiß wie aus! Aber das ist mir egal, schnurzegal.
Ich hasse Männer. Und wie ich sie! hasse!

Mittwoch abend, 16. Dezember
Jetzt heule ich schon wieder und ruiniere das neue Tagebuch, das Minerva mir geschenkt hat. Eigentlich wollte sie es mir erst am Dreikönigstag geben, aber dann hat sie gesehen, wie verstört ich bei Papás Beerdigung war, und sich gesagt, daß ich jetzt wohl am meisten davon habe.
Minerva sagt immer, sie schreibt sich ihren Kummer von der Seele und danach fühlt sie sich besser, aber ich hab's mit dem Schreiben nicht sowie sie. Außerdem habe ich geschworen, nie wieder ein Tagebuch zu führen, nachdem ich mein kleines Buch vor Jahren vergraben mußte. Andererseits bin ich verzweifelt genug, um alles auszuprobieren.

Montag, 21. Dezember
Mir geht es ein bißchen besser. Manchmal vergesse ich Papá und die ganze traurige Geschichte sogar für ein paar Minuten.

Heiligabend
Jedesmal wenn ich bei Tisch Papás leeren Platz anschaue, kommen mir die Tränen. Dann kriege ich kaum einen Bissen herunter. Was für ein trauriges Jahresende!

Erster Weihnachtstag
Wir reißen uns alle zusammen. Es ist ein regnerischer Tag, und eine Brise weht zwischen den Kakaobäumen. Fela sagt, das sind die Toten, die uns rufen. Als ich das höre, kriege ich eine Gänsehaut, vor allem wenn ich an meinen Traum von gestern nacht denke.
Wir haben Papá gerade in den Sarg auf dem Tisch gelegt, als eine Limousine vorfährt. Meine Schwestern steigen aus, darunter auch die Gören, die sich ebenfalls meine Schwestern nennen, und alle sind im Hochzeitsstaat. Es stellt sich heraus,

daß es meine Hochzeit ist, aber ich habe keinen blassen Schimmer, wer der Bräutigam ist.
Also laufe ich durchs ganze Haus und suche mein Hochzeitskleid, als ich Mamá rufen höre, ich soll in Papás Sarg nachschauen!
Der Fahrer hupt schon, und deshalb gebe ich mir einen Ruck und hebe den Deckel hoch. Im Sarg liegt ein wunderschönes Satinkleid – allerdings in Stücken. Ich ziehe einen Arm heraus, dann noch einen, schließlich das Mieder und die unteren Teile.
In meiner Hektik denke ich an nichts anderes als daran, daß wir das Kleid noch schnell zusammennähen müssen.
Auf dem Boden des Sargs liegt Papá und lächelt mich an.
Da lasse ich alle Teile fallen, als wären sie verseucht, und schreie so laut, daß das ganze Haus aufwacht.
(Ich bin wie verhext. Was hat das wohl zu bedeuten? Ich nehme mir vor, Fela zu fragen. Sie versteht etwas von Traumdeutung.)

Ojo de Agua, Salcedo
30. Dezember 1953
Dreiundzwanzigstes Jahr im Zeitalter Trujillos Generalísimo Doctor Rafael L. Trujillo
Wohltäter unseres Landes
Erlauchter und verehrter Jefe!
Da ich weiß, welch große Wertschätzung mein Mann Enrique Mirabal Eurer durchlauchten Person entgegenbrachte, und sich meine Bestürzung über den unwiederbringlichen Verlust meines unvergeßlichen compañero nun etwas gelegt hat, schreibe ich Euch, um Eure Exzellenz über seinen Tod am Montag, dem vierzehnten Tag dieses Monats in Kenntnis zu setzen.
Bei dieser Gelegenheit möchte ich noch einmal auf die unsterbliche Loyalität meines Mannes Euch gegenüber verweisen und versichern, daß sowohl ich als auch meine Töchter in seine Fußstapfen treten und uns als Eure treuergebenen Untertanen erweisen werden. Gerade in einem so finstren Augenblick wie diesem blicken wir aus

der bewegten See zu Euch auf wie zu einem Leuchtturm und zählen auf Euren wohltätigen Schutz und weisen Rat, bis daß wir selbst den letzten Atemzug unseres Lebens tun.
Mit Grüßen von meinem Onkel Chiche verbleibe ich hochachtungsvoll
Mercedes Reyes de Mirabal

Mittwoch, 30. Dezember, spätnachmittags
Mamá und ich haben fast den ganzen Nachmittag gebraucht, um diesen Brief aufzusetzen, zu dem Tío Chiche ihr geraten hat. Auf Minervas Hilfe konnten wir nicht hoffen. Sie ist vor drei Tagen nach Jarabacoa gefahren. Tío Fello hat sie regelrecht abgeschleppt, weil er fand, daß sie sehr dünn und traurig ist und die Gebirgsluft sie bestimmt kräftigen wird. Ich dagegen esse in einem fort, wenn ich traurig bin, und deshalb sehe ich laut Tío Fello wie »das blühende Leben« aus.

Minerva wäre uns sowieso keine große Hilfe gewesen. Sie hat es mit blumigen Formulierungen nicht so wie ich. Als sie letzten Oktober im Rathaus von Salcedo eine Lobrede auf El Jefe halten sollte – wer hat sie wohl für sie geschrieben? Und es hat geklappt: Sie hat die Erlaubnis bekommen, an der Universität Jura zu studieren. Ich glaube, man muß Trujillo ab und zu ein bißchen Honig um den Bart schmieren. Tío Chiche denkt genauso, und deshalb hat er uns zu dem Brief geraten. Morgen werde ich ihn mit meiner schönsten Schrift abschreiben, und dann kann Mamá ihre Unterschrift daruntersetzen, die ich ihr beigebracht habe.

Mittwoch, 30. Dezember, spätnachmittags
Mamá und ich haben fast den ganzen Nachmittag gebraucht, um diesen Brief aufzusetzen, zu dem Tío Chiche ihr geraten hat. Auf Minervas Hilfe konnten wir nicht hoffen. Sie ist vor drei Tagen nach Jarabacoa gefahren. Tío Fello hat sie regelrecht

abgeschleppt, weil er fand, daß sie sehr dünn und traurig ist und die Gebirgsluft sie bestimmt kräftigen wird. Ich dagegen esse in einem fort, wenn ich traurig bin, und deshalb sehe ich laut Tío Fello wie »das blühende Leben« aus.
Minerva wäre uns sowieso keine große Hilfe gewesen. Sie hat es mit blumigen Formulierungen nicht so wie ich. Als sie letzten Oktober im Rathaus von Salcedo eine Lobrede auf El Jefe halten sollte – wer hat sie wohl für sie geschrieben? Und es hat geklappt: Sie hat die Erlaubnis bekommen, an der Universität Jura zu studieren. Ich glaube, man muß Trujillo ab und zu ein bißchen Honig um den Bart schmieren. Tío Chiche denkt genauso, und deshalb hat er uns zu dem Brief geraten.
Morgen werde ich ihn mit meiner schönsten Schrift abschreiben, und dann kann Mamá ihre Unterschrift daruntersetzen, die ich ihr beigebracht habe.
Sonnenuntergang
Ich frage Fela, wie ich einen gewissen bösen Menschen verhexen kann (natürlich nenne ich keinen Namen).
Sie sagt, ich soll den Namen dieses Menschen auf ein Stück Papier schreiben, es zusammenfalten und in meinen linken Schuh stecken, weil Eva mit dem linken Fuß den Kopf einer Schlange zertreten hat. Dann soll ich den Zettel verbrennen und die Asche in der Nähe des verhaßten Menschen ausstreuen. Ich werde sie über dem Brief ausstreuen, soviel steht fest.
Was passiert, wenn ich den Zettel mit dem Namen in meinen rechten Schuh stecke? frage ich Fela.
Der rechte Fuß ist für Probleme mit einem Menschen, den man liebt.
Also betreibe ich doppelten Hexenzauber und laufe mit zwei präparierten Schuhen herum: Rafael Leonidas Trujillo im einen, Enrique Mirabal im anderen.

Donnerstag abend, 31. Dezember
Der letzte Tag im alten, traurigen Jahr
Heute abend fallen mir nur traurige Dinge ein.
Hier sitze ich und schaue mir die Sterne an, und alles ist so still, so geheimnisvoll.
Was hat das eigentlich alles für einen Sinn?
(Im Gegensatz zu Minerva mag ich solche Grübeleien nicht. Sie machen mein Asthma nur schlimmer.)
Ich möchte Dinge wissen, von denen ich nichts verstehe.
Aber ich wäre auch glücklich ohne Antworten auf meine Fragen, wenn ich nur jemanden hätte, den ich liebe.

Und so ist es der Sinn eines jeden Menschen Leben,
sich auf die Suche nach der verwandten Seele zu begeben.

Das Gedicht habe ich Minerva aufgesagt, bevor sie nach Jarabacoa gefahren ist. Aber sie hat unser Buch *Perlen der Spanischen Poesie* mitgenommen und mir ein anderes Gedicht desselben Dichters geschickt:

Mögen die Begrenzungen der Liebe keinen Fluch
auf das ernsthafte Streben meines Geistes legen.

Im ersten Moment wollte ich nicht glauben, daß beide Verse aus der Feder desselben Menschen stammen, aber da stand es schwarz auf weiß: *José Marti*, mit Datum und allem. Minerva hat mir erklärt, daß er das zweite Gedicht später geschrieben hat, »als er wußte, worauf es wirklich ankommt«.
Vielleicht hat sie recht. Was bleibt schon von der Liebe übrig? Man braucht sich nur Papá und Mamá nach all den Jahren anzuschauen.
Heute abend fallen mir nur traurige Dinge ein.

1954

Freitag nacht, 1. Januar
Ich habe mich wirklich unmöglich benommen.
Ich, ein junges Mädchen *de luto*, dessen Vater gerade frisch
unter der Erde liegt.
Ich habe B. geküßt, *auf den Mund!* Er hat meine Hand genommen und mich hinter ein paar schützende Palmen gezogen.
Wie schrecklich! Wie schamlos! Wie ekelhaft!
Lieber Gott, bitte mach, daß ich njiich schäme.

Freitag abend, 8. Januar
Heute ist R. zu Besuch gekommen und wollte und wollte nicht
mehr gehen. Mir war sofort klar, daß er nur darauf wartete, bis
Mamá uns allein läßt.
Jedenfalls ist Mamá irgendwann aufgestanden und hat ihm
durch die Blume zu verstehen gegeben, daß es Zeit fürs Abendessen ist, aber R. hat sich nicht abwimmeln lassen. Als Mamá
dann gegangen ist, hat R. mir auf den Zahn gefühlt: Ob es
stimmt, daß B. mich geküßt hat?
Ich bin stinksauer auf B., weil er gequatscht hat, obwohl er mir
versprochen hatte, den Mund zu halten. Ich habe zu R. gesagt,
für mich wäre es *perfecto*, wenn ich sein Gesicht und das seines
blöden Bruders nie wieder sehen müßte!

Sonntag nachmittag, 10. Januar
Minerva ist gerade zurückgekommen, und sie hat ein *besonderes*
Geheimnis.
Ich habe ihr gleich von meinem Geheimnis mit B. erzählt, und
da hat sie gelacht und gesagt, wie weit ich ihr doch voraus wäre.
Sie hätte schon seit Jahren keinen Kuß mehr bekommen! Ich

glaube, es hat auch Nachteile, wenn man jemand ist, der von allen mit Respekt behandelt wird.
Egal, vielleicht steht ihr schon bald mehr als nur ein Kuß ins Haus. Sie hat in Jarabacoa jemand ganz BESONDEREN kennengelernt. Zufällig studiert dieser besondere Mensch auch Jura in der Hauptstadt, ist aber zwei Jahre weiter als sie. Und hier ist noch etwas, was er noch nicht weiß: Minerva ist fünf Jahre älter als er. Das hat sie aus irgend etwas abgeleitet, was er erzählt hat, aber sie sagt, er ist für seine dreiundzwanzig Jahre so reif, daß man nie darauf kommen würde. Das einzig Dumme ist, meint sie – und es ist wirklich toll, wie locker und gelassen sie so etwas bringt –, daß der arme Kerl schon mit einer anderen verlobt ist.
»Er führt ein Doppelleben!« Mir tut immer noch weh, was Papá getan hat. »Das kann kein netter Mensch sein«, sage ich zu Minerva. »Schlag ihn dir aus dem Kopf!«
Aber Minerva nimmt diesen Verehrer, obwohl sie ihn gerade erst kennengelernt hat, schon in Schutz. Sie sagt, es ist besser, er schaut sich noch ein bißchen um, bevor er den Sprung wagt. Wahrscheinlich hat sie recht. Schließlich schaue ich mich auch kräftig um, bevor ich die Augen zumache und mich so richtig verliebe.

Donnerstag, 14. Januar

Minerva fängt wieder mit ihren alten Tricks an. Sie wickelt ein Handtuch ums Radio und legt sich unters Bett, um verbotene Sender zu hören.
Heute hat sie stundenlang da unten gelegen. Das Radio hat nämlich eine Rede von diesem Mann namens Fidel übertragen, der drüben auf Kuba den Diktator stürzen will. Minerva kann die Rede über große Strecken auswendig. Jetzt zitiert sie keine Gedichte mehr, sondern Sprüche wie *Verurteilt ihr mich ruhig. Die Geschichte wird mich freisprechen!*
Ich hoffe so sehr, daß Minerva jetzt, wo sie jemand Besonderen

kennengelernt hat, endlich zur Vernunft kommt. Ich meine, sie hat ja recht mit ihren Ideen und überhaupt. Ich finde auch, daß die Menschen nett zueinander sein und teilen sollen, was sie haben. Aber ich würde nie im Leben eine Waffe in die Hand nehmen, um die Leute zu ihrem Glück zu zwingen!
Minerva nennt mich ihre kleine »petite bourgeoise«. Ich frage sie lieber nicht, was das heißt, weil sie sonst nur wieder auf mir herumhackt und mir vorhält, daß ich mit dem Französischunterricht nicht weitermache. Ich habe beschlossen, statt dessen Englisch zu lernen – schließlich sind wir den USA näher als Frankreich.
Hello, my name is Mary Mirabal. I speak a little English. Thank you very much.

Sonntag nachmittag, 17. Januar
Minerva ist gerade wieder in die Hauptstadt zum Studieren gefahren. Normalerweise bin ich diejenige, die losheult, wenn jemand abreist, aber diesmal haben alle geweint. Sogar Minerva sind die Tränen gekommen. Ich glaube, wir sind alle noch nicht über Papás Tod hinweg, und jeder noch so kleine traurige Anlaß reißt die alte Wunde wieder auf.
Dedé und Jaimito bleiben mit Jaime Enrique und dem kleinen Jaime Rafael über Nacht. (Jaimito verpaßt seinen Söhnen immer seinen eigenen Vornamen.) Morgen fahren wir zurück nach San Francisco. Es ist alles besprochen: Ich werde dort eine Tagesschule besuchen, unter der Woche bei Dedé und Jaimito wohnen und am Wochenende heimkommen, damit Mamá nicht so allein ist.
Ich bin so erleichtert. Seit wir Ärger mit der Regierung haben und Papá obendrein auch noch Geld verloren hat, haben mich viele von den hochnäsigen Mädchen schrecklich behandelt. Ich habe mich jede Nacht in meinem Bett im Schlafsaal in den Schlaf geweint, und davon ist mein Asthma natürlich noch schlimmer geworden.

Diese Regelung kommt auch Dedé und Jaimito zugute, weil Mamá sie dafür bezahlt, daß sie mich aufnehmen. Wo wir gerade von Geldsorgen reden: Die beiden hatten schon zweimal Pech, erst mit der Eisdiele und jetzt mit dem Restaurant. Aber Dedé macht das Beste daraus. Señorita Sonrisa, wie sie leibt und lebt.

                                               Samstag nacht, 6. Februar
                                                  Ein Wochenende daheim

Der ganze Tag ist für Vorbereitungen draufgegangen. Nächsten Sonntag, dem Tag der Liebenden, kommt Minerva zu Besuch, und sie bringt diesen besonderen Menschen mit, den sie in Jarabacoa kennengelernt hat!!!

Manolo will Euch kennenlernen, hat sie geschrieben und hinzugefügt: *Behalte das hier für Dich: Du wirst dich freuen zu hören, daß er seine Verlobung gelöst hat.*

Da ich Mamá die gesamte Post vorlese, kann ich alles, was Minerva am Rand mit einem großen »ACHTUNG!« markiert hat, weglassen.

Wahrscheinlich mache ich unser privates Nachrichtensystem kaputt, indem ich Mamá nun das Lesen beibringe. Seit Jahren hatte ich das schon vor, aber sie hat immer abgewiegelt und behauptet, sie hätte keinen »Sinn für Buchstaben«. Ich glaube, was den Ausschlag gegeben hat, ist neben Papás Tod die Tatsache, daß ich woanders zur Schule gehe, unsere Firma Geld verliert und sich Mamá so gut wie allein um den Laden kümmern muß. Beim Abendessen war die Rede davon, daß Dedé und Jaimito wieder hierher ziehen und Mamá die Arbeit abnehmen, worauf Dedé lachend meinte, mit maroden Geschäften hätten sie eine Menge Erfahrung. Ich glaube, Jaimito fand das überhaupt nicht komisch.

Auf dem Rückweg nach San Fran macht er ihr bestimmt eine Szene.

Sonntag morgen, 14. Februar

Wir erwarten Minerva und Manolo jede Minute. Ich kann vor Aufregung nicht stillsitzen, und Mamá sagt, man könnte meinen, er wäre *mein* Verehrer.

Das Abendessen hat sie voll und ganz in meine Hände gelegt, weil sie findet, daß es eine gute Übung für mich ist. Schließlich muß ich später meinen eigenen Haushalt führen. Außerdem hat sie mich gebeten, nicht wegen jeder Kleinigkeit angerannt zu kommen, weil sie sonst keinen Appetit mehr hat, wenn sie jedes Menü in Gedanken mit mir durchgehen soll.

So also sieht das endgültige Menü aus:
(Man darf nicht vergessen, daß heute der Tag der Liebenden ist, und deshalb ist Rot die vorherrschende Farbe.)

Salat aus Tomaten und Paprikaschoten
mit Hibiskusgarnierung
Pollo a la criolla (mit viel Tomatensauce –
eine von mir zum Valentinstag erfundene Variante)
Braunen und weißen Reis mit jeder Menge Bohnen
Karotten – ich werde die Scheiben zu kleinen Herzen
schneiden
Arroz con leche

– Wer kennt das Lied nicht? –

Arroz con leche
will ein kluges Mädchen
aus der Hauptstadt heiraten
das nähen kann
und stopfen
und die Nadel zurücksteckt
wo sie hingehört!

Nachts

Manolo war von meinen Kochkünsten ganz begeistert! Er hat noch ein zweites und drittes Mal genommen und nur ab und zu eine Pause gemacht, um zu sagen, wie köstlich alles schmeckt. Mamá hat mir immer wieder zugezwinkert. Wollen wir mal sehen, was für gute Eigenschaften er noch hat. Er ist groß und sehr gutaussehend und so romantisch. Beim Essen hat er unter dem Tisch die ganze Zeit Minervas Hand gehalten.
Kaum haben sie sich auf den Rückweg gemacht, haben Dedé, Mamá und Patria Wetten abgeschlossen, wann Hochzeit sein wird. »Wir feiern sie hier«, hat Dedé gesagt. *Ay, sí,* jetzt steht es endgültig fest: Dedé und Jaimito ziehen zurück nach Ojo de Agua.
Mamá hat gesagt, sie können ihr Haus haben, weil sie sich ein bequemeres und »moderneres« an der Hauptstraße bauen will. Auf die Weise ist sie nicht so allein, jetzt wo alle ihre Küken ausgeflogen sind. »Nur mein Baby ist mir geblieben«, sagt sie mit einem Lächeln zu mir.
O liebes Tagebuch, wie ich es hasse, wenn sie vergißt, daß ich schon achtzehn bin!

Montag nacht, 15. Februar
Zurück in San Fran

Ich gebe die Hoffnung nicht auf, daß auch in mein Leben bald ein besonderer Mensch tritt. Jemand, der mein Herz mit den Flammen der Liebe entzünden kann (*Perlen von Mate Mirabal!*). Ich versuche, ausgehend von all den Jungen, die ich kenne, das Bild des perfekten Mannes zu entwerfen. Es ist so ähnlich, als würde man ein Menü zusammenstellen.

Manolos Grübchen
Raúls märchenhaft blaue Augen
Bertos lockiges Haar und Lächeln

Erasmos' schöne Hände
Federicos breite Schultern
Carlos' hübsche *fundillos* (Ja, auch wir Mädchen
achten auf so etwas!)

Und dann braucht er noch dieses geheimnisvolle *Etwas*, das aus dem Ganzen – wie wir in Mathe gelernt haben – mehr als die Summe der einzelnen Teilchen macht.

Montag nacht, 1. März
San Fran

Wie Du selbst am besten weißt, habe ich Dich *total* vernachlässigt. Ich hoffe, das wächst sich nicht zu einer schlechten Angewohnheit aus. Mein Selbstvertrauen ist in letzter Zeit irgendwie angeknackst.
In der Nacht, nachdem Manolo zum Abendessen hiergewesen war, hatte ich denselben schlimmen Traum wie neulich. Als ich allerdings das Hochzeitskleid Stück für Stück aus dem Sarg zog, veränderte sich Papás Gesicht, und auf einmal war es nicht mehr Papá, sondern Manolo!
Seitdem mache ich mir Gedanken über Manolo und darüber, wie er Minerva schon nachgestiegen ist, als er noch verlobt war. Jetzt ist er ein wunderbarer, warmherziger, liebevoller Mann, sage ich mir, aber wer weiß, ob sich das mit der Zeit nicht ändert?
Ich glaube, ich bin dem Mißtrauen erlegen, was, wie Padre Ignacio sagt, genauso schlimm ist wie einer Versuchung zu erliegen. Also bin ich zu ihm gegangen, um mit ihm über meine Vorbehalte gegen Papá zu sprechen. »Du darfst nicht in jedem Mann eine Schlange wittern«, hat er mich ermahnt.
Das tue ich doch gar nicht. Ich meine, ich mag Männer. Ich möchte einen von ihnen heiraten.

Schulabschlußfeier, 3. Juli

Liebes Tagebuch, bestimmt hast Du in den vergangenen Monaten gedacht, ich wäre tot. Aber Du mußt mir glauben, ich war einfach zu beschäftigt, um zu schreiben. Zum Beispiel muß ich Tías Rezept zu Ende aufschreiben, damit ich endlich mit meinen Bedankungsbriefen anfangen kann. Ich muß sie rausschicken, bevor der Nachglanz der Dankbarkeit völlig verflogen ist, die man in dem Augenblick empfindet, wenn man ein Geschenk bekommt, das man nicht brauchen kann oder das einem nicht sonderlich gefällt.

Tía Flor hat zu meinem Schulabschluß einen »Zum-Träumen-schönen-Kuchen« gebacken. Sie hat mich hinter sich her in mein Zimmer gezogen, damit ich es aufschreibe – das hat sie jedenfalls behauptet. Ich habe ihren Kuchen überschwenglich gelobt, in Worten und – wie ich fürchte – auch in Taten: *Ay, sí*, erst zwei Stücke, und dann noch eins und noch eins ... Meine armen Hüften! Vielleicht sollte ich ihn in » Zum-schön-Dick-werden-Kuchen « umbenennen?!

Während sie mir erklärt, daß ich den Eiteig richtig schaumig schlagen muß (bis er aussieht und sich anfühlt wie Seifenblasen, meint sie), sagt sie aus heiterem Himmel zu mir: Wir haben etwas miteinander zu bereden, junge Dame.

Jawohl, Tía, antworte ich kleinlaut. Tía ist eine große, imposante Erscheinung, und ihre buschigen schwarzen Augenbrauen haben mir seit meiner Kindheit Angst eingejagt. (Ich habe sie immer ihre »Schnurrbärte« genannt!)

Sie sagt, ihre Söhne Berto und Raúl sind keine kleinen Jungen mehr, die sich die ganze Zeit raufen. Sie verlangt von mir, daß ich mich für einen von ihnen entscheide, und der andere soll von ihr aus Tamarindenwurzeln kauen. Nun, sagt sie, wer ist der Glückliche?

Keiner von beiden, platze ich heraus, weil es mir plötzlich wie Schuppen von den Augen fällt, daß ich mir mit dem einen wie mit dem anderen diese Frau als Schwiegermutter einhandele. Keinen? Sie setzt sich auf meine Bettkante. Keinen? Wie bitte? Bist du dir für meine Jungen etwa zu gut?

Mittwoch nachmittag, 7. Juli
Bedankungsbriefe sind immer noch nicht geschrieben:
Dedé und Jaimito – mein Lieblingsparfum (Matador's Delight).
Außerdem ein Gutschein für die neue Platte von Luis Alberti, den ich einlöse, wenn wir das nächste Mal in die Hauptstadt fahren.
Minerva – ein Gedichtband von einer gewissen Gabriela Mistral (?) und ein hübscher Goldring mit einem Opal, meinem Geburtsstein, der an den Ecken von vier Perlen eingefaßt ist. Ich muß ihn mir in der Hauptstadt anpassen lassen. Hier ist eine Zeichnung davon:

Manolo – ein Rahmen aus Elfenbein für mein Abschlußfoto. »Und für deinen *Verehrer*, wenn es erst mal soweit ist!« hat er mit einem Zwinkern gesagt. Jetzt mag ich ihn schon wieder viel lieber.
Tío Pepe, Tía Flor, Raúl und Berto – eine bildhübsche kleine Frisierkommode mit einem Überwurf aus demselben Stoff wie meine Tagesdecke. Tío hat die Kommode selbst gezimmert, und Tía hat den Überwurf genäht.
Vielleicht ist sie doch gar nicht so übel! Raúl hat mir seinen Klassenring geschenkt und wollte, daß wir *novios* sind. Kurz danach hat mich Berto mit seinen »Magnetlippen« im Garten abgefangen. Ich habe zu beiden gesagt, ich möchte mit ihnen einfach nur gut Freund sein, und sie haben geantwortet, das könnten sie verstehen, es wäre wohl noch zu früh nach Papás Tod. (Was ich ihnen nicht erzählt habe, ist, daß ich am Freitag diesen jungen Notar namens Justo Gutiérrez kennengelernt habe, der mir mein Erbe überschrieben hat. Er ist so sympathisch, und es klingt so nett, wenn er sagt: Bitte unterschreiben Sie hier.)
Patria und Pedrito – eine Musiktruhe aus Spanien, die vier ver-

schiedene Melodien spielen kann: »Der Schlachtruf der Freiheit«, »Mein kleiner Himmel«, »Nichts geht über eine Mutter« und noch eine, deren Titel ich aber nicht aussprechen kann – irgend etwas Ausländisches. Außerdem ein Sankt Christopheros für meine Reisen.

Tío Tilo, Tía Eufemia, María, Milagros und Marina-Ohrringe aus Muscheln und ein dazupassendes Armband, das ich nie im Leben tragen werde! Ich frage mich, ob Tía Eufemia mich verhexen will, damit ihre drei alten Jungfern von Töchtern bessere Chancen haben? Muscheln sorgen dafür, daß ein Mädchen allein bleibt, das weiß doch jeder. Jeder außer Tía Eufemia, vermute ich.

Mamá – ein Koffer mit meinem Monogramm von El Gallo für meine Reise in die Hauptstadt. Jetzt steht es fest: Im Herbst gehe ich zusammen mit Minerva auf die Universität. Mamá hat mir außerdem ihr altes Medaillon mit einem Foto von Papá geschenkt. Ich habe es noch nicht einmal aufgemacht. Mir graut davor, und daran ist dieser Traum schuld. Sie hat mein Erbe auf meinen Namen überschrieben. $ 10 000!!! Ich spare es für die Zukunft und natürlich für Kleider und noch mal Kleider.

Sogar Fela hat mir etwas geschenkt: ein Säckchen mit Zauberstaub, um das Auge des Bösen abzuwehren, wenn ich in die Hauptstadt gehe. Ich habe sie gefragt, ob man daraus auch einen Liebestrank brauen kann. Tono hat es gehört und gesagt: »Hört, hört, es gibt einen Mann in ihrem Leben!« Da hat Fela, die mich auf die Welt geholt hat und mich in- und auswendig kennt, lachen müssen und gesagt: »*Einen* Mann?! Ihr Herz ist der reinste Männerfriedhof! Da drin liegen mehr Männer mit gebrochenem Herzen begraben als –«

Sie sind beide vorsichtig geworden, seit wir Prieto, unserem Stallburschen, auf die Schliche gekommen sind. Jawohl, unser Prieto, dem wir immer vertraut haben, hat dem Geheimdienst alles, was er im Haus der Mirabals aufgeschnappt hat, für eine Flasche Rum und ein paar Pesos berichtet. Tío Chiche hat es uns bei einem Besuch erzählt. Hinauswerfen können wir ihn natürlich nicht, weil das so aussehen würde, als hätten wir tatsächlich etwas zu verbergen. Statt dessen haben wir ihn »befördert«, so jedenfalls haben wir es ihm verkauft, und er ist jetzt für den Schweinestall zuständig. Jetzt kann er nicht mehr viel berichten, weil er den ganzen Tag nichts als »oink, oink, oink« hört.

Freitag nacht, Vollmond, 9. Juli

Justo María Gutiérrez
Don Justo Gutiérrez und Doña María Teresa Mirabal
de Gutiérrez
Mate & Justico, für immer und ewig!!!

Samstag nacht, 18. September

Morgen fahren wir in die Hauptstadt.
Ich überlege hin und her, liebes Tagebuch, ob ich Dich mitnehmen soll. Wie Du siehst, habe ich es nicht geschafft, regelmäßig zu schreiben. Wahrscheinlich hat Mamá recht: Ich bin tatsächlich schrecklich launisch in allem, was ich tue.
Einerseits werde ich so viele neue Eindrücke gewinnen und Erfahrungen machen, daß es gut wäre, sie aufzuschreiben. Andererseits bleibt mir neben dem Studium womöglich zu nichts anderem mehr Zeit, und was ist, wenn ich kein gutes Versteck finde und Du in die falschen Hände gerätst?
Oh, liebes Tagebuch, ich bin schon die ganze Woche so unentschlossen! Ja, nein, ja, nein. Ich habe alle und jeden zu einem halben Dutzend Dinge nach ihrer Meinung gefragt. Soll ich meine roten Sandalen mitnehmen, obwohl ich noch keine dazu passende Handtasche habe? Und was ist mit meinem marineblauen Kleid mit dem Rundkragen, das unter den Armen ein wenig knapp sitzt? Sind fünf Babydolls und Nachthemden genug, wenn ich jede Nacht ein frisches anziehen will?

Nur in einer Sache steht mein Entschluß fest.
Justo ist sehr nett gewesen und hat gesagt, er könne mich verstehen. Ich bräuchte wohl noch etwas Zeit, um über den Tod meines Vaters hinwegzukommen. Darauf habe ich geschwiegen. Warum bilden sich alle Männer, die ich nicht liebe, ein, ich würde es, wenn Papá noch am Leben wäre?

Montag nachmittag, 27. September
Die Hauptstadt

Wie riesengroß und aufregend die Stadt ist! Jedesmal wenn ich auf die Straße gehe, bleibt mir der Mund offenstehen wie der des *campesino*, dieser Witzfigur. So viele große, elegante Häuser mit hohen Mauern und *guardias* und nach der neuesten Mode gekleidete Menschen, die ich zum Teil schon in der Zeitschrift *Vanidades* gesehen habe!
In dieser Stadt ist es allerdings alles andere als leicht, nicht auf die schiefe Bahn zu geraten, und deshalb gehe ich nicht oft aus dem Haus – außer Minerva oder eine ihrer Freundinnen begleiten mich. Alle Straßen sind nach Mitgliedern von Trujillos Familie benannt, und das ist ein bißchen verwirrend. Minerva hat mir einen Witz erzählt: Wie kommt man von der Carretera El Jefe zum Parque Julia Molina? Du gehst die Straße von El Jefe entlang, danach über die Brücke seines jüngsten Sohnes bis zur Straße seines ältesten Sohnes, dann biegst du nach links in den Boulevard seiner Frau ab und gehst weiter bis zum Park seiner Mutter, und schon bist du da.
Jeden Morgen nehmen wir uns als erstes *El Foro Público* vor, die Klatschspalte der Zeitung, für die ein gewisser Lorenzo Ocumares verantwortlich zeichnet. Einen so künstlichen Namen habe ich noch nie gehört! In Wirklichkeit wird die Spalte drüben im Nationalpalast geschrieben mit dem Ziel, all jene »zur Ordnung zu rufen«, die dem tollwütigen Hund auf den Schwanz getreten sind, wie wir zu Hause sagen. Laut Minerva liest jeder in der Hauptstadt die Kolumne vor den

übrigen Meldungen. Es hat sich so eingespielt, daß ich die
Augen zumache und sie mir die Spalte vorliest, wobei wir jedesmal beten, daß unsere Namen nicht drinstehen. Seit Minervas
Rede und Mamás Brief (und meinem Zaubertrick mit dem
Schuh) haben wir jedoch nie wieder Probleme mit dem Regime
gehabt.
Apropos: Ich muß für Dich ein besseres Versteck finden, Tagebuch. Es ist gefährlich, Dich in meinem Taschentuch auf der
Straße *seiner* Mutter oder dem Boulevard *seines* jüngsten Sohnes
herumzutragen.

Sonntag nacht, 3. Oktober

Heute mußten wir vor dem Vorlesungsbeginn in einer Parade
mitmarschieren. Als wir hinterher wieder das Tor passierten,
wurden unsere *cédulas* abgestempelt. Ohne die abgestempelten
cédulas können wir uns nicht einschreiben. Außerdem müssen
wir ein Treuegelübde unterzeichnen.
Wir waren mehrere Hundert Frauen und sahen aus wie seine
Bräute – alle in weißen Kleidern, mit weißen Handschuhen
und Hüten, die wir uns selbst aussuchen konnten. Als wir an
der Tribüne vorbeikamen, von der aus er die Parade abnahm,
mußten wir zum Salut den rechten Arm hochhalten.
Es sah aus wie in einer Wochenschau zu Zeiten von Hitler und
diesem Italiener mit dem Namen, der wie *fettuccine* klingt.

Dienstag abend, 12. Oktober

Wie ich vorausgesagt habe, bleibt mir nicht viel Zeit, um Deine
Seiten vollzuschreiben, Tagebuch. Ich bin *ständig* beschäftigt.
Außerdem teilen Minerva und ich uns nach einer Ewigkeit mal
wieder ein Zimmer, und zwar im Haus von Doña Chelito, bei
der wir in Kost sind, und deshalb ist die Versuchung groß, mit
Minerva alles zu bequatschen. Manchmal allerdings bringt
mich das überhaupt nicht weiter, zum Beispiel jetzt, weil sie mir

zuredet, an meiner ursprünglichen Entscheidung festzuhalten und Jura zu studieren.
Ich weiß, ich habe früher immer gesagt, ich möchte Anwältin werden wie Minerva, aber ehrlich gesagt breche ich bei jeder Auseinandersetzung gleich in Tränen aus.
Trotzdem besteht Minerva darauf, daß ich der Juristerei eine Chance gebe. Also habe ich zusammen mit ihr die ganze Woche über brav die Vorlesungen besucht, obwohl ich fest davon überzeugt bin, daß ich irgendwann entweder vor Langeweile sterbe oder mir nur restlos das Gehirn verknote! In der Vorlesung über Angewandte Gerichtsmedizin verstrikken sie und der Dozent Doktor Balaguer, der wie ein Kauz aussieht, sich jedesmal in endlose Diskussionen. Die anderen Studenten gähnen immer nur, werfen sich vielsagende Blicke zu und ziehen die Augenbrauen hoch. Ich kann ihnen auch nicht mehr folgen. Heute ging es darum, ob bei Tötung das Messer das *corpus delicti* darstellt oder der Tote selbst den eigentlichen Beweis für das Verbrechen liefert. Am liebsten hätte ich geschrien: Wen interessiert das?!!!
Nach der Vorlesung hat Minerva mich gefragt, wie ich darüber denke. Ich habe geantwortet, daß ich mich morgen für Philosophie und Literatur einschreibe – in ihren Augen die typischen Studienfächer für Mädchen, die sowieso bald heiraten wollen. Aber sie ist mir nicht böse. Sie sagt, immerhin habe ich der Sache eine Chance gegeben, und darauf kommt es an.

Mittwoch nacht, 13. Oktober

Heute abend sind wir spazierengegangen, Manolo, Minerva und ein Freund von ihnen, der auch Jura studiert und ein süßer Kerl ist: Armando Grullón.
Als wir den Malecón erreichten, sahen wir, daß das ganze Gelände abgeriegelt war. Um diese Uhrzeit macht El Jefe nämlich seinen allabendlichen *paseo* am Hafendamm. Bei der Gelegenheit hält er seine Kabinettssitzungen ab. Während er

flott drauflosmarschiert, quetscht er seine Minister aus. Einer nach dem anderen wird in die Mangel genommen und tritt danach nur zu gerne seinen Platz an den nächsten in der Reihe ab.

Manolo fing an, Witze darüber zu machen, was passieren würde, wenn El Jefe sich über einen von ihnen ärgert. Er bräuchte ihn gar nicht erst nach La Piscina zu schicken, damit man ihn den Haien vorwirft, sondern könnte ihn durch einen Stoß mit dem Ellbogen gleich über die Hafenmauer befördern!

Mir wurde ganz anders, als Manolo in der Öffentlichkeit solche Reden schwang. Es wimmelt überall von Polizisten und Spionen. In meiner Angst habe ich mir ausgemalt, was morgen in *El Foro Público* stehen wird.

Sonntag nacht, 17. Oktober

¡*El Foro Privado*!
Armando Grullón
und
María Teresa Mirabal
unbeaufsichtigt beim Spaziergang
im Jardín Botánico beobachtet!
Mate & Armando, auf immer und ewig!!!

Er hat die Arme um mich gelegt, und dann hat er versucht, seine Zunge in meinen Mund zu stecken. Ich mußte es ihm verbieten! Von den anderen Mädchen bei Doña Chelito habe ich gehört, daß man sich vor den Männern in der Hauptstadt in acht nehmen muß.

Montag morgen, 18. Oktober

Gestern nacht hatte ich wieder diesen Traum. Ich hatte ihn schon so lange nicht mehr, daß ich dachte, ich wäre endlich

über Papás Tod hinweg, und deshalb hat er mich diesmal um so mehr aufgewühlt.
Diesmal spielte Armando im Traum mit Papá »Die Reise nach Jerusalem«. Ich war so verstört, daß ich Minerva geweckt habe. Gott sei Dank habe ich nicht geschrien und das ganze Haus aufgeweckt. Wie peinlich das gewesen wäre!
Minerva hielt einfach nur meine Hände, wie sie es früher tat, wenn ich als Kind einen meiner Asthmaanfälle bekam. Sie sagte, mein Kummer würde verfliegen, sobald ich meinen Traummann gefunden hätte, und das würde bestimmt nicht mehr lange dauern, das spüre sie in den Knochen.
Ich bin sicher, daß das, was sie da gespürt hat, nichts anderes ist als ihr Glück mit Manolo.

1955

Sonntag nachmittag, 20. November
Ojo de Agua
Liebes Tagebuch, frage mich lieber nicht, wo ich das letzte Jahr gesteckt habe! Außerdem hätte ich Dich nicht gefunden, das kannst Du mir glauben. Das Versteck bei Doña Chelito war zu gut. Erst als wir bei Minervas Umzug ihre Sachen packten, fiel mir wieder ein, daß ich Dich in der Toilette unter die Bodendielen geschoben hatte.
Heute ist der große Tag! Allerdings regnet es seit dem frühen Morgen, und deshalb wird nichts aus Minervas Idee, zu Fuß zur Kirche zu gehen, wie Patria es damals getan hat, weil sie so an allen *campesinos* vorbeikommt, die sie seit ihrer Kindheit kennt. Aber Du kennst Minerva. Sie ist der Meinung, daß wir dann eben alle einen Regenschirm mitnehmen sollen!
Mamá sagt, Minerva soll froh sein, weil eine verregnete Hochzeit angeblich Glück bringt. »Der Regen ist wie ein

Segen für das Ehebett«, sagt sie lächelnd und verdreht die Augen.
Sie ist so glücklich, und Minerva ist so glücklich. Regen hin oder her – es ist ein glücklicher Tag.
Warum bin ich dann so traurig? Jetzt wird alles anders, das weiß ich, auch wenn Minerva das Gegenteil behauptet. Sie ist zu Manolo in Doña Isabels Haus gezogen, und ich bin allein bei Doña Chelito, mit lauter neuen Pensionsgästen, die ich kaum kenne.
»Ich hätte nicht gedacht, daß ich diesen Tag je erlebe«, sagt Patria, die im Schaukelstuhl sitzt und die letzten Rosenknospen an den Kranz oben am Schleier näht.
Meine Schwester Patria gehört zu den altmodischen Leuten, die längst die Hoffnung aufgegeben haben, daß Minerva mit ihren neunundzwanzig Jahren jemals heiratet. Man darf nicht vergessen, daß sie selbst mit sechzehn geheiratet hat. »*Gracias, Virgencita*«, sagt sie und blickt zur Decke auf.
»*Gracias*, Manolo, meinst du wohl«, korrigiert Minerva sie lachend.
Dann fallen sie über mich her, weil ich ja schließlich die nächste bin. Sie wollen wissen, wer der Auserwählte ist, und bedrängen mich mit Fragen, bis ich laut schreien könnte.

Sonntag abend, 11. Dezember
In der Hauptstadt

Wir sind gerade von einer Parade anläßlich der Eröffnungsfeier der Weltausstellung zurückgekommen, und meine Füße tun furchtbar weh. Außerdem ist mein Kleid am Rücken ganz durchgeschwitzt. Mein einziger Trost ist: Wenn mir schon heiß war, dann muß »Königin« Angelita regelrecht gebrannt haben! Man stelle sich vor, bei der Hitze eine Robe zu tragen, die über und über mit Rubinen, Diamanten und Perlen besetzt und mit 50 Metern russischem Hermelin gesäumt ist! Für den Saum hat man 600 Felle verarbeitet! Das stand sogar in der Zeitung, um uns zu beeindrucken.

Manolo wollte erst nicht, daß Minerva mitmarschiert. Sie hätte sich freistellen lassen können, weil sie schwanger ist – jawohl! Die beiden wollten nicht warten, bis sie mit dem Studium fertig ist. Aber Minerva hat gesagt, es kommt überhaupt nicht in Frage, daß all ihre *compañeras* dieses Kreuz auf sich nehmen, ohne daß sie ihren Teil trägt.
Wir sind bestimmt vier Kilometer marschiert. Als wir an Königin Angelitas Tribüne vorbeikamen, verneigten wir uns. Ich ging ein bißchen langsamer, als ich auf ihrer Höhe war, um sie mir genauer anzuschauen. Mehrere Dutzend Diener befächelten sie von links und rechts, und ihr Cape hatte einen so hohen Pelzkragen, daß ich nicht mehr als ein schmollendes, ganz hübsches, schweißglänzendes Gesicht erkennen konnte. Mir tat sie ein bißchen leid. Ich frage mich, ob sie weiß, was für ein schlechter Mensch ihr Vater ist, oder ob sie ihn noch immer für den lieben Gott hält wie ich früher Papá.

1956

Freitag nacht, 27. April
In der Hauptstadt

Mein Jahreseintrag. Ich kann Dich nicht anlügen. Wenn Du so dünn geworden bist, Tagebuch, dann liegt es daran, daß Du als Notizblock für alles mögliche herhalten mußtest. Ich habe Dein Papier für Briefe, Einkaufslisten und als Merkzettel fürs Studium gebraucht. Ich wünschte, ich könnte so leicht wie Du dünner werden. Zur Zeit mache ich eine *radikale* Diät, damit ich bei der Feier in mein Kleid passe. Morgen gehe ich hinüber zu Minerva, um meine Rede auszuarbeiten.

Sonntag nachmittag, 28. April
In der Hauptstadt
Ehrenwerter Direktor, liebe Professoren, Studienkollegen, Freunde und Angehörige, ich bin von tiefstem Herzen gerührt –
Minerva schüttelt den Kopf. »Zu schwülstig«, sagt sie.
Ich möchte Ihnen meine aufrichtige Dankbarkeit darüber aussprechen, daß Sie mir die Ehre erwiesen haben, mich für das kommende Jahr zur »Miss University« zu wählen –
Jetzt fängt die Kleine wieder an zu greinen. Sie quengelt schon den ganzen Nachmittag herum. Wahrscheinlich ist eine Erkältung im Anzug. Bei dem vielen Regen kein Wunder. Es kann natürlich auch sein, daß der kleinen Minou meine Rede nicht sonderlich gefällt!
Ich werde mein möglichstes tun, um ein leuchtendes Beispiel für die großen Tugenden abzugeben, die diese Universität, die erste der Neuen Welt, während der vier Jahrhunderte ihrer Existenz herausgebildet hat, in denen sie ein Tempel des Wissens und ein Hort der Weisheit für all jene noblen Geister gewesen ist, die das Glück hatten, Zutritt zu dieser illustren Gemeinschaft zu erhalten –
Minerva meint, das zieht sich viel zu lang ohne die obligatorische Erwähnung von Du-weißt-schon-Wem hin. Die kleine Minou hat sich beruhigt, Gott sei Dank. Es ist so nett von Minerva, daß sie mir hilft, wo sie doch mit ihrem Neugeborenen und dem Jurastudium alle Hände voll zu tun hat. Aber sie sagt, sie freut sich, daß ich hier bin, weil sie dann Manolo nicht so sehr vermißt, der es nicht geschafft hat, an diesem Wochenende schon wieder von Monte Cristi herunterzukommen.
Aber mein ganz besonderer, tiefempfundener Dank gilt unserem wahren Wohltäter, El Jefe Rafael Leonidas Trujillo, dem Hüter der Bildung, Leitstern der Antillen, Obersten Lehrer und Aufklärer Seines Volkes.
»Übertreib's nicht«, warnt mich Minerva. Sie erinnert mich daran, daß es alles andere als leicht sein wird, vor versammelter Mannschaft zu sprechen, nachdem diese Sache mit Galíndez passiert ist.

Da hat sie auch wieder recht. Die Horrorgeschichte ist auf dem Universitätsgelände in aller Munde. Zwar verschwindet jede Woche irgend jemand, aber diesmal war es einer der Dozenten. Galíndez war schon vor längerem nach New York geflüchtet, und deshalb dachten alle, er wäre in Sicherheit. Aber dann hat El Jefe irgendwie herausgefunden, daß Galíndez an einem Buch gegen das Regime schrieb. Er schickte Agenten zu ihm und bot ihm Geld – $ 25 000, soviel ich weiß –, aber Galíndez lehnte ab. Das nächste, was wir hier hörten, war, daß er eines Abends auf dem Heimweg spurlos verschwand. Seither hat kein Mensch etwas von ihm gesehen oder gehört.

Bei dem Gedanken daran werde ich so wütend, daß mir die Lust vergeht, zur Miss Soundso oder Königin Sowieso gewählt zu werden. Aber ich habe die Rechnung ohne Minerva gemacht. Sie sagt, in diesem Land haben seit sechsundzwanzig Jahren keine richtigen Wahlen mehr stattgefunden, und die lächerlichen kleinen Wahlen an der Universität sind das letzte, was die vage Erinnerung daran aufrechterhält, wie Demokratie funktioniert. »Du kannst deine Wählerschaft nicht enttäuschen, Königin Maté!«

Wir, die weiblichen Studenten dieser Universität, sind besonders dankbar, daß uns das Regime die Möglichkeit einer höheren Bildung bietet.

Minerva besteht darauf, daß ich diesen Satz einschiebe. Klein Minou fängt wieder an zu brüllen. Minerva meint, sie vermißt ihren Papi. Als wollte sie ihrer Mutter recht geben, fängt die Kleine so herzzerreißend zu schreien an, daß wenig später Doña Isabel zaghaft an die Zimmertür klopft.

»Was macht ihr nur mit meinem Augenstern?« sagt sie, als sie hereinkommt. Doña Isabel kümmert sich um das Baby, wenn Minerva in der Uni ist. Sie ist eine von den hübschen Frauen, die immer hübsch bleiben, egal wie alt sie sind – mit ihrem weißen Haar so kraus wie eine Rüschenhaube und den Augen so sanft wie Opale. Doña Isabel streckt die Arme nach der Kleinen aus. »Mein Augenstern, quälen sie dich etwa?«

»Was soll das heißen?« fragt Minerva. Sie reicht ihr das heulende Bündel und preßt die Hände auf die Ohren. »Die kleine Nervensäge quält *uns*!«

1957

Freitag abend, 26. Juli
In der Hauptstadt

Ich bin eine fürchterliche Tagebuchschreiberin. Im letzten Jahr nur ein Eintrag, und dieses Jahr ist schon halb um, und ich habe noch nicht ein einziges Wort zu Papier gebracht. Neulich habe ich in meinem alten Tagebuch geblättert, und ich muß sagen, es klingt alles schrecklich albern mit dem ständigen *Liebes Tagebuch* und den geheimnisvollen Initialen, die niemand in einer Million Jahren entziffern kann!

Aber ich glaube, ich werde einen Kameraden gebrauchen können, weil ich von jetzt an wirklich auf mich allein gestellt bin. Minerva hat morgen ihr Examen, und danach zieht sie zu Manolo nach Monte Cristi. Ich fahre den restlichen Sommer über nach Hause, obwohl es nicht mehr das Zuhause ist, wie ich es von früher kenne, weil Mamá sich an der Hauptstraße ein neues Haus bauen läßt. Im Herbst muß ich zurück und meine Prüfung an der Uni ganz allein bewältigen.

Ich bin sehr einsam und traurig und fühle mich mehr *jamonita* als ein Schwein.

Ich bin jetzt fast zweiundzwanzig Jahre alt, und noch ist die wahre Liebe nicht in Sicht.

Samstag nacht, 27. Juli
In der Hauptstadt

Heute hätte ein so richtig glücklicher Tag werden können! Minerva hat ihr Juraexamen bestanden! Der ganze Mirabal-Reyes-Fernández-González-Tavárez-Clan hat sich zu diesem bedeutenden Ereignis versammelt, denn Minerva ist der erste Mensch in unserer Großfamilie (Manolo ausgenommen), der ein Universitätsstudium absolviert hat.

Was für ein Schock war es dann, als man Minerva zwar ihr Abschlußzeugnis aushändigte, aber keine Zulassung. Und wir hatten alle gedacht, El Jefe würde Nachsicht mit unserer Familie walten lassen, als er zuließ, daß Minerva sich an der Rechtsfakultät einschrieb! In Wirklichkeit war es von Anfang an seine Absicht gewesen, sie fünf lange Jahre studieren zu lassen, um sie am Ende mit einem nutzlosen Zeugnis abzuspeisen. Wie grausam!

Manolo tobte vor Wut. Ich dachte schon, er würde schnurstracks aufs Podium steigen und dem Direktor seine Meinung sagen. Minerva nahm es von uns allen am besten auf. Sie sagte, jetzt hätte sie endlich mehr Zeit für die Familie. Als sie Manolo bei diesen Worten ansah, merkte ich an ihrem Blick, daß zwischen ihnen etwas nicht stimmt.

Sonntag abend, 28. Juli
Der letzte Abend in der Hauptstadt

Eigentlich hatte ich vor, nach dem Sommersemester zu Mamá nach Ojo de Agua zu fahren, aber das neue Haus ist noch nicht ganz fertig, und im alten Haus wäre es ziemlich eng geworden, weil Dedé und Jaimito schon mit ihren Jungs eingezogen sind. Außerdem hat mich Minerva heute morgen gefragt, ob ich nicht Lust hätte, nach Monte Cristi mitzukommen und ihr beim Einrichten zu helfen. Manolo hat ein kleines Haus gemietet, so daß sie jetzt nicht mehr bei seinen Eltern wohnen müssen. Da ich mittlerweile weiß, daß zwischen ihnen etwas nicht stimmt, habe ich zugesagt.

Montag nacht, 29. Juli
Monte Cristi

Auf der Fahrt herrschte heute eine schrecklich angespannte Stimmung. Manolo und Minerva redeten die ganze Zeit über nur mit mir und wechselten nur ab und zu mit gedämpften Stimmen ein paar heftige Worte miteinander. Es klang wie Hinweise bei einer Schatzjagd oder so ähnlich. *Der Indianer aus den Hügeln hat seine Höhle oben an der Straße. Der Adler hat seinen Horst in einer Senke auf der anderen Seite des Berges gebaut.* Ich war glücklich, daß sie überhaupt noch miteinander redeten, spielte auf dem Rücksitz mit der kleinen Minou und tat so, als hörte ich nicht zu.

Am Nachmittag kamen wir dann in Monte Cristi an und hielten vor ihrer *Baracke*. Im Ernst, es sieht nicht halb so nett aus wie das Haus auf unserem Besitz, in dem Papá sich damals *diese Frau* gehalten und das Minerva mir mal gezeigt hat. Mehr kann Manolo ihnen wahrscheinlich nicht bieten, wenn man bedenkt, wie abgebrannt beide sind.

Ich versuchte, mir meinen Schock nicht anmerken zu lassen, weil ich Minerva nicht traurig machen wollte. Nein, was machte sie für ein Theater! Als wäre es ihr Traumhaus oder so ähnlich. Ein, zwei, drei Zimmer – zählte sie mir mit aufgesetzter Freude vor. Und ein Zinkdach sei bei Regen ja so schön! Außerdem wäre da der große Garten, und der Schuppen hinter dem Haus würde sich bestimmt als nützlich erweisen.

Manolo konnte sie mit ihrem Theater allerdings nicht beeindrucken. Kaum war das Auto ausgepackt, verdrückte er sich. Er habe geschäftlich zu tun, antwortete er, als Minerva ihn fragte, wohin er gehe.

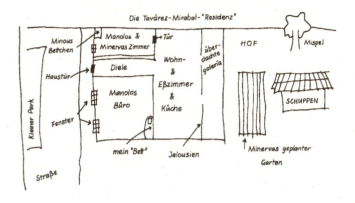

Donnerstag nacht, 15. August
Monte Cristi

Manolo blieb bis spät in die Nacht weg. Ich schlafe in dem Zimmer, das nach vorne hinausgeht und ihm tagsüber als Büro dient, und deshalb merke ich, wann er nach Hause kommt. Kurz danach höre ich aus ihrem Schlafzimmer jedesmal erhobene Stimmen.
Heute abend nähten Minerva und ich Vorhänge im mittleren Zimmer, das Küche, Wohn- und Eßzimmer und weiß Gott was noch alles in einem ist. Die Uhr schlug acht, aber Manolo war immer noch nicht zurück. Ich weiß auch nicht, woran es liegt, daß einem die Abwesenheit eines Menschen um so krasser auffällt, wenn eine Uhr schlägt.
Plötzlich hörte ich ein herzzerreißendes Schluchzen. Die tapfere Minerva! Fast hätte auch ich angefangen zu heulen.
Minou streckte in ihrem Laufstall die Händchen aus und hielt ihrer Mutter die alte Puppe hin, die ich ihr geschenkt hatte.
»Okay, ich weiß längst, daß hier etwas faul ist«, sagte ich und tippte: »Eine andere Frau, stimmt's?«
Minerva antwortete mit einem knappen Nicken. Ich sah, wie sich ihre Schultern heftig auf und ab bewegten.

»Ich hasse Männer«, sagte ich und steigerte mich richtig hinein. »Und wie ich sie hasse!«

Sonntag nachmittag, 25. August
Mein Gott, wie heiß es in M.C. ist!
Mit Manolo und Minerva geht es aufwärts. Ich kümmere mich um das Baby, damit die beiden ein bißchen Zeit füreinander haben, Spazierengehen und Händchen halten können wie ein frischverheiratetes Paar. Abends schleichen sie sich manchmal zu irgendwelchen Versammlungen davon, und dann sehe ich im Gartenschuppen Licht brennen. In der Zeit gehe ich mit der Kleinen hinüber zu Manolos Eltern und bleibe ein Weilchen bei ihnen und den Zwillingen, und anschließend bringt mich Manolos Bruder Eduardo wieder nach Hause. Ich halte ihn mir lieber vom Leib. Das ist das erstemal, daß ich das bei einem jungen Mann tue, der nicht nur ganz nett ist, sondern auch ganz gut aussieht. Aber wie gesagt, ich habe die Nase voll von ihnen.

Samstag morgen, 7. September
Eine neue, warmherzige Stimmung hat in unserem kleinen Haus Einzug gehalten. Als Minerva heute morgen in die Küche kam, um Manolo seinen *cafecito* zu machen, lag ein entspannter, glücklicher Ausdruck auf ihrem Gesicht. Sie schlang von hinten die Arme um mich und flüsterte mir ins Ohr: »Danke, Mate, danke. Der Streit hat uns wieder zusammengebracht. *Du* hast uns wieder zusammengebracht.«
»Ich?« fragte ich, aber genausogut hätte ich fragen können: »Welcher Streit?«
Samstag morgen vor Sonnenaufgang, 28. September Das wird ein langer Eintrag... Endlich ist in meinem Leben etwas Wichtiges passiert. Ich habe kaum ein Auge zugemacht, und morgen – besser gesagt, heute, es wird ja gleich hell – fahre

ich zurück in die Hauptstadt, weil im Herbst die Vorlesungen wieder anfangen. Minerva hat mich nach langem Hin und Her überredet, mein Studium fertig zu machen, aber nach allem, was ihr passiert ist, habe ich keine besonders große Lust mehr, auf die Uni zu gehen.

Egal, wie vor jeder Reise habe ich meine Sachen in Gedanken hin- und hergeräumt und meine Taschen ein- und wieder ausgepackt. Irgendwann muß ich eingeschlafen sein, denn ich hatte wieder diesen Traum mit Papá. Diesmal schaute ich, nachdem ich das Kleid Stück für Stück herausgezogen hatte, in den Sarg, und vor meinen Augen nahm nacheinander jeder Mann, dem ich bisher begegnet war, Gestalt an und löste sich wieder auf. Der letzte war Papá, aber während ich ihn anschaute, verblaßte er immer mehr, bis der Sarg schließlich leer war. Ich fuhr aus dem Schlaf hoch, machte die Lampe an und lauschte dem seltsamen, aufgeregten Pochen meines Herzens.

Was ich für mein Herzpochen hielt, entpuppte sich allerdings bald als verzweifeltes Klopfen am vorderen Fensterladen. Gleich darauf hörte ich ein dringliches Flüstern. »Mach auf!«

Als ich endlich den Mut aufbrachte, den Fensterladen einen Spalt zu öffnen, erkannte ich zuerst nicht, wer da draußen stand.

»Was wollen Sie?« fragte ich in ziemlich abweisendem Ton. Die Stimme zögerte. Ob das nicht das Haus von Manolo Tavárez sei?

»Er schläft. Ich bin die Schwester seiner Frau. Kann ich Ihnen weiterhelfen?« Im Lichtschein, der durch mein Fenster fiel, erblickte ich ein Gesicht, von dem ich mir einbildete, es aus einem meiner Träume zu kennen. Es war das hübscheste Männergesicht, das ich je gesehen hatte.

Er habe etwas abzugeben, sagte der junge Mann, ob ich ihn nicht hereinlassen könne? Bei seinen Worten warf er einen raschen Blick über die Schulter zu einem Wagen, der direkt vor dem Haus geparkt war.

Ich überlegte nicht lange, sondern lief zur Haustür, schob den

Riegel beiseite und stieß sie gerade in dem Augenblick auf, als er mit einer länglichen Holzkiste, die er aus dem Kofferraum des Wagens geholt hatte, auf mich zukam. Rasch schloß ich die Tür hinter ihm und zeigte mit dem Kinn zum Büro. Er trug die Kiste hinüber und sah sich nach einem Versteck um.

Schließlich einigten wir uns darauf, sie unter meiner Pritsche zu verstauen. Ich staunte darüber, wie selbstverständlich ich mich der geheimnisvollen Mission dieses Fremden, wie auch immer diese lauten mochte, angeschlossen hatte.

Dann fragte er mich etwas höchst Seltsames: Ob ich Mariposas kleine Schwester sei?

Ich antwortete, ich sei *Minervas* Schwester. Das *kleine* ließ ich wohlweislich unter den Tisch fallen.

Er sah mich prüfend an, als wolle er sich auf alles einen Reim machen. »Du bist keine von uns, stimmt's?«

Ich wußte zwar nicht, wen er mit *uns* meinte, aber eins wußte ich sofort: Ich wollte zu ihm gehören, egal, was das bedeutete. Nachdem er gegangen war, konnte ich nicht schlafen, weil ich pausenlos an ihn dachte. Im Geiste ging ich alles durch, woran ich mich erinnerte, und schalt mich selbst, weil ich nicht darauf geachtet hatte, ob er einen Ring am Finger trug. Aber selbst wenn er verheiratet gewesen wäre, hätte ich ihn mir nicht aus dem Kopf geschlagen, und als ich mir das klarmachte, fing ich an, Papá zu verstehen und ihm zu verzeihen.

Vorhin bin ich aufgestanden und habe die schwere Kiste unter der Pritsche hervorgezogen. Sie war zugenagelt, aber auf einer Seite saßen die Nägel etwas locker, und nachdem ich eine Weile am Deckel geruckelt habe, ist er aufgegangen. Ich habe die Lampe an die Kiste gehalten und hineingespäht. Als ich begriff, was ich da sah, hätte ich die Lampe um ein Haar fallen lassen: genügend Waffen, um eine Revolution vom Zaun zu brechen!

Morgens – gleich reise ich ab
Manolo und Minerva haben mir reinen Wein eingeschenkt. Eine landesweite Untergrundbewegung ist im Entstehen. Alles und jeder hat einen Decknamen. Manolo heißt Einriquillo, nach dem großen Taino-Häuptling, und Minerva ist natürlich Mariposa. Wenn ich zum Beispiel *Tennisschuhe* sage, wissen die anderen, daß von Munition die Rede ist. Mit *Ananas* für das Picknick sind Granaten gemeint. *Die Ziege muß sterben, damit wir beim Picknick etwas zu essen haben.* (Kapiert? Es ist wie eine Kunstsprache.)

Die einzelnen Gruppen sind über die Inseln verstreut. Ich erfahre, daß Palomino (der Mann von gestern nacht) Ingenieur ist und an Projekten im ganzen Land mitarbeitet, was ihn zum idealen Verbindungsmann und Lieferanten der verschiedenen Gruppen macht.

Ich habe auf der Stelle zu Minerva und Manolo gesagt, daß ich mitmachen möchte. Vor Aufregung hat mein Atem gestockt, aber ich habe mir Minerva gegenüber nichts anmerken lassen. Ich hatte Angst, sie könnte sich wieder zu meiner Beschützerin aufspielen und sagen, ich solle mich lieber nützlich machen, indem ich Bandagen nähe, die dann zusammen mit anderem Material in Kisten in den Bergen vergraben werden. Ich möchte nicht länger bemuttert werden. Ich möchte Palominos würdig sein. Mit einemmal kommen mir alle anderen Jungs mit ihren zarten Händen und ihrem unbekümmerten Lebenswandel wie meine abgelegten Puppen vor, für die ich zu alt geworden bin und die ich Minou geschenkt habe.

Montag morgen, 14. Oktober
In der Hauptstadt
Ich habe das Interesse an meinem Studium restlos verloren. Ich gehe nur noch zu den Vorlesungen, um den Anschein zu wahren, ich sei eine Architekturstudentin im zweiten Jahr. Meine wahre Identität lautet nun Mariposa (Nummer Zwei),

und ich warte täglich, stündlich auf Nachrichten aus dem Norden.
Unter dem Vorwand, daß ich mehr Ruhe für meine Arbeit brauche, bin ich bei Doña Chelito ausgezogen. Das ist nicht ganz gelogen, allerdings ist die Arbeit, der ich nachgehe, etwas völlig anderes, als sie denkt. Meine »Zelle« hat mir eine Wohnung über einem Laden in einem Eckhaus zugewiesen, die ich mir mit Sonia, ebenfalls Studentin, teile. Die Wohnung dient als Depot, das heißt, sämtliche Lieferungen, die aus dem Norden in die Hauptstadt kommen, werden hier zwischengelagert. Dreimal darf man raten, wer diese Lieferungen ausführt! Mein Palomino. Wie überrascht er war, als er das erstemal hier geklopft hat und ich die Tür geöffnet habe!
Die Wohnung befindet sich in einem bescheidenen Stadtviertel, in dem die ärmeren Studenten wohnen. Ich glaube, ein paar von ihnen ahnen, was Sonia und ich treiben, und sie beobachten uns. Die Nachbarn denken bestimmt das Schlimmste über uns, weil wir zu jeder Tages- und Nachtzeit Herrenbesuch erhalten. Ich achte darauf, daß die jungen Männer wenigstens auf einen *cafecito* bleiben, um den Eindruck zu erwecken, daß es sich tatsächlich um Besucher handelt. Die Rolle ist mir wie auf den Leib geschrieben. Ich habe schon immer gern Umgang mit jungen Männern gehabt, sie verwöhnt und zugehört, was sie zu erzählen haben. Jetzt kann ich meine Talente in den Dienst der Revolution stellen.
Aber in Wirklichkeit habe ich nur Augen für einen Mann, für meinen Palomino.

Dienstag abend, 15. Oktober

Was für eine Art, seinen zweiundzwanzigsten Geburtstag zu verbringen! (Wenn wenigstens Palomino heute abend mit einer Lieferung kommen würde!)
Anfangs war ich ehrlich gesagt schon ein bißchen geknickt, aber Sonia hat mich daran erinnert, daß wir für die Revolution

Opfer bringen müssen. Danke, Sonia, das taucht bestimmt in meiner *crítica* am Monatsende auf. (Mein Gott, mir kommt es so vor, als hätte ich immer eine Minerva an meiner Seite, die mich daran erinnert, daß sie ein besserer Mensch ist als ich.) Egal, jedenfalls muß ich die Skizze im Kopf haben, bevor wir die Bauanleitung verbrennen.

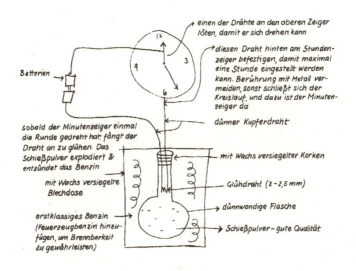

Donnerstag nacht, 7. November

Heute hatten wir einen Überraschungsgast. Wir waren gerade damit beschäftigt, Skizzen für die Kolben-Bausätze zu zeichnen, als es an der Tür klopfte. Wirklich, Sonia und ich sind aufgesprungen, als wäre eine der Bomben auf dem Papier explodiert. Wir hatten eines der hinteren Fenster zu einem Fluchtweg umfunktioniert, aber als Sonia sich wieder im Griff hatte, fragte sie erst einmal, wer da sei. Es war Doña Hita, unsere Hauswirtin, die heraufgekommen war, um uns einen kleinen Besuch abzustatten.

Wir waren so erleichtert, daß wir gar nicht daran dachten, die

Skizzen vom Tisch zu räumen. Ich habe Angst, daß sie
gesehen haben könnte, was wir da machen, aber Sonia meint,
die gute Frau sei der Meinung, wir würden einem ganz
anderen Gewerbe nachgehen. Doña Hita ließ durchblicken,
sie wüßte jemanden, der uns helfen könnte, falls Sonia
und ich mal in Schwierigkeiten geraten sollten. Ich wurde
knallrot, und Doña Hita war bestimmt ganz verdattert,
daß einem Mädchen wie mir die Erwähnung von Na-was-wohl
peinlich war.

          Donnerstag nachmittag, 14. November
Palomino ist in letzter Zeit *oft* vorbeigekommen, auch wenn er
nichts abliefern mußte. Wir haben geredet und geredet. Sonia
entschuldigt sich jedesmal unter einem Vorwand und behauptet, sie müsse etwas erledigen. Sie ist wirklich viel netter, als ich
anfangs dachte. Heute hat sie uns eine kleine Schüssel mit *arroz
con leche* hingestellt. Oho! Tatsache ist nämlich, daß man den-
jenigen heiratet, mit dem man sie sich teilt.
Am witzigsten aber ist, daß Palomino im Treppenhaus Doña
Hita in die Arme gelaufen ist und sie ihn »Don Juan« genannt
hat! Sie hält ihn für unseren Zuhälter, weil er ständig bei
uns aufkreuzt. Als er es mir erzählte, mußte ich lachen. Aber
ehrlich gesagt bekam ich bei der Vorstellung heiße Wangen. Bis
jetzt haben wir nicht über unsere Gefühle gesprochen.
Plötzlich wurde er ganz ernst, und seine schönen Haselnuß-
augen kamen näher und näher. Dann küßte er mich, zuerst
höflich und zurückhaltend –
O Gott, ich bin ja so *schrecklich* verliebt!

            Samstag nacht, 16. November
Auch heute ist Palomino gekommen. Endlich haben wir uns
gegenseitig verraten, wie wir mit richtigem Namen heißen. Ich
glaube, er kannte meinen sowieso schon. Leandro Guzmán

Rodríguez – wie hübsch das klingt! Wir haben lange über unser bisheriges Leben geredet, über seins und meins, und wir haben sie gegenübergestellt und miteinander verglichen.
Dabei hat sich herausgestellt, daß seine Familie in San Francisco lebt, ganz in der Nähe von Dedés früherem Haus, wo ich in der Zeit vor dem Abitur wohnte. Er selbst ist vor vier Jahren in die Hauptstadt gekommen, um seinen Doktor zu machen. Genau zur selben Zeit hatte ich mit dem Studium begonnen! Also müssen wir '54 bei dem Merengue Festival Rücken an Rücken getanzt haben. Er war nämlich dort, und ich auch. Wir haben uns zurückgelehnt und gestaunt. Unsere Hände haben sich gesucht, aneinandergelegt, und die Lebenslinien haben sich berührt.

Sonntag nacht, 1. Dezember

Palomino ist heute nacht hiergeblieben – auf einer Pritsche in der Munitionskammer, natürlich! Allein die Vorstellung, daß wir unter demselben Dach lagen, hat mich so erregt, daß ich kein Auge zugetan habe.
Dreimal darf man raten, welchen Namen ich den ganzen Tag in meinem rechten Schuh herumgetragen habe!
Palomino wird mehrere Wochen nicht kommen, weil er in ein Trainingscamp in den Bergen oder so etwas Ähnliches muß. Wie lange das dauert, weiß er selber nicht genau. Seine nächste Lieferung wird die letzte sein. Bis Monatsende muß die Wohnung geräumt werden. Hier in der Gegend hat es zu viele Razzien gegeben, und Manolo Will auf Nummer Sicher gehen.
Munitionskammer nennen wir übrigens das Hinterzimmer, in dem wir die Lieferungen stauen und in dem ich Dich in einem Spalt zwischen einem Balken und dem Türrahmen verstecke. Beim Auszug darf ich Dich auf keinen Fall dort vergessen. Ich sehe schon vor mir, wie Doña Hita Dich entdeckt und aufschlägt, in dem Glauben, eine Liste von Kunden zu finden,

und statt dessen – der Herr sei uns gnädig! – fällt ihr Blick auf unsere »Kolben«. Vielleicht denkt sie, es handelt sich um eine Vorrichtung zum Abtreiben.
Zum hundertsten Mal in den letzten Monaten überlege ich, ob ich Dich nicht besser verbrennen soll.

                                Sonntag nachmittag, 15. Dezember
Dieses Wochenende war härter als die letzten zwei Monate zusammen. Ich bin so nervös, daß ich kaum schreiben kann. Palomino ist nicht wie erwartet gekommen. Und ich kann mich mit niemandem aussprechen, weil Sonia schon nach La Romana abgereist ist. In ein paar Tagen fahre ich nach Hause, und vor meiner Abreise müssen alle Lieferungen und Abholungen erledigt sein.
Ich glaube, ich kriege langsam kalte Füße. Seit Monaten läuft alles wie geschmiert, und deshalb habe ich das sichere Gefühl, daß bald etwas passiert. Mich läßt der Gedanke nicht los, daß Doña Hita über die Skizzen von den Granaten, die wir bei ihrem überraschenden Besuch haben herumliegen lassen, Bericht erstattet haben könnte. Ich habe Angst, daß Sonia auf dem Weg aus der Stadt geschnappt worden ist und daß sich für mich die letzte Lieferung als Hinterhalt entpuppen könnte. Ich bin das reinste Nervenbündel. Es war noch nie meine Stärke, allein tapfer zu sein.

                                Montag morgen, 16. Dezember
Ich habe gestern abend nicht mit Palomino gerechnet, und als ich hörte, wie ein Wagen vor dem Haus hielt, dachte ich JETZT PASSIERT ES! Ich war drauf und dran, mit dem Tagebuch in der Hand hinten aus dem Fenster zu klettern und abzuhauen, aber dann ging ich Gott sei Dank doch zur Tür, um nachzusehen, wer es war. *Er* war es! Zwei Stufen auf einmal nehmend, stürzte ich hinunter auf die Straße, fiel ihm um den Hals und

küßte ihn, wie eine von diesen Frauen, für die meine Nachbarn mich halten. Wir stapelten die Kisten, die er mitbrachte, im Hinterzimmer, und dann standen wir uns eine Weile still gegenüber, und in unseren Augen lag ein seltsam trauriger Ausdruck. Unser zerstörerisches Tun stand in so krassem Gegensatz zu dem, was in unseren Herzen vorging. Bei der Gelegenheit gestand er mir, daß ihm die Vorstellung nicht gefiel, mich alleine in der Wohnung zu wissen. Er mache sich über mich so viele Gedanken, daß die Revolution zu kurz kam.
Als ich ihn so reden hörte, regte sich in meinem Herzen etwas. Ich gebe zu, daß für mich die Liebe wichtiger ist als der Kampf, oder, anders ausgedrückt, Liebe ist der wichtigere Kampf. Ich würde es nie über mich bringen, Leandro für ein höheres Ideal zu opfern, was Minerva und Manolo ihrerseits wohl tun würden, wenn man von ihnen verlangte, das höchste aller Opfer zu erbringen. Deshalb ging es mir gestern abend so nah, als er sagte, daß er darüber genauso denkt wie ich.

1958

14. Februar – Der Tag der Liebenden
Ein bewölkter Morgen – Hoffnung auf Regen
Der Segen für das Ehebett, wie Mamá immer sagt
Doña Mercedes Reyes Viuda Mirabal
gibt Nachricht von der Vermählung ihrer Tochter
María Teresa Mirabal Reyes
mit
Leandro Guzmán Rodríguez
Sohn des
Don Leandro Guzmán und der Doña Ana Rodríguez de
Guzmán
am Samstag, dem vierzehnten Februar

im neunzehnhundertachtundfünfzigsten Jahr unseres Herrn
und achtundzwanzigsten Jahr der Ära Trujillos
um vier Uhr nachmittags in der
Kirche San Juan Evangelista
zu Salcedo
Mariposa und Palomino, auf immer und ewig!
María Teresa und Leandro, auf immer und ewig!

– 8 –

Patria
1959

Und Er sprach: Jeder, der meinem Wort gehorcht, gleicht einem klugen Mann, der sein Haus auf Fels gebaut hat. Da stürzte der Platzregen herab, die Wasserfluten kamen, und die Winde bliesen und fielen über dieses Haus her. Aber es stürzte nicht ein, denn es war auf Felsen gebaut.

Ich tat, wie Er befohlen. Mit sechzehn heiratete ich Pedrito González, und wir ließen uns für den Rest unseres Lebens in seinem Haus nieder. Jedenfalls sah es die ersten achtzehn Jahre so aus.

Mein Sohn wuchs zu einem Mann heran, meine Tochter zu einem langgliedrigen, schlanken Geschöpf wie die blühende Mimose am Ende der Auffahrt. Pedrito nahm eine gewisse Ernsthaftigkeit an und wurde hier in der Gegend zu einem einflußreichen Mann. Und ich, Patria Mercedes? Wie jede Hausfrau ging ich ganz und gar auf in dem, was ich liebte, und tauchte nur ab und zu wieder auf, um nach Luft zu schnappen. Damit meine ich, daß ich mal eine Freundin besuchte und über Nacht bei ihr blieb, mir eine neue Frisur oder etwa ein hübsches Kleid gönnte.

Jawohl, ich hatte mein Haus auf einen festen Felsen gebaut.

Oder sollte ich besser sagen: Pedritos Urgroßvater hatte es vor über hundert Jahren gebaut, und dann hatte jeweils der erstgeborene Sohn darin gewohnt und es weitervererbt? Aber damit wir uns recht verstehen: Das aus Holz errichtete Haus, die geschickt bearbeiteten Querbalken, die breiten Bodendielen und die Tür in ihren alten, quietschenden Angeln waren längst ein Teil von mir, Patria Mercedes, geworden.

Wie anders meine Schwestern waren! Sie hatten ihre Häuser auf Sand gebaut und nannten es ein Abenteuer, wenn alles wankte und aus den Fugen geriet.

Minerva hauste in einem Witz von einem Haus – etwa so hatte Mate es mir beschrieben – in dieser gottverlassenen Stadt Monte Cristi. Ein Wunder, daß ihre beiden Kinder nicht an einer Infektion gestorben sind.

Mate und Leandro hatten in ihrem ersten Ehejahr gleich zweimal die Adresse gewechselt. Mieter nennen sie sich – so heißen in der Stadt Leute ohne ein eigenes Dach über dem Kopf, für die wir hier auf dem Land nur Mitleid übrighaben.

Dedé und Jaimito hatten mehrmals von vorne anfangen müssen und waren so oft umgezogen, daß wir kaum noch hinterherkamen. Jetzt wohnten sie in unserem Elternhaus in Ojo de Agua, seit Mamás modernes Häuschen an der Hauptstraße nach Santiago fertig war: Es hatte Jalousien aus Aluminium und eine Toilette im Haus, die sie »WC« nannte.

Und ich, Patria Mercedes, hatte mich, wie gesagt, für den Rest des Lebens in meinem »felsenfesten« Haus niedergelassen. Achtzehn Jahre vergingen.

Im achtzehnten Ehejahr begann das Fundament meines Wohlergehens zu bröckeln. Ein leichtes Beben, wie vom Atem eines kleinen Kindes ausgelöst, ein haarfeiner Riß, der kaum zu sehen war, es sei denn, man legte es darauf an.

Zu Silvester versammelten wir Schwestern uns samt Ehemännern in Mamás neuem Haus in Conuco, ein Ereignis, das zum letzten Mal bei María Teresas Hochzeit stattgefunden hatte, die nun im Februar ein Jahr zurücklag. Wir blieben bis spät in die Nacht auf, und ich glaube, wir feierten weniger das Neue Jahr als die Tatsache, daß wir alle vereint waren. Über Politik wurde nicht viel geredet, um Mamá nicht zu beunruhigen. Außerdem steuerte Jaimito seit einiger Zeit einen ziemlich harten Kurs: Er wollte nicht, daß Dedé von ihren Geschwistern in Schrerereien verwickelt wurde.

Dennoch beteten wir alle, daß uns das Neue Jahr einen Wandel brachte. Die Lage hatte sich derart zugespitzt, daß sogar Menschen wie ich, die mit Politik sonst nichts am Hut hatten, kaum mehr an etwas anderes dachten. Schließlich hatte ich einen erwachsenen Sohn, der mir die nackten Tatsachen vor Augen hielt. Zwar vertraute ich ihn der Obhut Gottes an und bat den Heiligen Josef und die Virgencita, auf ihn achtzugeben, doch lebte ich trotzdem in ständiger Sorge um ihn.

Es war bereits ein Uhr nachts vorbei, als Pedrito, Noris und ich uns auf den Heimweg machten. Nelson blieb bei Mamá, weil er das neue Jahr mit seinen Onkeln beginnen und einen kleinen Plausch mit ihnen halten wollte, wie er sagte. Als wir auf der Heimfahrt am Haus der jungen Witwe vorbeikamen und ich die Lampe in ihrem Fenster sah, begriff ich, daß es mit einem Plausch allein wohl nicht getan wäre. Es wurde gemunkelt, daß meinen »Jungen« bisweilen der Hafer stach, wenn er für seinen Vater Kakaobäume pflanzte. Ich hatte Pedrito gebeten, mit unserem Sohn zu reden, aber wir wissen ja, wie Männer sind. Er war stolz darauf, daß Nelson sich wie ein Macho aufführte, noch bevor er ein ausgewachsener Mann war.

Wir hatten erst wenige Stunden geschlafen, als unser Zimmer von taghellem Licht durchflutet wurde. Mein erster Gedanke war, daß eine Engelsschar mit flammenden Fackeln und wild mit den Flügeln schlagend herniederfuhr, aber als ich vollends wach war, sah ich, daß es sich um die auf unser Schlafzimmerfenster gerichteten Scheinwerfer eines Autos handelte.

¡Ay, Dios mío! Ich rüttelte Pedrito wach und sprang aus dem Bett, weil ich entsetzliche Angst hatte, daß meinem Jungen etwas passiert war. Ich weiß, Pedrito findet, daß ich es mit meinem Beschützerinstinkt ein bißchen übertreibe, aber seit ich vor dreizehn Jahren ein Kind verloren habe, ist meine größte Angst, daß ich ein zweites zu Grabe tragen muß, und das hätte ich vermutlich nicht verkraftet.

Im Auto saßen Minerva, Manolo, Leandro und Nelson, und alle waren sturzbetrunken. Sie konnten ihre Erregung kaum bezähmen, bis sie im Haus waren. Sie hatten sich nämlich soeben auf *Radio Rebelde* die Neujahrsnachrichten angehört und die freudige Botschaft vernommen: Batista war geflohen! Fidel, sein Bruder Raúl und Ernesto, Che genannt, hatten in Havanna Einzug gehalten und das Land befreit. ¡Cuba libre! ¡Cuba libre!

Minerva stimmte unsere Nationalhymne an, und die anderen fielen ein. Immer wieder mußte ich sie zur Ruhe ermahnen, und als ich schließlich sagte, daß *wir* noch nicht *libre* seien, waren sie schlagartig nüchtern. Die Hähne krähten schon, als sie ausschwärmten, um die Neuigkeit unter ihren hiesigen Freunden zu verbreiten. Nelson wollte sie begleiten, aber ich sprach ein Machtwort: Nächstes Jahr, sobald er achtzehn war, konnte er so lange ausbleiben, bis der Kakao geerntet werden mußte, aber dieses Jahr... Er war todmüde und hatte keine Lust, sich mit mir zu streiten. Ich brachte ihn in sein Zimmer, zog ihn wie ein kleines Kind aus und steckte ihn ins Bett.

Pedrito aber wollte weiterfeiern. Und ich kenne ihn: Wenn ihn starke Gefühle überkommen und ich greifbar bin, kennt er nur eine Art, sie auszudrücken.

Er drang in mich ein, und es dauerte ein paar Wochen, bis ich merkte, was los war. Meine Regel blieb im Januar zum erstenmal aus, und daher vermute ich, daß Raúl Ernestos langsame Fleischwerdung am ersten Tag dieses hoffnungsvollen neuen Jahres begonnen hatte.

Als ich Pedrito eröffnete, daß meine Tage schon seit zwei Monaten überfällig waren, sagte er: »Vielleicht kommst du ein bißchen früher in die Wechseljahre, was meinst du?« Wohlgemerkt, ich war vor dreizehn Jahren zum letztenmal schwanger gewesen. »Komm, ich sehe mir die Sache mal an«, sagte er und zog mich hinter sich her ins Schlafzimmer. Nelson grinste. Er wußte mittlerweile, was er von der Siesta zu halten hatte.

Noch ein Monat verging, aber meine Regel blieb hartnäckig aus. »Pedrito«, sagte ich, »ich bin schwanger, jetzt steht es fest.«

»Wie ist das möglich, Mami?« frotzelte er. »In unserem Alter könnten wir schon Großeltern sein!« Er zeigte auf unsere erwachsenen Kinder, die Domino spielten und bei unserem Getuschel die Ohren spitzten.

Noris sprang von ihrem Stuhl auf. »*Ay,* Mami, ist das wirklich wahr?« Vierzehn, bald fünfzehn war sie, ihren Puppen entwachsen, und in zwei, drei, vielleicht auch erst zehn Jahren würde sie selbst Kinder kriegen. (Die jungen Frauen von heute ließen sich eben Zeit, man brauchte sich nur Minerva anzuschauen!) Aber Noris war wie ich, sie sehnte sich nach etwas, worin sie ganz und gar aufgehen konnte, und so jung, wie sie war, kam für sie nichts anderes in Frage als Kinderkriegen.

»Warum kriegst du nicht selber eins?« foppte Nelson seine Schwester und knuffte sie, obwohl sie ihm schon tausendmal gesagt hatte, daß ihr das weh tat. »Vielleicht möchte Marcelino gern Vater werden.«

»Hör auf!« keifte Noris.

»Hör auf«, äffte Nelson sie nach. Manchmal fragte ich mich, wie mein Sohn es fertigbrachte, so gemein zu seiner Schwester zu sein, nachdem er kurz zuvor mit einer Frau zusammengewesen war.

»Wenn dir Marcelino zu nahe kommt, wird er sein blaues Wunder erleben«, drohte Pedrito grimmig.

»Helft mir lieber, einen Namen zu finden«, schlug ich vor und brachte das Baby ins Spiel, um sie von ihrer albernen Zankerei abzulenken.

Ich blickte auf meinen Bauch hinab, als würde der Herrgott den Namen gleich auf mein baumwollenes Hauskleid schreiben, und plötzlich war mir, als würde Seine Zunge in meinem Mund sprechen. Von allein wäre ich nie auf die Idee gekommen, meinen Sohn nach Revolutionären zu benennen. »Ernesto«, sagte ich. »Er soll Raúl Ernesto heißen.«

»Ernesto?« wiederholte Noris und schnitt eine Grimasse.

Nelsons Gesicht hingegen hellte sich so schlagartig auf, daß es mir nicht ganz geheuer war. »Genau, und wir nennen ihn kurz Che.«

»Che!« Noris rümpfte die Nase. »Das ist doch kein Name!«

Wie gesagt, die Zunge des Herrn mußte aus meinem Mund gesprochen haben, denn ich lebte damals in Angst und Schrecken. Nicht um mich machte ich mir Sorgen, sondern um die Menschen, die ich liebte, zum Beispiel um meine Schwestern Minerva und Mate. Manchmal war ich ganz krank vor Angst um sie, aber sie lebten weit weg, und deshalb verdeckte ich die Sonne mit einem Finger und tat so, als würde ich das Licht rings um mich her nicht sehen. Pedrito machte mir keinen Kummer. Ich konnte mich darauf verlassen, daß er immer eine Hand in der Erde und die andere irgendwo auf meinem Körper hatte. Er würde nichts Schlimmes tun, wenn ich mal nicht zu Hause war. Aber mein Sohn, mein Erstgeborener!

Ich hatte weiß Gott versucht, ihn zu beschützen. Vergeblich. Er hatte sich schon immer zu Tío Manolo und jetzt auch zu seinem neuen Tío Leandro hingezogen gefühlt, Männern von Welt, die die Universität besucht hatten und weit mehr Eindruck auf ihn machten als sein Vater, dieser Landmensch. Sooft sich die Gelegenheit bot, fuhr er in die Hauptstadt, »um Tía Mate und die kleine Jacqueline Zu besuchen«, oder nach Monte Cristi, »um Tía Minerva, Minou und Manolito, ihr neues Baby, zu sehen«. Ja, die Mirabals sorgten kräftig für Nachwuchs. Möglicherweise war auch dies eine Erklärung für meine erneute Schwangerschaft: Suggestion. Wohnten wir eine Weile zusammen unter einem Dach, stimmten sich unsere Monatszyklen so genau aufeinander ab wie Uhren.

Ich kannte meinen Jungen. Er wollte ein Mann sein, und das nicht nur im Bett, wo er seine Männlichkeit bereits bewiesen hatte. Von mir aus hätte diese Witwe in ihrem Schlafzimmer ruhig eine Schule aufmachen können. Ich hatte nichts gegen sie. Schließlich machte sie den Knaben auf sanfte Art zum Mann, und das ist etwas, was einem als Mutter schwerfallen dürfte.

Ich spielte mit dem Gedanken, Nelson in die Hauptstadt zu schicken, allerdings unter Aufsicht, damit er es mit den Frauen und seinen rebellischen Onkeln nicht zu doll trieb. Deshalb wandte ich mich an Padre de Jesús López, unseren neuen Pfarrer, der mir versprach, seinerseits mit Padre Fabré über Nelsons Aufnahme in die Schule Santo Tomás de Aquino zu sprechen. Es handelte sich zwar um ein Priesterseminar, doch herrschte dort keinerlei Zwang zu einer geistlichen Laufbahn.

Anfangs sträubte sich Nelson, auf eine Schule von Möchtegern-Priestern und Memmen zu gehen. Aber ein paar Wochen vor Schulbeginn – zu der Zeit schuftete er auf den Feldern und pflanzte Palmlilien an – hatte er einen Gesinnungswandel: lieber auf die Köstlichkeiten im Garten der Lüste verzichten, als dazu verdammt zu sein, von früh bis spät auf dem Acker zu schuften. Außerdem könnte er die freien Wochenenden bei seiner Tante María Teresa und seinem Onkel Leandro verbringen.

Dazu kam, daß die Möchtegern-Priester nicht durch die Bank Memmen waren: Sie gingen mit Begriffen wie *pudenda* und *cunnilingus* um, als redeten sie über Christi Leib und Blut. Woher ich das weiß? Als Nelson einmal heimkam, fragte er mich nach dem Sinn dieser Wörter, denn er war der festen Meinung, daß sie liturgische Bedeutung hatten. Die jungen Leute von heute machten sich nicht viel aus Latein.

Der nächste Schritt bestand darin, seinen Vater zu überzeugen, und das war der schwerste. Pedrito sah nicht ein, weshalb wir Geld ausgeben sollten, indem wir Nelson auf ein Internat in der Hauptstadt schickten. »Seine beste Schule ist hier bei mir, wo er etwas über sein *patrimonio* lernen kann.«

Ich brachte es nicht übers Herz, ihn darauf hinzuweisen, daß unser Sohn vielleicht nicht Bauer wie sein Vater werden wollte. Unlängst hatte mir Nelson anvertraut, daß er gerne auf die Universität gehen würde. »Es ist doch nur für ein Jahr, Papi«, bettelte ich. »Es wäre gut, um seine Ausbildung abzurunden. Außerdem«, fügte ich hinzu, »ist er im Priesterseminar zur Zeit am besten aufgehoben.«

Das stimmte. Johnny Abbes und sein Militärischer Geheimdienst holten sich die jungen Männer von der Straße, von Bauernhöfen und aus Büros so wie einst Herodes alle neugeborenen Knaben aus ganz Judäa. Die Kirche, die sich standhaft weigerte, sich in irdische Belange verwickeln zu lassen, galt als einzig sichere Zufluchtsstätte.

Pedrito verschränkte die Arme vor der Brust und stapfte hinaus auf seine Kakaofelder. Ich sah, wie er zwischen den Bäumen auf und ab schritt. Dorthin ging er jedesmal, um nachzudenken, so wie ich niederkniete, wenn ich eine Entscheidung treffen mußte. Nach einer Weile kam er zurück, stützte sich mit seinen großen Händen an den Türrahmen, den sein Urgroßvater vor über hundert Jahren gezimmert hatte, und nickte. »Er kann gehen.« Mit einer Geste in Richtung der grünen Felder in seinem Rücken, die bereits sein Urgroßvater, sein Großvater und sein Vater vor ihm bestellt hatten, fügte er hinzu: »Wenn das Land ihn nicht hält – ich kann ihn nicht zum Bleiben zwingen.«

Dank der Fürsprache von Padre de Jesús wurde Nelson im September in Santo Tomás de Aquino aufgenommen. Jetzt ist er außer Gefahr, dachte ich.

Eine Zeitlang hatte es den Anschein, als wäre er, ebenso wie ich, in Gottes Liebe geborgen.

Ich weiß noch genau, wann ich in Panik geriet: Es war in der Osterzeit, als mein Sohn Nelson plötzlich davon anfing, daß er sich den Freiheitskämpfern anschließen wolle, sobald die vielbeschworene Invasion Kubas auf unsere Ufer übergriff.

Ich drückte ihn auf einen Stuhl und rief ihm ins Gedächtnis, was die Kirchenväter uns lehrten: Gott in Seiner Weisheit würde die Dinge in die Hand nehmen. »Versprich mir, daß du dich raushältst!« Ich kniete vor ihm auf dem Boden nieder. Die Vorstellung, meinen Sohn zu verlieren, brach mir fast das Herz. »*Por Dios*«, flehte ich ihn an.

»*Ay*, Mamá, mach dir keine Sorgen!« sagte er und blickte verlegen auf mich herab. Er gab mir das lauwarme Versprechen, daß er sich aus allem heraushalten wolle.

In meiner Sorge um ihn wandte ich mich abermals ratsuchend an Padre de Jesús. Er hatte das Priesterseminar selbst erst vor kurzem verlassen und den Kopf voll neuer Ideen. Er würde mir die Dinge in der Sprache der jungen Leute auseinandersetzen, und dann könnte ich sie meinem Sohn zu Hause eher schmackhaft machen.

»Padre«, sagte ich und küßte das Kruzifix, das er mir hinhielt,

»ich bin so ratlos. Ich weiß nicht, was der Herr von uns in diesen harten Zeiten erwartet.« Kritischere Worte nahm ich mir lieber nicht heraus. Wir alle wußten, daß es Pfarrer gab, die einen beim SIM anschwärzten, wenn man sich gegen das Regime aussprach. Trotzdem hatte ich die Kirche im Gegensatz zu Minerva und María Teresa nicht abgeschrieben. Seit mir die Virgencita erschienen war, wußte ich, daß der Heilige Geist um uns war und die Kirchen selbst nichts weiter als Glashäuser oder Stationen auf unserem steinigen Weg durchs Leben waren. Aber Sein Haus war ein Palast so groß wie der Himmel, und du brauchtest nur einen Kieselstein an Sein Fenster zu werfen und zu rufen: Öffne mir! Hilf mir, Gott!, und Er würde dich einlassen.

Padre de Jesús speiste mich nicht etwa mit ein paar wohlfeilen Sprüchen ab und schickte mich, nachdem er mir den Kopf getätschelt hatte, nach Hause. Im Gegenteil: Er stand auf, und ich sah ihm an, daß sein Gehirn auf Hochtouren arbeitete, denn er nahm die Brille ab und putzte sie so ausgiebig, als wollte sie partout nicht sauber werden. »Patria, mein Kind«, sagte er schließlich, und da mußte ich lächeln, weil er höchstens fünf, sechs Jahre älter als mein Sohn Nelson sein konnte. »Wir müssen abwarten und beten.« Er sah mir in die Augen. »Auch ich bin so ratlos, daß ich dir nicht den richtigen Weg weisen kann.«

Ich fing an zu zittern, so wie die Votivkerzen flackern, wenn eine Brise durch die Sakristei weht. Die offenen Worte des Priesters gingen mir stärker unter die Haut, als es jeder Ratschlag hätte tun können. Wir knieten in dem kleinen stickigen Pfarrhaus nieder und beteten zur Virgencita. Sie selbst hatte sich an ihren Sohn Jesus geklammert, bis er ihr eines Tages eröffnete: *Mamá, ich muß mich um Vaters Geschäfte kümmern.* Da mußte sie ihn ziehen lassen, aber es brach ihr das Herz, denn mochte er auch Gott sein, so war er doch immer noch ihr kleiner Junge.

Ich beschloß, mutiger zu werden: Seitlich wie ein Krebs arbeitete ich mich Stückchen für Stückchen an mein Ziel heran und machte mich nützlich, indem ich kleinere Aufgaben übernahm.

Ich wußte, daß Minerva, Manolo und Leandro Großes vorhatten. Bei María Teresa war ich mir nicht sicher, weil ihr Neugeborenes, die kleine Jacqueline, sie ganz schön auf Trab hielt. Aber bei den anderen spürte ich es an der Spannung und dem Schweigen, die sich jedesmal breitmachten, wenn ich aus Versehen in eine ihrer Unterredungen hineinplatzte. Fragen stellte ich keine. Ich glaube, ich hatte Angst vor der Antwort.

Eines Tages kam Minerva mit Manolito zu mir, der damals sechs Monate alt war, und bat darum, ihn bei mir lassen zu dürfen. »Bei mir?« Ich liebte meine eigenen Kinder mehr als mein Leben, und deshalb konnte ich nicht glauben, daß meine Schwester bereit war, ihren Sohn für etwas anderes aufzugeben. »Was hast du vor?« fragte ich beunruhigt.

Wieder trat diese angespannte Stille ein, und nach einer Weile sagte Minerva zögernd, als wollte sie sichergehen, daß sie nicht zuviel preisgab: »Ich werde in nächster Zeit viel unterwegs sein, aber ich komme jede Woche mehrmals zu Versammlungen herunter.«

»Aber Minerva, dein eigenes Kind –« begann ich, doch als ich sah, wie sehr sie dieses Opfer schmerzte, das sie erbringen zu müssen glaubte, sagte ich nur: »Ich kümmere mich liebend gern um meinen kleinen Patensohn!« Manolito lächelte und ließ sich von mir bereitwillig in den Arm nehmen. Was für ein wundervolles Gefühl, ihn so zu halten, wie ich in fünf Monaten mein eigenes Baby in Armen halten würde. Da vertraute ich Minerva an, daß ich einen Sohn erwartete.

Wie sie sich für mich freute! Doch plötzlich stutzte sie.

»Seit wann bist du Wahrsagerin? Woher weißt du, daß es ein Junge wird?«

Ich zuckte mit den Schultern, und da mir keine bessere Erklärung einfiel, antwortete ich: »Ich habe mir einen Namen ausgedacht, der nur zu einem Jungen paßt.«

»Und der wäre?«

In diesem Augenblick wurde mir bewußt, daß ich das Thema nur zur Sprache gebracht hatte, um ihr auf diese Weise zu sagen,

daß ich auf ihrer Seite war – wenn auch nur in Gedanken. »Raúl Ernesto«, sagte ich und beobachtete ihr Gesicht. Lange sah sie mich an und sagte dann knapp: »Ich weiß, daß du keine Scherereien haben willst, und ich respektiere das.«
»Sollte irgendwann eine Zeit kommen, in der –« setzte ich an, aber Minerva fiel mir ins Wort:
»Sie wird kommen.«

Minerva und Manolo kamen jede Woche von Monte Cristi nach Ojo de Agua herunter, fuhren also fast von einem Ende der Insel zum anderen. Hielt man sie an einer Kontrollstation auf, hatten sie eine gute Ausrede, warum sie auf den Straßen unterwegs waren: Sie besuchten ihren kränklichen Sohn bei Patria González in Conuco. Monte Cristi sei zu heiß, die reinste Wüste, und der Arzt habe ihrem Kleinen gesündere Luft verschrieben.

Wenn sie kamen, fuhr Leandro jedesmal aus der Hauptstadt zu uns herauf, und auch der Lockenkopf mit Spitznamen Niño und seine hübsche Frau Dulce kamen aus San Francisco herüber. Sie trafen sich mit Cuca und Fafa und einer jungen Frau namens Marién, aber manchmal redeten sie sich auch mit ihren Decknamen an.

Da sie einen Versammlungsort brauchten, stellte ich ihnen unseren Grund und Boden zur Verfügung. Zwischen den Kakao- und den Bananenhainen gab es eine Lichtung mit einem strohgedeckten Unterstand, den Pedrito mit ein paar Rohrsesseln und Hängematten ausgestattet hatte, damit sich die Landarbeiter während der heißen Tageszeit dort ausruhen oder eine Siesta machen konnten. Stundenlang tagten Minerva und ihre Gruppe da draußen und diskutierten. Ein- oder zweimal, als es regnete, lud ich sie ins Haus ein, aber sie schlugen mein Angebot aus, weil sie wußten, daß ich es aus reiner Höflichkeit gemacht hatte. Ich war ihnen dankbar, daß sie mich verschonten. Sollte der SIM aufkreuzen, konnten Pedrito und ich immer noch behaupten, wir hätten von den Versammlungen nichts gewußt.

Wenn Nelson an den schulfreien Wochenenden heimkam,

wurde es allerdings problematisch. Er ging immer zu ihnen, weil er unbedingt dabeisein wollte, egal, was seine Onkel und Tanten gerade ausheckten. Mir zuliebe, da bin ich mir sicher, hielten sie ihn auf Distanz, aber nicht auf eine Art, die den Stolz des jungen Mannes verletzt hätte, sondern auf kameradschaftliche Weise. Mal schickten sie ihn los, damit er mehr Eis oder *cigarillos* holte, und ein andermal sagten sie zu ihm, Nelson, *hombre,* ob er nicht den Wagen zu Jimmy bringen und feststellen könne, was mit dem Kühler los sei, denn sie müßten noch heute nacht zurück in die Hauptstadt. Einmal schickten sie den armen Kerl sogar den ganzen langen Weg nach Santiago, um Batterien für den Kurzwellenempfänger zu besorgen.

Nachdem er ihnen die Batterien gebracht hatte, fragte ich ihn: »Was geht da draußen vor, Nelson?« Ich ahnte es, aber ich wollte wissen, was er wußte.

»Nichts, Mamá«, antwortete er.

Doch irgendwann konnte er das Geheimnis nicht mehr für sich behalten. Ende Mai vertraute er mir schließlich an: »Sie rechnen damit, daß sie nächsten Monat stattfindet!« raunte er mir zu. »Die Invasion, jawohl!« fügte er hinzu, als er meinen beunruhigten Gesichtsausdruck bemerkte.

Warum ich ihn beunruhigt ansah? Ganz einfach: Mein Sohn Nelson würde in der Hauptstadt genau bis Ende Juni die Schule besuchen und wäre somit außer Gefahr. Er mußte fleißig lernen, wenn er den Abschluß rechtzeitig schaffen wollte, um im Herbst auf die Universität gehen zu können. Wir beide planten nämlich auch eine kleine Verschwörung und wollten seinen Vater überraschen – am Tag, bevor die Vorlesungen an der Universität begannen.

Ich war es, die viel unterwegs sein sollte. Mamá fiel aus allen Wolken, als ich sie bat, Manolito vier Tage lang zu übernehmen. In fünf Monaten käme mein Kind, rief sie, ich solle nicht herumreisen.

Ich erklärte ihr, daß ich mit Padre de Jesús und der Frauengruppe von Salcedo verreiste und die innere Einkehr wichtig für die Erneuerung meines Glaubens sei. Wir wollten nach Constanza fahren. Die Gebirgsluft würde meinem Baby nur guttun. Außerdem hatte ich gehört, daß die Straße in ziemlich gutem Zustand sei. Vom wem ich das wußte (von Minerva) und warum, sagte ich ihr allerdings nicht. Seit einiger Zeit durchkämmten Truppen der Armee die *cordillera* für den Fall, daß ein paar von den Kubanern angestachelte Möchtegern-Guerrilleros auf die Idee kamen, sich dort zu verstecken.

»*Ay,* Virgencita, du wirst schon wissen, was du mit meinen Mädchen machst«, war alles, was Mamá dazu sagte. Sie hatte sich längst damit abgefunden, daß ihre Töchter ihren eigenen Kopf hatten, und natürlich würde sie sich um Manolito und auch um Noris kümmern.

Eigentlich hatte ich meine Tochter mit in die Berge nehmen wollen, aber da war nichts zu machen. Marcelinos Schwester hatte Noris zu ihrer *quinceañera,* einer Party anläßlich ihres fünfzehnten Geburtstags, eingeladen, und bis dahin hatte Noris angeblich alle Hände voll zu tun.

»Aber die Party ist doch erst in zwei Wochen, *mi amor*«, erinnerte ich sie, verkniff mir aber die Bemerkung, daß wir ihr Kleid bereits entworfen und zugeschnitten, ihr zierliche Satinpumps gekauft und ausprobiert hatten, wie sie das Haar tragen sollte.

»¡*Ay, Mami!*« jammerte sie. »*Por favor.*« Warum ich nicht verstehen könne, daß bei einer Party die Vorfreude das Schönste sei?

Wie anders war ich in ihrem Alter gewesen! Egal, was man darüber dachte – Mamá hatte uns altmodisch erzogen, und wir hätten erst nach unserer *quinceañera* auf Tanzpartys gehen dürfen. Ich dagegen erzog meine Tochter modern, sperrte sie nicht ein und bleute ihr keinen blinden Gehorsam ein. Trotzdem wünschte ich mir, sie würde ihre Flügel benützen, um sich zu unserer Gesegneten Jungfrau in ihrem göttlichen Gewand emporzuschwingen, statt Dingen entgegenzuflattern, die ihre Aufmerksamkeit nicht wert waren.

Ich gab die Hoffnung allerdings nicht auf und betete für sie, aber so, wie Pedrito seinen Sohn hatte freigeben müssen, mußte auch ich sie freigeben. Wenn die Virgencita nicht der Ansicht war, daß meine Tochter den Herrn preisen sollte, konnte ich Noris natürlich nicht zu einer inneren Einkehr mit uns »alten Schachteln« und einer Handvoll Priestern mit Mundgeruch (Gott möge ihr vergeben!) überreden.

Wir, eine Gruppe von rund dreißig Frauen »reiferen Alters« – so nannte uns Padre de Jesús, gesegnet sei sein großes Herz –, trafen uns seit ein paar Monaten regelmäßig, um über Themen aus dem Evangelium zu diskutieren und in den *bohíos* und *barrios* christliche Taten zu vollbringen. Seit kurzem besaßen wir sogar einen Namen, Christlich Kulturelle Gruppe, und hatten uns über die ganze Gegend rund um Cibao ausgeweitet. Vier Pfarrer übernahmen die geistliche Führung, darunter auch Padre de Jesús. Dies waren unsere ersten Exerzitien, und Bruder Daniel hatte erreicht, daß uns die Maryknolls ihr Stammhaus in den Bergen zur Verfügung stellten. Das Motto lautete: Welche Rolle spielt die Jungfrau María in unserem Leben? Ich sagte mir, daß Padre de Jesús oder Bruder Daniel oder einer der anderen Pfarrer vielleicht jetzt eine Antwort auf meine Frage hatte, wie wir uns in diesen unruhigen Zeiten verhalten sollten.

»Ha! *Deine* Kirche wird bis zum Jüngsten Gericht kuschen.« Immer mußte Minerva mich provozieren. Die Religion war jetzt ganz meine Angelegenheit, sie wollte davon nichts mehr wissen. »Keinen Muckser gibt sie von sich, um den Unterdrückten zu helfen.«

Was sollte ich ihr antworten, wo ich doch selbst darauf bedacht war, mein eigen Fleisch und Blut zu schützen. Ich hatte einen Brief an Padre Fabré in der Schule Santo Tomás de Aquino geschrieben.

Lieber Pater!
Gottes Gruß von der Mutter eines Ihrer Zöglinge, Nelson González, der bald sein viertes Schuljahr beendet und, wie Sie selbst in Ihrem letzten Bericht geschrieben haben, ein durchaus aufgeweckter Junge ist, um dessen Selbstbeherrschung es allerdings nicht immer zum besten steht. Damit wir sicher sein können, daß er fleißig studiert

und uns keinen Ärger macht, geben Sie ihm bitte nur Erlaubnis, das Schulgelände zu verlassen, um nach Hause zu fahren. Er ist ein Junge vom Land, der den Versuchungen der Stadt nicht gewachsen ist, und ich möchte nicht, daß er in die falschen Kreise gerät. Bitte behandeln Sie diesen Brief höchst vertraulich, Pater. Als Mutter grüßt Sie ergebenst,
Patria Mercedes

Nelson erfuhr trotzdem davon, und daran war seine Tante in der Hauptstadt, dieses Plappermaul, schuld. Es sei unfair von mir, ich wolle nicht zulassen, daß er zum Mann werde, aber ich blieb standhaft. Mir war ein Junge, der lebte, lieber als ein toter Mann unter der Erde.

María Teresa nahm mir die Sache ebenfalls übel. Sie hatte Nelson an einem Samstagmorgen abholen wollen, damit er das Wochenende bei ihnen verbrachte, aber der Direktor hatte ihn nicht gehen lassen. Sie stellte mich zur Rede: »Vertraust du mir etwa nicht?« Nun hatte ich zwei aufgebrachte Seelen gegen mich, die ich mit Halbwahrheiten besänftigen mußte.

»Es hat nichts mit dir zu tun, Mate«, erwiderte ich. Von Nelson wußte ich zwar, daß ihr Mann Leandro, Manolo und Minerva an einer handfesten Verschwörung beteiligt waren, aber das sagte ich ihr nicht.

»Keine Sorge, ich passe schon auf dein *Baby* auf. Ich habe ja nun jede Menge Erfahrung.« Mate deckte das Köpfchen der hübschen kleinen Jacqueline, die sie im Arm hielt, mit zärtlichen Küssen ein. »Abgesehen davon droht Nelson in der Hauptstadt sowieso keine Gefahr, das kannst du mir glauben. Das *Jaragua* steht leer. Und im *Olympia* läuft seit einem Monat derselbe Film. Die Leute gehen nicht mehr aus.« Und dann sagte sie es: »*Noch* gibt es nichts zu feiern.« Ich sah ihr in die Augen und fragte: »Du auch, Mate?«

Sie zog ihre kleine Tochter fest an sich und hielt trotzig meinem Blick stand. Ich konnte kaum glauben, daß dies unsere zartfühlende kleine Mate war, der Noris so sehr ähnelte. »Ja, ich bin eine von ihnen.« Doch schon im nächsten Augenblick verschwand der

harte Ausdruck aus ihrem Gesicht, und sie war wieder meine kleine Schwester, der es vor *el cuco* und Nudeln in der Suppe grauste. »Versprich mir bitte, daß du dich um Jacqueline kümmerst, falls irgend etwas passiert.«
Es sah so aus, als sollte ich die Kinder von allen meinen Schwestern großziehen! »Das weißt du doch. Sie ist wie mein eigenes Kind, nicht wahr, *amorcito*?« Ich nahm die Kleine in die Arme und drückte sie. Jacqueline sah mich aus großen Augen an wie alle kleinen Kinder, die noch glauben, daß die Welt ein großes, sicheres Spielzimmer im Bauch ihrer Mutter ist.

Die Exerzitien waren für Mai, den Monat der Jungfrau María geplant, doch dann verstärkten sich die Gerüchte über eine bevorstehende Invasion, und El Jefe verhängte den Ausnahmezustand. Den ganzen Mai über durfte ohne Sondergenehmigung des SIM niemand irgendwohin fahren. Auch Minerva saß oben in Monte Cristi fest. Eines Tages, als Manolito seine Mutter schon fast einen Monat nicht mehr gesehen hatte, streckte er mir aus seinem Kinderbett die Ärmchen entgegen und sagte: »Mamá, Mamá.« Es würde mir schwerfallen, ihn wieder herzugeben, wenn diese Hölle auf Erden vorüber wäre.
Mitte Juni beruhigte sich die Lage. Es sah so aus, als würde die Invasion doch nicht stattfinden. Der Ausnahmezustand wurde aufgehoben, und wir trafen die letzten Vorbereitungen für die Abreise.
Als wir Constanza erreichten, traute ich meinen Augen kaum. Ich war im grünsten und schönsten Tal der Insel aufgewachsen, und an Schönheit, die man immerzu vor Augen hat, gewöhnt man sich mit der Zeit. Constanza war ganz anders: Es war wie das Bild eines fernen Ortes auf einem Puzzle, das man in aller Eile zusammengefügt hat. Ich versuchte die Landschaft in mich aufzunehmen, doch es gelang mir nicht. Purpurfarbene Berge, die sich Wolken aus Engelshaar entgegenreckten; ein Falke, der am friedlichen blauen Himmel seine Kreise zog; grüne Wiesen, wie im Buch der Psalmen beschworen und von Sonnenstrahlen gleich göttlichen Fingern durchkämmt.

Das Haus, in dem wir die Exerzitien abhalten wollten, lag ein Stück vom Dorf entfernt am Ende eines Weges, der an den mit Blumen gesprenkelten Hängen der Hügel entlangführte. Ein paar *campesinos* traten vor ihre Hütten, als wir vorbeikamen. Ein hübsches Volk waren sie mit ihrer goldbraunen Haut und den hellen Augen, in denen eine Spur von Argwohn lag, als wäre jemand, der nicht so freundlich aussah wie wir, vor uns des Weges gekommen. Wir grüßten sie, und Padre de Jesús erklärte ihnen, daß wir unterwegs zum Kloster waren. Falls sie ein besonderes Anliegen hätten, ermunterte er sie, sollten sie es uns mitteilen, damit wir es in unseren Gebeten berücksichtigten. Schweigend starrten sie uns an und schüttelten die Köpfe.

Jedem von uns wurde eine schmale Zelle mit einer Pritsche, einem Kruzifix an der Wand und einem kleinen Weihwasserbecken an der Tür zugeteilt. In einem Palast hätte ich mich nicht wohler fühlen können. Die Gesprächsrunden und Mahlzeiten wurden in einem großen, luftigen Raum mit einem Panoramafenster abgehalten. Ich kehrte dem atemberaubenden Ausblick den Rücken zu, damit ich nicht durch Seine Schöpfung von Seinem Wort abgelenkt wurde. Tags wie nachts, morgens wie abends versammelten wir uns in der Kapelle und beteten gemeinsam mit den jungen Nonnen den Rosenkranz.

Meine alte Sehnsucht nach einem Leben im Kloster meldete sich zurück. Meine Seele erhob sich, mein Kopf wurde leicht vor Verzückung, und ich fühlte mich wie ein übersprudelnder Quell. Dem Herrn sei Dank, daß ich ein Kind im Leib trug und dieses mich an das Leben erinnerte, für das ich mich bereits entschieden hatte.

Es geschah an unserem letzten Tag im Kloster, am vierzehnten Juni. Wie könnte ich diesen Tag je vergessen?

Wir hatten uns nachmittags zu unserem *cursillo* im großen Raum versammelt. Bruder Daniel sprach gerade über die letzten Augenblicke in Marias irdischem Leben, von denen wir Kenntnis hatten, nämlich von ihrer Himmelfahrt. Unsere Gesegnete Muttergottes war mit Leib und Seele in den Himmel aufgenommen worden. Wie wir darüber dachten? Wir gingen im Raum auf und ab, und eine nach der anderen erklärte, es sei eine Ehre für einen gewöhnlichen Sterblichen. Als ich an der Reihe war, sagte ich, es sei nur gerecht. Wenn unseren Seelen ewige Herrlichkeit zuteil wurde, hätten unsere arg strapazierten Mutterkörper gewiß mehr verdient. Dabei klopfte ich auf meinen Bauch und stellte mir das kleine Gespenst von einem Menschenwesen vor, das zusammengekrümmt im weichen Gewebe meiner Gebärmutter lag. Mein Sohn, mein Raulito. Ich verzehrte mich um so mehr nach ihm, seit ich Manolito nicht mehr in den Arm nehmen konnte, um meine Sehnsucht zu besänftigen.

Ich erinnere mich noch, wie ich im nächsten Augenblick glaubte, Gottes Reich käme genau auf das Dach des abgelegenen Klosters nieder. Eine Explosion nach der anderen zerriß die Luft. Das Gemäuer erbebte in seinen Grundfesten. Fenster zerbarsten, und ein übelriechender Qualm quoll durch die Öffnungen herein. »Auf den Boden, meine Damen, schützen Sie Ihre Köpfe mit den Klappstühlen!« Natürlich galt mein einziger Gedanke dem Schutz meines ungeborenen Kindes. Auf allen vieren kroch ich zu einer kleinen Nische, in der eine Statue der Virgencita stand, bat sie um Vergebung und stieß sie samt Sockel um. Das Krachen wurde vom donnernden Getöse außerhalb des Hauses übertönt. Ich drückte mich in die Nische, hielt den Klappstuhl vor mich, um die Öffnung notdürftig zu verschließen, und betete in einem fort, der Herr möge mich nicht mit dem Verlust meines Kindes auf den Prüfstand stellen.

Der Beschuß dauerte nur so lang wie ein Blitz, mir aber kam es wie Stunden vor. Ich hörte ein Stöhnen und ließ den Stuhl sinken, doch in dem raucherfüllten Raum konnte ich nichts erkennen. Meine Augen brannten, und ich stellte fest, daß ich mir vor Angst in die Hosen gemacht hatte. Allmächtiger, betete ich, Herr und Gott, laß diesen Kelch an uns vorübergehen. Als sich der Qualm schließlich lichtete, erblickte ich auf dem Boden haufenweise Glassplitter und Schutt und in den Ecken zusammengekauerte Gestalten. Eine Wand war eingestürzt und hatte den Fliesenboden zertrümmert. Die gezackte Öffnung in der Mauer, wo einmal das Fenster gewesen war, gab den Blick auf den nahegelegenen Berghang frei, der sich in ein wütendes Flammenmeer verwandelt hatte. Schließlich kehrte eine schauerliche Stille ein, die nur vom fernen Knallen einer Gewehrsalve und dem Geräusch des ganz in meiner Nähe von der Decke herabrieselnden Gipses gestört wurde. Padre de Jesús versammelte uns in einer Ecke des Raums, wo wir einigermaßen geschützt waren, und wir betrachteten den Schaden. Die Verletzungen erwiesen sich als weitaus harmloser, als sie aussahen: nur ein paar leichte, von den durch die Luft fliegenden Glassplittern verursachte Schnitzer – dem Herrn sei Dank. Wir rissen unsere Unterhosen in Streifen und verbanden die schlimmsten Wunden. Zum Seelentrost betete Bruder Daniel mit uns einen Rosenkranz. Als wir hörten, daß das Gewehrfeuer wieder näherrückte, beteten wir unbeirrt weiter.

Da hörten wir Rufe, und gleich darauf rannten erst vier, dann fünf Männer in Tarnanzügen quer über das Gelände auf uns zu, gefolgt von den *campesinos,* die wir auf dem Herweg gesehen hatten, und einem reichlichen Dutzend mit Macheten und Maschinengewehren bewaffneten *guardias.* Die gehetzten Männer steuerten geduckt und Haken schlagend auf das schützende Stammhaus zu.

Sie schafften es bis zur Terrasse. Ich konnte sie deutlich sehen, mit ihren blutverschmierten, angstverzerrten Gesichtern. Einer von ihnen war schwer verwundet und humpelte, ein anderer hatte sich ein Taschentuch um die Stirn gebunden. Ein dritter rief zwei weiteren zu, in Deckung zu gehen, aber nur einer von ihnen gehorchte und warf sich auf der Terrasse zu Boden.

Der andere hatte den Ruf offenbar nicht gehört, denn er lief weiter auf uns zu. Ich sah ihm ins Gesicht. Es war ein Junge, kaum älter als Noris. Vielleicht schrie ich deshalb: »Runter, Junge! Runter!« Sein Blick kreuzte sich gerade in dem Augenblick mit meinem, als ihn der Schuß mitten in den Rücken traf. Ich sah den staunenden Ausdruck auf dem jungen Gesicht, als das Leben aus ihm wich, und dachte, o mein Gott, er ist ein Teil von mir!

Als ich aus den Bergen zurückkam, war ich ein anderer Mensch. Mochte mein liebliches Gesicht auch dasselbe sein – jetzt trug ich nicht mehr nur mein Kind im Leib, sondern auch den toten Jungen.

Meinen vor dreizehn Jahren totgeborenen Sohn. Meinen vor wenigen Stunden ermordeten Sohn.

Auf der Rückfahrt weinte ich ununterbrochen. Durch das von Spinnweben verhängte Fenster des von Kugeln durchsiebten Wagens schaute ich hinaus zu meinen Brüdern, Schwestern, Söhnen und Töchtern, die allesamt meine Familie waren. Vergeblich blickte ich zu unserem Vater auf, und ich konnte Sein Antlitz nicht erkennen, weil dunkler Rauch die Bergspitzen einhüllte.

Im Kampf gegen die Tränen zwang ich mich zu beten, aber meine Gebete hörten sich eher so an, als wollte ich mich mit dem lieben Gott anlegen.

Herr, ich werde die Hände nicht in den Schoß legen und mitansehen, wie meine Kinder getötet werden, selbst wenn Du dies in Deiner großen Weisheit entscheidest.

Sie kamen mir auf der Straße, die in die Stadt führt, entgegen, Minerva, María Teresa, Mamá, Dedé, Pedrito und Nelson. Noris weinte vor Angst. Nach diesem Tag stellte ich an ihr einen Wandel fest, als wäre ihre Seele endlich gereift, als hätte sie ihren *eigenen* Weg gefunden. Als ich aus dem Wagen stieg, lief sie mit ausgestreckten Armen auf mich zu, als wäre ich von den Toten auferstanden. Nach allem, was sie im Radio über das Bombardement gehört hatten, hatten sie geglaubt, von mir wäre nur noch ein Häufchen Asche übrig.

Nein, Patria Mercedes war zurückgekommen, um ihnen davon zu berichten – allen.

Aber ich brachte kein Wort heraus. Ich stand unter Schock und trauerte um den toten Jungen.

Tags darauf war es in allen Zeitungen zu lesen: Neunundvierzig Männer und Knaben waren in den Bergen den Märtyrertod gestorben. Wir hatten die einzigen vier gesehen, die überlebt hatten. Und wozu? Um Folterqualen zu erleiden, an die ich lieber nicht denken mochte.

Sechs Tage später wurden wir Zeugen, wie die Invasion in einer zweiten Welle die Ufer im Norden erreichte. Wir sahen die Tiefflieger, die uns an Hornissen erinnerten. Später lasen wir in der Zeitung, daß ein Boot mit dreiundneunzig Mann an Bord vor der Landung bombardiert worden war; das andere mit siebenundsechzig Mann konnte zwar landen, aber die Armee hatte mit Hilfe einheimischer *campesinos* Jagd auf die armen Märtyrer gemacht und sie gefaßt.

Irgendwann hörte ich auf zu zählen, wie viele ihr Leben gelassen hatten. Ich legte die Hand auf meinen Bauch und konzentrierte mich auf das, was lebte.

Knapp einen Monat vor der Niederkunft nahm ich im August am Treffen unserer Christlich Kulturellen Gruppe in Salcedo teil. Es war die erste Zusammenkunft seit unserem schrecklichen Erlebnis in den Bergen. Padre de Jesús und Bruder Daniel hatten den ganzen Juli in der Hauptstadt verbracht und sich mit anderen Geistlichen beraten. Zum Treffen in Salcedo luden sie nur eine Handvoll langjähriger Mitglieder ein, die ihrer Ansicht nach – wie ich später erfahren sollte – reif waren für eine »Militante Kirche«, weil sie der Mutterkirche, in deren Rockfalten sie sich so lange versteckt hatten, überdrüssig waren.

Sie hatten die richtigen ausgewählt: Reif war ich, so dick und schwer, wie ich war.

Als ich den Raum betrat, spürte ich sofort, daß sich etwas an der Art und Weise geändert hatte, wie Jesus Christus fortan unter uns weilen würde. Schluß war mit dem frömmlerischen Geschwätz über den Heiligen Zeno, der einer Enkelin zur Hochzeit einen sonnigen Tag beschert, oder die Heilige Lucía, die eine Kuh von der Influenza kuriert hatte. Im Raum herrschte Stille, und doch war er erfüllt vom Ingrimm der Racheengel, die ihr Flammenschwert wetzten, bevor sie losschlugen.

Die Geistlichen hatten beschlossen, daß sie nicht ewig warten konnten, bis Papst und Erzbischof es sich anders überlegten. Die Zeit war reif, denn der Herr hatte gesprochen: Ich bin nicht gekommen, Frieden zu bringen, sondern das Schwert.

Ich konnte nicht glauben, daß dies derselbe Padre de Jesús war, der noch vor wenigen Monaten seinen Glauben nicht von seiner Angst hatte unterscheiden können. Doch da rief Patria Mercedes, die keinem Schmetterling etwas hätte zuleide tun können, in demselben kleinen Raum auch schon: »Gesegnet sei die Revolution!«

So wurden wir aus dem Geiste des rachedurstigen Herrn geboren. Wir waren nicht länger seine Lämmchen, und unser neuer Name lautete *Acción Clero-Cultural*. Man beachte: das erste Wort hieß »Aktion«! Und worin bestand die Aufgabe der ACC?

Einzig und allein darin, landesweit eine mächtige Untergrundbewegung zu organisieren.

Wir würden das Wort Gottes unter den *campesinos* verbreiten, denen man das Gehirn gewaschen hatte und die Jagd auf ihre eigenen Befreier gemacht hatten. Schließlich hätte Fidel in Cuba nie gesiegt, hätten die *campesinos* ihn nicht mit Nahrung versorgt, ihn versteckt, für ihn gelogen, sich ihm angeschlossen.

Gottes Wort lautete, daß wir in Christus alle Brüder und Schwestern sind. Du kannst einen Knaben nicht mit deiner Machete jagen und Eingang ins Himmelreich finden. Du kannst nicht auf den Abzug drücken und dir einreden, daß du auch nur ein Loch so groß wie ein Nadelöhr finden wirst, um in die Ewigkeit zu gelangen.

Mir würde noch mehr einfallen.

Nach der Versammlung begleitete mich Padre de Jesús hinaus. Mit leicht verlegener Miene warf er einen verstohlenen Blick auf meinen Bauch, doch dann faßte er sich ein Herz und fragte mich, ob ich jemanden wüßte, der sich unserer Organisation gern anschließen würde? Bestimmt hatte er von den Versammlungen gehört, die Manolo und Minerva regelmäßig auf unserem Grundstück abhielten.

Ich nickte. Ich wüßte mindestens sechs, sagte ich, und damit meinte ich Pedrito und Nelson, meine beiden Schwestern und deren Männer. Und in spätestens einem Monat wären es sieben. Jawohl, sobald mein Sohn geboren wäre, würde ich ausziehen und jeden *campesino* in Ojo de Agua, Conuco und Salcedo für die Armee Unseres Herrn anwerben.

»Wie du dich verändert hast, Patria Mercedes!«

Kopfschüttelnd erwiderte ich seinen Blick, und ich mußte nicht erst aussprechen, was ich dachte. Er lachte, putzte seine Brille mit einem Zipfel der Soutane ab und setzte sie wieder auf: Sein Blick – und auch meiner – war endlich klar.

Als sie das nächste Mal unter dem schattenspendenden Strohdach tagten, ging ich mit meinem erst eine Woche alten Prachtexemplar von einem Jungen im Arm zu ihnen.

»*Hola,* Patria«, riefen mir die Männer entgegen. »Einen schönen Macho hast du da!« Als sie mir meinen Sohn aus dem Arm nahmen, um ihn aus der Nähe zu betrachten, fing er an zu weinen. Er war von Anfang an ein Schreihals, der Kleine. »Wie soll er denn heißen, der kleine Brüller?«

»Raúl Ernesto«, verkündete Minerva großspurig. Sie war sichtlich stolz auf ihren Neffen.

Ich nickte nur und nahm die Komplimente der anderen lächelnd entgegen. Als ich Nelson ansah, wandte er das Gesicht ab. Wahrscheinlich glaubte er, ich sei gekommen, um ihn zu holen. »Gehen wir ins Haus«, sagte ich. »Wir haben etwas zu besprechen.«

Nelson dachte, ich meinte ihn damit, aber ich sah die anderen einen nach dem anderen an. »Na los.«

Mit einer Handbewegung tat Minerva meine Einladung ab. »Mach dir um uns keine Sorgen«, sagte sie, doch da erwiderte ich: »Nun kommt schon. Diesmal meine ich es ernst.«

Erstaunt sahen sie sich an, aber etwas in meiner Stimme sagte ihnen, daß ich auf ihrer Seite war. Also nahmen sie ihre Gläser, und als führte ich die Kinder aus der Knechtschaft, folgten sie mir gehorsam ins Haus.

Jetzt war es Pedrito, der sich Sorgen machte, und der Grund seiner Besorgnis traf ihn an seinem empfindlichsten Punkt.

Im selben Monat, in dem wir uns im Pfarrhaus von Padre de Jesús versammelt hatten, war ein neues Gesetz verabschiedet worden. Wer dabei erwischt wurde, wie er Feinden des Regimes Unterschlupf gewährte, kam, auch wenn er selbst in die Machenschaften nicht verwickelt war, ins Gefängnis, und *alles, was er besaß*, ging in den Besitz der Regierung über.

Sein Land, das vor ihm sein Vater, sein Großvater und sein Urgroßvater bestellt hatten! Sein Haus, das mit den Balken, in denen er noch die Spuren seines Urgroßvaters erkennen konnte, wie eine Arche aussah!

In den achtzehn Jahren unserer Ehe hatten wir uns nicht so gestritten wie an diesem Tag. Nachts, im Schlafzimmer, schüttete der Mann, der mir gegenüber nie die Stimme erhoben hatte, den geballten Zorn seiner drei Vorfahren über mir aus. »Bist du wahnsinnig, *mujer*, sie ins Haus einzuladen? Willst du deine Söhne um ihr Erbe bringen?«

Raúl Ernesto fing an zu heulen, als wollte er seinem Vater antworten. Ich gab ihm die Brust, und als er sich endlich beruhigt hatte, legte ich ihn in die Wiege, um seinem Vater ein wenig Zärtlichkeit zu entlocken und ihn daran zu erinnern, daß ich auch für ihn welche übrig hatte.

Aber er wies mich von sich. Es war das erstemal, daß Pedrito González mich verschmähte, und das versetzte mir tief im Herzen einen Stich, zumal ich nach der Geburt des Kindes gerade eine Phase durchlebte, in der ich mich leer fühlte und mir sehnlichst wünschte, es wäre wieder in meinem Bauch. Der einzige Trost in einer solchen Zeit ist es, wenn der Vater diese Leere ausfüllt und dich spüren läßt, daß er sich in dir wohl fühlt.

»Wenn du gesehen hättest, was ich in den Bergen gesehen habe«, beschwor ich ihn, und bei der Erinnerung an den toten Jungen brach ich erneut in Tränen aus. »Ay, Pedrito, wie können wir gute Christen sein und gleichzeitig unseren Brüdern und Schwestern den Rücken zukehren?«

»Du bist in erster Linie deinen *Kindern*, deinem *Mann* und deinem *Zuhause* verpflichtet!« Sein Gesicht war von Wut so umwölkt, daß ich den Mann, den ich liebte, nicht mehr erkennen konnte. »Monatelang habe ich sie auf unserem Grund und Boden geduldet. Sollen sie sich doch von jetzt an drüben in eurem Haus, bei den Mirabals, treffen!«

Stimmt, unser Elternhaus wäre, logisch betrachtet, die Alternative gewesen, aber dort wohnten jetzt Dedé und Jaimito. Ich hatte Dedé bereits darauf angesprochen, aber Jaimito hatte seine Zustimmung verweigert.

»Du glaubst doch selbst an das, wofür sie sich einsetzen, Pedrito«, erinnerte ich ihn. Ich weiß nicht, was in mich fuhr, aber ich wollte dem Mann, der vor mir stand, weh tun. Ich wollte die Schale dieses engstirnigen Menschen aufbrechen, damit wieder der großherzige Mann zum Vorschein kam, den ich geheiratet hatte. Also sagte ich ihm die Wahrheit mitten ins Gesicht. Sein Erstgeborener wollte den Besitz nicht übernehmen. Nelson hatte sich bereits für den Herbst um einen Studienplatz an der Universität beworben. Und dazu kam noch etwas, was ich mit absoluter Sicherheit wußte: Er war zusammen mit seinen Onkeln längst im Untergrund tätig. »Ihn lieferst du an den SIM aus, wenn du so weitermachst!«

Pedrito fuhr sich mit seinen großen Händen übers Gesicht und ließ mutlos den Kopf hängen. »Gott steh' ihm bei, Gott steh' ihm bei«, murmelte er vor sich hin, und ich bereute aus tiefstem Herzen, daß ich ihm so weh getan hatte.

Später aber, in der Nacht, begehrte er mich mit seinem alten Hunger. Er brauchte es nicht auszusprechen, daß er jetzt einer von uns war, denn ich erkannte es an der resoluten Art und Weise, wie er mich an den Ort führte, an dem sich schon sein Urgroßvater, sein Großvater und sein Vater mit ihren Frauen getroffen hatten.

So kam es, daß unser Haus zum Stammhaus der Bewegung wurde.

Dort, hinter abgesperrten Türen und geschlossenen Fensterläden, verschmolz die ACC mit der Gruppe, die Manolo und Minerva vor über einem Jahr ins Leben gerufen hatten. Zusammen zählten wir rund vierzig Mitglieder. Ein Zentralkomitee wurde gewählt und Minerva als Vorsitzende vorgeschlagen, aber sie ließ Manolo den Vortritt.

Dort, im selben Wohnzimmer, in dem Noris vor kurzem die ersten Verehrer empfangen hatte, gab sich die Gruppe einen neuen Namen, und dabei stritten sich die Mitglieder wie Schulmädchen, die sich darum zanken, wer wessen Hand halten darf. Einer wollte einen hochfliegenden Namen, der zugleich die wichtigsten Ziele umriß: Revolutionäre Partei der Dominikanischen Integrität. Minerva aber führte mitten durch das Kuddelmuddel unbeirrt zum Kern der Angelegenheit zurück. Sie schlug vor, daß wir uns nach den Männern benennen sollten, die in den Bergen deh Tod gefunden hatten.

Da rief die sonst so stille Patria Mercedes (alias Mariposa Nummer 3) zum zweitenmal in ihrem Leben aus: »Gesegnet sei die Revolution!«

So kam es, daß zwischen diesen Wänden, an denen unter anderem ein Porträt von El Jefe hing, die *Bewegung Vierzehnter Juni* gegründet wurde. Unser Auftrag lautete, einen Umsturz im Inneren des Landes herbeizuführen, statt auf Hilfe von außen zu warten.

Dort, auf demselben Resopaltisch, auf dem noch Eigelbspuren vom Familienfrühstück klebten, wurden die Bomben hergestellt. Kolben nannten wir sie. Es war der Schock meines Lebens, als ich sah, wie María Teresa, die so flink mit der Nähnadel umgehen konnte, die feinen Drähte mit Hilfe einer Pinzette und einer kleinen Schere zusammendrehte.

Dort, auf derselben Bambuscouch, auf der mein Sohn Nelson als kleiner Junge mit dem von seinem Vater eigens für ihn geschnitzten Holzgewehr gespielt hatte, saß er nun neben Padre de Jesús und zählte die Munition für die Selbstladegewehre Kaliber .32, die wir in wenigen Wochen an einem vereinbarten Ort erhalten sollten. Ein gewisser Ilander, den wir Adler nannten, hatte mit den Kampfgenossen im Exil den Abwurf der Ladung aus der Luft vorbereitet.

Dort, auf demselben Schaukelstuhl, auf dem ich jedem meiner Kinder die Brust gegeben hatte, saß meine Schwester Minerva und blickte durch den Sucher eines M-1-Karabiners – noch vor einem Monat hätte ich ihn nicht von einer Schrotflinte unterscheiden können. Als ich verfolgte, was sie durch das Fenster aufs Korn nahm, stieß ich einen so lauten Schrei aus, daß sie zusammenfuhr: »Nein, nein, nicht die Mimosen!«

Noris hatte ich zu ihrer Großmutter nach Conuco geschickt. Ich hatte ihr erzählt, wir müßten in ihrem Zimmer ein paar Reparaturen vornehmen, und das war nicht einmal gelogen, weil wir dort die Kisten zusammenbauten. Dort, zwischen ihren gehäkelten rosafarbenen Pudeln, den Parfum-fläschchen und den Schnappschüssen von ihrer *quinceañera*-Party, versteckten wir unser Arsenal mit einem Sortiment von Pistolen und Revolvern, drei Smith & Wesson Pistolen Kaliber .38, sechs M-1-Karabinern Kaliber .30, vier M-3-Maschinengewehren und einer von einem *guardia* gestohlenen Thompson Kaliber .45. Ich werde nie vergessen, wie Mate und ich die Listen eigenhändig in Schönschrift zusammenstellten, die uns die Nonnen zum Abschreiben von Bibelpassagen gelehrt hatten.

Dort, auf den alten, fruchtbaren Feldern, verscharrten Pedrito, sein Sohn und eine Handvoll anderer Männer die Kisten, nachdem wir sie bestückt und versiegelt hatten. Zwischen die Wurzeln der Kakaobäume bettete Pedrito die unheilvolle Saat, aber er machte den Anschein, als hätte er Frieden geschlossen mit der Gefahr, die er einging. Auch dies sei eine Art, die Felder zu bestellen, sagte er später zu mir, eine, die er mit seinem Sohn Nelson teilen konnte. Von jenem zerstörerischen Saatgut würden wir schon bald – sehr bald – unsere Freiheit ernten.

Dort, an dem Kaffeetisch, an dem sich Noris einmal bei einer Rauferei mit ihrem Bruder einen Zahn ausgeschlagen hatte, wurde der Angriffsplan ausgearbeitet. Am 21. Januar, dem Tag der Gnadenreichen Jungfrau Maria, sollten die einzelnen Gruppen hier zusammentreffen, um sich zu bewaffnen und in letzter Minute ihre Anweisungen entgegenzunehmen.

Dort, über diesen Flur, ging ich während jener letzten Tage des Jahres 1959; ich ging in den Zimmern meiner Kinder ein und aus, am Wohnzimmer vorbei und durch die *galería* auf der Rückseite des Hauses in den Hof, und ich fragte mich voller Unruhe, ob es richtig gewesen war, meine Familie der Willkür des Militärischen Geheimdienstes auszusetzen. Dabei sah ich immer wieder das Haus in den Bergen vor mir, sah, wie das Dach einstürzte und die Mauern in sich zusammenfielen, als wäre es nur ein lächerliches, auf Sand gebautes Haus. Es war ein Kinderspiel, diese Schreckensvision auf mein eigenes Haus zu übertragen und mir vorzustellen, wie es in sich zusammenbrach.

Während ich hin- und herging, baute ich es in Gedanken und unter Gebeten wieder auf, ich hängte die Tür in die quietschenden Angeln, nagelte die Bodendielen fest, setzte die Querbalken ein. »Gott stehe uns bei«, sagte ich immer wieder vor mich hin. »Gott stehe uns bei!« Meistens hielt ich Raulito in den Armen, der entsetzlich schrie, und so schritt ich auf und ab, um nicht nur ihn, sondern auch mich zur Ruhe zu bringen.

III
1960

– 9 –

Dedé
1994 und 1960

Als Dedé wieder einmal verstummt, bemerkt sie, wie sich die Stille im Garten langsam vertieft und dunkle Blumen aufblühen, deren Duft sich durch den Mangel an Farben und Licht verstärkt. Die Interviewerin ist nur noch ein schattiges Gesicht, das allmählich die Konturen verliert.

»*Wenn die Schatten der Nacht sich herabsenken, eilt der Reisende heimwärts und der campesino sagt seinen Feldern Lebewohl*«, zitiert Dedé.

Hastig springt die Frau von ihrem Stuhl auf, als hätte Dedé ihr die Tür gewiesen. »Ich habe nicht gemerkt, daß es schon so spät ist«, entschuldigt sie sich.

»Nein, nein, das sollte keine *indirecta* sein.« Dedé lacht und fordert die Frau mit einem Wink auf, wieder Platz zu nehmen. »Ein paar Minuten haben wir noch.« Die Frau setzt sich auf die vordere Stuhlkante, als hätte sie begriffen, daß das eigentliche Interview nun vorbei ist.

»Diese Zeilen gehen mir um diese Tageszeit immer durch den Kopf«, erklärt Dedé. »Minerva hat sie in den letzten Monaten, als sie, Mate und Patria drüben bei Mamá wohnten, oft aufgesagt.« Als sie merkt, daß der Wohnortwechsel die Frau stutzig macht, fügt sie hinzu: »Ihre Männer saßen im Gefängnis – alle bis auf Jaimito.«

»Was für ein Glück!« versetzt ihr Gast.

»Es war kein Glück«, widerspricht Dedé. »Es lag nur daran, daß er nicht direkt in die Sache verwickelt war.«

»Und Sie?«

Dedé schüttelt den Kopf. »Damals hörten wir Frauen noch auf

unsere Männer.« Was für eine alberne Ausrede! Man braucht sich nur Minerva anzuschauen. »Oder sagen wir lieber, *ich* hörte auf meinen Mann«, berichtigt sich Dedé. »*Ich* hielt mich aus allem raus.«

»Das kann ich gut verstehen«, beeilt sich die Frau zu sagen, als wollte sie Dedé vor Anfechtungen bewahren. »In den Staaten ist es immer noch so. Wissen Sie, was die meisten Frauen in meinem Bekanntenkreis sagen würden, wenn man ihren Männern einen Job in Texas anbieten würde? Nun, dann soll es eben Texas sein.«

»In Texas war ich noch nie«, sagt Dedé versonnen und fügt gleich darauf wie zur Entschuldigung hinzu: »Ich habe erst später mitgemacht.«

»Wann?« fragt die Frau.

Mit lauter Stimme bekennt Dedé: »Als es zu spät war.«

Die Frau legt Notizblock und Stift beiseite, kramt in ihrer Handtasche nach den Schlüsseln, und da fällt es ihr wieder ein: Sie hat sie im Auto in den Aschenbecher gelegt, damit sie sie leichter wiederfindet! Ständig verliere sie etwas, verkündet sie, und es klingt, als wäre sie stolz darauf. In ihrem vermurksten Spanisch liefert sie ein paar Beispiele aus jüngster Zeit.

Dedé fragt sich besorgt, ob diese Frau im Dunkeln zurück zur Hauptstraße findet. Wie dünn sie ist, und wie ihr Haar fliegt und ins Gesicht hängt! Wie wär's mit ein bißchen Haarspray? Mit dem Haar ihrer Nichte Minou ist es dasselbe. Was soll das Gewese um irgendso eine Schicht im Weltraum, wenn die Frauen dafür aussehen, als kämen sie von einem anderen Stern?

»Soll ich Ihnen bis zur Abzweigung am Anacahuita-Baum vorausfahren?« bietet sie der Interviewerin an.

»Sie können Auto fahren?« Alle wirken immer so überrascht, und nicht etwa nur die amerikanischen Frauen, die dies hier sowieso für ein »unterentwickeltes« Land halten und sich einbilden, daß Dedé wie in alten Zeiten in einer Kutsche und mit einer Mantilla über dem Haar durch die Gegend fährt, sondern auch ihre eigenen Nichten und Neffen und sogar ihre Söhne ziehen sie mit ihrem kleinen Subaru auf. Ihre Mamá Dedé – eine moderne Frau! ¡Epa! Aber in so vielen anderen Dingen habe ich mich nicht geändert, überlegt Dedé. Letztes Jahr, auf ihrer Prämienreise nach Spanien, ist da dieser gutaussehende Kanadier gewesen, der ihr Avancen gemacht hat, und obwohl ihre Scheidung inzwischen über zehn Jahre zurückliegt, hat sich Dedé die kleine Eskapade nicht gestattet.

»Ich finde mich schon zurecht«, sagt die Frau und blickt zum Himmel auf. »Huch, es ist fast dunkel.«

Die Nacht hat sich herabgesenkt. Ein Stück weiter, auf der Straße, hören sie ein Auto, das es offensichtlich eilig hat, nach Hause zu kommen. Die Interviewerin verabschiedet sich von Dedé, und sie gehen gemeinsam durch den dunklen Garten zu der Hausseite, wo der gemietete Datsun geparkt ist.

Da biegt ein Wagen in die Auffahrt ein, und die Scheinwerfer strahlen ihnen mitten in die Augen. Wie Tiere, die von den Lichtbündeln eines näherkommenden Autos erfaßt werden, bleiben Dedé und die Frau wie angewurzelt stehen.

»Wer kann das sein?« überlegt Dedé laut.

»Ihr nächster *compromiso*, oder?« erinnert sie die Frau.

Da erst fällt Dedé ihre Ausrede wieder ein. »Ach ja, natürlich«, sagt sie und späht ins Dunkle. »¡*Buenas!*« ruft sie.

»Ich bin's, Mamá Dedé«, ruft Minou zurück. Krachend fällt die Wagentür zu. Dedé zuckt zusammen. Eilige Schritte sind zu hören.

»Was zum Himmel treibt dich hierher? Ich habe dir tausendmal gesagt, daß du das nicht tun sollst!« schimpft Dedé ihre Nichte. Es ist ihr egal, ob ihre Notlüge auffliegt. Minou und die anderen Nichten wissen genau, wie sehr sich Dedé aufregt, wenn sie nach Einbruch der Dunkelheit auf den Straßen unterwegs sind. Hätten ihre Mütter nur bis zum nächsten Morgen gewartet, um über die verlassene Straße in den Bergen zurückzufahren, wären sie vielleicht noch am Leben und könnten ihre Töchter selbst über die Gefahren nächtlicher Fahrten aufklären.

»*Ya, ya*, Mamá Dedé.« Minou bückt sich und gibt ihrer Tante einen Kuß. Sie ist nach beiden Elternteilen geraten und somit einen

Kopf größer als Dedé. »Es hat sich zufällig so ergeben, weil ich nur eine Stunde von hier entfernt war.« Eine kurze Pause tritt ein. Dedé ahnt, was jetzt kommt, aber Minou zögert noch, weil sie sich auf neuerliche Schelte gefaßt macht. »Ich war drüben bei Fela.«
»Und? Was gibt's Neues von den Mädchen?« fragt Dedé spitz. Sie merkt, wie die Interviewerin neben ihr aufhorcht.
»Können wir uns nicht erst mal setzen?« fragt Minou. In ihrer Stimme schwingt Erregung mit, die Dedé sich nicht recht erklären kann. Sie hat ihrer Nichte die Freude an ihrem Besuch verdorben, weil sie, kaum daß sie aus dem Auto gestiegen war, über sie hergefallen ist. »Ja, komm nur, du hast ganz recht. Verzeih deiner alten Tante ihre schlechten Manieren, Laß uns eine *limonada* trinken.«
»Ich wollte gerade gehen«, bringt sich die Interviewerin in Erinnerung und fügt, zu Minou gewandt, hinzu: »Hoffentlich sehen wir uns mal wieder.«
»Wir haben uns noch gar nicht vorgestellt«, antwortet Minou lächelnd.
Dedé entschuldigt sich für ihre Unaufmerksamkeit und macht die Frau mit ihrer Nichte bekannt, und schon schüttet die Frau in ihrem Kauderwelsch einen Schwall von Dankbarkeitsbezeugungen über ihr aus. Du liebe Güte! Sie kriegt sich kaum mehr ein vor Freude darüber, daß sie nicht nur die Schwester, sondern nun auch die Tochter der Heldin der *Bewegung Vierzehnter Juni* kennengelernt hat. In Dedé zieht sich alles zusammen. Ihr ist das peinlich. Im Gegensatz zu ihrer Tante können die Kinder mit überschwenglichen Lobeshymnen nichts anfangen.
Aber Minou kichert nur in sich hinein. »Besuchen Sie uns bald wieder«, lädt sie die Frau ein, und um ihr an Höflichkeit nicht nachzustehen, fügt Dedé hinzu: »Genau. Den Weg kennen Sie ja nun.«

»Ich war also bei Fela«, greift Minou das Thema wieder auf, nachdem sie sich mit einer frischen Limonade hingesetzt hat.
Dedé entgeht nicht, daß ihre Nichte ihre Erregung nur mit Mühe bezwingen kann. Was ist nur los? überlegt Dedé. Behutsam

drängt sie Minou: »Sag mir, was die Mädchen dir heute erzählt haben.«

»Das ist es ja gerade«, antwortet Minou, und ihre Stimme ist noch immer zittrig. »Sie haben sich nicht gemeldet. Fela meint, daß sie wohl endlich zur Ruhe gekommen sind. Mir wurde ganz komisch, als sie das sagte. Statt mich darüber zu freuen, war ich traurig.«

Das letzte Band zu ihrer Mutter, mochte es auch noch so zart sein! Daher also die Erregung, sagt sich Dedé. Plötzlich fällt es ihr wie Schuppen von den Augen. Sie weiß ganz genau, warum Fela an diesem Nachmittag einen Blackout gehabt hat. »Keine Sorge.« Dedé tätschelt die Hand ihrer Nichte.

»Sie sind noch da.«

Minou sieht ihre Tante finster an. »Machst du dich schon wieder über mich lustig?«

Dedé schüttelt den Kopf. »Ich schwöre dir, sie waren hier. Den ganzen Nachmittag.«

Minou sucht auf dem Gesicht ihrer Tante nach einer Spur von Ironie. Nach einer Weile sagt sie: »Na gut. Darf ich dich etwas fragen, so wie ich Fela immer frage?«

Dedé lacht gekünstelt. »Schieß los.«

Minou zögert kurz, aber dann spricht sie klar und deutlich aus, was wohl so mancher Dedé hat längst fragen wollen, es sich aber aus Höflichkeit verkniffen hat. Wer sonst, wenn nicht Minervas Fleisch und Blut, hätte Dedé mit der Frage konfrontieren können, um die sie selbst immer einen großen Bogen gemacht hat? »Ich habe mich immer gefragt ... ich meine, ihr habt euch alle so nahegestanden, warum hast du dich ihnen nicht angeschlossen?«

Selbstverständlich erinnert sie sich noch genau an jenen sonnigen Nachmittag zu Beginn des neuen Jahres, als Patria, Mate und Minerva sie besuchten.

Sie war gerade dabei, im Garten ein neues Beet anzulegen, und genoß die Stille, wie sie bei ihnen zu Hause nur selten herrschte. Das Mädchen hatte frei, Jaimito war wie jeden Sonntagnachmittag zur großen *gallera* nach San Francisco gefahren und hatte ihre drei Söhne mitgenommen. Dedé erwartete sie erst spät zurück. Ihre Schwestern mußten von Mamás Haus an der Hauptstraße aus gesehen haben, daß Jaimito ohne sie mit dem Pick-up davonfuhr, und da waren sie losgeeilt, um ihr einen Überraschungsbesuch abzustatten.

Als Dedé hörte, wie vor dem Haus ein Wagen hielt, erwog sie gerade, einen Spaziergang zum Kakaohain zu machen. Sie fühlte sich in letzter Zeit so einsam. Ein paar Abende zuvor hatte sich Jaimito beklagt, seiner Mutter sei aufgefallen, daß Dedé nicht mehr so lebhaft wie früher sei. Nur noch selten schaute sie bei Doña Leila mit einem Hibiskusschößling, den sie eigenhändig herangezüchtet hatte, oder einem Blech selbstgebackener *pastelitos* vorbei. Ja, es stimmte, »Señorita Sonrisa« verlor allmählich ihr Lächeln. Lange hatte Dedé ihren Mann angesehen, als wollte sie mit ihrem Blick aus dem herrschsüchtigen, altmodischen Macho, zu dem er sich entwickelt hatte, den jungen Mann ihrer Träume hervorzaubern. »Ach ja? Sagt deine Mutter das?«

Er saß in Pantoffeln auf der *galería* und genoß die kühle Abendluft. Nach einem letzten Schluck aus seinem Rumglas antwortete er: »Ja, das sagt meine Mutter. Bitte hol mir noch was zu trinken, Mami.« Er hielt ihr das Glas hin, und Dedé ging zum Eisschrank hinter dem Haus. Dort brach sie in Tränen aus. Sie wollte von ihm hören, daß es *ihm* aufgefallen war. Allein dadurch hätte er vieles besser gemacht, obwohl sie selber nicht genau wußte, was eigentlich nicht stimmte.

Deshalb packte sie das Entsetzen, als sie ihre drei Schwestern an jenem Nachmittag die Auffahrt heraufkommen sah. Es war, als rückten die drei Schicksalsgöttinnen mit gezückten Scheren auf sie zu, um den Knoten zu durchtrennen, der Dedés Leben bislang notdürftig zusammengehalten hatte.

Sie wußte, weshalb sie gekommen waren.

Patria hatte sich im vergangenen Herbst mit einer befremdlichen Bitte an sie gewandt. Ob sie zwischen den Kakaobäumen auf den Feldern hinter ihrem Elternhaus ein paar Kisten vergraben könnten?

Fassungslos hatte Dedé erwidert: »Aber, Patria! Wer hat dich denn geschickt?«

Patria sah sie verständnislos an. »Wir machen alle mit, falls du das meinst. Ich frage dich das in eigener Sache.«

»Verstehe«, sagte Dedé, aber in Wirklichkeit argwöhnte sie, daß Minerva dahintersteckte. Minerva, die Drahtzieherin. Bestimmt hatte sie Patria geschickt, weil sie selbst nicht kommen wollte, denn sie und Dedé waren nicht gut aufeinander zu sprechen. Zwar waren Jahre vergangen, seit sie sich offen befehdet hatten – seit der Geschichte mit Lío, war es nicht so? –, aber erst unlängst waren ihre hitzigen kleinen Wortgefechte wieder aufgelodert.

Wie sollte Dedé reagieren? Erst einmal mußte sie mit Jaimito sprechen. Als sie Patrias enttäuschte Miene sah, verteidigte sie sich mit den Worten: »Soll ich etwa über Jaimitos Kopf hinweg entscheiden? Es ist nur gerecht, ihn zu fragen. Schließlich bestellt er unser Land und ist hier für alles verantwortlich.«

»Kannst du nicht allein eine Entscheidung treffen und sie ihm dann mitteilen?«

Dedé starrte ihre Schwester ungläubig an.

»Ich habe es so gemacht«, fuhr Patria fort. »Ich habe mich den anderen angeschlossen und anschließend Pedrito überredet, auch mitzumachen.«

»Nun, in unserer Ehe läuft das eben anders«, versetzte Dedé und zwang sich zu einem Lächeln, um den gereizten Unterton ihrer Worte abzumildern.

»Wie läuft es denn in eurer Ehe?« Patria warf ihr einen ihrer unschuldigen Blicke zu, gegen die Dedé nicht gewappnet war. Sie wandte das Gesicht ab.

»Du kommst mir so anders vor, als wärst du nicht mehr du selbst«, sagte Patria und griff nach Dedés Hand. »Du wirkst so – ich weiß auch nicht – so in dich gekehrt. Stimmt etwas nicht?«

Es war weniger Patrias Frage als vielmehr der besorgte Klang ihrer Stimme, der Dedé auf jenen verlassenen Winkel ihrer selbst zurückwarf, in dem sie Liebe zu geben *und* zu empfangen gehofft hatte, in vollem Maße und in beiden Richtungen.

Plötzlich war es um ihre Beherrschung geschehen. Obwohl sie sich bemühte, Patria wie üblich ein tapferes Lächeln zu zeigen, brach Señorita Sonrisa in Tränen aus.

Nach Patrias Besuch *hatte* Dedé mit Jaimito geredet. Wie nicht anders zu erwarten, war seine Antwort ein kategorisches Nein gewesen. Nicht erwartet aber hatte sie, daß er wütend auf sie wurde, weil sie die Sache überhaupt in Betracht gezogen hatte. Die Mirabal-Schwestern kommandierten ihre Männer gern herum, das sei das Problem, aber in diesem Haus habe er die Hosen an.

»Schwöre mir, daß du dich von ihnen fernhältst!«

Sonst hob er nur die Stimme, wenn er sich aufregte, aber an diesem Abend packte er ihr Handgelenk und stieß sie aufs Bett – angeblich nur, wie er später behauptete, um sie zur Vernunft zu bringen. »Schwöre es!«

Im Rückblick fragt sich Dedé dasselbe, was Minou sie soeben gefragt hat: Warum? Warum hat sie sich ihren Schwestern nicht angeschlossen? Sie war erst vierunddreißig. Sie hätte ein neues Leben anfangen können. Doch nein, ruft sie sich zur Ordnung, sie hätte nicht von vorne angefangen. Sie wäre mit ihnen auf der verlassenen Bergstraße umgekommen.

In jener Nacht aber, als ihr die Ohren noch immer von Jaimitos Gebrüll klangen, wäre Dedé bereit gewesen, ihr Leben zu riskieren. Nur ihre Ehe konnte sie nicht aufs Spiel setzen. Sie als die Zweitgeborene war schon immer ein folgsames Kind gewesen und daran gewöhnt, sich nach einer Leitfigur zu richten. Neben einer Altstimme sang sie Alt, neben einem Sopran Sopran. Die fröhliche, fügsame Señorita Sonrisa. Ihr Leben war so eng mit dem ihres herrschsüchtigen Mannes verknüpft, daß sie vor der Herausforderung, die ihre Schwestern ihr stellten, zurückschrak.

Dedé schickte Patria eine kurze Nachricht: *Tut mir leid, aber Jaimito sagt nein.*

Danach mied sie ihre Schwestern wochenlang.

Und jetzt waren sie hier, alle drei – ihr Rettungskommando. Dedés Herz pochte wild, als sie ihnen entgegenging. »Wie schön, euch zu sehen!« Señorita Sonrisa lächelte, ja sie *wappnete* sich mit einem Lächeln. Sie führte sie durch den Garten, blieb mal hier, mal da stehen und wies sie auf neue Pflanzen hin. Als statteten sie ihr einen Anstandsbesuch ab! Als wären sie gekommen, um sich anzuschauen, wie ihr Jasmin gedieh!

Sie setzten sich in den Patio und tauschten ein paar Belanglosigkeiten aus. Die Kinder waren alle erkältet. Die kleine Jacqueline wurde in einem Monat ein Jahr alt. Raulito hielt Patria rund um die Uhr wach. Der Kleine schlief noch immer nicht die ganze Nacht durch. In dem Buch von diesem Gringoarzt, das sie gerade las, stand, daß die Eltern daran schuld seien, wenn ihr Kind an Koliken litt. »Bestimmt fängt Raulito die Anspannung auf, die bei uns zu Hause herrscht. Apropos auffangen: Minou hat ein Schimpfwort für Trujillo nachgeplappert. Frag lieber nicht, welches, Sie muß es von den Eltern aufgeschnappt haben. Wir müssen in Zukunft besser aufpassen. Stellt euch vor, was alles passieren kann, wenn sich auf unserem Grundstück so ein Spitzel wie der Stallbursche Prieto herumtreibt!«

Stellt euch vor! Unbehagliches Schweigen machte sich breit. Dedé schlang die Arme um ihren Körper. Sie machte sich darauf gefaßt, daß Minerva gleich ein leidenschaftliches Plädoyer eröffnen würde, warum sie das Ackerland der Familie als Munitionslager hernehmen sollten, aber statt dessen ergriff Mate das Wort, ihre kleine Schwester, die das Haar noch immer zu Zöpfen flocht und sich stets genauso anzog wie ihr Töchterchen.

Sie seien gekommen, sagte sie, weil ein großes Ereignis, ja, ein richtig großes Ereignis vor der Tür stehe. Mate machte dabei große, staunende Kinderaugen.

Minerva fuhr sich mit dem Zeigefinger quer über die Kehle und ließ die Zunge heraushängen. Patria und Mate kicherten nervös.

Dedé konnte es einfach nicht glauben. Sie waren völlig verrückt geworden! »Das ist eine ernste Angelegenheit!« ermahnte sie ihre Schwestern. Wut stieg in ihr auf und ließ ihr Herz schneller klopfen, eine Wut, die nichts mit dieser »ernsten Angelegenheit« zu tun hatte.

»Allerdings«, bemerkte Minerva lachend. »Die Ziege wird sterben.«

»In weniger als drei Wochen!« Mate keuchte vor Aufregung.

»Am Tag der Heiligen Jungfrau!« rief Patria, schlug das Kreuzzeichen und drehte die Augen zum Himmel. »*Ay*, Virgencita, wach über uns!«

Dedé zeigte auf ihre Schwestern und fragte: »Wollt ihr es etwa selber tun?«

»Himmel, nein!« rief Mate, die allein die Vorstellung erschreckte. »Die Aktionsgruppe wird Gerechtigkeit üben, dann werden die einzelnen Zellen ihre Städte und Dörfer befreien. Wir werden die Festung von Salcedo einnehmen.«

Dedé war drauf und dran, ihre kleine Schwester an ihre Angst vor Spinnen, Würmern und Nudeln in der Suppe zu erinnern, ließ sie jedoch weiterreden. »Wir sind auch eine Zelle, weißt du, und in der Regel besteht eine Zelle aus drei Personen, aber wir könnten unsere auf vier ausweiten.« Mate sah Dedé hoffnungsvoll an. Als forderten sie sie auf, in einer Volleyballmannschaft mitzuspielen!

»Ich weiß, das kommt ein bißchen plötzlich«, räumte Patria ein, »aber es ist etwas anderes als die Sache mit den Kisten, Dedé. Diesmal sieht es ernst aus.«

»Es *ist* ernst«, bekräftigte Minerva.

»Du brauchst dich nicht sofort zu entscheiden«, schlug Patria vor, als befürchtete sie, Dedé könnte einen übereilten Entschluß fassen. »Laß es dir durch den Kopf gehen und schlaf erst mal drüber. Nächsten Sonntag findet bei mir eine Versammlung statt.«

»*Ay*, wir vier, wie in alten Zeiten!« Mate klatschte in die Hände.

Als Dedé spürte, daß sie vom Schwung ihrer Schwestern mitgerissen zu werden drohte, schob sie sich selbst den bewährten Riegel vor. »Und was ist mit Jaimito?«

Wieder machte sich unbehagliches Schweigen breit. Ihre Schwestern sahen sich an. »Die Einladung gilt auch für unseren Vetter«, sagte Minerva in dem steifen Ton, den sie jedesmal anschlug, wenn es um Jaimito ging. »Du weißt selbst am besten, ob es sich lohnt, ihn zu fragen.«

»Wie meinst du das?« fragte Dedé schnippisch.

»Damit meine ich, daß ich nicht weiß, wo Jaimito politisch steht.«

Dedés Stolz war verletzt. Egal, welche Probleme sie hatten – Jaimito war ihr Mann und der Vater ihrer Kinder. »Jaimito ist kein *trujillista*, falls du das damit andeuten willst. Nicht mehr, als ... als Papá einer war.«

»Auf seine Art *war* Papá ein *trujillista*«, erwiderte Minerva.

Entsetzt sahen ihre Schwestern sie an. »Papá war ein Held!« Dedé schäumte vor Wut. »Er ist an den Folgen von allem, was er im Gefängnis durchgemacht hat, gestorben. Das müßtest *du* am besten wissen. Er ist gestorben, um *dir* Probleme zu ersparen!«

Minerva nickte. »Das stimmt. Sein Motto war immer: Schlafende Hunde weckt man nicht. Männer wie er und Jaimito und andere ängstliche *fulanitos* sind daran schuld, daß der Teufel seit so vielen Jahren an der Macht ist.«

»Wie kannst du so über Papá reden?« Dedé hörte, wie ihre eigene Stimme immer lauter wurde. »Wie könnt ihr zulassen, daß sie das über Papá sagt?« wandte sie sich hilfesuchend an ihre Schwestern.

Mate hatte zu weinen angefangen.

»Wir sind nicht gekommen, um uns zu streiten«, ermahnte Patria Minerva, die aufstand, ans Geländer der Veranda trat und in den Garten starrte.

Rasch durchkämmte Dedé mit Blicken den Hof, als befürchtete sie, ihre Schwester könnte auch dort etwas zu beanstanden haben, aber der Kroton war saftiger denn je, und die vielfarbige Bougainvillea, bei der sie schon die Hoffnung aufgegeben hatte, trug jede Menge rosafarbener Blüten. Die Beete waren gepflegt und ohne Unkraut. Alles machte einen ordentlichen Eindruck. Nur in dem neuen Beet, das sie gerade hatte anlegen wollen, war die Erde aufgewühlt, und mit den groben braunen Klumpen sah es zwischen all den alteingesessenen Pflanzen wie eine offene Wunde aus – ein unerfreulicher Anblick.

»Wir wollen, daß du mitmachst. Deshalb sind wir hier.« Erwartungsvoll richtete Minerva den Blick auf ihre Schwester.

»Und was ist, wenn ich nicht kann?« fragte Dedé mit bebender Stimme. »Jaimito hält das für Selbstmord. Er hat gesagt, er verläßt mich, wenn ich mich auf diese Sache einlasse.« So, jetzt war es heraus! Dedé spürte, wie ihr die Schamröte ins Gesicht stieg. Sie verschanzte sich hinter ihrem Mann, brachte Schande über ihn statt über sich selbst.

»Unser lieber Vetter«, bemerkte Minerva sarkastisch, verstummte jedoch sofort, als Patria ihr einen Blick zuwarf.

»Jeder hat seine Gründe für die Entscheidungen, die er trifft«, schaltete Patria sich ein, um die gespannte Stimmung ein wenig zu entschärfen, »und das müssen wir respektieren.«

Gesegnet seien die Friedensstifter, dachte Dedé, aber sie konnte sich beim besten Willen nicht daran erinnern, welcher Lohn ihnen für ihr Tun winkte.

»Egal, wie deine Entscheidung ausfällt – wir haben Verständnis dafür«, schloß Patria und sah ihre Schwestern eine nach der anderen an.

Mate nickte, aber Minerva mußte wie immer das letzte Wort haben. Als sie ins Auto stieg, erinnerte sie Dedé: »Nächsten Sonntag gegen drei bei Patria.« Und sie fügte hinzu: »Für den Fall, daß du es dir anders überlegst.«

Als Dedé ihnen nachblickte, spürte sie, wie eine Mischung aus Angst und Freude in ihr aufstieg. Ihre Knie zitterten so sehr, daß sie neben dem neuen Blumenbeet niederkniete. Noch bevor sie die Erde geglättet und das Beet mit kleinen Steinen eingefaßt hatte, hatte sie einen Plan ausgeheckt. Erst viel später fiel ihr ein, daß sie keinen Samen in die Erde gesteckt hatte.

Sie würde ihn verlassen.

Verglichen mit diesem Entschluß war es nur noch ein kleiner Schritt, am Treffen der Untergrundbewegung bei Patria teilzunehmen, denn den Sprung ins kalte Wasser hätte sie dann hinter sich. Die ganze Woche über legte sie sich ihren Plan zurecht. Ob sie

Matratzen ausklopfte, den roten Ameisen hinter den Fußleisten zu Leibe rückte, indem sie sie ausräucherte, Zwiebeln für den *mangú* hackte, den sie ihren Söhnen zum Frühstück vorsetzte, oder ihnen *limonsillo-Tee* zu trinken gab, um sie gegen den umgehenden Schnupfen zu schützen – die ganze Zeit über feilte sie an ihrem Plan herum. Sie ergötzte sich an ihrem Geheimnis, das köstlich nach Freiheit schmeckte, während sie im Dunkel des Schlafzimmers das Gewicht ihres Mannes auf sich spürte und wartete, bis alles vorüber war.

Nächsten Sonntag, wenn Jaimito bei seiner *gallera* wäre, wollte Dedé zu dem Treffen fahren. Bei seiner Heimkehr würde er den Zettel auf seinem Kopfkissen vorfinden:

Ich fühle mich, als wäre ich lebendig begraben. Ich muß hier raus. Ich kann mich nicht länger verstellen.

Ihre Ehe war gescheitert. Anfangs anhänglich und liebevoll wie ein Hündchen, hatte er sich in einen launischen Besserwisser verwandelt, und nur selten wurde er von verbissener Reue geplagt, die Leidenschaft hätte sein können, wäre sein Hunger geringer und ihre Begierde dagegen größer gewesen. Ihrem Wesen entsprechend hatte Dedé das Beste aus allem gemacht und sich der Wahrung des häuslichen Friedens und der Ordnung verschrieben. Außerdem gab es so viele Dinge, die sie beschäftigten – die Geburt ihrer Söhne, die Bedrängnis der Familie, als Papá im Gefängnis saß, Papás trauriger Zustand und schließlich sein Tod und ihre eigenen zahlreichen geschäftlichen Mißerfolge. Vielleicht war Jaimito an diesen Mißerfolgen und an ihren Vorhaltungen, sie habe ihr möglichstes getan, um sie zu verhindern, innerlich zerbrochen. Hatte er früher nur in Gesellschaft getrunken, so tat er dies nun zunehmend alleine.

Natürlich machte sie sich Selbstvorwürfe. Vielleicht hatte sie ihn nicht genügend geliebt. Vielleicht hatte er gespürt, daß ihr die meiste Zeit ihres Ehelebens ein anderer Mann im Kopf herumgespukt war.

Lío! Was war wohl aus ihm geworden? Mehrmals hatte sich

Dedé bei Minerva beiläufig nach ihrem gemeinsamen alten Freund erkundigt, aber Minerva wußte nichts Neues. Das letzte, was sie von ihm gehört hatte, war, daß er sich nach Venezuela durchgeschlagen hatte, wo sich eine Gruppe von dominikanischen Exilanten in einem Trainingslager auf die Invasion vorbereitete.

Vor kurzem aber hatte Minerva ihrer Schwester, ohne daß diese sie danach gefragt hätte, im Vertrauen mitgeteilt, ihr alter Freund sei am Leben und putzmunter. »Stell Radio Rumbos auf 99 Megahertz ein.« Minerva wußte, daß Jaimito einen Wutanfall kriegen würde, wenn er Dedé dabei ertappte, wie sie den verbotenen Sender hörte, aber ihre Schwester ließ nicht mit sich reden.

Eines Nachts, nachdem Jaimito, vom Sex erschöpft, in tiefen Schlaf gefallen war, packte Dedé der Übermut: Sie stahl sich davon und schlich in den hinteren Teil des Gartens zu dem kleinen Schuppen, in dem sie die Gartengeräte aufbewahrte. Dort setzte sie sich im Dunkeln auf einen Sack voll Baumrindeschnipseln, die sie für ihre Orchideen sammelte, und drehte langsam am Frequenzregler von Jaimitos Transistorradio. Ein Knistern und Knacken war zu hören, und gleich darauf verkündete eine sehr von sich selbst eingenommene Stimme: »*Verurteilt ihr mich ruhig. Die Geschichte wird mich freisprechen!*«

Pausenlos wurde Fidels Rede um diese späte Stunde abgespielt, wie Dedé bald herausfand. Trotzdem kehrte sie Nacht für Nacht in den Schuppen zurück, und zweimal wurde sie durch die fremd und irgendwie verschwommen klingende Stimme eines Mannes belohnt, der sich als Genosse Virgilio vorstellte. Er drückte sich auf seine typische geschwollene Art und Weise aus, für die sich Dedé nie hatte begeistern können. Dennoch ließ sie von ihren allnächtlichen Ausflügen in den Schuppen nicht ab, denn sie bedeuteten ihr alles. Sie standen für ihre heimliche Rebellion, für das, wonach sich ihr Herz verzehrte, für ihre eigene, nur aus einer Person bestehende Untergrundbewegung.

Während sie ihre Flucht plante, versuchte sie sich Líos Überraschung auszumalen, wenn er erfuhr, daß sich Dedé ihren Schwestern angeschlossen hatte. Er sollte wissen, daß auch sie zu den tapferen Menschen zählte. Sein trauriger, nüchterner Blick, den sie so viele Jahre lang vor ihrem geistigen Auge gesehen hatte, verschmolz mit dem, den ihr nun der Spiegel zurückwarf. *Ich muß hier raus. Ich kann mich nicht länger verstellen.*

Als der Tag näherrückte, befielen Dedé Zweifel, vor allem wenn sie an ihre Söhne dachte. Enrique, Rafael und David – wie konnte sie sie nur verlassen?

Jaimito würde nie zulassen, daß die Kinder bei ihr blieben. Er war, was seine Söhne anging, überaus besitzergreifend und beanspruchte sie für sich, als wären sie sein Eigentum. Man brauchte sich bloß anzusehen, wie er sie benannt hatte. Jeder trug seinen Vor- und Nachnamen: Jaime Enrique Fernández, Jaime Rafael Fernández, Jaime David Fernández. Nur ihr zweiter Vorname, der zwangsläufig zu ihrem Rufnamen wurde, gehörte ihnen allein.

Es war nicht nur die Vorstellung, ihre Söhne zu verlieren, obgleich der Gedanke sie so sehr erschreckte, daß sie von ihrem Vorhaben am liebsten abgelassen hätte. Nein, sie konnte ihre Söhne doch nicht einfach zurücklassen. Wer würde sich zwischen sie und die erhobene Hand stellen, wenn ihr Vater mal wieder die Beherrschung verlor? Wer würde ihnen *mangú* machen, wie sie es gern mochten, ihnen das Haar schneiden, damit sie adrett aussahen, im Dunkeln bei ihnen sitzen, wenn sie Angst hatten, und sie am nächsten Morgen nicht daran erinnern, daß sie Beistand gebraucht hatten?

Sie mußte sich mit jemandem aussprechen, aber ihre Schwestern kamen nicht in Frage. Der Pfarrer! Ihre Kirchenbesuche hatten in letzter Zeit stark nachgelassen. Diese neuartigen militanten Kanzelpredigten hatten etwas Lärmendes, und sie suchte diesen Ort doch auf, um ihr Ohr mit tröstlichen Klängen zu füllen. Nun aber schien sich das, was sie in ihrem Innersten bewegte, mit dem Lärm ausgesöhnt zu haben. Vielleicht hatte dieser neue junge Pfarrer namens Padre de Jesús eine Antwort für sie.

Sie richtete es so ein, daß sie am darauffolgenden Freitag mit Mamás neuen Nachbarn mitfahren konnte, mit Don Bernardo und seiner Frau Doña Belén, einem älteren spanischen Ehepaar, das viele Jahre lang im Süden, in San Cristóbal, gelebt hatte. Sie hatten beschlossen, aufs Land zu ziehen, erklärte Don Bernardo, weil sie hofften, daß die Luftveränderung Doña Belén guttun würde. Etwas stimmte nicht mit der gebrechlichen alten Frau. Sie vergaß die einfachsten Dinge, etwa, wozu man eine Gabel benützte, wie sie ihr Kleid zuknöpfen mußte oder ob man von einer Mango die Samenkörner oder das Fruchtfleisch aß. Don Bernardo beabsichtigte, sie nach Salcedo in die Klinik zu bringen, damit man sie dort wieder einmal einer Reihe von Tests unterzog. »Wir werden wohl erst am späten Nachmittag zurückfahren. Ich hoffe, das kommt Ihnen nicht allzu ungelegen?« entschuldigte er sich. Was war dieser Mensch höflich!

»Nein, keineswegs«, beeilte sich Dedé zu sagen. Sie würde sich an der Kirche absetzen lassen.

»Was haben Sie denn den ganzen Tag in der Kirche zu tun?« Doña Belén besaß die verblüffende Eigenschaft, sich plötzlich mit unerwartetem Scharfsinn zu Wort zu melden, vor allem wenn von Dingen die Rede war, die sie nichts angingen.

»Gemeindearbeit«, schwindelte Dedé.

»Ihr Mirabal-Mädchen habt wirklich einen ausgeprägten Gemeinschaftssinn«, bemerkte Don Bernardo. Zweifellos dachte er dabei an Minerva oder seinen Liebling Patria.

Schwerer war es, Jaimitos Argwohn zu zerstreuen. »Wenn du nach Salcedo mußt, kann ich dich morgen hinfahren.« Es war Freitag morgens, und er betrat das Schlafzimmer, als sie sich gerade ankleidete.

»Jaimito, *por Dios*!« beschwor sie ihn. Den Umgang mit ihren Schwestern hatte er ihr bereits verboten. Wollte er sie jetzt auch noch davon abhalten, eine arme alte Frau zum Arzt zu begleiten?

»Seit wann liegt dir Doña Beléns Gesundheit so am Herzen?« fragte er, und dann sagte er etwas, von dem er wußte, daß es in ihr schlimmste Schuldgefühle auslösen würde. »Wie kannst du die Jungen nur allein lassen? Sie sind krank.«

»Sie haben nur einen Schnupfen, in Gottes Namen. Außerdem ist Tinita bei ihnen.«

Jaimito war von ihrem scharfen Ton so überrascht, daß er mit den Augen blinzelte. Ist es wirklich so einfach, das Kommando zu übernehmen? fragte sich Dedé.

»Tu, was du willst!« Er nickte ahnungsvoll und ballte die Hände zu Fäusten. »Aber vergiß nicht, daß ich nicht damit einverstanden bin!«

Jaimito winkte nicht zurück, als sie aus Ojo de Agua abfuhr. In seinem Blick lag ein unheilvoller Ausdruck, aber Dedé sagte sich, daß sie keine Angst vor ihm zu haben brauchte. Sie würde ihn verlassen, daran klammerte sie sich.

Im Pfarrhaus antwortete niemand auf ihr Klopfen, obwohl sie vormittags jede halbe Stunde zurückkehrte und erneut ihr Glück versuchte. Zwischendurch bummelte sie durch ein paar Geschäfte, und als ihr Jaimitos Blick in den Sinn kam, spürte sie, wie ihre Entschlossenheit langsam dahinschwand. Mittags, als die Geschäfte schlössen, setzte sie sich auf dem Platz in den Schatten eines Baumes und verfütterte ein paar Krumen des Gebäckstücks, das sie gekauft hatte, an die Tauben. Einmal war ihr, als hätte sie Jaimitos Pick-up gesehen, und sofort legte sie sich ein paar Ausreden zurecht, warum sie Doña Belén in der Klinik allein gelassen hatte.

Im Laufe des Nachmittags erblickte sie einen grünen Laster mit Stoffverdeck, der auf die Pforte des Pfarrhauses zusteuerte. Padre de Jesús saß auf dem Beifahrersitz, ein anderer Mann am Steuer, und ein dritter sprang von der Ladefläche, sperrte das Tor auf und schloß es wieder, nachdem der Lastwagen hindurchgefahren war.

Rasch überquerte Dedé die Straße. Ihr blieb nur noch wenig Zeit, bevor sie sich mit Don Bernardo und Doña Belén in der Klinik traf, und sie *mußte* mit dem Pfarrer sprechen. Den ganzen Tag über waren Jas und Neins in ihrem Kopf herumgeschwirrt, immer schneller und schneller, bis ihr vor Unschlüssigkeit schwindelig war. Während sie auf der Bank gewartet hatte, hatte sie sich fest vorgenommen, daß die Antwort des Pfarrers den Ausschlag geben sollte, ein und für alle Mal.

Sie mußte mehrmals klopfen, bis Padre de Jesús endlich an die Tür kam. Er entschuldigte sich überschwenglich – sie hätten gerade den Lastwagen abgeladen, und er hätte den Türklopfer erst jetzt gehört – und bat sie einzutreten. Er werde gleich für sie dasein.

Sie nahm in der kleinen Vorhalle Platz, während er in den angrenzenden Chorraum ging, um die Lieferung zu verstauen. Über seine Schulter hinweg erhaschte Dedé einen Blick auf ein paar halb von einer Zeltplane verdeckte Kisten aus Kiefernholz. Ihre Farbe und längliche Form erinnerte sie an einen Vorfall in Patrias Haus im vergangenen Herbst. Dedé hatte sie besucht, um ihr beim Streichen des Kinderzimmers zu helfen. Sie war in Noris' Zimmer gegangen, um sich nach ein paar alten Laken umzusehen, die sie auf den Boden legen konnten, und im Kleiderschrank war sie hinter den Kleidern auf mehrere, auf der Schmalseite gestapelte Kisten wie diese gestoßen. In diesem Augenblick war Patria hereingekommen. Sie hatte nervös mit den Händen gefuchtelt und stammelnd erklärt, in den Kisten befänden sich neue Werkzeuge. Als Patria sich nicht lange danach mit der Bitte, ein paar Kisten zu verscharren, an sie gewandt hatte, hatte Dedé begriffen, um was für Werkzeuge es sich handelte.

Mein Gott, Padre de Jesús war einer von ihnen! Er würde sie ermutigen, sich dem Kampf anzuschließen. Natürlich würde er das. Ihre Knie zitterten, ihr Atem ging stoßweise, und ihr wurde in diesem Augenblick an diesem Ort klar, daß sie der Sache nicht gewachsen war. Jaimito diente bloß als Vorwand. Sie hatte schlicht und einfach Angst, so wie sie Angst davor gehabt hatte, zu ihren starken Gefühlen für Lío zu stehen. Statt dessen hatte sie Jaimito geheiratet, wohl wissend, daß sie ihn nicht genügend liebte. Ihn hatte sie getadelt, wenn er wieder einmal eine geschäftliche Schlappe hatte einstecken müssen, dabei war in Wirklichkeit sie die Versagerin.

Plötzlich fiel ihr ein, daß sie zu spät zu ihrer Verabredung kam. Im Laufschritt verließ sie das Pfarrhaus, noch bevor Padre de Jesús zurückkehrte, und erreichte die Klinik, als Doña Belén sich gerade verzweifelt bemühte, ihr Kleid zuzuknöpfen.

Sie nahm die schreckliche Stille sofort wahr, als sie das Haus betrat. Jaimitos Pick-up hatte nicht in der Auffahrt gestanden, aber nicht selten fuhr er nach der Arbeit weg, um mit seinen Kameraden ein Glas zu trinken. Diese Stille aber war zu tief und umfassend, um von der Abwesenheit eines einzigen Menschen hervorgerufen zu werden. »Enrique!« rief sie und lief von Raum zu Raum. »Rafael! David!«

Die Zimmer ihrer Söhne waren leer, die Schubladen durchwühlt und offen. Oh, mein Gott! Oh, mein Gott! Dedé spürte, wie die Verzweiflung sie packte. Von den Schreien ihrer Herrin alarmiert, kam Tinita angelaufen, die vor vier Jahren bei Jaime Davids Geburt im Haus angefangen hatte. »Aber Doña Dedé«, sagte sie mit weitaufgerissenen Augen, »Don Jaimito hat die Jungen mitgenommen.«

»Wohin?« fragte Dedé, und ihre Stimme versagte fast.

»Zu Doña Leila, glaube ich. Er hat ein paar Taschen gepackt –« Ihre Kinnlade klappte herunter, als sei sie Zeugin einer privaten Angelegenheit geworden, die sie lieber nicht gesehen hätte.

»Wie konntest du das zulassen, Tinita? Wie konntest du nur? Die Jungen haben Schnupfen«, rief Dedé, als wäre das der Grund für ihre Bestürzung. »Salvador soll die Stute satteln«, befahl sie. »Los, Tinita, schnell!« drängte sie, denn das Hausmädchen stand wie angewurzelt da und wischte sich die Hände an ihrem Kleid ab.

In wildem Galopp ritt Dedé den weiten Weg zum Haus ihrer Mutter. Als sie die Auffahrt erreichte, war es bereits dunkel. Das Haus war hell erleuchtet, in der Auffahrt standen Autos, weil Minerva und Manolo soeben aus Monte Cristi und Mate und Leandro aus der Hauptstadt eingetroffen waren. Richtig, an diesem Wochenende sollte ein großes Ereignis stattfinden, aber jeglicher Gedanke an die Versammlung war in Dedés Gedächtnis wie ausgemerzt.

Unterwegs hatte sie sich vorgenommen, ruhig zu bleiben, um Mamá nicht zu erschrecken, aber kaum war sie vom Pferd gestiegen, rief sie: »Ich brauche ein Auto! Schnell!«

»M'ija, m'ija«, sagte Mamá immer wieder. »Was ist los?«

»Nichts, Mamá, glaub mir. Jaimito hat die Jungen mit nach San Francisco genommen.«

»Aber was ist Schlimmes daran?« Argwohn vertiefte die Falten in Mamás Gesicht. »Stimmt etwas nicht?«

In diesem Augenblick fuhr Manolo mit dem Auto vor, und Minerva drückte auf die Hupe. Schon fuhren sie los, und Dedé schilderte ihnen, wie sie das Haus bei ihrer Heimkehr leer vorgefunden hatte.

»Warum hat er das wohl getan?« fragte Minerva. Sie kramte in ihrer Handtasche nach den Zigaretten, die sie in Mamás Gegenwart nicht rauchen durfte. Erst kürzlich hatte sie sich vom Rauchen eine böse Erkältung geholt.

»Er hat gedroht, mich zu verlassen, wenn ich mich eurer Gruppe anschließe.«

»Aber du hast dich uns nicht angeschlossen«, verteidigte Manolo sie.

»Vielleicht möchte Dedé sich uns aber anschließen.« Minerva drehte sich um und warf einen Blick auf den Rücksitz. Dedé konnte ihren Gesichtsausdruck im Halbdunkel nicht erkennen. Das Zigarettenende glühte wie ein helles, forschendes Auge. »Willst du dich uns anschließen?«

Dedé fing an zu weinen. »Ich muß euch etwas gestehen. Ich bin nicht wie ihr – nein, wirklich, ich meine es ernst. Ich könnte tapfer sein, wenn ich jemanden an meiner Seite hätte, der mich jeden Tag meines Lebens dazu ermahnt, tapfer zu sein. Alleine schaffe ich es nicht.«

»Das geht uns allen so«, bemerkte Minerva ruhig.

»Du bist sogar sehr tapfer, Dedé«, versuchte Manolo sie rührend zu trösten. Am Stadtrand von San Francisco sagte er: »Du mußt mir sagen, wo ich abbiegen soll.«

Als sie hinter dem Pick-up hielten, der vor Doña Leilas hübsch verputztem Haus parkte, wurde Dedé leichter ums Herz. Durch die offene Tür hatte sie ihre Söhne vor dem Fernseher sitzen sehen. Beim Aussteigen hakte sich Minerva bei Dedé unter. »Manolo hat recht, weißt du. Du bist sehr tapfer.« Und mit einem Kopfnicken in Jaimitos Richtung, der in der Tür erschienen war und ihnen grimmig den Weg verstellte, fügte sie hinzu: »Jeder Kampf zu seiner Zeit, Schwester.«

»Die Befreier sind da!« Jaimitos Stimme war dünn vor Erregung. Wahrscheinlich bestätigte ihn die Tatsache, daß Dedé zusammen mit Minerva und Manolo gekommen war, in seinem Verdacht. »Was willst du?« fragte er und legte die Hände an den Türrahmen.
»Meine Söhne«, sagte Dedé und betrat die Veranda. Mit Minerva an ihrer Seite fühlte sie sich stark.
»*Meine* Söhne«, tönte er, »sind gesund und sicher und dort, wo sie hingehören.«
»Na, Vetter, willst du uns nicht erst mal hallo sagen?« wies Minerva ihn zurecht.

Seine Begrüßung fiel knapp aus, selbst gegenüber Manolo, den er immer gern gemocht hatte. Gemeinsam hatten sie das Erbe ihrer Frauen in dieses lächerliche Projekt investiert – was war es noch? Genau, der Anbau von Zwiebeln in irgendeiner gottverlassenen Gegend, wo nicht einmal Haitianer leben wollten. Dedé hatte sie gewarnt.

Aber Manolo konnte mit seiner Warmherzigkeit noch jedes Eis schmelzen. Er umarmte seinen ehemaligen Geschäftspartner und sprach ihn mit *compadre* an, obwohl keiner von beiden Patenonkel der Kinder des anderen war. Unaufgefordert betrat er das Haus, zerwühlte den Jungen das Haar und rief: »Doña Leila? Na, wo ist denn mein Mädchen?«

Die Jungen ahnten offenbar nichts. Widerwillig gaben sie ihrer Mutter und Tante einen Kuß, ohne dabei jedoch den Bildschirm, wo sich *el gato* Tom und *el ratoncito* Jerry wieder einen Kampf lieferten, aus den Augen zu lassen.

Da trat Doña Leila aus dem Schlafzimmer, um ihre Gäste zu empfangen. Kokett führte sie ihr neues Kleid vor und hatte das weiße Haar mit Kämmchen hochgesteckt. *¡Manolo, Minerva! ¡Qué placer!*« rief sie, aber es war Dedé, die sie innig in die Arme schloß.

Er hat seiner Mutter also nichts erzählt. Das hat er sich nicht getraut, sagte sich Dedé. Doña Leila war in ihre Schwiegertochter nämlich von Anfang an so vernarrt gewesen, daß Dedé manchmal gefürchtet hatte, Leilas fünf Töchter könnten es ihr übelnehmen. Es hatte sich jedoch herausgestellt, daß sie ihre Cousine und zugleich Schwägerin anhimmelten, weil diese sie zur Aufmüpfigkeit gegen ihren gebieterischen einzigen Bruder ermunterte. Nach Don Jaimes Tod vor sieben Jahren hatte Jaimito die Rolle des Mannes im Hause übernommen, allerdings allzu verbissen. Sogar seine Mutter meinte, er wäre schlimmer, als sein Vater je gewesen sei.

»Setzt euch, bitte, setzt euch doch.« Doña Leila zeigte auf die bequemsten Stühle, ohne Dedés Hand loszulassen.

»Mamá«, sagte Jaimito, »wir haben etwas Privates zu besprechen. Wir unterhalten uns besser draußen.« Die letzten Worte richtete er an Manolo und wich dem Blick seiner Mutter aus.

Doña Leila eilte hinaus, um die Veranda herzurichten. Sie zündete die Gartenlaternen an, trug ihre besten Schaukelstühle nach draußen, brachte ihren Gästen etwas zu trinken und bestand darauf, daß Dedé ein *pastelito* aß – sie sei nämlich zu dünn. »Laßt euch von mir nicht aufhalten«, beteuerte sie dabei immer wieder.

Schließlich waren sie allein. Jaimito löschte die Laternen und rief seiner Mutter zu, es gäbe zu viele Insekten. Dedé argwöhnte allerdings, daß es ihm im Dunkeln leichter fiel, über ihre Probleme zu reden.

»Du glaubst wohl, ich wüßte nicht, was du vorhattest.« Die Erregung war seiner Stimme anzuhören.

Doña Leila rief von innen: »Möchtest du noch eine *cervecita, m'ijo?*«

»Nein, Mamá«, antwortete Jaimito ungehalten. »Ich habe Dedé gesagt«, wandte er sich an seinen Schwager und dessen Frau, »daß sie sich nicht auf diese Sache einlassen soll.«

»Ich versichere dir, daß sie nicht an einer einzigen Versammlung teilgenommen hat«, beteuerte Manolo. »Ehrenwort.«

Jaimito schwieg. Manolos Bemerkung hatte ihm den Wind aus den Segeln genommen. Andererseits war er bereits zu weit gegangen, um ohne weiteres zuzugeben, daß er sich geirrt hatte. »Und was ist mit ihren Besuchen bei Padre de Jesús? Alle Welt weiß doch, daß er ein glühender Kommunist ist.«

»Das ist er nicht«, widersprach Minerva.

»Um Himmels willen, Jaimito, ich war doch nur einmal bei ihm«, fügte Dedé hinzu. »Und zwar unsretwegen, wenn du es genau wissen willst.«

»Unsretwegen?« Jaimito hörte auf, mit dem Stuhl zu wippen. Sein auftrumpfendes Gehabe war wie fortgefegt. »Was ist denn mit uns, Mami?«

Bist du wirklich so blind? hätte sie am liebsten erwidert. Wir reden nicht mehr miteinander, du kommandierst mich herum, schottest dich gegen mich ab und interessierst dich nicht für meinen Garten. Aber Dedé hatte Hemmungen, ihre Privatangelegenheiten vor ihrer Schwester und ihrem Schwager auszubreiten. »Du weißt genau, wovon ich rede.«

»Nein, sag es mir, Mami.«

»Hör auf, mich Mami zu nennen. Ich bin nicht deine Mutter.«

Aus der Küche, wo sie ihr Hausmädchen beaufsichtigte, wie es verschiedene Häppchen zubereitete und eine ganze Platte damit füllte, drang die Stimme von Doña Leila zu ihnen: »Noch ein *pastelito*, Dedé?«

»So geht das, seit ich hier bin«, gestand Jaimito, und seine Stimme klang nun etwas versöhnlicher. Seine Anspannung ließ allmählich nach. »Sie hat mich bestimmt hundertmal gefragt ›Wo ist Dedé? Wo ist Dedé?‹« Das war das Äußerste, was er Dedé über seine Gefühle mitteilen konnte.

»Ich habe eine Idee, *compadre*«, schaltete Manolo sich ein. »Warum fahrt ihr beiden nicht irgendwohin, wo es schön ist?«

»Die Jungen haben eine Erkältung«, gab Dedé halbherzig zu bedenken.

»Ihre Großmutter wird sich bestens um sie kümmern, da bin ich mir sicher«, sagte Manolo lachend. »Warum fahrt ihr nicht nach – Habt ihr eure Flitterwochen nicht in Jarabacoa verbracht?«

»Nein, in der Gegend von Río San Juan«, sagte Jaimito. Er ging sofort auf seinen Vorschlag ein.

»*Wir* waren in Jarabacoa«, erinnerte Minerva ihren Mann mit barscher Stimme, die ahnen ließ, wie wenig sie von der Aussöhnung hielt, die er anbahnte. Allein wäre ihre Schwester besser dran.

»In Río San Juan gibt es ein sehr schönes neues Hotel«, fuhr Manolo fort. »Jedes Zimmer hat einen Balkon und Blick aufs Meer.«

»Und die Preise sind auch recht anständig, habe ich gehört«, pflichtete Jaimito ihm bei. Es was als wollten die beiden wieder gemeinsam ein Geschäft hochziehen.

»Nun? Was haltet ihr davon?« fragte Manolo erwartungsvoll.

Weder Jaimito noch Dedé sagten ein Wort.

»Dann sind wir uns also einig«, beschloß Manolo, aber er mußte aus ihrem Schweigen die Uneinigkeit herausgehört haben, denn er setzte hinzu: »Schaut mal, jeder hat seine Probleme. Auch Minerva und ich haben schwere Zeiten hinter uns. Wichtig ist, daß man solche Krisen nutzt, um sich näherzukommen. Ist es nicht so, *mi amor?*«

Minerva traute dem Frieden noch immer nicht. »Manche Menschen können sich nie offen in die Augen schauen.«

Mit dieser Bemerkung brach sie das Eis endgültig, obwohl dies sicherlich das letzte war, was sie beabsichtigt hatte. Jaimitos Konkurrenzdenken erwachte zu neuem Leben. »Dedé und ich können uns sehr wohl in die Augen schauen! Das Problem sind die anderen, die alles durcheinanderbringen.«

Das Problem liegt darin, daß ich endlich die Augen aufgemacht habe und alles auf meine Art sehe, dachte Dedé, aber sie war von den Ereignissen des Abends und der langen Woche voller Unschlüssigkeit zu sehr angegriffen, um ihm zu widersprechen.

So kam es, daß aus dem Wochenende, das in Dedés Leben eine Wasserscheide hätte bilden sollen, eine Reise in einem gemieteten Boot über die Straße der Erinnerungen wurde. Jaimito ruderte sie über die berühmten Lagunen, die sie als frischvermähltes Paar besucht hatten, und hielt an einer Stelle an, um mit dem Ruder zu dem Mangrovensumpf zu zeigen, in dem die Taino einst gefischt und sich später vor den Spaniern versteckt hatten. Hatte er ihr vor elf Jahren nicht dasselbe erzählt?

Nachts, wenn sie dann auf dem Balkon saßen und Jaimito den Arm um sie legte, blickte Dedé, seine Versprechungen im Ohr, zu den Sternen auf. Erst kürzlich hatte sie in *Vanidades* gelesen, daß das Licht der Sterne Jahre bis zur Erde braucht. Ein Stern, dessen Leuchten sie nun sah, konnte schon vor Jahren erloschen sein. Was also brachte es, wenn sie die Sterne zählte, wenn sie am dunklen Himmel den Widder nachzeichnete, wo doch sein leuchtendes Gehörn vielleicht schon zur Hälfte verglüht war?

Falsche Hoffnungen, sagte sie sich. Sollen doch die Nächte völlig finster sein. Doch sogar diesen dunklen Wunsch sprach sie auf einem dieser Sterne aus.

Die Razzien begannen gegen Ende der darauffolgenden Woche.

Am frühen Samstag morgen setzte Jaimito Dedé mit den beiden jüngsten Söhnen bei Mamá ab. Sie hatte Dedé um Hilfe gebeten, weil sie eine Rabatte mit Euphorbien anlegen wollte, das jedenfalls behauptete sie, aber Dedé wußte, was ihre Mutter wirklich von ihr wollte. Sie machte sich Sorgen um ihre Tochter, seit diese ihr vor einer Woche einen panikartigen Besuch abgestattet hatte, aber sie wollte sie nicht mit Fragen bedrängen. Mamá sagte immer, was sich in der Ehe ihrer Töchter abspiele, sei deren Angelegenheit. Wenn sie Dedé allerdings dabei beobachtete, wie sie die kleinen Pflanzen ins Erdreich steckte, würde sie schon merken, wie es in ihrem Herzen aussah.

Als Dedé die Auffahrt entlangging und sich einen Eindruck davon verschaffte, was im Garten noch alles zu tun war, jagten ihre Söhne an ihr vorbei und auf die Haustür zu. Gleich darauf schluckte sie die morgendliche Stille im Inneren des Hauses. Es kam Dedé seltsam vor, daß Mamá nicht herausgekommen war, um sie zu begrüßen. Da bemerkte sie, daß sich die Bediensteten im Garten hinter dem Haus versammelt hatten. Tono löste sich aus der Gruppe und kam mit energischen Schritten auf sie zu. Ihr Gesicht sah so bedrückt aus wie das eines Menschen, der eine schlechte Nachricht zu überbringen hat.

»Was ist los, Tono? Sag es mir!« Dedé faßte die Frau am Arm.

»Man hat Don Leandro verhaftet.«
»Nur ihn?«
Tono nickte. Dedés erste Regung war Dankbarkeit, weil ihre Schwestern verschont geblieben waren; erst dann machte sie sich Sorgen um Leandro, und dafür schämte sie sich.
María Teresa saß auf dem Sofa, flocht ihr Haar zu Zöpfen und löste es wieder. Ihr Gesicht war vom vielen Weinen geschwollen. Mamá war bei ihr und redete ihr zu, daß alles gut werden würde. Aus Gewohnheit ließ Dedé den Blick durch den Raum schweifen und suchte nach ihren Söhnen. Sie hörte sie in einem der Zimmer, wo sie mit ihrer Cousine, der kleinen Jacqueline, spielten.
»María Teresa ist gerade erst gekommen«, sagte Mamá. »Ich wollte schon den Burschen zu dir rüberschicken.« In ihrem alten Haus gab es kein Telefon – einer der Gründe, weshalb Mamá an die Hauptstraße gezogen war.
Dedé setzte sich. Wenn sie Angst hatte, versagten ihr immer die Knie. »Was ist passiert?«
Schluchzend stieß Mate ihre Geschichte hervor, und ihr Atem ging keuchend, weil sie jedesmal Asthma bekam, wenn sie sich aufregte. Sie und Leandro hatten erst ein paar Stunden geschlafen, als sie ein Klopfen an der Tür hörten, das jedoch gar nicht erst auf Antwort wartete. Der Militärische Geheimdienst hatte die Tür aufgebrochen, die Wohnung gestürmt, Leandro aus dem Bett gerissen und abgeführt. Dann hatten sie alles durchsucht, die Polsterung von Couch und Stühlen aufgeschlitzt und waren in Leandros neuem Chevrolet davongefahren. An dieser Stelle mußte Mate unterbrechen vor Atemnot.
»Aber warum?« fragte Mamá immer wieder. »Leandro ist ein anständiger Junge. Er ist Ingenieur!« Weder Mate noch Dedé wußten, was sie ihr darauf antworten sollten.
Dedé versuchte, Minerva in Monte Cristi anzurufen, aber die Telefonistin teilte ihr mit, die Leitung sei tot. Da heftete Mamá, die aufgestanden und sich mit einem Schulterzucken als Antwort begnügt hatte, den Blick erst auf Dedé und dann auf Mate. »Was ist

los? Versucht nicht, mir etwas vorzumachen. Ich weiß, daß etwas nicht stimmt.«

Mate zuckte schuldbewußt zusammen.

»Mamá«, sagte Dedé, die wußte, daß der Zeitpunkt gekommen war, ihrer Mutter die Wahrheit zu sagen. Sie klopfte auf einen freien Sitzplatz zwischen Mate und sich. »Du solltest dich besser hinsetzen.«

Dedé eilte als erste hinaus, als sie die Aufregung im vorderen Garten hörte. Was sie sah, ergab für sie auf den ersten Blick keinen Sinn. Die Bediensteten standen nun alle auf dem Rasen vor dem Haus, Fela mit dem heulenden Raulito im Arm. Noris hielt Manolitos Hand, und beide weinten. Und Patria kniete auf dem Boden, schaukelte vor und zurück und riß büschelweise das Gras aus.

Dedé versuchte, sich einen Reim auf das zu machen, was Patria in Bruchstücken erzählte.

Der SIM war gekommen, um Pedrito und Nelson zu holen, doch Nachbarn hatten sie gewarnt, und sie waren in die Hügel geflohen. Patria hatte den Beamten geöffnet und ihnen erzählt, ihr Mann und ihr Sohn seien in der Hauptstadt, aber der SIM hatte sie regelrecht überrannt. Sie durchkämmten ihren Besitz, gruben die Felder um und stießen dabei auf die verscharrten Kisten mit ihrer belastenden Fracht sowie auf eine alte Schachtel voller Papiere. Hetzschriften, behaupteten sie, aber alles, was Patria sah, waren ein paar hübsche, mit der Handschrift eines jungen Mädchens vollgeschriebene Hefte. Wahrscheinlich hatte Noris sie vor ihrem neugierigen Bruder bewahren wollen und deshalb im Hain versteckt.

Sie rissen das Haus nieder, brachen Türen, Fenster und die unbezahlbaren Mahagonibalken von Pedritos altem Familiensitz heraus. Es sei gewesen, als würde ihr eigenes Leben vor ihren Augen in Stücke zerlegt, sagte Patria weinend – die Prachtwicken, die sie am Spalier aufgezogen hatte; die Virgencita in ihrem Silberrahmen, deren Bildnis der Bischof von Higüey gesegnet hatte; der Kleiderschrank mit den kleinen Enten, die sie nach Raulitos Geburt mit Schablonen aufgemalt hatte.

Das ganze Haus verwüstet, geschändet, niedergerissen, zerstört. Zum Schluß hatten sie das, was noch übrig war, in Brand gesteckt.

Als Nelson und Pedrito die Feuersbrunst von den Hügeln aus sahen, hatten sie um Patria und die Kinder gefürchtet. Mit erhobenen Händen waren sie angelaufen gekommen und hatten sich ergeben.

»Ich war immer ein guter Mensch! Ich war immer ein guter Mensch!« schrie Patria dem Himmel entgegen. Nackte Erde umgab sie, das Gras lag in traurigen Klumpen neben ihr.

Warum Dedé tat, was sie nun tat, konnte sie sich nicht erklären. Vielleicht löste der Schmerz in ihr den Wunsch aus, etwas, und sei es auch nur wenig, zu retten. Sie ließ sich auf die Knie nieder und machte sich daran, die Grasbüschel wieder in den Boden zu stopfen. Mit sanfter Stimme erinnerte sie ihre Schwester an den Glauben, der seit jeher ihre Stütze gewesen war. »Du glaubst an Gott, den Allmächtigen Vater, den Erschaffer des Himmels und der Erde…«

Schluchzend fiel Patria in das Glaubensbekenntnis ein: »… Licht aller Lichter, der Du für uns Menschen und unser Heil…«

»…vom Himmel herabgestiegen bist«, schloß Dedé mit fester Stimme.

Jaimito konnten sie nicht erreichen, weil er zu einer Tabakauktion gefahren war. Der Arzt, der sich erst vor kurzem in San Francisco niedergelassen hatte, erklärte, nachdem sie ihm dargelegt hatten, weshalb sie ihn brauchten, er könne nicht aus San Francisco zu ihnen kommen. Er habe einen Notfall, teilte er Dedé mit, aber sie hatte mit der Angst ihre eigenen Erfahrungen gemacht und ahnte, daß ihm die Sache nicht geheuer war. Don Bernardo war so nett und brachte ihnen ein paar von Doña Beléns Beruhigungsmitteln, und wahllos verabreichte Dedé jedem eine geringe Dosis, sogar den Babys, Tono und Fela und natürlich ihren Söhnen. Gedämpfte Trauer senkte sich auf das Haus herab, und alle bewegten sich unter dem Eindruck des Beruhigungsmittels und der jüngsten Ereignisse wie in Zeitlupe. Dedé versuchte unverdrossen, Minerva anzurufen, aber die Leitung war tatsächlich und endgültig tot, und die Telefonistin wurde allmählich ungehalten.

Schließlich erreichte Dedé Minerva im Haus von Manolos Mutter, Wie erleichtert Dedé war, als sie ihre Stimme hörte! In diesem Augenblick wurde ihr bewußt, daß sie selbst trotz all ihrer Unentschlossenheit nie wirklich die Wahl gehabt hatte. Ob sie sich nun dem Untergrund anschloß oder nicht – ihr Schicksal war unweigerlich mit dem Los ihrer Schwestern verknüpft. Litten sie, würde sie mit ihnen leiden. Starben sie, würde sie ohne sie nicht weiterleben wollen.

Ja, Manolo sei gestern abend ebenfalls verhaftet worden. Minervas Stimme klang resolut. Wahrscheinlich stand Doña Fefita, Manolos Mutter, neben ihr. Alle Augenblicke lang bekam Minerva einen Hustenanfall.

»Ist mit dir alles in Ordnung?« fragte Dedé.

Nach längerem Schweigen antwortete Minerva tapfer: »Ja, ja. Man hat unsere Telefonleitung gekappt, aber das Haus steht noch. Außer Büchern ist da nichts zu holen.« Minervas Lachen ging in einen neuerlichen Hustenanfall über. »Eine Allergie, nichts weiter«, behauptete sie, als Dedé sich besorgt erkundigte, ob sie krank sei.

»Bitte hol Patria ans Telefon«, sagte Minerva, nachdem sie ihr mit knappen Worten die schlimmen Nachrichten auseinandergesetzt hatte. »Ich möchte sie etwas fragen.« Als Dedé ihr erklärte, daß Patria sich erst dank eines Beruhigungsmittels etwas entspannt hätte und es daher vielleicht besser wäre, wenn sie nicht ans Telefon ginge, fragte Minerva unumwunden: »Weißt du, ob sie von den Kindertennisschuhen welche retten konnte?«

»*Ay*, Minerva«, seufzte Dedé. Die verschlüsselte Sprache war so leicht zu durchschauen, daß sogar sie erriet, was ihre Schwester meinte. »Ich geb dir Mamá«, sagte sie, um das Thema zu beenden. »Sie will dich sprechen.«

Mamá redete Minerva zu, nach Hause zu kommen. »Es ist besser, wenn wir alle zusammen sind.« Nach einer Weile gab sie Dedé den Hörer zurück. »Überrede du sie.« Als hätte Minerva je auf Dedé gehört!

»Keine Sorge, ich habe keine Angst«, kam Minerva Dedé zuvor. »Mir geht's gut. Kann ich jetzt mit Patria sprechen?«

Ein paar Tage später erhielt Dedé einen verzweifelten Brief von Minerva. Sie wisse nicht mehr weiter. Sie brauche Geld. Die Gläubiger stünden vor der Tür. Sie müsse Medikamente kaufen, weil (»Erzähl es bloß nicht Mamá!«) der Arzt festgestellt habe, daß sie an Tuberkulose erkrankt sei. »Ich ziehe dich wirklich nicht gerne hinein, aber da du dich nun mal um die Finanzen der Familie kümmerst ...« Ob Dedé ihr ein wenig Geld vorstrecken könne, indem sie es von Minervas zukünftigem Anteil an Haus und Grundbesitz abzog?

Zu stolz, um direkt um Hilfe zu bitten! Dedé machte sich mit Jaimitos Pick-up auf den Weg, fuhr aber zum Telefonieren nicht zu Mamá, weil sie nur unnötige Fragen gestellt hätte. Von der Bank aus rief Dedé Minerva an, um ihr mitzuteilen, daß das Geld bereits unterwegs sei, doch sie traf nur eine völlig aufgelöste Doña Fefita an. Man habe Minerva heute morgen abgeholt, das kleine Haus sei durchsucht und zugenagelt worden. Im Hintergrund hörte Dedé Minou herzzerreißend weinen.

»Ich komme und hol dich«, versprach sie dem kleinen Mädchen. Da beruhigte sich die Kleine ein wenig. »Ist Mamá bei dir?«

Dedé holte tief Atem. »Ja, Mamá ist hier.« Der Auftakt zu vielen Lügengeschichten. Später würde sie sich darauf hinausreden, daß sie in Wirklichkeit ihre eigene Mamá gemeint habe. Aber jetzt wollte sie dem Kind ersparen, daß es auch nur einen Augenblick länger Angst hatte.

Sie fuhr hinaus zu den Tabakfeldern, wo Jaimito eine Anpflanzung beaufsichtigte. Während sie Minervas Nummer wählte, hatte sie sich gefragt, wie Jaimito wohl reagieren würde, wenn er nach Hause kam und feststellte, daß seine Frau *und* sein Pick-up fehlten. Etwas sagte ihr, daß er nicht wie sonst einen Wutanfall bekommen würde. Widerstrebend mußte sich Dedé eingestehen, daß sie Gefallen an dem fand, was sie spürte, nämlich daß in ihrer Ehe eine Machtverschiebung stattfand. Nach der Rückkehr von Río San Juan hatte sie ihm schließlich unter Tränen gestanden, daß sie ihre Ehe nicht länger ertrug. Auch er hatte geweint und um eine zweite Chance gebeten. Die hundertste Chance, dachte sie. Und jetzt liefen ihnen die Ereignisse davon, trampelten ihren persönlichen Kummer, ihre knospende Hoffnung, ihre sprießenden Flügel nieder.

»Jaimito!« rief sie, als sie ihn von weitem sah. Er lief quer über das schlammige, frisch umgegrabene Feld auf sie zu. Ironie des Schicksals, dachte sie, als sie ihn so sah. Da hatten sich ihre Wege erst vor einer Woche beinahe getrennt, und nun rückten ihre Leben wieder aufeinander zu. Schließlich stand ihnen ihre bislang aufregendste Aufgabe bevor, eine, in der sie nicht versagen durften: die Rettung ihrer Schwestern.

Während sie das kurze Stück zu Mamá hinüberfuhren, überlegten sie hin und her, wie sie ihr die Neuigkeit beibringen sollten. Mamás Blutdruck hatte sich seit Patrias Zusammenbruch auf dem Rasen vor dem Haus bedrohlich erhöht. War es wirklich erst vor einer knappen Woche gewesen? Es schien Monate her, seit sie diese Hölle der Schrecken und der bösen Vorahnungen durchlebt hatten. Von Tag zu Tag fanden mehr Verhaftungen statt. Die Listen in den Zeitungen wurden länger und länger.

Aber es war unmöglich, Mamá noch länger zu schonen – das wurde Dedé klar, als sie ihr Haus erreichten. Mehrere schwarze Volkswagen und ein Polizeitransporter fuhren die Auffahrt entlang. Hauptmann Peña, der Leiter der nördlichen Abteilung des SIM, hatte Befehl, Mate festzunehmen. Mamá wurde hysterisch. Mate klammerte sich an sie und weinte in panischer Angst, und Mamá erklärte, sie würde ihre jüngste Tochter nicht allein aus dem Haus lassen. Dedé hörte, wie Jacqueline im Schlafzimmer kreischend nach ihrer Mutter rief.

»Bitte nehmen Sie mich an ihrer Stelle mit.« Patria warf sich an der Tür auf die Knie und flehte Hauptmann Peña an: »In Gottes Namen, ich bitte Sie!«

Der Hauptmann, ein überaus feister Zeitgenosse, blickte interessiert auf Patrias bebende Brust herab und überdachte das Angebot.

Von der Aufregung im Nachbarhaus angelockt, kam Don Bernardo mit dem Fläschchen voll Beruhigungspillen angelaufen. Er versuchte Patria zum Aufstehen zu überreden, aber sie konnte oder wollte es nicht. Jaimito nahm den Hauptmann beiseite. Dedé sah, wie er nach seiner Brieftasche griff und der Hauptmann abwehrend die Hand hob. O Gott, es war ein schlechtes Zeichen, wenn der Teufel schon keine Bestechungsgelder mehr annahm.

Schließlich meinte der Hauptmann, er wolle eine Ausnahme machen, Mamá könne mitkommen. Doch kaum hatte man die vor Angst zitternde Mate in den Transporter gesperrt, gab er ein Zeichen, und schon jagte der Fahrer mit aufheulendem Motor davon und ließ Mamá in der Auffahrt zurück. Die Schreie aus dem Transporter gingen ihnen allen durch Mark und Bein.

Dedé und Jaimito nahmen sofort die Verfolgung auf. Der kleine Pick-up neigte sich bedrohlich mal zur einen, mal zur anderen Seite, während Jaimito die langsameren Fahrzeuge in gewagten Manövern überholte. Normalerweise überhäufte Dedé ihn mit Vorwürfen wegen seines rücksichtslosen Fahrstils, doch heute ertappte sie sich selbst dabei, wie sie mit dem Fuß ein unsichtbares Gaspedal niederdrückte. Trotzdem gelang es ihnen nicht, den Transporter einzuholen. Als sie die Festung in Salcedo erreichten und sich an den diensthabenden Wachmann wandten, teilte er ihnen mit, die junge *llorona* mit dem langen Zopf sei in die Hauptstadt gebracht worden. Wohin, wisse er nicht.

»Diese Dreckskerle!« brüllte Jaimito, als sie wieder im Pick-up saßen, und bearbeitete den Vinylsitz mit den Fäusten. »So einfach kommen sie uns nicht davon!« Vor seiner Gewaltsamkeit hatte Dedé jahrelang gekuscht, doch nun verspürte sie keine Angst, sondern einen Anflug von Mitleid. Jaimito konnte nichts tun, und alle anderen auch nicht. Aber es rührte sie, daß er am Ende doch noch eine Möglichkeit gefunden hatte, dem Untergrund zu dienen – indem er sich um dessen Frauenvolk kümmerte.

Als sie ihn so sah, mußte Dedé an seine Kampfhähne denken, die im Scheunenhof wie ganz normale Gockel wirkten. Doch kaum ließ man sie in der Arena auf einen anderen Hahn los, kämpften sie mit ihren Krallen so spitz wie Dolche in einem Wust aus Federn um ihr Leben. Sie hatte gesehen, wie sie benommen, taumelnd und mit ausgehackten Augen noch immer zur Abwehr ihres Widersachers, den sie schon nicht mehr sehen konnten, die Klauen durch die Luft sausen ließen. Und voller Befremden, ja Ekel und zu ihrem Beschämen sogar mit einer Aufwallung sexueller Erregung erinnerte sie sich auch daran, wie Jaimito ihre Köpfe in den Mund genommen hatte, als wären sie ein verwundeter Teil seiner selbst oder, so überlegte sie, von ihr, dem er neue Kraft spenden wollte.

Auf der Rückfahrt zu Mamás Haus legten Dedé und Jaimito sich einen Schlachtplan zurecht. Morgen, in aller Frühe, wollten sie in die Hauptstadt fahren und ein Gnadengesuch für die Schwestern stellen, auch wenn es zu nichts nutze war. Aber die Hände in den Schoß zu legen war womöglich noch schlimmer, denn Gefangene, für die sich niemand einsetzte, verschwanden nicht selten spurlos. O Gott, daran durfte Dedé überhaupt nicht denken!

Es war seltsam, händchenhaltend im Pick-up zu fahren, als wären sie ein frischverliebtes junges Paar, das Hochzeitspläne schmiedete, vor sich die dunkle Straße und darüber die schmale Mondsichel. Fast rechnete Dedé damit, daß plötzlich Minerva und Lío auf dem Rücksitz auftauchten. Die Vorstellung wühlte sie innerlich auf, doch nicht etwa, weil sie ihr eine verpaßte Gelegenheit in Erinnerung brachte, sondern vielmehr weil jene Zeit im Rückblick so harmlos, ja unschuldig wirkte. Dedé kämpfte ein Schluchzen nieder, das sich in ihrem Bauch wie ein Seil wand. Gab sie nach, würde in ihrem Inneren alles auseinanderfallen, das spürte sie.

Als sie von der Straße abbogen, sahen sie Mamá am Ende der Auffahrt stehen, neben sich Tono und Patria, die sie zu besänftigen versuchten. »Nehmt alles, nehmt, was ihr wollt, aber gebt mir meine Mädchen zurück, *por Dios*!« rief sie.

»Was ist los, Mamá? Was ist passiert?« Dedé sprang aus dem Pick-up, noch bevor er völlig stillstand. Sie ahnte bereits, was passiert war.

»Minerva, sie haben Minerva geholt.«

Dedé wechselte einen raschen Blick mit Jaimito. »Woher weißt du das, Mamá?«

»Sie haben die Autos mitgenommen.« Mamá zeigte zum Parkplatz, und tatsächlich: der Ford und der Jeep waren verschwunden. Die vom SIM zurückgelassenen Wachen hatten die Schlüssel von ihr verlangt und beide Fahrzeuge beschlagnahmt, weil sie auf den Namen eines Gefangenen eingetragen waren. Minerva! Niemand hatte sich seit Papás Tod die Mühe gemacht, die Papiere umschreiben zu lassen. Jetzt gehörten die Autos dem SIM.

»Herr!« Mamá blickte zu eben jenen Sternen empor, auf die Dedé schon längst nichts mehr gab. »Herr, hör mein Klagen!«

»Laß uns drinnen mit Ihm sprechen«, schlug Dedé vor. Sie hatte nämlich bemerkt, daß sich die Hecken leicht bewegten. Sie wurden von nun an bespitzelt, und das würde so bleiben.

Sie knieten in Mamás Schlafzimmer vor dem großen Bildnis der Virgencita nieder. Hier hatten sie sich bei jedem Schicksalsschlag, der die Familie getroffen hatte, zuerst versammelt – als Patrias Kind tot zur Welt kam, die Kühe sich die Influenza einfingen, Papá ins Gefängnis gesteckt wurde und auch später, als er gestorben und seine zweite Familie ans Tageslicht gekommen war.

Nun versammelten sie sich wieder in dem kleinen Raum, Patria, Noris, Mamá, ja sogar Jaimito, obwohl er sich sichtlich unwohl dabei fühlte, weil er nicht ans Knien gewöhnt war, und sich ein wenig hinter den anderen hielt. Patria sprach den Rosenkranz vor, doch immer wieder brach sie zusammen, und dann füllte Dedé die Stille mit ihrer kräftigen, vollen Stimme. Mit dem Herzen war sie jedoch nicht bei der Sache. Sie ging in Gedanken alles durch, was noch zu tun war, bevor sie und Jaimito am nächsten Morgen aufbrachen. Die Jungen mußten bei Doña Leila abgegeben, Minou aus Monte Cristi geholt, der Pick-up vollgetankt und ein paar Taschen für ihre Schwestern gepackt werden, in welchem Gefängnis sie sich auch befinden mochten, und eine weitere Tasche für sie und Jaimito für den Fall, daß sie übernachten mußten.

Das Gebet war zu Ende. Sie weinten nun alle leise vor sich hin und berührten trostsuchend den Schleier der Jungfrau. Als Dedé zur Gesegneten Muttergottes aufblickte, bemerkte sie, daß Minervas und Mates Bilder in den Rahmen geschoben worden waren, in dem bereits Fotos von Manolo, Leandro, Nelson und Pedrito steckten. Wieder rang sie um Fassung, doch diesmal konnte sie ein Schluchzen nicht unterdrücken.

In dieser Nacht konnte Dedé nicht schlafen und lag wach neben Jaimito. Daran war nicht die lästige Schlaflosigkeit schuld, die ihr jedesmal zusetzte, nachdem sie im Schuppen dem verbotenen Radiosender gelauscht hatte. Nein, es war etwas völlig anderes. Sie spürte, wie es langsam näher kam. Das Dunkel in einem Schrank aus ihrer Kindheit, der Geruch von Benzin, den sie nie gemocht hatte, die spürbare Nähe von etwas Bedrohlichem, das sie sacht mit der Pranke anstieß, um zu sehen, wie sie reagierte. Sie verspürte die prickelnde Versuchung, sich einfach hinzugeben, sich vom Wahnsinn überwältigen zu lassen, bevor der SIM alles zerstörte, was sie liebte.

Aber wer würde sich dann um die Jungen kümmern? Wer um Mamá? Und wer würde Patria zurückholen, wenn sie sich wieder von den stillen Wassern und grünen Weiden des gesunden Menschenverstands entfernte?

Dedé durfte nicht davonlaufen. Mut! Zum erstenmal begriff sie die Bedeutung dieses Wortes, und so dachte sich Dedé, während Jaimito schlummerte, eine kleine Übung aus, um ihren Geist zu zerstreuen und ihre Moral zu stärken.

Konzentriere dich, Dedé! sagte sie zu sich selbst. *Denke an eine klare, kühle Nacht wie die heutige. Du sitzt unter dem Anacahuita-Baum im Garten vor dem Haus...* Sie spielte die Erinnerung an jenen glücklichen Augenblick im Gedächtnis durch und steigerte sich in sie hinein, bis sie alles wie damals empfand: den Duft des Jasmins, die Berührung der Abendluft und des Kleids, das sie trug, auf ihrer Haut, das Klirren in Papás Rumglas, die gedämpften Stimmen.

Doch halt! Dedé hatte das Erinnerungsspiel nicht etwa in der Nacht der Verhaftungen erfunden. Sie hatte es überhaupt nicht erfunden. Minerva hatte es ihr beigebracht, nachdem sie aus dem Gefängnis entlassen worden war und die letzten wenigen Monate zusammen mit Mate, Patria und den Kindern bei Mamá lebte.

Jeden Tag ging Dedé sie besuchen, und jeden Tag stritt sie sich mit Minerva. Anfangs flehte sie Minerva an, vernünftig zu sein und zu Hause zu bleiben, dann versuchte sie sie mit Argumenten zu überzeugen. Es ging das Gerücht um, daß Trujillo sie töten wollte. Sie wurde ihm langsam zu gefährlich, sie, die heimliche Heldin der Nation. Ob in der Apotheke, in der Kirche oder auf dem *mercado* – überall näherten sich Dedé Menschen, die es gut mit ihnen meinten. »Passen Sie auf unsere Mädchen auf«, flüsterten sie ihr zu. Manchmal steckten sie ihr auch eine Nachricht zu. »Sagen Sie den Schmetterlingen, sie sollen die Straße nach Puerto Plata meiden. Sie ist nicht sicher.« Die Schmetterlinge! Herrgott, wie die Leute den Schrecken anderer Menschen verklärten!

Aber Minerva scherte sich nicht um ihre Sicherheit. Sie könne ihre Sache nicht aufgeben, hielt sie Dedé entgegen, und sie werde sich nicht in Ojo de Agua einsperren lassen und zusehen, wie der SIM ihren Geist kaltstellte. Außerdem lasse sich Dedé nur von ihren übertriebenen Ängsten verrückt machen. Jetzt, wo die OAS, die Organisation Amerikanischer Staaten, die Verhaftungen und Hinrichtungen öffentlich anprangerte, werde Trujillo doch nicht eine wehrlose Frau ermorden lassen und sich sein eigenes Grab schaufeln. Albernes Geschwätz.

»*Voz del pueblo, voz del cielo*«, zitierte Dedé dann jedesmal. Die Stimme des Volkes ist die Stimme Gottes.

Einmal, kurz vor dem Ende, brach Dedé mitten in einer ihrer Streitereien in Tränen aus. »Ich verliere noch den Verstand vor Sorge um dich, siehst du das nicht?« heulte sie. Doch statt sich von Dedés Tränen erweichen zu lassen, schlug Minerva ihr eine Übung vor.

»Ich habe sie mir in La Victoria ausgedacht und jedesmal gemacht, wenn sie mich in Einzelhaft steckten«, erklärte sie. »Du nimmst eine Zeile aus einem Lied oder einem Gedicht und sagst sie so lange vor dich hin, bis du merkst, daß du dich langsam beruhigst. Ich habe mich so vor dem Wahnsinn bewahrt.« Minerva lächelte traurig. »Versuch's mal. Na los, ich helfe dir auf die Sprünge.«

Noch jetzt hört Dedé ihre Schwester, wie sie mit kratziger Stimme, weil sie sich in ihrem letzten Jahr eine Erkältung zugezogen hatte, die sie nicht mehr loswurde, das Gedicht aufsagte, das sie im Gefängnis geschrieben hatte. *Wenn die Schatten der Nacht sich herabsenken, eilt der Reisende heimwärts und der* campesino *sagt seinen Feldern Lebewohl...*

Kein Wunder, daß Dedé Minervas Übung und ihr Gedicht über die hereinbrechende Nacht mit der schlaflosen Nacht vor ihrer ersten Fahrt in die Hauptstadt durcheinandergebracht hat. In der Tat senkte sich finster die Nacht herab, eine Nacht ganz anderer Art als jene milden, langen, beschaulichen Nächte, die sie in ihrer Kindheit unter dem Anacahuita-Baum erlebt hatte, mit Papá, der jedem seine Zukunft zuteilte, und Mamá, die sich über seine Trinkerei aufregte. Diese Nacht war etwas anderes, eine Vorstufe zur Hölle vielleicht. Bang rückte Dedé näher an Jaimito heran, bis auch sie endlich einschlief.

– 10 –

Patria
Januar bis März 1960

Ich weiß nicht, wie es kam, daß mein Kreuz erträglich wurde. Ein hiesiges Sprichwort lautet: Der Bucklige wird nie müde, seine Last auf dem Rücken zu tragen. Ich habe auf einen Schlag mein Zuhause, meinen Mann, meinen Sohn und meinen Seelenfrieden verloren. Aber nach ein paar Wochen in Mamás Haus hatte ich mich an den Sorgenberg, der auf meinem Herzen lastete, gewöhnt.

Der erste Tag war der schlimmste. Ich war wirklich halb verrückt vor Kummer. Als Dedé und Tono mich ins Haus führten, wollte ich mich nur hinlegen und sterben. Ich hörte die Kinder schreien, hörte Stimmen, die besänftigend auf sie einredeten, und Noris, die zusammen mit ihrer Tante Mate vor sich hin schluchzte, und ihr geballtes Leid sollte mich von meinem ablenken. Aber zuerst fiel ich in einen langen Schlaf. Als ich aufwachte, war mir, als wären Tage vergangen, und ich hatte Dedés Stimme im Ohr, die den Namen des Herrn beschwor.

Und am dritten Tage erstand Er auf...

Ich stand aus dem Bett auf, fest entschlossen, von nun an Mamás Haushalt zu führen. Ich bat um eine Waschschüssel, um das Baby zu baden, und sagte zu Noris, sie solle gefälligst etwas tun, damit ihr das Haar nicht ständig in die Augen hing.

Mate und ich bezogen ein Zimmer, das nach vorne ging, und unsere Babys teilten sich ein Kinderbett. Noris steckte ich zu Minou und Manolito in das Gästezimmer, das Minerva immer benützte, weil ich es für besser hielt, wenn Mamá ihr Zimmer für sich allein hatte.

Kurz nach Mitternacht jedoch wurden die Betten gewechselt, und jeder suchte die tröstende Nähe eines anderen. Manolito kroch Nacht für Nacht zu mir unter die Decke, und es dauerte nicht lange, da fing Raulito an zu brüllen. Der Kleine war sogar im Schlaf eifersüchtig! Also holte ich ihn auch zu mir, und das Kinderbett blieb leer, weil Jacqueline sich längst an ihre Mutter gekuschelt hatte. Morgens fand ich Noris und Minou in enger Umarmung tief und fest schlafend in Mamás Bett.

Und am dritten Tage erstand Er auf...

Für mich brachte der dritte Tag bei Mamá jedoch keine Auferstehung, sondern eine weitere Kreuzigung: Der SIM kam Mate holen.

Drei Monate sollten vergehen, bevor ich sie, Minerva oder meinen Mann wiedersah. Drei Monate, bevor ich meinen Sohn Nelson in die Arme schließen konnte.

Wie gesagt, ich fing mich wieder, aber es gab Augenblicke, da ließen mich die Bilder nicht mehr los.

Immer wieder sah ich, wie der SIM auf unser Haus zukam; ich sah Nelson und Pedrito, wie sie durch die Hintertür fluchtartig das Haus verließen; ich sah Noris' entsetztes Gesicht. Ich sah das Aufgebot von Männern an der Tür, hörte Getrampel, Gerenne, Geschrei. Ich sah das Haus brennen.

Ich sah winzige, stickige Zellen ohne Licht. Ich hörte, wie Türen sich öffneten, sah zudringliche Hände und häßliche Drohgebärden. Ich hörte das Knacken brechender Knochen, den dumpfen Aufprall eines zu Boden fallenden Körpers. Ich hörte Stöhnen, Schreie, verzweifelte Rufe.

Oh, meine Schwestern, mein Pedrito, oh, mein kleines Lamm!

Meine Dornenkrone war aus Gedanken an meinen Jungen geflochten. Aus Gedanken an seinen Körper, den ich gepudert, genährt, gebadet hatte. Seinen gebrochenen Körper, von dem jetzt nicht mehr als ein Sack voll Knochen übrig war.

»Ich war immer ein guter Mensch!« schrie ich abermals dem Himmel entgegen und machte dadurch meine »Genesung« zunichte. Mamá mußte jemanden nach Dedé schicken, und gemeinsam mit

ihr betete ich den Rosenkranz. Danach spielten wir ein altes Spiel aus unserer Kindheit, bei dem wir die Bibel auf einer beliebigen Seite aufschlugen und aus dem Vers, auf den unser Finger zeigte, auf Teufel komm heraus unsere Zukunft zu deuten versuchten.
Und am dritten Tage erstand Er auf...

In Mamás neuem Haus zu wohnen war eine seltsame Erfahrung. Sie hatte alles aus ihrem alten Haus mitgenommen, aber im neuen befand sich nichts am gewohnten Platz. Manchmal ertappte ich mich dabei, wie ich die Hand nach einer nicht vorhandenen Tür ausstreckte, und obwohl ich noch so sehr darauf bedacht war, die Kinder nicht zu wecken, mußte ich Licht machen, wenn ich mitten in der Nacht auf die Toilette wollte. Andernfalls wäre ich gegen die Vitrine geprallt, die im alten Haus nicht im Flur gestanden hatte.

Im Eingang hing das unvermeidliche Porträt von El Jefe, nur war es nicht unser altes, auf dem Trujillo als junger Hauptmann dargestellt war und das neben dem Guten Hirten gehangen hatte. Mamá hatte sich sein neuestes Konterfei zugelegt und es so weit wie möglich von allen anderen Dingen entfernt allein aufgehängt. Auf diesem Bild war er älter, dicker, hatte vollere Wangen und die erschlafften Gesichtszüge eines Menschen, der den bösen Dingen des Lebens allzusehr gefrönt hatte.

Vielleicht lag es daran, daß ich aus dem alten Haus an das traute Nebeneinander von Trujillo und dem Guten Hirten gewöhnt war – jedenfalls ertappte ich mich einmal dabei, wie ich im Vorbeigehen ein kleines Stoßgebet an ihn richtete.

Ein andermal, als ich gerade, die Hände voller Blütenschweife, aus dem Garten kam, blickte ich zu ihm auf und überlegte: Warum eigentlich nicht? Ich stellte eine Vase mit Blumen auf den Tisch unter seinem Bild.

Von da war es nur noch ein kleiner Schritt zu dem hübschen Spitzendeckchen für den Tisch.

Ich weiß nicht, ob es so seinen Anfang nahm; jedenfalls betete ich schon bald zu ihm, aber nicht etwa, weil er mir als anbetungswürdiges Wesen oder so etwas Ähnliches erschien, sondern weil ich etwas von ihm wollte und das Gebet der einzige Weg war, den ich kannte, jemanden um etwas zu bitten.

Auf den Dreh war ich bei der Erziehung meiner Kinder gekommen: Man brauchte sie nur in Festtagskleidung zu stekken, schon benahmen sie sich entsprechend.

Zum Beispiel Nelson, der kleine Teufel! Als er klein war, piesackte er Noris pausenlos und hatte nur Unfug im Kopf. Ich rief ihn ins Haus und steckte ihn in die Badewanne. Statt ihm danach jedoch seinen Pyjama anzuziehen und ihn mitten am Tag ins Bett zu schicken, wo er sich nur gelangweilt und sich neue Gemeinheiten ausgedacht hätte, zog ich ihm seine Gabardinehose und die kleine leinene *guayabera* an, die ich der seines Vaters nachgenäht hatte, nahm ihn mit nach Salcedo zur Novene am Nachmittag und spendierte ihm anschließend ein Kokosnußeis. Der herausgeputzte kleine Bengel benahm sich wie ein Engel!

Deshalb sagte ich mir: Warum nicht? Behandle *ihn* wie jemanden, der deine Aufmerksamkeit verdient, vielleicht benimmt er sich dann auch anständig.

Täglich stellte ich ihm frische Blumen hin und richtete ein paar Worte an ihn. Mamá meinte, ich würde das ganze Theater nur wegen Peña und seinem SIM veranstalten, die immer wieder hier aufkreuzten, um die Familie zu kontrollieren. Fela dagegen begriff sofort, warum ich es tat, allerdings dachte sie, ich wollte mit dem Leibhaftigen ins Geschäft kommen. Keineswegs. Ich wollte nur seine bessere Seite hervorkehren. Gelang mir das, würde sich der Rest von allein ergeben.

Jefe, sagte ich zum Beispiel, *vergiß nicht: Du bist aus Staub gemacht, und zu Staub sollst du werden.* (Dieser Spruch verfing bei ihm nicht.)

Erhöre mich, Jefe. Laß meine Schwestern, ihre Männer und den meinen frei. Aber vor allem bitte ich dich, o Jefe, gib mir meinen Sohn zurück.

Nimm mich statt seiner, ich will dein Opferlamm sein.

Ich hängte das Herz Jesu, das Don Bernardo mir vor kurzem geschenkt hatte, im Schlafzimmer auf. Vor diesem Bildnis betete ich zu Gott – aufrichtig und ohne Hintergedanken.

Schließlich war ich nicht verrückt. Ich wußte, wer *wirklich* verantwortlich war.

Ich hatte meine harten Gefühle größtenteils abgelegt, aber eine Spur von Verbitterung war zurückgeblieben. Zum Beispiel hatte ich El Jefe angeboten, daß er frei über mich verfügen könne, hatte Gott diese Gefälligkeit jedoch nicht erwiesen.

Ich glaube, ich betrachtete mein Angebot an El Jefe als klar umrissene Angelegenheit. Er würde von mir verlangen, was er von Frauen immer verlangte, und ich konnte ihm *das* geben. Für das allerdings, was unser Herrgott von Patria Mercedes, Leib und Seele und alles andere Beiwerk eingeschlossen, verlangen konnte, gab es keine Grenze.

Mit einem Baby, das noch an meiner Brust nuckelte, einer Tochter, deren Formen sich gerade rundeten, und einem Sohn hinter Gittern war ich nicht bereit, in Sein Reich einzutreten.

Inmitten all meiner Bemühungen gab es Augenblicke, in denen ich zwar nicht eben eine Erleuchtung hatte, doch waren es Augenblicke, in denen mir bewußt wurde, daß ich mich auf dem richtigen Weg befand.

Wenige Tage nach Mates Verhaftung tauchte Peña auf. Dieser Mann löste ein schauriges Gefühl in mir aus, dasselbe wie jenes, das ich damals angesichts des Teufels verspürt hatte, als dieser nachts sein Unwesen mit meinen Händen trieb. Ich war mit den Kindern draußen im Patio. Sie wichen Peña aus und lehnten auch die Bonbons ab, die er ihnen anbot. Erst als ich sie nahm und ihnen hinhielt, wollten sie sie nehmen. Als Peña die Arme nach Minou ausstreckte, weil er sie auf seinem Knie reiten lassen wollte, rannten sie alle davon.

»Reizende Kinder«, sagte er, um die Abfuhr, die er hatte einstecken müssen, zu überspielen. »Sind das alles Ihre?«

»Nein, der Junge und das kleine Mädchen sind von Minerva,

und die ganz Kleine ist von María Teresa.« Ich sprach ihre Namen klar und deutlich aus, denn er sollte wissen, daß er diese Kinder zu Waisen machte. »Der kleine Junge und das große Mädchen gehören zu mir.«

»Don Pedrito liebt seine Kinder offenbar sehr.«

Mein Blut gefror. »Wie meinen Sie das, Hauptmann Peña?« Ich bemühte mich, meiner Stimme einen festen Klang zu verleihen.

» Der SIM hat Ihrem Mann ein Angebot gemacht, aber er hat es ausgeschlagen.«

Demnach lebte er noch! Dreimal waren Dedé, Mamá und Jaimito inzwischen zum Hauptquartier gefahren, um sich anzuhören, über den Verbleib ihrer Angehörigen gäbe es keine Aufzeichnungen.

»Wollen Sie nicht wissen, wie das Angebot lautete?« Peña wirkte verstimmt. Ich hatte längst bemerkt, daß es ihm prikkelndes Vergnügen bereitete, mich um jede Information betteln zu lassen.

»Doch, bitte, Hauptmann Peña.«

»Man hat Ihrem Mann angeboten, ihm die Freiheit und seinen Besitz zurückzugeben –«

Mein Herz machte einen Sprung!

»– sofern er seine Treue gegenüber El Jefe beweist und sich von seiner Frau scheiden läßt, weil sie eine Mirabal ist.«

»Oh!« Mein Herz fühlte sich an wie eine Hand, die sich in der Brust zur Faust ballt.

Peña musterte mich aus seinen durchdringenden Schweinchenaugen. Und dann sagte er diesen unanständigen Satz! »Ihr Mirabal-Frauen müßt was Besonderes sein.« Er streichelte sich selbst. »Sonst hätten eure Männer längst das Interesse an euch verloren, weil sie mit ihrer Männlichkeit außer beim Wasserlassen nämlich nichts anfangen können!«

Im stillen mußte ich zweimal Lobet den Herrn sagen, bevor ich ihm etwas erwiderte. Aber selbst dann sprühte meine Stimme noch Funken. »Hauptmann Peña, egal, was Sie mit meinem Mann machen – er wird immer zehnmal so männlich sein wie Sie!« Lachend warf der widerliche Kerl den Kopf in den Nacken, nahm seine Mütze vom Schoß und stand auf. Da sah ich, daß er einen Steifen bekommen hatte, während er mir zusetzte.

Ich ging die Kinder suchen, um mich zu beruhigen. Minou buddelte gerade ein Loch in die Erde und legte die Bonbons hinein, die Peña mitgebracht hatte. Als ich sie fragte, warum sie die Bonbons wegwerfe, antwortete sie, sie vergrabe sie, so wie ihre Mamá und ihr Papá im Hof die böse Kiste vergraben hatten, die sie nicht anfassen durfte.

»Das sind böse Bonbons«, sagte sie zu mir.

»Ja, du hast recht.« Ich kniete nieder und half ihr.

Peñas Neuigkeiten über Pedrito waren das erste, was wir bislang von unseren Angehörigen im Gefängnis gehört hatten. Ein paar Tage später kehrten Dedé und Mamá von einer ihrer Fahrten in die Hauptstadt mit der »guten Nachricht« zurück, daß die Namen der Mädchen sowie die ihrer Männer und meines Sohnes Nelson auf der neuesten Liste von insgesamt dreihundertzweiundsiebzig Häftlingen erschienen seien. Oh, wie erleichtert wir waren! Solange der SIM zugab, daß sich die Gefangenen in Gewahrsam befanden, war die Wahrscheinlichkeit geringer, daß sie spurlos verschwanden.

Obwohl es schon dunkel war, ging ich mit Mamás Schere hinaus in den Garten. Als ich ein paar Blumen abschnitt, verließ ich mich mehr auf meinen Geruchssinn als auf meine Augen, so daß ich erst im Haus sah, was ich eigentlich in der Hand hielt. Ich steckte ein paar Jasminzweige und Gardenien in die Vase auf dem kleinen Tisch und nahm die restlichen Blumen mit in mein Zimmer.

Und am dritten Tage erstand Er auf ...

Wir quälten uns schon durch die dritte Woche. Trotzdem gab es da diese Augenblicke, von denen ich bereits gesprochen habe: Wir näherten uns der Auferstehung mit Riesenschritten.

Am Sonntag morgen verteilten wir uns in aller Frühe auf Jaimitos Pick-up. Von ein paar Ackergäulen auf Dedés Hof und Mamás altem Maultier abgesehen, war es nun, da der SIM die anderen Autos beschlagnahmt hatte, unser einziges Transportmittel. Mamá breitete auf der Ladefläche ein altes Bettlaken aus, auf das ich mich mit den Kindern setzte. Sie selbst, Dedé und Jaimito zwängten sich ins Fahrerhäuschen. Wir fuhren nach Salcedo zur Frühmesse. Rings um uns her stieg Nebel von den Feldern auf. Als wir an der Abzweigung zu unserem alten Haus in Conuco vorbeikamen, verspürte ich einen Stich im Herzen. In der Hoffnung, daß sie es nicht bemerkt hatte, blickte ich zu Noris hinüber, aber ich sah ihrem hübschen Gesicht an, daß auch sie um Haltung rang.

Wir ahnten nicht, daß wir an diesem Tag Gottes Stimme von der Kanzel vernehmen sollten. Keiner von uns hätte erwartet, sie ausgerechnet aus dem Munde von Padre Gabriel zu hören, den man nach Padre de Jesús' Verhaftung geschickt hatte und den wir für einen regimetreuen Mann hielten.

Als es dann soweit war, hätte ich sie fast überhört. Raulito hatte nämlich gerade einen seiner Anfälle und brüllte wie am Spieß, und Jacqueline, die überaus mitfühlend war, wenn Tränen flossen, hatte in sein Geheule eingestimmt. Zu allem Überfluß »las« Minou Manolito auch noch aus meinem Gebetbuch vor, das sie falsch herum in den Händen hielt. Dedé und ich hatten unsere liebe Mühe, die Bande im Zaum zu halten, während Mamá sich darauf beschränkte, uns von der Mitte der Bankreihe aus gestrenge Blicke zuzuwerfen. Wie sagte sie so gern? Mit unseren neuartigen Theorien, man solle Kinder nicht verprügeln, sondern mit ihnen reden, würden wir nur eine Brut von Wilden aufziehen. »Da bekämpft ihr die Tyrannen und züchtet selber neue heran.«

Ich wollte mit den Kindern gerade in die Vorhalle gehen, als ich etwas hörte, von dem ich im ersten Augenblick glaubte, ich hätte mich *verhört*. »Wir können nicht gleichgültig bleiben gegen das unsägliche Leid, das über so viele anständige Häuser in unserem Land gekommen ist ...« tönte Padre Gabriels Stimme knackend aus dem Lautsprecher.

»Ruhe jetzt!« herrschte ich die Kinder so streng an, daß sie schlagartig verstummten und mich gebannt ansahen.

»Gott hat allen Menschen bei der Geburt Rechte mitgegeben, die ihnen keine irdische Macht fortnehmen darf.«

Das Sonnenlicht fiel durch das Buntglasfenster, auf dem Johannes der Evangelist nur mit einem Lendentuch bekleidet dargestellt war, eine Aufmachung, die einige Damen aus der Kirchengemeinde trotz der tropischen Hitze in unseren Breitengraden für unschicklich hielten. Ich setzte Raulito auf dem Taufbecken ab und gab den anderen Kindern Pfefferminzbonbons, damit sie den Mund hielten.

»Diese Rechte zu verleugnen ist ein schweres Vergehen gegen Gott und die Würde des Menschen.«

Er sprach noch weiter, aber ich hörte ihm schon nicht mehr zu. Mein Herz klopfte wild. Ich wußte, wenn ich es erst einmal gesagt hätte, könnte ich es nicht mehr zurücknehmen. *Oh, Herr, gib meinen Sohn frei*, betete ich. Und dann fügte ich hinzu, was ich so lange zurückgehalten hatte: *Laß mich Dein Opferlamm sein.*

Als Padre Gabriel geendet hatte, blickte er auf. In der Kirche herrschte tiefes Schweigen. Wir alle waren überwältigt von der guten Botschaft, die unser Erzengel Gabriel soeben verkündet hatte. Wäre Klatschen in der Kirche nicht verpönt, hätten wir das »*Dóminus vobíscum*«, das er nun anstimmte, in unserem Applaus ertränkt.

Wir blieben den ganzen Tag in Salcedo, setzten uns zwischen den Messen in den Park und kauften Leckereien für die Kinder, sozusagen als Bestechung, damit sie auch während der nächsten, eine Stunde dauernden Messe Ruhe gaben. Als die letzte Messe um sechs Uhr näherrückte, waren ihre Sonntagskleider schon ganz schmutzig. Nach jedem Gottesdienst zog die Kunde größere Kreise, und die Gemeinde wuchs von Mal zu Mal. Wie wir besuchten die Leute eine Messe nach der anderen. Auch ein paar Spitzel fanden sich ein. Sie waren leicht zu erkennen. Bei der Wandlung stützten sie sich im Knien mit den Hinterbacken auf die Bank und blickten sich um. Plötzlich entdeckte ich Peña in einer der hintersten Bankreihen, der sich zweifellos alle unermüdlichen Kirchgänger wie mich merkte.

Später erfuhren wir, daß sich im ganzen Land das gleiche ereignet hatte. Die Bischöfe hatten zu Beginn der Woche getagt und einen Hirtenbrief abgefaßt, der an diesem Sonntag auf allen Kanzeln verlesen wurde. Am Ende hatte sich die Kirche doch noch auf die Seite des Volkes geschlagen!

An diesem Abend fuhren wir in fröhlicher Stimmung nach Hause. Die Babys schliefen tief und fest in den Armen der größeren Kinder. Es war schon dunkel, und als ich zum Himmel aufblickte, sah ich den großen alten Mond, der dort oben wie Gottes Heiligenschein zum Zeichen seines Bundes hing. Schaudernd erinnerte ich mich an mein Versprechen.

Am darauffolgenden Sonntag begaben wir uns mit einem unguten Gefühl zur Messe. Unter der Woche hatten wir von Übergriffen auf Kirchen im ganzen Land gehört. In der Hauptstadt hatte jemand versucht, den Erzbischof zu ermorden, während er in der Kathedrale die Messe las. Der arme Pittini war so alt und blind, daß er nicht merkte, was vor sich ging, sondern unbeirrt das Kyrie anstimmte, während man den Täter niederrang.

Etwas so Schlimmes passierte in unserer Gemeinde zwar nicht, aber auch wir hatten unsere Aufregung. An diesem Sonntag, eine Woche nach Verlesung des Hirtenbriefs, mischte sich eine Schar von Prostituierten unter die Gläubigen. Bei der Kommunion staksten sie mit tänzelnden Bewegungen und wiegenden Hüften zum Altar, daß man hätte meinen können, sie wollten *ihr* Fleisch und Blut darbieten, und nicht etwa Seines empfangen. Lachend stellten sie sich in einer Reihe auf und machten sich über Padre Gabriel lustig, indem sie beim Empfang der Heiligen Hostie weit die Münder aufsperrten und lüstern mit der Zunge schlugen. Eine von ihnen griff sogar einfach in den Kelch und bediente sich selbst.

Auf die Gemeinde wirkte das wie ein Gewehrschuß. Zehn oder zwölf von uns Frauen standen auf und bildeten einen Kordon um unseren Pfarrer. Wir ließen nur durch, von wem wir wußten, daß er sich des Sakraments und nicht eines Sakrilegs wegen zum Altar begab. Da gingen diese *puticas* doch tatsächlich auf uns los. Eine von ihnen stieß mich zur Seite, aber hielt ihr Patria Mercedes auch die andere Wange hin? Nicht im Traum dachte ich daran. Ich zerrte das knochige, abgehalfterte Mädchen in den hinteren Teil der Kirche und sagte: »So, du willst die Kommunion empfangen? Dann sprich zuerst das Glaubensbekenntnis.«

Sie sah mich an, als hätte ich von ihr verlangt, etwas auf englisch zu sagen. Dann warf sie den Kopf in den Nacken und stolzierte davon, um die Prämie einzustreichen, die der SIM für Randale in der Kirche ausgesetzt hatte.

Als wir am darauffolgenden Sonntag zur Frühmesse eintrafen, schlug uns aus der Kirche ein solcher Gestank entgegen, daß wir zurückwichen. Rasch hatten wir die Ursache gefunden. *¡Sinvergüenzas!* Sie waren in der Nacht zuvor in die Kirche eingedrungen und hatten den Inhalt von Latrinen in die Beichtstühle gekippt.

Ich schickte die Kinder mit Mamá nach Hause, weil ich Angst hatte, der SIM könnte noch einen weiteren Anschlag parat haben. Dedé, Noris und ich blieben zum Saubermachen. Jawohl, Noris bestand darauf, obwohl ich mich furchtbar aufregte und sie mit den anderen nach Hause schicken wollte, weil sie dort in Sicherheit wäre. Gottes Haus sei auch ihr Haus, argumentierte sie. Meine Gebete an die Virgencita, Noris zu bekehren, waren erhört worden. Ich mußte lachen, denn es war genau das eingetreten, was Sor Asunción immer gepredigt hatte: Überlegt euch gut, worum ihr Gott bittet. Es kann passieren, daß Er euch genau das gibt, was ihr verlangt.

Eines Morgens – seit Mates und Minervas Verhaftung war knapp ein Monat vergangen – erhielt ich erneut Besuch. Dedé und Mamá waren in die Hauptstadt gefahren, um ihre übliche Runde zu drehen. Woche für Woche fuhren sie mit Jaimito oder den Angehörigen eines anderen Gefangenen hinunter. Mich wollten sie nicht mitnehmen. Sie meinten, im Hauptquartier würde bestimmt jemandem auffallen, daß man mich übersehen hatte, und man würde mich auf der Stelle verhaften.

Auf dem Heimweg machten sie jedesmal einen kurzen Abstecher nach La Victoria. Aus Verzweiflung, vermute ich, und weil sie hofften, einen Blick auf die Mädchen zu erhaschen. Natürlich bekamen sie sie nie zu sehen. Aber immerhin hingen öfters Bettlaken und Handtücher zum Trocknen aus den vergitterten Fenstern, und diese Ahnung von Häuslichkeit gab ihnen Hoffnung.

Ich war gerade im Wohnzimmer und zeigte Noris, wie man Monogramme aufstickte, so wie ich es einst Mate beigebracht hatte. Die Kinder saßen auf dem Boden und bauten aus Bauklötzen wahre Paläste. Da kam Tono herein und meldete einen Besucher. Mein Mut sank, denn ich dachte, es wäre schon wieder dieser Peña. Aber nein, es sei eine gewisse Margarita, ihren Nachnamen habe sie nicht genannt, und sie wolle die *doña* des Hauses sprechen, könne aber nicht sagen, worum es gehe.

Die junge Frau, die auf der Veranda hinter dem Haus Platz genommen hatte, kam mir irgendwie bekannt vor. Sie hatte ein hübsches, schlichtes Gesicht, und ihr dickes, dunkles Haar wurde hinten von Klammern zusammengehalten. Augen, Brauen, ja der ganze Gesichtsausdruck trug die Züge einer Mirabal. *Ay, no,* dachte ich, nicht jetzt. Als sie mich erblickte, stand sie auf und neigte scheu den Kopf. »Können wir uns unter vier Augen unterhalten?«

Ich wußte nicht recht, was ich von ihrem Besuch halten sollte. Mir war bekannt, daß Minerva über all die Jahre die Verbindung zu ihnen aufrechterhalten hatte, aber ich selbst war immer auf Distanz gegangen. Mit einer *campesina*, die keinen Respekt für den heiligen Bund der Ehe und den guten Namen der Mirabals gezeigt hatte, wollte ich nichts zu tun haben.

Ich machte eine Kopfbewegung in Richtung Garten, wo niemand unser Gespräch belauschen konnte.

Nachdem wir uns auf dem Weg ein kleines Stück vom Haus entfernt hatten, griff sie in die Tasche und hielt mir einen zusammengefalteten Zettel hin.

Meine Hände fingen an zu zittern. »Gott sei gelobt!«, sagte ich und blickte zum Himmel auf. »Woher haben Sie das?«

»Der Vetter meiner Mutter arbeitet in La Victoria. Er will nicht, daß sein Name genannt wird.«

Ich faltete das Papier auseinander. Es handelte sich um das Etikett einer Dose Tomatenmark. Die Rückseite war beschrieben.

Wir sind in Zelle Nr. 61, Trakt A, La Victoria – Dulce, Miriam, Violeta, Asela, Delia, Sina, Minerva und ich. Bitte benachrichtigt ihre Familien. Uns geht es gut, aber wir verzehren uns nach Neuigkeiten von zu Hause und den Kindern. Bitte schickt uns Trinalin, weil uns nämlich alle die Grippe erwischt hat, und Lomotil für – na, ihr wißt schon, wofür. Und Essen, das sich lange hält. Viele Küsse an euch alle, aber vor allem an meinen kleinen Liebling.

Die Nachricht war mit *Mate* unterschrieben – als hätte ich ihre hübsche Handschrift nicht unter Millionen anderer erkannt!

Mein Kopf drehte sich, als ich an all das dachte, was getan werden mußte. Noch heute abend wollte ich zusammen mit Mamá und Dedé ein Antwortschreiben aufsetzen und ein Päckchen herrichten. »Können wir über Ihren Verwandten etwas zurückschicken?«

Sie nickte und blieb zögernd stehen, als hätte sie noch etwas vergessen. Da fiel mir ein, daß solche Dienste gewöhnlich mit einem kleinen Obolus entlohnt wurden. »Bitte warten Sie hier«, sagte ich und eilte ins Haus, um meinen Geldbeutel zu holen.

Betreten sah sie mich an, als ich ihr die Scheine hinhielt. »Nein, nein, wir würden von Ihnen nie etwas nehmen.« Statt dessen reichte sie mir eine Karte der Apotheke in Salcedo, die ich immer aufsuchte; ihr Name stand auf der Rückseite. »Margarita Mirabal, zu Ihren Diensten.«

Dieses *Mirabal* war für mich der reinste Schock. »Danke, Margarita«, sagte ich und gab ihr die Hand. Und dann fügte ich die Worte hinzu, die ich meinem stolzen Herzen nur mit Mühe entreißen konnte. »Patria Mercedes, zu Ihren Diensten.«

Nachdem sie gegangen war, las ich Mates Nachricht wieder und wieder, als würden mit jedem Mal neue Informationen zutage treten. Dann setzte ich mich auf die Bank neben den Paradiesvogelblumen und lachte. Papás zweite Familie als Handlanger unserer Erlösung! Wie raffiniert und klug zugleich! Er sollte mehrere Revolutionen auf einen Schlag auslösen. Eine davon betraf meinen Hochmut.

An diesem Abend blieben Dedé, Mamá und ich bis spät in die Nacht auf und bereiteten das Päckchen vor. Wir buken Kekse aus Süßkartoffeln und Melasse, weil sie einen hohen Nährwert hatten, und füllten eine Tüte mit kleinen unverderblichen Dingen. Außerdem packten wir für jede von ihnen einmal Unterwäsche zum Wechseln und Socken ein, und in letztere steckte ich für alle einen Kamm und eine Bürste. Es war mir ein Rätsel, wie Mate im Gefängnis ihr langes Haar pflegen wollte.

Der anfänglich kleine Stapel wurde immer größer, und wir fingen an, darüber zu streiten, was nötig war und was nicht. Mamá meinte, es wäre Unfug, Mate ihr gutes schwarzes Handtuch zu schicken, das sie in der Woche, die sie zu Hause verbrachte, genäht hatte – um ihre Nerven zu beruhigen. Das *M* hatte sie mit goldenem Satinfaden aufgestickt, aber zum *G* war sie nicht mehr gekommen. »Je mehr ihr hineinpackt, desto größer ist die Wahrscheinlichkeit, daß jemand das Paket unterwegs klaut.«

»*Ay*, Mamá, sieh doch nicht immer alles so schwarz.«

Sie stemmte die Hände in die Hüften und sah mich kopfschüttelnd an. »Patria Mercedes, du solltest am allerbesten wissen –« Sie brach mitten im Satz ab, wie wir es alle taten, wenn wir im Haus Kritik an der Regierung übten. Es gab überall fremde Ohren, zumindest bildeten wir uns das ein. »– daß dieses Handtuch sich nicht fürs Gefängnis eignet«, schloß Mamá nach kurzem Zögern, als wäre es das gewesen, was sie von Anfang an hatte sagen wollen.

Dedé überzeugte sie mit demselben Argument, das sie auch beim Manküreset, der Schachtel mit Lippenstift und Gesichtspuder und dem Parfumfläschchen Marke »Matador's Delight« ins Spiel brachte: Ein Hauch von Luxus könnte die Stimmung der Mädchen nur heben. Was hätte Mamá dagegen einwenden sollen?

Zwischen die Seiten von Mates Gebetbuch schob ich ein paar Geldscheine und unseren Brief.

Liebste Minerva und Mate! Wir reichen im Hauptquartier immer wieder Bittschriften ein, und so Gott will, wird sich bald eine Tür öffnen. Bitte sagt uns Bescheid, wie es um Eure Gesundheit steht und was ihr sonst noch braucht. Was ist mit den Männern und dem lieben Nelson? Haltet uns auf dem laufenden und vergeßt nicht, daß ihr in den Herzen und Gebeten von Patria und Dedé und Eurer Euch liebenden Mutter eingeschlossen seid.

Mamá unterschrieb eigenhändig. Meine Augen wurden feucht, als ich sah, wie sie sich mit dem Füller abmühte und anschließend ihre Unterschrift ruinierte, weil sie mit ihren Tränen die Tinte verwischte.

Nachdem Mamá zu Bett gegangen war, erzählte ich Dedé, wer die Nachricht gebracht hatte. Mamá gegenüber hatte ich mich bedeckt gehalten, denn ich wollte keine alten Wunden aufreißen. »Sie sieht wie Mate aus«, berichtete ich. »Und sie ist ziemlich hübsch.«

»Ich weiß«, sagte Dedé zu meiner Überraschung, und es stellte sich heraus, daß sie noch viel mehr wußte.

»Nach Papás Tod bat mich Minerva, von ihrem Erbe etwas für die Erziehung dieser Mädchen abzuzweigen«, erinnerte sich Dedé kopfschüttelnd. »Ich ließ mir die Sache durch den Kopf gehen und beschloß, die Hälfte dazuzulegen. So viel war es auch wieder nicht«, fügte sie rasch hinzu, als sie mein Gesicht sah. Ich war ein wenig beleidigt, weil sie mich in diesen Akt der Nächstenliebe nicht einbezogen hatten. »Die Älteste hat gerade ihren Abschluß als Apothekerin gemacht und unterstützt ihre Schwestern.«

»Ein prima Mädchen«, sagte ich anerkennend.

»Andere gibt es bei den Mirabals nicht«, sagte Dedé lächelnd. Dies hatte Papá oft über *seine* Mädchen gesagt. Damals waren wir davon ausgegangen, daß er damit uns allein meinte.

Eine traute, besinnliche Stimmung lag in der Luft. Vielleicht faßte ich mir deshalb ein Herz und fragte: »Und wie geht es dir, Dedé?«

Sie wußte, worauf ich hinauswollte. Ich konnte ins Herz meiner Schwester blicken, selbst wenn sie es hinter einem wohl einstudierten Lächeln verbarg. Padre de Jesús hatte mir von Dedés mißglücktem Besuch in seinem Pfarrhaus berichtet, aber seit der Verhaftung unserer Schwestern waren wir alle wie betäubt gewesen und hatten weder Gefühl noch Sinn für die Sorgen anderer gehabt.

»Jaimito benimmt sich sehr gut, ich kann nicht klagen«, antwortete sie. Er *benimmt* sich gut? Was für eine seltsame Art, über seinen eigenen Mann zu reden! Dedé übernachtete in letzter Zeit nicht selten mit ihren beiden jüngeren Söhnen bei Mamá. Um ein Auge auf uns zu haben, behauptete sie.

»Dann ist also alles in Ordnung?«

»Jaimito hat sich toll verhalten«, fuhr Dedé unbeirrt fort. »Ich bin ihm sehr dankbar, weil ich weiß, daß er mit diesem Schlamassel nichts zu tun haben wollte.«

»Das wollte keiner von uns«, versetzte ich, aber als ich bemerkte, wie sie tief Luft holte, sah ich lieber davon ab, versteckte Kritik an Jaimito zu üben. Schließlich mochte ich unseren aufgeblasenen Vetter im Gegensatz zu Minerva. Hinter seiner Großtuerei verbarg sich ein gutes Herz.

Ich nahm ihre Hand. »Wenn alles vorbei ist, geh bitte und hol dir Rat bei Padre de Jesús. Der Glaube kann eine Ehe stärken. Ich möchte gerne, daß ihr beide glücklich zusammen seid.«

Plötzlich brach sie in Tränen aus. Andererseits fing sie immer an zu heulen, wenn ich in diesem Ton mit ihr sprach. Ich streichelte ihr Gesicht und bedeutete ihr mit einem Wink, daß wir uns besser draußen weiter unterhielten. »Was ist los? Mir kannst du es doch erzählen«, sagte ich, als wir die mondbeschienene Auffahrt entlanggingen.

Sie blickte zum Himmel auf. Der große alte Mond von vor ein paar Tagen war geschrumpft, ja um eine dicke Scheibe schmaler geworden. »Jaimito ist ein guter Mensch, egal, was andere über ihn denken. Aber mit einer anderen Frau wäre er glücklicher, das ist alles.« Sie schwieg.

»Und du?« forschte ich.

»Ich wahrscheinlich auch«, gestand sie, aber falls in ihrem Herzen ein Gespenst herumspukte, wollte sie seinen Namen nicht preisgeben. Statt dessen streckte sie die Arme aus, als sollte der Mond wie ein Ball in ihre geöffneten Hände fallen. »Es ist spät«, sagte sie. »Laß uns schlafen gehen.«

Als wir über die Auffahrt zurückgingen, hörte ich klar und deutlich ein Husten.

»Wir haben schon wieder Besuch«, flüsterte ich.

»Ja«, antwortete sie. »Überall sind Gespenster.«

Sobald Jaimitos Pick-up morgens auf dem Weg zur täglichen Messe auf die Straße bog, sprang der Motor eines VW an, der wie ein Spielzeugauto klang. Abends rochen wir ihre Zigaretten im Hof und hörten unterdrücktes Husten und Niesen. Manchmal riefen wir: »Gesundheit!«, und mit der Zeit fingen wir an, kleine Racheakte gegen sie zu verüben.

Die Nische, die unsere Hauswand mit der des Nachbarhauses bildete, war nach Einbruch der Dunkelheit ihr bevorzugter Schlupfwinkel. Mamá brachte ein paar Korbstühle hinaus und eine Kiste mit einem Aschenbecher darauf, damit sie nicht länger ihren Garten verschmutzten. Eines Abends stellte sie ihnen sogar eine Thermoskanne mit Eiswasser und einen Imbiß hin, als wären sie die Heiligen Drei Könige. Sie stahlen die Thermoskanne, die Gläser und den Aschenbecher, und statt den Weg zu benützen, den Mamá eigens für sie freigeräumt hatte, trampelten sie durch ihre Blumenbeete. Tags darauf verlegte Mamá ihre Dornbüsche auf diese Seite des Gartens. Abends, als sie hörte, daß sie wieder da waren, öffnete sie das Badezimmerfenster und schüttete Jacquelines schmutziges Badewasser in den Hof. Ein überraschter Aufschrei war zu hören, aber sie wagten nicht, uns deshalb zu behelligen. Schließlich waren sie Agenten in strenggeheimer Mission, und wir durften nicht wissen, daß sie sich da draußen aufhielten.

Drinnen im Haus konnten Dedé und ich unsere Schadenfreude kaum unterdrücken. Minou und Jacqueline lachten so angestrengt mit, wie Kinder es tun, wenn sie Erwachsenengelächter nachahmen, aus dem sie nicht recht schlau werden. Am nächsten Morgen sahen wir, daß sich in den Dornen Stoffetzen, Fäden und sogar ein Taschentuch verfangen hatten. Von da an hielten die Spitzel bei der Arbeit einen respektvollen Abstand zum Haus ein.

Die Übergabe des Päckchens an Margarita wollte gut geplant sein. Am Tag nach ihrem Besuch hielten wir morgens, auf dem Rückweg von der Messe, vor der Apotheke. Ich ging hinein, während die anderen im Pick-up auf mich warteten. Ich hielt Raulito so, daß seine Decke das Päckchen verbarg. Diesmal gab der kleine Kerl Ruhe, als ahnte er, daß ich seine Unterstützung brauchte.

Es war ein seltsames Gefühl, die Apotheke zu betreten, wo ich nun wußte, daß *sie* darin arbeitete. Wie oft hatte ich sie in der Vergangenheit aufgesucht, um Aspirin oder Medizin für das Baby zu holen! Und wie oft hatte die hübsche, schüchterne junge Frau im weißen Kittel meine Rezepte entgegengenommen! Ich fragte mich, ob sie von Anfang an gewußt hatte, wer ich war.

»Sollte es Probleme geben – « begann ich, als ich ihr das Päckchen reichte. Sie aber schob es unter den Ladentisch und sah mich durchdringend an, um mir klarzumachen, daß ich in der Öffentlichkeit nicht weiter darauf eingehen sollte.

Anschließend betrachtete Margarita stirnrunzelnd den großen Geldschein, den ich ihr in die Hand drückte. Doch als ich ihr zuraunte, er sei für das Lomotil, Trinalin und die Vitamine, die sie dem Päckchen beilegen sollte, nickte sie. In diesem Augenblick näherte sich der Besitzer der Apotheke.

»Ich hoffe, es hilft«, sagte Margarita und schob ein Päckchen Kopfschmerztabletten über den Ladentisch, um unsere heimliche Transaktion zu kaschieren. Es war die Marke, die ich immer kaufte.

In dieser Woche kehrten Mamá und Dedé freudig erregt von ihrer wöchentlichen Fahrt zurück. Sie hatten gesehen, daß aus einem Fenster von La Victoria ein schwarzes Handtuch hing! Dedé war sich nicht ganz sicher, aber sie meinte, etwas Gezacktes auf der Vorderseite gesehen zu haben, vielleicht das Monogramm. Außerdem: Wer sonst hatte ein schwarzes Handtuch im Gefängnis?

»Ich weiß, ich weiß«, sagte Mamá. »Ich habe es mir auf dem Heimweg schon oft genug anhören müssen.« Sie äffte Dedé nach: »*Siehst du, Mamá, was für eine gute Idee es war, das Handtuch mitzuschicken?*«

»Die Wahrheit ist«, fuhr sie fort (dies war seit ein paar Tagen ihr Lieblingsausdruck), »ich hätte gar nicht gedacht, daß sie es tatsächlich bekommt. Ich bin so mißtrauisch geworden.«

»Schaut euch das an!« rief Jaimito, der am Eßtisch saß und die Zeitungen las, die er in der Hauptstadt gekauft hatte. Er zeigte auf das Foto einer Handvoll wie Gespenster aussehender Häftlinge mit gesenkten Häuptern, denen El Jefe mit dem Finger drohte. »Acht Häftlinge wurden gestern im Nationalpalast begnadigt.« Er verlas die Namen. Unter ihnen befanden sich Dulce Tejeda und Miriam Morales, die laut Mates Nachricht mit ihr und Minerva eine Zelle geteilt hatten.

Mein Herz machte einen Hüpfer, und das Kreuz, an dem ich trug, erschien mir plötzlich leicht wie eine Feder. Alle acht Begnadigten waren entweder Frauen oder *Minderjährige*! Mein Sohn Nelson war vor ein paar Wochen im Gefängnis achtzehn geworden. Er zählte bestimmt noch als Kind!

»Mein Gott, hier ist noch etwas«, sagte Jaimito. Hauptmann Victor Alicinio Peña war unter der Rubrik »Eigentumsübertragungen« aufgeführt, weil er def Regierung das ehemalige Gut der González' für einen Apfel und ein Ei abgekauft hatte. »Von wegen gekauft! Gestohlen hat er es!« platzte ich heraus.

»Ja, der Junge hat die Mangos gestohlen«, sagte Dedé mit lauter Stimme, um meine Unüberlegtheit zu überspielen. Erst letzte Woche hatten wir hinter Mamás Hochzeitsfoto eine winzige Antenne entdeckt – ein todsicheres Indiz für Wanzen. Nur im Garten oder wenn wir mit dem Wagen durch die Gegend fuhren, konnten wir uns unbeschwert miteinander unterhalten.

»Die Wahrheit ist –« begann Mamá, verstummte jedoch. Warum sollte sie die kostbare Wahrheit einem versteckten Mikrophon verraten?

Peña stand in meiner Schuld, jedenfalls sah ich es so. Tags darauf zog ich das gelbe Kleid, das ich soeben fertiggenäht hatte, und die schwarzen, hochhackigen Schuhe an, die Dedé mir vererbt hatte, stäubte mich mit einer duftenden Puderwolke ein und ging durch den Spalt in der Hecke zu Don Bernardos Haus hinüber.

»Wo willst du hin, Mamá?« rief Noris mir nach. Ich hatte ihr aufgetragen, sich um die Kinder zu kümmern. »Ich besuche Don Bernardo«, sagte ich und winkte mit der Hand über die Schulter. Ich wollte nicht, daß Mamá oder Dedé von meinem Ausflug erfuhren.

Don Bernardo war wirklich der Engel von nebenan, in der Gestalt eines betagten Spaniers mit einer kränklichen Frau. Ihn hatte es im Zuge eines Flüchtlingsprogramms, das Trujillo ins Leben gerufen hatte, um »die Rasse aufzuhellen«, auf die Insel verschlagen. In dieser Hinsicht war er dem Diktator allerdings nicht von großem Nutzen gewesen, denn er und Doña Belén hatten keine Kinder bekommen. Nun verbrachte er die meiste Zeit des Tages auf der Veranda, schwelgte in Erinnerungen und pflegte seine der Welt entrückte, an den Rollstuhl gefesselte Frau. Aus Selbstschutz behauptete Don Bernardo standhaft, seine Frau leide nicht etwa an Schwachsinn, sondern sei wetterfühlig. Auch übermittelte er erfundene Grüße und Entschuldigungen von Doña Belén. Einmal wöchentlich zwängte sich der greise Mann unter großer Mühe hinter das Lenkrad seines alten Plymouth, um Doña Belén zu einer kleinen Routineuntersuchung nach Salcedo zu chauffieren.

Ja, er war wirklich ein Engel. Er hatte zu uns gehalten und war Taufpate der Kleinsten – Raulito, Minou und Manolito – geworden, in einer Zeit, als die meisten Menschen die Mirabals mieden.

Nach der Verhaftung meiner Schwestern dachte ich daran, daß Jacqueline noch nicht getauft war. Meine Kinder waren alle, wie auf dem Land üblich, innerhalb des ersten Mondzyklus nach der Geburt getauft worden. María Teresa aber, die schon immer eine Schwäche für dramatische Inszenierungen gehabt hatte, hatte die Taufe aufschieben wollen, bis sie »ordentlich« in der Kathedrale von San Francisco abgehalten werden konnte – mit dem Bischof, der die

Messe lesen, und dem Mädchenchor aus Inmaculada, der »Regina Coeli« singen sollte. Offenbar floß der Stolz nicht nur durch das Aderngeflecht eines Familienmitglieds.

Eines Nachmittags, als ich noch halbkrank vor Kummer war, war ich mit Jacqueline auf dem Arm barfuß aus Mamás Haus gelaufen und dabei Don Bernardo begegnet, der, den Hut auf dem Kopf und die Schlüssel in der Hand, gerade aus der Tür trat. »So, so, du wirst also bald mit dem Wasser des Heils Bekanntschaft machen, du kleiner Goldfisch?« Er streichelte Jacqueline unter dem kleinen Kinn, und ihre Tränen trockneten so schnell wie Juliregen in Monte Cristi.

Nun stand ich wieder vor Don Bernardos Tür, diesmal jedoch ohne Baby. »Was für eine Freude, Patria Mercedes!« begrüßte er mich, als wäre es die natürlichste Sache der Welt, daß ich zu jeder Tages- und Nachtzeit, barfuß *oder* anständig gekleidet, bei ihm aufkreuzte und ihn um einen Gefallen bat.

»Don Bernardo, es tut mir leid, daß ich Sie schon wieder behellige«, sagte ich, »aber ich brauche eine Fahrgelegenheit zu Hauptmann Peñas Büro in der Hauptstadt.«

»So, so, ein Besuch in der Höhle des Löwen.«

Ich bemerkte, wie sich sein dichter weißer Schnurrbart zu einem verhaltenen Lächeln verzog. Er ging kurz ins Schlafzimmer zu Doña Belén, die ans Bett gefesselt war und ihre zweite Kindheit durchlebte. Gleich darauf kam er wieder heraus und winkelte den Ellbogen an, damit ich mich bei ihm einhakte. »Doña Belén läßt grüßen«, sagte er.

Hauptmann Victor Alicinio Peña empfing mich auf der Stelle. Vielleicht lag es an meinen Nerven, aber sein Büro wirkte auf mich so beklemmend wie eine Gefängniszelle, mit den metallenen Jalousien an den Fenstern und einer Neonröhre als einziger Lichtquelle. Die Klimaanlage gab ein aggressives mechanisches Schnarren von sich, das so klang, als würde sie bald den Geist aufgeben. Ich wünschte, ich würde draußen auf dem Platz unter dem Mandelbaum stehen, wo Don Bernardo auf mich wartete.

»Welche Freude, Sie zu sehen, Doña Patria!« Hauptmann Peña musterte mich von oben bis unten, als wollte er seinen Worten gerecht werden und *alles* von mir sehen. »Was kann ich für Sie tun?« fragte er und bedeutete mir mit einem Wink, mich zu setzen.

Eigentlich hatte ich ein leidenschaftliches Plädoyer halten wollen, aber ich brachte kein Wort über die Lippen. Ohne Übertreibung: Patria Mercedes verschlug es im Angesicht des Teufels die Sprache.

»Offengestanden war ich ein wenig überrascht, als ich hörte, daß Sie mich sprechen wollen«, fuhr Peña, über mein Schweigen sichtlich ungehalten, fort. »Ich bin ein sehr beschäftigter Mensch. Was also kann ich für Sie tun?«

Plötzlich brach alles unter Tränen aus mir hervor. Daß ich in der Zeitung von der Begnadigung Minderjähriger gelesen habe, daß mein Sohn im Gefängnis gerade erst achtzehn geworden sei, daß ich mich frage, ob Peña nicht etwas tun könne, damit auch mein Junge begnadigt werde.

»Diese Angelegenheit gehört nicht in meinen Zuständigkeitsbereich«, log er.

Da durchfuhr es mich: Dieser Teufel mochte mächtig erscheinen, aber ich verfügte über eine Macht, die seiner überlegen war. Also machte ich von ihr Gebrauch. In meinem Herzen wappnete ich mich mit Gebeten, die der verirrten Seele vor mir galten.

»Der Befehl kam von oben«, führte er weiter aus, doch nun war er es, der immer nervöser wurde. Zerstreut spielte er mit der Plastikkarte an seinem Schlüsselbund. Darauf befand sich das grellbunte Bild einer gutbestückten Blondine. Neigte man es zur Seite, glitten ihr die Kleider vom Leib. Ich versuchte, mich nicht davon ablenken zu lassen, und betete unbeirrt weiter.

Erweiche das Herz dieses Teufels, o Herr. Und dann sagte ich, was mir besonders schwerfiel: *Denn auch er ist eines Deiner Kinder.*

Peña legte seinen abgeschmackten Schlüsselbund beiseite, hob den Telefonhörer ab und rief das Hauptquartier in der Stadt an. Seine sonst so polterige, bellende Stimme nahm einen zuvorkommenden, sanften Klang an. »Jawohl, Herr General, durchaus.« Ich fragte mich, ob er überhaupt je auf mein Gesuch zu sprechen kommen würde. Doch dann war es soweit, aber er ließ es so beiläufig einfließen, daß es fast an mir vorbeigerauscht wäre. »Ich habe hier eine Frau in meinem Büro sitzen, die ein kleines Problem hat.« Er lachte dröhnend über das, was am anderen Ende der Leitung gesagt wurde. »Nein, nicht, was Sie denken. Ich hab ihr nichts Kleines gemacht!«

Und dann erzählte er von meinem Anliegen.

Die Hände im Schoß verschränkt saß ich da. Ich weiß nicht, ob ich genauso angestrengt betete, wie ich seinen Worten lauschte und versuchte, den Erfolg meiner flehentlichen Bitte aus jeder Gesprächspause und Klangveränderung seiner Stimme herauszuhören. Vielleicht lag es daran, daß ich ihn so eindringlich ansah – jedenfalls passierte etwas Komisches: Der Teufel, an dessen Anblick ich so gewöhnt war, legte seine Hülle ab wie die Blondine auf dem beweglichen Bild, und einen Augenblick lang sah ich einen zu groß geratenen, dicken Jungen vor mir, der sich schämte, weil er nach der Katze getreten und Schmetterlingen die Flügel ausgerissen hatte.

Ich mußte ein ziemlich verblüfftes Gesicht gemacht haben, denn nachdem Peña aufgelegt hatte, beugte er sich zu mir hin und erkundigte sich: »Stimmt etwas nicht?«

»Nein, nein«, erwiderte ich rasch und schlug den Blick nieder. Ich wollte ihn nicht zu sehr bedrängen und sofort fragen, ob er etwas habe bewirken können. »Hauptmann Peña«, sagte ich flehentlich, »gibt es überhaupt eine Hoffnung?«

»Die Sache ist in Arbeit«, sagte er und stand auf zum Zeichen, daß das Gespräch beendet war. »Sie hören von mir.«

»¡*Gracias, ay, muchas gracias!*« sagte ich mehrmals, und mein Dank galt nicht allein Peña.

Er hielt meine Hand etwas länger als nötig fest, aber diesmal zog ich sie nicht weg. Ich war nicht mehr sein Opfer, das wußte ich jetzt. Mochte ich auch alles verloren haben – mein Geist erstrahlte in hellstem Glanz. Jetzt, wo ich ihn über ihm ausgegossen hatte, konnte der arme blinde Nachtfalter meinem Licht nicht länger widerstehen.

Es war Zeit, ihm zu sagen, was *ich* für ihn zu tun gedachte. »Ich werde für Sie beten, Hauptmann Peña.«

Er lachte unbehaglich. »Warum?«

»Weil es das einzige ist, was mir geblieben ist, um mich bei Ihnen zu revanchieren«, sagte ich und hielt seinem Blick stand. Er sollte begreifen, daß ich wußte, wer unser Land genommen hatte.

Wir warteten, und darüber vergingen Wochen. Ein zweiter und schließlich ein dritter Hirtenbrief wurde auf den Kanzeln verlesen. Daraufhin erklärte das Regime der Kirche uneingeschränkt den Krieg. In der Presse Wurde eine Kampagne gestartet mit dem Ziel, das Konkordat mit dem Vatikan aufzukündigen. Die Katholische Kirche solle in unserem Land nicht länger einen Sonderstatus genießen. Die Pfarrer hetzten nur die Leute auf. Ihre Vorwürfe gegen die Regierung seien Lügen, Schließlich regiere unser Diktator ein freies Land, und als wollte Trujillo dieser Behauptung Nachdruck verleihen, genehmigte er immer mehr Gnadengesuche und Besuchsausweise.

Fast jeden Tag blieb ich vor seinem Porträt stehen, brachte ihm frische Blumen und hielt einen kleinen Plausch mit ihm. Ich versuchte mir einzureden, daß auch er mein Junge war, eine verstörte Seele, die Anleitung brauchte. »Du weißt genausogut wie ich, daß es dir nicht das Geringste bringt, die Kirche zu verstoßen«, beschwor ich ihn. »Außerdem – denk an deine Zukunft. Mit neunundsechzig bist du kein junges Küken mehr, und schon sehr bald wirst du dort sein, wo nicht du die Gesetze machst.«

Und dann erinnerte ich ihn in vertraulichem Ton an die Begnadigung, um die ich ihn gebeten hatte.

Aber es kam nichts dabei heraus. Entweder hatte Peña uns vergessen, oder – Gott bewahre! – Nelson war etwas Schreckliches zugestoßen. Wieder durchlebte ich schlimme Tage und lange Nächte. Allein der Gedanke, daß Ostern vor der Tür stand, hielt Patria Mercedes am Leben. Bald schon würden die Knospen der Flammenbäume aufplatzen.

Und am dritten Tage erstand Er auf...

Eine Kurznachricht nach der anderen flatterte uns ins Haus. Aus den spärlichen Andeutungen, die Mate darin unterbringen konnte, stückelte ich mir zusammen, was meine Schwestern im Gefängnis durchmachten.

Sie baten um Essen, das nicht verdarb – also litten sie Hunger. Um Suppenwürfel und etwas Salz – das Essen, das man ihnen vorsetzte, schmeckte nach nichts. Um Aspirin – sie hatten Fieber. Um Ephedrine – das Asthma meldete sich zurück. Ceregen – sie hatten Schwächeanfälle. Seife – sie durften sich waschen. Ein Dutzend kleiner Kruzifixe? Darauf konnte ich mir keinen Reim machen. Eines oder zwei, gut, aber ein Dutzend?! Als sie nach Büchern verlangten, sagte ich mir, daß es um ihren Seelenfrieden nun offenbar besser bestellt war. Martí für Minerva (die Gedichte, nicht die Essays) und ein leeres Heft und einen Füller für Mate. Nähzeug für beide und die neuesten Maße ihrer Kinder. *Ay, pobrecitas,* wie sie ihre Kleinen vermißten!

Ich verbrachte viele Stunden nebenan bei Don Bernardo und Doña Belén und wünschte mir, mein Geist könnte wie ihrer in die Vergangenheit wandern. Ich wäre weit zurückgegangen, bis zum Anfang von – ja, wovon eigentlich?

Schließlich, als ich die Hoffnung schon fast aufgegeben hatte, fuhr Peña in seinem protzigen weißen Mercedes vor. Statt seiner Uniform trug er eine bestickte *guayabera.* Du liebe Güte, ein privater Besuch!

»Hauptmann Peña«, begrüßte ich ihn. »Bitte treten Sie ein, drinnen ist es kühler.« In der Diele blieb ich kurz stehen, damit er die frischen Blumen unter El Jefes Porträt sah. »Soll ich Ihnen eine Cola mit Rum bringen?« Ich umgarnte ihn schamlos.

»Machen Sie sich keine Umstände, Doña Patria, machen Sie sich keine Umstände.« Er zeigte auf die Veranda. »Dort draußen ist es auch hübsch kühl«, sagte er mit einem Blick zur Straße, auf der gerade ein Auto vorbeifuhr. Es bremste, und der Fahrer spähte neugierig herüber, um zu sehen, wer den Mirabals einen Besuch abstattete.

In diesem Augenblick begriff ich, daß für ihn von diesem Besuch offenbar genausoviel abhing wie für mich. Mir war zu Ohren gekommen, daß er Ärger mit unserem Haus hatte – anders werde ich unseren Hof nie nennen. Die *campesinos* waren ihm alle davongelaufen, und nicht ein Nachbar zeigte sich willens, ihm zur Hand zu gehen. (Was hatte er erwartet? In der Gegend wimmelte es von González!) Sah man ihn jedoch, wie er mit Doña Patria plauderte, und sprach sich das herum ... Ich machte ihn nicht für meinen Verlust verantwortlich. Alles, was er getan hatte, war, der Regierung günstig einen Gutshof abzukaufen.

Mamá hingegen machte ihn sehr wohl verantwortlich. Sie schloß sich mit ihren Enkeln im Schlafzimmer ein und weigerte sich herauszukommen. Sie würde sich nie mit dem Monstrum abgeben, das ihr die Töchter entrissen hatte. Es interessierte sie nicht, daß er nun versuchte, uns zu helfen. Die Wahrheit war, sagte sie, daß der Teufel selbst dann ein Teufel blieb, wenn er einen Heiligenschein hatte. Aber ich wußte, daß die Dinge noch komplizierter lagen. Er war beides, Engel und Teufel, wie jeder von uns auch.

»Ich habe gute Nachrichten für Sie«, eröffnete Peña das Gespräch. Er faltete die Hände im Schoß und wartete darauf, daß ich ihn noch mehr hofierte.

»Ach ja, Hauptmann Peña?« Ich beugte mich vor und schlüpfte wieder in die Rolle der Bittstellerin.

»Ich habe die Besuchsausweise«, sagte er. Mein Mut sank ein wenig, denn ich hatte mir so sehr eine Begnadigung gewünscht. Trotzdem dankte ich ihm überschwenglich, als er sie einzeln herauszog. »Drei Ausweise insgesamt«, schloß er.

Drei? »Aber wir haben doch sechs Gefangene, Hauptmann Peña.« Ich bemühte mich, meiner Stimme einen festen Klang zu verleihen. »Müßten es nicht sechs Ausweise sein?«

»Es *müßten* sechs sein, da haben Sie recht.« Er nickte. »Aber Manolo befindet sich in Einzelhaft, und Leandro überlegt sich noch, ob er eine Arbeit für El Jefe annimmt. Deshalb sind sie beide, sagen wir, nicht verfügbar.«

Eine Arbeit für El Jefe? »Und Nelson, mein Sohn?« fragte ich geradeheraus.

»Ich habe mit dem Hauptquartier gesprochen«, sagte Peña gedehnt und zögerte die Antwort hinaus, um meine Spannung zu steigern. Aber ich gab mich ungerührt und sprach im stillen ein Lobet den Herren nach dem anderen. »In Anbetracht der Tatsache, daß Ihr Sohn noch so jung ist und El Jefe die meisten Minderjährigen begnadigt hat –« Er schwenkte seinen Drink, daß das Eis nur so klirrte. » – denken wir, daß er bei der nächsten Runde dabeisein könnte.«

Mein Erstgeborener, mein kleiner Widder. Tränen rannen über mein Gesicht.

»Na, na, Doña Patria, wer wird denn gleich …!« Aber an seinem Tonfall erkannte ich, daß er sich daran ergötzte, Frauen weinen zu sehen.

Als ich mich wieder in der Gewalt hatte, fragte ich: »Und was ist mit den Mädchen, Hauptmann?«

»Auch den Frauen hat man eine Begnadigung angeboten.«

Ich rückte an die Stuhlkante vor. »Dann kommen meine Schwestern also auch nach Hause?«

»Nein, nein, nein«, erwiderte er und fuchtelte mit dem Finger vor meiner Nase herum. »Ihnen gefällt es offenbar im Gefängnis. Sie haben geschlossen abgelehnt.« Er zog die Brauen hoch, als wollte er sagen, was kann ich schon gegen soviel Dummheit tun? Dann kam er wieder auf den kleinen Erfolg zu sprechen, den er errungen hatte, und sah mich an, als erwartete er noch mehr Beweise meiner Dankbarkeit. »Nun, wie wollen wir die Heimkehr des Jungen feiern?«

»Wir laden Sie zu einem *sancocho* ein«, antwortete ich, bevor er einen unzüchtigen Vorschlag machen konnte.

Kaum war er fort, eilte ich zu Mamás Schlafzimmer und überbrachte ihr die gute Nachricht.

Mamá ließ sich auf die Knie sinken und warf die Hände in die Luft. »Die Wahrheit ist, daß uns der Herr *nicht* vergessen hat!«

»Nelson kommt heim?« Noris kann angelaufen. Seit seiner Verhaftung hatte sie schrecklich gelitten, als wäre Nelson eine verlorene Liebe und nicht etwa das »Monster«, das sie in ihrer Kindheit nur gequält hatte.

Die kleineren Kinder fingen an, im Chor zu singen: »Nelson heim! Nelson heim!«

Ohne auf das Spektakel zu achten, blickte Mamá zu mir auf. »Und die Mädchen?«

»Wir haben Erlaubnis, sie zu besuchen«, sagte ich mit ersterbender Stimme.

Mamá stand auf und machte dem Radau ein Ende. »Und was erwartet der Teufel als Gegenleistung?«

»Einen *sancocho*, sobald Nelson nach Hause kommt.«

»Nur über meine Leiche ißt dieser Mensch in meinem Haus einen *sancocho*!«

Ich legte den Finger auf die Lippen, um Mamá daran zu erinnern, daß sie auf ihre Worte achten müsse.

»Ich bleibe dabei: nur über meine Leiche!« zischte Mamá. »Und das ist die Wahrheit!«

Als sie es zum drittenmal sagte, wußten wir beide, daß sie sich innerlich bereits damit abgefunden hatte, Judas an ihrem Tisch zu bewirten. Aber in diesen *sancocho* würde sich mehr als ein Haar verirren, wie es bei den *campesinos* hieß. Außerdem würde Fela bestimmt eines von ihren Pulvern hineinstreuen, Tono über dem Topf ein Vaterunser rückwärts sprechen, und sogar ich würde etwas Weihwasser hineingießen, das ich bei Jacquelines Taufe abgefüllt hatte, um es ihrer Mutter zu geben.

Bei unserem abendlichen Spaziergang im Garten beichtete ich Mamá, daß ich ein unzüchtiges Versprechen abgegeben hätte. Sie sah mich entsetzt an. »Hast du dich deshalb vor ein paar Wochen aus dem Haus geschlichen?«

»Nein, nein, nein. Das hat damit nichts zu tun. Ich habe unserem Herrgott angeboten, mich statt Nelson zu nehmen.«

Mamá seufzte. »*Ay, m'ija*, was sagst du mir da? Ich habe schon genug an meinem Kreuz zu tragen.« Nach einer Weile gestand sie mir: »Ich habe Ihm angeboten, mich statt euch allen zu nehmen. Und da ich die Mutter bin, muß Er mich zuerst erhören.«

Wir lachten. »Die Wahrheit ist«, fuhr Mamá fort, »daß ich bei Ihm ganz schön in Zugzwang bin. Ich bräuchte ein zweites Leben, um all die *promesas* einzulösen, die ich für den Fall gemacht habe, daß alle wieder nach Hause kommen.«

»Was die *promesa* gegenüber Peña angeht«, fügte sie hinzu, »habe ich einen Plan.« In ihrer Stimme schwang eine Spur von Häme mit. »Wir laden alle Nachbarn dazu ein.«

Ich mußte sie nicht daran erinnern, daß wir nicht mehr unter Gleichgesinnten lebten. Die meisten unserer neuen Nachbarn würden nicht kommen, weil sie Angst hatten, sich mit den gebrandmarkten Mirabals einzulassen. Aber das hatte Mamá bei ihrem Plan berücksichtigt. »Wenn Peña kommt, wird er glauben, daß wir den *sancocho* nur für ihn gemacht haben.«

Ich mußte lachen, noch bevor sie zu Ende gesprochen hatte, denn jetzt begriff ich, worin ihre Rache bestand.

»Die Nachbarn werden aus den Fenstern schauen und sich vor Wut in den Hintern beißen, weil sie den Chef der nördlichen Abteilung des SIM geschnitten haben.«

»*Ay,* Mamá«, sagte ich lachend. »Du entwickelst dich noch zur *jefa* der Vergeltung!«

»Gott möge mir verzeihen«, sagte sie mit genüßlichem Lächeln, und in ihrer Stimme lag nicht die Spur von Bedauern.

»Damit wären wir schon zu zweit«, sagte ich und hakte mich bei ihr unter.

»Gute Nacht!« rief ich den im Dunkeln wie Leuchtkäfer glühenden Zigarettenspitzen zu.

Am Montag rief Peña an. Die Audienz bei El Jefe sei für den nächsten Tag im Nationalpalast angesetzt. Wir sollten einen Bürgen mitbringen. Jemanden, der bereit wäre, dem jungen Missetäter Arbeit zu geben und die Verantwortung für ihn zu übernehmen. Jemanden, der bislang keine Schwierigkeiten mit dem Regime gehabt habe.

»Danke, danke«, sagte ich immer wieder.
»Wann bekomme ich meinen *sancocho*?« fragte Peña zum Schluß.
»Komm schon, Mamá«, sagte ich, nachdem ich aufgelegt und ihr die gute Nachricht mitgeteilt hatte. »Der Mann ist gar nicht so schlimm.«
»Hm!« schnaubte Mamá. »Gerissjen ist er, jawohl. Nelsons Freilassung zu unterstützen ist wirkungsvoller als zwanzig *sancochos* zusammen. Bald will der González-Clan ihn noch als Taufpaten für seine Babys haben!«
Ich wußte, daß sie recht hatte. Trotzdem wäre es mir lieber gewesen, sie hätte dies nicht gesagt. Wahrscheinlich hatte es damit zu tun, daß ich wieder anfangen wollte, an meine Landsleute zu glauben. Sobald die Ziege nur noch eine böse Erinnerung aus der Vergangenheit wäre, wäre dies die wahre Revolution, die es zu bestreiten galt: Wir würden einander für all das vergeben müssen, was wir zugelassen hatten.

Wir machten uns mit zwei Autos auf den Weg in die Hauptstadt. Jaimito und ich fuhren im Pick-up. Er hatte eingewilligt, als Bürge für seinen Neffen aufzutreten und ihm ein eigenes Stück Land zum Bewirtschaften zu geben. Ich habe ja schon immer gesagt, daß unser Cousin ein gutes Herz hat.

Mamá, Tío Chiche und sein Sohn Blanco, ein junger Oberst der Armee, folgten in Don Bernardos Wagen. Wir wollten ein Bild der Stärke abgeben und unsere wichtigsten Beziehungen vorzeigen. Dedé blieb zu Hause und paßte auf die Kinder auf. Zum erstenmal seit drei Monaten würde ich die Provinz Salcedo verlassen. Ich war fast in Festtagsstimmung!

Im letzten Augenblick schlüpfte Noris in den Pick-up und weigerte sich, wieder auszusteigen. »Ich möchte meinen Bruder abholen«, sagte sie mit brüchiger Stimme. Ich brachte es nicht über mich, sie wieder ins Haus zu schicken.

In unserer Aufregung verloren wir das andere Auto unterwegs aus den Augen. Später erfuhren wir, daß Don Bernardos alter Plymouth kurz vor der Abzweigung nach Constanza mit einem Platten liegengeblieben war, und als Blanco den Reifen wechseln wollte, mußte er feststellen, daß es im Kofferraum weder Wagenheber noch Ersatzrad gab. Statt dessen hatte Don Bernardo laut Mamá eine ganze Bibliothek darin versteckt. Wenn Doña Belén nämlich einen ihrer Wutanfälle bekam, an die sie sich später nicht erinnerte, fiel sie über die Bücher ihres Mannes her und zerriß sie in der Überzeugung, daß zwischen den Seiten Liebesbriefe versteckt waren.

Da wir ein Stück zurückgefahren waren und nach den anderen Ausschau gehalten hatten, trafen wir in allerletzter Minute am Nationalpalast ein. Wir hasteten die Stufen hinauf – es mußten bestimmt hundert gewesen sein. In Dedés engen, hochhackigen Schuhen kam das für mich einem Gang nach Canossa gleich, doch erbrachte ich dieses Opfer gern für Nelsons Freiheit. Am Eingang wurden wir kontrolliert und im Inneren noch zweimal gefilzt. Nun begann Noris' Leidenszeit. Man weiß ja, wie sehr Mädchen ihres Alters auf die Wirkung ihres Körpers bedacht sind, aber eine so derbe Inspektion hätte wohl auch sie sich nicht träumen lassen. Schließlich wurden wir von einem nervösen kleinen Beamten, der immer wieder auf die Uhr blickte und uns zur Eile antrieb, den Korridor hinuntergeführt.

Durch die Hetzerei war ich nicht einen Augenblick lang zum Nachdenken gekommen. Erst jetzt fing ich an, mir Sorgen zu machen, daß uns die Belohnung in letzter Minute vor der Nase weggeschnappt werden könnte. Bestimmt wollte El Jefe uns Mirabals bestrafen. Genau wie damals bei der Verleihung von Minervas Universitätsdiplom würde er warten, bis ich die Hände nach meinem Sohn Nelson ausstreckte, um dann zu sagen: »Ihre Familie ist sich offenbar zu gut, um eine Begnadigung anzunehmen. Ich bedaure sehr, aber wir müssen Ihren Jungen leider hierbehalten.«

Ich durfte nicht zulassen, daß mich die Angst überwältigte. Also konzentrierte ich mich auf das Klappern von Noris' Absätzen, die in ihren neuen Schuhen neben mir herschritt. Meine kleine Rosenknospe, mein Augenstern, meine Hübsche. Plötzlich blieb mir fast das Herz stehen. *¡Ay, Dios mío!* Was hatte ich mir bloß dabei gedacht, sie mitzunehmen? Alle Welt wußte doch, daß die alte

Ziege mit jedem Jahr, das verging, nach jüngeren Opfern schielte. Ich hatte *mich* als Opferlamm statt Nelson angeboten, aber doch nicht meine geliebte Tochter.

Ich drückte Noris' Hand. »Du rührst dich nicht eine Sekunde von meiner Seite, hörst du? Nimm kein Getränk an, das man dir anbietet, und auch keine Einladungen zu irgendwelchen Partys.«

»Was willst du damit sagen, Mamá?« Ihre Unterlippe bebte.

»Nichts, mein Schatz, nichts. Bleib nur in meiner Nähe.«

Es war so, als würde man von einer Perle verlangen, in der Austernschale zu bleiben. Den ganzen langen Weg durch den endlosen Korridor hielt Noris meine Hand fest.

Ich brauchte ihre Berührung ebenso wie sie meine. In dem langen Korridor schlug mir die Vergangenheit wie eine Welle entgegen, eine Flut von Erinnerungen, die mich mit sich fortzureißen drohte, während ich darum kämpfte, mit dem kleinen Beamten Schritt zu halten: Wir waren unterwegs zu dem verhängnisvollen Ball am »Tag der Entdeckung«, Minerva und Dede, Pedrito, Papá, Jaimito und ich, und noch war nichts Schlimmes passiert. Ich stieg die Stufen zum Schrein der Virgencita in Higüey empor, um zum erstenmal ihre Stimme zu hören. Ich schritt vor zwanzig Jahren als Braut den Mittelgang von San Juan Evangelista entlang, um den Mann zu heiraten, mit dem ich unsere lieben Kinder haben würde, die mir teurer waren als mein eigenes Leben.

Wir wurden in einen Empfangsraum mit Samtstühlen geführt, auf die sich zu setzen niemand auch nur im Traum gedacht hätte, nicht einmal auf Einladung, aber die bliebe ohnehin aus. Von drei Seiten gingen Türen ab, und neben jeder hatte ein Wächter mit feingeschnittenen Gesichtszügen aus El Jefes weißem Elitekorps Posten bezogen. Außer uns standen noch ein paar andere Familien dichtgedrängt und mit ernsten Mienen beisammen; die Frauen waren schwarzgekleidet, die Männer trugen Anzüge oder formelle *guayaberas*. Mein gelbes Kleid stach hervor wie ein gellender Schrei, den ich zu ersticken suchte, indem ich die schwarze Mantilla über die Schultern zog. Dennoch war ich froh, daß ich es angezogen hatte.

Ich würde meinen Sohn in den Sonnenschein gehüllt begrüßen, den er seit einem Monat nicht gesehen hatte.

Durch eine der Türen wurde eine Horde von Zeitungsreportern hereingelassen. Ein großer, mit Fotoapparaten behängter Amerikaner trat auf uns zu und fragte uns mit starkem Akzent auf spanisch, wie wir uns an diesem besonderen Tag fühlten. Wir blickten zu dem kleinen Mann hinüber, der zustimmend nickte. Die Audienz war ebenso für die Presse gedacht wie für uns. Wir waren Statisten in einem Theaterstück.

In einem Blitzlichtgewitter trat El Jefe ein. Ich weiß nicht, was ich mir erwartet hatte, aber nachdem ich drei Monate zu seinem Bild gesprochen hatte, war ich offenbar davon ausgegangen, daß sich eine gewisse Vertrautheit zwischen mir und dem untersetzten, allzu elegant gekleideten Mann eingestellt hätte. Das genaue Gegenteil war der Fall. Je mehr ich mich bemühte, das Gute in ihm zu sehen, desto mehr sah ich ein eitles, gieriges, unerlöstes Geschöpf. Womöglich war der Leibhaftige wie Jesus zu Fleisch geworden! Gänsehaut überzog meine nackten Arme.

El Jefe nahm auf einem verschnörkelten Sessel auf einem Podest Platz und wandte sich ohne Umschweife an die Angehörigen der freizulassenden Gefangenen. Wir hätten unsere jungen Leute besser im Auge behalten sollen. Beim nächstenmal hätten wir nicht soviel Nachsicht zu erwarten. Wir dankten ihm im Chor. Dann mußten wir uns einer nach dem anderen namentlich vorstellen und ein paar persönliche Dankesworte an ihn richten. Ich wußte nicht, was ich einem einfachen »danke« noch hätte hinzufügen können, und so hoffte ich, daß Jaimito etwas einfallen würde.

Als unsere Familie an der Reihe war, forderte El Jefe mich mit einem Nicken auf, zuerst zu sprechen. Im ersten Augenblick schrak ich davor zurück, ihm meinen vollständigen Namen zu nennen.

»Patria Mercedes Mirabal de González, zu Ihren Diensten.«

In seinen gelangweilten, halbgeschlossenen Augen blitzte ein Funke von Interesse auf. »Dann sind Sie eine von den Mirabal-Schwestern, was?«

»Ja, Jefe, die älteste.« Und um zu unterstreichen, weshalb ich hier war, fügte ich hinzu: »Ich bin die Mutter von Nelson González, und wir sind Ihnen sehr dankbar.«

»Und wer ist die zarte Knospe neben Ihnen?« El Jefe lächelte zu Noris hinab.

Die Zeitungsreporter, denen nicht entgangen war, daß uns besondere Aufmerksamkeit zuteil wurde, traten mitsamt ihren Kameras vor. Nachdem jeder seinen persönlichen Dank ausgesprochen hatte, wandte sich El Jefe ab und sprach mit einem Gehilfen an seiner Seite. Ein Stille gebietendes Zischen lief durch den Raum wie ein Sprung durch eine Porzellantasse. Gleich darauf jedoch wurden die Gespräche fortgeführt. El Jefe rückte näher an Noris heran und fragte sie, welche Eissorte sie am liebsten mochte. Ich hielt ihre Hand fest und blickte von einer Tür zur andren. Womöglich ging es hier zu wie beim Roulette, und um Nelsons Freiheit zu gewinnen, mußte ich erraten, durch welche Tür er hereinkommen würde. Der amerikanische Journalist bombardierte El Jefe mit Fragen zu seiner Politik gegenüber politischen Gefangenen und zu den jüngsten Vorwürfen seitens der OAS bezüglich Menschenrechtsverletzungen. El Jefe winkte ab. Immerhin hatte er Noris entlockt, daß sie Schokoladen- und Erdbeereis mochte, vorausgesetzt, es schmeckte nicht zu stark nach Erdbeeren.

Da flog eine Tür auf. Eine Garde Wachen in weißen Uniformen trat herein, gefolgt von einer Handvoll jämmerlich anzuschauender junger Männer, deren Schädel unter den rasierten Köpfen hervorschimmerten. Ihre Augen waren weitaufgerissen und verängstigt, ihre Gesichter geschwollen und mit blauen Flecken überzogen. Als ich Nelson sah, stieß ich einen Schrei aus und sank auf die Knie.

Ich weiß noch, wie ich betete: *Herr, ich danke Dir, daß Du mir meinen Sohn zurückgegeben hast.*

Ich brauchte Ihn nicht daran zu erinnern, was ich Ihm im Gegenzug versprochen hatte. Allerdings hatte ich nicht gedacht, daß Er Seinen Anspruch sofort geltend machen würde. Jaimito behauptete später zwar, es sei nur Trujillo gewesen, der mich gerufen habe, damit ich meinen Gefangenen in Empfang nahm. Aber ich erkenne Gottes Stimme, wenn ich sie höre. Ja, ich habe Ihn gehört, und Er hat meinen Namen gerufen.

Tags darauf waren wir berühmt. Auf der Titelseite von *El Caribe* waren zwei Fotos nebeneinander abgebildet: Noris, wie sie einem lächelnden Jefe die Hand gibt *(Jugendliche Missetäterin erweicht El Jefes Herz)*; und ich, wie ich, die Hände zum Gebet gefaltet, niederkniee *(Dankbare Mutter huldigt ihrem Wohltäter)*.

– II –

María Teresa
März bis August 1960

Mittwoch, 16. März (55 Tage)
Ich habe das Notizbuch erst jetzt erhalten. Santicló mußte diesmal besonders vorsichtig sein und hat immer nur alle paar Tage etwas hereinschmuggeln können.
Die Sicherheitsmaßnahmen seien nach dem zweiten Hirtenbrief verschärft worden, sagt er. Wir seien hier drin sicherer als draußen, bei all den Bomben und wer weiß, was sonst noch.
Er bemüht sich, etwas Tröstliches zu sagen.
Aber glaubt er wirklich, daß wir hier sicherer sind? *Er* ist es vielleicht, als Wärter und überhaupt. Aber uns »Politischen« können sie mir nichts, dir nichts das Lebenslicht auspusten. Ein kleiner Abstecher nach La 40, und das war's dann. Man denke nur an Florentino und Papilín – aber ich höre lieber auf. Sonst kriege ich wieder Zustände.

Donnerstag, 17. März (56 Tage)
Die Angst ist das Schlimmste. Jedesmal wenn ich Schritte auf dem Gang oder einen Schlüssel im Schloß höre, möchte ich mich am liebsten wie ein verwundetes Tier wimmernd in einer Ecke verkriechen und mir wünschen, endlich in Sicherheit zu sein. Aber ich weiß, daß ich dadurch nur einem niederen Teil meiner selbst nachgeben und mich noch weniger als Mensch fühlen würde. Und genau das wollen sie, ja, genau das wollen sie.

Freitag, 18. März (57 Tage)

Es tut gut, alles aufzuschreiben. So gerät es nicht in Vergessenheit. Vorher habe ich mit einem eingeschmuggelten Nagel Kerben in die Wand geritzt. Eine für jeden Tag, ein Querstrich für jede Woche. Das waren die einzigen Aufzeichnungen, die ich machen konnte, abgesehen von denen in meinem Kopf, wo ich alle Erinnerungen sammeln werde.

Der Tag, an dem man uns herbrachte, zum Beispiel.

Sie führten uns den Gang entlang, an den Männerzellen vorbei. Was für einen Anblick die Ärmsten boten, schmutzig, ungekämmt und mit blauen Flecken vom Schlafen auf dem harten Boden! Die Männer fingen an, ihre Decknamen zu rufen, damit wir wußten, wer noch am Leben war. (Wir wandten die Augen ab, denn sie waren alle nackt.) Ich hörte genau hin, aber »*¡Palomino vive!*« hörte ich nicht. Ich versuche mir deswegen keine Sorgen zu machen, weil wir längst nicht alle Namen gehört haben, denn die Wärter fingen an, mit ihren Gummiknüppeln gegen die Gitterstäbe zu schlagen, um die Rufe der Männer zu übertönen. Dann stimmte Minerva die Nationalhymne an, und alle fielen ein, Männer wie Frauen. Das brachte Minerva eine Woche Einzelhaft ein.

Wir, die anderen »weiblichen Politischen«, wurden in eine Zelle gesperrt, die nicht größer ist als Mamás Wohn- und Eßzimmer zusammen. Aber der größte Schock waren die sechzehn Zellengenossinnen, die uns erwarteten. »Nichtpolitische« durch die Bank. Prostituierte, Diebinnen, Mörderinnen – und ausgerechnet solche Menschen haben in uns vertraut.

Samstag, 19. März (58 Tage)

Drei verbolzte Stahlwände, Eisenstangen als vierte Wand, Stahldecke, Betonboden. Vierundzwanzig Metallpritschen (»Kojen«), zwölf auf jeder Seite, ein Eimer, ein winziges Waschbecken unter einem schmalen, hohen Fenster. Willkommen zu Hause!

Wir befinden uns im dritten Stock (jedenfalls glauben wir das) am Ende eines langen Korridors. Zelle Nr. 61 geht nach Süden, zur Straße. El Rayo und ein paar von den anderen Jungs sind in Zelle Nr. 60 (gleich neben der Wachstation), und Nr. 62 auf der anderen Seite unserer Zelle ist für »Nichtpolitische«. Die Jungs da drüben *lieben* es, sich durch die Wände schmutzige Geschichten zu erzählen. Den anderen Mädchen macht das nichts aus, wie sie sagen, und deshalb haben die meisten von ihnen Kojen auf dieser Seite belegt.

Alle vierundzwanzig von uns essen, schlafen, schreiben, lernen und benützen den Eimer – alles – in einem Raum, der 25 mal so lang und 20 mal so breit ist wie meine Schuhe Größe 37. Glaubt mir, ich habe ihn mehrmals abgeschritten. Die Stange in der Mitte ist ganz praktisch, weil wir unsere Sachen und trockenen Handtücher darüberhängen können, so daß der Raum gewissermaßen zweigeteilt wird. Trotzdem, man verliert schnell die Scham an diesem grauenhaften Ort.

Wir »Politischen« haben unsere Kojen alle auf der Ostseite, und deshalb haben wir darum gebeten, daß man uns die Ecke im Südosten überläßt. Von den geschlossenen Versammlungen abgesehen, hat Minerva gesagt, können alle an unseren Unterrichtsstunden und Diskussionsrunden teilnehmen, und viele haben es bereits getan. Magdalena, Kiki, América und Milady gehören mittlerweile zum festen Stamm. Dinorah kommt auch ab und zu, aber meistens nur, um zu stänkern.

Oh, ich habe unseren Vierbeiner Miguelito ganz vergessen! Er taucht immer dann auf, wenn für ihn ein paar Krümel abfallen.

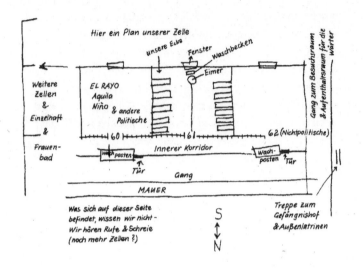

Sonntag, 20. März (59 Tage)

Heute habe ich aus unserem kleinen Fenster geschaut, aber durch die Tränen in meinen Augen sah ich alles nur verschwommen. Ich sehnte mich so danach, da draußen zu sein. Autos rasten nach Osten in die Hauptstadt, oder in Richtung Norden, nach Hause; ein Esel trottete vorbei, die Satteltaschen voller Bananen, und ein Junge mit einer Rute trieb ihn an; und jede Menge Polizeitransporter habe ich gesehen. Ich habe jede Kleinigkeit mit den Augen aufgesaugt und darüber die Zeit vergessen. Plötzlich spürte ich ein Zerren an meinem Gefängniskittel. Es war Dinorah, die ständig über uns »reiche Weiber« herzieht, weil wir uns ja einbilden, wir wären etwas Besseres als das Gesindel.

»Das reicht jetzt«, keifte sie. »Wir wollen auch mal drankommen.«

Dann passierte etwas sehr Rührendes. Magdalena hatte wohl gesehen, daß ich weinte, denn sie sagte: »Ich schenke ihr meine Runde.«

»Ich auch«, schloß sich Milady an.
Auch Kiki bot mir ihre zehn Minuten an, und ehe ich es mich versah, hätte ich eine weitere halbe Stunde auf dem Eimer stehen können, wenn ich gewollt hätte.
Natürlich stieg ich sofort herunter, weil ich niemanden darum bringen wollte, sich zehn Minuten lang an der Welt zu erfreuen.
Aber der Großmut dieser Mädchen, von denen ich bislang geglaubt hatte, sie stünden unter mir, hob meine Stimmung ungemein.

Montag, 21. März (60 Tage)
Um noch einmal auf die Mädchen zurückzukommen:
Ich muß sagen, je mehr Zeit ich mit ihnen verbringe, desto weniger kümmert es mich, was sie verbrochen haben oder woher sie stammen. Was zählt, ist der Charakter eines Menschen. Wie jemand in seinem Inneren ist.
Am liebsten ist mir Magdalena. Ich nenne sie unsere kleine Futterkrippe, weil sich bei ihr jeder herauspicken kann, was er gerade braucht, und sie alles gern verschenkt – ihre Zuckerration, ihren Anspruch auf ein paar Minuten am Waschbecken, ihre Haarnadeln.
Ich habe keine Ahnung, warum sie sitzt, weil es hier so eine Art ungeschriebenes Gesetz gibt, daß man niemanden danach fragt – obwohl viele Mädchen ihre Geschichte sowieso nicht für sich behalten können. Magdalena spricht nicht viel über sich. Ich weiß nur, daß sie auch eine kleine Tochter hat, und deshalb reden wir ständig über unsere Mädchen. Fotos haben wir zwar keine, aber wir haben uns unsere Lieblinge gegenseitig ausführlichst beschrieben. Ihre Amantina muß wie ein Püppchen aussehen. Sie ist sieben Jahre alt, hat haselnußbraune Augen (wie meine Jacqui) und hellbraune Locken, die früher mal blond waren! Seltsam, wo Magdalena selbst doch ziemlich dunkel ist und ganz schönes Kraushaar hat. Hier geht eine Geschichte um, aber ich habe mich nicht getraut, sie direkt zu fragen, wer der Vater ist.

Dienstag, 22. März (61 Tage)

Gestern nacht bin ich zusammengebrochen. Ich schäme mich so.

Es passierte kurz vor dem Lichterlöschen. Ich lag in meiner Koje, als der Ruf *¡Viva Trujillo!* die Runde machte. Vielleicht war dieser Ruf daran schuld, aber vielleicht kam auch einfach alles zusammen – auf jeden Fall rückten die Wände auf mich zu, und ich hatte panische Angst, daß ich hier *nie* rauskommen würde. Ich fing an zu zittern und zu stöhnen und rief nach Mamá, damit sie mich nach Hause holte.

Gott sei Dank merkte Minerva sofort, was los war. Sie kroch zu mir in die Koje, nahm mich in die Arme, redete sanft auf mich ein und erinnerte mich an all die Dinge, derentwegen ich weiterleben und Geduld haben mußte. Nach einer Weile beruhigte ich mich zum Glück.

So etwas passiert hier ständig. Jeden Tag und jede Nacht gibt es mindestens einen Zusammenbruch, das heißt eine von uns verliert die Beherrschung und fängt an zu heulen, zu schluchzen oder zu stöhnen. Minerva sagt, es ist besser, sich gehenzulassen – was aber nicht heißt, daß *sie* das je täte. Sonst erstarrt man innerlich und zeigt den anderen nie, was man fühlt oder denkt. (Wie Dinorah. Knastmiene nennen die anderen sie.) Und wenn man dann eines Tages rauskommt und endlich frei ist, stellt man fest, daß man sein Herz verschlossen und den Schlüssel so tief darin versenkt hat, daß man ihn nicht mehr herausfischen kann.

Mittwoch, 23. März (62 Tage)

Ich lerne hier eine völlig neue Sprache – wie in unserer Bewegung. Wir haben uns für alle Wärter Spitznamen ausgedacht und dabei ein besonderes körperliches oder charakterliches Merkmal herausgepickt, so daß man gleich weiß, was man von ihnen zu halten hat: Blutiger Juan, Kleine Klinge, Schönhaar. Mit dem Spitznamen »Winzling« konnte ich allerdings nie etwas anfangen. Der Kerl ist so groß wie ein Schrank, den man in einem Lastwagen transportieren muß. Wieso »Winzling«? habe ich Magdalena gefragt. Sie hat erklärt, der Winzling sei der mit den vorwitzigen Fingern, aber laut denen, die es wissen müßten, bräuchte er sich auf seinen *kleinen* Freund nicht viel einzubilden.

Jeden Tag wird uns durch Klopfzeichen an der Wand die »Einkaufsliste« übermittelt. Die Bananen kosten heute 5 Cents das Stück (die *winzigen* braunen); ein Stück Eis 15 Cents; eine Zigarette 3 Cents; und eine Flasche Milch, die in Wirklichkeit zur Hälfte aus Wasser besteht, 15 Cents. Hier gibt es alles zu kaufen, alles außer der Freiheit.

Auch diese Extras laufen unter einem Decknamen: Schildkröte, und wer etwas kaufen will, sagt zum diensthabenden *guardia*, daß er der Schildkröte ein bißchen Wasser geben möchte. Heute habe ich einen ganzen Eimer über der armen Kreatur ausgekippt und mit dem Geld, das uns Santicló von Mamá gebracht hat, in unserer Zelle eine Runde Brötchen aus Maniokmehl ausgegeben. Zehn Cents für eine Runde altbackener Brötchen, und ich habe meines nicht einmal im Magen behalten können.

Donnerstag, 24. März (63 Tage)

In regelmäßigen Abständen werden wir zum Verhör nach unten in den Aufenthaltsraum der Wärter gebracht. Ich war nur zweimal dort. Beide Male war ich halbverrückt vor Angst, und die Wärter mußten mich unter den Armen fassen und stützen. Und dann habe ich natürlich einen von meinen Asthmaanfällen bekommen und so wenig Luft gekriegt, daß ich kaum sprechen konnte.

Beide Male stellte man mir unwirsche Fragen über die Bewegung: Wer meine Kontaktpersonen seien, und wo wir unser Material bezogen hätten. Ich sagte jedesmal, *Ich habe bereits alles gesagt, was ich weiß*, und dann drohten sie mir damit, was sie mir, Leandro und meiner Familie alles antun würden. Beim zweitenmal drohten sie mir gar nicht mehr richtig, sondern sagten nur, es wäre doch jammerschade, wenn so eine hübsche Frau wie ich im Gefängnis alt werden müßte. Was ich alles verpassen würde! (Es folgte eine Reihe von anzüglichen Bemerkungen, die ich lieber nicht wiedergeben möchte.)

Sina und Minerva holen sie viel öfter. Der Grund liegt auf der Hand. Die beiden bieten diesen Kerlen jedesmal die Stirn. Einmal kam Minerva lachend vom Verhör zurück. Trujillos Sohn Ramfis hatte sich eigens herbemüht, um sie in die Mangel zu nehmen, weil Trujillo gesagt hatte, Minerva Mirabal sei das Hirn der Bewegung.

»Ich fühle mich sehr geschmeichelt«, hatte Minerva geantwortet, wie sie uns später erzählte. »Aber mein Gehirn ist nicht groß genug, um eine so umfassende Operation zu leiten.«

Das gab ihnen zu denken.

Gestern ist Sina etwas passiert, was schlimm hätte ausgehen können. Sie führten sie in einem Raum mit mehreren nackten männlichen Gefangenen. Vor den Augen der Männer rissen ihr die Wärter die Kleider vom Leib. Dann verhöhnten sie Manolo, setzten ihn auf einen Eimer und sagten zu ihm: Na los, Führer, laß uns eine von deinen revolutionären Botschaften hören.

Und wie hat er reagiert? wollte Minerva wissen, und ihre Stimme war voller Stolz und Empörung.

Er stellte sich so aufrecht hin wie möglich und sagte: *Genossen, wir haben einen Rückschlag elitten, aber noch sind wir nicht geschlagen.*

Tod oder Freiheit!

Es war das einzige Mal, daß ich Minerva im Gefängnis weinen sah, nämlich als Sina ihr das erzählte.

Freitag, 25. März (64 Tage)

Früh um fünf werden wir unsanft aus dem Schlaf gerissen, weil der Blutige Juan mit einer Eisenstange ans Gitter schlägt und

¡Viva Trujillo! ruft. Nicht eine Sekunde lang kann ich mich darüber hinwegtäuschen, wo ich bin. Ich verberge das Gesicht in den Händen und weine. So beginnt jeder Tag.
Gott bewahre, daß Minerva mich je so sieht – sie würde mir nur eine ihrer Moralpredigten halten.
Eigentlich bin ich mit dem Eimerausleeren dran, aber Magdalena hat sich angeboten, es mir abzunehmen. Seit mein Magen so durcheinander ist, sind alle sehr nett zu mir und versuchen, mich zu schonen.
Kurz bevor der *chao* gebracht wird, stimmt Minerva mit uns die Nationalhymne an. Durch die Klopfzeichen aus der Nachbarzelle wissen wir, daß unser kleines »Ständchen« bei den Männern tatsächlich die Stimmung aufbessert. Die Wärter versuchen gar nicht mehr, uns davon abzuhalten. Was tun wir schon Schlimmes? fragt Minerva. Wir verhalten uns doch nur wie gute Patrioten und wünschen unserem Land einen Guten Morgen.
Heute singen wir *Adiós con el corazón*, weil es Miriams und Dulces letzter Tag ist. Wir weinen fast alle.
Ich erbreche den *chao*, den ich zum Frühstück gegessen habe. In den letzten Tagen geht mir alles besonders nahe. Das soll aber keine Entschuldigung dafür sein, daß mein Magen diesen wäßrigen Brei wieder auswirft. (Was sind das bloß für gallertartige Teilchen, auf die ich manchmal beiße?)

Samstag, 26. März (65 Tage)
Wir hatten gerade unsere kleine »Unterrichtsstunde«, die Minerva hartnäckig tagtäglich bis auf Sonntag abhält. Ich nehme an, Fidel hat das so gemacht, als er auf der Isla de Pinos in Gefangenschaft war, und deshalb müssen wir es auch tun. Zu Beginn zitierte Minerva ein paar Zeilen von Martí, und dann diskutierten wir darüber, was diese Worte unserer Meinung nach bedeuten. Meine Gedanken schweiften zu Jacqui ab – ich fragte mich, ob sie schon laufen kann, ob sie

immer noch diesen Ausschlag zwischen ihren kleinen Fingern bekommt –, als Minerva mich plötzlich fragte, wie ich darüber denke. Ich sagte, ich stimme den anderen zu. Da schüttelte sie nur den Kopf.
Anschließend versammelten wir Politischen uns in unserer Ecke und sagten die drei Kardinalsregeln auf:

> Glaube deinen Feinden nie.
> Fürchte sie nie.
> Bitte sie nie um etwas.

»Gilt das auch für Santicló?« fragte ich. »Er ist so gut zu mir, das heißt zu uns allen.«
»Vor allem für Santicló«, sagte Sina. Ich weiß nicht, wer strenger ist, Minerva oder sie.
Beide haben mich davor gewarnt, vom Feind allzu angetan zu sein.

Sonntag, 27. März (66 Tage)
Gestern abend brachte uns Santicló die letzten Dinge aus Mamás Päckchen, darunter auch das Vigorex. Vielleicht beruhigt das meinen verflixten Magen ein wenig. Das Riechsalz tut bestimmt auch gut. Mamá und Patria haben sich selbst übertroffen. Wir haben alles, was wir brauchen, und ein paar Luxusartikel obendrein – wenn Minerva nur nicht alles herschenken würde.
Sie sagt, wir wollen in unserer Zelle kein Klassensystem einführen, keine Einteilung in Besitzende und Besitzlose. (Ach nein? Und was ist mit dem *dulce de leche*, das der Winzling Dinorah als Gegenleistung für ihre Gefälligkeiten geschenkt und von dem sie niemandem auch nur einen Krümel abgegeben hat, nicht einmal Miguelito?)
Minerva hält mir eine ihrer Standpauken: Dinorah sei ein Opfer unseres korrupten Systems, zu dessen Abschaffung wir

beitragen könnten, indem wir ihr von unserem Milchgebäck abgeben.
Also kriegt jede im Namen der Revolution eine Einreibung mit Bengay und ein ordentliches Stück Kuchen. Wenigstens das Notizbuch habe ich für mich allein.
Jedenfalls glaubte ich das, bis Minerva zu mir kam und mich fragte, ob ich nicht ein paar Seiten übrig hätte, für die Aussage, die América morgen bei der Vernehmung machen soll.
Und ob ich ihr auch den Füller leihen könnte? hat Minerva gefragt.
Habe ich denn *überhaupt keine* Rechte? Aber statt für sie zu kämpfen, breche ich in Tränen aus.

[ausgerissene Seiten]

Montag, 28. März (67 Tage)

Ich habe meinen *chao* nicht angerührt. Allein wenn mir der Geruch des dampfenden Breis in die Nase steigt, vergeht mir die Lust, ihn auch nur zu probieren. Ich liege in meiner Koje und höre den anderen zu, die in der »Kleinen Schule« darüber diskutieren, wie eine Revolutionärin eine gemeine Bemerkung eines Genossen parieren soll. Minerva hat mich vom Unterricht freigestellt. Ich fühle mich, als würden meine Eingeweide herausquellen.
Ich bin so dünn geworden, daß ich die Gummibänder meiner Unterhosen enger nähen und mir Taschentücher in den Büstenhalter stopfen muß. Neulich haben wir herumgealbert, wer den größten Busen hat. Kiki meinte, daß die Männer wahrscheinlich dasselbe mit ihren »Ihr-wißt-schonwas« tun. Im ersten Monat hat mich das unanständige Gerede noch schockiert. Jetzt lache ich darüber genauso wie alle anderen.

Dienstag, spätnachts, 29. März (68 Tage)
Heute nacht kann ich einfach nicht einschlafen, weil mir im Kopf herumspukt, was Violeta am Ende unseres gemeinsamen Rosenkranzgebets gesagt hat: *Möge ich nie all das erleben, woran man sich gewöhnen kann.*
Bei diesen Worten ist mir ein Schauer über den Rücken gekrochen.

Mittwoch, 30. März (69 Tage)
Ich zwinge mich, einen Zeitplan einzuhalten, um mich gegen die panische Angst zu schützen, die mich manchmal überkommt. Sina hat uns in der Kleinen Schule darauf gebracht. Sie hatte das Buch eines politischen Gefangenen in Rußland gelesen, der zu lebenslanger Haft verurteilt war und dessen einzige Möglichkeit, sich vor dem Wahnsinn zu bewahren, darin bestand, daß er sich streng an eine im Kopf zurechtgelegte Abfolge von Übungen hielt, um den Geist zu trainieren, so ähnlich wie man beim Füttern eines Babys einen genauen Zeitplan einhalten muß.
Ich finde es eine gute Idee. Hier ist mein Zeitplan:
- morgens die Kleine Schule (außer sonntags)
- während des Wachwechsels in mein Buch schreiben, weil ich mit den zwanzig Minuten auskomme. Dasselbe noch einmal nach dem Lichterlöschen, falls der Mond hell genug scheint.
- in Gedanken ins »Kino« gehen und mir vorstellen, was wohl gerade zu Hause passiert.
- Handarbeiten erledigen. Die Wärter bringen uns immer, was im Gefängnis an Näharbeiten anfällt.
- beim Putzen der Zelle helfen – Sina hat eine Arbeitsliste zusammengestellt, und wir wechseln uns nach dem Rotationsprinzip ab.
- außerdem versuche ich, jeden Tag eine gute Tat zu vollbringen und einer Zellengenossin zu helfen, zum Beispiel Delia, der ich ihren schlimmen Rücken massiere, oder der tauben Balbina

und ein paar anderen, denen ich beibringe, den eigenen
Namen zu schreiben.
- und schließlich versuche ich, jeden Tag eine halbe Stunde
»spazierenzugehen«, was mir den meisten Spott einbringt.
Fünfundzwanzig winzige Schritte in die eine Richtung und
zurück, dann zwanzig in die andere und zurück.
Wohin gehst du? hat mich América gestern gefragt.
Nach Hause, habe ich geantwortet, ohne meinen Spaziergang
zu unterbrechen.

Donnerstag, 31. März (70 Tage)

Ein Tag vergeht wie der andere, und ich verliere allmählich
den Mut und versinke in finstren Gedanken. Ich lasse mich
gehen. Heute habe ich mir nicht einmal das Haar geflochten,
sondern es nur zu einem Knoten zusammengedreht und
einen Socken darum gebunden. Ich bin so niedergeschlagen.

Schon wieder hat man uns den Besuch gestrichen. Einfach so,
ohne Erklärung. Nicht einmal Santicló weiß, warum. Man hat
uns den Korridor hinunter und wieder zurück geführt – was
für ein gemeiner Trick.

Jetzt steht es fest: Leandro ist nicht hier bei den anderen
Männern. O Gott, wo kann er nur sein?

Freitag, 1. April (71 Tage)

Minerva und ich haben uns gerade darüber unterhalten, wie es
um unsere Moral bestellt ist. Sie hat gesagt, ihr sei aufgefallen,
wie verzweifelt ich in letzter Zeit bin.

Und ob ich verzweifelt bin! Wir hätten zusammen mit Miriam
und Dulce schon vor einer Woche hier herauskönnt. Aber
nein, die Mirabals müssen mit gutem Beispiel vorangehen! Eine
Begnadigung anzunehmen käme dem Eingeständnis gleich,
daß wir uns etwas hatten zuschulden kommen lassen. Außer-

dem könnten wir das Gefängnis so lange nicht verlassen, bis
man allen anderen dasselbe Angebot unterbreitet hätte.
Ich redete mit Händen und Füßen auf Minerva ein, aber es
war genau wie damals, als Minerva in den Hungerstreik treten
wollte. Damals sagte ich: »Minerva, wir sind doch schon halb-
verhungert. Was willst du noch?«
Da nahm sie meine Hände und antwortete: »Tue, was *du* für
richtig hältst, Mate.«
Natürlich schloß ich mich ihrem Hungerstreik an. (Santicló
steckte mir Gott sei Dank ab und zu ein Stück Schokolade
und ein paar Maniokbrötchen zu, sonst wäre ich wirklich
verhungert.)
Auch letzte Woche hätte ich die Begnadigung am liebsten angenommen. Aber was hätte ich tun sollen? Minerva zurücklassen,
damit sie allein zur Märtyrerin wird?
Ich fing an zu weinen und sagte zu Minerva: »Ich kann nicht
mehr. Jeden Tag wächst meine kleine Tochter ein Stück, und
ich bin nicht dabei.«
»Denk einfach nicht dran«, sagte Minerva und machte mit mir
diese Übung, bei der man sich auf schöne Gedanken konzen-
triert, damit man nicht durchdreht –
Ich muß aufhören und das Buch verstecken. Sie kommen zur
Kontrolle.

Samstag, 2. April (72 Tage)

Gestern gab es hier einen Aufstand. Deshalb patrouillierten
zusätzliche Wachen im Gang vor unserer Zelle, und ich traue
mich erst jetzt, am Abend, weiterzuschreiben.
Minerva ist wieder in Einzelhaft, diesmal für drei Wochen.
Als sie kamen, um uns die Kruzifixe wegzunehmen, waren wir
schon darauf gefaßt, nach allem, was in letzter Zeit passiert war.
Die Wärter nennen es das Kruzifix-Komplott. Minerva hatte
die Sache zusammen mit El Rayo ausgeheckt: Jeder ohne Ausnahme sollte ein Kreuz als Symbol unserer Solidarität tragen.

Patria hatte uns ein Dutzend kleiner Holzkreuze geschickt, die
Tío Pepe für all jene angefertigt hatte, die vorher keins besaßen.
Schon bald baumelte sogar über dem Busen der gemeinsten
Dirnen ein kleines Kreuz. Auch die nackten Männer trugen alle
eins.
Jedesmal wenn jemand zu einem »Besuch« in La 40 abgeholt
wurde oder durchdrehte und zu schreien oder zu weinen anfing,
stimmten wir das Lied »O Herr, meine starke Palme, wenn
Wirbelstürme toben« an.
Das lief eine Woche so. Dann ging der Oberaufseher, Kleine
Klinge, von Zelle zu Zelle und verkündete die neuen Bestimmungen: keine Singerei und keine Kruzifixe mehr. Nach dem
zweiten Hirtenbrief, von dem Santicló uns erzählt hatte, war
Trujillo davon überzeugt, daß ihn die Kirche fertigmachen
wolle. Die Kreuze, die wir trugen, und unsere Beterei seien
Ausdruck dieses Komplotts.
Ein betrübt dreinblickender Santicló und ein weniger betrübt
dreinblickender Winzling und Blutiger Juan kamen mit vier
weiteren Wärtern herein, um unsere Kruzifixe zu beschlagnahmen. Als ich Santicló das kleine goldene Kreuz aushändigte,
das ich seit meiner Erstkommunion getragen hatte, gab er mir
einen raschen Wink und schob es in seine Tasche. Er würde
es für mich aufheben. Goldene Kreuze gingen im Tresor der
Kleinen Klinge nämlich leicht »verloren«.
Alle fügten sich willig – außer Minerva und Sina. Sina konnten
sie das Kreuz trotzdem abnehmen, weil sie sich einfach kerzengerade und mit hochgerecktem Kinn hinstellte. Aber als sie
nach Minervas Kreuz griffen, fing sie an, mit den Beinen auszukeilen und wild mit den Armen zu fuchteln. Santiclós Mütze
flog quer durch den Raum, und der Winzling fing sich eine
Ohrfeige ein. Als der Blutige Juan eingriff, schlug sie ihm die
Nase blutig.
Wo hat meine Schwester nur diesen Wahnsinnsmut her?
Als sie den Gang hinuntergeführt wurde, rief jemand in einer
der Zellen, an denen sie vorbeikamen: *Mariposa gehört nicht*

nur sich selbst. Sie gehört jedermann! Gleich darauf fingen alle an, gegen die Gitterstäbe zu schlagen und zu rufen: *¡Viva la Mariposa!* Mir kamen die Tränen. In meinem Inneren spreizte etwas Großes, Starkes die Flügel.
Nur Mut, sagte ich zu mir selbst. Und diesmal verspürte ich ihn.

[ausgerissene Seiten]

Donnerstag, 7. April (77 Tage)
Heute habe ich endlich Mamá und Patria und aus der Entfernung auch Pedrito gesehen. Jaimito und Dedé sind nicht mitgekommen, weil jedem Gefangenen nur ein Besucher gestattet ist. Aber Santicló hat Patria erlaubt, sich an meinen Tisch zu setzen, nachdem Gefangener Nr. 49 in die Zelle zurückgeführt worden war. So heißt Pedrito also. Und was ich selbst erst heute erfahren habe: Ich bin Nr. 307.
Mamá hat sich über Minervas Einzelhaft so sehr aufgeregt, daß ich beschlossen habe, ihr gar nicht erst zu erzählen, was ich durchgemacht habe, um sie nicht noch mehr zu beunruhigen. Außerdem wollte ich keine Zeit Verlieren, sondern möglichst viel über meinen kleinen Schatz hören. Jacqui hat zwei neue Zähne, und man hat ihr beigebracht, jedesmal wenn sie in der Diele an Trujillos Bild vorbeikommt *Laß Mamá frei, Laß Papá frei* zu sagen.
Dann hat mir Patria die bislang besten Neuigkeiten überhaupt mitgeteilt: Nelson ist frei! Man hat ihm die Begnadigung angeboten, und er hat akzeptiert. *Ay,* wie sehr habe ich mir in diesem Augenblick wieder gewünscht, wir hätten unsere eigene nicht ausgeschlagen.
Und Leandro? Er und ein paar andere werden noch immer in La 40 gefangengehalten. Ich bin so erleichtert, daß er überhaupt noch am Leben ist. Patria hat von Peña in Salcedo gehört, daß

man Leandro unter Druck setzt, damit er für Trujillo arbeitet.
Da haben sie sich bestimmt den Falschen ausgesucht. Mein
sanfter Palomino hat einen eisernen Willen wie ein Hengst.
Mamá hat gesagt, daß sie nächste Woche Jacqueline mitbringen
will. Natürlich nicht zum Besuch, das ist nicht erlaubt. Aber
Jaimito könnte ja draußen an der Straße parken, und dann
könnte ich einen Blick aus dem Fenster werfen…
Woher Mamá weiß, daß unser Fenster zur Straße geht? habe ich
sie gefragt.
Mamá hat gelacht. Aus einem Fenster hänge so eine gewisse
schwarze Fahne…
Wie raffiniert von Mamá! Ich habe mich von Anfang an gefragt,
warum sie mir mein gutes Handtuch geschickt hat.

Freitag, 8. April (78 Tage)
Magdalena und ich haben uns lange darüber unterhalten,
wovon das Verhältnis zwischen den Menschen bestimmt wird.
Von unserer Religion? Unserer Hautfarbe? Dem Geld in unseren Taschen?
Während wir darüber diskutierten, gesellten sich die anderen
Frauen eine nach der anderen zu uns, einschließlich der beiden
neuen, die Miriams und Dulces Platz eingenommen haben,
und jede gab ihre Ansichten zum besten. Es war nicht wie sonst,
wo die gebildeten Frauen wie Sina, Asela, Violeta und Delia den
Ton angeben. Sogar Balbina merkte, daß etwas Besonderes vor
sich ging, und sie kam und setzte sich genau vor mich, damit
sie meine Lippen beobachten konnte. Ich sprach für sie extra
langsam, damit sie begriff, wovon wir redeten, nämlich von der
Liebe, von der Liebe unter uns Frauen.
Es *gibt* etwas Tieferes. Manchmal spüre ich es, vor allem spät
nachts; es ist wie ein Stromfluß zwischen uns, eine unsichtbare
Nadel, die uns aneinandernäht, bis wir eines Tages eine glorreiche, freie Nation bilden.

Samstag, 9. April (79 Tage)

Meine Stimmung ist auf dem Tiefpunkt. Daran kann auch der Regen nichts ändern. Die Tage schleppen sich dahin.

Heute morgen bin ich mit der fixen Idee aufgewacht, daß Jacqui neue Schuhe braucht. Der Gedanke ist mir den ganzen Tag im Kopf herumgespukt. Die alten drücken sie wahrscheinlich längst an den Zehen, und deshalb wird sie bald mit einwärts gedrehten Füßen herumlaufen, und wir werden ihr Schienen besorgen müssen, und so weiter und so weiter.

Alles, was einem hier an diesem verrückten Ort durch den Kopf geht, wird plötzlich ungeheuerlich wichtig. Aber besser, ich mache mir Sorgen wegen ihrer Schuhe als wegen dieser anderen Sache, die seit einiger Zeit an meinen Nerven zehrt.

Sonntag, 10. April (80 Tage)

Ich habe ein großes Problem, und Minerva ist nicht hier, um mit mir darüber zu reden.

Ich habe zurückgerechnet. Im Dezember und Januar haben Leandro und ich es wie verrückt versucht. Ich wollte möglichst schnell ein zweites Kind, weil mir Jacqui so viel Freude machte. Außerdem wollte ich, ehrlich gesagt, einen Vorwand haben, um zu Hause bleiben zu können. Wie bei Dede taugten meine Nerven nicht für die Revolution, aber im Gegensatz zu ihr konnte ich mich nicht hinter einem herrschsüchtigen Ehemann verschanzen. Nicht, daß mein Leandro es nicht lieber gesehen hätte, wenn ich einfach nur seine Frau und die Mutter seiner kleinen Tochter gewesen wäre. Er hat mehr als einmal gesagt, eine Revolutionärin in der Familie sei genug.

Ich habe meine Tage im Januar, im Februar und nun auch im März nicht bekommen. Wie ich gehört habe, ist hier bei den meisten Frauen die Menstruation ausgeblieben, Delia sagt, große Belastungen könnten dies bei Frauen bewirken, das wisse sie aus ihrer Praxis. Trotzdem, diese Übelkeit kommt mir allzu bekannt vor.

Wenn ich schwanger bin und der SIM dahinterkommt, werden sie dafür sorgen, daß ich es austrage, um es dann einer kinderlosen Generalsgattin zu geben. Magdalena hat mir so eine Geschichte erzählt. Das würde mich umbringen.
Wenn also wirklich keine Hoffnung besteht, daß ich hier bald herauskomme, möchte ich dem armen Geschöpf das Leben, das es womöglich erwartet, lieber ersparen.
Die Mädchen kennen alle Hilfsmittel, weil die meisten von ihnen schon unerwünschte Nebenwirkungen ihres Berufs beseitigen mußten. Und Delia ist Frauenärztin, also kann sie mir auch helfen.
Ich schiebe es noch auf, bis Minerva wieder hier ist, um eine Entscheidung zu treffen.

                            Keine Ahnung, welcher Tag heute ist
Bin noch sehr schwach, aber die Blutungen haben aufgehört. Ich bringe es noch nicht über mich, darüber zu sprechen. Nur soviel: Entweder habe ich das Kind verloren oder meine Periode gehabt. Und nachdem mir der SIM einen Besuch abgestattet hat, hat niemand etwas dazutun müssen.

                                           Noch ein Tag
Magdalena versorgt mich. Sie flößt mir Brühe mit zerstoßenem Salzgebäck ein, das Santicló mir bringt. Sie sagt, er hätte jeden Tag ein kleines Geschenk für mich hereingeschmuggelt. Heute war es ein blaues Band, mit dem sie meinen Zopf zusammengebunden hat, und ein kleines Päckchen Honigkugeln.
Auch Balbina ist sehr süß zu mir. Sie massiert meine Füße, und wenn sie meine Sohlen knetet und gegen die Fersen klopft, ist es, als würde sie durch diese Berührungen zu mir sprechen und sagen *Werde gesund, werde gesund, werde gesund.*
Dann wackele ich mit den Zehen und lächele ihr matt zu: *Bestimmt, bestimmt, ich hoffe es jedenfalls.*

Freitag (glaube ich)

Du rechnest damit, daß du jeden Tag zusammenbrichst, aber das Seltsame ist, daß du zu deiner eigenen Überraschung jeden Tag doch noch mal die Kurve kriegst, und danach fühlst du dich stärker und traust dir zu, diese Hölle zu überleben und dabei sogar noch etwas Würde und Zuversicht zu bewahren und – was noch viel wichtiger ist, vergiß das nie, Mate – ein bißchen Liebe in deinem Herzen für die Männer, die dir all dies angetan haben.

Samstag, 16. April

Ich muß Mamá unbedingt eine Nachricht zukommen lassen. Sie ist bestimmt krank vor Sorge, weil ich am Donnerstag nicht gekommen bin. Wie schade, daß ich meine kleine Tochter nicht gesehen habe!
Aber dieser Verzicht erscheint gering verglichen mit dem, was passiert ist.

[ausgerissene Seiten]

Ostersonntag

Heute nachmittag ist Minerva zurückgekommen. Sie haben sie wegen Ostern fünf Tage früher entlassen. Wie christlich von ihnen!
Wir haben eine kleine Willkommensfeier für sie veranstaltet, mit einem bißchen von dem Salzgebäck, das Santicló mir gebracht hat, und einem großen Stück weißen Käse, den Delia ergattern konnte, indem sie der Schildkröte reichlich Wasser gab. Natürlich ist auch Miguelito aufgetaucht und hat sich über die Krümel hergemacht.
Ich wäre so gerne beschwingt, aber es kostet mich große Mühe. Es ist, als ob ich mich so tief in mich selbst verkrochen hätte,

daß ich nicht mehr aus mir heraus und mit anderen Menschen
Zusammensein kann. Am wohlsten fühle ich mich mit Magdalena. Sie legt meinen Kopf in ihren Schoß und streichelt meine Stirn wie Mamá.
Nur ihr habe ich erzählt, was passiert ist.

Mittwoch, 20. April (90 Tage)

Minerva bedrängt mich mit Fragen. Ich habe zu ihr gesagt, daß ich noch nicht darüber reden kann. Ich weiß, ich habe es Magdalena erzählt, aber es Minerva zu erzählen ist etwas anderes. Sie würde eine halbe Staatsaffäre daraus machen, aber ich will nicht, daß jemand davon erfährt.
Minerva hat gesagt: Schreib es nieder, das wird dir helfen, Mate. Ich werde es versuchen, habe ich geantwortet. Gib mir noch ein paar Tage Zeit.

Dienstag, 26. April (96 Tage)

Minerva hat mich heute von der Kleinen Schule freigestellt, damit ich dies hier aufschreiben kann.
Hier ist meine Geschichte über das, was in La 40 am Montag, dem 11. April passiert ist.

[ausgerissene Seiten]

Samstag, 30. April (100 Tage)

Wenn du hier die Angst erst einmal überwunden hast, ist das Schlimmste das Fehlen jeglicher Schönheit. Hier gibt es keine Musik, keine guten Gerüche, nichts fürs Auge. Sogar Gesichter, die unter normalen Umständen hübsch wären wie Kikis oder schön wie Minervas, haben ihre Ausstrahlung verloren. Du willst dich nicht einmal selbst anschauen aus Angst vor dem, was du siehst. Der kleine Taschenspiegel, den Dedé uns geschickt hat, wird in unserem Versteck verwahrt, und jeder kann ihn benützen. Ein paarmal habe ich ihn hervorgekramt, aber nicht etwa aus Eitelkeit, sondern um mich zu vergewissern, daß es mich noch gibt, daß ich nicht verschwunden bin.

    Mittwoch, 25. Mai (125 Tage – noch 1826 Tage – O Gott!)
      Ich konnte eine Zeitlang nicht schreiben.
        Mir stand nicht der Sinn danach.
Am Montag wurden Minerva und ich vor Gericht gestellt. Seit jenem anderen Montag im April, an den ich mich lieber nicht erinnern möchte, war es für mich das erste Mal, daß ich hier herauskam, und für Minerva das erste Mal, seit wir im Februar hier landeten. Die Wärter forderten uns auf, uns Straßenkleidung anzuziehen, woraus wir schlossen, daß wir nicht nach La 40 gebracht wurden.
Ich rieb mir Rosenwasser ins Haar, flocht es und band Santiclós Band hinein, und dabei summte ich das nette Schifferlied vor mich hin, zu dem meine kleine Jacqui so gerne in die Hände klatscht. Ich war mir so sicher, daß wir freigelassen würden. Minerva hielt mir den Finger unter die Nase und erinnerte mich an die neue Kardinalsregel, die sie den drei anderen vor kurzem hinzugefügt hatte: Sei zuversichtlich, aber erwarte nichts.
Sie sollte wieder mal recht behalten. Wir wurden zum Gericht gefahren, wo eine Farce von einem Prozeß stattfand. Uns stand kein Verteidiger zur Seite, und auch wir selbst durften nicht für uns sprechen. Der Richter beschied Minerva, wenn sie es noch einmal versuche, werde er sie wegen Mißachtung des Gerichts belangen, und dann würden Urteil und Geldstrafe um so höher ausfallen.
Wir erhielten jede fünf Jahre und eine Geldstrafe von fünftausend Pesos. Minerva warf den Kopf in den Nacken und lachte. Und ich, ich ließ meinen natürlich hängen und weinte.

[ausgerissene Seiten]

Mittwoch, 15. Juni (Ich habe beschlossen, mit der Zählerei aufzuhören – es ist so deprimierend!)
Mein Tagebuch ist in den letzten Tagen in unserem Versteck geblieben, und alle haben sich ein paar Seiten herausgerissen, wenn sie Papier brauchten. Mir soll es recht sein. In letzter Zeit ist sowieso nichts Wichtiges passiert.
Minerva sagt, sie kann verstehen, daß ich so deprimiert bin. Zu allem, was ich durchgemacht habe, auch noch dieses Urteil! Sie hat meine Aufzeichnungen gelesen und will, daß ich der OAS (wenn sie kommt – falls sie überhaupt jemals kommt) erzähle, was in La 40 passiert ist. Aber ich bin mir nicht sicher, ob ich das über mich bringe.
»Du hast keinen Grund, dich zu schämen!« sagt Minerva erbittert. Sie fertigt gerade eine Büste von mir an, und deshalb muß ich stillhalten.
Ja, die Gefängnisleitung ermuntert uns seit neuestem, uns Hobbys zuzulegen – auch das wiederum nur, weil ihr die OAS im Nacken sitzt. Minerva hat sich für Bildhauerei entschieden, ausgerechnet im Gefängnis! Sie hat Mamá gebeten, ihr Gips und Werkzeuge mitzubringen. Nach jeder Sitzung muß Santicló sie wieder einsammeln, aber bei uns drückt er immer ein Auge zu.
In unserem Versteck befinden sich nun mehrere kleine Skalpelle nebst den anderen eingeschmuggelten Dingen, als da wären: ein Messer, eine Nähschere, ein Taschenspiegel, vier Nägel, eine Feile und natürlich das *diario*.
Wofür ist dieses Arsenal? habe ich Minerva gefragt. Wozu brauchen wir es?
Manchmal kommt es mir vor, als wäre die Revolution für Minerva zur Gewohnheit geworden.
Freitag, 24. Juni, hier drin ist es heiß wie in der Hölle Wir haben seit neuestem zwei Frauen als Wärter. Minerva meint,

man wolle bei der OAS damit Eindruck machen, wieviel Feingefühl die Gefängnisleitung den weiblichen Gefangenen gegenüber an den Tag lege.
Von wegen Feingefühl! Die Weiber sind mindestens so brutal wie die Männer, wenn nicht brutaler, vor allem die dicke Valentina. Zu uns Politischen ist sie einigermaßen nett, aber bei den anderen entpuppt sie sich als wahre Hexe, weil sich die OAS nämlich nicht dafür interessiert, wie sie behandelt werden. Die Nichtpolitischen unter den Frauen haben ein so herrlich freches Mundwerk. Hier ein kleines Liedchen, das sie immer dann singen, wenn Valentina außer Hörweite ist:

> Valentina, *la guardona,*
> die gemeine dumme Trulle,
> wollt' Milch von einer Kuh trinken,
> statt dessen war's der Bulle.

Die Wärter sehen dem bevorstehenden Besuch der OAS mit Bangen entgegen. Wir haben gehört, Wenn sich ein politischer Gefangener beklagt, kommt der zuständige Wärter in Teufels Küche – wenn er nicht gar erschossen wird! El Jefe kann es sich nicht leisten, das Ausland noch mehr gegen sich aufzubringen. Im Unterricht in der Kleinen Schule beschwört uns Minerva, uns von den Gerüchten nicht verwirren und durch gewisse »Nettigkeiten« der Wärter nicht bestechen zu lassen. Wir müßten dem Komitee mitteilen, wie die Situation wirklich sei, sonst hätte diese Hölle nie ein Ende. Bei diesen Worten wirft sie mir einen bedeutungsvollen Blick zu.

Montag, 27. Juni, mitten am Nachmittag
Ich habe mir gesagt, Mate, achte nicht auf sie. Aber woran soll ich sonst denken, wo es hier so wenig Ablenkung gibt?
Unser geheimes »Nachrichtensystem« funktioniert recht gut. Die meisten Meldungen werden über Klopfzeichen weiter-

gegeben, aber auch schriftliche Notizen wechseln den Besitzer, und donnerstags kommt es im Besuchszimmer mitunter ebenfalls zu einem kurzen Austausch. Neuigkeiten verbreiten sich schnell, und das böse Gerücht, das derzeit die Runde macht, hat mich wirklich schwer getroffen. Mein Leandro wird – zusammen mit Valera, Fafa, Faxas, Manzano und Macarrulla – als Verräter bezichtigt.
Minerva sagt: »Mate, hör nicht auf die bösen Zungen.« Aber manchmal wird sie selber so wütend über das, was ihr durch die Wand mitgeteilt wird, daß sie sagt, sie werde der ganzen Welt erzählen, was mir passiert sei und welche »Überzeugungsarbeit« man am armen Leandro geleistet habe.
»Bitte nicht, Minerva«, flehe ich sie an. »Bitte nicht.«
Das Mißtrauen und die Gerüchte führen dazu, daß der Zusammenhalt innerhalb der Bewegung zu bröckeln beginnt. Manolo macht sich große Sorgen. Er hat mittels Klopfzeichen eine Verlautbarung durchgegeben, die uns alle erreicht hat. Die Genossen hatten seine Erlaubnis, an dem Buch mitzuarbeiten. Schließlich enthalte es keine weiteren Informationen als die, die der SIM durch monatelange Folter ohnehin schon gesammelt habe. Manolo gibt sogar zu, daß er selbst gesungen und die Namen von Personen preisgegeben hat, die bereits geschnappt worden sind oder sich ins Ausland haben absetzen können.
Compañeros y compañeras! Wir dürfen nicht unbedeutenden Meinungsverschiedenheiten zum Opfer fallen, sondern müssen uns auf unseren nächsten Angriffspunkt konzentrieren – die Mitglieder der OAS, sobald sie kommen. Werden Sanktionen verhängt, bedeutet dies für die Ziege das Ende.
Wir haben einen Rückschlag erlitten, aber noch sind wir nicht geschlagen.
Tod oder Freiheit!
Aber die schrecklichen Gerüchte dauern an.
Dienstag morgen, 28. Juni (nach einer schlimmen Nacht)
Ich habe die ganze Nacht kein Auge zugetan, weil mich die Gerüchte so aufgewühlt haben. Außerdem hat uns alle der

Gestank vom Schlafen abgehalten. Wir sind alle sauer auf Dinorah, weil sie den Eimer benützt hat. Und das, obwohl wir uns darauf geeinigt hatten, nachts die Außenlatrine zu benützen, damit die anderen in der Zelle beim Einschlafen nicht die üblen Gerüche ertragen müssen. Bis auf den Blutigen Juan führen uns die Wärter bereitwillig hinaus. (Vor allem der Winzling, weil er uns dann im Dunkeln »filzen« kann.)
Wenn man mit anderen Menschen auf so engem Raum zusammenlebt, zeigt sich unweigerlich, wer nur auf seinen eigenen Vorteil bedacht ist und wer das Wohl der gesamten Gruppe im Auge hat. Dinorah ist das perfekte Beispiel für den eigennützigen Typus. Sie stibitzt aus unserer »Speisekammer«, sie klaut Unterwäsche von der Stange mitten im Raum, wenn wir nicht hinsehen, und wir haben herausgefunden, daß sie uns angeschwärzt hat, weil wir mit Zelle Nr. 60 Klopfzeichen ausgetauscht haben. Anfangs hat Minerva sie noch in Schutz genommen und behauptet, das korrupte System sei an ihrem asozialen Verhalten Schuld. Aber seit Dinorah Minervas über alles geliebtes Bündel mit Kurznachrichten von Manolo weitergeleitet hat, ist sogar meine aufgeschlossene Schwester vor diesem sogenannten Opfer auf der Hut.
Ich weiß, ich habe mich am Anfang gesträubt, gewisse Dinge mit den anderen zu teilen, aber inzwischen denke ich nur kurz darüber nach und schenke dann das meiste her. Ich frage immer alle der Reihe nach, ob außer mir jemand nachts die Lampe braucht, und ich beharre nie auf meinen zehn Minuten am Fenster, um frische Luft zu schnappen oder Wäsche zu trocknen.
Für das vollkommene Land, von dem Minerva nach wie vor träumt, wäre ich wie maßgeschneidert. Probleme würde ich nur bekommen, wenn ich feststellen müßte, daß auch selbstsüchtige Menschen hineingelassen werden. Denn dann, glaube ich, würde ich mich aus Selbstschutz in einen von ihnen verwandeln.

Donnerstag nacht, 30. Juni, unerträgliche Hitze
Santicló hat uns ein paar Papierfächer gebracht
Wir haben ein tolles neues Versteck gefunden – mein Haar!
So sind wir darauf gekommen: Patria hat mir heute einen Zeitungsausschnitt zugesteckt, und ich weiß, daß ich bei Verlassen des Besuchszimmers kontrolliert werde. Es ist ein ziemlich schlimmes Vergehen, wenn man mit Schmuggelware erwischt wird. Dann streichen sie einem bis zu einem Monat lang den Besuch oder stecken einen sogar in Einzelhaft. Also habe ich versucht, ihr den Zettel unauffällig zurückzugeben, aber heute war der Blutige Juan als Aufseher eingeteilt, und seine Habichtaugen versagten bestimmt kein zweitesmal.
Als sich die Besuchszeit dem Ende zuneigte, wurde ich immer nervöser. Der Zeitungsausschnitt brannte ein Loch in meinen Schoß. Minerva machte mit der Hand ein Zeichen, das wir von Balbina gelernt haben und das bedeutet *Gib es mir*. Aber ich wollte nicht, daß sie erwischt wurde und die Schuld auf sich lud. Da spürte ich den schweren Zopf in meinem Rücken, und plötzlich hatte ich eine Idee. Ich fummele ständig an meinem Haar herum, flechte es und löse die Zöpfe wieder – eine dumme Angewohnheit, die sich hier noch verschlimmert hat. Also faltete ich das Stück Papier ganz klein zusammen, tat so, als würde ich meinen Zopf in Ordnung bringen und flocht es in mein Haar.
Auf diese Weise erfuhr das ganze Gefängnis von dem Mordanschlag.

Betancourts Anschuldigungen unbegründet

Ciudad Trujillo, R.D. Regierungssprecher Manuel de Moya verlieh seiner Empörung über die ebenso ruchlosen wie unhaltbaren Anschuldigungen des venezolanischen Präsidenten, Rómulo Betancourt, Ausdruck, Betancourt hatte der dominikanischen Regierung vorgeworfen, in den Mordanschlag verstrickt zu sein, der sich am 24. Juni in der venezolanischen Hauptstadt Cara-

cas ereignete. Bei der Explosion eines geparkten Fahrzeugs, an dem die Limousine des Staatschefs vorbeifuhr, hatte Betancourt schwere Verletzungen davongetragen. Vom Krankenhausbett aus ließ er verlauten, er habe abermals Klage bei der Organisation Amerikanischer Staaten eingereicht. Auf die Frage, weshalb ihm eine kleine friedliebende Insel nach dem Leben trachten sollte, fabulierte Präsident Betancout etwas von einer gegen sein Leben gerichteten Verschwörung der dominikanischen Regierung: »Seit ich bei der OAS Klage wegen Menschenrechtsverletzungen in seinem Land eingereicht habe, bin ich Trujillo ein Dorn im Auge.« De Moya sprach sein Bedauern über die verleumderischen Angriffe auf die unbefleckte Ehre unseres Wohltäters aus und bekräftigte die Offenheit der Regierung gegenüber jeglichen Ermittlungen seitens der Mitgliedsstaaten, sofern sie den Nachweis der Haltlosigkeit jener bösartigen Unterstellungen zum Ziel hätten. Die OAS nahm die Einladung an, und für Ende Juli wird die Ankunft eines fünfköpfigen Komitees erwartet.

Freitag nacht, 1. Juli, niemand kann schlafen, aber nicht nur wegen der Hitze! Die Stimmung hier ist über Nacht umgeschlagen. Unsere gespaltene Bewegung rückt wieder zusammen, Gerüchte und Groll sind vergessen. Den ganzen Tag über wurden die Wände mit den Fäusten bearbeitet, um die neueste Nachricht zu verbreiten, die ich hereingeschmuggelt habe!
Trujillo steht jetzt das Wasser bis zum Hals, und er weiß es. Er muß eine gute Show abziehen, wenn die OAS kommt. Es kursieren allerlei Gerüchte, daß wir *alle* begnadigt würden. Wir sind voller Hoffnung! Nur die *guardias* natürlich nicht.
»Wenn die Gringos kommen«, hat uns Santicló heute abend gefragt, »dann werdet ihr Mädchen euch doch nicht über mich beschweren, oder?«
»Doch, Santicló«, hat Delia ihn aufgezogen. »Wir werden ihnen sagen, du hast ein weiches Herz – aber nur für manche Gefan-

genen. Du hast uns nicht alle gleich behandelt. Ich habe nie
Pfefferminzbonbons oder ein Band für mein Haar bekommen.«
Santicló hat ein bißchen verängstigt ausgesehen, deshalb habe
ich gesagt: »Sie zieht dich nur auf, Santicló. Du warst ein
richtiger Freund.« Das habe ich aus Nettigkeit zu ihm gesagt,
aber dann habe ich darüber nachgedacht, und es stimmt.
Darum haben wir ihm ja auch den Spitznamen Santicló gegeben – nach dem großen, fröhlichen »Heiligen«, der in
Amerika sogar denen Geschenke bringt, die nicht an Jesus
oder die Heiligen Drei Könige glauben.

Sonntag nacht, 10. Juli
(Mamá hat uns eine Taschenlampe geschickt)
Noch immer keine OAS, dafür um so mehr Gerüchte. Anfang
letzter Woche dachten wir noch alle, sie würden Ende dieser
Woche kommen. Aber jetzt heißt es, sie würden abwarten, ob
Betancourt überlebe. Und sie würden beratschlagen, wie sie bei
ihren Ermittlungen vorgehen wollten.
»Man soll sie zu uns in die Zelle stecken«, hat Sina vorgeschlagen. »Dann werden wir ihnen was erzählen.«
»Genau«, hat Dinorah gesagt. »Ihr Mädchen erzählt ihnen was,
und der Rest von uns sorgt dafür, daß sie noch was anderes
erleben.« Alle sind in lautes Gelächter ausgebrochen. Wir haben
offen darüber geredet, und ich muß sagen, ich vermisse es
nicht wirklich, aber ein paar von den Mädchen könnten laut
schreien, so sehr sehnen sie sich nach einem Mann. Und – das
sollte ich vielleicht hinzufügen – nicht nur die zweifelhaften
»Damen« haben das gesagt. Die größte Überraschung war
Minerva.
Mein Gott, was können diese Mädchen vulgär sein! In nur
sechs Monaten haben meine Ohren gehört, was sie vierundzwanzig Jahre lang nicht erfahren haben. Zum Beispiel haben
die Mädchen ein raffiniertes System ausgetüftelt und können
dir anhand bestimmter Körpermerkmale sagen, für was für

einen Typ Mann du geeignet bist. Angenommen, dein Daumen ist dick und eher kurz geraten, dann gefallen dir vor allem Männer, die anderswo ähnlich ausgestattet sind. Zufällig habe ich einen kurzen, aber schlanken Daumen, und das zeigt, daß ich zu einem eher kleinen, schlanken Mann mit »durchschnittlicher« Ausstattung passe. Puh!
Ein paar von den Mädchen schlafen miteinander, das weiß ich. Es ist das einzige, was Santicló nicht durchgehen läßt. Er sagt, es sei nicht recht. Sobald eine Frau mit einer anderen Frau zusammengewesen wäre, sei sie für die Männer verdorben.
Ich hatte sogar selbst eine intime Begegnung, die aber ein gutes Ende genommen hat. Und zwar mit Magdalena, neulich nachts nach unserem Gespräch. – Gerade ist Valentina auf leisen Sohlen vorbeigeschlichen.
Ich lege das Buch lieber beiseite und fordere den Teufel nicht ein zweites Mal heraus. Fortsetzung folgt.

           Montag nachmittag, 11. Juli, Ruhezeit
Ich habe die intime Begegnung mit Magdalena erwähnt.
Folgendes ist passiert:
Sie hat mich eines Nachts in meiner Koje besucht, wir haben über uns geredet, und schließlich hat sie mir ihre Lebensgeschichte erzählt. Ich sage dazu nur eins: Mir hat sie fast das Herz gebrochen. Und ich habe monatelang gedacht, keine hätte so gelitten wie ich. Nun, ich habe mich getäuscht. Magdalena hat mir deutlicher vor Augen geführt, wie privilegiert ich wirklich bin, als sämtliche von Minervas Vorträgen über die Klassengesellschaft zusammen.
Als Magdalena dreizehn war, starb ihre Mutter, und da sie nicht wußte, wohin, nahm sie bei einer reichen, einflußreichen Familie eine Stellung als Hausmädchen an. (Die de la Torres, richtige Snobs.) Nacht für Nacht wurde sie vom Sohn des Hauses »gebraucht«. Sie sagt, sie habe ihrer Herrin nie davon erzählt, weil sie dachte, das gehöre zur Arbeit. Als sie schwanger

wurde, ging sie dann doch zur *doña,* aber die schimpfte sie eine undankbare, verlogene Hure und warf sie hinaus.
Magdalena brachte ein kleines Mädchen zur Welt, Amantina, und jahrelang lebten sie von der Hand in den Mund. Magdalena sagt, der Müllhaufen am alten Flugplatz sei ihre *bodega* gewesen und ihr Zuhause ein aufgelassener Schuppen neben der Rollbahn.
Pobrecitas, sagte ich immer wieder.
Irgendwann mußten die de la Torres auf das kleine blonde Mädchen mit den haselnußfarbenen Augen aufmerksam geworden sein. Sie beschlossen, daß sie zu ihrem Sohn gehöre. Also fuhren sie zu dem Haus, in dem Magdalena seit kurzem arbeitete, und entrissen ihr das arme, weinende Kind.
Als ich das hörte, wurden meine Augen feucht. Geschichten von Müttern, die von ihren Töchtern getrennt werden, gehen mir zur Zeit allzu nahe.
An dieser Stelle sah mich Magdalena mit ernster Miene an – als wäre sie mir dankbar für mein Verständnis. Aber schon im nächsten Moment schlug die Dankbarkeit in etwas anderes um. Sie beugte sich vor, als wollte sie mir ein Geheimnis anvertrauen, und ihre Lippen streiften meine. Erschrocken wich ich zurück.
»*Ay,* Magdalena,« sagte ich, »ich bin nicht so *eine,* weißt du.«
Sie lachte. »Meine Liebe, ich weiß zwar nicht, was du mit *so eine* meinst, aber zufällig liebt auch mein Körper die Menschen, die mein Herz liebt.«
So, wie sie es sagte, klang es durchaus einleuchtend.
Trotzdem fühlte ich mich in meiner engen Koje äußerst unwohl. Ich wollte, daß es ohne Bedeutung war, wenn ihr Knie meines berührte, aber das war es nicht. Ich wollte, daß sie mich allein ließ, und doch wollte ich ihre Gefühle nicht verletzen. Gott sei Dank hatte sie die Andeutung begriffen und erzählte mir ihre Geschichte zu Ende.
»Die Ruhezeit ist vorbei!« ertönte in diesem Augenblick Minervas laute Stimme, die uns zu den Übungen rief.

Ich werde heute nacht weiterschreiben.
Später
Die Geschichte endete damit, daß Magdalena versuchte, Amantina zurückzuholen. Eines Nachts schlich sie ins Haus der de la Torres und ging dieselbe Hintertreppe hinauf, die der junge Mann früher zu ihr hinuntergestiegen war, doch sie kam nur bis in den ersten Stock, wo sie von der *doña* abgefangen wurde, die gerade im Nachthemd aus ihrem Schlafzimmer trat. Magdalena verlangte ihr Kind zurück und zog ein Messer hervor zum Zeichen, daß sie es ernst meinte.
Statt Entsetzen verspürte ich Schadenfreude. »Und? Hast du es geschafft?«
»Was meinst du, warum ich hier bin?« fragte sie zurück. »Ich habe zwanzig Jahre wegen versuchten Mordes gekriegt. Wenn ich hier rauskomme,« fuhr sie fort, »ist meine kleine Tochter genauso alt wie ich damals war, als ich ins Gefängnis kam.«
Magdalena fing an zu weinen, und aus ihrem gebrochenen Herzen sprudelten die Tränen nur so hervor.
Längst hatte ich ihren Kuß vergessen. Ich streckte die Hände aus und schloß sie in die Arme, wie es Mamá immer mit mir getan hatte.

Samstag nachmittag, 23. Juli

Endlich ist Leandro bei uns! El Rayo sagt, er befindet sich zusammen mit Manolo und Pedrito und den anderen vom Zentralkomitee in Trakt B.
Außerdem ist dieses lächerliche Buch erschienen: *¡Complot Develado! – Das aufgedeckte Komplott!* Von uns hat es zwar noch keiner gesehen, aber es heißt, es sei eine Art Album mit Fotos von uns allen und einer Beschreibung über die Anfänge der Bewegung. Also nichts, was nicht schon seit Monaten in den Zeitungen gestanden hätte.
Ich hoffe, daß alle, die ihre Zunge nicht im Zaum halten konnten, sich jetzt schämen.

Mittwoch abend, 3. August –
heute gab es richtiges Hühnchen mit Reis zum Abendessen!
Minerva und Sina sprechen mit mir immer wieder unsere
Strategie durch, seit wir die Neuigkeit heute morgen erfahren
haben. Jetzt steht es fest – soweit hier überhaupt etwas feststehen kann: Das Friedenskomitee der OAS kommt an diesem
Freitag. Pro Trakt wird nur ein Gefangener befragt. Die Oberaufseher hatten die Wahl, und sie haben mich ausgesucht.
Weil sie glauben, daß ich mich nicht beklagen werde, meint
Minerva. »Aber du mußt es tun«, sagt sie. »Es ist deine Pflicht,
Mate.«
»Sie können doch nichts dafür«, protestiere ich. »Sie sind auch
Opfer, wie du es nennst.«
»Aber Opfer, die eine Menge Schaden anrichten können.
Außerdem geht es hier nicht um etwas Persönliches, Mate«, fügt
sie hinzu, »sondern ums Prinzip.«
Ich habe diesen Unterschied, der für meine Schwester so entscheidend ist, noch nie richtig begriffen. Es kommt mir so vor,
als wäre alles, was für sie eine Frage des Prinzips ist, für mich
eine persönliche Angelegenheit.
Wir haben gehört, daß die Befragung angeblich nicht überwacht wird, aber das heißt hier gar nichts. Bestimmt ist der
Raum mit versteckten Mikrophonen vollgestopft. Offen zu
reden wäre Selbstmord. Deshalb haben Minerva und Sina eine
schriftliche Erklärung abgefaßt, die ich dem Komitee irgendwie
zuspielen soll. Sie haben sie mit »Bewegung des Vierzehnten
Juni« unterzeichnet.
»Da ist noch etwas«, sagt Minerva und blickt auf ihre Hände
hinab. »Wir brauchen jemanden, der eine persönliche Erklärung
abgibt.« »Wie wäre es mit dem, was Sina durchgemacht hat?«
schlage ich vor. »Soll Sina doch etwas schreiben.«
»Das ist nicht dasselbe. Bitte, Mate. Du mußt nicht einmal
etwas schreiben«, fügt sie hinzu. »Wir könnten einfach ein paar
Seiten aus deinem Tagebuch reißen und unserer Erklärung beilegen.«

»Ihr vergeßt eins«, sage ich. »Was ist mit Santicló? Wenn sie dahinterkommen, daß die Seiten Von mir stammen, wird er erschossen.«

Minerva faßt mich an beiden Armen. »Eine Revolution ist nicht immer schön, Mate. Schau dir an, was sie mit Leandro und Manolo gemacht haben und was sie Florentino, Papilín und dir angetan haben, in Gottes Namen. Damit ist erst Schluß, wenn wir damit Schluß machen. Außerdem ist es nur ein Gerücht, daß die *guardias* erschossen werden.«

»Na gut«, lenke ich schließlich ein. »Na gut.«

»*Ay*, Mate, versprich es mir«, sagt sie zu mir und schaut mir in die Augen. »Bitte versprich es mir.«

Ich sage zu ihr das einzige, was ich sagen kann: »Ich verspreche dir, daß ich tun werde, was ich für richtig halte.«

Solche Worte hat Minerva noch nie zuvor von mir gehört. »Nicht schlecht«, sagt sie. »Nicht schlecht.«

Samstag, 6. August

Minerva hat mich schon ein dutzendmal gefragt, wie es gelaufen ist, und ein dutzendmal habe ich ihr und den anderen alles erzählt. Oder besser gesagt, ich habe versucht, mich gegen ihre Fragen zu behaupten.

Wie viele Mitglieder das Komitee zählte. (Insgesamt sieben, obwohl zwei so aussahen, als wären sie nur zum Dolmetschen dabei.) Wo die Sitzung stattfand. (Im Besuchsraum – deshalb fielen am Donnerstag die Besuche aus. Die Gefängnisleitung hat sich die Mühe gespart, einen anderen Raum zu verwanzen.) Wie lange meine Sitzung dauerte. (Zehn Minuten – aber ich habe zwei Stunden zusammen mit einem nervösen Santicló draußen vor der Tür gewartet.) Und das Wichtigste: Ob ich Gelegenheit hatte, einem Mitglied des Komitees die Papiere zuzuschanzen? Ja, die hatte ich: Als ich fertig war, trat ein ernster junger Mann auf mich zu, um mir zu danken und mich hinauszuführen. Er sprach ein sehr höfliches, schönes Spanisch. Wahrscheinlich

Venezolaner oder Paraguayer. An der Art, wie er mich musterte, erkannte ich, daß er mich gern etwas näher in Augenschein genommen hätte, um zu sehen, ob ich Narben, blaue Flecken oder sonst was habe. Ich hatte eine gute Beurteilung über La Victoria abgegeben und gesagt, man hätte mich anständig behandelt. Dasselbe hatten ihnen bestimmt die Gefangenen aus den anderen Zellen erzählt.

Gerade als er sich abwenden wollte, lockerte ich meinen Zopf und ließ den ersten gefalteten Zettel auf den Boden fallen. Überrascht starrte er ihn an und wollte ihn schon aufheben. Doch dann überlegte er es sich anders und schob ihn mit dem Fuß unter den Tisch. Er warf mir einen fragenden Blick zu, und ich antwortete mit einem leichten Nicken.

Santicló fing mich draußen vor der Tür ab. Sein fröhliches, rundes Gesicht wirkte so verängstigt. Als er mich den Korridor hinunterführte, wollte er wissen, wie es gelaufen war.

»Keine Sorge«, sagte ich und lächelte ihm zu. Ich hatte den Zopf, in dem die beiden Zettel versteckt waren, mit seinem blauen Band zusammengebunden und es nur so weit gelockert, daß der erste Zettel mit Minervas und Sinas Erklärung herausrutschen konnte. Diese war mit *Bewegung des Vierzehnten Juni* unterzeichnet und erlaubte daher keine Rückschlüsse auf eine bestimmte Zelle. Was sollten sie schon tun? *Alle* Gefängniswärter erschießen?

Die zweite Botschaft mit meiner Geschichte steckte weiter oben in meinem Zopf. Vielleicht lag es an dem Band, das Santicló mir geschenkt hatte, als ich so jämmerlich beisammen gewesen war, was weiß ich. Jedenfalls hatte ich von einem Augenblick auf den anderen beschlossen, die zweite Nachricht nicht fallen zu lassen. Ich konnte es einfach nicht riskieren, meinen Freund in Gefahr zu bringen.

Was Minerva angeht, so habe ich mein Wort ihr gegenüber gehalten. Ich habe getan, was *ich* für richtig hielt. Aber ich glaube, ich werde noch warten und ihr irgendwann einmal erzählen, was *genau* das war.

Sonntag nachmittag, 7. August –
später findet bei uns eine kleine Party statt
Man hat uns gesagt, wir sollen uns bereithalten, denn wir würden morgen entlassen!
Von den Männern wird allerdings keiner freigelassen, nur wir Frauen. Eine edelmütige Geste, um die OAS zu beeindrucken, vermutet Minerva.
Ich hatte solche Angst, ihr Hochmut könnte uns wieder einen Strich durch die Rechnung machen, aber diesmal hat sie es akzeptiert, weil es sich nicht um eine Begnadigung, sondern um eine Entlassung handelt.
Ich glaube, Minerva steht nun selbst kurz vor dem Zusammenbruch. Sie benimmt sich in letzter Zeit so seltsam. Manchmal fährt sie abrupt zu mir herum und sagt »Was?«, als hätte ich sie etwas gefragt. Manchmal wandert ihre Hand an die Brust, als wollte sie sich vergewissern, ob ihr Herz noch schlägt. Ich bin froh, daß wir bald hier raus sind.
Es tut mir nur weh, wenn ich an die denke, die ich zurücklasse. Jedesmal wenn ich Magdalena sehe, muß ich den Blick abwenden. »Ich habe so viel von dir gelernt«, habe ich zu ihr gesagt. »Das war die wichtigste Erfahrung in meinem Leben.«
Bestimmt fange ich an zu heulen, bevor die Party überhaupt angefangen hat.

Spät nachts
Das Mondlicht strömt durch unser kleines Fenster. Ich kann nicht schlafen. Also setze ich mich in meiner Koje auf, mache meinen letzten Eintrag auf den noch übriggebliebenen Seiten meines Tagebuchs und schluchze leise vor mich hin, wie man es im Gefängnis lernt, um den Kummer der anderen nicht noch zu verstärken.
Der Abschied macht mich traurig. Ja, so komisch es auch klingt – das hier ist mein Zuhause geworden, und die anderen Mädchen sind für mich wie Schwestern. Ich kann mir überhaupt nicht mehr vorstellen, ohne sie still und einsam vor mich hin zu leben.

Doch dann sage ich mir, daß die Verbindung fortbestehen wird. Sie bricht nicht ab, nur weil ich weggehe. Und ich fange an, die Revolution ganz neu zu begreifen.
Bei unserer »Abschiedsparty« lasse ich es darauf ankommen, daß Dinorah mich verpetzt, und bitte alle, etwas in mein Buch zu schreiben wie in ein Poesiealbum. Einigen von ihnen habe ich selbst beigebracht, den Namen zu schreiben, und deshalb ist es ein richtiges Andenken an meine Zeit hier.
Das Buch wird Santicló für mich hinausschmuggeln. Vor unserer Entlassung werden wir bestimmt gründlich durchsucht.
Wir lassen unseren kleinen Vorrat an Zuckerwürfeln, Keksen und Erdnüssen herumgehen. Ich habe noch ein paar Schokoladenriegel und schneide sie in dünne Scheiben. Sogar Dinorah steuert etwas Guajavapaste bei, die sie gehortet hat. Dann schauen wir uns alle an, und tiefempfundene Trauer macht sich zwischen uns breit. Minerva setzt an, um etwas zu sagen, aber sie bringt kein Wort heraus. Also schließen wir uns eine nach der anderen in die Arme und wünschen uns zum Abschied alles Gute.

An das wegen Menschenrechtsverletzungen ermittelnde Komitee der OAS.
Der folgende Tagebucheintrag schildert, was mir, einer weiblichen politischen Gefangenen, in La 40 am Montag, den 11. April widerfahren ist. Meinen Namen möchte ich lieber nicht bekanntgeben. Auch habe ich einige andere Namen unleserlich gemacht aus Angst, unschuldige Menschen in Schwierigkeiten zu bringen.
Bitte lassen Sie diesen Ausschnitt nicht in der Zeitung abdrucken, denn mir liegt daran, daß meine Privatsphäre gewahrt wird.

Als sie mich heute morgen holten, dachte ich, ich würde zum Verhör in den Aufenthaltsraum der Wärter gebracht.
Doch statt dessen führte mich der Blutige Juan die Treppen hinunter und nach draußen. Ein Polizeitransporter erwartete uns. Da begriff ich, wohin man mich bringen würde.

Die ganze Fahrt über schaute ich aus dem Fenster in der Hoffnung, daß mich jemand sah, der mich kannte und der meiner Familie berichtete, er habe mich in einem Polizeitransporter auf dem Weg nach La 40 gesehen. Wie unschuldig die Sonne schien! Und wie die Leute durch die Gegend spazierten, als gäbe es arme Seelen wie mich in einer so schlimmen Lage überhaupt nicht!

Ich versuchte herauszukriegen, warum man mich nach La 40 brachte. Aber der Blutige Juan war noch nie sehr auskunftsfreudig.

Als wir La 40 erreichten, zitterte ich so stark, daß ich nicht selbst aus dem Wagen steigen konnte. Sie mußten mich wie einen Sack Bohnen tragen, und ich schämte mich.

Ein paar von ihnen warteten im Verhörzimmer schon auf uns: der große dicke Johnny mit seinem Hitler-Schnurrbart; der mit dem lockigen Haar, den sie Cándido nennen; und ein Kerl mit Glupschaugen, der die ganze Zeit die Fingerknöchel knacken ließ, was sich anhörte wie brechende Knochen.

Sie rissen mir bis auf Unterhose und Büstenhalter die Kleider vom Leib und legten mich auf einen langen Tisch aus Metall, schlossen aber die Gurte nicht, die zu beiden Seiten herabhingen. Noch nie hatte ich so schreckliche Angst. Meine Brust verkrampfte sich so sehr, daß ich kaum atmen konnte.

Johnny sagte: »He, du hübsches Ding, reg dich doch nicht so auf.«

»Wir tun dir schon nichts zuleide«, sagte der, den sie Cándido nennen.

Darauf zitterte ich nur um so mehr.

Als die Tür aufging und ▪ hereingeführt wurde, erkannte ich ihn nicht gleich. Er sah aus wie ein wandelndes Skelett, ohne Hemd und den Rücken mit Blasen so groß wie Zehncentstücke übersät.

Ich fuhr in die Höhe, aber der Blutige Juan drückte mich zurück auf den Tisch.

»Du bleibst schön ruhig liegen, als würdest du ihn im Bett erwarten«, sagte Glupschauge. Und dann machte er noch eine grobe Bemerkung darüber, was Folter an bestimmten Körperorganen anrichten könne.

»Halt den Mund!« fuhr Johnny ihn an.

»Was wollt ihr von ihr?« rief ■. Ich sah ihm an, daß er Angst hatte.

»Sie soll uns dabei helfen, dich zu überreden«, sagte Johnny mit einer Stimme, die für diesen schauerlichen Ort viel zu ruhig und bedächtig klang.

»Sie hat damit nichts zu tun!« schrie ■.

»Willst du damit sagen, du hast es dir anders überlegt?« fragte Johnny.

Aber ■ blieb standhaft. »Ich sage kein Wort mehr, wenn ihr sie nicht gehen laßt.«

Da versetzte ihm Glupschauge mit der Faust einen so kräftigen Schlag, daß er zu Boden ging. »Du Abschaum wagst es, dem Hauptmann Vorschriften zu machen!« Gemeinsam fielen sie über ■ her und traten nach ihm, bis er sich vor Schmerzen auf dem Boden wand.

Ich schrie sie an, sie sollten aufhören. Mir war, als würde mein eigener Bauch mit Füßen getreten, und in diesem Augenblick setzten Schmerzen so heftig wie die Wehen ein.

Da fragte mich Johnny, ob ich ■ nicht überreden könnte. Schließlich hätten auch ■, ■, ■, ■ und ■ es sich anders überlegt.

Ich war versucht zu sagen, *Ay,* ■, rette dich und rette uns. Aber ich brachte es nicht über mich. Es wäre der sicherste Weg gewesen, uns ins Jenseits zu befördern.

Also sagte ich zu diesen Monstern, ich würde von ■ nie verlangen, etwas gegen sein Gewissen zu tun.

»Die ist genauso stur wie er«, sagte der, den sie Cándido nennen. »Dann müssen wir eben härtere Methoden anwenden, um euch zu überzeugen.«

»Sieht so aus«, sagte Johnny. »Schnallt sie an.«

Glupschauge stellte sich mit einem Metallstab vor mich hin, an dessen oberem Ende sich ein kleiner Schalter befand. Als er mich damit berührte, bäumte sich mein Körper auf, so entsetzlich war der Schmerz. Mir war, als würde sich mein Geist von meinem Körper lösen und über mir schweben, um die Szene von oben zu betrachten. Gerade wollte er sich in einem grellen Lichtnebel verflüchtigen, da schrie ■: »Ich tue es, ich tue es!«

Mein Geist wurde wieder in meinen Körper hineingesogen wie Wasser in einen Strudel.

Ich erinnere mich noch, daß ■ meinen Namen rief und brüllte: »Sag ihnen, daß ich es tun mußte!« Dann wurde er fortgezerrt.

Die Aufregung hatte Johnny offensichtlich die Laune verdorben. »Schafft ihn raus!« befahl er. Und zum Blutigen Juan gewandt: »Zieh sie an und bring sie zurück.«

Ich blieb mit einer Handvoll Wärter allein im Raum zurück. Ich merkte ihnen an, daß sie sich schämten, denn sie mieden meinen Blick und verhielten sich so still, als wäre Johnny noch immer da. Der Blutige Juan hob meine Kleider auf, aber ich ließ mir beim Anziehen nicht von ihm helfen und ging hinaus zum Wagen – auf meinen eigenen Beinen.

— 12 —

Minerva
August bis 25. November 1960

Hausarrest
August bis September

Mein Leben lang hatte ich versucht, von zu Hause wegzukommen. Papá hatte immer darüber geklagt und behauptet, von seinen vier Mädchen hätte ich eigentlich ein Junge werden sollen, dazu geboren, mich früh abzunabeln. Zuerst wollte ich ins Internat, dann auf die Universität. Als Manolo und ich die Untergrundbewegung gründeten, reiste ich zwischen Monte Cristi und Salcedo hin und her, um die einzelnen Zellen miteinander zu verknüpfen. Ich konnte den Gedanken nicht ertragen, ein Leben zu führen, in dem ich mich eingesperrt fühlte, egal, was für ein Leben das war.

Als wir im August freigelassen und unter Hausarrest gestellt wurden, hätte man meinen können, das wäre für mich genau die richtige Strafe gewesen. Aber ehrlich gesagt fühlte ich mich, als hätte man mir mein Urteil auf einem Silbertablett serviert. Damals wünschte ich mir nichts sehnlicher, als mit meinen Schwestern und Mamá zu Hause zu bleiben und unsere Kinder großzuziehen.

Ich brauchte Wochen, um mich zu Hause einzugewöhnen.

Nach sieben Monaten im Gefängnis, davon lange Zeit in Einzelhaft, fühlte ich mich daheim schlichtweg überlastet: Hier das klingelnde Telefon; dort ein Besucher, der vorbeischaute (mit Peñas Erlaubnis, versteht sich); Peña selbst, der vorbeikam, um sich den Besucher genauer anzusehen; Don Bernardo mit Guajaven von seinem Baum; Zimmer, in die man hinein- und aus denen man wieder hinausgehen konnte; quengelnde Kinder, denen die Schnürsenkel gebunden werden mußten; wieder das klingelnde Telefon; wohin mit der geronnenen Milch?

Am hellichten Tag, wenn ich eigentlich hätte draußen sein sollen, um Sonne zu tanken und meine geschundenen Lungen mit guter Landluft vollzusaugen, suchte ich die Abgeschiedenheit meines Schlafzimmers, zog das Kleid aus, deckte mich zu und beobachtete durch die kaum geöffneten Jalousien, wie die Sonne die Blätter mit ihrem Licht sprenkelte.

Doch während ich dort lag, spielte mein Kopf verrückt, und wieder war ich überlastet. Bruchstücke und Fetzen aus der Vergangenheit stiegen in der Wassersuppe meiner Erinnerungen auf – Lío, der mir erklärte, wie man den Volleyball zu schlagen hatte, damit er einen Bogen beschrieb; der prasselnde Regen auf dem Weg zu Papás Beerdigung; meine Hand, wie sie auf Trujillos Gesicht niedergeht; der Arzt, der meiner neugeborenen Tochter mit einem Klaps zum ersten Atemzug verhilft.

Entsetzt darüber, was in mir vorging, fuhr ich in die Höhe. Im Gefängnis war ich so viel stärker und mutiger gewesen! Hier, zu Hause, fiel ich ganz langsam in mich zusammen.

Vielleicht bin ich auch nur reif für ein neues Leben, und das ist der Anfang, überlegte ich, während ich mich wieder hinlegte.

Allmählich gelangte ich wieder zu Kräften und nahm am Leben in unserem Haushalt teil.

Wir hatten alle kein Geld, und der immer mehr schrumpfende Ertrag des *rancho* mußte mächtig gestreckt werden, um fünf Familien zu ernähren. Also verlegten wir uns darauf,

Taufkleidung für Kinder herzustellen. Ich übernahm die einfachen Stickarbeiten und das Säumen.

Meine Lungenentzündung besserte sich. Der Appetit kehrte wieder, und nach und nach erlangte ich das Gewicht zurück, das ich im Gefängnis verloren hatte. Ich konnte wieder meine alten Kleider tragen, die Doña Fefita mir aus Monte Cristi mitgebracht hatte.

Und dann gab es da natürlich meine Kinder. Sie waren wundervoll. Manchmal fiel ich regelrecht über sie her und überschüttete sie mit Küssen. »Mami!« kreischten sie dann. Wie herrlich, wieder Mami genannt zu werden, ihre Ärmchen um den Hals zu haben, ihren gesunden, zarten Atem im Gesicht zu spüren.

Und die Feldbohnen – waren sie schon immer so bunt gewesen? »Halt, halt, halt!« rief ich, bevor Fela sie ins Wasser tauchte. Ich nahm eine Handvoll und ließ sie zurück in den Topf rieseln, nur um das leise Klackern zu hören. Ich mußte alles berühren, alles probieren. Ich wollte alles in mein Leben zurückholen.

Doch manchmal warf mich ein in einer bestimmten Neigung einfallender Lichtstrahl zurück, denn genau so war das Licht zur selben Tageszeit auf den Boden unter meiner Koje in der oberen Reihe gefallen.

Und einmal bekam Minou ein Stück Rohr in die Finger und zog es ratternd am Geländer der *galería* entlang. Es war genau das gleiche Geräusch, das die Wärter im Gefängnis erzeugt hatten, indem sie die Gummiknüppel über die Gitterstangen zogen. Ich lief hinaus, entriß Minou das Rohr und schrie »Nein!«. Meine arme kleine Tochter brach in Tränen aus, weil ihr der erschrockene Klang in meiner Stimme angst machte.

Doch auch solche Erinnerungen verblaßten mit der Zeit. Aus ihnen entstanden Geschichten, und jeder wollte sie hören. Mate und ich konnten alle Hausbewohner stundenlang unterhalten, indem wir wieder und wieder von den erlittenen Schrecken erzählten und ihnen so die Schärfe nahmen.

Zweimal in der Woche hatten wir Ausgang: donnerstags, um unsere Männer in La Victoria zu besuchen, und sonntags, um in die Kirche zu gehen. Aber obwohl es mir erlaubt war, das Haus zu verlassen, hatte ich Angst davor. Sobald wir auf die Straße hinaustraten, fing mein Herz wie wild zu klopfen an und mein Atem ging flach.

Die weiten, freien Ausblicke bedrückten mich ebenso wie das Gefühl, all den Menschen ausgeliefert zu sein, die sich von allen

Seiten an mich drängten, um mich zu berühren, mich zu grüßen, mir alles Gute zu wünschen. Selbst in der Kirche, in den Augenblicken der inneren Einkehr während der Heiligen Kommunion, beugte sich Pater Gabriel zu mir herab und flüsterte mir zu: »¡Viva la Mariposa!«

Die monatelange Haft hatte mir den Status eines Übermenschen verliehen. Es hätte sich also kaum geschickt, wenn ich, nachdem ich unseren Diktator herausgefordert hatte, plötzlich bei der Kommunion vorne am Altar einen Nervenzusammenbruch bekommen hätte.

Ich verbarg meine Ängste und zeigte der Welt ein strahlendes Lächeln. Wenn die anderen gewußt hätten, wie schwach ihre Heldin mit dem eisernen Willen war! Und wieviel Überwindung kostete es, diese schwerste aller Rollen zu spielen und so zu tun, als wäre ich wieder die alte!

Meine besten Auftritte behielt ich mir für Peñas Besuche vor. Er kam oft, um unseren Hausarrest zu überwachen. Die Kinder hatten sich so an sein Krötengesicht und seine Grapschhände gewöhnt, daß sie ihn bald Tío Capitán nannten und ihn baten, ob sie seine Waffe halten oder bei ihm auf dem »Kniepferd« reiten durften.

Ich dagegen konnte mich nicht an ihn gewöhnen. Jedesmal wenn sein großer weißer Mercedes in unsere schmale Auffahrt einbog, lief ich ins Schlafzimmer und machte die Tür zu, um mir Zeit zu geben, mein Ich-bin-wieder-die-alte-Gesicht aufzusetzen.

Schon im nächsten Augenblick wurde jemand geschickt, um mich zu holen. »Es ist Peña. Du mußt kommen!« Sogar Mamá, die sich einst geweigert hatte, ihn zu empfangen, schmierte ihm nun bei jedem seiner Besuche Honig um den Bart. Schließlich hatte er dafür gesorgt, daß sie ihre Kinder zurückbekam.

Eines Nachmittags war ich vorne im Garten und stutzte den Lorbeer. Manolito »half« mir: Erst schnitt ich die Zweige so ab, daß sie nur noch wie an einem Faden hingen, dann hob ich ihn hoch, damit er sie ganz abriß. Von seinem Platz auf meiner Schulter berichtete er mir alles, was er auf der Straße sah. »Tíos Auto!« rief er plötzlich, und da sah ich auch schon durch ein Loch in der Hecke etwas Weißes aufblitzen. Es war zu spät, um mich für meinen Auftritt zu rüsten. Unverzüglich ging ich zum überdachten Parkplatz, um ihn zu empfangen.

»Was für ein seltenes Glück, Doña Minerva! Bei meinen letzten Besuchen haben Sie sich nicht wohlgefühlt.« Mit anderen Worten: Mir ist Ihre Unhöflichkeit nicht entgangen. Es wird alles in den Akten vermerkt. »Offensichtlich geht es Ihnen besser«, stellte er fest, und es klang nicht wie eine Frage.

»Ich hab Ihr Auto gesehen, ich hab Ihr Auto gesehen«, sang Manolito.

»Manolito, mein Kleiner, du hast gute Augen. Männer wie dich könnten wir beim SIM brauchen.«

Gott bewahre, dachte ich.

»Meine Damen, wie schön, daß Sie alle hier sind«, bemerkte Peña, nachdem Mate und Patria zu uns in den Patio gekommen waren. Auch Dedé war mit ihrer Gartenschere angerückt, um sich die Hecke vorzunehmen und zugleich ein Auge auf »alles« zu haben. Jedesmal wenn ihr etwas an meinem Tonfall nicht gefiel, schnippelte sie so heftig an der Dornenhecke herum, daß Blätter und Blüten nur so durch die Luft wirbelten.

Zum x-ten Mal erinnerte uns Peña daran, wie glücklich wir uns schätzen durften, war unsere fünfjährige Haft doch in Hausarrest umgewandelt worden und hatten wir statt der strengen Bestimmungen im Gefängnis nur ein paar Regeln zu beachten. (Wir nannten sie Peñas Gebote.) Er bleute sie uns bei jedem seiner Besuche von neuem ein: Keine Ausflüge, keine Besucher, keinen Kontakt mit anderen politischen Häftlingen. Ausnahmen nur mit seiner Erlaubnis. »Klar?«

Wir nickten. Ich spielte mit dem Gedanken, den Besen zu holen und vor die Haustür zu stellen – auf dem Land ein eindeutiges Zeichen dafür, daß der Besuch nun gehen sollte.

Peña tauchte die in seinem Drink schwimmenden Eiswürfel mit einem dicken Finger unter. Heute war er offenbar nicht nur gekommen, um uns seine Regeln in Erinnerung zu bringen. »El Jefe hat unsere Provinz schon seit längerem nicht mehr besucht«, begann er.

Kein Wunder, dachte ich. Von den meisten Familien in Salcedo saß mindestens ein Sohn, eine Tochter oder deren Ehemann im Gefängnis.

»Wir versuchen, ihn zu einem Besuch zu bewegen, und deshalb schreiben ihm alle loyalen Bewohner der Gegend einen Brief.«

Schnipp schnipp machte Dedés Heckenschere, als wollte sie alle Gedanken, die mir womöglich durch den Kopf gingen, umgehend ausmerzen.

»El Jefe hat sich euch Mädchen gegenüber äußerst nachsichtig erwiesen. Es wäre nett, wenn ihr einen Brief an ihn schreiben und ihm für seine Milde danken würdet.«

Er warf mir und Mate einen flüchtigen Blick zu und ließ die Augen schließlich auf Patria ruhen. Aus den Gesichtern, die wir machten, wurde er nicht schlau. Die arme Dedé, die sich nervös durch den Patio bis zu uns hingearbeitet hatte und nun dabei war, die Pflanzen zum zweitenmal zu gießen, sagte ja, das wäre klug. »Ich meine nett«, berichtigte sie sich rasch. Patria, Mate und ich senkten den Kopf, damit er unser Grinsen nicht sah.

Kaum war Peña weg, gerieten wir uns in die Haare. Die anderen wollten seinem Rat folgen und den verdammten Brief schreiben, aber ich war dagegen. Trujillo dafür zu danken, daß er uns bestraft hatte!

»Was kann ein kurzer Brief schon für Schaden anrichten?« gab Mate zu bedenken. Sie ließ sich von mir schon lange nicht mehr hineinreden.

»Die Leute schauen auf uns, und es ist unsere Pflicht, mit gutem Beispiel voranzugehen!« entfuhr es mir so heftig, daß mich die anderen verdattert ansahen. Mein altes Ich legte sich mächtig ins Zeug.

»Hör mal, Minerva«, wandte Patria ein, »wenn er diesen albernen Brief veröffentlicht, versteht doch jeder, warum wir ihn geschrieben haben.«

»Mach mit, nur dieses eine Mal«, beschwor mich Mate.

Ich mußte an Inmaculada Concepción denken, an damals, als ich mich geweigert hatte, mit meinen Freundinnen vor Trujillo aufzutreten. Ich hatte mich überreden lassen, und um ein Haar wären wir schon damals wegen Sinitas Mordversuch mit Pfeil und Bogen dran gewesen.

Am Ende überzeugte mich Patrias Argument, daß der Brief die Freilassung unserer Männer beschleunigen könnte. Wer weiß, vielleicht erweichte ein Dankesschreiben der Mirabal-Schwestern El Jefes Herz.

»Herz?« Ich zog eine Grimasse, und als wir uns hinsetzten, um uns an die Arbeit zu machen, stellte ich noch einmal klipp und klar fest: »Das verstößt gegen meine Prinzipien.«

»Ein bißchen weniger Prinzipien und mehr gesunder Menschenverstand könnte nicht schaden«, murmelte Dedé, aber ohne einen feindseligen Unterton in der Stimme. Ich glaube, sie war erleichtert, daß sie in mir wieder einen Funken der alten Minerva aufblitzen sah.

Danach fühlte ich mich ganz elend. »Wir müssen etwas unternehmen«, sagte ich immer wieder leise vor mich hin.

»Immer mit der Ruhe, Minerva. Hier, schau mal«, sagte Dedé und nahm das Buch über Gandhi aus dem Regal. Elsa hatte es mir nach der Entlassung geschenkt, um mir zu zeigen, daß man auch mit Passivität und Sanftmut eine Revolution durchführen könne, wie sie sagte. Dedé hatte ihr von ganzem Herzen zugestimmt.

Heute zog Gandhi bei mir nicht. Was ich brauchte, war ein Schuß von Fidels feuriger Rhetorik. Er wäre bestimmt derselben Ansicht gewesen wie ich. Wir mußten etwas unternehmen, und zwar bald!

»Wir müssen dieses Kreuz tragen und uns damit abfinden«, sagte Patria.

»Den Teufel müssen wir!« rief ich. Ich schäumte vor Wut.

Bis zum Abend war die Wut verraucht.

Wir lagen bereits im Bett, da hörte ich sie draußen auf der Veranda laut reden. Sie waren überall – dunkle Brillengläser, Hosen mit Bügelfalten, von Pomade glänzendes Haar. Bis in die Nacht hinein blieben sie auf der Straße, dann rückten sie aufs Haus zu wie Nachtfalter, die vom Licht angezogen werden. Sonst legte ich mir immer das Kissen auf den Kopf und schlief nach einer Weile ein, aber in dieser Nacht waren sie einfach nicht zu überhören. Also stand ich auf und machte mir nicht einmal die Mühe, ein Schultertuch übers Nachthemd zu legen.

Dedé fing mich auf dem Weg nach draußen ab. Sie versuchte mich zurückzuhalten, aber obwohl ich noch immer geschwächt war, konnte ich sie mühelos beiseiteschieben. Dedé war eben Dedé, und vom Kämpfen hielt sie nicht viel.

Zwei Agenten des SIM hatten es sich in unseren Schaukelstühlen bequem gemacht. »Compañeros«, sagte ich, und vom Gruß der Revolutionäre überrascht, hörten sie abrupt mit dem Geschaukel auf. »Ich muß Sie leider bitten, leiser zu reden. Sie befinden sich genau unter unseren Schlafzimmerfenstern. Vergessen Sie nicht: Sie sind als Wachen hier, nicht als Gäste.«

Keiner von beiden sagte ein Wort.

»Nun, wenn's sonst nichts gibt ... dann gute Nacht, *compañeros*.«

Als ich mich zur Tür umwandte, rief einer der Männer: »*¡Viva Trujillo!*« – die »patriotische« Art, den Tag zu beginnen und zu beschließen. Aber ich würde den Namen des Teufels in meinem Haus nicht in den Mund nehmen.

Nach einer kurzen Pause, in der sie offenbar abwarteten, ob ich den Gruß erwiderte, rief Dedé im Inneren des Hauses »*¡ Viva Trujillo!*«

»*¡Viva Trujillo!*« schloß sich ihr Mamá an.

Und gleich darauf ließen noch ein paar weitere Stimmen Trujillo hochleben, bis das, was einst Ausdruck ängstlicher Unterwürfigkeit gewesen war, durch schiere Wiederholung und Übertreibung zu einem einzigen Witz wurde. Ich ahnte jedoch, daß die Männer nur darauf warteten, die Loyalitätsbezeugung auch aus meinem Mund zu hören.

»*¡Viva* –« setzte ich an, holte voller Scham tief Luft und sprach den verhaßten Namen aus.

Damit ich nicht wieder einen Tobsuchtsanfall bekam, konfiszierte Mamá das alte Radio. »Was wir wissen müssen, erfahren wir früh genug!« Und damit hatte sie gar nicht so unrecht. Stück für Stück sickerten die neuesten Nachrichten zu uns durch, und manchmal kamen sie von Menschen, von denen wir es am wenigsten erwartet hätten.

Meine alte Freundin Elsa: Sie hatte den Journalisten Roberto Suárez geheiratet, der in den Nationalpalast versetzt worden war. Obwohl er dem Regime kritisch gegenüberstand, schrieb er die blumigen Leitartikel, die man von ihm verlangte. Vor langer Zeit hatte er eines Abends Manolo, mich und Elsa mit Geschichten über Ausrutscher in seiner Laufbahn als Journalist zum Lachen gebracht. Einmal hatte man ihn für drei Tage ins Gefängnis gesteckt, weil er ein Foto abgedruckt hatte, auf dem zwischen dem Saum des Hosenbeins und dem oberen Sockenrand ein Stück von Trujillos nacktem Bein zu sehen war. Ein andermal hatte er einen Druckfehler übersehen, und so hatte es in einem von Robertos Artikeln geheißen, Senator Smathers habe sich im Amerikanischen Kongreß vor versammeltem Haus in einer Elegie statt einer Eloge über Trujillo ergangen. Dafür hatte Roberto einen Monat gesessen.

Ich war fest davon ausgegangen, daß Elsa und Roberto Suárez sich unserer Bewegung anschließen würden. Als Leandro in die Hauptstadt umzog, um die Arbeit der dortigen Zellen zu koordinieren, schickte ich ihn deshalb zu ihnen, weil ich dachte, daß die beiden in Betracht kämen. Er nahm Kontakt mit ihnen auf, und sie erklärten, sie stünden der Bewegung »freundlich« gegenüber, wollten sich ihr aber nicht anschließen.

Jetzt, in dieser harten Zeit, stand mir meine alte Freundin bei. Seit unserer Freilassung im August war Elsa Woche für Woche von der Hauptstadt nach La Vega im Norden gefahren, um ihren betagten Großvater zu besuchen. Einmal hatte sie einen Abstecher nach Santiago gemacht und Peña Honig um den Bart geschmiert (das konnte sie!), bis er ihr erlaubte, mich zu besuchen. Da sie wußte, daß wir materiell in Bedrängnis waren, brachte sie jedesmal Taschen voll »alter« Kleidung mit, die mir allerdings ziemlich neu vorkam. Sie behauptete, nach der Geburt ihrer Kinder sei sie so dick wie eine Kuh geworden, und all die Sachen paßten ihr nicht mehr.

Elsa hatte schon immer übertrieben. Sie hatte eine so gute Figur wie immer – soweit ich das beurteilen konnte. »Aber schau dir doch bitte diese Hüften an, schau dir diese Beine an!« forderte sie mich auf.

Einmal fragte sie mich: »Was hält dich so schlank?« Ihre Augen wanderten voller Anerkennung über meinen Körper.

»Das Gefängnis«, antwortete ich knapp. Von da an kam sie nie wieder auf meine Figur zu sprechen.

Elsa und Roberto besaßen ein Boot, mit dem sie jedes Wochenende hinausfuhren. »Zum Fischen«, flunkerte Elsa. Auf See konnten sie Swan Broadcasts von einer kleinen Insel im Süden von Kuba sowie Radio Rebelde aus Kuba und Radio Rumbos aus Venezuela empfangen. »Da draußen ist die reinste Funkzentrale«, sagte Elsa, die mich bei jedem Besuch mit den neuesten Nachrichten versorgte.

Eines Tages kam sie mit vor Aufregung gerötetem Gesicht zu mir. Sie wollte sich nicht hinsetzen, nicht einmal, um einen ihrer geliebten *pastelitos* zu essen. Es gab wichtige Neuigkeiten, und die machten einen sofortigen Spaziergang im Garten erforderlich. »Was ist los?« fragte ich und faßte sie am Arm, als wir das Beet mit den Flamingoblumen zur Hälfte hinter uns gelassen hatten.

»Die OAS hat Sanktionen verhängt! Kolumbien, Peru, Ecuador, Bolivien und Venezuela« – Elsa zählte sie an den Fingern ab – »ja sogar die Gringos. Alle haben die diplomatischen Beziehungen abgebrochen!« Sie und Roberto waren am Sonntag mit dem Boot draußen gewesen und hatten am Horizont ein amerikanisches Kriegsschiff gesichtet.

»In der Hauptstadt herrscht so eine Stimmung!« Elsa rieb die Hände aneinander. »Roberto meint, nächstes Jahr –«

»Nächstes Jahr!« rief ich beunruhigt aus. »Wer weiß, was bis dahin alles passiert!«

Schweigend gingen wir weiter. Im Hintergrund hörte ich die

Rufe der Kinder, die mit dem großen, hellen Strandball spielten, den ihnen Tía Elsa aus der Hauptstadt mitgebracht hatte.

»Dedé hat mir geraten, dir das alles lieber nicht zu erzählen, aber ich habe zu ihr gesagt, Dedé, es liegt Minerva im Blut. Ich habe ihr von damals erzählt, als du Trujillo fast mit einem Spielzeugpfeil erschossen hättest, weißt du noch? Ich mußte einschreiten und behaupten, das gehörte zu unserem Stück.«

Ich fragte mich, wer von uns beiden die Vergangenheit so retuschiert hatte, daß sie zu unserem jetzigen Leben paßte. »*Ay*, Elsa, ganz so war es aber nicht.«

»Egal. Jedenfalls hat sie mir erzählt, daß du einmal die Kaninchen deines Vaters freigelassen hast, weil du es nicht richtig gefunden hast, daß sie in Käfige eingesperrt sind.«

Diese Geschichte stimmte auch aus meiner Sicht, aber ein Gefühl der Ohnmacht stieg in mir auf, als ich sie hörte.

»Und was ist aus mir geworden?«

»Wie meinst du das? Du hast wieder ein bißchen zugenommen. Du siehst großartig aus!« Sie musterte mich und nickte billigend. »Minerva, Minerva, ich bin so stolz auf dich!«

Wie gern hätte ich in diesem Augenblick meiner alten Freundin das Herz ausgeschüttet, ihr gestanden, daß ich mich nicht mehr als derselbe Mensch fühlte, der ich vor der Gefangenschaft gewesen war, und daß ich mir mein früheres Leben zurückwünschte.

Doch bevor ich etwas sagen konnte, nahm sie meine Hände und flüsterte bewegt: »*¡Viva la Mariposa!*«

Ich schenkte ihr das strahlende, tapfere Lächeln, das auch sie von mir erwartete.

Die guten Nachrichten stimmten uns so fröhlich, daß wir es kaum erwarten konnten, sie am Donnerstag unseren Männern zu überbringen. Am Vorabend waren wir in regelrechter Festtagslaune, während wir uns im Schlafzimmer die Haare auf Wickler drehten, damit sie am nächsten Tag hübsch fielen. Das taten wir den Männern zuliebe jedesmal, auch wenn uns noch so schwer ums Herz war – und sie bemerkten es sogar. Tatsächlich wurden unsere Männer – wir hatten ihre Briefe verglichen – um so romantischer, je länger sie im Gefängnis waren. Patria behauptete, Pedrito, dieser wortkarge, ja fast wortlose Mensch, schreibe Liebesgedichte für sie und rezitiere sie während der Besuchszeiten. Das Peinlichste an der Sache sei, gestand sie, daß ihr dann jedesmal mitten im Gefängnisraum und in Anwesenheit der Wärter gewisse Gefühle kämen.

Dedé beobachtete unsere Vorbereitungen mit Mißfallen. Sie hatte sich angewöhnt, die Nächte vor unseren Gefängnisbesuchen bei uns zu verbringen, angeblich weil sie am nächsten Morgen sowieso schon früh bei Mamá sein mußte, um die Kinder zu übernehmen, sobald wir weg waren. In Wahrheit aber kam sie nur, um uns die Sache auszureden.

»Wenn ihr alle zusammen hinfahrt, fordert ihr einen Unfall geradezu heraus«, sagte Dedé. »Ja, genau das tut ihr.«

Wir wußten alle, was für eine Art Unfall sie meinte. Erst vor einem Monat hatte man Marero am Fuß eines Steilhangs gefunden. Es hieß, er habe anscheinend die Kontrolle über den Wagen verloren.

»Bournigals Fahrer sind sehr verläßlich«, beruhigte Patria sie.

»Überlegt doch mal, wie viele Waisen ihr zurücklassen würdet, wie viele Witwer! Und eine Mutter, die den Rest ihres Lebens *de luto* verbringen würde.« Dedé verstand es wirklich, den Teufel an die Wand zu malen.

Ob aus Nervosität oder was auch immer – jedenfalls brachen wir alle drei in Gelächter aus. Da stand Dedé auf und verkündete, sie wolle jetzt heimgehen. »Komm schon, Dedé«, rief ich ihr nach, während sie auf die Tür zusteuerte. »Es herrscht Ausgangsverbot. Sei vernünftig.«

»Vernünftig!« Ihre Stimme bebte vor Wut. »Wenn ihr glaubt, ich schaue tatenlos zu, wie ihr alle Selbstmord begeht, dann irrt ihr euch.«

Weiter als bis zum Gartentor schaffte sie es nicht. Dort wurde sie vom SIM zurückgeschickt. Sie schlief auf der Couch und sprach am nächsten Morgen beim Frühstück kein Wort mit uns. Als wir ihr zum Abschied einen Kuß geben wollten und sie das Gesicht abwandte, beschloß ich, ihre eigene Waffe, nämlich die Angst, gegen sie einzusetzen. »Komm schon, Dedé! Überleg doch mal, wie leid es dir täte, wenn uns etwas zustoßen würde und du dich nicht von uns verabschiedet hättest.« Sie machte sich ganz steif. Doch als der Fahrer den Motor anließ, kam sie schluchzend zum Auto gelaufen, und aus ihr platzte heraus, was sie am Vorabend weggelassen hatte. »Ich möchte euch nicht verlieren.«

Im Gefängnis herrschte eine gelöste, hoffnungsvolle Stimmung, und im Besuchsraum ging es etwas lauter zu als sonst. Ab und zu hörte man sogar Gelächter. Die Nachricht hatte sich bereits verbreitet: Sanktionen waren verhängt worden, die Gringos machten ihre Botschaft dicht.

Nur Manolo stand den Dingen genauso skeptisch gegenüber wie Dedé. Er wirkte mißmutiger denn je.

»Was ist los?« fragte ich ihn, nachdem der Wärter an uns vorbeigekommen war. »Sind das etwa keine guten Neuigkeiten?«

Er zuckte nur mit den Schultern. Als er jedoch mein besorgtes Gesicht sah, lächelte er, aber ich merkte ihm an, daß er es nur mir zuliebe tat. Erst jetzt fiel mir auf, daß sie ihm vorne ein paar Zähne ausgeschlagen hatten.

»Bald sind wir wieder zu Hause!« Immer wieder versuchte ich ihn aufzuheitern, indem ich ihn an unser kleines Heim in Monte Cristi erinnerte. Die Besitzer, alte Freunde von Manolos Eltern, hatten uns gestattet, unsere Sachen so lange in dem Haus zu lassen, bis sie einen Nachmieter fanden. Seltsamerweise machte es mir Hoffnung, daß unser kleines Haus, das einzige, in dem wir je zusammengelebt hatten, unversehrt war.

Manolo beugte sich zu mir hin und berührte mit den Lippen leicht meine Wangen – ein angedeuteter Kuß, der eine Frage tarnen sollte: »Unsere Zellen – sind sie bereit?«

Das also machte ihm zu schaffen! Er wußte noch nicht, daß uns die Revolution aus den Händen geglitten war. Andere hielten jetzt die Fäden in der Hand.

»Wer?« wollte er wissen.

Ich brachte es kaum über mich, ihm zu gestehen, daß ich es

selbst nicht wußte, weil wir zu Hause bei Mamá von allem völlig abgeschnitten waren. In diesem Augenblick ging der Wärter wieder vorbei, und so erzählte ich Manolo statt dessen von den ausgebackenen Bananescheiben, die wir am Abend zuvor gegessen hatten. »Niemand weiß, wer es ist«, gab ich ihm zu verstehen, indem ich lautlos die Lippen bewegte, als der Wärter weit genug weg war.

Manolo riß die Augen in seinem blassen Gesicht weit auf. »Es könnte eine Falle sein. Finde heraus, wer übrig ist.« Sein Griff verstärkte sich, bis meine Hand gefühllos war, aber um nichts auf der Welt hätte ich ihn gebeten, sie loszulassen.

Wir wurden rund um die Uhr bewacht, unsere Besucher wurden kontrolliert, und sogar die Lebensmittelhändler mußten am Tor ihre Körbe vorzeigen. Wann und wie sollte ich mit wem Kontakt aufnehmen? Und wenn ich es versuchte, würde ich nur noch mehr Menschen in Gefahr bringen.

Aber das war nicht alles. Auch vor Manolo mußte ich Theater spielen. Er ahnte nichts von meinem Doppelleben. Nach außen hin war ich nach wie vor seine ruhige, tapfere *compañera*, aber in mir hatte die Frau die Oberhand gewonnen.

Und so begann mein Kampf mit ihr. Ich kämpfte mit ihr um mein früheres Ich. Oft lag ich spät nachts wach im Bett und dachte: Du mußt die zerrissenen Fäden auflesen und wieder zusammenknüpfen.

Insgeheim hoffte ich, daß der Lauf der Dinge die Angelegenheit ohne mein Zutun regeln würde, und wie alle anderen glaubte auch ich aufrichtig daran, daß die letzten Tage des Regimes angebrochen waren. Überall herrschte Mangel. Trujillo führte sich so verrückt auf wie ein Tier, das in der Falle sitzt. In der Kirche hatte er sturzbetrunken den Kelch gepackt und seinen entsetzten Gefolgsleuten die Kommunion verabreicht. Der Papst dachte an Exkommunizierung.

Jetzt, wo er alle gegen sich hatte und niemanden mehr beeindruckte, brauchte er nicht länger an sich zu halten. Eines Morgens, kurz nachdem die ausländischen Sanktionen in Kraft getreten waren, weckte uns Sirenengeheul auf der Straße. Mit Soldaten beladene Lastwagen donnerten vorbei. Dedé erschien an diesem Morgen nicht, und da sie immer so zuverlässig wie ein Uhrwerk war, wußten wir, daß etwas nicht stimmte.

Tags darauf brachte uns Elsa die Nachricht, auf die wir gewartet hatten, und wir erfuhren, was wir ohnehin befürchtet hatten: Zwei Tage zuvor war eine Gruppe junger Männer nach Einbruch der Dunkelheit durch Santiago gezogen und hatte Flugblätter unter den Türen hindurchgeschoben, die zum Aufstand aufriefen. Sie waren allesamt gefaßt worden.

»Wir werden ihnen die Flausen schon austreiben!« Das war laut Elsa Trujillos Reaktion auf die Verhaftung der jungen Rebellen gewesen.

Am Spätnachmittag kam Peña vorbei. Alle weiteren Besuche in La Victoria wurden bis auf weiteres gestrichen.

»Aber warum?« platzte ich heraus und fügte verbittert hinzu: »Wir haben doch den Brief geschrieben!«

Peña sah mich aus verengten Augenschlitzen an. Fragen, die ihm bewußt machten, daß sich etwas seiner Zuständigkeit entzog, konnte er nicht leiden. »Warum schreiben Sie El Jefe nicht noch einen Brief und verlangen von ihm, daß er es Ihnen selber sagt?«

»Sie ist einfach nur aufgeregt, wie wir alle«, vermittelte Patria. Mit flehentlicher Miene forderte sie mich auf, nett zu Peña zu sein. »Du bist nur aufgeregt, stimmt's, Minerva?«

»Ja, ich bin sehr aufgeregt«, sagte ich und verschränkte die Arme vor der Brust.

Erst Ende September wurde das Besuchsverbot in La Victoria aufgehoben, und wir sahen unsere Männer wieder. Als wir am Morgen die Passierscheine bei Peña abholten, warf er uns einen warnenden Blick zu, aber wir waren alle so erleichtert, daß wir ihn nur anlächelten und uns überschwenglich bedankten. Die ganze Fahrt über nach Süden in einem Leihwagen mit Fahrer waren wir zappelig vor Vorfreude. Mate gab eine Reihe ihrer Lieblingsrätsel zum besten, und wir taten so, als kannten wir sie nicht, um ihr den Spaß zu lassen, sich selbst die Antwort darauf zu geben. Was Adam vorne und Eva hinten gemeinsam haben? Den Buchstaben A. Was man hart hineintut und weich wieder herausholt? Bohnen im Kochwasser. Die Kleine hatte im Gefängnis Geschmack an zotigen Geschichten gefunden.

Unsere Stimmung schlug merklich um, als wir endlich in den altbekannten, dämmerigen Besuchsraum geführt wurden. Die Männer wirkten noch ausgemergelter, und ihre Augen blickten uns aus bleichen Gesichtern verzweifelt entgegen. Inmitten der verstärkten, ständig auf und ab marschierenden Patrouille von *guardias* versuchte ich von Manolo zu erfahren, was los war.

»Für uns ist es aus.« Er umklammerte meine Hände.

»Das darfst du dir nicht einreden. Noch bevor das Jahr um ist, sind wir wieder in unserem kleinen Haus.«

Doch er bestand darauf, Abschied von mir zu nehmen. Er sagte mir, wie groß seine Liebe zu mir sei; was ich den Kindern von ihm ausrichten sollte; was für eine Art Beerdigung er sich wünschte, sollte man mir seinen Leichnam ausliefern; und was für eine Art Gedenkfeier ich abhalten sollte, falls nicht.

»Hör auf!« sagte ich schroff. Mir lag das Herz auf der Zunge. Auf der Heimfahrt weinten wir alle. Wir konnten uns nicht gegenseitig trösten, weil meine Schwestern genauso schlimme Dinge von Pedrito und Leandro vernommen hatten: Nachts würden Männer in kleinen Gruppen aus ihren Zellen geholt und umgebracht.

Der Fahrer, ein Mann in unserem Alter, der uns schon zweimal gefahren hatte, schaute in den Rückspiegel. »Die Schmetterlinge sind heute traurig«, bemerkte er.

Dies bewirkte, daß ich mich aufrecht hinsetzte und die Tränen abwischte. Die Schmetterlinge würden nicht aufgeben. Wir hatten einen Rückschlag erlitten, aber geschlagen waren wir noch nicht.

In den langen Tagen, die nun folgten, rechneten wir jeden Morgen damit, daß Peña mit der schrecklichen Nachricht aufkreuzte. Nun war ich es, die draußen auf der *galería* wartete, um ihn abzufangen. Ich wollte den anderen den schlimmsten Schock ersparen.

Die Stimmung war spürbar umgeschlagen. Der vereitelte Aufstand hatte das ganze Land erneut in Verzweiflung gestürzt. Auch bei uns zu Hause liefen alle mit Gesichtern wie auf einer Beerdigung herum. »Wir dürfen nicht aufgeben«, sagte ich immer wieder.

Die anderen staunten über meine Selbstbeherrschung – und ich auch. Dabei hätte ich mittlerweile eigentlich wissen müssen: Eine Notlage war wie der Schlüssel zu einem Schloß in meinem Inneren. Indem ich alles dafan setzte, unsere Männer aus dem Gefängnis freizubekommen, befreite ich in mir gleichzeitig die alte Minerva.

Die Rettung der Männer
Oktober

Wir sahen, wie sie in ihrem kleinen Volkswagen hinter uns herknatterten. Für sie war es ihr großer Tag, denn sie würden Peña berichten können, wir hätten einen anderen »Politischen« aufgesucht. »Rufino«, sagte ich, »bieg in die Pasteur ein, schnell!«

Rufino war unser Lieblingsfahrer. Jedesmal wenn wir bei Bournigal einen Wagen mieteten, verlangten wir ihn. Seit der Heimfahrt nach unserem letzten Besuch im Gefängnis hatten wir seine unausgesprochene Verbundenheit mit uns gespürt. Noch an diesem Morgen, als Dedé uns besorgt gebeten hatte, lieber zu Hause zu bleiben, hatte Rufino sich eingeschaltet: »A *Dio'*, Doña Dedé, glauben Sie etwa, ich würde zulassen, daß den Schmetterlingen etwas zustößt? Da müssen sie erst mal mich umbringen!«

»Das werden sie auch«, hatte sie leise geantwortet.

Er blickte in den Rückspiegel. »Wir haben sie abgehängt.«

Ich warf einen Blick durch die Heckscheibe, um auf Nummer Sicher zu gehen. Dann drehte ich mich zu meinen Schwestern um, als wollte ich sagen: Seht ihr? Ihr wolltet es mir ja nicht glauben.

»Vielleicht liefern wir ihnen jetzt genau den Vorwand, den sie brauchen.« Mate war den Tränen nahe. Wir kamen von einem Besuch bei unseren Männern. Man hatte zu Leandro und Manolo gesagt, sie würden demnächst einen kleinen Ausflug machen – das sagte man zu allen Gefangenen, bevor sie umgebracht wurden. Sie waren verzweifelt und verbittert, und obwohl sie das Schlafmittel nahmen, das wir hineingeschmuggelt hatten, konnten sie nicht schlafen.

»Sie sind alle in Gottes Hand.« Patria bekreuzigte sich.

»Jetzt hört mir mal zu, ihr beiden! Wir haben eine Ausrede«, erinnerte ich sie. »Delia ist Frauenärztin, und wir haben einen guten Grund, sie zu sprechen: Mate und ich haben seit Monaten unsere Regel nicht bekommen.«

Nervös führte uns Delia in ihre kleine Praxis, und dabei sah sie uns vielsagend an. Bevor ich den Mund aufmachen konnte, legte sie die Hand an die Lippen und zeigte auf die Wand, an der ihre Zeugnisse hingen. Hier konnten wir also nicht miteinander sprechen.

»Wir kommen wegen unserer Menstruation«, fing ich an und suchte die Wand nach der verräterischen kleinen Antenne ab. Egal, wo sie steckte – wir würden dem SIM die Ohren erst mal gehörig mit unseren Frauenproblemen vollquatschen. Delia entspannte sich, weil sie dachte, das sei tatsächlich der Grund, der uns hergeführt hatte, bis ich ein wenig zu unverblümt fragte: »Ist in den alten Zellen überhaupt noch ein bißchen Leben?«

Delia sah mich durchdringend an. »Nein, die Zellen in eurem Organismus sind verkümmert und abgestorben«, antwortete sie knapp. Ich muß sie wohl entsetzt angesehen haben, denn sie schlug einen sanfteren Ton an. »Gut, ein paar von ihnen sind immer noch aktiv, aber es ist entscheidend, daß ständig neue Zellen dazukommen. Ihr müßt eurem Körper ein bißchen Ruhe gönnen, dann wird die Menstruation Anfang nächsten Jahres wieder einsetzen, ihr werdet sehen.«

Nächstes Jahr! Ich streckte die Hand nach dem Rezeptblock auf dem Schreibtisch aus und schrieb Sinas Namen mit einem großen Fragezeichen darauf.

»Weg. Asyl«, schrieb Delia darunter.

Also hatte Sina sich aus unserem Kampf zurückgezogen! Ich erinnerte mich selbst daran, daß ich während der vergangenen zwei Monate unter Hausarrest nichts anderes getan hatte.

Ich schrieb noch sechs Namen von Mitgliedern auf, von denen ich wußte, daß man sie freigelassen hatte. Delia strich einen nach dem anderen aus.

Am Schluß schrieb ich: »Wer ist in unserer Gegend übrig?«

Delia biß sich auf die Lippen. Das ganze Gespräch über hatte sie sich äußerst vorsichtig verhalten, als würden wir nicht nur abgehört, sondern auch beobachtet. Hastig schrieb sie einen Namen auf, hielt ihn uns kurz vor die Augen und riß dann alle beschriebenen Papiere in kleine Fetzen. Sie stand auf zum Zeichen, daß wir nun besser gehen sollten.

Der Name, den Delia uns hingehalten hatte, sagte uns nichts: ein gewisser Dr. Pedro Viñas. Zu Hause fragten wir Mamá nach ihm, und sie ging den gesamten Stammbaum der Viñas durch, um uns am Ende mitzuteilen, sie kenne besagte Person nicht. Das machte uns mißtrauisch, denn ein Fremder in unserer Mitte konnte durchaus ein Spitzel des SIM mit einem erfundenen Namen sein. Doch Don Bernardo zerstreute unsere Zweifel: Dr. Pedro Viñas sei ein Urologe in Santiago, ein sehr guter sogar, der Doña Belén schon des öfteren behandelt hätte. Also griff ich zum Telefon und bat um einen Termin Anfang nächster Woche. Die Frau am anderen Ende der Leitung redete mit mir wie mit einem kleinen Kind. »Was haben wir denn für ein Wehwehchen?«

Rasch überlegte ich, wofür Urologen eigentlich zuständig sind. Die einzigen Ärzte, die ich kannte, waren Delia, Dr. Lavandier und der Arzt in Monte Cristi, der meine Kinder entbunden hatte. »Oh, es ist nur eine Kleinigkeit«, sagte ich ausweichend.

»Aha«, erwiderte sie und gab mir einen Termin.

Nun brauchte ich noch Peñas Erlaubnis. Das war sicher nicht einfach. Am Morgen nach unserem unerlaubten Abstecher war er bei uns zu Hause erschienen. Allein schon daran, daß er die Wagentür zuknallte, erkannten wir, daß wir uns auf etwas gefaßt machen mußten.

Eine volle Minute lang warf er uns Drohungen und Gemeinheiten an den Kopf. Ich setzte mich auf die Hände, als wären sie die Verlängerung meines Mundwerks, und mußte all meine Selbstbeherrschung aufbieten, um diesen Kerl mit seinem dreckigen Maul nicht aus dem Haus zu werfen.

Schließlich beruhigte Peña sich ein wenig und wollte wissen, was wir eigentlich vorgehabt hätten. Dabei sah er mich an, weil ich gewöhnlich für uns sprach.

Aber wir hatten uns abgesprochen: Ich sollte den Mund halten, und Patria, sein Liebling, würde das Wort führen. »Wir mußten eine Ärztin aufsuchen. Es ging um eine private Angelegenheit.«

»*¿Qué mierda privada?*« Peñas Gesicht war so rot, daß wir dachten, es würde platzen.

Patria stieg bei dieser Unflätigkeit die Röte in die Wangen. »Wir mußten mit ihr über ein paar Frauenprobleme reden.«

»Warum habt ihr mich nicht um Erlaubnis gefragt?« sagte Peña, nun schon etwas milder gestimmt. Patria hatte ihn dazu gebracht, sich in einen Schaukelstuhl zu setzen und ein Glas Guanábanasaft anzunehmen – gut für die Nerven, wie Mamá immer sagte. »Ich würde euch doch keinen Arztbesuch verbieten. Aber ihr wißt ganz genau« – er sah mir geradewegs in die Augen –, »daß Delia Santos auf der Liste der politischen Häftlinge steht. Und die Regel lautet klipp und klar: kein Kontakt mit Politischen.«

»Wir haben sie nicht aufgesucht, um mit ihr über Politik zu reden«, protestierte ich. Patria hüstelte, um mich an unsere Abmachung zu erinnern. Aber wenn ich erst einmal in Fahrt geriet, war es schwer, mich zu bremsen. »Aber es freut mich zu hören, *capitán*, daß Sie gegen eine ärztliche Behandlung nichts einzuwenden hätten –«

»Ja«, schaltete sich Patria rasch ein, »Sie sind immer sehr nett zu uns gewesen.« Ich spürte, wie sie mich mit Blicken durchbohrte.

»Man hat mich an Dr. Viñas in Santiago verwiesen –«

»– und du wärst sehr dankbar, wenn der *capitán* so gütig wäre, dir einen Besuch bei diesem Arzt zu erlauben«, sprach Patria für mich weiter und verpackte meine Anfrage in eine kleine Zurechtweisung.

Patria und Mate setzten mich auf dem Weg zu El Gallo vor dem kleinen Haus ab. Ein schwarzer Volkswagen parkte bereits auf der anderen Straßenseite. Kaum zu glauben, daß dies eine Arztpraxis sein sollte, aber es stand auf dem Schild im Fenster. Der Rasen war sehr lang, doch war dies kein Anzeichen für Verwahrlosung und ließ das Grundstück nicht etwa schäbig aussehen, sondern deutete vielmehr auf eine liebevolle Nachlässigkeit hin, so als wollten die Besitzer sagen: Hier ist Platz für alles, sogar für jede Menge Gras.

Wie Patria das mal wieder gedeichselt hatte, war mir ein Rätsel. Mamá sagte immer, Patria könne mit ihrem Schmelz Berge versetzen – und offenbar auch Monster erweichen. Sie hatte Peña nicht nur die Erlaubnis für meinen Arztbesuch entlockt, sondern obendrein für sich selbst und Mate Passierscheine, damit sie unterdessen Einkäufe machen konnten. Unser kleiner Schneiderbetrieb lief gut. Wir arbeiteten bereits an Aufträgen für November, hatten aber erst Mitte Oktober. Nachts konnten wir sowieso nicht schlafen, also nähten wir. Manchmal betete Patria einen Rosenkranz, und dann schlössen wir uns ihr an. Wir nähten und beteten, damit unsere Gedanken nicht auf Abwege gerieten.

Der freundliche Mann, der mich an der Tür empfing, sah eher wie ein Onkel als wie ein Facharzt aus, geschweige denn wie ein Revolutionär. »Wir haben da ein kleines Problem«, kicherte er. Ein paar Hühner hatten sich aus dem Haus nebenan in seine Praxis verirrt, und das Hausmädchen versuchte sie mit dem Besen hinauszuscheuchen. Zur Freude von ein paar Kindern, die allem Anschein nach seine eigenen waren, erlaubte sich Dr. Viñas mit dem Hausmädchen einen Scherz. Er hatte sich ein paar Eier geschnappt und zauberte sie an den ausgefallensten Orten hervor: hinter den Ohren der Kinder, aus seinen Ärmeln, aus dem Kocher zum Sterilisieren der Spritzen. »Seht mal, was die Hennen mir dagelassen haben«, sagte er jedesmal. Die Kinder kreischten vor Entzücken.

Endlich hatten die Hennen das Weite gesucht, und die Kinder wurden zusammen mit dem Mädchen zu ihrer Mamita geschickt, um ihr zu sagen, daß sie für die Señorita einen *cafecito* bringen sollte. Solche Verniedlichungsformen waren zuviel für mich. Du lieber Gott, dachte ich, so weit ist es also mit uns gekommen! Aber kaum hatte Dr. Viñas die Praxistür hinter sich geschlossen, war er wie ausgewechselt, ein ernster, aufmerksamer, sachlicher Mann. Er schien genau zu wissen, wer ich war und was mich zu ihm führte.

»Es ist mir eine Ehre«, sagte er und forderte mich mit einer Handbewegung auf, mich zu setzen. Dann schaltete er die schnarrende Klimaanlage ein – sein Haus sei zwar nicht verwanzt, dessen sei er sich ziemlich sicher, aber für alle Fälle. Wir unterhielten uns im Flüsterton.

»Die Jungs«, setzte ich an. »Wir glauben, daß man sie umbringen will.« Befremdet nahm ich zur Kenntnis, daß ich unsere Männer nun selbst zu Jungen degradierte, weil es hilfloser klang. Schon wieder eine von diesen Verniedlichungen – noch dazu aus meinem Mund!

Dr. Viñas seufzte. »Wir haben unser möglichstes getan. Das Problem war, die Zutaten für das Picknick zu bekommen – « Er sah mich prüfend an, um sich zu vergewissern, ob ich ihn verstand. »Wir waren alle bereit, und von uns aus hätte es losgehen können, aber dann haben die Gringos einen Rückzieher gemacht, und wir standen ohne Ananas da. Einpaar vonden Jungs sind trotzdem losgezogen.« Gestikulierend gab er mir zu verstehen, daß er die Flugblattaktion meinte.

»Warum haben die Gringos einen Rückzieher gemacht?« wollte ich wissen.

»Sie haben kalte Füße gekriegt, aus Angst, wir könnten alle Kommunisten sein. Sie sagen, sie wollen nicht noch einen Fidel. Lieber nehmen sie ein Dutzend Trujillos in Kauf.«

Ich spürte Angst in mir aufsteigen. Also gab es für die Männer keine Rettung! Der Husten, den ich mir im Gefängnis geholt hatte, meldete sich wieder. Dr. Viñas goß eisgekühltes Wasser in einen gläsernen Meßbecher. Als der Hustenreiz sich gelegt hatte, fuhr er fort: »Die Gringos liebäugeln jetzt mit einer anderen Gruppierung.«

Das klang vielversprechend. »Mit den MPD's?«

Dr. Viñas lachte, und für einen Augenblick erkannte ich den Familiendoktor in dem abgeklärten Revolutionär. »Nein, die sind auch Idealisten, und wir Idealisten sind doch allesamt dreckige Kommunisten! Es sind Leute, denen die Gringos mehr vertrauen, eine Handvoll von Trujillos langjährigen Kumpanen, die den Alten satt haben. Ihre einzige Ideologie lautet – na, Sie wissen schon.« Er klopfte sich auf die Taschen.

»Warum sagen Sie dann, daß es noch Hoffnung gibt?«

»Die sollen den alten Mann ruhig stürzen. Danach nehmen wir die Sache in die Hand.« Dr. Viñas grinste, und seine dicken, kleinen Backen hoben die Brille in die Höhe.

»Das war nicht unser ursprünglicher Plan«, gab ich zu bedenken.

»Man muß immer etwas in der Hinterhand haben«, erwiderte er und hob die Linke.

Erst da wurde mir bewußt, daß ich selber die Hände rang und ständig schluckte, damit aus dem Kratzen im Hals nicht ein neuerlicher Hustenanfall wurde. »Können wir denn gar nichts tun?«

Er nickte knapp und entschlossen. »Sie können dafür sorgen, daß wir die Hoffnung nicht verlieren. Sie sind für die anderen ein Vorbild, wie Sie wissen. Das ganze Land blickt auf Sie.«

Als ich das Gesicht verzog, sagte er stirnrunzelnd: »Das meine ich ernst.«

Da klopfte es an der Tür. Wir fuhren zusammen.

»Amorcito«, säuselte eine Stimme. »Ich bringe euch einen kleinen *cafecito*.«

Sie hatte uns wieder, die Welt der Verniedlichungen.

Für Manolo präparierte ich die schlechte Nachricht, indem ich wie bei einem Fisch die Gräten herauszog und ihm nur einen verheißungsvollen Leckerbissen servierte – nämlich, daß die Gringos zusammen mit einer anderen Gruppe darauf hinarbeiteten, die Ziege für das Picknick zu schlachten.

Doch davon wollte Manolo nichts wissen. Seine Züge verhärteten sich. »Das gefällt mir nicht. Zum Schluß reißen die Gringos die Revolution an sich.«

Und unser Land auch, dachte ich, sprach es aber nicht aus. Wozu ihn noch mehr deprimieren? Außerdem war ich an einem

Punkt angelangt, wo mir das egal war. Ich wünschte mir nur verzweifelt, daß Trujillo verschwand. Wie Viñas gesagt hatte: Die Zukunft konnten wir danach in die Hand nehmen.

»Sag Viñas –« setzte Manolo an.

Ich rollte mit den Augen, um ihn zu warnen, daß sich der Wärter von hinten näherte. Laut sagte ich: »Die Kinder vermissen dich so sehr! Neulich habe ich sie gefragt, was sie sich zum Tag des Wohltäters wünschen, und sie haben gesagt: ›Hol Papi nach Hause!‹ – Manolo?« Er hörte mir schon nicht mehr zu. Seine Augen hatten den entrückten Ausdruck angenommen, den ich an mir selbst aus der an diesem schrecklichen Ort verbrachten Zeit kannte.

Ich berührte sein Gesicht, um ihn zurückzuholen. »*Mi amor*, denk daran, bald, bald ... in Monte Cristi.« Ich summte das Lied.

»Singen ist verboten!« schnauzte der Wärter. Er war vor uns stehengeblieben.

»Tut mir leid, Herr Soldat.« Unter dem Mützenrand erkannte ich Schönhaar. Ich nickte ihm zu, aber seine Augen waren kalt und ausdruckslos, als würde er mich nicht kennen. »Wir haben uns nur gerade verabschiedet.«

An diesem Tag fiel unser Gespräch kürzer als sonst aus, weil ich meine zwanzig Minuten mit Manolos Mutter teilte, die von Monte Cristi gekommen war. Kurz bevor ich die Treppe hinaufgegangen war, hatten wir im Büro des Aufsehers ein paar Worte gewechselt. Sie hatte eine Überraschung für mich, die sie mir später mitteilen wollte.

Während ich im Auto auf die anderen wartete, hörte ich leise Musik im Radio. (Das war verboten.) Allein die Tatsache, daß ich mich im Gefängnishof befand, ließ die alte Panik in Wellen in mir hochschlagen. Zur Ablenkung spielte ich an den Radioknöpfen herum und hoffte, daß Rufino bald zurückkam, damit ich mit jemandem reden konnte. Er machte eine Runde und verteilte die Zigaretten und Pesos, die wir den Wärtern jedesmal mitbrachten, damit sie unsere Gefangenen gut behandelten.

Die Besucher traten einer nach dem anderen aus der großen Eingangstür, nachdem sie die Kontrolle passiert hatten. Kurz darauf erschien auch Doña Fefita, Weinend und von Mate und Patria gestützt. Mir sank der Mut, als ich daran dachte, wie deprimiert Manolo heute gewesen war.

Ich lief ihnen entgegen. »Was ist los?«

Mate und Patria zuckten nur mit den Achseln – sie wußten es nicht –, und bevor Doña Fefita etwas sagen konnte, riefen uns die Wachen zu, wir sollten gefälligst weitergehen.

»Versammlungen« waren im Gefängnishof verboten, und deshalb fuhren wir mit den beiden Wagen die Straße ein Stück hinunter und hielten an. Doña Fefita brach wieder in Tränen aus, als sie erzählte, was passiert war. Sie hatte es so einrichten können, daß sie das kleine Haus kaufen konnte, in dem Manolo und ich gewohnt hatten. Doch statt sich darüber zu freuen, hatte Manolo sie barsch angefahren: Ob sie noch nicht begriffen habe, daß er – wenn überhaupt – in einer Holzkiste nach Hause käme?

Mir wurden die Knie weich, aber ich durfte den anderen nicht zeigen, wie verheerend es in mir selbst aussah. »Er ist einfach am Ende seiner Kräfte, Doña Fefita. An so einem Ort –« Ich warf einen Blick über die Schulter.

Meine Schwestern kamen mir bei meinem Tröstungsversuch zu Hilfe. »Wir müssen tapfer sein, allein schon den Männern zuliebe.« Unsere Augen trafen sich, aber der Blick, den wir wechselten, war alles andere als zuversichtlich.

Nach einer Weile beruhigte sich Doña Fefita. »Soll ich es kaufen oder nicht, Minerva? Was meinst du?«

Es wäre mir schwergefallen, ohne Manolos Zustimmung zu handeln. Wir hatten bisher immer alle Entscheidungen gemeinsam getroffen. »Vielleicht ... vielleicht solltest du noch warten.«

Als sie das Zögern in meiner Stimme hörte, fuhr sie entschlossen fort: »Ich nehme es auf meine Kappe. Ihr sollt einen Ort haben, wo ihr hinkönnt, wenn alles vorbei ist.«

Sie sprach mir aus der Seele. Ein Ort, wo wir hinkonnten, sobald alles vorbei war!

Aber aus der großzügigen Geste wurde nichts. Wenig später wurde mir mitgeteilt, ich solle unsere Habe aus dem Haus entfernen. Der SIM beabsichtige, in Monte Cristi ein neues Büro einzurichten.

Also machten Dedé und ich uns am Montag morgen auf den Weg, um der Aufforderung nachzukommen. Rufino fuhr uns, weil Jaimito, dem es an Arbeitskräften mangelte, keine Zeit hatte und sich um die Kakaoernte kümmern mußte. Er war zwar dagegen, daß Dedé mich begleitete, aber sie hatte gesagt, sie könne nicht zulassen, daß ich unseren Hausstand alleine auflöste. Mittwoch nachmittag wollten wir rechtzeitig zurück sein, damit ich am nächsten Tag mit Mate und Patria nach La Victoria fahren konnte. Ach, wie geschäftig doch so ein Leben unter Hausarrest sein kann! Peña hatte mir die Genehmigung für die Fahrt nach Monte Cristi sofort erteilt. Schließlich wußte er als Leiter der nördlichen Abteilung des SIM genau, weshalb unser ehemaliges Heim ausgeräumt werden mußte. Wahrscheinlich steckte er selber hinter der Sache.

Die Fahrt nach Norden erwies sich als einer jener lichten Augenblicke, die es selbst in den finstersten Zeiten gibt. Die Niedergeschlagenheit fiel von mir ab, als wären wir im Urlaub. Ich hatte nicht viel Zeit mit Dedé allein verbracht, seit wir wohlbehütet zusammen in Ojo de Agua gelebt hatten, zwei junge Mädchen, die darauf warteten, daß ihr Leben richtig begann.

Daß sie all ihren Mut hatte aufbieten müssen, um mitzukommen, erkannte ich daran, daß sie immer wieder nach hinten blickte, seit wir auf der wenig befahrenen Fernstraße waren. Aber ihre Unruhe legte sich bald. Sie gab sich lebhaft und gesprächig, als wollte sie von dem traurigen Anlaß ablenken, aus dem wir unterwegs waren.

»Rufino«, sagte ich. »Würde Dedé nicht eine großartige *gavillera* abgeben?« Wir hatten gerade einen Pfeifwettbewerb durchgeführt, und Dedé hatte ihn mit einem schrillen Triller gewonnen.

»Eine *gavillera*? Ich? Bist du verrückt?« Dedé lachte. »Ich würde es in den Bergen nicht einen Tag aushalten, sondern mit den gutaussehenden Gringos anbändeln.«

»Gutaussehende Gringos? ¡*Mujer!*« Ich schnitt eine Grimasse, weil ich daran denken mußte, wie sie Viñas und seine Leute im

Stich gelassen hatten. »Sie sehen aus, als hätte man sie in einen Kübel mit Bleiche gesteckt und dort vergessen. Dasselbe gilt für ihr Temperament!«

»Was weißt du schon von ihrem Temperament?« fragte mich Dedé herausfordernd. »Du hast doch noch nie einen Gringo kennengelernt! Oder hast du mir etwas verschwiegen, meine Liebe?« Sie machte mit den Schultern eine Bewegung, als würde sie einen schmissigen Shimmy tanzen. Rufino schaute weg.

»Warum lassen wir nicht Rufino entscheiden?« schlug ich vor. »Was meinst du, Rufino? Sehen die Gringos gut aus?«

Er lächelte, und die Furchen neben seinen Mundwinkeln vertieften sich. »Als Mann kann man nicht beurteilen, ob ein anderer Mann gut aussieht«, sagte er nach kurzem Überlegen.

Da er sich nicht festlegen wollte, brachte ich seine Frau ins Spiel. »Findet Delisa die Gringos gutaussehend?«

Sein Unterkiefer verkrampfte sich. »Sie soll lieber auf sich selbst achten!«

Dedé und ich sahen uns grinsend an.

Ich war glücklich, daß ich sie gebeten hatte mitzukommen. Jetzt würde sie selber sehen, daß ihre Ängste unbegründet waren. Auf den Straßen wimmelte es nicht von Mördern. So unglaublich es uns trotz all der Sorgen vorkam – der wunderbare Alltag ging auch ohne uns weiter. Ein *campesino* und sein schwer mit Holzkohle beladener Esel; ein Lastwagen, auf dessen Ladefläche kichernde Mädchen saßen, die uns zuwinkten; und dort drüben, unter dem blauen Himmel, das türkisfarbene Meer mit seinem zu Ferien einladenden Glitzern.

Plötzlich geschah etwas, das uns in unserer Sorglosigkeit völlig unbegreiflich war: Wir erblickten nach einer Kurve ein quer auf der Straße stehendes Auto. Rufino stieg so heftig auf die Bremse, daß Dedé und ich gegeneinandergeschleudert wurden. Fünf *calies* mit dunklen Brillen umstellten den Pickup und befahlen uns, das Fahrerhäuschen zu verlassen.

Nie werde ich den Schrecken in Dedés Gesicht vergessen, und wie sie nach meiner Hand griff, wie sie, als man uns nach unseren

Namen fragte, antwortete – vor allem das werde ich nie vergessen –: »Mein Name ist Minerva Mirabal.«

In Monte Cristi führte man uns in ein düsteres kleines Wachhaus hinter dem Fort. Nun begriff ich, warum sie ein neues Hauptquartier brauchten. Ein nervöser Mann mit sorgenvollem Blick entschuldigte sich für die Unannehmlichkeiten. Die Eskorte sei eine Vorsichtsmaßnahme gewesen. Es habe sich nämlich herumgesprochen, daß Minerva Mirabal heute in die Stadt kam, und es seien Unruhen zu befürchten.

»Welche von Ihnen ist Minerva Mirabal?« fragte er und musterte uns durch den Qualm seiner Zigarette hindurch. Der kleine Finger seiner linken Hand hatte einen Nagel so lang wie eine Kralle. Ich ertappte mich dabei, wie ich überlegte, wozu er wohl gut war.

»Ich bin Minerva«, sagte ich und sah Dedé fest an. Mir fiel der alte Mann ein, dem ich Jahre zuvor auf dem Amt für vermißte Personen begegnet war. Wenn er allen fünfzehn Söhnen denselben Namen hatte geben können, warum sollte es dann bei den Mirabals nicht zwei Minervas geben?

Unser Gegenüber blickte argwöhnisch von einer zur anderen und wandte sich an Dedé. »Warum haben Sie dann zu meinen Leuten gesagt, Sie seien Minerva?«

Dedé brachte kaum ein Wort heraus. »Ich ... Ich ... Sie ist doch meine kleine Schwester ...«

Von wegen kleine Schwester! Was das Naturell angeht, war ich nie Dedés kleine Schwester gewesen. Das war seit jeher unser großes Problem.

Der Mann sah uns fragend an.

»Sie ist Minerva«, bestätigte Dedé schließlich.

»Sind Sie sicher?« Seine Stimme klang humorlos. Er hatte sich wieder hingesetzt und hantierte nervös mit einem Feuerzeug, das nicht funktionieren wollte. Ich musterte ihn von Kopf bis Fuß und wandte damit eine Taktik an, die ich mir im Gefängnis im Umgang mit meinen Peinigern angeeignet hatte. Ich kam zu dem

Schluß, daß dieser fahrige kleine Mann einzuschüchtern war. Er schien so verkrampft.

Ich zog den von Peña unterzeichneten Ausweis aus der Handtasche. Als Leiter der nördlichen Abteilung des SIM war er vermutlich der Vorgesetzte dieses Mannes. »Capitán Peña hat diese Fahrt genehmigt. Ich hoffe doch, wir werden ihm von keinerlei Problemen berichten müssen.«

Die zuckenden Augen des armen Mannes erfüllten mich mit Mitleid. Seine eigene Angst war wie ein Fenster, das Einblick in den verrotteten, geschwächten Kern von Trujillos System gewährte. »Keine Probleme, keine Probleme, nur Vorsichtsmaßnahmen!«

Als wir draußen darauf warteten, daß Rufino mit dem Pick-up vorfuhr, sah ich den Mann durch die offene Tür seines Büros, den Telefonhörer schon in der Hand. Wahrscheinlich meldete er Peña unsere Ankunft. Während er mit ihm sprach, kratzte er mit dem kleinen Finger das Schmalz aus seinem Ohr. Irgendwie erleichterte es mich zu wissen, wozu der Fingernagel gut war.

In dem kleinen Haus nahm Dedé die Angelegenheit in die Hand: diese Kartons werden bei Doña Fefita untergestellt; diese nehmen wir mit; diese werden verschenkt. Ich mußte lächeln. Sie war immer noch die alte Dedé, die die Regale im Laden unserer Familie so ordentlich eingeräumt hatte, daß es mir jedesmal leid tat, wenn ich etwas verkaufen mußte.

Jetzt war sie in der »Wohnküche« und klapperte mit Töpfen und Pfannen. Alle naslang kam sie mit einem Gegenstand in der Hand angelaufen. Mamá hatte mir beim Umzug in ihr neues Haus einen Teil ihrer Ausstattung überlassen.

»Ich wußte gar nicht, daß du die hast.« Dedé hielt eine schrullige Öllampe in die Höhe, deren zartrosa Zylinder in einem geschwungenen Blütenkelch auslief. »Unsere alte Schlafzimmerlampe, weißt du noch?« Ich hatte vergessen, daß Dedé und ich uns früher einmal ein Zimmer geteilt hatten, bevor ich mit Mate zusammengelegt wurde.

Mit Dedé in der Vergangenheit zu schwelgen war besser, als sich im vorderen Zimmer einer Flut von Erinnerungen auszusetzen. In einer Ecke lag ein Stapel Gesetzbücher. Über den Boden waren allerlei Dinge verstreut – der Esel aus Porzellan, unsere gerahmten Juradiplome, die Muscheln, die Manolo und ich an der Morro Beach gesammelt hatten. Ich hatte nicht geahnt, wie hart mich dies treffen würde. Es wäre mir lieber gewesen, wenn der SIM unser Haus geplündert hätte, wie es mit Patrias geschehen war, und wenn sie alles weggeschafft hätten. So war es viel grausamer, weil ich mir ansehen mußte, wie man mir mein früheres Leben zerstört hatte.

Dort lag das Buch mit Martís Gedichten, das Lío mir gewidmet hatte. (»Zum Andenken an meine große Zuneigung ...«) Und dort das kleine Schiff, das ich für Mate stibitzt hatte. (Wie war es zu meinen Sachen gelangt?) Und da drüben eine vergilbte Zeitung mit einem Foto von Lina Lovatón, gekrönt von einem Gedicht Trujillos. Dort eine Votivkarte von unserer Pilgerfahrt nach Higüey, aus der Zeit, als Patria behauptet hatte, sie hätte einen Ruf vernommen. Und hier eine Cremedose, gefüllt mit übelriechender Asche, die vermutlich von einem Aschermittwoch stammte, an dem Mamá mich in die Kirche geschleppt hatte. Ich ging zur Tür, um frische Luft zu schnappen.

Es war noch früh am Abend, und die Luft kühlte allmählich ab. Der kleine Platz erinnerte mich an einen Baum voller Krähen. Ich sah mehr als hundert Leute umherschlendern, auf Bänken sitzen oder sich vor dem kleinen Pavillon herumdrücken, wo Kundgebungen abgehalten und an Feiertagen Wettbewerbe durchgeführt wurden. Es hätte durchaus der Tag des Wohltäters sein können – wären nicht alle Menschen schwarzgekleidet gewesen.

Während ich noch in der Tür stand und das, was ich da sah, zu begreifen versuchte, rollten die ersten Lastwagen an. Guardias sprangen heraus. Außer dem Klacken ihrer Stiefel, während sie in Stellung gingen, gaben sie kein Geräusch von sich. Sie umzingelten den Platz.

Ich trat auf den Gehsteig. Keine Ahnung, was ich dort wollte. Plötzlich hielten alle Leute mitten in der Bewegung inne. Sie sahen mich an, und für einen Moment kehrte völlige Stille ein. Dann, wie auf Kommando, löste sich die Menge auf und steuerte in kleinen Gruppen auf die Seitenstraßen zu. Innerhalb von Minuten war der Platz leer.

Nicht ein Schuß war abgegeben worden, nicht ein Wort gefallen. Die *guardias* standen noch eine Weile unschlüssig auf dem Platz herum, dann kletterten sie wieder auf die Lastwagen und fuhren mit dröhnenden Motoren davon.

Als ich mich umdrehte und zurück ins Haus gehen wollte, erblickte ich zu meiner Überraschung Dedé in der Tür, eine Bratpfanne in der Hand. Da mußte ich innerlich lächeln. Meine große Schwester hatte sich gewappnet, um hinauszumarschieren und den Soldaten eins überzuziehen, falls es zu einem Massaker gekommen wäre.

Drinnen im Haus war es mittlerweile so dunkel, daß wir kaum noch etwas sehen konnten. Wir tappten herum, stießen immer wieder gegen irgendwelche Kisten und probierten die Lichtschalter aus, weil wir gern noch mehr eingepackt hätten. Aber der Strom war abgestellt, und die Öllampe, die einst das Dunkel zwischen unseren Betten erhellt hatte, bereits verwahrt.

Als wir am Mittwoch abend zurückkamen, war Mate völlig aufgelöst. Sie hatte wieder diesen schlimmen Traum von Papás Tod gehabt. Doch als sie diesmal den Deckel hochklappte, hatten Leandro, Manolo und Pedrito im Sarg gelegen. Jedesmal wenn sie uns davon erzählte, fing sie an zu schluchzen.

»Wenn du so weitermachst, siehst du morgen bestimmt schrecklich aus«, warnte ich sie und hoffte, damit an ihre Eitelkeit zu appellieren.

Aber Mate kümmerte sich nicht darum. Sie heulte und heulte, bis uns anderen zum Schluß selbst ganz mulmig zumute war.

Zu allem Überfluß tauchte nach dem Abendessen auch noch Tío Pepe auf. Sein Pick-up war mit Papierwimpeln und einem Banner geschmückt, auf dem stand: WILLKOMMEN IN DER PROVINZ SALCEDO, JEFE. Der SIM hatte ihn anstandslos passieren lassen.

»Eine schöne Fuhre hast du da«, bemerkte ich. Tío Pepe nickte stumm. Als seine Nichten und Neffen krähten, sie wollten ein paar von den Wimpeln haben, fuhr er sie barsch an. Da klappten ihnen die Kinnladen herunter. Sie hatten ihren lustigen Onkel noch nie böse erlebt.

»Ab in die Heia!« sagte Mamá und scheuchte die ganze Brut von Enkelkindern in die Schlafzimmer.

»Laßt uns ein bißchen Luft schnappen«, schlug Tío Pepe vor. Patria, Mate und ich nahmen unsere Schultertücher und folgten ihm nach draußen.

Im hinteren Teil des Gartens, wohin wir immer gingen, wenn wir uns unterhalten wollten, berichtete er uns von der Veranstaltung, von der er gerade kam. Der Bürgermeister hatte El Jefe zu Ehren in seinem Haus einen Empfang gegeben. Die Liste all jener, die Trujillo zu sehen wünschte, war zuvor in der Lokalzeitung veröffentlicht worden. Auch Tío Pepes Name hatte darauf gestanden.

»¡*Epa, tío!*« sagte ich. »Auf du und du mit den großen Tieren!«

»Er wollte mich dabeihaben, weil er weiß, daß ich mit euch verwandt bin.« Tío Pepes Stimme hob sich nur als leises Flüstern vom Gezirp der Zikaden ab.

Vom Haus her hörten wir, wie Mamá die Kinder bettfertig machte. »Du ziehst auf der Stelle deine Pyjamahose an!« Garantiert schimpfte sie gerade meinen kleinen Schlingel aus. Ohne Vater mauserte sich der Junge zu einer richtigen Nervensäge.

»Er ist wie ein großer Nachttopf, um den die Fliegen schwirren – ihr wißt ja, wie stark Scheiße Fliegen anzieht. Verzeiht mir die rüde Ausdrucksweise, Mädchen, aber etwas anderes paßt zu diesem Teufel in Menschengestalt nicht. Also, er war von seinen Leuten umgeben – ihr wißt schon, Maldonado, Figueroa, Lomares und dieser Bursche namens Peña –, und sie sagten wie aus einem Mund: ›*Ay,* Jefe, Sie haben für unsere Provinz so viel Gutes getan!‹ – ›*Ay,* Jefe, Sie haben nach den Sanktionen unsere Moral gestärkt.‹ – ›*Ay,* Jefe‹«, äffte Tío Pepe Trujillos Marionetten nach. »El Jefe nickte diesem Haufen von Pferdescheiße zu, sah mich starr an – ich stand da, wo ich hingehöre, nämlich bei den Bauern von Salcedo, und stopfte mir den Bauch mit Floríns köstlichen *pastelitos* voll – und sagte schließlich: ›Tja, Leute, jetzt habe ich nur noch zwei Probleme.

Wenn ich doch nur den richtigen Mann finden könnte, der sie mir löst.‹ Er schwieg eine Weile, und ich wußte genausogut wie die anderen, daß wir ihn fragen sollten, was das denn für Probleme waren und ob wir nicht die Männer sein dürften, die sie für ihn lösten. Wie nicht anders zu erwarten, sagte der größte Scheißefresser von allen, nämlich Peña: ›Jefe, ich stehe Ihnen zu Diensten. Nennen Sie mir Ihre Probleme, und ich werde notfalls mein Leben hingeben – bla, bla, bla.‹ Und da sagte El Jefe – und jetzt haltet euch fest – er sagte also und sah wieder mich dabei an: ›Meine einzigen Probleme sind die verdammte Kirche und die Mirabal-Schwestern.‹«

Ich spürte, wie sich an meinen Armen die Haare aufstellten. Mate fing an zu weinen.

»Na, na, das ist doch kein Grund zur Aufregung.« Tío Pepe bemühte sich, so aufgeräumt wie sonst zu klingen. »Wenn er tatsächlich etwas im Schilde führt, würde er es nicht vorher ankündigen. Das ist der springende Punkt. Er hat mir eine Warnung erteilt, damit ich sie an euch weiterleite.«

»Aber wir tun doch gar nichts«, protestierte Mate mit kläglicher Stimme. »Wir sind die ganze Zeit hier eingesperrt, abgesehen von den Besuchen bei den Männern. Und für die haben wir von Peña höchstpersönlich die Erlaubnis.«

»Vielleicht solltet ihr trotzdem eine Weile überhaupt nicht mehr das Haus verlassen.«

Für Trujillo war also nicht länger nur Minerva Mirabal ein Problem, sondern alle Mirabal-Schwestern. Ich fragte mich, ob das auch für Dedé galt, seit ich sie mit nach Monte Cristi geschleppt hatte.

Patria hatte bisher nichts gesagt. Erst jetzt meldete sie sich zu Wort: »Wir können die Männer nicht im Stich lassen, Tío.«

In diesem Augenblick erloschen die Lichter in den Kinderzimmern, die zum Garten hinausgingen, Während wir noch eine Weile im Dunkeln im Garten herumstanden, um uns zu beruhigen, hatte ich plötzlich das schaurige Gefühl, daß wir schon tot waren und sehnsüchtig zu dem Haus hinüberblickten, in dem unsere Kinder ohne uns aufwuchsen.

Am nächsten Morgen, es war Donnerstag, hielten wir auf dem Weg nach La Victoria wie immer am Hauptquartier des SIM. Rufino kehrte ohne Ausweise zum Wagen zurück. »Peña will euch sprechen.«

Peña erwartete uns bereits, eine dicke Spinne mitten in ihrem Netz.

»Was ist los?« fragte ich, kaum daß wir uns auf die angewiesenen Plätze gesetzt hatten. Ich hätte lieber den Mund halten und Patria das Reden überlassen sollen,

»Ihr wollt die Fahrt doch nicht umsonst machen, oder?« Er ließ ein paar Sekunden verstreichen, damit seine unheilvollen Worte so richtig schön in uns einsickerten.

Nach der schlimmen Nacht, die wir hinter uns hatten, waren meine Nerven arg strapaziert. Ich sprang auf, und gottlob stand der Schreibtisch zwischen uns, sonst hätte ich Peña eine geschmiert, daß ihm sein feistes, selbstgefälliges Grinsen vergangen wäre. »Was haben Sie mit unseren Männern gemacht?«

Die Tür ging auf, und ein Wärter spähte herein. Ich erkannte Albertico, den jüngsten Sohn des Dorfmechanikers. Sein besorgter Blick galt uns, nicht Peña. »Ich habe Schreie gehört«, entschuldigte er sich.

Peña fuhr herum. »Was glaubst du eigentlich, *pendejo?* Daß ich mit ein paar Weibern nicht allein klarkomme?« Er warf dem verängstigten Burschen ein paar Unflätigkeiten an den Kopf und herrschte ihn an, die Tür zu schließen und sich um seinen eigenen Kram zu kümmern, sonst werde er sich bald *nur noch* um seinen eigenen Kram kümmern.

Sofort wurde die Tür mit einem Wust von Entschuldigungen geschlossen. »Setzen Sie sich, setzen Sie sich!« Ungehalten dirigierte mich Peña zu der Bank, auf der meine beiden Schwestern bereits starr und die Hände zu einem stummen Gebet verschränkt saßen.

»Sie müssen das verstehen«, sagte Patria beschwichtigend. »Wir machen uns Sorgen um unsere Männer. Wo sind sie, *capitán?*«

»Ihr Mann« – Er zeigte auf Patria – »ist in La Victoria. Ich habe Ihren Besuchsausweis hier.«

Mit zitternder Hand nahm Patria das Papier entgegen, das er ihr hinhielt. »Und Manolo und Leandro?«

»Sie werden gerade verlegt.«

»Wohin?« fragte Mate und reckte ihr hübsches Gesicht voll lächerlicher Hoffnung.

»Nach Puerto Plata.«

»Warum um alles in der Welt?« wollte ich von Peña wissen. Ich spürte, wie Patria meine Hand drückte, als wollte sie sagen: Paß auf deinen Ton auf, Mädchen.

»Nun, ich dachte, Sie würden sich darüber freuen. Jetzt müssen die Schmetterlinge nicht mehr so weit fahren«, sagte Peña mit Nachdruck und voller Gehässigkeit. Ich war nicht sonderlich überrascht, daß er unseren Decknamen kannte, wo die Leute ihn doch überall herumposaunten. Aber mir gefiel der Klang nicht, den er in seinem Mund annahm. »Besuchstag in Puerto Plata ist Freitag«, erklärte Peña, zu den anderen gewandt. »Wenn ihr Frauen eure Männer öfter sehen wollt, läßt sich das sicher einrichten.«

Bestimmt hatten die Vorrechte, die er uns hier einräumte, einen Haken. Aber ich war von der Herumsitzerei in seinem stickigen Büro ganz benommen und resigniert, denn es gab nicht nur nichts auf dieser Welt, was wir tun konnten, um die Männer zu retten, sondern auch nichts, was wir zu unserer eigenen Rettung hätten tun können.

Die Stimme des Volkes ist die Stimme Gottes
25. November 1960

Der Soldat stand am Straßenrand und hielt den Daumen in die Höhe. Er trug einen Kampfanzug und Schnürstiefel. Der Himmel war wolkenverhangen; ein Unwetter braute sich zusammen. Mir tat der junge Mann auf der verlassenen Bergstraße leid. »Was meint ihr?« fragte ich die anderen.

Das Ergebnis fiel unentschieden aus. Ich war dafür, Mate dagegen, Patria sagte, es sei ihr egal.

»Entscheide du«, forderten wir Rufino auf. Er war längst zu unserem Beschützer und Führer geworden. Kein anderer von Bournigals Fahrern war bereit, uns über den Paß zu bringen. Mate mißtraute seit Tío Pepes Besuch jedem. »Er ist Soldat«, beschwor sie uns.

»Na und?« hielt ich dagegen. »Mit ihm sind wir um so sicherer.«

»Er ist noch so jung«, bemerkte Patria, als wir uns der Stelle näherten, an der er stand. Es war nur eine Feststellung, aber sie gab den Ausschlag, und Rufino hielt an, um den Jungen mitzunehmen.

Er setzte sich nach vorn neben Rufino und drehte nervös seine Mütze in Händen. Die Uniform war ihm zu groß, und die gestärkten Schultern standen steif und in einem unnatürlichen Winkel ab. Im ersten Moment gab es mir zu denken, daß er sich so unbehaglich fühlte. Ob er etwas im Schilde führte? Doch dann betrachtete ich seinen kahlgeschorenen Kopf und seinen knabenhaft schlanken Nacken und beschloß, daß er nur nicht daran gewöhnt war, mit ein paar jungen Damen in der Gegend herumzufahren. Also fing ich ein Gespräch an und fragte ihn, was er über dieses und jenes dachte.

Er war nach einem dreitägigen Urlaub in Tamboril, wo er sich seinen neugeborenen Sohn angesehen hatte, auf dem Rückweg nach Puerto Plata. Wir gratulierten ihm, obwohl ich fand, daß er viel zu jung war, um schon Vater zu sein. Und für einen Soldaten erst recht. Jemand mußte seine Uniform enger nähen. Vielleicht sollten wir in unserem neuen Geschäft auch Änderungsarbeiten annehmen.

Ich mußte an den Tarnanzug aus Drillich denken, den ich im November vergangenen Jahres für mich selbst genäht hatte. Das kam mir jetzt vor, als wäre es eine Ewigkeit her. Und erst die Übungen, die ich regelmäßig gemacht hatte, um mich für die Revolution zu stählen! Damals glaubten wir, wir würden noch vor Jahresende als Guerillakämpfer in die Berge gehen.

Und jetzt war es Ende November, allerdings ein Jahr später, und wir fuhren in einem gemieteten Jeep über den Paß, um unsere Männer im Gefängnis zu besuchen! Die drei Schmetterlinge, von denen zwei zu ängstlich waren, um am Fenster zu sitzen und den steilen Abhang nur wenige Zentimeter neben der rutschigen Straße anzusehen. Und die dritte, die genausoviel Angst hatte, aber nach alter Manier behauptete – wie schon Roosevelt gesagt hatte –, es gäbe nichts zu fürchten außer der Angst selbst.

Also zwang ich mich, den Berghang hinab und auf die schimmernden Felsen tief unter uns zu blicken. Die gefährlichen Aussichten, die Abgase aus dem defekten Auspuff, die Schlaglöcher auf der Straße – in meinem Magen machte sich ein flaues Gefühl breit.

»Gib mir doch einen von deinen Kaugummis«, sagte ich zu Mate. Sie kaute auf ihrem herum, seit wir auf der kurvenreichen Strecke nach oben in die Berge fuhren.

Es war unsere vierte Fahrt zu den Männern, seit man sie nach Puerto Plata verlegt hatte. Die Kinder hatten wir zu Hause gelassen. Sie hatten ihre Väter am vergangenen Freitag gesehen, und auf der Hin- und Rückfahrt war ihnen allen schlecht geworden. Auf dieser Bergstraße wurde jedem übel.

»Sagen Sie«, wandte ich mich an den jungen Soldaten auf dem Vordersitz, »Wie ist es, in Puerto Plata stationiert zu sein?« Das dortige Fort war eines der größten und strategisch bedeutsamsten des Landes. Seine bedrohlich aufragenden grauen Mauern konnte man meilenweit sehen, und seine Scheinwerfer bohrten sich bis in den Atlantik. Der Küstenstreifen war ein bevorzugtes Ziel für Invasionen und daher schwer bewacht. »Haben Sie schon ein Gefecht miterlebt?«

Verwundert, daß sich eine Frau für derlei Dinge interessierte, drehte sich der junge Soldat auf seinem Sitz halb um. »Ich bin erst seit Februar dort, seit meiner Einberufung. Bisher hat man mir nur kleinere Aufgaben im Gefängnis zugeteilt.«

Ich wechselte einen raschen Blick mit meinen Schwestern.

»Kriegen Sie von Zeit zu Zeit nicht auch wichtige Gefangene?« Patria grub mir den Ellbogen in die Rippen und biß sich auf die Lippen, um sich ein Grinsen zu verkneifen.

Er nickte gewichtig, um zu bekräftigen, wie bedeutend seine Tätigkeit als Wärter war. »Erst letzten Monat sind zwei politische Häftlinge gekommen.«

»Was haben sie denn verbrochen?« fragte Mate und tat beeindruckt.

Der Junge zögerte. »Ich weiß nicht recht.«

Patria nahm Mates und meine Hände in ihre. »Glauben Sie, sie werden exekutiert?«

»Nein, das glaube ich nicht. Ich habe gehört, daß sie in ein paar Wochen wieder in die Hauptstadt verlegt werden.«

Wie seltsam, dachte ich. Erst brachte man sie in den Norden, und nach einem Monat schaffte man sie wieder zurück. Wozu der ganze Aufstand? Wir hatten längst beschlossen, nach Puerto Plata zu ziehen und dort ein Geschäft zu eröffnen, und jetzt drohten diese Neuigkeiten unseren Plan zunichte zu machen. Andererseits: Dies war nur ein Junge in einer zu großen Uniform. Was wußte er schon?

Wenig später brach das Unwetter los. Rufino ließ die Klappen des Verdecks aus Leinwand herunter und erklärte dem Soldaten, wie er es auf seiner Seite zu befestigen hatte. Wir machten hinten dicht. Im Inneren des Jeeps wurde es dunkel und stickig.

Schon waren wir mitten drin in einem Wolkenbruch. Die schweren Tropfen klatschten nur so aufs Verdeck. Ich hörte kaum, was Patria oder Mate sagten, und Rufino oder den Soldaten auf dem Vordersitz verstand ich erst recht nicht.

»Vielleicht sollten wir uns die Sache noch einmal überlegen«, meinte Patria.

Wir beabsichtigten, uns vor dem Besuch im Gefängnis einige Häuser anzusehen, die Manolos Freund Rudy und dessen Frau Pilar für uns ausgesucht hatten. Es war beschlossene Sache: Am ersten Dezember würden wir mitsamt Kindern nach Puerto Plata ziehen und im vorderen Teil des neuen Hauses einen kleinen Laden aufmachen. Die Reaktionen auf unsere Fahrten waren uns am Ende doch zu bunt geworden: Kaum verließen wir das Haus, traten die Leute auf die Straße, um uns ihren Segen zu erteilen. Kamen wir dann zurück, fühlten wir uns verpflichtet, auf die Hupe zu drücken, als wollten wir sagen: »Hier sind wir wieder, gesund und munter!«

Dedé und Mamá kämpften jedesmal vor unserer Abfahrt gegen die Tränen an.

»Das sind doch nur Gerüchte«, sagte ich, um sie zu trösten.

»Die Stimme des Volkes ist die Stimme Gottes«, antwortete Mamá und erinnerte mich an das alte Sprichwort.

»Rufino, wenn es zu mühsam ist und du lieber halten willst –« Patria beugte sich nach vorn. Durch die Windschutzscheibe war nichts als eine Wand aus Wasser zu sehen. »Wir können warten, bis das Unwetter vorbei ist.«

»Nein, nein, macht euch keine Sorgen«, brüllte Rufino gegen den prasselnden Regen an. Irgendwie wirken beruhigende Worte, sobald sie gebrüllt werden, nicht wirklich beruhigend. »Mittags sind wir in Puerto Plata.«

»*Si Dios quiere*«, erinnerte Patria ihn,

»*Si Dios quiere*«, pflichtete er ihr bei.

Zu unserer Beruhigung nickte auch der junge Soldat zustimmend, doch fügte er gleich darauf hinzu: »So Gott und Trujillo wollen.«

Es war Patrias erster Besuch bei Manolo und Leandro, seit man die beiden verlegt hatte. Normalerweise fuhr sie donnerstags mit den öffentlichen Verkehrsmitteln in den Süden nach La Victoria, um Pedrito zu besuchen, und kam erst Freitag mittag zurück. Bis dahin waren Mate und ich, von einer unserer Schwiegermütter begleitet, schon nach Puerto Plata unterwegs. Seit die schlimmen Gerüchte kursierten, waren die beiden Frauen mehr oder weniger bei uns eingezogen. Ihre Söhne hatten ihnen das Versprechen abgenommen, uns nicht aus den Augen zu lassen. Die armen Mütter!

Am Abend hatten Mate und ich alles für die Fahrt am nächsten Tag vorbereitet und miteinander geplaudert – nur wir beide. Patria war noch in der Hauptstadt, Dedés Kleinster war krank, und sie war zu Hause geblieben, um ihn zu pflegen. Mate lackierte mir gerade die Fingernägel, als wir hörten, wie ein Auto in die Auffahrt einbog. Mates Hand zuckte zurück, und dabei malte sie mir die Daumenkuppe rot an.

Auf Zehenspitzen tappten wir durch den Flur zum Wohnzimmer, und dort sahen wir, wie Mamá die Jalousie ein kleines Stück beiseite schob. Wir stießen vor Erleichterung einen Seufzer aus, als wir Patrias Stimme erkannten, die sich beim Fahrer fürs Mitnehmen bedankte.

»Was fällt dir ein, so spät abends noch durch die Gegend zu fahren?« fuhr Mamá die arme Patria an, noch bevor sie an der Tür war.

»Elsa hat mich mitgenommen«, erklärte Patria. »Sie waren schon zu fünft im Auto, aber sie haben sich zusammengequetscht, damit ich auch noch hineinpasse. Ich wollte unbedingt mit zu Leandro und Manolo fahren.«

»Darüber reden wir morgen früh«, verkündete Mamá mit einer Stimme, die keinen Widerspruch duldete, und scheuchte uns aus dem Zimmer, indem sie das Licht ausknipste.

Im Schlafzimmer hörte Patria nicht auf, von Pedrito zu schwärmen. »*Ay, Dios mío,* was war der Mann heute romantisch!« Sie hob die Arme über den Kopf und streckte ihren Körper wie eine Katze.

»*¡Epa!*« feuerte Mate sie an.

Patria lächelte schläfrig und zufrieden. »Ich habe ihm gesagt, daß ich morgen die anderen besuchen möchte, und er hat es mir erlaubt.«

»Patria Mercedes!« Ich lachte. »Du hast ihn um Erlaubnis gebeten? Wie soll er dich vom Gefängnis aus davon abhalten?«

Patria sah mich seltsam an, als läge die Antwort auf der Hand. »Er hätte sagen können, nein, du fährst da nicht hin.«

Als wir Mamá am nächsten Morgen schon fast davon überzeugt hatten, daß wir drei sehr wohl alleine fahren konnten, kam Dedé atemlos hereingestürzt. Sie blickte sich um: Alles deutete auf unseren baldigen Aufbruch hin. Da fiel ihr Blick auf Patria, die sich gerade ihr Schultertuch umlegte. »Was machst du eigentlich schon hier?« Bevor Patria es ihr erklären konnte, erschien Rufino an der Tür.

»Wenn die Damen dann soweit wären … Guten Tag«, sagte er und nickte Mamá und Dedé zu. Mamá erwiderte seinen Gruß leise, aber Dedé bedachte unseren Chauffeur mit dem gebieterischen Blick einer Herrin, deren Diener sich ihrem Wunsch widersetzt hat.

»Ihr fahrt alle drei?« Dedé schüttelte den Kopf. »Was ist mit Doña Fefita? Und mit Doña Nena?«

»Sie brauchen eine Ruhepause«, sagte ich, erwähnte jedoch nicht, daß wir heute auf Haussuche gehen wollten. Wir hatten unseren Schwiegermüttern, Mamá und vor allem Dedé von unseren Plänen bislang nichts erzählt.

»Aber Mamá, bei allem Respekt, bist du verrückt, sie alleine fahren zu lassen?«

Mamá warf die Hände in die Luft. »Du kennst deine Schwestern«, war alles, was sie dazu sagte.

»Wie praktisch«, sagte Dedé voller Häme und ging im Schlafzimmer auf und ab. »Wie überaus praktisch für den SIM, daß ihr alle drei auf einmal schön brav auf der Rückbank von diesem klapprigen Jeep sitzt, wo sich im Norden gerade ein Unwetter zusammenbraut. Vielleicht sollte ich den SIM kurz anrufen? Ja, warum eigentlich nicht?«

Da erschien Rufino zum zweitenmal in der Tür.

»Laßt uns gehen«, sagte ich, um ihm zu ersparen, uns erneut aufzufordern.

»*La bendición*«, rief Patria und bat Mamá um ihren Segen.

»*La bendición, mis hijas.*« Abrupt wandte sich Mamá ab, als wollte sie ihren Kummer vor uns verbergen. Sie ging zu den anderen Schlafzimmern. Auf dem Weg nach draußen hörte ich, wie sie die Kinder ausschimpfte, die vor Enttäuschung heulten, daß wir sie nicht mitnahmen.

Dedé stellte sich zwischen uns und den Jeep.

»Ich werde noch verrückt vor Sorge. Mich wird man auf Lebenszeit einsperren, ihr werdet sehen! Und zwar im Irrenhaus!« In ihrer Stimme lag keine Ironie.

»Wir kommen dich besuchen«, sagte ich scherzhaft. Aber als ich ihre weinerliche, unglückliche Miene sah, fügte ich hinzu: »Arme, arme Dedé.« Ich nahm ihr Gesicht in die Hände, gab ihr zum Abschied einen Kuß und stieg in den Jeep.

Wir standen am Ladentisch, um die Handtaschen zu bezahlen. Der sehr gewissenhafte junge Verkäufer brauchte für alles eine halbe Ewigkeit, und der Geschäftsführer war bereits einmal vorbeigekommen, um ihn zur Eile anzutreiben. Mit unendlicher Geduld faltete der Verkäufer die Riemchen zusammen, legte jede Handtasche mitten auf ein Stück braunes Packpapier, das er sorgfältig von der Rolle abriß, und schlug die Ecken ein. Gebannt sah ich seinen Händen zu. So muß Gott zu Werke gehen, sagte ich mir. Als hätte Er alle Zeit der Welt.

Wir hatten um Erlaubnis gebeten, auf dem Weg nach Puerto Plata einen kleinen Umweg über El Gallo machen zu dürfen. Uns war das Nähzeug ausgegangen, und wir brauchten Faden in allerlei Farben, Borten und Bänder, um unsere Aufträge für November fertigzustellen. Die Fahrt über den Berg war lang. Wenn unsere Nerven mitspielten, konnten wir unterwegs ein paar Handarbeiten erledigen.

Wir wollten gerade bezahlen, als uns der Verkäufer auf eine frisch eingetroffene Schiffsladung italienischer Handtaschen aufmerksam machte. Schwelgerisch betrachtete Mate eine aus rotem Lackleder mit herzförmiger Schnalle. Aber natürlich hätte sie sich eine solche Extravaganz nie erlaubt. »Es sei denn –« Sie blickte zu uns auf. Auch Patria und ich sahen uns die Auslage interessiert an. Da gab es eine handliche schwarze Tasche mit unzähligen Reißverschlüssen und Fächern – wie geschaffen für Patrias kleine Aufmerksamkeiten und Mitbringsel. Und ich erblickte eine schicke, lederne Aktenmappe, die einer jungen Anwältin bestimmt gut stand. Eine Investition in die Hoffnung, dachte ich.

»Sollen wir?« Wir sahen uns an wie übermütige Schulmädchen. Seit der Zeit vor dem Gefängnis hatten wir uns selbst nicht das geringste gegönnt. Ja, wir sollten, fand Mate. Sie wollte nicht allein als Verschwenderin dastehen. Mich mußte sie nicht lange überreden, aber im letzten Augenblick kniff Patria. »Ich bringe es einfach nicht über mich. Eigentlich brauche ich sie nicht.« Ich verspürte einen Anflug von Verärgerung über ihre Anständigkeit, auf die ich – zumindest in diesem Moment – gut hätte verzichten können.

Während er zuerst Mates Tasche einpackte, hielt der junge Mann den Kopf gesenkt. Doch ich ertappte ihn dabei, wie er uns verstohlen musterte und ein wissender Ausdruck über sein Gesicht huschte. Wie viele Menschen – auf der Straße, in der Kirche, auf dem Gehsteig, in Geschäften wie diesem – wußten wohl, wer wir waren?

»Neue Handtaschen – ein gutes Vorzeichen!« Da wartet noch jemand auf die Zukunft, dachte ich. Es war mir ein bißchen peinlich, daß man mich beim Einkaufsbummel erwischte, wo ich doch eher eine Revolution hätte aushecken sollen.

Rufino, der am Straßenrand geparkt hatte, betrat das Geschäft. »Wir sollten jetzt besser losfahren. Sieht so aus, als würde tatsächlich ein Unwetter aufziehen, und bis dahin möchte ich den schlimmsten Teil des Passes hinter mir haben.«

Der junge Mann blickte von seiner Tätigkeit auf. »Sie wollen doch nicht etwa heute über den Paß?«

Mein Magen verkrampfte sich, doch dann sagte ich mir: je mehr Leute davon wissen, desto besser. »Wir fahren jeden Freitag nach Puerto Plata, um unsere Männer zu besuchen«, erklärte ich ihm.

In diesem Augenblick näherte sich der Abteilungsleiter. Uns gegenüber setzte er ein freundliches Lächeln auf, aber seinem Untergebenen warf er bedeutungsvolle Blicke zu. »Sehen Sie zu, daß Sie fertig werden. Sie wollen die Damen doch nicht aufhalten.« Der junge Mann eilte davon und war im Handumdrehen mit dem Wechselgeld zurück. Gleich darauf hatte er auch meine Handtasche fertig eingepackt.

Als er sie mir reichte, sah er mich eindringlich an. »Jorge Almonte«, sagte er oder so ähnlich. »Ich habe meine Karte in Ihre Tasche gesteckt, falls Sie irgend etwas brauchen...«

Der Regen ließ gerade in dem Augenblick nach, als wir La Cumbre erreichten, das einsame Bergdorf, das rund um eines von Trujillos nur selten benützten Landhäusern entstanden war. Zu abgelegen, meinten manche. El Jefes zweistöckiger Betonbau thronte auf dem Bergrücken, und etwas unterhalb davon krallten sich mehrere dicht aneinandergedrängte Palmhütten an den Steilhang. Im Vorbeifahren reckten wir jedesmal die Hälse. Was wir zu sehen erhofften? Ein junges Mädchen vielleicht, das man zu einem erzwungenen Rendezvous hierhergebracht hatte? Den alten Mann selbst, wie er sein Grundstück abschritt und dabei mit einer Reitgerte seitlich an seine glänzenden Stiefel schlug?

Am eisernen Tor prangten fünf Sterne über einem blankpolierten T. Im Vorbeifahren salutierte unser Mitfahrer, der junge Soldat, obwohl weit und breit keine Wachen zu sehen waren.

Wir kamen an schäbigen Palmhütten vorbei. Als wir hier einmal gehalten hatten, um uns die Beine zu vertreten, war das ganze kleine Dorf angelaufen gekommen, um uns allerlei Dinge anzubieten, die wir vielleicht kaufen wollten. »Schlechte Zeiten«, hatten die Dorfbewohner mit einem Blick auf das große Haus geklagt.

Rufino fuhr rechts heran und rollte das Verdeck an der Seite hoch. Eine mit dem Duft feuchter Vegetation durchsetzte Brise wehte zu unserer Begrüßung herein. »Meine Damen«, sagte Rufino, bevor er wieder einstieg, »wenn ihr eine kleine Pause braucht…«

Patria wollte auf keinen Fall aussteigen. Es war ihre erste Fahrt, und wer an die Straße noch nicht gewöhnt war, dem kam sie ein bißchen unheimlich vor.

Als wir um die Kurve bogen, blickte ich noch einmal hinauf zum Haus, das von dieser Stelle aus am besten zu sehen war. »Nanu! Schaut mal, wer da ist!« rief ich und zeigte auf den großen weißen Mercedes, der vor dem Eingang parkte.

Uns dreien war schlagartig klar, was das zu bedeuten hatte. Wir waren in einen Hinterhalt geraten! Warum sonst war Peña in La Cumbre? Wir hatten ihn doch erst heute morgen in Santiago gesehen, als wir die Besuchsausweise bei ihm abholten. Patrias geschwätziger Verehrer hatte keinen Ton davon gesagt, daß er auch in unsere Richtung mußte.

Umkehren ging nicht mehr. Wurden wir verfolgt? Wir steckten die Köpfe aus den Fenstern, um die Straße hinter und vor uns abzusuchen.

»Ich empfehle mich dem Heiligen Markus von León«, stimmte Patria das Gebet für ausweglose Situationen an und wiederholte es eines ums andre Mal. Ich ertappte mich selbst dabei, wie ich die albernen Worte stumm mitsprach.

Ein Gefühl von Panik stieg von meinen Zehen auf und drang durch den Bauch bis nach oben in die Kehle. Mir war, als würde in meiner Brust etwas mit einem lauten Knall explodieren. Mate rang bereits schnaufend um Luft und kramte in der Tasche nach ihrer Medizin. Wir hörten uns an wie ein fahrendes Sanatorium.

Rufino ging vom Gas. »Sollen wir bei den drei Kreuzen anhalten?« Ein Stück vor uns kündeten am Straßenrand drei erst vor kurzem errichtete weiße Kreuze von den Opfern eines Verkehrsunfalls. Plötzlich schoß es mir durch den Kopf: der ideale Ort für einen Hinterhalt! Hier durften wir auf keinen Fall halten.

»Fahr weiter, Rufino«, sagte ich und pumpte meine Lungen mit der kühlen Luft voll, die zu uns hereinströmte.

Um uns abzulenken, fingen Mate und ich an, den Inhalt unserer alten Handtaschen in die neuen umzufüllen. Dabei fiel mir die Karte mit der Aufschrift »Jorge Almonte, Verkäufer, El Gallo« in die Hände. Von der rechten oberen Ecke prangte mir das Firmenemblem – ein goldener Gockel – entgegen. Ich drehte die Karte um. Auf die Rückseite hatte der junge Mann mit großen Druckbuchstaben eilig die Worte geschrieben: MEIDEN SIE DEN PASS. Meine Hand fing an zu zittern. Ich beschloß, den anderen nichts davon zu sagen.

Es würde alles nur noch schlimmer machen, jetzt wo Mates Asthmaanfall sich gerade wieder legte.

In meinem Kopf arbeitete alles auf Hochtouren: Es war wie eine Kinoszene, aus der plötzlich schreckliche Realität wurde. Der Soldat war ein Spitzel. Wie dumm waren wir gewesen, ihn auf der einsamen Bergstraße mitzunehmen!

Ich verwickelte ihn in ein Gespräch, hoffte, daß er sich in eine Lüge verstrickte. Wann er sich im Fort zurückmelden müsse und warum er per Anhalter gefahren sei, statt sich von einem Armeelaster mitnehmen zu lassen? Nach einer Weile drehte er sich auf seinem Sitz halb zu mir um. Ich sah ihm an, daß er Angst davor hatte, mir zu antworten.

Ich werde es schon aus dir herauskitzeln, dachte ich. »Was ist denn? Mir können Sie es doch sagen.«

»Sie stellen mehr Fragen als *mi mujer*, wenn ich nach Hause komme«, platzte es aus ihm heraus. Er wurde knallrot, weil ihm die plumpe Andeutung, ich könne wie seine Frau sein, peinlich war. Patria lachte und klopfte mit der Hand, die in einem Handschuh steckte, gegen meinen Kopf. »Die Kokosnuß ist genau auf deinem Kopf gelandet.« Ich merkte ihr an, daß auch sie sich nun sicherer fühlte, was den jungen Soldaten anging.

Die Sonne durchbrach die Wolkendecke, und ihr Licht strömte in Bahnen wie ein Segen auf das Tal in der Ferne herab. Ein Regenbogen zum Zeichen Seines Bundes, dachte ich. Ich werde mein Volk nicht zerstören. Wie albern von uns, daß wir all die verrückten Gerüchte geglaubt hatten!

Zum Zeitvertreib gab uns Mate ein paar Rätsel auf, die wir ihrer festen Überzeugung nach noch nie gehört hatten. Wir ließen sie in diesem Glauben. Danach gab auch Rufino, der Rätsel sammelte und wußte, wie sehr Mate sie liebte, eines zum besten. Langsam fuhren wir zur Küste hinunter, am Straßenrand erblickten wir immer mehr Häuser, und in der Luft lag der Duft des Ozeans. Die vereinzelten kleinen Hütten wurden von Holzhäusern mit frischgestrichenen Fensterläden und Zinkdächern abgelöst, die den Bermúdez-Rum auf der einen Seite priesen und *Dios y Trujillo* auf der anderen.

Unser Soldat hatte über die Rätsel, bei denen er jedesmal falsch geraten hatte, laut lachen müssen. Auch er hatte eines beizusteuern. Es stellte sich heraus, daß es viel unanständiger war als die von Mate!

»*A Dio'*, du hast wohl vergessen, daß Damen an Bord sind«, entrüstete sich Rufino.

Da beugte sich Patria vor und klopfte den Männern leicht auf die Schulter. »Ach was, Rufino, jedes Ei braucht ein bißchen Pfeffer.« Wir lachten alle, denn wir waren froh, daß sich die angestaute Spannung löste.

Mate schlug die Beine übereinander und wippte mit ihnen. »Wenn ihr nicht aufhört, mich zum Lachen zu bringen, müssen wir bald anhalten.« Sie war berühmt für ihre schwache Blase. Im Gefängnis hatte sie Übungen zur Stärkung der Muskulatur gemacht, weil sie nicht gern mitten in der Nacht in Begleitung merkwürdiger Wärter zur Latrine ging.

»Alle Mann ernst!« befahl ich. »Hier können wir auf keinen Fall halten.«

Wir hatten den Stadtrand erreicht. In bunten Farben gestrichene Häuser hockten hübsch brav auf ihren gestriegelten Grundstücken nebeneinander. Der Regen hatte den Rasen saubergewaschen, und Gras und Hecken leuchteten smaragdgrün. Alles in allem ein überaus erfrischender Anblick. Auf der Straße planschten Kinder in Pfützen und liefen auseinander, um von dem näherkommenden Jeep nicht naßgespritzt zu werden. Einer Eingebung folgend, rief ich ihnen zu: »Hier sind wir, gesund und munter!«

Sie hörten auf zu spielen und blickten zu uns hoch. Ihren verblüfften kleinen Gesichtern war anzusehen, daß sie nicht recht aus uns schlau wurden. Aber ich winkte ihnen so lange zu, bis sie zurückwinkten. Mir war schwindelig vor Erleichterung, weil ich das Gefühl hatte, zumindest für eine Weile Ruhe vor meinen schlimmsten Ängsten zu haben. Als Mate mich um ein Stück Papier bat, in dem sie ihren Kaugummi einwickeln konnte, zog ich Jorges Visitenkarte heraus.

Manolo war wütend auf seine Mutter, weil sie uns allein losgeschickt hatte. »Sie hat mir versprochen, daß sie euch nicht aus den Augen läßt!«

»Aber Liebling«, wandte ich ein und legte meine Hände auf seine. »Überleg doch mal: Wie könnte Doña Fefita mich vor einer Gefahr schützen?« Sekundenlang erschien vor meinem inneren Auge das groteske Bild der alten, ziemlich dikken Frau, wie sie einem *calíe* vom SIM ihre unvermeidliche schwarze Handtasche um die Ohren schlug.

Manolo zupfte sich die ganze Zeit am Ohr – eine nervöse Geste, die er sich im Gefängnis angewöhnt hatte. Es ging mir nahe, als ich sah, wie sehr ihm das nackte Leid der monatelangen Gefangenschaft zugesetzt hatte. »Ein Versprechen ist ein Versprechen«, beharrte er, noch immer zornig. Oje, Doña Fefita würde das nächstemal was zu hören kriegen und dann auf der ganzen Heimfahrt heulen!

Manolos Gesicht hatte jetzt eine gesündere Farbe. Dieses Gefängnis war eindeutig besser, heller und sauberer als La Victoria. Unsere Freunde Rudy und Pilar schickten jeden Tag eine warme Mahlzeit, und nach dem Essen durften die Männer eine halbe Stunde im Gefängnishof auf und ab gehen. Leandro, der Ingenieur, witzelte, sie hätten inzwischen mindestens eine Tonne Zuckerrohr zertrampeln können, wenn man sie wie zwei Ochsen angeschirrt hätte.

Wir saßen in dem kleinen Hof beisammen, in den man uns normalerweise bei gutem Wetter führte. Nach dem Wolkenbruch war die Sonne am späten Nachmittag doch noch herausgekommen. Sie beschien die erbsengrün gestrichenen Baracken mit ihrem an Amöben erinnernden, fast verspielten Tarnmuster, die Bilderbuchtürme, auf denen mehrere Fahnen flatterten, und die Gitterstäbe, die so hell glänzten, als hätte sich jemand die Zeit genommen, sie zu polieren. Wenn man sich nicht klarmachte, was für ein Ort dies war, hätte man hier fast so etwas wie einen Hoffnungsschimmer erblicken können.

Zaghaft schnitt Patria das brenzlige Thema an: »Hat man etwas davon gesagt, daß ihr zurückverlegt werdet?«

Beunruhigt wechselten Leandro und Manolo einen Blick. »Hat Pedrito was davon gehört?«

»Nein, nein, hat er nicht«, beruhigte Patria sie. Dann forderte sie mich mit einem Blick auf, mit dem herauszurücken, was der junge Soldat im Auto behauptet hatte, nämlich daß die beiden »Politischen« in ein paar Wochen nach La Victoria zurückgebracht werden sollten.

Aber ich wollte sie nicht noch mehr verunsichern, sondern beschrieb ihnen lieber das rundum schöne Häuschen, das wir uns vor kurzem angeschaut hatten. Patria und Mate griffen das Thema auf; allerdings verschwiegen wir den beiden Männern, daß wir das Haus dann doch nicht gemietet hatten. Falls sie wieder nach La Victoria verlegt würden, hätten sie sowieso nichts davon. Ich mußte an den großen weißen Mercedes denken, der vor dem Haus in La Cumbre geparkt hatte, und lehnte mich unwillkürlich vor, als könnte ich das Bild dadurch buchstäblich in ein Hinterzimmer meines Gedächtnisses befördern.

Irgendwo weit weg knallten Türen. Schritte näherten sich. Es wurde ein paarmal laut salutiert, und Hände klatschten auf Gewehrkolben. Wachwechsel.

Patria öffnete ihre Handtasche und zog das Schultertuch heraus. »Meine Damen, die Schatten der Nacht senken sich herab, und der Reisende eilt heimwärts...«

»Wie poetisch!« Ich lachte, um den schwierigen Augenblick zu überbrücken. Dabei fiel mir der Abschied selber so schwer!

»Ihr fahrt doch nicht heute abend zurück?« Manolo machte ein entsetztes Gesicht. »Dafür ist es zu spät. Ich möchte, daß ihr bei Rudy und Pilar übernachtet. Ihr könnt euch morgen auf den Weg machen.«

Ich strich mit dem Handrücken über seine stoppelige Wange. Er schloß die Augen und gab sich der Berührung hin. »Mach dir keine Sorgen!« sagte ich. »Schau, wie klar der Himmel ist. Morgen gibt es bestimmt noch so ein Unwetter. Es ist besser, wenn wir heute abend zurückfahren.«

Wir blickten alle zum dunkelnden, goldenen Himmel auf. Ein paar tiefhängende Wolken zogen rasch darüber hin, als wollten sie selber nach Hause, bevor es richtig dunkel wurde.

Ich verschwieg ihm die wahren Gründe, warum ich nicht bei seinen Freunden übernachten wollte. Als wir mit dem Auto herumgefahren waren, um Häuser zu besichtigen, hatte Pilar mir anvertraut, daß Rudys Firma kurz vor dem Zusammenbruch stand. Warum, brauchte sie mir nicht zu sagen; ich erriet es auch so. In ihrem Interesse war es ratsam, daß wir ein bißchen mehr auf Distanz gingen.

Manolo umschloß meinen Kopf mit beiden Händen. Am liebsten hätte ich mich im Dunkel seiner traurigen Augen verloren. »Bitte, *mi amor*! Achte nicht auf das viele Gerede! Wenn du mir für jede böse Vorahnung, für jeden Alptraum und jede Vorhaltung, die man mir in diesem Monat gemacht hat, einen Peso geben würdest«, hielt ich ihm vor, »könnten wir –«

»– uns beide noch eine neue Handtasche kaufen.« Mate hielt ihre hoch und wies mit dem Kinn auf meine.

Da erscholl der Ruf: »Schluß!« Wächter kamen auf uns zu; aus ihren audruckslosen Gesichtern sprach keinerlei Anteilnahme. »Die Zeit ist um!«

Wir standen auf, verabschiedeten uns hastig, flüsterten uns ein paar gute Wünsche und liebe Worte zu: »Vergiß mich nicht… *Dios te bendiga, mi amor*…« Eine letzte Umarmung, dann führte man die beiden ab. Es wurde rasch dunkel. Ich drehte mich um und wollte Manolo noch einen Blick zuwerfen, aber er war schon hinten im Hof in einer der Baracken verschwunden.

Auf der Fahrt aus der Stadt machten wir an der Tankstelle mit dem kleinen Restaurant halt. Die Schirme waren bereits für die Nacht weggeräumt, und nur noch die Tischchen standen draußen. Mate und Patria waren durstig und wollten etwas trinken. Ich ging telefonieren, aber zu Hause war besetzt.

Ungeduldig schritt ich vor dem Telefon auf und ab, wie man es tut, wenn man jemanden zur Eile antreiben will, aber Mamá oder Dedé konnten natürlich nicht ahnen, daß ich mir wünschte, sie würden so schnell wie möglich auflegen.

»Ständig besetzt«, sagte ich, als ich wieder bei meinen Schwestern war.

Mate nahm unsere neuen Handtaschen vom freien Stuhl. »Komm, setz dich zu uns.« Aber mir war nicht nach Herumsitzen zumute. Wahrscheinlich gingen mir die Sorgen der anderen ganz schön an die Nieren.

»Warte fünf Minuten«, schlug Patria vor, und das war wohl am vernünftigsten. In fünf Minuten wäre das Telefon bestimmt frei, egal, wer es gerade benutzte. Falls nicht, konnte es nichts anderes bedeuten, als daß eines der Kinder den Hörer heruntergerissen hatte. Wer weiß, wann dies Tono oder Fela auffallen würde.

Rufino lehnte mit gekreuzten Armen hinten am Jeep. Ab und zu sah er zum Himmel auf, um abzuschätzen, wie spät es war.

»Ich glaube, ich bestelle mir ein Bier«, sagte ich.

»¡Epa!« Mate trank Limonade mit einem Strohhalm und benahm sich dabei wie ein kleines Mädchen, das den Genuß in die Länge ziehen möchte. Wir würden unterwegs noch mindestens einmal anhalten müssen, das war mir klar.

»Möchtest du auch ein Bier, Rufino?« fragte ich. Er sah mich nicht an. Für mich hieß das, daß er tatsächlich gern ein kaltes Bier getrunken hätte und nur zu schüchtern war, es zuzugeben. Kurzerhand ging ich zur Theke, um zwei *Presidente* zu bestellen. Während der zuvorkommende Wirt aus den Tiefen der Kühltruhe die beiden kältesten Biere herauskramte, versuchte ich nochmals, zu Hause anzurufen.

»Immer noch besetzt«, sagte ich zu den anderen, als ich zurück war.

»Minerva!« Patria schüttelte den Kopf. »Das waren keine fünf Minuten.«

Der Tag ging zur Neige. Kühl wehte der Abendwind von den Bergen herab. Wir hatten unsere Schultertücher nicht mitgenommen. Ich malte mir aus, wie Mamá vielleicht genau in diesem Augenblick entdeckte, daß wir sie lässig über eine Stuhllehne geworfen hatten, und daraufhin ein weiteres Mal ans Fenster trat, um nach dem Licht von Autoscheinwerfern Ausschau zu halten. Mit Sicherheit würde sie dabei am Telefon vorbeikommen und feststellen, daß der Hörer nicht auf der Gabel lag. Seufzend würde sie ihn auflegen.

Ich machte noch einen Versuch.

»Ich gebe auf«, sagte ich, als ich Wieder bei den anderen war. »Vielleicht sollten wir einfach Weiterfahren.«

Patria blickte zu dem Gebirgszug auf. Dahinter erhob sich ein zweiter und dann noch einer, aber dann wären wir zu Hause. »Mir ist ein bißchen komisch zumute. Ich meine, die Straße ist so ... so leer.«

»Das ist sie immer«, belehrte ich sie. Ich, die erfahrene Bezwingerin von Gebirgspässen.

Mate leerte ihr Glas und sog mit einem unanständigen Geräusch den Zucker durch den Strohhalm. »Ich habe Jacqui versprochen, sie heute ins Bett zu bringen.« Ihre Stimme klang weinerlich. Seit unserer Entlassung aus dem Gefängnis hatte sie ihre kleine Tochter keine einzige Nacht alleingelassen.

»Was meinst du, Rufino?« fragte ich.

»Bevor es richtig dunkel ist, schaffen wir es garantiert bis La Cumbre, und ab da geht es immer nur bergab.« Da er uns seinen Willen aber nicht aufdrängen wollte, fügte er hinzu: »Die Entscheidung liegt bei euch.« Sicher reizte ihn die Vorstellung mehr, bald in seinem eigenen Bett neben Delisa zu liegen, die sich eng an ihn kuschelte, statt bei Rudy und Pilar auf der anderen Seite des Hofs in dem kleinen Dienstbotenzimmer auf einer schmalen Pritsche zu übernachten. Außerdem hatte auch er ein kleines Kind. Mir wurde bewußt, daß ich ihn nie nach dem Alter gefragt hatte und auch nicht wußte, ob es ein Mädchen oder ein Junge war.

»Ich bin dafür, daß wir weiterfahren«, sagte ich, obwohl ich Patria ansah, daß sie noch immer mit sich rang.

Ein Lastwagen des Bauministeriums hielt an der Tankstelle. Drei Männer stiegen aus. Einer verschwand hinter dem Gebäude in der stinkenden Toilette. Wir hatten sie einmal aufsuchen müssen und geschworen, es nie wieder zu tun. Die beiden anderen steuerten auf die Theke zu, schüttelten die Beine und faßten sich in den Schritt, um die Hose zurechtzuziehen, wie es viele Männer nach einer Autofahrt tun. Sie begrüßten den Inhaber wie einen Freund mit einem *abrazo,* indem sie ihm über die Theke hinweg einen Arm um die Schulter legten. »Wie geht's, *compadre*? Nein, wir können nicht lange bleiben. Pack uns ein Dutzend Schweineschnitzel ein – und gib uns gleich ein paar in die Hand.«

Der Wirt unterhielt sich mit den Männern, während er ihrer Bestellung nachkam. »Wohin geht's um die Uhrzeit, Jungs?«

Der Fahrer biß herzhaft in das Schnitzel, das er in der Hand hielt. »Der Laster muß noch heute abend in Tamboril sein.« Er redete mit vollem Mund, leckte sich, als er fertiggegessen hatte, die fettigen Finger ab, und zog ein Taschentuch aus der Gesäßtasche, um sich den Mund abzuwischen. »Tito! Wo steckt Tito schon wieder?« Er drehte sich um, ließ den Blick über die Tische wandern und fixierte uns. Wir lächelten. Da nahm er die Mütze ab und drückte sie aufs Herz. Das sah nach einem Flirt aus. Rufino, der sich neben dem Auto postiert hatte, richtete sich beschützerisch auf.

Als Tito im Laufschritt hinter der Tankstelle hervorkam, saßen seine Kumpels bereits im Laster. Der Fahrer gab Vollgas. »Kann man denn nicht mal in Ruhe scheißen?« rief Tito, aber der Laster wurde immer schneller, und so blieb ihm nichts anderes übrig, als mit einem gekonnten Satz auf das rechte Trittbrett zu springen. Ich war mir sicher, daß sie das Kunststückchen schon vor so manchem weiblichen Wesen zum besten gegeben hatten. Hupend fädelten sie sich in die Landstraße ein.

Wir sahen uns an. Ihre Unbeschwertheit bewirkte, daß wir uns jetzt irgendwie sicherer fühlten. Wir würden dem Lastwagen die ganze Strecke bis auf die andere Seite der Berge hinterherfahren. Plötzlich kam uns die Straße nicht mehr so einsam vor.

»Was meint ihr?« sagte ich und stand auf. »Soll ich es noch mal versuchen?« Ich blickte zum Telefon.

Patria schloß ihre Handtasche mit einem resoluten Klicken. »Laßt uns lieber weiterfahren.«

Rasch gingen wir hinaus und stiegen in den Jeep, denn wenn wir den Laster einholen wollten, mußten wir uns beeilen. Ich weiß nicht, wie ich mich ausdrücken soll, aber es war, als wären wir wieder kleine Mädchen und gingen daheim über den dunklen Hof, ein bißchen bange, ein bißchen aufgeregt und voller Erwartung, hinter der nächsten Biegung das erleuchtete Haus zu erblicken …

So fühlte ich mich, als wir den ersten Berg hinauffuhren.

Epilog

Dedé
1994

In der Zeit danach kam ständig jemand zu dem alten Haus in Ojo de Agua, der mich unbedingt sprechen wollte. Ab und zu fuhr ich für ein paar Wochen zu Mamá nach Conuco, um mich auszuruhen. Als Vorwand diente mir, daß mich der mit dem Bau des Denkmals einhergehende Lärm und Staub störten, doch der eigentliche Grund war, daß mir Besuch unerträglich war, ich aber andererseits niemanden abweisen konnte.

Die Leute kamen und erzählten mir ihre eigene kleine Version des fraglichen Nachmittags: der kleine knöchelknakkende Soldat mit den schlechten Zähnen, der mit ihnen im Auto den Berg hochgefahren war; der dienernde Verkäufer von El Gallo, der ihnen Handtaschen verkauft und ihnen vergeblich von der Fahrt abgeraten hatte; der breitschultrige Lastwagenfahrer mit der heiseren Stimme, der miterlebt hatte, wie sie auf der Straße in den Hinterhalt gerieten ... Alle wollten sie mir etwas über die letzten Augenblicke der Mädchen berichten, und jeder Besucher brach mir aufs neue das Herz, aber ich saß die ganze Zeit in diesem Schaukelstuhl und hörte ihnen so lange zu, wie sie etwas zu erzählen hatten.

Das war das mindeste, was ich tun konnte – ich, die einzige, die überlebt hatte.

Während sie erzählten, versuchte ich mir auszumalen, was an jenem Nachmittag passiert war.

Sie mußten nach halb fünf aus der Stadt gefahren sein, denn der Lastwagen, der ihnen später auf der Bergstraße voranfuhr, hatte das örtliche Gebäude des Ministeriums für Öffentliche Arbeiten laut Stechuhr um vier Uhr fünfunddreißig verlassen. An einer kleinen Raststätte hatten sie eine kleine Pause eingelegt, und der Wirt sagte später, sie hätten sich offenbar wegen irgend etwas Sorgen gemacht, aber was es war, wisse er nicht. Die größte der jungen Frauen sei dauernd zum Telefon gegangen und hätte auf die anderen eingeredet.

Der Wirt war betrunken, als er mir dies berichtete. Er saß dort drüben auf dem Stuhl, und jedesmal, wenn er etwas sagte, betupfte sich seine Frau die Augen mit einem Taschentuch. Er erzählte mir, was die drei zu trinken bestellt hatten. Vielleicht sei das für mich wichtig, meinte er. So erfuhr ich auch, daß die Hübsche, die mit den Zöpfen, kurz vor der Weiterfahrt für zehn Cents zimtfarbene, gelbe und grüne Kaugummis haben wollte. Er habe in dem Glasbehälter gekramt, aber keine zimtfarbenen gefunden. Er werde sich nie verzeihen, daß er keine zimtfarbenen Kaugummis gefunden habe. Und seine Frau weinte bei dem Gedanken daran, daß so eine Kleinigkeit den Mädchen die letzten Minuten ihres Lebens vielleicht hätte versüßen können. Die Gefühlsduselei der beiden war kaum zu ertragen, aber ich hörte ihnen zu und dankte für ihren Besuch.

Offenbar fuhr der Jeep dem Laster auf der Bergstraße anfangs hinterher. Dann wurde der Laster an einem steilen Stück langsamer; der Jeep überholte ihn, beschleunigte und verschwand hinter ein paar Kurven. Nach einer Weile gelangte der Laster zu dem Hinterhalt. Ein blau-weißer Austin blokkierte teilweise die Straße; der Jeep war angehalten worden. Die jungen Frauen seien gerade »ganz friedlich« zu dem anderen Auto geführt worden, sagte der Fahrer des Lasters später aus. Er habe auf die Bremse steigen müssen, um sie nicht zu überfahren, und da habe sich »die Kleine, Rundliche« – der Beschreibung nach Patria – losgerissen, sei auf den Laster zugerannt, habe sich an den Türgriff geklammert und geschrien: »Sagen Sie der Familie Mirabal in Salcedo, daß die *calíes* uns umbringen wollen!« Da zerrte einer der Männer sie von der Tür weg und schleppte sie zum Auto.

Sobald der Lastwagenfahrer das Wort *calié* gehört habe, habe er die Tür zugeschlagen, die er schon halb geöffnet hatte, und auf einen resoluten Wink einer der Männer sei er langsam an der Straßensperre vorbeigefahren. Am liebsten hätte ich ihn gefragt: »Warum haben Sie nicht angehalten und den Mädchen geholfen?« Aber natürlich beherrschte ich mich. Er las mir die Frage jedoch von den Augen ab und senkte den Kopf.

Etwa ein Jahr nachdem Trujillo weg war, kam bei dem Prozeß gegen die Mörder alles ans Licht. Allerdings widersprachen sich die Aussagen: Jeder der fünf Mörder behauptete, die anderen seien die Haupttäter. Einer sagte sogar, sie hätten niemanden umgebracht, sondern die Mädchen lediglich zu dem großen Haus in La Cumbre gebracht, und dort habe El Jefe sie persönlich erledigt.

Fast einen Monat lang konnte man den Prozeß den ganzen Tag lang im Fernsehen verfolgen.

Drei der Mörder gestanden schließlich, jeweils eine der Mirabal-Schwestern umgebracht zu haben. Der vierte hatte Rufino, den Fahrer des Jeeps, getötet, und der fünfte hatte unterdessen auf der Straße Wache geschoben, um die anderen rechtzeitig zu warnen, für den Fall, daß ein Auto kam. Vorher hatte auch jeder der vier anderen standhaft behauptet, er habe Schmiere gestanden und sei der einzige ohne Blut an den Händen.

Ich wollte mir nicht anhören, wie sie es getan hatten. Ich habe die Würgemale an Minervas Kehle gesehen, und auch an Mates blassem Hals waren eindeutig Abdrücke von Fingern zu erkennen. Außerdem hatte man ihnen mit einem Knüppel den Schädel eingeschlagen, das wurde mir klar, als ich ihr Haar abschnitt. Die Kerle hatten ganze Arbeit geleistet, aber ich glaube nicht, daß sie meine Schwestern vergewaltigt hatten. Ich habe das überprüft, soweit mir das möglich war, und ich glaube, daß die Mörder sich zumindest in diesem Punkt anständig benommen hatten.

Als sie fertig waren, warfen sie die toten Mädchen hinten in den Jeep und setzten Rufinos Leiche auf den Vordersitz. An einer Haarnadelkurve mit drei Kreuzen am Straßenrand stürzten sie das

Auto in die Tiefe. Das war um sieben Uhr dreißig. Ich weiß es von einem gewissen Mateo Nuñez, der mich danach aufsuchte und mir erzählte, er hätte gerade sein Radio eingeschaltet, um sich den Heiligen Rosenkranz anzuhören, als er ein fürchterliches Getöse vernommen habe.

Lange danach hörte er im Radio von dem Prozeß gegen die Mörder. Er verließ seine einsame Hütte in den Bergen und marschierte los, die Schuhe in einer Papiertüte, um sie zu schonen. Er muß tagelang unterwegs gewesen sein. Ab und zu nahm ihn ein Auto ein Stück mit, und mehrmals verlief er sich, weil er sich in dem Teil des Gebirges nicht sonderlich gut auskannte. Ich beobachtete vom Fenster aus, wie er sich draußen vor der Tür die Schuhe anzog, um einen anständigen Eindruck zu machen. Er sagte mir nicht nur, um wieviel Uhr genau er das Getöse gehört hatte, sondern ahmte es auch nach und beschrieb dabei mit den Händen, wie der Jeep sich überschlagen haben mußte. Dann drehte er sich um und ging zurück in die Berge.

Er war den ganzen weiten Weg nur gekommen, um mir das zu sagen.

Die Mörder bekamen dreißig beziehungsweise zwanzig Jahre – auf dem Papier. Ich sah nicht ein, warum die einen mehr als die anderen kriegten. Wahrscheinlich wurde der eine, der auf der Straße Wache geschoben hatte, nur zu zwanzig Jahren verurteilt, aber vielleicht lag es auch daran, daß sich einer der anderen vor Gericht reuig zeigte. Ich weiß es nicht. Die Höhe ihrer Strafe spielte ohnehin keine Rolle, denn schon bald kamen sie alle in einer der vielen Revolutionen frei. Die fanden bei uns in regelmäßigen Abständen statt, als wollten wir uns beweisen, daß wir uns nicht nur auf Befehl eines Diktators gegenseitig umbringen konnten.

Nach ihrer Verurteilung gaben die Männer Interviews, die wer weiß wie oft in den Nachrichten gebracht wurden: Wie dachten die Mörder der Mirabal-Schwestern über dieses und jenes? Ich selbst hörte nur davon, weil wir keinen Fernseher besaßen und Mamás Gerät lediglich eingeschaltet wurde, damit die Kinder sich Zeichentrickfilme ansehen konnten. Ich wollte nicht, daß sie voller

Haß und auf die Vergangenheit fixiert aufwuchsen. Die Namen der Mörder sind mir kein einziges Mal über die Lippen gekommen. Meine Kinder sollten das haben, was alle Mütter ihren Kindern wünschen: die Möglichkeit, glücklich zu werden.

Ab und zu brachte mir Jaimito eine Zeitung, damit ich die großen Vorgänge im Land verfolgen konnte. Aber ich rollte sie fest zusammen und schlug damit im Haus nach den Fliegen. Deshalb bekam ich so manches wichtige Ereignis nicht mit: den Tag, an dem Trujillo von sieben Männern, darunter ein paar Kumpane von früher, ermordet wurde; den Tag, an dem Manolo und Leandro freikamen (Pedrito war schon vorher entlassen worden); den Tag, an dem Trujillos Familie fluchtartig das Land verließ; den Tag, an dem Wahlen angekündigt wurden – die ersten freien Wahlen seit einunddreißig Jahren.

»Möchtest du denn nicht über alles genau Bescheid wissen?« fragte Jaimito grinsend. Er versuchte, mich neugierig zu machen – oder vielleicht wollte er auch nur, daß ich mir Hoffnungen machte. Ich dankte ihm seine Fürsorge mit einem Lächeln. »Wieso sollte ich? Ich kann doch alles von dir erfahren, mein Lieber.«

Dabei hörte ich nicht richtig zu, wenn er redete und redete und mir alles erzählte, was in den Zeitungen stand. Ich tat nur so, indem ich nickte und ihm von meinem Sessel aus zulächelte. Ich wollte ihn nicht kränken. Schließlich hörte ich auch allen anderen zu.

Aber die Wahrheit ist: Ich konnte nicht eine Geschichte mehr verkraften.

Ich höre, wie Minou sich im ehemaligen Zimmer ihrer Mutter fürs Bett fertig macht. Durch das offene Fenster hält sie mich über alles auf dem laufenden, was sich seit unserem jeweils letzten Gespräch in ihrem Leben getan hat: die neue Kollektion Kinderkleidung, die sie für ihren Laden in der Hauptstadt entworfen hat; die Vorlesungen über Poesie und Politik, die sie an der Universität hält; Jacquelines hübsches Baby und die Umgestaltung ihres Penthouse; Manolitos Arbeit an seinen landwirtschaftlichen Projekten. Lauter kluge junge Männer und Frauen, die gutes Geld verdienen. Sie sind nicht wie unsereins, sage ich mir. Sie haben von Anfang an begriffen, daß sie sich in der Welt zurechtfinden müssen.

»Langweile ich dich, Mamá Dedé?«

»Überhaupt nicht!« antworte ich, schaukle hin und her und passe mich dem angenehmen Rhythmus ihrer Stimme an.

Kleine Neuigkeiten, die mag ich, sage ich meinen Leuten. Kommt mit kleinen Neuigkeiten zu mir.

Manchmal kamen sie nur, um mir zu erzählen, wie ich damals durchgedreht hatte. »*Ay*, Dedé, du hättest dich an dem Tag sehen sollen!«

In der Nacht zuvor hatte ich kein Auge zugetan. Jaime David war krank; er wachte immer wieder auf, hatte Fieber und verlangte nach Wasser. Aber er war nicht schuld daran, daß ich nicht schlafen konnte. Jedesmal wenn er zu weinen anfing, war ich schon wach. Schließlich ging ich hinaus und wartete hier, an dieser Stelle, auf das Morgengrauen. Die ganze Zeit schaukelte ich hin und her, als würde es dadurch schneller Tag – aus Sorge um meinen Jungen, jedenfalls glaubte ich das.

Endlich erschien am Himmel ein sanftes Schimmern. Ich hörte das Klacken des Schaukelstuhls auf den Fliesen, irgendwo krähte ein Hahn, und von weither näherte sich Hufgetrappel. Ich lief um die *galería* herum nach vorn. Tatsächlich, da kam Mamás Stalljunge auf dem Maultier angaloppiert, und seine Füße schleiften fast auf dem Boden. Komisch, worüber man sich in so einem Moment wundert: nicht etwa darüber, daß ein Bote in aller Herrgottsfrühe auftaucht, wenn das Gras noch tropfnaß vom Tau ist. Nein, was mich am meisten wunderte, war, daß jemand unser unglaublich bockiges Maultier zum Galoppieren gebracht hatte.

Der Junge stieg nicht ab, sondern rief mir zu: »Doña Dedé, Ihre Mutter sagt, Sie sollen sofort kommen.«

Ich fragte nicht, warum. Ahnte ich es etwa? Ich rannte zurück ins Haus, in unser Schlafzimmer, machte den Schrank auf, riß mein schwarzes Kleid so heftig vom Bügel, daß ich den rechten

Ärmel aufschlitzte, und weckte Jaimito mit meinem hemmungslosen Geheul.

Als Jaimito und ich in die Einfahrt einbogen, kamen Mamá und die Kinder aus dem Haus gelaufen. Ich dachte nicht gleich: *Die Mädchen!* sondern glaubte, ein Feuer sei ausgebrochen. Um sicher zu sein, daß niemand fehlte, zählte ich alle durch.

Die Kleinen plärrten, als wären sie gerade geimpft worden.

Minou riß sich los und rannte auf uns zu, so daß Jaimito den Laster mit quietschenden Bremsen zum Stehen bringen mußte.

»Um Gottes willen, was ist los?« Ich lief mit ausgebreiteten Armen auf die Kinder zu, aber sie wichen zurück, geschockt von meinem entsetzten Gesichtsausdruck, denn mir war mittlerweile aufgegangen, daß etwas nicht stimmte.

»Wo sind sie?« schrie ich.

Da sagte Mamá zu mir: »*Ay*, Dedé, sag mir, daß es nicht wahr ist, *ay*, sag mir, daß es nicht wahr ist!«

Bevor ich darüber nachdenken konnte, was sie meinte, sagte ich: »Es ist nicht wahr, Mamá, es ist nicht wahr.«

Am frühen Morgen war ein Telegramm gekommen. Nachdem Mamá es sich hatte vorlesen lassen, hatte sie es verlegt. Aber sie erinnerte sich an den Text:

```
Es hat sich ein Autounfall ereignet.
Kommen Sie bitte nach Santiago ins María-
Cabral-Krankenhaus.
```

Das Herz im Käfig meiner Rippen war wie ein Vogel, der plötzlich zu singen anfing. Hoffnung! Ich malte mir gebrochene Beine mit Schienen, Arme in Gips und jede Menge Bandagen aus. In Gedanken stellte ich zu Hause die Möbel um, damit die drei es in der Zeit der Genesung bequem hatten. Wir würden das Wohnzimmer teilweise ausräumen und sie zum Essen in Rollstühlen hineinfahren.

Während Jaimito die Tasse Kaffee trank, die Tono ihm gemacht hatte – ich hatte zu Hause nicht warten wollen, bis die begriffsstutzige Tinita endlich Feuer gemacht hatte –, liefen Mamá und ich herum und packten eine Reisetasche mit dem Nötigsten fürs Krankenhaus. Sie würden Nachthemden, Zahnbürsten und Handtücher brauchen, aber vor lauter Hektik und Aufregung legte ich auch unsinnige Dinge hinein wie Mates liebste Ohrringe, die Vicks-Dose und je einen BH.

Da hören wir ein Auto vorfahren. Durch die Jalousie unseres »Ausguckfensters«, wie wir es nannten, erkenne ich den Telegrammboten. Ich sage zu Mamá, warte hier, ich sehe nach, was er will. Rasch gehe ich über die Auffahrt auf ihn zu, um zu verhindern, daß er näher ans Haus herankommt, jetzt, wo wir die Kinder endlich beruhigt haben.

»Wir wollten anrufen, aber wir sind nicht durchgekommen. Wahrscheinlich liegt der Hörer neben der Gabel oder so etwas.« Ich merke, daß der Mann Zeit zu gewinnen versucht. Schließlich händigt er mir einen kleinen Umschlag mit Fensterchen aus und wendet sich ab, weil er ein Mann ist und ich nicht sehen soll, daß er weint.

Ich reiße das Kuvert auf, ziehe ein gelbes Blatt heraus, lese den Text, Wort für Wort.

Langsam gehe ich zum Haus zurück. Ich weiß nicht, wie ich es bis dorthin geschafft habe.

Mamá kommt an die Tür, und ich sage, Mamá, die Tasche brauchen wir jetzt nicht mehr.

Zuerst wollten mich die vor der Leichenhalle postierten Wächter nicht einlassen. Ich sei nicht die nächste lebende Verwandte, sagten sie. Ich sagte: »Ich komme da rein, notfalls als letzte tote Verwandte. Bringt mich doch auch um, wenn ihr wollt! Mir ist alles egal.«

Da gaben die Wächter den Weg frei. »*Ay*, Dedé«, sagten meine Freunde später, »du hättest dich selber sehen sollen.«

Ich kann mich nicht an die Hälfte von dem erinnern, was ich herausschrie, als ich sie sah. Rufino und Minerva lagen auf Krankenbahren, Patria und Mate auf Matten auf dem Boden. Ich war wütend, weil es nicht Krankenbahren für alle gab. Als hätte ihnen das etwas genützt! Ich weiß noch, daß Jaimito mich zu beruhigen versuchte und daß ein Arzt mit einem Beruhigungsmittel und einem Glas Wasser hereinkam. Ich erinnere mich, daß ich die Männer aufforderte, den Raum zu verlassen, während ich meine Schwestern wusch und ankleidete. Eine Krankenschwester half mir dabei, und auch sie weinte. Sie holte eine kleine Schere, damit ich Mates Zopf abschneiden konnte. Es ist mir unbegreiflich, warum die Frau mir in einem Gebäude, in dem es so viele scharfe Instrumente zum Zerteilen von Knochen und dickem Gewebe gab, ausgerechnet eine winzige Nagelschere brachte. Vielleicht hatte sie Angst, ich könnte mit etwas Schärferem wer weiß was anstellen.

Irgendwann erschienen ein paar Freunde, die von der Sache erfahren hatten, mit vier schlichten Kisten aus Kiefernholz, die nicht einmal einen Riegel hatten. Die Deckel wurden einfach zugenagelt. Später, im Bestattungsinstitut, bestand Don Gustavo darauf, daß die Kisten gegen etwas Eleganteres ausgetauscht wurden, zumindest für die Mädchen. Für den Fahrer sei Kiefernholz gut genug.

Ich dachte an Papás Prophezeiung: *Dedé wird uns alle in Samt und Seide begraben.*

Aber ich entschied anders. Sie sind alle auf dieselbe Weise umgekommen, sagte ich, also laßt sie uns auch auf dieselbe Weise beerdigen.

Wir stapelten die vier Kisten hinten auf dem Pick-up übereinander.

Langsam fuhren wir durch Städte und Dörfer nach Hause. Ich stieg nicht zu Jaimito in die Fahrerkabine, sondern blieb draußen auf der Ladefläche bei meinen Schwestern und bei Rufino. Stolz stand ich neben den Särgen und hielt sie fest, wenn das Auto über eine Unebenheit fuhr.

Leute kamen aus ihren Häusern. Sie hatten von der Geschichte gehört, mit der man uns abspeisen wollte: Der Jeep sei in einer gefährlichen Kurve in die Tiefe gestürzt. Aber sie wußten Bescheid. Viele Männer nahmen den Hut ab, Frauen bekreuzigten sich. Sie standen dicht am Straßenrand, und als der Laster vorbeifuhr, warfen sie Blumen auf die Ladefläche. Bei unserer Ankunft in Conuco war von den Kisten nichts mehr zu sehen, weil sie von einer dicken Schicht welker Blüten bedeckt waren.

Als wir in der ersten kleinen Stadt am örtlichen SIM-Posten vorbeikamen, schrie ich: »Mörder! Mörder!«

Jaimito gab Vollgas, um meine Schreie zu übertönen. Als ich auch in der nächsten Stadt losschrie, hielt er an und kam nach hinten. Er zwang mich, mich auf einen der Särge zu setzen. »Dedé, *mujer*, was ist los? Willst du, daß sie dich auch umbringen?«

Ich nickte. »Ja, ich will bei ihnen sein.«

Er sagte – ich erinnere mich deutlich –: »Du bist auch eine Märtyrerin, wenn du ohne sie weiterlebst, Dedé.«

»Woran denkst du gerade, Mamá Dedé?« Minou steht am Fenster, die gekreuzten Arme auf den Sims gestützt. Sie sieht aus wie ein gerahmtes Gemälde.

Ich lächle und sage: »Schau dir den Mond an!« An dem abnehmenden, von Wolken überschatteten Mond ist nichts Besonderes, aber für mich ist der Mond nun mal der Mond, und ich finde immer etwas Besonderes an ihm. Genau wie an Babys: Jedes, selbst das häßlichste, ist ein Segen, jedes wird, wie Mamá sich ausdrückte, mit seinem Laib Brot unter dem Arm geboren.

»Erzähl mir von Camila«, fordere ich Minou auf. »Hat sie endlich den neuen Zahn bekommen?«

Mit der Ausführlichkeit einer Mutter, die vor kurzem ihr erstes Kind gekriegt hat, schildert sie mir alles – wie die Kleine ißt, schläft, spielt und Bäuerchen macht.

Später erzählten mir die Männer meiner Schwestern ihre Version des fraglichen Nachmittags: daß sie den Mädchen zugeredet hätten, nicht abends noch nach Hause zu fahren; und daß Minerva sich geweigert habe, bei Freunden zu übernachten. »Es wäre besser gewesen, wenn sie dieses eine Mal nachgegeben hätte«, sagte Manolo. Die Augen von einer dunklen Sonnenbrille verdeckt, die er danach immer trug, stand er noch lange am Geländer der Veranda, und ich überließ ihn seinem Schmerz. Ich rede hier von der Zeit, als er wieder auf freiem Fuß war, als er, von Leibwächtern beschützt, in dem weißen Thunderbird herumfuhr, den ihm ein Bewunderer – wahrscheinlich eine Bewunderin – geschenkt hatte. Unser Fidel, er ist unser Fidel, sagten alle. Bei den ersten Wahlen weigerte er sich, für das Präsidentenamt zu kandidieren. Er sei kein Politiker, sagte er. Aber überall, wo er auftauchte, wurde er umschwärmt und verehrt.

Am Montag nach dem Mord waren er und Leandro in die Hauptstadt zurückverlegt worden – ohne Erklärung. In La Victoria sahen sie Pedrito wieder. Man steckte sie alle drei in dieselbe Zelle, und sie waren so nervös, daß sie kaum den Besuch am Donnerstag abwarten konnten, weil sie unbedingt wissen wollten, was los war. »Hattest du wirklich keine Ahnung?« fragte ich Manolo später einmal. Er drehte sich zu mir um, und der Oleander umgab ihn wie ein Rahmen. Minerva hatte ihn vor Jahren gepflanzt, als sie hier wie in einem Käfig eingesperrt war und hinaus wollte, um ein Leben größeren Stils anzufangen. Manolo nahm die dunkle Brille ab, und ich hatte das Gefühl, daß ich zum ersten Mal das ganze Ausmaß seines Schmerzes sah.

»Doch, wahrscheinlich habe ich es geahnt, aber im Gefängnis kann man sich solche Vorahnungen nicht erlauben.« Seine Hände umklammerten das Geländer der Veranda, und mir fiel auf, daß er wieder seinen Klassenring trug, denselben, der früher an Minervas Finger gesteckt hatte.

Manolo erzählte mir, wie sie an dem fraglichen Donnerstag aus der Zelle geholt und den Korridor entlang geführt wurden. Sekundenlang gaben sie sich der Hoffnung hin, daß den Mädchen nichts passiert war, aber dann wurden sie nicht etwa ins Besucherzimmer, sondern nach unten, in den Aufenthaltsraum der Wärter gebracht. Johnny Abbes, Cándido Torres und andere Typen vom SIM erwarteten sie. Sie waren betrunken. Es sollte eine Sonderbehandlung vor geladenen Gästen werden, eine Folter besonderer Art, die darin bestand, daß man den Häftlingen sagte, was passiert war.

Ich wollte das alles nicht wissen, aber ich zwang mich, Manolo zuzuhören. Er mußte es wohl loswerden, und ich mußte es mir anhören, damit es zu etwas Menschlichem wurde und wir anfangen konnten, es zu vergeben.

Es gibt aus jener Zeit Bilder von mir, auf denen ich mich selber nicht wiedererkenne. Ich war so dünn wie mein kleiner Finger, ein Zwilling der spindeldürren Noris. Das Haar trug ich so kurz wie Minerva im letzten Jahr ihres Lebens, und es wurde von Haarspangen zurückgehalten. Ein Baby auf dem Arm, ein zweites am Rockzipfel. Nie blicke ich in die Kamera, immer schaue ich weg.

Aber langsam – wie ist das möglich? – kam ich zurück aus dem Reich der Toten. Auf einem Foto, das an dem Tag gemacht wurde, als unser neuer Präsident das Denkmal besuchte, stehe ich geschminkt und mit toupiertem Haar vor dem Haus. Ich habe die schon vier Jahre alte Jacqueline auf dem Arm, und wir beide schwenken Fähnchen.

Anschließend stattete der Präsident uns einen Besuch ab. Er saß in Papás altem Schaukelstuhl, trank eine geeiste *limonada* und erzählte mir seine Geschichte. Er sagte, er werde eine Menge ändern: Die alten Generäle werde er abservieren, weil an ihren Händen das Blut der Mirabal-Schwestern klebe; all die Ländereien, die sie sich angeeignet hätten, werde er unter den Armen verteilen lassen; und er wolle dafür sorgen, daß wir auf unser Land stolz sein könnten und es nicht von den imperialistischen *yanquis* beherrscht werde.

Bei jedem dieser Versprechen sah er mich an, als bräuchte er meine Zustimmung. Oder nicht meine, sondern die meiner Schwestern, deren Fotos hinter mir an der Wand hingen. Sie waren gleichsam zu Heiligenbildern geworden, prangten auf Plakaten und wurden bereits gesammelt. *Gebt uns die Schmetterlinge zurück!*

Bevor er ging, deklamierte der Präsident ein Gedicht, das er sich auf der Fahrt von der Hauptstadt zu uns ausgedacht hatte. Etwas Patriotisches in der Richtung, daß man nicht vergeblich stirbt, wenn man sein Leben fürs Vaterland läßt. Er war ein Poet, unser

Präsident, und Manolo sagte mehrmals: »*Ay*, wenn Minerva das sehen könnte!« Ich überlegte, daß die Mädchen vielleicht wirklich für eine gute Sache gestorben waren.

Mit dem Schmerz in mir kam ich jetzt besser zurande. Ich konnte ihn ertragen, weil ich darin etwas Sinnvolles erblickte. Es war so ähnlich, wie wenn ein Arzt dir erklärt, daß eine Brust abgenommen werden muß, damit du selbst eine größere Überlebenschance hast. Ich stellte mich sozusagen auf ein Leben *ohne* ein, noch bevor sie ab war.

Ohne weiter auf meinen Schmerz zu achten, fing ich an zu hoffen und Pläne zu schmieden.

Als alles zum zweitenmal zusammenbrach, machte ich die Tür zu. Ich empfing keine Besucher mehr. Sollten sie ihre Geschichten doch an die Zeitschrift *Vanidades* verkaufen oder in der Talkshow *Bei Félix* zum besten geben. Sollten sie doch anderen erzählen, was sie über den Putsch, die Vertreibung des Präsidenten nach knapp einem Jahr, die Aufständischen in den Bergen, den Bürgerkrieg und die Landung der *Marines* dachten.

Einmal hörte ich mir eine Talkshow an, weil Tinitas Radio in der Küche die ganze Zeit lief. Jemand analysierte die Lage und sagte dabei etwas, das mich aufhorchen ließ.

»Diktaturen«, sagte er, »sind pantheistisch. Einem Diktator gelingt es irgendwie, ein Stückchen von sich selbst in jeden von uns einzupflanzen.«

Aha, dachte ich und berührte die Stelle über dem Herzen, wo sich, ohne daß ich es ahnte, die Zellen wie verrückt vermehrten. So ist das also mit uns.

Manolos Stimme klingt verschwommen auf dem Tonband, das der Radiosender mir als Andenken geschickt hat: *Zur Erinnerung an unseren großen Helden. Wer für sein Land stirbt, stirbt nicht vergeblich.*

Sein letzter Funkspruch aus dem Versteck in den Bergen war ein mit körniger Stimme vorgetragener Aufruf: »Bürger der Dominikanischen Republik! Wir dürfen nicht zulassen, daß bei uns wieder eine Diktatur errichtet wird!« Die nächsten Worte werden von Störgeräuschen verschluckt. Dann: »Erhebt euch, geht auf die Straße! Schließt euch mir und meinen Kameraden in den Bergen an! Wer für sein Land stirbt, stirbt nicht vergeblich!«

Aber niemand schloß sich ihm an. Nachdem er und seine Leute vierzig Tage lang bombardiert worden waren, nahmen sie das im Radio verkündete Amnestieangebot an. Mit erhobenen Händen kamen sie von den Bergen herab – und die Generäle ließen sie niedermähen, alle.

Mir wurde die Muschel ausgehändigt, die Manolo am letzten Tag seines Lebens Minou geschickt hatte. In die glatte Innenseite hatte er mit dem Taschenmesser die Worte geritzt: *Für meine kleine Minou, am Ende eines großen Abenteuers.* Es folgte das Datum, an dem er umgebracht wurde: 21. Dezember 1963. Seine letzte Botschaft machte mich wütend. *Ein großes Abenteuer* – wie konnte er so etwas sagen! Passender wäre *ein großes Unheil* gewesen.

Ich gab Minou die Muschel jedoch nicht, sondern behielt mit ihr auch eine Zeitlang das Geheimnis von Manolos Tod für mich. Fragte sie mich nach ihm, sagte ich jedesmal: »*Sí, sí,* Papi ist oben in den Bergen und kämpft für eine bessere Welt.« Nach etwa einem Jahr war es dann nur noch ein kleiner Schritt, ihr klarzumachen, daß er jetzt im Himmel bei ihrer Mami, ihrer Tante Patria und ihrer Tante Mate sei, also in einer besseren Welt lebe.

Als ich ihr das auseinandersetzte – sie war inzwischen acht Jahre alt –, sah sie mich an, und ihr kleines Gesicht war tiefernst. »Mamá Dedé«, fragte sie, »ist Papi tot?«

Da gab ich ihr die Muschel, damit sie seinen Abschiedsgruß las.

»Das war eine komische Frau«, sagt Minou. »Zuerst dachte ich, ihr seid Freundinnen oder so ähnlich. Wo hast du die aufgesammelt, Mamá Dedé?«

»Aufgesammelt? Ich? Du vergißt wohl, *mi amor,* daß das Museum nur fünf Minuten entfernt ist und alle hier aufkreuzen, weil sie die Geschichte aus erster Hand hören wollen.« Während ich das sage, schaukele ich schneller hin und her und werde immer wütender. Alle glauben, sie könnten einfach hereinplatzen: der belgische Filmemacher, für den ich mit den Fotos der Mädchen in den Händen posieren mußte; die Chilenin, die ein Buch über Frauen und die Politik schrieb; die Schulkinder, die von mir verlangen, den Zopf hochzuhalten und ihnen zu erzählen, warum ich ihn abgeschnitten habe.

»Aber Mamá Dedé«, sagt Minou. Sie sitzt auf dem Fenstersims und späht von ihrem hellerleuchteten Zimmer in die *galería*, deren Lampen ich wegen der Mücken ausgeknipst habe. »Warum weigerst du dich nicht einfach? Wir nehmen die Geschichte auf Kassette auf, verkaufen sie für hundertfünfzig Pesos und geben ein signiertes Hochglanzfoto gratis dazu.«

»Was für eine Idee, Minou!« Unsere Tragödie – ja, es ist unser aller Tragödie, die Tragödie des ganzen Landes – ein einträgliches Geschäft! Doch dann sehe ich, daß Minou lacht, sich köstlich über die lästerliche Idee amüsiert, und ich muß ebenfalls lachen. »An dem Tag, an dem ich es satt habe, mache ich bestimmt damit Schluß.«

Ich schaukele wieder langsamer, ruhiger. Natürlich kannst du jederzeit Schluß machen, sage ich zu mir selbst.

»Wann wird das sein, Mamá Dedé? Wann wirst du dich genug verausgabt haben?«

Wann kam die Wende, frage ich mich, wann war ich nicht länger diejenige, die sich die Geschichten anderer Leute anhörte, sondern zu der die Leute kamen, um sich die Geschichte der Mirabal-Schwestern erzählen zu lassen?

Anders ausgedrückt: Wann wurde ich zum Orakel?

Manchmal gehen meine Freundin Olga und ich abends in ein Restaurant. Wir können es uns erlauben, reden wir uns ein, als glaubten wir nicht recht daran. Zwei geschiedene *mujeronas*, die mit dem Schritt zu halten versuchen, was unsere Kinder *die modernen Zeiten* nennen. Mit Olga kann ich mich über solche Themen unterhalten. Ich frage sie, was sie darüber denkt.

»Ich will dir sagen, was ich denke«, sagt Olga. Wir sitzen im El Almirante, wo – darin sind wir uns einig – die Kellner bestimmt ehemalige Funktionäre aus Trujillos Zeiten sind. Sie sind so wichtigtuerisch und umständlich! Immerhin lassen sie zwei alleinstehende Frauen in Ruhe zu Abend essen.

»Ich finde, du hast es verdient, ein eigenes Leben zu führen«, sagt Olga und wischt alle Einwände vom Tisch. »Laß mich ausreden! Du lebst noch immer in der Vergangenheit, Dedé. Du wohnst, umgeben von denselben alten Sachen, in demselben alten Haus in demselben kleinen Dorf mit all den Leuten, die du seit deiner Kindheit kennst.«

Olga zählt all die Dinge auf, die mich angeblich daran hindern, mein eigenes Leben zu leben. Und ich denke dabei: Trotzdem, ich würde sie für nichts in der Welt aufgeben. Eher möchte ich sterben.

»Du lebst immer noch im Jahr 1960«, schließt sie, »aber wir schreiben das Jahr 1994, Dedé. *1994*!«

»Du täuschst dich«, erwidere ich. »Ich bin nicht auf die Vergangenheit fixiert, ich habe sie einfach nur in die Gegenwart mitgenommen. Das Problem ist, daß zu wenige von uns das getan haben. Wie sagen doch gleich die Gringos: Wenn ihr euch nicht mit eurer Geschichte auseinandersetzt, wird sich alles wiederholen.«

Olga tut diese Theorie mit einer Handbewegung ab. »Die Gringos reden viel daher.«

»Und vieles ist wahr«, gebe ich zu bedenken. »Vieles.« Minou hat mir einmal vorgehalten, ich stünde auf der Seite der *yanquis,* und ich habe geantwortet: »Ich bin für alle, die im richtigen Moment recht haben.«

Olga seufzt. Ich weiß, sie interessiert sich nicht für Politik.

Ich kehre zum Ausgangsthema zurück. »Ich hatte dich eigentlich etwas anderes gefragt. Es ging darum, wann ich von der Zuhörerin zum Orakel wurde.«

»Hmm«, macht sie. »Laß mich nachdenken.«

Ich sage ihr, was ich selber denke: »Es war, als die Kämpfe vorbei und wir ein gebrochenes Volk waren.« Bei dieser Beschreibung der jüngsten Vergangenheit schüttelt Olga traurig den Kopf. »Damals machte ich die Tür wieder auf und fing selbst an zu reden, statt weiter zuzuhören. Wir hatten die Hoffnung verloren und brauchten eine Geschichte, um zu verstehen, was mit uns passiert war.«

Olga lehnt sich zurück und macht ein aufmerksames Gesicht, als hörte sie sich eine Predigt an, die sie glaubt. »Das hast du wirklich schön gesagt, Dedé«, sagt sie, als ich fertig bin. »Du solltest es dir für November aufheben, wenn du die Rede halten mußt.«

Ich höre, wie Minou eine Nummer wählt. Sie ruft Doroteo an – ihr telefonisches Tête-à-tête vor dem Schlafengehen, bei dem sie all die kleinen Dinge austauschen, die sich in den Stunden, die sie voneinander getrennt sind, zugetragen haben. Wenn ich jetzt hineingehe, wird sie glauben, sich kurzfassen und mit ihrer Mamá Dedé unterhalten zu müssen.

Also stelle ich mich ans Geländer der Veranda, und sofort muß ich an Manolo und Minerva zu denken, wie sie sich hier gegenübergestanden haben. Als Kinder hatten wir ein Spiel, das wir »Ein Schritt ins Dunkle« nannten. Wir stachelten uns gegenseitig an, nachts in den finsteren Garten zu gehen. Ich habe es nur ein- oder zweimal ein bißchen weiter als bis zu diesem Geländer geschafft, aber Minerva, die marschierte los, bis wir nach ihr rufen und sie bitten mußten zurückzukommen. Ich weiß noch genau, wie sie hier, an dieser Stelle, kurz stehenblieb, die Schultern nach hinten drückte und sich einen Ruck gab. Es war ihr anzusehen, daß es auch sie Überwindung kostete.

Später, als sie schon älter war, stellte sie sich jedesmal, wenn sie wütend war, an dieses Geländer und blickte hinunter in den Garten, als würde das dunkle Dickicht der Pflanzen sie erneut zu einer Mutprobe auffordern.

Geistsabwesend lasse ich die Hand über die Schaumgummibrust gleiten und drücke sie leicht, weil mir da etwas fehlt und mir das zu schaffen macht.

»*Mi amor*«, höre ich Minou drinnen im Haus sagen und spüre, wie ich an den Armen Gänsehaut kriege. Sie klingt so sehr wie ihre Mutter! »Wie geht es unserem Liebling? Bist du mit ihr zu Helados Bon Eisessen gegangen?«

Ich verlasse die Veranda und gehe durchs Gras, weil ich das Gespräch nicht mitanhören will – jedenfalls rede ich mir das ein. Einen Moment lang wünsche ich mir, ich könnte mich in Luft auflösen. Düfte steigen von den Büschen auf, die ich mit den Beinen streife, und die Dunkelheit vertieft sich in dem Maße, wie ich mich vom erleuchteten Haus entferne.

Verluste. Ich kann sie aufzählen wie die Dinge auf der Liste, die mir der Untersuchungsrichter, an einen Karton geklebt, ausgehändigt hatte, Dinge, die man bei den Toten oder im Autowrack gefunden hatte. Lauter törichte Dinge, die mir dennoch ein wenig Trost spendeten. Ich bete sie herunter wie den Katechismus, so ähnlich wie meine Schwestern, wenn sie Hausarrest hatten und kichernd die »Gebote« aufsagten.

Ein rosa Puderquast.
Ein paar rote hochhackige Schuhe.
Ein fünf Zentimeter hoher Absatz von einem cremefarbenen Schuh...
Jaimito ging für eine Zeitlang nach New York. Die Ernte war wieder schlecht ausgefallen, und es sah so aus, als würden wir unser Land verlieren, wenn wir nicht rasch ein bißchen Bares beschafften. Also suchte er sich Arbeit in einer *factoría* und schickte jeden Monat Geld. Nach allem, was später passierte, schäme ich mich, es auszusprechen, aber es waren Gringo-Dollars, die unsere Farm vor dem Untergang retteten.

Als er zurückkam, war er ein anderer Mensch. Besser gesagt, er hatte zu sich selbst gefunden. Auch ich hatte zu mir selber gefunden, während ich hier eingesperrt war und nur Mamá und die Kinder um mich hatte. Um Mamá nicht noch mehr Kummer zu bereiten, wohnten wir bis zu ihrem Tod unter einem Dach, aber wir hatten schon vorher angefangen, unser eigenes Leben zu leben.

Ein Schraubenzieher.
Eine Handtasche aus braunem Leder.
Eine Handtasche aus rotem Kunstleder ohne Riemen.
Eine Garnitur gelber Nylonunterwäsche.

Ein Taschenspiegel.
Vier Lotterielose.
Unsere Familie löste sich auf: erst gingen die Männer, später auch die Kinder getrennte Wege.

Manolo machte den Anfang, er starb drei Jahre nach Minerva.

Der nächste war Pedrito. Er erhielt sein Land zurück, aber das Gefängnis und die Schicksalsschläge hatten ihn verändert. Er war ruhelos und fand nicht mehr in das alte Leben zurück. Er heiratete ein zweitesmal, und die Neue, ein junges Mädchen, machte ihn uns abspenstig, jedenfalls behauptete Mamá das. Er kam immer seltener zu Besuch, und irgendwann ließ er sich so gut wie gar nicht mehr blicken. Wie sehr hätte das alles Patria verletzt – angefangen bei der jungen Braut!

Und Leandro? Solange Manolo noch lebte, wich Leandro Tag und Nacht nicht von seiner Seite. Aber als Manolo sich dann in die Berge absetzte, blieb Leandro zu Hause. Vielleicht witterte er eine Falle, vielleicht war Manolo ihm zu radikal geworden – ich weiß es nicht. Nach Manolos Tod kehrte Leandro der Politik den Rücken und wurde in der Hauptstadt ein großer Bauunternehmer. Manchmal, wenn wir durch die Stadt fahren, zeigt Jacqueline auf ein protziges Gebäude und sagt: »Das hat Papá gebaut.« Über seine zweite Frau, die neue, alles vereinnahmende Familie und die jüngeren Stiefgeschwister redet sie nicht so gern.

Eine Rechnung von El Gallo.
Ein von einem Gummiband zusammengehaltenes Gebetbuch.
Eine Brieftasche mit 56 Centavos.
Sieben Ringe: drei schlichte, goldene ohne Stein, einer mit einem kleinen Diamanten, einer mit einem Opal und vier Perlen, ein Männerring mit einem Granat und eingraviertem Adler, ein silberner Ring mit Initialen.

Ein Skapulier vom Orden der Schmerzensreichen Gottesmutter.
Eine Christophorus-Medaille.

Mamá hielt noch zwanzig Jahre durch. Übernachtete ich einmal nicht bei ihr, besuchte ich sie vormittags und brachte für die Mädchen immer eine Orchidee aus meinem Garten mit. Wir zogen die

Kinder gemeinsam groß. Sie übernahm Minou, Manolito und Raulito, ich Jacqueline, Nelson und Noris. Fragt mich nicht, warum wir sie so aufgeteilt haben. Eigentlich haben wir sie gar nicht aufgeteilt. Sie zogen nach Lust und Laune von einem Haus ins andere. Ich wollte damit nur sagen, wo sie am häufigsten schliefen.

Mamá hatte mit ihren Enkelinnen im Teenageralter ihre liebe Mühe! Aus lauter Angst hätte sie die Mädchen am liebsten wie Nonnen in einem Kloster eingesperrt. Minou machte ihr – und mir – ja auch wirklich große Sorgen. Mit sechzehn ging sie auf eigene Faust nach Kanada, um zu studieren, dann für mehrere Jahre nach Kuba. *Ay, Dios,* wie viele *virgencitas* und *azabaches* hefteten wir ihr ans Kleid, wie viele Skapuliere hängten wir ihr um, um die Kerle zu verscheuchen, die sich ständig an unserer jungen Schönheit vergreifen wollten!

Ich erinnere mich an Minous Worte, als sie mir erzählte, wie sie sich Doroteo zum erstenmal »hingegeben« hat. Ja, so drückte sie sich aus, aber ich kann mir vorstellen, was sich hinter dem Vorhang schöner Worte tatsächlich in ihrem Schlafzimmer abgespielt hat: Er stand mit verschränkten Armen neben dem Bett, als wollte er sich gegen ihre Reize sperren. Schließlich sagte sie: »Was ist los, Doroteo?« Und Doroteo: »Ich komme mir vor, als wollte ich unsere Landesfahne beflecken.«

Womit er nicht ganz unrecht hatte. Man stelle sich vor: die Tochter zweier Nationalhelden! Ich sagte nur zu Minou: »Ich mag den Jungen.«

Mamá mochte ihn nicht. »Sei gescheit und mach es wie deine Mutter«, ermahnte sie Minou immer wieder. »Lern was und heirate nicht zu früh.« Unwillkürlich mußte ich daran denken, wie Mamá Minerva das Leben schwergemacht hatte, als sie genau das tat!

Arme Mamá, sie hat in ihrem Leben das Ende von so vielem miterleben müssen, und dies galt auch für ihre eigenen Vorstellungen. Wie gesagt, sie hielt noch zwanzig Jahre durch, sie wartete, bis ihre Enkelinnen aus dem gefährlichen Alter heraus waren und allein zurechtkamen.

Dann, im Januar vor vierzehn Jahren, ging ich eines Morgens zu ihr ins Zimmer, und da lag sie, die Hände auf dem Bauch und den Rosenkranz zwischen den Fingern, als betete sie. Ich vergewisserte mich, daß sie wirklich gestorben war. Seltsam, ihr Tod hatte etwas Unwirkliches, er war ganz anders als bei den anderen: still, ohne Wut und Gewalt.

Ich legte ihr die Orchidee in die Hände, die ich eigentlich für die Mädchen mitgebracht hatte. Mir war bewußt, daß dies, sofern mein Leben nicht ein einziger Fluch war und ich meine Kinder überlebte, der letzte große Verlust war, den ich zu verkraften hatte. Zwischen mir und dem mir bevorstehenden »Schritt ins Dunkle« war niemand mehr – ich würde die nächste sein.

Die Liste der Verluste war komplett.

Es half, stellte ich fest, daß ich sie gewissermaßen herunterbeten konnte. Wenn ich dies tue, denke ich manchmal: Vielleicht sind es gar keine Verluste. Vielleicht sehe ich das falsch. Die Männer, die Kinder, ich selber – wir sind unsere eigenen Wege gegangen, sind wir selbst geworden. Nichts weiter. Vielleicht versteht man das unter einem freien Volk. Sollte ich mich darüber nicht freuen?

Vor nicht allzu langer Zeit bin ich Lío auf einer Feier zu Ehren der Mädchen begegnet. Auch wenn Minou das Gegenteil glaubt – ich mag solche Veranstaltungen nicht und muß mich jedesmal zwingen hinzugehen.

Nur wenn ich weiß, daß *er* auch dasein wird, bleibe ich zu Hause. Ich meine unseren derzeitigen Präsidenten, der an dem Tag, als die Mädchen umgebracht wurden, Marionettenpräsident war. »Ay, Dedé«, versuchen Bekannte mich manchmal zu überreden. »Gib dir einen Ruck. Er ist jetzt ein blinder alter Mann.«

»Er war schon blind, als er noch sehen konnte«, erwidere ich gereizt. Oh, mir kocht das Blut beim Gedanken, seine besudelte Hand schütteln zu müssen!

Aber zu den meisten Feiern gehe ich. »Für die Mädchen«, sage ich mir immer.

Manchmal, bevor ich ins Auto steige, genehmige ich mir einen

Schluck Rum, einen so kleinen, daß man es nicht riecht und ich nicht für einen Skandal sorge. Nur ein kleines Wetterleuchten im Herzen. Die Leute werden mich allerlei Dinge fragen, und wenn sie es noch so gut meinen – sie werden dort herumstochern, wo es noch weh tut; Leute, die den Mund gehalten haben, als ein leiser Piepser von ihnen zusammen einen Chor ergeben hätte, den die Welt nicht hätte überhören können; Leute, die damals Freunde des Teufels waren. Alle wurden amnestiert, nachdem jeder jeden so lange angeschwärzt hatte, bis wir eine einzige verrottete Familie von Feiglingen waren.

Deshalb genehmige ich mir ab und zu einen Schluck Rum.

Bei solchen Veranstaltungen postiere ich mich immer möglichst nahe an der Tür, damit ich bald wieder gehen kann. Einmal wollte ich mich gerade unauffällig verdrücken, als ein älterer Mann auf mich zukam, am Arm eine schöne Frau mit offenem, freundlichem Gesicht. Gar nicht so dumm, der Alte, sagte ich mir, der hat sich fürs Alter eine junge Pflegerin geangelt.

Ich halte ihm die Hand hin, wie ich es mir bei solchen Empfängen angewöhnt habe, und da streckt der Mann beide Hände aus und nimmt meine zwischen seine. »Dedé, *caramba*, weißt du denn nicht, wer ich bin?« Er läßt meine Hand nicht los, und die junge Frau neben ihm strahlt. Ich sehe ihn genauer an.

»*Dios santo*, Lío!« Ich muß mich hinsetzen.

Seine Frau läßt uns allein und holt etwas zu trinken. Wir setzen uns gegenseitig ins Bild, werfen uns die Bälle zu: meine Kinder, seine Kinder; das Versicherungsgeschäft und seine Praxis in der Hauptstadt; das alte Haus, in dem ich noch immer wohne, und sein neues Haus nahe dem ehemaligen Präsidentenpalast... Langsam arbeiten wir uns an die tückische Vergangenheit heran, an das gräßliche Verbrechen, an die sinnlose Vergeudung jungen Lebens, an den Herd der schwärenden Wunde.

»*Ay*, Lío«, sage ich, als wir den Punkt erreicht haben.

Und guter Gott, er nimmt meine Hände in seine und sagt: »Der Alptraum ist vorbei, Dedé. Sieh doch, was die Mädchen geschafft haben!« Er macht eine ausladende Geste.

Er meint die freien Wahlen, durch die jetzt üble Präsidenten ordnungsgemäß an die Macht gelangen, statt mit Hilfe von Panzern der Armee. Er meint die ersten Zeichen von Wohlstand in unserem Land, die zollfreien Geschäfte, die überall aufgemacht werden, die Kette von Clubs und Hotels an der Küste. Wir sind vom Schlachthof zum Tummelplatz der Karibik avanciert. Der Friedhof fängt an zu blühen.

»*Ay*, Lío«, sage ich nochmals.

Ich folge seinem Blick durch den Raum. Die meisten Gäste sind jung: Geschäftsmänner mit Knabengesichtern, elektronischen Uhren und jungen, strahlendschönen Ehefrauen, die mit ihren Hochschulabschlüssen nichts anzufangen wissen und Walkietalkies in der Handtasche mit sich herumtragen, damit sie jederzeit den Chauffeur vorfahren lassen können; Parfümschwaden und Geklimper von Schlüsseln zu den Dingen, die ihnen gehören.

»O ja«, höre ich eine der Frauen sagen, »die Revolution war für die Katz.«

Ich sehe, daß zwei ältere Frauen uns verstohlene Blicke zuwerfen. Wie gut sie sich unter dem Gemälde von Bidó machen! Für sie sind wir Figuren aus einer traurigen Geschichte, die der Vergangenheit angehört.

Auf dem Heimweg zittere ich, weiß aber nicht recht, warum.

Während ich durch die dunkle Landschaft nach Norden fahre – nur in den Bergen, wo sich immer mehr reiche junge Leute ihre Fluchtburgen bauen, funkeln ein paar Lichter, und natürlich am Himmel, wo die Sterne Gott weiß wieviel Watt vergeuden –, dämmert mir, daß Lío recht hat. Der Alptraum ist überstanden, wir sind endlich frei. Aber es gibt da etwas, was mein Zittern auslöst, etwas, das ich nicht gern laut ausspreche. Ich sage es nur ein einziges Mal, und damit Schluß:

Sind die Schmetterlinge *dafür* geopfert worden?

»Mamá Dedé, wo bist du?« Minou ist anscheinend mit dem Telefonieren fertig. Ihre Stimme hat diesen bockigen Ton, den unsere Kinder anschlagen, wenn wir uns unterstehen, uns aus ihrem

Leben herauszustehlen. *Wieso bist du nicht mehr da, wo ich dich hingetan habe?* »Mamá Dedé!«

Ich bleibe in den dunklen Tiefen des Gartens stehen, als hätte man mich bei etwas Unrechtem ertappt. Ich drehe mich um. Ich sehe das Haus, wie ich es ein- oder zweimal als Kind gesehen habe: das Giebeldach wie aus einem Märchen, die das Haus an drei Seiten umschließende Veranda; die erleuchteten, von gelebtem Leben erglühenden Fenster. Ein Ort des Überflusses, ein magischer Ort des Erinnerns und Sehnens. Rasch gehe ich zurück, ein von dem wundersamen Licht angezogener Nachtfalter.

Ich decke sie zu, knipse das Licht aus und unterhalte mich im Dunkeln noch eine Weile mit ihr.

Sie erzählt mir haarklein, was Camila heute alles gemacht hat; sie erzählt mir auch von Doroteos Geschäft und von ihrem Plan, sich ein Stück weiter nördlich, oben in den schönen Bergen, ein Haus zu bauen.

Ich bin froh, daß es dunkel ist und sie mein Gesicht nicht sehen kann. *Oben in den schönen Bergen, wo deine Eltern ermordet worden sind!*

Aber ist dies nicht der Beweis dafür, daß ich mein Ziel erreicht habe? Sie quält sich nicht und ist nicht voll Haß. Sie will ein Stück haben von diesem schönen Land mit seinen schönen Bergen und prachtvollen Stränden, deren Abbildungen wir uns in Reiseprospekten ansehen können.

Wir machen Pläne für morgen. Wir werden in Santiago ein bißchen einkaufen gehen, und ich werde ihr helfen, in El Gallo Stoffe auszusuchen. Dort ist großer Ausverkauf, weil das Geschäft dichtmacht und unter neuer Leitung wiedereröffnet werden soll. Bald wird es im ganzen Land eine Kette von El Gallos geben, mit Personal in knallroten Uniformen und Kundenregistern, in denen steht, wieviel man ausgibt. Danach werden wir ins Museum gehen, wo Minou sich von Tono ein paar Zeitungsausschnitte für die Diele in ihrer Wohnung geben lassen will. Vielleicht kann Jaime David mit uns zu Mittag essen. Der große, wichtige Herr Senator aus

Salcedo soll sich gefälligst Zeit für uns nehmen, sagt Minou drohend.

Felas Name fällt. »Mamá Dedé, was meint sie wohl damit, daß die Mädchen endlich ihren Frieden gefunden haben?«

Das ist keine gute Frage so kurz vor dem Einschlafen. Es ist, als würde man auf einer Postkarte etwas von seiner Scheidung oder einem persönlichen Problem andeuten. Ich gebe also eine knappe, unverbindliche Antwort: »Damit meint sie wahrscheinlich, daß wir sie jetzt sich selbst überlassen können.«

Gott sei Dank ist sie so müde, daß sie nicht nachhakt. Manchmal spiele ich nachts, wenn ich nicht schlafen kann, das Spiel, das Minerva mir beigebracht hat, das heißt, ich vergegenwärtige mir den einen oder anderen glücklichen Moment. Aber da ich das heute schon den ganzen Nachmittag getan habe, beschäftige ich mich lieber mit dem, was vor mir liegt.

Ich denke vor allem an die Reise, die ich auch dieses Jahr wieder mit ziemlicher Sicherheit gewonnen habe.

Mein Chef hat schon die eine oder andere Andeutung gemacht: »Wissen Sie, Dedé, die Reiseprospekte haben recht. Wir leben hier im reinsten Paradies. Wozu also weit reisen, wo man es sich auch hier gutgehen lassen kann.«

Dieses Jahr versucht er, billig davonzukommen!

Aber falls ich die Reise wieder gewonnen habe, werde ich nicht lockerlassen, bis ich bekomme, was ich will. »Ich möchte nach Kanada und mir das Laub anschauen«, werde ich sagen.

»Das Laub?« Ich sehe vor mir, wie er sein Unternehmergesicht aufsetzt und mildes Entsetzen mimt. Dieses Gesicht macht er immer, wenn die *tutumpotes* zu ihm kommen und möglichst billige Versicherungen abschließen wollen. *Aber Ihr Leben ist Ihnen doch bestimmt mehr wert, Herr Soundso!*

»Jawohl«, werde ich sagen, »das Laub. Ich will mir das Laub anschauen.« Aber ich werde ihm nicht sagen, warum. Der Kanadier, den ich auf der Reise, die ich letztes Jahr gewonnen habe, in Barcelona kennenlernte, erzählte mir davon, wie sich das Laub rot und golden verfärbt. Er nahm meine Hand in seine, als wäre sie ein

Blatt, und spreizte die Finger. Dann zeigte er auf die verschiedenen Linien und sagte: »Der Zucker sammelt sich in den Adern.« Ich spürte, wie mein Vorsatz, die Distanz zu wahren, dahinschmolz wie der süße Sirup in dem Laub, von dem er sprach, und das Blut schoß mir ins Gesicht.

»Es ist die Süße in ihren Adern, die sie zum Glühen bringt«, sagte er, blickte mir in die Augen und lächelte. Sein Spanisch war passabel, jedenfalls gut genug für das, was er sagen wollte. Leider war ich noch viel zu verschreckt, um mir einen Ruck zu geben und ein neues Leben anzufangen. Also entzog ich ihm meine Hand, sobald er mit dem Anschauungsunterricht fertig war.

Aber meiner Phantasie sind seitdem Flügel gewachsen: Ich stehe unter Bäumen in flammenden Farben – ich stelle mir blühende Flamboyants vor, weil ich noch keinen von diesen zuckerhaltigen Ahornbäumen gesehen habe –, und er knipst mich, damit ich den Kindern ein Foto mitbringen kann zum Beweis, daß ich das alles erlebt habe, ich, die alte Mamá Dedé.

Es ist die Süße in ihren Adern, die sie zum Glühen bringt.

Meist höre ich sie abends kurz vor dem Einschlafen.

Ich liege an der Schwelle des Vergessens und warte auf ihr Kommen, als wäre es das Signal dafür, daß ich mich dem Schlaf überlassen kann.

Das Knarren der Bodendielen, das Rauschen des Windes im Jasmin, der tiefe, duftende Atem der Erde, das Krähen eines schlaflosen Hahnes. Und dann ihre leisen, geisterhaften Schritte, so sacht, daß ich sie für meine eigenen Atemzüge halten könnte.

Jede tritt anders auf, als hätten sie sich auch als Geister ihr unterschiedliches Wesen bewahrt: Patria mit verhaltener Selbstsicherheit, Minerva mit quecksilbriger Ungeduld, Mate mit kleinen, verspielten Hüpfern. Müßig tändeln sie herum. Heute wird Minerva bestimmt lange bei ihrer Minou sitzen und der Musik ihres Atems lauschen.

Manchmal, wenn mir etwas Kopfzerbrechen bereitet, liege ich nachts auch noch wach, nachdem sie längst gekommen sind, und dann höre ich andere Geräusche: das schauerliche, haarsträubende Knirschen von Reitstiefeln, der Schlag einer Peitsche gegen Leder, resolute Schritte, die mich erzittern lassen, so daß ich wieder wach werde und im Haus alle Lampen anknipse – die einzig sichere Methode, das Böse zu bannen.

Aber heute abend ist es so ruhig wie noch nie.

Nimm dich zusammen, Dedé, ermahne ich mich. Meine Hand fühlt voll Bedauern, daß links an meinem Körper etwas fehlt, eine Feststellung, die längst zur Gewohnheit geworden ist. Mein Unterpfand, so nenne ich es, für alles andere, was mir fehlt. Unter meinen Fingern flattert das Herz wie ein Falter an einem Lampenschirm. Nimm dich zusammen, Dedé!

Doch jetzt höre ich nur meinen eigenen Atem und die gesegnete Stille jener kühlen, klaren Nächte unter dem Anacahuita-Baum, bevor jemand ein Wort über Künftiges hauchen kann. Und im Geiste sehe ich sie alle dort, reglos wie Standbilder: Mamá, Papá, Minerva, Mate, Patria, und mir kommt es so vor, als fehlte jemand. Ich zähle sie zweimal, bis ich begreife. Ich selber bin es, die da fehlt, Dedé, die überlebt hat, um diese Geschichte zu erzählen.

Nachtrag

Am 6. August 1960 traf meine Familie in New York ein, ins Exil getrieben von Trujillos Tyrannei. Mein Vater hatte an einer Verschwörung teilgenommen, die vom SIM, Trujillos gefürchteter Geheimpolizei, aufgedeckt wurde. Es war nur eine Frage der Zeit, bis die gefangenen Mitglieder der Untergrundbewegung in der berüchtigten Folterkammer von La Cuarenta (La 40) die Namen anderer Kameraden preisgeben würden.

Etwa vier Monate nach unserer Flucht wurden drei Schwestern, die ebenfalls im Untergrund tätig gewesen waren, auf der Heimfahrt auf einer einsamen Gebirgsstraße ermordet. Sie hatten ihre Ehemänner besucht, die man tückischerweise in ein weit entferntes Gefängnis verlegt hatte, um die jungen Frauen zu zwingen, die gefährliche Reise auf sich zu nehmen. Nur die vierte Schwester, die nicht mitgefahren war, blieb verschont.

Ich war noch ein junges Mädchen, als ich von dem »Unfall« hörte, und seitdem gingen mir die Mirabals nicht mehr aus dem Sinn. Auf meinen zahlreichen Reisen in die Dominikanische Republik sammelte ich alles verfügbare Material über die ebenso tapferen wie schönen Schwestern, die etwas vollbracht hatten, wozu nur wenige Männer – und allenfalls eine Handvoll Frauen – bereit waren. Während der einunddreißig Jahre jenes Terrorregimes bedeutete bereits der Verdacht, anderer Meinung zu sein, für einen Oppositionellen und oft auch für Familienmitglieder den sicheren Tod. Dennoch hatten die Mirabal-Schwestern ihr Leben aufs Spiel gesetzt. Mich ließ die Frage nicht los: Woher hatten sie den ungewöhnlichen Mut genommen?

Auf der Suche nach einer Antwort machte ich mich daran, ihre

Geschichte niederzuschreiben. Doch wie es so geht, wuchsen die Figuren der Handlung über alle Fakten und strittigen Fragen hinaus und verselbständigten sich in meiner Phantasie: Ich erschuf sie neu.

So erklärt es sich, daß es sich bei den Mirabal-Schwestern, die der Leser in diesem Buch kennenlernt, nicht um die tatsächlichen, ja nicht einmal um die mittlerweile von einer Legende verklärten jungen Frauen handelt. Ich bin ihnen zu Lebzeiten nie begegnet und hatte weder Zugang zu ausreichenden Informationen über sie, noch besitze ich die Gaben und Neigungen einer Biographin, um das Schicksal dieser Frauen in angemessener Weise zu schildern. Was die legendären, in Superlative verpackten und von Mythen überhöhten Gestalten der Mirabal-Schwestern betrifft, so blieben sie für mich letzten Endes ebenfalls unerreichbar. Ich war mir bewußt, wie bedenklich jegliche Vergötterung gewesen wäre, war es doch eben dieser Hang zur Götzenverehrung gewesen, der den Tyrannen Trujillo hervorgebracht hatte. Ironischerweise haben wir die Mirabals, indem wir sie zum Mythos erhoben haben, ein zweites Mal verloren, und zugleich haben wir uns vor der Herausforderung gedrückt, genausoviel Mut wie sie zu beweisen, indem wir unsere Begrenztheit als Durchschnittsmenschen vorschützten.

Auf diesen Seiten begegnet man also den Mirabals, wie ich sie mir selber erschaffen habe, doch hoffe ich, daß sie dem Geist ihrer Vorbilder aus Fleisch und Blut gerecht werden. Im übrigen habe ich zwar alle Trujillos einunddreißig Jahre währendes despotisches Regime betreffenden Fakten und Ereignisse recherchiert, mir jedoch hin und wieder gewisse Freiheiten genommen, indem ich Daten geändert, Geschehnisse rekonstruiert und Gestalten oder Vorkommnisse eingefügt habe. Mein Ziel war es, den Leser in einen geschichtlichen Abschnitt der Dominikanischen Republik eintauchen zu lassen, der meiner Meinung nach letztlich nur durch einen Roman verständlich gemacht und durch die Vorstellungskraft aufgearbeitet werden kann. Ein Roman ist gewiß kein historisches Zeugnis, aber er ermöglicht eine Reise durch das menschliche Herz.

Ich hege die Hoffnung, daß ich die Lebensgeschichte der berühmten Mirabal-Schwestern durch die Romanfassung auch englischsprachigen Lesern nahebringen kann. Der 25. November, also der Tag, an dem der Mord geschah, wird in vielen lateinamerikanischen Ländern als »Internationaler Tag gegen Gewalt an Frauen« begangen. Zweifellos sind die Schwestern mit ihrem Kampf gegen einen Tyrannen für andere Frauen zu Vorbildern im Kampf gegen Unrecht jeglicher Art geworden.

Ein Wort an die Menschen in der Dominikanischen Republik, denen die Lektüre meines Werkes wegen der Sprachbarriere verwehrt bleibt: Ich hoffe, daß mancher Nordamerikaner durch dieses Buch ein tieferes Verständnis für den Alptraum und die schweren Verluste entwickelt, die ihr habt auf euch nehmen müssen und von denen ich nur einige wenige habe schildern können.

¡Vivan las Mariposas!

Mein Dank gilt allen,
die mir bei der Arbeit an diesem Buch geholfen haben:

Bernardo Vega
Minou
Dedé
Papi
Chiqui Viciosi
Fidelio Despradel
Fleur Laslocky
Judy Yarnall
Shannon Ravenel
Susan Bergholz
Bill
La Virgencita de Altagracia
mil gracias

William Galváns *Minerva Mirabal*, Ramón Alberto Ferreras *Las Mirabal* sowie Pedro Mirs Gedicht *Amén de Mariposas* waren besonders hilfreich, weil sie mir zahlreiche Fakten und Anregungen geliefert haben.

Inhalt

I

Erstes Kapitel: *Dedé, 1994 und etwa 1943* 9
Zweites Kapitel: *Minerva, 1938, 1941, 1944* 20
Drittes Kapitel: *María Teresa, 1945 bis 1946* 44
Viertes Kapitel: *Patria, 1946* 63

II

5. Kapitel: *Dedé, 1994 und 1948* 87
Sechstes Kapitel: *Minerva, 1949* 114
Siebtes Kapitel: *María Teresa, 1953 bis 1958* 158
Achtes Kapitel: *Patria, 1959* 199

III

9. Kapitel: *Dedé, 1994 und 1960* 229
Zehntes Kapitel: *Patria, Januar bis März 1960* 266
11. Kapitel: *María Teresa, März bis August 1960* 301
12. Kapitel: *Minerva, August bis 25. November 1960* 341

Epilog
Dedé, 1994 397

Nachtrag 424